KB240202

경희대 인문학연구원
고전명작 이본총서

적벽가 전집 3

김진영·김현주·이기형·백미나 편저

도서출판 박이정

머리말

요즘은 우리의 이본 총서 작업이 연례 행사처럼 되어가고 있다. 각 팀이 그동안 작업한 분량을 모아서 해마다 한번씩 묶는 형태로 가고 있기 때문이다. 구성원의 교체와 출판사 자체의 사정 등 여러 가지 요인으로 이전만큼 활발하게 이본 총서가 묶여 나오지는 않고 있다. 그러나 무리하게 빠른 것은 절대 좋지 않다고 우리는 생각하고 있고, 늦어도 좋으니 차근차근 나아가려고 한다. 개인들도 이 작업에만 매달리지 말고 자기 영역의 자료들을 바탕으로 연구 논문도 쓸 것을 우리는 주문하고 있다. 그래서 이미 이본 총서 작업 구성원들 중 세 사람이 각각 〈심청전〉·〈토끼전〉·〈화용도〉에 대해 박사 학위 논문을 쓴 바 있다. 앞으로도 학위 논문은 물론이고 좋은 연구 논문들이 많이 나오리라 기대하고 있다. 그리고 이본 자료에 대한 서지학적 논구뿐만 아니라 주제, 인물, 플롯, 문체 등등에 관해 관심을 가져줄 것과, 거기에 접근하는 방법론도 심화해줄 것, 그리고 판소리 문학으로부터 고전 서사체 전반으로 시야를 확산해줄 것을 요구하고 있다. 아마도 가장 바람직한 것은 이본 속의 조그마한 단서로부터 출발하여 그 이본의 형성과정과 작가의 성격 규명, 그리고 나아가 고전소설의 작법과 작자층의 의식세계를 보아내는 것이 아닐까 생각한다.

이번에는 〈적벽가〉 4권, 〈토끼전〉 2권, 〈춘향전〉 1권, 이렇게 7권을 묶어내게 되었다. 〈적벽가〉는 판각본 3종과 필사본 27종을 정리했는데, 아직 정리가 안된 필사본이 약간 남아 있고, 활자본까지 하면 2권 정도 분량이 남았다고 판단된다. 〈토끼전〉은 필사본 24종을 정리했는데, 이제 남아 있는 필사본도 얼마 되지 않고, 활자본도 그리 많지 않아 아마

금명간 끝이 날 것으로 생각된다. 이렇게 필사본도 많이 수합 정리되어 〈심청전〉과 더불어 〈적벽가〉와 〈토끼전〉은 막바지를 향해 가고 있다. 그러나 이번에 한 권을 내는 〈춘향전〉은 아직 갈 길이 멀다. 수합 정리할 필사본이 많이 남아 있고, 활자본도 굉장히 많기 때문이다. 비교적 이본 수가 많지 않은 〈흥부전〉은 작업에 긴 기간이 소요될 것 같지는 않다. 이렇게 보면 우리 이본 총서 작업도 가장 힘든 필사본 작업을 많이 진행했기 때문에 내리막길에 있는 것만은 분명해보인다. 마지막까지 최선을 다하리라고 다짐해본다.

이번 작업에 포함된 이본들의 소장자 여러분들께 감사의 말씀을 올린다. 마치 자식과 같이 귀중하게 소장해온 자료를 널리 공개함으로써 학계의 연구에 도움을 주고자 한 이분들의 충심에 깊은 사의를 표하면서 거기에 대한 보답은 이본 자료의 정확한 활자화와 훌륭한 연구 성과라고 우리는 생각한다. 이본 자료가 정확하게 활자화되었는지에 대해서는 우리가 최선을 다했음에도 불구하고 두려움을 느끼지만, 학계에 길이 남을 훌륭한 연구는 이제 모두의 앞에 놓여진 숙제가 될 것이다. 마지막으로 어려운 출판 환경에도 처음부터 지금까지 초지일관으로 이본 총서를 내고 있는 박이정 출판사에게도 고마운 마음을 전한다.

2001년 11월 2일
김진영 · 김현주

일 러 두 기

1) 〈적벽가 전집〉 3권에는 박순호 교수가 소장하고 있는 필사본 4종, 김종철 교수가 소장하고 있는 필사본 3종, 국립도서관에 소장되어 있는 필사본 2종, 도합 9종의 필사본 이본 자료를 수록하였다.
2) 원문 상태 그대로 옮기되 띄어쓰기만 했다. 띄어쓰기는 현대 정서법상의 띄어쓰기를 원칙으로 하였다. 그리고 장수(張數) 개념을 적용하여 장수를 표기하였다. 예컨대 〈23-앞〉, 〈23-뒤〉 등으로 매장이 시작될 때 밝혀주었다.
3) 원본이 오자나 탈자 상태일 경우라도 전혀 수정 가감하지 않고 그대로 놓아두어 이본 자료로서의 가치를 그대로 보존하고자 하였다. 그리고 판독이 불가능한 글자에 대해서는 ○○○○ 표시로 복자 처리를 하되, 자수를 맞추려고 하였다.
4) 새로운 이본이 시작될 때마다 이본의 서지사항과 내용상의 특성 등에 대해 간략히 소개했으며, 대상본의 소재처를 밝혀두었다.
5) 각 이본의 명칭은 소장자의 이름과 장수, 그리고 작품 표제명을 가지고 붙였다. 예를 들어 '박순호 소장 81장본 〈화룡도〉'이다.

차 례

박순호 소장 57장본 〈화룡도가〉

첫장면이 '한죵실 유현덕과 관우 장비 삼닌이 도원결의ᄒᆞ고 삼고초려ᄒᆞ야'로 시작되며 와룡강 경개풀이가 간략히 묘사되어 있다. 바로 삼고(三顧)로 이어지며 오나라로 들어가 주유와 화공(火攻)을 의논하는 장면과 십만전 화살을 얻는 장면, 주유가 유비를 해치려 하는 장면, 방통의 연환계, 황개의 고육계가 요약되어 있다. 조조가 잔치를 베푸는 장면의 군사설움사설이 확장되어 있다. 주유가 군사들을 출전시킬 때 청도기사설이 들어있다. 조조 패주 대목의 오림곡에서 원조사설이, 자룡에게 혼이 난 후 이릉에서 백구사설, 좀놈사설, 군사점고사설이 나오고, 장비에게 쫓겨 달아날 때 군사설움사설이 이어진다. 그리고 화용도로 들어갈 때 간략한 폭포사설이 나온다. 조조가 화용도에서 목숨을 구걸하여 달아날 때 장승사설이 나온다. 조조가 술을 마시고 취해 잠들었을 때 꿈에 목신(木神)이 현몽해 장승을 방송(放送)하게 한다. 전체적인 흐름이 정문연 40장본 〈화용도〉나 박순호 소장 낙장 42장본 〈화용도〉와 유사하지만 이보다 간략한 유형이다. 박순호 소장 한글 필사본 자료총서 101권에 수록되어 있다.

박순호 소장 57장본 〈화룡도가〉

〈1-앞〉

화룡도가라
한죵실 유현덕과 관우 장비 삼닌이 도원결의ᄒᆞ고 삽고쵸려ᄒᆞ야 남량쵸당 차자갈 졔 인ᄯᅢᄂᆞᆫ 건안 팔연 츈졍월이라 상풍은 늠늠ᄒᆞ고 ᄇᆡᆨ셜은 ᄒᆞᆺ날닌ᄃᆡ 험악ᄒᆞᆫ 죠분 질로 ᄒᆡᆼ보ᄒᆞ기 어려워라 융즁으로 도라들어 와룡강 굽어보니 경ᄀᆡ무궁 죠흘씨고 산불고이 슈려ᄒᆞ고 슈불십이 증청ᄒᆞ고 야불광이 령원ᄒᆞ고 입불다이 무셩니라

〈1- 뒤〉

봉학은 슈려ᄒᆞ고 숑죽은 고슈로다 젹퇴마 밧비 몰아 남양 쵸당 차져가셔 시문을 두다리며 동ᄌᆞ 불너 뭇난 말삼 션생임니 계옵시랴 동ᄌᆞ ᄃᆡ답ᄒᆞ되 션ᄉᆡᆼ임니 쵸당의 잠드러 겨옵신졔 오ᄅᆡ니다 현덕이 반기 듯고 관공 장비으게 분부ᄒᆞ여 완보로 드러가니 션ᄉᆡᆼ계셔 잠을 ᄭᆡ지 아니 ᄒᆞ여거날 계하의 셧노라니 장비 ᄃᆡ로ᄒᆞ여 ᄒᆞᄂᆞᆫ 말리 졔 일ᄀᆡ 롱부

〈2-앞〉

로셔 우리 형장을 박ᄃᆡᄒᆞ니 쵸당 우다 불을 놋코 난장거쥬 ᄒᆞ여볼ᄶᅡ 관공이 니 말 듯고 ᄭᅡᆷ짝 놀ᄂᆡ여 장비의 손을 잡고 야야 네 무신 말니야 대ᄉᆞ을 ᄒᆞ야ᄀᆡ면 말을 경홀이 ᄒᆞ며 날을 ᄉᆡᆼ각할 ᄲᅮᆫ더러 마음을 들우시라 션ᄉᆡᆼ이 잠을 ᄭᆡ와 표연창운 왈 쵸당의 츈수죡ᄒᆞ니 창외여 일지지라 ᄃᆡ몽을 슈션각고 평ᄉᆡᆼ을 아ᄌᆞ지라 동ᄌᆞ 불너 뭇ᄂᆞᆫ 말삼 손님니 와 계시나 동ᄌᆞ

〈2-뒤〉

ᄃᆡ답ᄒᆞ되 젼일 두 번 왓든 유황슉이 오신 졔 오ᄅᆡ니다 공명이 직시 의관을 졍제ᄒᆞ고 겨하의 나려 현덕을 연졉ᄒᆞ여 당상의 예ᄒᆞ고 좌졍 후의 현덕이 눈을 드러 공명을 살펴보니 머리여 윤건 씨고 몸의 학창의 입고 손의 ᄇᆡᆨ우션 들고 안진 거동이 은은한 풍모와 픠픠한 긔상은 만고의 홍망지지을 흉즁의 품엇ᄂᆞᆫᄃᆡ 현덕이 엿ᄌᆞ오ᄃᆡ 쇼장이 션ᄉᆡᆼ을 보랴 ᄒᆞ고 슈삼ᄎᆞ 온 ᄯᅳ신 다름

〈3-앞〉

이 아니오라 ᄂᆡ 몸이 왕실 후예로 갈츙보국 ᄒᆞ려ᄒᆞ되 병불만쳔ᄒᆞ고 지식이 쳔박ᄒᆞ여 보국을 못ᄒᆞ오니 빌건ᄃᆡ 션ᄉᆡᆼ은 현덕을 위ᄒᆞ여 츌셰ᄒᆞ여이다 공명이 ᄃᆡ답ᄒᆞ되 노야ᄂᆞᆫ 본ᄃᆡ 포의한ᄉᆞ로 남산의 밧 갈기와 강호의 고기 낙기을 평ᄉᆡᆼ의 일삼으어 셰상공명 쑴 박기라 쳔ᄒᆞᄃᆡ사을 ᄂᆡ 어이 ᄒᆞ올리가 현덕이 답왈 션ᄉᆡᆼ 곳 아니오면 창ᄉᆡᆼ을 어이 ᄒᆞ며 ᄉᆞ직을 어리 할가

〈3-뒤〉

눈물이 흘너 의금을 젹시거날 공명이 거동보고 위로ᄒᆞ여 일은 말이 공이 여챠 간졀ᄒᆞ니 시셕을 함씌 드려니와 ᄃᆡ졔 ᄂᆞᆫ쳐ᄒᆞ녀이다 협쳔ᄌᆞ 죠죠ᄂᆞᆫ ᄇᆡᆨ만군병을 호령ᄒᆞ고 강동의 손즁모ᄂᆞᆫ 육국을 친합ᄒᆞ니 다토기 어려와라 익쥬ᄂᆞᆫ 험악ᄒᆞ야 옥야쳘이의 쳔부지토요 형쥬ᄂᆞᆫ 북죠 샤면ᄒᆞ고 셔통파촉ᄒᆞ니 무용무지지라 동ᄌᆞ 불너 형익도을 ᄂᆡ여놋코 현덕다려 이른 말리 원컨ᄃᆡ 장군은 이

〈4-앞〉

곳실 어더야 한실을 회복ᄒᆞ고 졔업을 이루이다 동ᄌᆞ 불너 쵸당을 부탁ᄒᆞ고

탄식ᄒᆞᄂᆞᆫ 말이 동원의 져 ᄆᆡ화ᄂᆞᆫ 어ᄂᆡ ᄊᆡ여 다시 보며 남양의 무근 바신 뉘라셔 다시 ᄆᆡ리 윤건 씨고 학창의 입고 ᄇᆡᆨ우선 들고 윤거의 올나 안져 신야로 도라오니 장불만십이요 병불만쳔이라 ᄃᆡ장단의 놉피 안져 쳔하ᄃᆡᄉᆞ 의논할 졔 공명이 현덕 젼의 이른 말이 명일 묘시말 진시쵸의 강동 노슉

〈4-뒤〉

이 올 거시니 냥은 노슉 짜라 강동의 드러가 손권과 쥬유을 격동ᄒᆞ여 죠죠와 한번 싸홈 부치게하고 양은 도쥬ᄒᆞ여 도라와셔 공을 이루이다 현덕이 왈 쳔ᄒᆞ득실은 션ᄉᆡᆼ만 밋삽ᄂᆞᆫ듸 츌타국이 원 말삼고 그러ᄒᆞ나 강동ᄉᆞ람이 엇지 오기을 바라리요 공명이 ᄃᆡ답ᄒᆞ되 방금 죠죠 형쥬을 파ᄒᆞ고 ᄇᆡᆨ만경병으로 장강을 덥퍼시니 쥬유 마음이 엇지

〈5-앞〉

편ᄒᆞ오릿가 밤을 지ᄂᆡᆫ 후의 군ᄉᆞ 급피 보ᄒᆞ되 강동 노슉이 문 박긔 왓ᄂᆞᆫ이다 공명이 ᄃᆡ여 ᄂᆡ려 노슉을 마ᄌᆞ 당상의 안치고 예필 좌졍 후의 노슉이 공명의게 엇ᄌᆞ오ᄃᆡ 강동이 비록 져그나 경병과 양쵸 족ᄒᆞ오니 원컨ᄃᆡ 션ᄉᆡᆼ은 강동의 드러가 합모ᄒᆞ야 죠죠을 파ᄒᆞᄉᆞ니다 공명이 거짓 쇽키ᄂᆞᆫ 쳬ᄒᆞ고 허락ᄒᆞᆫᄃᆡ 노슉이 짓거ᄒᆞ거날 공명이 현덕 젼의 ᄒᆞ직

〈5-뒤〉

ᄒᆞ고 노슉을 ᄯᆞ라 강동의 드러가셔 쥬유의 진세을 ᄇᆞ러보니 진세도 웅장ᄒᆞ고 위풍도 늠늠ᄒᆞ다 이 ᄊᆡ여 쥬유 장ᄃᆡ의 ᄂᆡ려 공명을 마ᄌᆞ ᄃᆡ상의 올나 예필 좌졍 후의 쥬유 공명 젼의 엿ᄌᆞ오ᄃᆡ 이졔 죠죠ᄂᆞᆫ 강셩ᄒᆞ고 강동은 미약ᄒᆞ니 비밀ᄒᆞᆫ 계교 아니면 죠죠을 엇지 파ᄒᆞ릿가 좌우을 물이치고 물ᄌᆞ로 하답ᄒᆞ 졔 공명의 장즁의도 불화ᄌᆞ요 쥬유의 장즁의도 불화ᄌᆞ라 쥬유 공명

젼의 엿ᄌᆞ오ᄃᆡ 지모지ᄉᆞ 소견은 약

〈6-앞〉

동이라 공명을 ᄉᆞ쳐로 보닌 후의 쥬유 노숙을 불너 ᄒᆞᄂᆞᆫ 말이 공명을 잠싼 보니 쳔ᄒᆞ의 긔남ᄌᆞ라 만일 이 ᄉᆞ롬을 두어ᄶᆞ은 일후의 강동ᄃᆡ환이 될 거시니 이 ᄯᆡ을 ᄐᆞ 쥭이미 맛당ᄒᆞ다 노슉이 엿ᄌᆞ오ᄃᆡ 방금 죠죠 ᄃᆡ병이 강동의 가득ᄒᆞᆫᄃᆡ 공명갓든 쳔ᄒᆞ 모ᄉᆞ을 죄업시 쥭이면 젹국의 이소되고 ᄯᅩᄒᆞᆫ 셩공도 못할 터니 도독은 참으소서 쥬유 블청ᄒᆞ고 모계을 써 공명을 히ᄒᆞ려 할 제 오일 ᄂᆡ의 츌젼

〈6-뒤〉

계와 삼일 ᄂᆡ 십만젼을 군법으로 다짐할 제 신츌귀몰 졔갈양 쥬유을 영두할가 ᄃᆡ강상 운무 즁의 츅상경을 살히ᄒᆞ니 ᄌᆞ경이 탄복ᄒᆞ고 ᄆᆡᆼ덕이 낙담ᄒᆞᆯ 제 쥬유 간계로ᄡᅧ 공명을 못ᄶᅥᆨ그니 현덕을 히ᄒᆞ려 할 제 도부슈 ᄆᆡ복ᄒᆞ고 군오을 졍ᄒᆞᆫ 후의 현덕을 청ᄒᆞ니 하구의 잇ᄂᆞᆫ 현덕이 쥬유의 긔별 듯고 제장과 의논ᄒᆞ되 션싱이 ᄒᆞᆫ번 간 연후의 소식이 돈절ᄒᆞ고 쥬유가 ᄯᅩ한 날을 청ᄒᆞ여시니 가기도 난쳐ᄒᆞ고 아니

〈7-앞〉

가기도 어려워라 졔장 즁의 운장이 엿ᄌᆞ오ᄃᆡ 션싱이 쥬유 진즁의 계옵시니 응당 편지 일장이나 잇실 듯ᄒᆞ나 일장 음신이 업서시니 분명 간계로소이다 그러ᄒᆞ오나 아니 가오면 양국 화친을 비반ᄒᆞ오니 소장이 형장을 모시고 가오리다 현덕이 올ᄐᆞᄒᆞ고 일엽편션 잡아타고 노을 져어 쥬유 진의 드러가니 위풍도 늠늠ᄒᆞ고 긔치창검과 문무졔신이 좌우로 벌엿ᄂᆞᆫᄃᆡ 쥬유 ᄃᆡᄒᆞ의 ᄂᆡ려 현덕 관공을 마져

〈7-뒤〉

ᄃᆡ상의 좌정후의 쥬회로 ᄃᆡ접ᄒᆞᆯ 제 좌우의 도부슈ᄂᆞᆫ 창검을 어로만져 군긔을 살피건만은 운장의 당당위풍으로 쥬유을 놀ᄂᆡ것다 무계불삼이요 수로불ᄒᆡ로다 현덕 관공이 무ᄉᆞ회송ᄒᆞ니라 이ᄯᆡ 공명은 강변ᄃᆡ후 ᄒᆞ여다가 현덕 관공을 마자 예ᄒᆞ고 ᄒᆞᄂᆞᆫ 말의 금일 좌상의 위ᄐᆡ함은 아라겻소 약비운장 일논들 ᄃᆡ환을 당할 번ᄒᆞ여쏘 원컨ᄃᆡ 현덕은 하구의 도라가 군마을 수십ᄒᆞ옵고 십이월 이십일 갑ᄌᆞ의 ᄌᆞ룡을 분

〈8-앞〉

부ᄒᆞ여 일엽편쥬로 남병산 오강 어구의 ᄃᆡ후ᄒᆞ게 ᄒᆞ옵소셔 약속을 정ᄒᆞᆫ 후의 현덕광공은 ᄒᆞ구로 도라가니라 각셜 이ᄯᆡ 방통의 연환계ᄂᆞᆫ 조화도 무궁ᄒᆞ고 황ᄀᆡ 골육계ᄂᆞᆫ 귀신도 난칙이라 이ᄯᆡ 죠죠 일쳑 젼션 즁강의 ᄯᆡ와두고 쳔여쳑 젼션을 쳘ᄉᆡ로 연환ᄒᆞ여 ᄃᆡ강을 육지갓치 망그러두고 경병 ᄇᆡᆨ만을 각션의 나열ᄒᆞ고 문무제장은 좌우로 시위ᄒᆞ여ᄂᆞᆫᄃᆡ 축노쳘이요 정긔폐공이라 이ᄯᆡᄂᆞᆫ 어ᄂᆡ ᄯᆡ요 건안 십이

〈8-뒤〉

월 망간이라 셔산의 일낙ᄒᆞ고 동영의 월츌ᄒᆞ니 젹벽풍경 금소로다 동정칠ᄇᆡᆨ은 창천과 일ᄉᆡᆨ이요 무산 십이는 픠연이 버려잇다 오쵸 동남의 버려지고 ᄇᆡᆨ이ᄉᆞ장은 울울 세계로다 각션의 등화빗신 낙화 죵죵 강슈로다 강상의 파도셩은 쳔병만ᄆᆞ 달이ᄂᆞᆫ 소ᄅᆡ로다 말달여 창 씨기와 총 노와 ᄉᆞ심ᄒᆞ며 십팔계 ᄉᆞ십공부 쥬야로 일삼으니 죠죠 ᄃᆡ희ᄒᆞ야 상선의 놉피

〈9-앞〉

안져 ᄃᆡ년을 ᄇᆡ셜할 졔 소도 잡고 돗도 잡고 슐도 마니 비겨 장졸을 호궤할

졔 시쥬임강ᄒᆞ야 횡식부시로라 취홍이 도도ᄒᆞ여 창을 들고 이러 서서 셔망ᄒᆞ구ᄒᆞ고 동망무창ᄒᆞ니 산쳔이 상규ᄒᆞ여 울호챵챵이라 입아제장군쥴더라 너의도 쳔ᄒᆞ을 어든 쥴노 쥬육을 마이 먹고 명일 ᄃᆡ젼시의 승부을 결단ᄒᆞ라 ᄂᆡ의 창으로 동탁을 베히고 여쥬의 여포을 ᄉᆞ로잡아 ᄉᆞ힉을

〈9-뒤〉

평정ᄒᆞ여시되 다만 못ᄒᆞᆫ 거시 강남이라 창으로 강동을 가르치며 이놈 쥬유 손권아 쳔시을 네 몰으고 ᄃᆡ병을 항거할다 ᄯᅩ ᄒᆞ구을 가르치며 여바라 유비 졔갈양아 김이 갓튼 너 심으로 ᄐᆡ산을 흔들소야 에엽부고 불상ᄒᆞ다 강남의 이교녀ᄂᆞᆫ 쳔ᄒᆞ의 일싀이라 손칙 쥬유 어든 ᄇᆡ니 강남을 ᄂᆡ 어드면 이교녀을 다려ᄃᆞ가 동작 츈심 너어두고 모년지락 ᄒᆞ오리라 이러ᄐᆞ시 질길 적의 의쎼여 월명성희ᄒᆞ고 오작이

〈10-앞〉

남비로다 한풍은 소실ᄒᆞ고 강셩은 요란ᄒᆞ다 ᄇᆡᆨ이ᄉᆞ장의 안진 군ᄉᆞ ᄉᆞ향곡 실픠 불을 졔 부모 기루워 우ᄂᆞᆫ 놈과 동싱 기루워 우ᄂᆞᆫ 놈과 안ᄋᆡ 기루워 우ᄂᆞᆫ 놈 ᄌᆞ식 ᄀᆡ루어 우ᄂᆞᆫ 놈 슈심 제워 우ᄂᆞᆫ 놈 약으로 나을소냐 엇던 군ᄉᆞ 벙치버셔 드러메고 ᄉᆞ향곡 실픠 울졔 날나가ᄂᆞᆫ 져 오작아 너 어ᄃᆡ로 향ᄒᆞᄂᆞ야 칠월칠석 멀어시니 은하슈 집픈 물의 견우직여 가련ᄒᆞ다

〈10-뒤〉

북하 강남 기럭기ᄂᆞᆫ 짝을 일코 우ᄂᆞᆫ 소ᄅᆡ 고향소식 갓ᄃᆞ마ᄂᆞᆫ 고향소식 네 알소냐 고향의 학발양친 쳘이젼장 날 보ᄂᆡ고 오날이나 소식 올가 ᄂᆡ일이나 소식 올가 일낙서산 져문 날의 문박긔 메번이나 바ᄅᆡ보고 바람 불고 비 온 날의 잠을 엇지 잘 슈 잇나 강남홍안 거ᄅᆡ편의 편지 한 장 전히볼가 조총

활 드러메고 육젼 슈젼 셕거할 제 ᄉᆞ싱이 조석이라 젼장긱ᄉᆞ ᄒᆞ올진더 ᄉᆞ장 빅골 어이ᄒᆞ며 골쵸ᄉᆞ장 드러너여 오작의 밥이 된들 뉘라셔 무더쥬리 상ᄉᆞ

〈11-앞〉

곡 단장ᄉᆞ로다 이고이고 셜운지고 이 일을 어이 ᄒᆞ리 ᄯᅩ ᄒᆞᆫ 군ᄉᆞ 한심 쉬고 눈물 지며 실피 안져 우는 말이 너도 셥다 ᄒᆞ려니와 너의 셜움 드려보라 팔십당년 우리 부모 노병으로 공극ᄒᆞ여 조셕구병 ᄒᆞ는 터의 병난이라 ᄊᆞ홈가ᄌᆞ ᄒᆞᆫ는 소리 병든 부모 낙누ᄒᆞ니 너 ᄉᆞ졍은 엇더ᄒᆞ냐 군복 입고 창ᄯᅥᆨ 집고 부모 젼의 ᄒᆞ직ᄒᆞ니 부모임이 날을 잡고 울며 하는 말삼이 너 병이 집고 집퍼 살 슈가 업는 터의 쳘이젼장 너 보너고 뉘라 다시 구병ᄒᆞ리 통곡으로 이별 ᄒᆞᆯ 제

〈11-뒤〉

몃몃히나 되얏는고 ᄉᆞ가보월쳥소립이요 여제간운빅일면이라 몽즁으나 드러가셔 병든 부모 다시 보면 한이나 업시려만 수심이 쳡쳡ᄒᆞ여 잠못드러 쑴쒈 질도 업는구나 야속ᄒᆞ다 야속ᄒᆞ다 한창 이리 울 제 ᄯᅩ한 군ᄉᆞ 한슘 쉬고 ᄒᆞ는 말이 네 졍상도 졍이여 올커니와 효ᄌᆞ지심 기특ᄒᆞ다 너의 셜움 드러보라 남의 집 오더독ᄌᆞ로셔 십칠셰의 장기 드러 오십이 장근토록 실ᄒᆞ의 일졈혈육 젼예 업셔 부부간의 ᄒᆞᆫ탄ᄒᆞ여 ᄌᆞ식을 보랴할 제 명산

〈12-앞〉

더찰 영신당과 셕불 밀역보살젼의 칠셩불공 가ᄉᆞ시쥬 산졔불공 다ᄒᆞᆫ 후의 심근 남긔 ᄶᅥ거지며 공든 탑이 문어지랴 업다 우리 마노리가 그달보틈 티기 잇셔 십삭을 지날 제 셕부졍이어던 부좌ᄒᆞ며 할부졍이던 부식ᄒᆞ며 이불

청음셩ᄒᆞ며 복불시악식ᄒᆞ여 십식이 된 연후의 순산으로 히틱ᄒᆞ니 얼골은 관옥이요 풍치ᄂᆞᆫ 두목지라 열손으로 써바더셔 질너닐 제 금옥갓치 ᄉᆞ랑ᄒᆞ여 이삼식이 넘어가니 터덕터덕 논ᄂᆞᆫ 양과 쌩긋쌩긋 운ᄂᆞᆫ

〈12-뒤〉

거동 어미 아비 도리도리 쥬야 ᄉᆞ랑 이젼터니 뜻박긔 병눈을 당ᄒᆞ여구나 ᄉᆞ당문 열어놋코 통곡직비 ᄒᆞ직ᄒᆞ고 쳘이젼장 ᄂᆞ왓시나 부지ᄉᆞ싱 이닉 몸이 어느날 드러가셔 긔리든 ᄌᆞ식 무릅 우의 안쳐놋코 아가아가 얼여볼고 이러할 제 쏘 ᄒᆞᆫ 군ᄉᆞ 닉다리며 네 셜음 가쇼롭다 ᄌᆞ식 긔루어 우ᄂᆞᆫ 셜음 후ᄉᆞ을 싱각ᄒᆞ니 긔특ᄒᆞ다 닉의 셜음 드러보ᄅᆞ 젼무후무 쳐음 셜음이다 닉의 팔ᄌᆞ 긔박ᄒᆞ여 죠실부모ᄒᆞ고 남의 집 ᄃᆞ연 ᄉᆞ라 돈빅이나 졔우 모와 삼십 후의 취

〈13-앞〉

쳐ᄒᆞ여 동방촤침 집픈 밤의 신졍이 미흡ᄒᆞᆫ듸 병난 쓰홈 가자 웨ᄂᆞᆫ 소릭 짬작 놀닉 이러 안져 융의 젼복 썰쳐입고 쳔이젼장 ᄂᆞ올 져긔 빅마 탄의 장졔ᄒᆞ고 쳥아셕별 젼의로다 다시 보ᄌᆞ 닉의 ᄉᆞ랑 우지 말고 잘 잇거라 나삼옥슈 덜쳐닉여 울면셔 잡ᄂᆞᆫ 소믜 박부득이 덜더리니 깅파나삼 ᄒᆞᄂᆞᆫ 말이 이제 가면 언제 올가 올날이ᄂᆞ 일너쥬오 젼장의 가ᄂᆞᆫ 낭군 어닉 날의 다시 볼가 통곡으로 이별할 제 멧멧히가 되얏는고 옥챵의 잉도화ᄂᆞᆫ 멧번이나 피

〈13-뒤〉

여시며 긔창의 찬 믹화ᄂᆞᆫ 눌다려 무려볼가 뒤동산의 망부셕이 되야잇고 압남산의 두견이ᄂᆞᆫ 불려귀 실피 운다 장안 일편 발근 달은 도의셩의 슈심이요 관산말이 찬바람은 낙미곡이 셔러워라 운간의 비친 달은 상심식을 씌여

잇고 원포의 어옹선은 단장셩을 화답ᄒᆞᆫ다 간밤의 ᄭᅮᆷ을 ᄭᅱ니 우리 임이 왓
두고ᄂᆞ 반갑고 집분 마음 셤셤옥슈 덥벅 잡고 창검으로 베기ᄒᆞ고 장막으로
이불 삼아 두 몸이 한몸 되야 만단졍회 한참 할

〈14-앞〉

졔 쳔아셩의 놀ᄂᆡ ᄭᆡ니 우리님은 간ᄃᆡ 업고 엽피 셧ᄂᆞᆫ 장막ᄃᆡ만 질근 안고
누어시니 허허 ᄂᆡ일이야 허망함도 허망ᄒᆞ다 이러처로 허망ᄒᆞᆫ 일 세상의 ᄯᅩ
잇ᄂᆞᆫ가 눈물이 비갓튼면 가삼의 붓ᄂᆞᆫ 불을 ᄭᅳ련마는 한숨이 바람되야 불만
점점 이러ᄂᆞᆫ다 ᄋᆡ고ᄋᆡ고 설운지고 ᄯᅩ ᄒᆞᆫ 군ᄉᆞ ᄂᆡ다르며 이놈 저놈 다 듯거
라 승상은 ᄃᆡ군을 거나리고 젼장의 ᄂᆞ와 겨셔 쳔ᄒᆞᄃᆡᄉᆞ 바ᄅᆡᄂᆞᆫ듸 너의ᄂᆞᆫ
엇지 우름만 일삼으니 너의 우름 그만 두고 ᄂᆡ의 산타령 드

〈14-뒤〉

러보라 헌원씨 십용간과ᄒᆞ여 염제도 판쳔ᄊᆞ홈 능작ᄃᆡ무 ᄒᆞ여잇고 치우의
장슈ᄊᆞ홈 ᄉᆞ로잡핀 탁녹ᄊᆞ홈 쥿ᄂᆞ라 분분ᄒᆞᆫ 츈츄ᄊᆞ홈 징웅산동 ᄒᆞ올 젝의
진시황의 위풍ᄊᆞ홈 육국이 번셩ᄒᆞ여 봉긔지장 요란할 졔 쵸한풍진 팔년ᄊᆞ
홈 ᄐᆡ공여후 잡피것다 셔북ᄃᆡ풍 슈슈ᄊᆞ홈 마상으셔 쳔ᄒᆞ 어든 한고죠의 지
혜ᄊᆞ홈 통일쳔ᄒᆞ 언제 할고 위한오 삼국ᄊᆞ홈 동남풍이 실실 불면 위터구나
적벽ᄊᆞ홈 ᄃᆞ시 ᄊᆞ홈 말고지고 ᄯᅩ 한 군ᄉᆞ ᄂᆡ다르며 이 ᄉᆞ롬

〈15-앞〉

ᄋᆞ 산타령 다시 마소 파졔만ᄉᆞ 무과쥬요 함포고복 메겨노니 업든 실명 절
노 ᄂᆞᆫ다 격양가ᄂᆞ 불어보ᄌᆞ 지ᄋᆞᄌᆞ 조흘시고 우리 승샹은 죽고 살고 고향
으나 도라가셔 긔리든 부모쳐ᄌᆞ 보고지고 ᄯᅩ 한 군ᄉᆞ 썩 나셔며 아셔라 이
놈더라 못씨것다 우리몸이 군ᄉᆞ되야 갈츙보곡 ᄯᅥᆺᄯᅥᆺ커날 쳐ᄌᆞ만 ᄉᆡᆼ각ᄒᆞ여

음탕한 말ᄒᆞ니 진즁의 부당ᄒᆞ다 등 밀쳐 좃ᄎᆞᄂᆡ니 져놈이 ᄂᆞ가면셔 하ᄂᆞᆫ 말리 너ᄂᆞᆫ 장ᄒᆞᆫ 츙신이다 명일 ᄊᆞ홈 싱전한들 네게 무신 공이 될가 다직ᄒᆞ면 슐

⟨15-뒤⟩

셕잔 안쥬 한점이라 글ᄂᆡ의 간신놈덜만 투고 ᄯᅩ 한 군ᄉᆞ 한숨 쉬고 눈물 지며 여바라 너의 더라 슐잔이나 취케 먹고 잡담 쥬담 ᄒᆞᆫᄃᆞ마ᄂᆞᆫ 명일 ᄃᆡ젼시여 젼듸여 보ᄋᆞᄅᆞ 승부을 뉘 알소야 셩쇠흥망은 ᄌᆡ덕이요 부ᄌᆡ용역이라 셩군이 덕을 닥근 ᄇᆡ라 오ᄉᆞ 직ᄉᆞ 몰ᄉᆞ할 제 뉘뉘 능히 ᄉᆞ라나랴 ᄯᅩ 한 군ᄉᆞ 썩ᄂᆞ셔며 여ᄇᆞ라 위병군졸들라 너의 ᄂᆡ 말 들어보ᄅᆞ 부모쳐ᄌᆞ 이별ᄒᆞ고 젼장의 나온 놈이 ᄉᆞ경은 일반이라 대장부 세상의 나셔 갈츙보

⟨16-앞⟩

국할랴 할 제 삼척검 드ᄂᆞᆫ 칼노 ᄒᆞᆫ장의 머리 베여 긔ᄯᅢ ᄭᅳᆺ틔 놉피 달고 회군 취표 싱젼ᄒᆞ고 고향으로 도라가셔 부모처ᄌᆞ 동싱 권솔을 만나보면 그 아니 상쾌할가 너의ᄂᆞᆫ 좀놈이라 못씨것다 이ᄯᅢ 쥬도독이 죠죠 진을 귀경ᄎᆞ로 남병산의 올나갈 제 우편의 한당 쥬티요 좌편의 셔셩 졍보 일등 졔장군졸이며 긔치창검은 일월을 희롱ᄒᆞ고 의긔양양ᄒᆞ야 강북을 바ᄅᆡ보니 홀연 셔북풍이 ᄃᆡ긔ᄒᆞ여 양ᄉᆞ쥬셕ᄒᆞ고 파도난 흉흉ᄒᆞᆫᄃᆡ 죠죠 진즁

⟨16-뒤⟩

의 셧든 긔ᄯᅢ 와직근 부러지며 긔ᄲᅡᆯ이 ᄯᅮᆨ ᄯᅥᆯ어져 강상의 펄펄 날어 쥬유의 ᄲᅡᆷ을 치고가니 쥬유 ᄃᆡ경ᄒᆞ여 마상의셔 ᄯᅮᆨ ᄯᅥ러져 엿지갓튼 불근 피을 입으로 토ᄒᆞ니 좌우 졔장이 급피 구완ᄒᆞ여 눕고 이디 못ᄒᆞ거날 손장군이 ᄃᆡ경ᄒᆞ야 명의 불너 약으로 치로ᄒᆞ되 심간 ᄆᆡ친 병을 뉘라서 ᄭᅳᆯ너ᄂᆡ리 도독

이 병세ᄂᆞᆫ 일분 효ᄎᆞ 아니 나고 강북의 ᄇᆡᆨ만ᄃᆡ병은 의긔양양 ᄒᆞ여시니 강남ᄃᆡ군이 망ᄌᆡ 조석이라 군심은 소동ᄒᆞ고 민심은 요란할 졔 이ᄯᆡ 공명션ᄉᆡᆼ

〈17-앞〉

이 쥬유의 병세을 듯고 노슉 ᄯᆞ라 장ᄃᆡ의 드러가 쥬유을 보고 ᄒᆞᄂᆞᆫ 말리 일일지ᄂᆡ의 무삼 병이 그ᄃᆡ지 위즁ᄒᆞ오 쥬유 ᄃᆡ답ᄒᆞ되 흉즁이 번만ᄒᆞ고 구역이 ᄃᆡ발ᄒᆞ야 보존치 못ᄒᆞ것소 공명이 ᄃᆡ소 왈 ᄂᆡ게 묘방이 잇서시니 도독의 병을 나슈리다 좌우을 물이치고 필연을 ᄂᆡ여녹코 글 십육ᄌᆞ을 써 쥬유을 쥰ᄃᆡ 바다보니 ᄒᆞ여시되 욕파조병인ᄃᆡ 의용화계니라 만ᄉᆞ 구비ᄒᆞ되 지ᄎᆞ 동남

〈17-뒤〉

풍이라 ᄒᆞ여거날 도독이 ᄃᆡ경ᄒᆞ여 비ᄂᆞᆫ 말이 션ᄉᆡᆼ의 신긔묘술은 귀신도 난칙이라 ᄉᆞ셰만분 위급ᄒᆞ오니 비계을 ᄂᆡ여 ᄂᆡ의 병을 나슈소셔 공명이 ᄃᆡ답ᄒᆞ되 ᄂᆡ 일직 신닌을 만나 둔갑지슐과 경천위지지슐과 호풍호우지슐을 알아더니 이졔 도독을 위ᄒᆞ여 남병산 올나가셔 칠셩단 노피 뭇고 바람을 비러 동남풍을 어더 도독의 진셰을 도읍게 ᄒᆞ오리다 쥬유 ᄃᆡ희ᄒᆞ여 장

〈18-앞〉

졸을 남병산으로 보ᄂᆡ여 션ᄉᆡᆼ의 지위을 지다리다 공명이 노슉 ᄯᆞ라 남병산의 올나가며 진셰을 살펴보니 젹토로 단을 놉피 쓰엇ᄂᆞᆫ듸 고가 십장이요 장광이 ᄇᆡᆨ여보라 젼후 좌우의 이십팔슈을 응ᄒᆞ야 각 방위 긔치을 ᄭᅩᄌᆞ시되 동방의 청긔을 ᄭᅩᄌᆞ 각항져방심미긔ᄂᆞᆫ 청용지셰ᄒᆞ고 셔방의 ᄇᆡᆨ긔을 ᄭᅩᄌᆞ 규루위묘필초삼은 ᄇᆡᆨ호지셰ᄒᆞ고 남방의 젹긔을 ᄭᅩᄌᆞ 두여 허위실벽은 쥬작지셰ᄒᆞ고 북방의 흑긔 ᄭᅩᄌᆞ 졍귀유셩장

〈18-뒤〉

익진은 현무지셰ᄒᆞ고 ᄃᆡ상의 한 ᄉᆞ롬은 속발관의 조ᄐᆡ포을 입고 봉의 봉ᄃᆡ여 죠리로 셰워두고 젼면의 엇던 ᄉᆞ롬은 기ᄃᆡ을 드러시되 기ᄢᅵ 쓧티 짓실ᄶᅡᄌᆞ 풍셰을 알게ᄒᆞ고 후면의 ᄒᆞᆫ ᄉᆞ람은 긔ᄢᅵ을 드러시되 청용긔을 드러 바람질을 알게ᄒᆞ고 좌편의 한 ᄉᆞ롬은 보검을 들고 우편의 ᄒᆞᆫ ᄉᆞ롬은 향노을 들고 단ᄒᆞ의 ᄒᆞᆫ ᄉᆞ람은 이십ᄉᆞ위로 각각 졍긔 봉긔와 장챵 ᄃᆡ검과 ᄇᆡᆨ모 황월과 쥬죠변독으로 ᄉᆞ면의 셔워 두고 공명은 십이월 이십일 갑ᄌᆞ의 묘욕 지계

〈19-앞〉

ᄒᆞ고 도의 입고 머리 풀고 발 벗고 단하의 ᄂᆡ려가 노숙의계 분부ᄒᆞ되 그ᄣᅢ는 군즁의 드러가 군졍을 도으라 ᄒᆞ고 단상의 올나ᄀᆞ 단 직킨 군ᄉᆞ을 호령ᄒᆞ여 불허쳘이 방위ᄒᆞ라 불허교두 셥역ᄒᆞ랴 불허신구 단언ᄒᆞ라 불허ᄃᆡ계 소고ᄒᆞ라 만일 영을 어긔는 ᄌᆞ는 군법으로 시힝ᄒᆞ리라 이러탓 호령 후의 군즁이 죵용커날 단상의 놀나가셔 방위을 살푼 후의 분향지비ᄒᆞ고 잔을 올이고 ᄒᆞ날임 젼의 축원할 제 축문의 ᄒᆞ여시되 유셰ᄎᆞ 건한 팔년 십이월 이십일 갑ᄌᆞ의

〈19-뒤〉

유셩경후 유비는 감소고우 북두칠셩 ᄒᆞ감ᄒᆞ옵소셔 졔삼동방 ᄃᆡ장군 남두칠셩 ᄃᆡ장군 셔방칠셩 ᄃᆡ장군 북방칠셩 장군 황쳔 후토지신 일월셩신 풍ᄇᆡᆨ천의 비는니다 한실이 경복ᄒᆞ고 간신이 난동ᄒᆞ야 위왕 됴됴 ᄌᆞ칭쳔ᄌᆞ 호령졔후ᄒᆞ미 긔장ᄇᆡᆨ만이요 병셰 웅장ᄒᆞ야 강북의 덥퍼ᄉᆞ오니 힘으로 당치 못ᄒᆞ올지라 비시한 동남풍을 삼일만 빌이옵시면 죠죠의 ᄇᆡᆨ만ᄃᆡ병을 소멸ᄒᆞ고 쳔하을 평졍ᄒᆞ와 도탄의 든 ᄇᆡᆨ셩을 건지

〈20-앞〉

옵고 한실을 회복ᄒᆞ물 쳔만 바ᄅᆡᄂᆞ니다 빌기을 다한ᄒᆞᆫ 후의 공명이 군ᄉᆞ을 수십ᄒᆞ고 단상ᄌᆡ비 ᄒᆞᆫ 연후의 아니오 동남풍이 일거날 신츌귀몰 졔갈양이 바람을 어든 후의 멀이 풀고 발 버슨 터 팔각윤건 슈겨씨고 가만가만 ᄌᆞ조 거러 남병산 빗긴 길노 ᄂᆡ려올 졔 강셩은 요란ᄒᆞ고 ᄉᆡ별은 놉피 썻다 지ᄂᆞᆫ 달 빗게놋코 강변의 ᄂᆡ려가니 ᄌᆞ룡이 ᄇᆡ여 ᄂᆡ려 읍ᄒᆞ고 엿ᄌᆞ오ᄃᆡ 션싱은 알영이 다녀오시닛가 공명이 ᄌᆞ룡의 손을 잡고 ᄒᆞᄂᆞᆫ 말이 현주 알영ᄒᆞ옵

〈20-뒤〉

씨며 졔장군졸도 다 무ᄉᆞᄒᆞᆫ가 그 ᄇᆡ의 급피 올나 노을 밧비 져어 어둥덩어 둥덩 써ᄂᆞ가니 이ᄯᆡ 쥬도독은 졍봉과 노슉으로 더부러 장ᄃᆡ으셔 의논ᄒᆞ되 동남풍이 이러ᄂᆞ면 ᄀᆡ병ᄒᆞ기 약속할 졔 황ᄀᆡ 불너 이른 말이 죠죠의게 밀서을 통ᄒᆞ라 ᄒᆞ고 불 질을 ᄇᆡ을 쥰비할 졔 슈빅쳑 젼선의 갈ᄯᆡ을 실코 화약 염쵸 그 우의 실어두고 감영을 불너 홰을 단속ᄒᆞ고 졍보을 불너 각진 졔장과 약속할 졔 관ᄂᆡ청칙과 쳔금가목시 경ᄀᆡ 보ᄒᆞ되 신장만인과 일진군법

〈21-앞〉

과 육상호령이 ᄒᆞᆫ 번 나면 시각을 지쳬 말ᄂᆞ 이ᄯᆡ여 일낙셔산 황훈되야 초경이 다 지ᄂᆡ고 이경이 당ᄒᆞ여되 풍셩은 젼막ᄒᆞ고 셩노ᄂᆞᆫ 만쳔ᄒᆞ니 쥬유 노슉을 불너 ᄒᆞᄂᆞᆫ 말이 공명이 허망ᄒᆞᄃᆞ 엄동셜한 빅셜쳔의 동남풍이 어이 잇시리 노슉이 엿ᄌᆞ오되 공명이 셩실결ᄉᆞ ᄒᆞ오니 허망이 아지 마옵소셔 아니요 삼경초의 풍셩이 요란커날 노셔보니 병오방의 셔운 ᄀᆡ빨이 술히방으로 펄펄 날이거날 쥬유 ᄃᆡ경ᄒᆞ여 노슉ᄃᆞ려 ᄒᆞᄂᆞᆫ 말이 ᄉᆞ롬은 탈쳔지조

〈21-뒤〉

화ᄒᆞ고 귀신도 난칙지술이 잇시니 ᄐᆞ일의 강동ᄃᆡ환이 될 써시니 셔셩 졍봉 급피 불너 분부ᄒᆞ되 셔셩은 일ᄇᆡᆨ군을 거ᄂᆞ리고 슈로로 쫏ᄎᆞ가고 졍보은 국노슈 ᄇᆡᆨ명을 거ᄂᆞ리고 육노로 쫏ᄎᆞ가 남병산 올나셔 공명의 머리 베려오라 두 장슈 쳥영ᄒᆞ고 슈륙병진 쫏ᄎᆞ갈 제 오직이나 밧비 갈사 남병산의 올ᄂᆞ가셔 공명을 ᄎᆞ지니 발셔 간ᄃᆡ 업고 긔쎡 잡고 선ᄂᆞᆫ 군ᄉᆞ 발암을 못이기여 방위

〈22-앞〉

을 졍치 못ᄒᆞ거날 셔셩 병보 기가 막겨 군ᄉᆞ 보고 뭇ᄂᆞᆫ 말이 공명이 어ᄃᆡ 갓냐 그 쟝ᄉᆞ 엿ᄌᆞ오ᄃᆡ 단ᄒᆞ로 가더이다 졍봉이 ᄃᆡ로ᄒᆞ여 급피 나셔 강변의 ᄂᆞ려가니 셔셩의 수군이 당도ᄒᆞ야 두 장슈가 ᄉᆞ면으로 츄심할 제 장졸이 엿ᄌᆞ오ᄃᆡ 어졔 일모시의 강안의 ᄆᆡ닌 ᄇᆡ가 고기 잡ᄂᆞᆫ 어션닌지 거릐ᄒᆞᄂᆞᆫ 거루빈지 ᄆᆡᆼ상군의 가ᄂᆞᆫ 빈지 엄ᄌᆞ릉의 낙슈빈지 졍영 몰나 의심터니 뜻밧긔 엇던 ᄉᆞ롬 머리 풀고

〈22-뒤〉

발버신 치 상유로 가더니다 셔셩 졍보 이 말 듯고 쏘ᄎᆞ가며 바릐보니 일엽편쥬션의 ᄇᆡᆨ우션 들고 가ᄂᆞᆫ 거시 공명일시 분명ᄒᆞ다 졍보 썩 ᄂᆞ셔셔 크게 불너 이른 말이 져긔 가ᄂᆞᆫ 공명션싱 거긔 잠간 머무러셔 ᄂᆡ의 말을 듯고가오 공명이 ᄃᆡ소ᄒᆞ고 말을 ᄒᆞ되 쥬도독이 날을 히홀 쥴 이무 알고 ᄌᆞ룡으로 ᄃᆡ후ᄒᆞ야 이 ᄇᆡ 타고 밧비 가니 장군은 오지 말고 도ᄅᆞ가셔 용병이나 ᄒᆞ옵소셔 졍보가 드른 체도 아니 ᄒᆞ고 노을 밧비 져어 쑈ᄎᆞ가니 ᄇᆡᆨ보 안의 들거구나

〈23-앞〉

ᄌᆞ룡이 ᄃᆡ로ᄒᆞ야 션두의 썩 ᄂᆞ셔며 이른 말이 간ᄉᆞᄒᆞᆫ 쥬도독은 유공ᄒᆞ신 우리 션ᄉᆡᆼ 무삼 일노 히ᄒᆞ랴고 너의을 보ᄂᆡ드냐 너을 쥐겨 분을 풀 거씨로되 양국화친 ᄉᆡᆼ각ᄒᆞ야 살여보ᄂᆡ거니와 도라가셔 쥬도독의게 말을 전ᄒᆞ되 ᄒᆞ날이 ᄂᆡ신 공명 모히ᄒᆞᆫ들 무엇ᄒᆞ리 ᄂᆡ ᄌᆡ죠을 보고가라 철궁의 왜젼 메겨 들고 흉허복실 비졍지팔 반듯 셔셔 좀통이 테지거라 짝지손을 쑥 쎄고 보니 번ᄀᆡ갓치 섀른 살리 수루룩 드러가셔 졍보의 탄 ᄇᆡ 도셰 마져 와직근 부러져셔 물의 풍

〈23-뒤〉

덩 ᄲᅡ져 빙빙 도라 ᄯᅥ나가니 셔셩이 ᄃᆡ경ᄒᆞ여 졍보 불너 ᄒᆞᄂᆞᆫ 말니 제갈션ᄉᆡᆼ 신츌귀몰 죠ᄌᆞ룡의 만닌젹을 뉘라셔 당할소냐 장판교 ᄃᆡ진 즁의 횡힝하든 조ᄌᆞ룡을 ᄂᆡ 엇지 몰ᄂᆞ든고 할질 업시 도라가서 여ᄎᆞ ᄉᆞ연을 쥬유젼의 쥬달ᄒᆞ니 쥬유 듯고 ᄃᆡ경ᄒᆞ야 이른 말이 공명션ᄉᆡᆼ ᄌᆡ조가 이러ᄒᆞ니 침식이 불안ᄒᆞ다 노슉이 엿ᄌᆞ오ᄃᆡ 죠죠을 파ᄒᆞᆫ 후의 다시 도모ᄒᆞᄉᆞ이ᄃᆞ 쥬유 올타 ᄒᆞ고 졔장을 분발할 제 일ᄃᆡ의 한

〈24-앞〉

당 쥬ᄐᆡ요 이ᄃᆡ의 장홍이요 삼ᄃᆡ의 진무요 션봉장의 황ᄀᆡ라 젼션이 삼ᄇᆡᆨ쳑이요 염초 화션 이십쳑을 젼면의 ᄡᅳ여두고 감영 불너 이른 말이 그ᄃᆡᄂᆞᆫ 오림의 ᄶᅩᄎᆞ가셔 양초의 불을 질으라 ᄐᆡ사을 불너 왈 그ᄃᆡᄂᆞᆫ 삼쳔군을 거ᄂᆞ리고 화쥬지경 드러가서 죠죠의 쳠좌군을 엄살ᄒᆞ라 여몽을 불너 왈 그ᄃᆡᄂᆞᆫ 삼쳔군을 거나리고 오림의 드러가셔 감영을 쳐 ᄑᆞᄒᆞ라 능회을 불너 왈 그ᄃᆡᄂᆞᆫ 삼쳔군을 거나리고 이릉의 드러가셔 불을 노와 죠죠 뒤을 막ᄌᆞ르라 몽츄을 불너 왈 그ᄃᆡ

〈24-뒤〉

는 삼천긔을 거ᄂᆞ리고 한야로 쪼ᄎᆞ가셔 적벽의 불을 노와 죠죠 뒤을 엄살ᄒᆞ라 번장을 불너 왈 그ᄃᆡ는 삼쳔병을 거ᄂᆞ리고 한슈로 건너야 몽츄을 쳐 프ᄒᆞ라 이ᄯᅢ 쥬도독은 상션의 놉피 안져 셔셩 경보로 우익을 삼아 삼강 어구로 ᄯᅥᄂᆞ갈 제 화장 청원도 힝군ᄒᆞᆫ다 청도 한쌍 홍문 ᄒᆞᆫ쌍 쥬쵸 동남각 셔남각 공쵸 ᄒᆞᆫ쌍 청용 동남각 셔남각 황푼 한쌍 등ᄉᆞ 순시 ᄒᆞᆫ쌍 황소 빅문 ᄒᆞᆫ쌍 호동 셔각 셔북 빅슈 홍문 ᄒᆞᆫ쌍 현무 북동각 북셔각 홍신 빅신

〈25-앞〉

청신 후신 화신 죠너 금고 한쌍 예악 ᄒᆞᆫ쌍 슌씨 두쌍 영끠 두쌍 즁ᄉᆞ명좌 실이우영 천집ᄉᆞ 두쌍 긔파관이 두쌍 굴노 두쌍 좌마와독이 오오는 친병교각 두쌍 명금아 ᄃᆡ취티ᄒᆞ라 짱짱 ᄂᆞ니ᄂᆞ로 ᄂᆞ니ᄂᆞ니 나노니 ᄶᅬᄶᅬ ᄶᅱᄶᅱ 방포일셩의 쳔지 진동ᄒᆞ며 삼칭돗 츅계 달고 슌풍으로 힝션ᄒᆞ다 이ᄯᅢ 공명은 ᄒᆞ구로 도라와셔 현덕을 모시고 장ᄃᆡ의 안ᄌᆞ 금고을 울이며 졔장을 분발할 졔 ᄌᆞ룡 불너 그ᄃᆡ는 삼쳔병 거ᄂᆞ리고 오림의 드러가셔 수목을

〈25-뒤〉

의지ᄒᆞ야 믹복ᄒᆞ여ᄯᅡ가 오날밤 삼경의 죠죠 그리 갈 거시니 군마을 엄살ᄒᆞ라 ᄌᆞ룡이 엿ᄌᆞ오ᄃᆡ 오림이 길리 험악ᄒᆞ니 어늬 길노 가오릿가 공명이 답왈 조조 반다시 형쥬을 피ᄒᆞ야 허창으로 갈 거시니 짐작ᄒᆞ여 ᄒᆞ라 익덕을 불너 그ᄃᆡ는 군ᄉᆞ을 거ᄂᆞ리고 이릉의 가 호로곡의 믹복ᄒᆞ여ᄯᅡ가 명일 평명의 죠죠 그리가 밥 지여 호군할 거시니 연긔을 쪼ᄎᆞ 산곡의 불을 노와 죠죠을 엄살ᄒᆞ라 미방 미축 유봉 등을 불너 너으는 각각 젼션을 ᄐᆞ고 죠죠의 군긔을

〈26-앞〉

탈취ᄒᆞ라 이러타시 분발할 제 공명이 현덕젼의 엿ᄌᆞ오ᄃᆡ 현주는 ᄒᆞ구의 둔병ᄒᆞ고 놉푼ᄃᆡ 올나 오날밤 삼경의 젹벽ᄊᆞ옴을 귀경ᄒᆞ옵소셔 이리 할 졔 운장이 졋틔 잇시되 종시 분발치 아니ᄒᆞ거날 분긔을 참지 못ᄒᆞ야 엿ᄌᆞ오ᄃᆡ 소장이 형장을 ᄶᅩᆺᄎᆞ 여러 ᄒᆡ을 츌젼ᄒᆞ되 ᄒᆞᆫ번도 낙후ᄒᆞᆫ ᄇᆡ 업삽더니 오날날 죠죠의 ᄃᆡ병을 ᄆᆞᆺᄂᆞᆫ 션ᄉᆡᆼ이 소장을 씨지 아니 ᄒᆞ옵심은 엇던 연고잇가 공명이 ᄃᆡ답ᄒᆞ되 장군을 요진쳐의 보ᄂᆡ고져 시푸나 구ᄋᆡ한

〈26-뒤〉

ᄉᆞ졍니 잇셔 보ᄂᆡ지 못ᄒᆞ나이다 운장이 답왈 무삼 일이 구ᄋᆡᄒᆞᄂᆞᆫ잇가 공명이 답왈 장군을 화룡도을 보ᄂᆡ면 죠죠을 잡을터니로되 장군이 젼일 허창의 갓실 ᄯᅢ의 독힝철이ᄒᆞ야 오관참장ᄒᆞ올 졔 죠죠으게 후은을 입어시니 놋토올듯 ᄒᆞ여니다 운장이 엿ᄌᆞ오ᄃᆡ 션ᄉᆡᆼ계옵셔 지기일이요 미지기이로소이다 장단은 ᄃᆡ여보아야 알꺼시요 ᄯᅩᄒᆞᆫ 죠죠ᄂᆞᆫ 쳔ᄒᆞᄃᆡ젹이라 비록 소장을 후ᄃᆡ ᄒᆞ여신들 소장이 알양 문츄을 베여 ᄇᆡᆨ마지위을 면히씨니 젼

〈27-앞〉

일 은헤 갑픈지라 ᄉᆞ살음 산ᄇᆡᆨ악호ᄒᆞ던 황슈아을 졔 엇지 살이릿가 공명이 답왈 만일 살이면 어이 ᄒᆞ리 운장이 답왈 굴영다짐 ᄒᆞ오리다 다짐 ᄉᆞ연의 ᄒᆞ여씨되 소장 관우ᄂᆞᆫ 유형지별이라 도원결의ᄒᆞ니 망ᄉᆡᆼ지동심이요 젼장츌이 동악ᄒᆞ니 우한장이 갈역이라 고명이 병봉ᄒᆞ니 의죠죠이 ᄒᆞ방고 금송여 화룡도ᄒᆞ니 반젹 죠죠을 ᄉᆡᆼ금ᄒᆞ여 무이어탐낭취물이라 만일 영을 어긔오면 상고쳐치의 당ᄉᆞ라 이럿탓 다짐 후의 운장

〈27-뒤〉

이 엿ᄌᆞ오ᄃᆡ 죠죠 만일 화룡도로 아니 오면 그는 엇지 하오릿가 공명이 ᄃᆡ답ᄒᆞ되 이도 굴영으로 다짐ᄒᆞ오리다 운장이 ᄃᆡ소ᄒᆞ고 피ᄎᆞ 굴영 다짐ᄒᆞᆫ 연후의 다짐 ᄂᆡ여걸고 공명이 운장을 불너 분부ᄒᆞ되 장군이 화룡소로로 드러가셔 놉푼 봉의 연긔을 ᄂᆡ여 죠죠을 유닌ᄒᆞ소셔 운장이 엿ᄌᆞ오ᄃᆡ 죠죠 연긔을 보면 복병을 이심ᄒᆞ여 화룡도로 오오릿가 공명이 ᄃᆡ소 왈 장군이 허허실실지이을 물로는ᄯᅩ다 졔 비록 병법이 이그나 연긔을 보면 허창ᄃᆡ로

〈28-앞〉

의 복병ᄒᆞ고 화룡소로의 헛 연긔만 논줄 짐작ᄒᆞ고 연긔 ᄶᅩᄎᆞ 올 꺼시니 장군은 이심치 말ᄂᆞ 운장이 쳥영ᄒᆞ고 관평 쥬창과 오빅 도부슈을 거나리고 화룡도로 힝군할 졔 검광은 죠일ᄒᆞ고 졍기도 엄슉ᄒᆞ여 빅이의 느러잇고 영풍웅긔는 강산을 흔드난 듯 살기츙천ᄒᆞ여 화룡도로 힝ᄒᆞ니라 이ᄯᅢ 죠죠는 상션의 놉피 올나 황긔의 약속을 기다를 졔 ᄯᅳᆺ 박긔 동남풍이 일거날 졍욱이 엿ᄌᆞ오ᄃᆡ 동남풍이 불길ᄒᆞ니 미

〈28-뒤〉

미 방비ᄒᆞᄉᆞ이다 죠죠 듯고 우서 왈 동지의 일양이 셩ᄒᆞ니 엇지 동남풍이 업시리오 의심 말ᄂᆞ 분부할 제 이윽고 군ᄉᆞ 보ᄒᆞ되 강동의셔 일쳑 소션이 황긔의 밀셔을 듸리ᄂᆞ니다 바다 보니 ᄒᆞ여씨되 쥬유 구지 막ᄶᅥ르기여 버셔날 질 업는 ᄎᆞ의 방금 양식 슈운 ᄎᆞ로 오날밤 삼경의 싱야갈 거시니 빗머리여 쳥황긔 ᄶᅩ진 거시 양식 실은 빅라 ᄒᆞ여거날 보고 ᄃᆡ희ᄒᆞ야 빅랄 기달를 ᄎᆞ의 황혼의 동남풍이 ᄃᆡ취ᄒᆞ며 파도난 흉흉ᄒᆞ고 월식은 죵

〈29-앞〉

용흔듸 강파말이 죠흘시고 죠죠 의긔양양터니 강남 일 범션이 청용긔을 흣날이며 살씌갓치 강북을 향흐거날 죠죠 딕열흐며 이른 말이 흐날이 도음이라 졍욱이 엿즈오딕 그 비 분명 간계가 잇는이다 죠죠 왈 엇던 말고 졍욱이 왈 양식 실은 비 갓트면 집피 써 오련마는 가비야이 써온 거시 슈상흐오만일 간게 잇사오면 엇지 써 당흐올릿가 죠죠 왈 네 말리 올트 그 비 분부젼의 오지 말나 말이 맛지 못흐여 쓧박긔 청포션 십여척이

〈29-뒤〉

벌쩨갓치 달여드러 쐬쐬 퉁퉁 총 놋코 북치며 벗긔갓치 달여드니 고함은천지 진동흔듸 흔반 불을 펏셕 강산이 문어지고 두 번 불 펏셕 강슈가 뒤눕는 둧 그져 불이 펏셕흐면 타는 거시 젼션이요 망흔 거시 죠죠로다 풍젼화셰 오직흐며 물결의 츌넝 비젼이 지웃둥 도씌가 와직끈 닷쥴이 써러지고 스옥딕 죠판이며 용총도 써러지며 장막쯤도 쏘각쏘각 치도 편편이요 화젼국젼 방픽 창남긔 도릭송곳 돗반을 별낭침 가지 풍파 상

〈30-앞〉

의 웽그렁졍그렁 모도 다 써는간다 수백 젼션이 일시여 간딕 업고 젹벽강슈가 뒤쏬는듸 죠죠의 빅만딕병이 일씨여 합몰흐니 숨믹키고 긔가 믹켜 초두난익 불도 타져 죽고 이놈 죽고 져놈 죽고 안즈 죽고 셔셔 죽고 가다 죽고 오드 죽고 웃드 죽고 죠으드 죽고 팔다리 부러져 직근 부러져 부러져 물의 풍덩 빠져 죽고 가삼도 쾅쾅 치드 죽고 션두의 썩 느셔며 아긔 요단흐다죽고 황스 겁스 오스 직스 물스할 제 날닌 장슈

〈30-뒤〉

씰디 업고 명장도 씰디 업다 비상 먹은 팔리 죽든 모도 ᄃᆞ 죽엇구ᄂᆞ 장담ᄒᆞ든 죠죠 홍안이 숫빗 되고 졍욱의 낫빗친 ᄯᅩᆼ빗치라 허졔ᄂᆞᆫ 창만 들고 장노ᄂᆞᆫ 살을 만져 살긔를 도모할 졔 황긔의 거동 보소 장창 ᄃᆡ검 놉피 들고 화광즁의 썩나셔면 벽역갓튼 고함소릐 청동갓치 뒤지르며 이놈 죠죠야 션봉ᄃᆡ쟝 황긔을 모로ᄂᆞᆫ다 닷지말고 창 바드라 ᄒᆞᄂᆞᆫ 소릐여 죠죠 긔가 막켜 언간의 벙벙 숑즁의 답답 졍신이 아

〈31-앞〉

득ᄒᆞ야 션두의 ᄯᅮᆨ 쩌러져 거의 죽게 되야쩌니 장노의 용밍으로 일쳑 젼션 밧비 모라 죽도록 구완ᄒᆞ야 강두의 ᄂᆡ려노니 죠죠 겁졀의 입엇던 홍포 버셔놋코 군ᄉᆞ즁의 ᄭᅵ이여가며 갓말이 비상컷다 부질업시 ᄎᆞᆼ놋ᄐᆞ가 화약이 눈의 드러 뭅시도 알인다 날다려 죠죠라 ᄒᆞᄂᆞᆫ 놈은 졔가 실노 죠죠니라 둔죵낫다 닷칠세라 ᄌᆞ친ᄒᆞ면 ᄯᅩᆼ 싸것다 여광여취ᄒᆞ여 혼미즁의 거러가며 졍신ᄎᆞ려 강산을 바릐보니 화약이 너러논 듯 ᄒᆞ고 함셩소릐 엿히가지 나난고

〈31-뒤〉

나 무죄ᄒᆞᆫ 군ᄉᆞ더른 화즁의 녹아지니 젹벽강슈가 다 홍물빗치로다 천망아요 비젼지죄로ᄃᆞ 이써여 ᄒᆞᆫ당 쥬틔ᄂᆞᆫ 젹벽으로 쪼ᄎᆞ오고 여몽 강역은 하구로 쪼ᄎᆞ오고 쥬유 ᄃᆡ병은 뒤을 쪼ᄎᆞ 엄살ᄒᆞ니 기세양난이요 진퇴유곡이라 죠죠 갈 고시 빅이 업셔 청방지방 가ᄂᆞᆫ 질의 오림곡 다다르니 수목은 팅천ᄒᆞ고 산쳔은 험악ᄒᆞᆫᄃᆡ 셜상의 모진 바람 초목은 소조ᄒᆞ고 쳔산조비졀ᄒᆞᆫᄃᆡ 식가 어이 울야ᄆᆞᄂᆞᆫ 젹벽강 화렴즁의 죽은 군ᄉᆞ 다 각기 원죠되야 죠죠 픽군 미워라고 각

〈32-앞〉

각 안져우ᄂᆞᆫ 소ᄅᆡ 고향ᄉᆡᆼ각 ᄲᅮᆫ이로다 귀촉도 불여귀라 펄펄 수루울룩 울고간다 ᄯᅩ 져편 ᄇᆞᄅᆡ보니 져 숭연ᄉᆡᆨ 연ᄉᆡᆨ 울고간다 여바라 위병군졸더라 너의 군즁의 양식○○ 업셔시니 무어시로 밥을 짓ᄂᆞ냐 이리 가며 소탕 져리 가며 소탕소탕 울고간다 ᄯᅩ 져편 ᄇᆡᄅᆡ보며 입 ᄲᅵ죽ᄉᆡᆨ 울고간다 가련ᄒᆞ다 우리 ᄉᆡᆼ상 ᄇᆡᆨ만군병 ᄌᆞ랑터니 ᄑᆡ진은 원일린고 영웅도 ᄡᅳᆯᄃᆡ 업고 ᄇᆡᆨ계도ᄉᆡᆼ ᄲᅮᆫ이로다 가며

〈32-뒤〉

입 ᄲᅵᆺ죽 져리 가며 입 ᄲᅵ죽ᄲᅵᆺ죽 울고간다 져 호반ᄉᆡ가 울고간다 장노야 활 업시니 살만 들고 살 바드라 벌벌 슈루룩 울고간다 ᄯᅩ 져 ᄯᆞ옥이 울름 운다 황ᄀᆡ 호통의 버신 홍포 나 입엇ᄃᆞ 네 보아라 ᄯᆞ옥ᄯᆞ옥 울고간다 ᄯᅩ 져 죵죠리ᄉᆡ 울고간다 공즁의 놉피 ᄯᅥ셔 동남풍을 막어쥬라 너울너울 ᄇᆡᆨ운간의 철망을 버셔낫다 화병아 우지 마라 ᄇᆡᆨ운간의 울고가니 죠죠 듯고 낙누 탄식 ᄒᆞᄂᆞᆫ

〈33-앞〉

ᄭᅳᆺᄐᆡ 허허 ᄃᆡ소ᄒᆞ니 졍욱이 엿ᄌᆞ오ᄃᆡ 근근도ᄉᆡᆼ ᄒᆞᄂᆞᆫ 즁의 우슴은 웬일이뇨 죠죠 ᄃᆡ답ᄒᆞ되 우심이 아니 날가 네 보아라 쥬유 공명 뉘라셔 모ᄉᆞ라든고 여ᄎᆞ 험노의 일진 군을 두어씨면 ᄂᆡ 엇지 살ᄋᆞ갈리 말이 맛지 못ᄒᆞ야셔 방포 일셩이 퉁 ᄂᆞ면셔 오림 산곡의 화렴이 츙천ᄒᆞ고 긔치창검 이러나며 ᄒᆞᆫ 장슈 ᄂᆞ온다 져 장슈 거동 보소 백운포 엄신갑의 팔쳑장창 드레 믜고 썩ᄂᆞ셔셔 벽역갓튼 소ᄅᆡ 질너 이놈 죠죠야 네 상산 죠ᄌᆞ룡을 아ᄂᆞᆫ

〈33-뒤〉

다 몰으ᄂᆞᆫ다 날ᄃᆞ길ᄃᆞ 학이라 비상쳔ᄒᆞ며 뒤지기라 ᄡᅡ으로 들ᄊᆞᆨ 닷지 말고 창 바드라 번ᄀᆡ갓치 달여드러 동의 번쯧 셔을 치며 셔의 번쯧 북을 칠 제 예와 치고 져와 치고 둑썹이 팔이 잡듯 백용고리 썽 욱퀴듯 장졸의 머리 낙엽이라 죠죠 넉슬 일코 마ᄒᆞ의 ᄡᅥ러져 거이 죽게 되더니 셩황 등이 죽도록 구완ᄒᆞ야 간신이 도망할 제 굴양 군긔 모도 일코 여간 나문 장졸더리 살도 마져 창도 마져 창도 마져 힝보

〈34-앞〉

가 극난 이릉의 다다르니 날이 장ᄎᆞ 발거오며 거문 구룸 이러나며 우각은 연쳔ᄒᆞᆫᄃᆡ 호도곡 당도ᄒᆞ여 져진 의복 휠신 버셔 일광 쏘ᄎᆞ 거러두고 쥬린 말 풀 잡피고 쵼여 양식 탈취ᄒᆞ야 화병 불너 밥 지으라 ᄌᆡ촉ᄒᆞ고 산곡을 바ᄅᆡ보니 한슈의 ᄂᆡ린 물은 이릉으로 도라든다 산곡 벽계슈의 ᄇᆡᆨ구더른 둥실 둥실 ᄡᅥ셔온다 우후청강 홍을 뭇노라 져 ᄇᆡᆨ구야 홍요월ᄉᆡᆨ 어듸마뇨 어젹소ᄅᆡ 젹실ᄒᆞᆫᄃᆡ 너ᄂᆞᆫ 어이 ᄒᆞ야 비거비ᄅᆡ 네 맘ᄃᆡ로 ᄒᆞ고 나ᄂᆞᆫ 어

〈34-뒤〉

이ᄒᆞ야 반싱반ᄉᆞ 도망ᄒᆞ니 쳘이본국 어이갈가 이러타시 탄식타가 ᄯᅩ ᄒᆞᆫ번 ᄃᆡ소써놀 놀ᄂᆡᆫ 장슈더리 여보 싱상 웃지 마오 우심 곳 우시시면 복병 이러나니 이졔ᄂᆞᆫ 다 죽것소 죠죠 홰을 ᄂᆡ여 ᄂᆡ가 우시면 쏙 복병이 난단 말가 우리집의 잇실 씩ᄂᆞᆫ 날마닥 우셔도 북병커니와 슐뼝도 아니 나더라 네 이놈더라 승상인지 망상인지 ᄒᆞ면셔도 평싱 우셔ᄒᆞᄂᆞᆫ 우삼 못웃게 ᄒᆞ나야 슐이나 드러 먹어보ᄌᆞ 일호쥬을 취케 먹고 쥬담ᄒᆞ되 이번 ᄊᆞ홈 ᄑᆡᄂᆞᆫ 보아거니와 한장의 근본

〈35-앞〉

을 드러보라 모도 다 상놈이졔 우션 유현덕만 ᄒᆞ여도 한죵실리라 칭ᄒᆞ거이와 일슷ᄒᆞ면 상산ᄯᅡᆼ으셔 민촌 집셕이 삼아 파러먹든 상놈이요 ᄯᅩ 운장은 ᄀᆡ운 잇ᄂᆞᆫ 쳬ᄒᆞ고 잘 놀ᄂᆡ거니와 하동ᄯᅡᆼ으셔 그럿 구어먹든 졈한이 손이요 ᄯᅩ 장비ᄂᆞᆫ 쵸독ᄒᆞᆫ 쳬ᄒᆞ고 우직ᄒᆞ거니와 탁군ᄯᅡᆼ으셔 졔육장ᄉᆞ ᄒᆞ든 손이요 유현덕인가 이손이 졀의형졔 ᄒᆞ엿거다 어 그놈더리 글ᄂᆡ의 쥬먹심이 ᄆᆡ우 단단ᄒᆞ두고 약간 심만 밋고 버르

〈35-뒤〉

장이가 괘심터 구지 체ᄂᆞᆫ 고ᄉᆞᄒᆞ고 연치로 ᄒᆞ여도 ᄂᆡ가 져의 존장이나 되 것마는 여ᄎᆞ직ᄒᆞ면 이놈 죠죠야 ᄒᆞᄂᆞᆫ 소릐 오장이 메식메식 구역이 오욕오 욕 장이 졀통투고 졔갈양인지 이손이 슬게 잇ᄂᆞᆫ 쳬ᄒᆞ고 말은 잘ᄒᆞ나 남양 ᄯᅡᆼ으셔 밧 가라먹든 무긔 엄두직이로셔 현덕이 용열ᄒᆞ여 포의속백으로 듸려드가 션싱인가 후싱인가 ᄒᆞ거이와 일후의 만나면언 ᄂᆡ 한 말의 가실 못 씨렷다 졍욱

〈36-앞〉

이 엿ᄌᆞ오ᄃᆡ 왕후장상이 씨가 업셔시니 그런 말삼 마르시오 병교ᄌᆞᄂᆞᆫ 파란 말슴 못드렷소 긔계불이면 이기졸로 여젹이요 졸불가용이면 기장으로 여젹이라 ᄒᆞ여씨니 남의 희담 마르시요 군ᄉᆞ 졈고나 ᄒᆞᄉᆞ이다 죠죠 왈 졈고ᄒᆞ면 무엇ᄒᆞ리 ᄒᆞ나 둘 셋 넷 ᄃᆞ셧 여셧 너와 나와 둘ᄒᆞ면 연일곱 되ᄂᆞᆫ 터의 졈고ᄒᆞ여 씰ᄃᆡ 업다마ᄂᆞᆫ 군법 수픔이라 착실이 ᄒᆞ여보라 졍옥이 군즁의 호

〈36-뒤〉

령ᄒᆞ되 졈고 불참ᄌᆞᄂᆞᆫ 군법으로 참ᄒᆞ리라 명고ᄒᆞ라 ᄒᆞᆺ튼 군ᄉᆞ 모다들 졔

창도 맛고 살도 마져 힝보들 어이 ᄒᆞ리 불러진 창ᄃᆡ ᄯᅥ러진 활 장 ᄡᅵ여진 퉁누긔을 엇메고 원ᄒᆞ나니 졔갈양의 동남풍 아닐넌들 팔십만 ᄃᆡ병이 다 죽엇다 각기 울고 드러올졔 죠죠 보고 어허 군ᄉᆞ 무던ᄒᆞ다 졈고 착실리 ᄒᆞ라 졔 일ᄃᆡ장의 안유령이 물고요 죠죠 ᄶᅡᆷᄶᅡᆨ 놀ᄂᆡ ᄒᆞᄂᆞᆫ 말이 어느 ᄯᅢ 어드셔 엇지 ᄒᆞ여 죽어나냐 올ᄯᅢ 오림으셔 ᄌᆞ

〈37-앞〉

룡 만나 죽엇소 악갑다 너의가 가셔 물여오너라 졍욱이 엿ᄌᆞ오ᄃᆡ 승상 혼ᄌᆞ 가셔 물너오시요 죠죠 왈 나혼ᄌᆞ 갓다가 마ᄌᆡ 죽으면 엇지 ᄒᆞ게 그만 두고 ᄯᅩ 불너라 우부좌ᄉᆞ 쳔총이 하무던이 무던이가 드러온ᄃᆞ 투고 버셔 손의 들고 갑옷 버셔 팔의 걸고 한팔은 나르치고 ᄒᆞᆫ다리 창마져 절고 ᄃᆡ셩통곡 ᄒᆞᄂᆞᆫ 말이 고향을 바ᄅᆡ보니 굴음은 쳡쳡ᄒᆞ다 어이 갈ᄭᅩ 철이본국을 어이 갈ᄭᅩ ᄃᆡ젼의 상한 군ᄉᆞ

〈37-뒤〉

졈고ᄂᆞᆫ 무삼 일고 이리 울고 드러올 졔 죠죠 보고 ᄃᆡ로ᄒᆞ여 너ᄂᆞᆫ 소위 쳔총으로 굴예도 아니ᄒᆞ고 쳬법업시 드러오니 그러ᄒᆞᆫ 도례 어ᄃᆡ 잇ᄂᆞᆫ요 잡어ᄂᆡ여 효슈ᄒᆞ라 청총이 홰가 나셔 고셩ᄒᆞ야 엿ᄌᆞ오ᄃᆡ 젹벽강 급한 불의 타져 아니 죽어시니 쇼실쳬면 ᄒᆞ여기로 죽어 맛당ᄒᆞ오리가 굴신 못ᄒᆞ고 힝보도 못ᄒᆞ고 ᄉᆞ랴셔 고향도 못갈 터이오니 차라리 쥭여쥬오 혼비고향 날아가셔 긔리든 부모동싱 ᄋᆡ졍한

〈38-앞〉

쳐자권솔 얼골이나 보랴 ᄒᆞ니 졔발 덕분 죽여쥬오 죠죠 어이 업셔 허허 탄식 막말할 제 네 부모가 ᄂᆡ 부모요 네 권솔이 ᄂᆡ 권솔이라 우지 말고 함기

가자 또 불너라 별낭쇠 들거라 별낭쇠가 울고온다 절입 버셔 드레메고 군복 버셔 엽피 찌고 디셩통곡 ᄒᆞᄂᆞᆫ 말이 고향을 바릭보니 구름 박기 멀어잇고 가권을 싱각ᄒᆞ니 귀린 마음 칙양업네 이고이고 울고오니 죠죠 보고 디로ᄒᆞ야 너는 엇지 우는냐 그 군ᄉᆞ

〈38-뒤〉

디답ᄒᆞ되 화긔와 군긔의 다 일엇쇼 어디셔 일엇나냐 오다가 즁노의셔 엇던 쟝슈 나셔더니 너 가진 거시 무어시냐 산졔불공 가는 퉁누긔요 이기 가져 오느라 엇던 항우 아들놈이 아니 가고 견디것소 두말 업시 갓다쥬니 바다보니 퉁누기 복판의다가 위나라 위 ᄍᆞᄂᆞᆫ 엇던 별난 장의 아들놈이 셧든지 그 글ᄌᆞ을 보고 네 이놈 죠죠의 군ᄉᆞ로다 죠죠 어디셔 보앗ᄂᆞ냐 잔꾀 씨지 말고 일너라 호통을 질으면

〈39-앞〉

셔 화긔와 퉁누긔 모다 쎄셔셔 퉁누긔는 공즁의 데지거날 쥬셔보니 편편 파쇄ᄒᆞ여기로 한 쪼각만 가져앗쇼 줌치을 ᄊᆞ리거날 모라니고 또 불너라 굴양직이 드러온다 양식 ᄒᆞᆫ되 다숩 휘휘 드러메고 드러오니 죠죠 보고 긔가 막커 이놈 허다한 군ᄉᆞ 먹을 양식 다 엇다두고 져것 ᄲᅮᆫ이냐 굴양직이 디답ᄒᆞ되 싱상은 미양 음흉ᄒᆞᆫ 쳬 ᄒᆞ두고 젹벽풍화 요란할 졔 빅만군ᄉᆞ 다 쥭으니 양식인들 원젼할가 나 혼ᄌᆞ

〈39-뒤〉

먹을 만치 가져왓소 어 그놈 모라니고 또 불너라 우긔병의 고디츙이 들거라 고디츙이 드러온다 안팟 솝ᄊᆞ동이 달이 한나 쪌쑥쪌쑥 입 알나 비트러지고 곰비팔 니두르며 ᄲᅢᆺ졍달이 홋드듸며 울고셔 드러오니 죠죠 디소 왈

어허 그놈 병신즁의 가진 병신이고 젹욱가 네 듯거라 져러한 거시 전장의 화근이라 그놈 두어 씰ᄃᆡ 업다 물의 ᄭᅳᆯ고가셔 ᄂᆡ복을 말장 싯쳐 육ᄀᆡ졍으로 착실이 고아라 한 그릇

〈40-앞〉

식 먹어보ᄌᆞ 져놈 ᄀᆡ가 ᄆᆡ켜 죠죠 물그럼이 보더니 싱상의 눈구먹이 인장식ᄒᆞ게 되야소 몰라ᄂᆡ고 ᄯᅩ 불으라 우부젹 복마부 덜넝쇠 들거라 덜넝쇠 말치만 손의 들고 거드러 거러온다 죠죠 보고 깜짝 놀ᄂᆡ여 ᄒᆞᄂᆞᆫ 말이 어 그놈 장비군ᄉᆞ 아니냐 져놈 ᄃᆡ답ᄒᆞ되 예 나는 장비군ᄉᆞ요 장비군ᄉᆞ 갓트면 누가 죠커소 어 그놈 ᄆᆡ우 셩ᄒᆞ다 예 셩ᄒᆞᆫ 거시 ᄆᆡ우 욕심나오 죠죠 ᄃᆡ답ᄒᆞ되 셩ᄒᆞ다고 무어시라고 ᄒᆞ냐 져놈이 ᄃᆡ답ᄒᆞ

〈40-뒤〉

되 싱상겨셔 악가 병든 놈 국 씌려먹ᄌᆞ ᄒᆞ기여 셩ᄒᆞᆫ 놈 회을 칠가 웟텹소 말은 엇다 두엇ᄂᆞ야 예 말도 파러먹엇소 죠죠 ᄀᆡ가 ᄆᆡ켜 일른 말이 어ᄃᆡ셔 팔엇ᄂᆞᆫ야 예 말 시세가 장이 좃삽터이다 ᄒᆞᆫ냥의 둘식 쥬엇소 져놈 모라ᄂᆡ고 ᄯᅩ 불너라 장ᄃᆡ군의 졍둥달이 졍둥달이 드러오니 죠죠 보고 ᄒᆞᄂᆞᆫ 말리 너ᄂᆞᆫ 엇지 달이난 져ᄂᆞ냐 져놈이 ᄃᆡ답ᄒᆞ되 엇던 졔

〈41-앞〉

미할놈이 근본 졀어가듸요 그러면 엇지 져ᄂᆞ냐 오다가 즁노의셔 엇던 장슈ᄂᆞ셔더니 이놈 죠죠 어ᄃᆡ로 가ᄃᆞ냐 바른ᄃᆡ로 썩 일너라 ᄒᆞ옵더니다 네 일너 쥬엇구ᄂᆞ 글시요 드러보오 그 장슈가 눈을 ᄯᅮᆨ 부름ᄯᅳ고 이놈 쥭기전의 셕 일너라 ᄒᆞ옵기여 강약이 부동이라 견ᄃᆡᆯ 길이 업삽두다 죠죠 ᄃᆡ경ᄒᆞ여 네 일너쑤나 글시 드러보오 만일 아니 일

〈41-뒤〉

너셔ᄂᆞᆫ 당장 죽것삽두다 죠죠 펄펄 씌며 그러ᄒᆞ면 일너구ᄂᆞ 글시 드러보란 말이요 죽ᄌᆞ구ᄂᆞ 몰은ᄃᆞ ᄒᆞ니 그 장슈가 쳘퇴갓튼 쥬먹으로 신 ᄃᆞ리을 녑더치니 마른 ᄉᆞᆼ키쎄갓치 ᄯᅡᆨ 소ᄅᆡᄂᆡ며 와직근 불어져셔 ᄒᆡᆼ보할 질 젼혜업소 죠죠 그졔야 마음놋코 슘을 ᄂᆡ여쉬고 애고 찰실ᄒᆞᆫ ᄂᆡ 아덜 졈고 다ᄒᆞᆫ 후의 군ᄉᆞ을 수십ᄒᆞ니 불과 슈백ᄀᆡ라 죠죠 탄식 낙누 씃터 ᄯᅩ 허허 ᄃᆡ소ᄒᆞ니 졍욱이 엿ᄌᆞ오ᄃᆡ ᄇᆡᆨ

〈42-앞〉

만군ᄉᆞ 몰ᄉᆞᄒᆞ고 굴양이 ᄒᆞᆫ홈 젼혜 업셔 기갈이 ᄌᆞ심ᄒᆞ듸 무삼 일노 웃ᄂᆞᆫ잇가 죠죠 ᄯᅩ 우셔 왈 쥬유 공명이 이곳의 업시물 웃노라 이럿탓 조분 질의 복병을 두어시면 ᄂᆡ 엇지 ᄉᆞ라가리 말이 맛지 못ᄒᆞ여 방포일셩이 퉁 나며 좌우산확 놉길노 복병이 벌쎄갓치 느러셔며 ᄀᆡ치 창금 일월을 희롱ᄒᆞᆫ다 ᄒᆞᆫ 장슈 나온다 져 장슈 거동 보소 얼골은 먹장 갓고 고리눈 다박슈염 ᄉᆞ모창을 놉피 들고 불쏫

〈42-뒤〉

갓치 급한 셩졍 ᄆᆡᆼ호갓치 쒸ᄂᆞ셔며 벽역갓튼을 쳔동갓치 뒤지르며 이놈 됴됴야 탁군짱의 장익득을 아ᄂᆞᆫ다 우리 션싱이 보ᄂᆡ시미 너 잡으러 ᄂᆡ 왓노라 닷지 말고 창 바더라 죠죠 귀눈이 캄캄ᄒᆞ야 아ᄅᆡ턱을 덜덜 썰며 졍욱아 날살여라 죠죠ᄂᆞᆫ 넉실 일코 장졸은 황겁ᄒᆞ여 쳔지두지 도망할 졔 셔황 등이 죽도록 ᄃᆡ적ᄒᆞ야 호로곡 너머갈 졔 휘여진 잡목이며 위얼킨 ᄎᆡᆨ넌츌을 휘쳠휘쳠 검어잡고 휘우 한슘 질

〈43-앞〉

게 쉬며 촉도지난어상청천이라 이여셔 더할소야 반싱반ᄉᆞ 도망ᄒᆞ여 호로곡 졔우 너머 경욱이 탄식훈다 평싱소학 운쥬졀싱 ᄒᆞᄌᆞ더니 셰불용신 되것구나 쵸힝 노숙 웬일닌고 오날날 이리 되문 누을 원망ᄒᆞ리 망칙한 우리 싱상 일빈일소 ᄒᆞ것구나 ᄋᆡ고ᄋᆡ고 울고가니 젼별장도 울고간다 병망회두 졔우 ᄉᆞ라 젹벽화젼 웬릴인고 빅만군ᄉᆞ 몰ᄉᆞᄒᆞ니 모ᄉᆞ도 허ᄉᆞ되고 장슈도 씰딕 업다 젼복병이 닉다르면 이 일을 어

〈43-뒤〉

이 ᄒᆞ리 ᄋᆡ고ᄋᆡ고 닉 일이야 또 파총이 울고간다 변덕 업ᄂᆞᆫ 우리 싱상 픽업을 ᄒᆞ랴 ᄒᆞᆫ덜 일역으로 ᄒᆞ잔 말가 파군장이도 망ᄒᆞ면 젼휴 ᄎᆞ가 간딕 업고 좌우 쵸가 간딕 업ᄃᆞ 젼도 복병이 또 이러ᄂᆞ면 좌우ᄋᆡᆨ을 뉘 당ᄒᆞ리 병든 보병 삼ᄉᆞ닌이 긔계업시 그졔 가니 ᄉᆞ라날 질 젼이 업다 ᄋᆡ고ᄋᆡ고 울고가니 쵸관 역시 울고간다 젼림후보 ᄒᆞᄌᆞ더니 ᄉᆞ즁구싱 되야시니 츙양지심 간딕 업고 위국할 쯧 젼혜 업다 쳬례 아ᄂᆞᆫ 우리 싱상 이러처로 험

〈44-앞〉

한 질을 곳치ᄅᆞ고 호령ᄒᆞ니 지친 군ᄉᆞ ᄉᆞᄅᆞ날가 공셩신퇴 ᄒᆞᄌᆞ더니 노상으셔 쥭것구ᄂᆞ 이일을 어이할가 긔딕츙이 울고간다 헌원씨 십용간과 후싱을 곤케ᄒᆞ야 쏘ᄃᆞ 우리 작딕 ᄎᆞ려날 졔 닌긔도 건강ᄒᆞ고 긔견들 범연할가 우리 상상 용병도 남만이나 ᄒᆞ것마ᄂᆞᆫ 황긔 방포와 일야 풍화의 낭픽되니 삼쳔구딕 경병군ᄉᆞ 일삼오칠 간딕 업고 이ᄉᆞ육팔 쥭단 말가 병든 보병 이삼

〈44-뒤〉

명이 알씌 빠진 총씌 들고 화약 조ᄎᆞ 업서시니 이 일을 어니할가 부모쳐ᄌᆞ

일별ᄒᆞ고 쳘이젼장 ᄂᆞ올 져긔 공명을 뉘 이루고 금이환향 ᄒᆞᄌᆞ더니 일신이 망케되니 빅만계교 씰ᄃᆡ업다 ᄋᆡ고ᄋᆡ고 울고나니 복마군이 ᄯᅩ 울고간다 은 안쥰총 걸닌 말게 양식을 슈운ᄎᆞ로 강병의 ᄂᆡ려갓다가 달이여 총을 마져 거의 쥭게 되야거니 쳔힝으로 ᄉᆞ라나셔 회군의 다시 드니 쵸슈오산 험한 질의 쳥이고향 어이 갈고 한참 이리 실

〈45-앞〉

피 울졔 죠죠 보고 홰을 ᄂᆡ여 ᄉᆞ싱이 유명ᄒᆞᆫᄃᆡ 너의난 엇지 요망이 울기만 힘씨ᄂᆞᆫ냐 다시 우는 놈 잇시면 군법으로 참ᄒᆞ리라 이러타시 호령 ᄒᆞ령ᄒᆞ고 힝군을 지촉할 졔 졍욱이 엿ᄌᆞ오되 화룡소로는 연긔가 나옵고 허창ᄃᆡ로는 아모 동졍 업ᄉᆞ오니 어ᄂᆡ 질노 가오릿가 죠죠 왈 화룡소뢰뢰 드려가ᄌᆞ 졍욱이 엿ᄌᆞ오ᄃᆡ 연긔 나는 곳의 복병이 의심이요 허창ᄃᆡ

〈45-뒤〉

로로 가사이다 죠죠 우셔 왈 네가 병법의 허허실실지이을 모로는ᄯᅩᄃᆞ 쐬 만한 공명이 ᄃᆡ로의 복병ᄒᆞ고 소로의 연긔 ᄂᆡ여 날 쇠기는 쐬 아니냐 ᄂᆡ 엿지 졔 꽈여 빠지리요 졍욱이 엿ᄌᆞ오ᄃᆡ 화룡갓치 험ᄒᆞᆫ 질로 가옵다가 복병을 만ᄂᆞ면 죠분 골의 돗 몰이듯 다시 변통 못ᄒᆞ게오 죠죠 ᄃᆡ로 왈 져리ᄒᆞᆫ 거시 엇지 모ᄉᆞ라 ᄒᆞ는고 화룡도는 방다죠익ᄒᆞ니 가이 피란지지라 잔말 말고 화룡도로만 드러가ᄌᆞ 졍욱이

〈46-앞〉

일업셔 화룡도로 드러갈 제 칭암졀벽은 반공의 소ᄉᆞ잇고 낙낙장송 느러젓ᄃᆞ 비루즉ᄒᆞ삼쳔쳑ᄒᆞᆫᄃᆡ 산포곡셩 요란ᄒᆞ라 죠죠 ᄃᆡ경ᄒᆞ여 이 소리 하쳐츌고 쳔병만마 오는드ᄒᆞ다 졍옥이 ᄃᆡ왈 산포곡심 물소리요 죠죠 탄식ᄒᆞ되 폭

포셩 날 소긴다 공산초목 험한 질의 병ᄆ가 의심이라 좌우산쳔 들너보니 안긔 더거 빅운되고 다긔봉이 조흘씨고 경긔졀싱 여기로다 풍경을 귀

〈46-뒤〉

경ᄒ고 힝군 지촉할 졔 약간 나문 군졸덜리 긔갈이 ᄌ심ᄒ야 초두난의 타진 군ᄉ 엄동셜한 치운 날의 사라날 질 젼의 업ᄃ 식벽바람 찬비 슷터 빙판 셕긴 죠분 질노 힝보을 어이 ᄒ리 인졍 업ᄂ 우리 싱상 힝군을 지촉ᄒ니 구학의 빠져쥭ᄂ 지 터반이라 쳥방지방 가ᄂ 질의 죠죠 ᄯ 허허 ᄃ소ᄒ되 쥬유 공명 가소업다 병목 갓튼 조분 골의 복병 여나문만 두여시면 긔진한 우리 등이 ᄉᄌ 한들 어이 살

〈47-앞〉

며 닷ᄌ 한들 어ᄃ로 갈가 ᄉ은 우심 헛장담ᄒ며 힝군을 지촉할 졔 ᄯ 박긔한 군ᄉ 엿ᄌ오ᄃ 곳 거럿던 노긔ᄌ리 ᄯᄯᄒ오 말ᄯ도 곳 누어셔 짐이 나고 인젹이 잇ᄂ가 시푸니다 아ᄆ도 복병이 잇ᄂ가 이심이오 죠죠 왈 이러ᄒ 명산ᄃ쳔의 산졔불공ᄒ던 노긔ᄌ리로다 말ᄯ은 화룡산 나무장ᄉ의 말ᄯ이라 의심 말고 드러가ᄌ 이러할 ᄶ음의 북소릭 둥둥 나니 이졔 분명 힝군 북소릭

〈47-뒤〉

이다 죠죠 왈 이러한 명산ᄃ쳔의 졀턴들 업실소냐 그게 분명 졀으셔 치ᄂ 북소릭라 ᄯ 총소릭 텡 ᄒ니 졍욱이 ᄶᄶ 놀너여 이졔 웬 소릭요 죠죠 왈 졍욱아 놀너지 마라 이 산즁의 표순들 업스랴 노릭 사심 잡ᄂ 산영군의 총소릭ᄃ 죠죠ᄂ 티연ᄒ여 힝군을 지촉할 제 북소릭 연에 나며 총소릭 텅텅 나드니 화룡산상으셔 긔치 창금이 ᄉ역ᄉ역 나오며 부슈 쳔여명이 좌우산

쳔 놉푼 질노

〈48-앞〉

벌쎄갓치 달여들 졔 디쳔바디 물 미듯시 쵸산의 구름 뫼듯 우둥퉁우둥퉁 벽역갓치 드러노며 일원디장이 청용도 놉피 들고 젹토말을 밧비 모라 우리 갓튼 소리을 병역갓치 뒤지르며 이놈 죠죠야 ᄒᆞ난 소리 쳔지가 뒤놉난 듯 ᄒᆞ거날 죠죠 넉슬 일코 겁졀의 하는 말리 여보 형임 졍욱아 날 살여쥬시요 졍욱이 눈을 흘기면셔 ᄒᆞ는 말이 눌다

〈48-뒤〉

려 형임이라 ᄒᆞ오 당초의 니 말을 드러시면 이런 픠을 아니 보졔 죠죠 디경 통곡 ᄒᆞ는 말리 비셩일젼 ᄒᆞ자 한들 인마가 피곤ᄒᆞ니 이 일을 어니 하잔 말가 젹벽강의 나문 혼빅 이졔는 다 쥭것ᄃᆞ 졍욱이 엿ᄌᆞ오디 여보 싱상 드르시요 운장 본디 인후ᄒᆞ시고 억강부약 ᄒᆞ는 더의 긔푼 디인이라 젼ᄌᆞ의 싱상계셔 은혜을 씻쳐시니 암커나 한번 비러 보

〈49-앞〉

ᄉᆞ이다 죠죠 왈 네 말이 당치 안타 삼국영웅 이니 몸이 운장 젼의 빌 약이면 후셰 우심될 거시니 니ᄉᆞ ᄎᆞᄆᆞ 못빌것ᄃᆞ 빌지 말고 꾀가 잇다 무신 꾀가 잇는잇가 네가 니의 갑쥬 입고 날인 쳬ᄒᆞ고 여기 잠간 안져거라 니가 싱똥이 이상시렵게 급피 마렵ᄃᆞ 똥 얼는 누고오ᄆᆞ 졍욱이 왈 그런 잔꾀 씨지 마오 니 명의 니가 쥭졔 남의 명의 아니 쥭것소 죠죠 그러ᄒᆞ면 죠흔 꾀 쏘 잇ᄃᆞ 무신 꾀요 죠죠 왈

〈49-뒤〉

날을 오목훈듸 뉘여놋코 쳥포장 덥퍼녹코 너의덜은 ᄃᆞ 머리 풀고 울름 설이 울되 가련ᄒᆞᄃᆞ 조싱상은 쳔ᄌᆞ의 명을 바ᄃᆞ 난신젹ᄌᆞ 치랴ᄒᆞ고 백만군병 거나리고 쳘이젼장 ᄂᆞ와다가 셩공도 못ᄒᆞ고 화룡도셔 객ᄉᆞᄒᆞ니 그 아니 불상훈가 셩기면셔 셜이 울면 져의덜이 날ᄃᆞ려 송장이라 ᄒᆞ고 그져 지ᄂᆡ갈가 시니다 지닌 후의 다러ᄂᆞᄌᆞ 졍욱이 왈 그런 약한 말 그만ᄒᆞ오 지금의 산 죠죠의 목을 베러 오는듸

〈50-앞〉

뒤여진 놈 목 베이기 가일다 우리 드는 칼노 목만 한번 베혀 가면 목이 다시 움이 날가 비러보도 못ᄒᆞ고 목만 허비할 거시니 글언 말 마르시고 지셩을 비롭소셔 죠죠가 ᄒᆞ릴 업시 관공젼의 빌너갈 졔 투긔 버셔 ᄯᅡ의 놋코 창검 쎄여 ᄂᆡ데지고 옷 버셔 말게 걸고 고초상토 탁 슈기고 목을 안으로 움치고 간ᄉᆞ한 우심 ᄂᆡ걸이고 두 손질 마조 집고 지비ᄒᆞ여 두 무릅을 졍이 쑬코 황공복디 비는 말의 장군을 뵈온지 젹연이옵

〈50-뒤〉

더니 연ᄂᆡ 무량ᄒᆞ옵시잇가 관공은 본디 인후ᄒᆞ옵신 양반이라 마상의셔 흠신ᄒᆞ야 ᄒᆞ는 말이 ᄂᆞ는 봉명ᄒᆞ고 너 잡으러 이곳 와셔 지달인 졔 오랠너니 이졔야 보겻구나 죠죠 ᄃᆞ시 엿ᄌᆞ오ᄃᆡ 박명훈 조밍덕이 쳔ᄌᆞ의 명을 바다 쳘이젼장 나오기는 분분쳔ᄒᆞ 봉기지장을 낫낫치 항복밧고 셩공을 ᄒᆞ자더니 젹벽 화젼의 ᄃᆡ픿ᄒᆞ여 거이 죽게 되야더니 쳔만의외의 장군을 맛나시니 반갑기 칭양업소 오ᄂᆞ 장군임은 ᄂᆞ을 맛나

〈51-앞〉

시되 조곰도 반가온 비시 업고 노긔 만난ᄒᆞ여 날을 원슈 보듯 ᄒᆞ시니 셜운 마음 칭양업소 운장이 ᄃᆡ노 왈 간ᄉᆞᄒᆞ고 불칙한 죠죠놈아 ᄂᆡ 말을 드러보라 당초의 네 조상이 한ᄂᆞᄅᆞ 녹을 먹어시니 긔 은혜을 엇더키 여기고 은을 빅반ᄒᆞ고 ᄌᆞ칭쳔ᄌᆞ 호령졔후ᄒᆞ니 네 이 못씰놈아 쓧 듯거ᄅᆞ 삼분쳔ᄒᆞ 분분키로 널노ᄒᆞ야 그리되고 긔린각의 츙얼모도 널노ᄒᆞ야 그이되고 억죠창싱 곡셩소릭 쳐쳐 낭ᄌᆞ키도 널

〈51-뒤〉

노하야 그이 되이 잔말 말고 쉬 쥭거ᄅᆞ 죠죠 ᄃᆞ시 비ᄂᆞᆫ 말이 장군게옵셔 허창의 와 게실 졔 삼일 ᄃᆡ연ᄒᆞ고 상ᄆᆞ의 금 쳔양과 ᄒᆞᄆᆞ의 은 쳔양이오 부인 안ᄒᆞ시기도 소장의 심이옵고 쳔ᄒᆞ졀식 초션이도 소장이 들이옵고 가지신 청용도도 숑장의 칼이옵고 쏘 ᄂᆡ ᄂᆞᄅᆞ의 와 겨실 졔 오관참장 ᄒᆞ옵고 허다ᄒᆞᆫ 장졸을 무슈이 쥭겨시되 장노으계 분부ᄒᆞ야 호송ᄒᆞ올 졔긔 장군임 하신 말삼 후일 상봉ᄒᆞᄌᆞ

〈52-앞〉

ᄒᆞ고 연연작별 ᄒᆞ온 후의 오랄랄 이ᄂᆡ 픽군장이 되야ᄃᆞ고 칼 ᄇᆡ드라 ᄒᆞ옵씨니 ᄂᆡ 칼의 나 쥭기ᄂᆞᆫ 그 안이 원통ᄒᆞ오 인후ᄒᆞ신 장군젼의 존임ᄒᆞᆫ 조밍덕을 졔발 덕분 살여주오 만단 ᄋᆡ결ᄒᆞ거날 운장이 다시 ᄭᅮ지져 왈 네 엇지 괴인라 하면 씨도 갓가이 안이오이 웬 말린오 죠죠 왈 장군임은 유졍ᄒᆞᄂᆞᆫ 청룡도ᄂᆞᆫ 무졍지물이라 그 칼노 ᄂᆡ목을 벨가 ᄒᆞᄂᆞ이ᄃᆞ 운장이 죠죠을 놀ᄂᆡ랴고 청용도을 놉피

〈52-뒤〉

들고 죠죠의 목을 젼우면셔 ᄊᆞᆨ을 납더 치니 죠죠 목을 움족ᄒᆞ며 졍신업시 ᄒᆞᄂᆞᆫ 말이 니졔ᄂᆞᆫ 쥭ᄂᆞᆫ고ᄂᆞ 청용도가 들다더니 니ᄃᆡ지도 날랍던가 압푸잔케 목이 볘혀넌가 운장이 왈 목 업시면 말ᄒᆞᄂᆞᆫ냐 죠죠 왈 졍신 하 조키로 혼백이 하난 말이오 글이할 찌음의 쥬창이 졋ᄐᆡ 잇가 운장의 거도 보고 죠죠을 그져 노을 뜻 ᄒᆞ거늘 운장 압피 썩 ᄂᆞ셔며 쳘퇴가튼 쥬먹으로 죠죠 멱살 잡아쥐고 ᄒᆞᄂᆞᆫ 말이 ᄃᆡ 칼의 베

〈53-앞〉

힐 놈을 잇ᄯᅢ가지 살여건이와 옛글의 ᄒᆞ야씨되 왕거멍이 헌어슈슈라 ᄒᆞ더니 죠죠 지명이 헌어쥬항지슈ᄅᆞ 이것 두어 쓸ᄃᆡ 업소 목이ᄂᆞ 베허가ᄉᆞ이다 청룡도 이리 쥬시요 죠죠 눈살이 쏫쏫ᄒᆞ야 말ᄒᆞ되 여보 쥬별감임 슙막키요 노시요 들으ᄆᆡ 쥬별감이 ᄆᆡ우 셥셥타 ᄒᆞ더니 ᄂᆞ게ᄂᆞᆫ 글이 쌕쌕ᄒᆞ오 운장 거이 놋케 되야더니 별감임은 공연ᄒᆞᆫ 일ᄒᆞ시오 운장 보시ᄃᆞ가 아셔ᄅᆞ 슙끈치것ᄃᆞ 운장

〈53-뒤〉

이 말머이을 두으시며 물이치ᄅᆞ 죠죠난 운장이 거동 보고 취슘쉬고 도망커날 운장이 왈 분부젼의 어ᄃᆡ 갈가 죠죠 ᄃᆡ경ᄒᆞ야 쥬져안ᄌᆞ 닷도 못ᄒᆞ다가 졔우 사ᄅᆞ오난 길의 젹슈임간의 소ᄂᆡ 업난 일원ᄃᆡ졍이 방울눈 쥬먹코 취안을 찡그이며 웃둑 셧거날 죠죠 보고 ᄃᆡ경하야 이은 말이 닌졔ᄂᆞᆫ 다 쥭어ᄃᆞ져 엇더한 장슈야 졍욱이 엿ᄌᆞ오ᄃᆡ 승상이 아모리 실혼ᄒᆞ여신들 인여귀을 모이시오 장셩 보고 그ᄃᆡ지 놀ᄂᆡ시요

〈54-앞〉

죠죠 허허 탄식ᄒᆞ난 말이 삼국영웅 죠ᄆᆡᆼ덕을 놀ᄂᆡ이 업것만는 요망ᄒᆞᆫ 총귀 장셩이 날을 속엿ᄃᆞ 져 장셩 자바ᄂᆡ라 좌우나졸 달여들여 장셩 쑥 쎄셔들고 장셩 자바들이요 졍옥이 속키 분부ᄒᆞ되 일개 장셩으로 목불시ᄒᆞ건이와 복병의 놀ᄂᆡ 씃터 사ᄅᆞ오난 우리 승상 혼이나거 놀ᄂᆡ신니 죄사무셕이라 엄치착칵 ᄒᆞ옥ᄒᆞᄅᆞ 명일 소두의 참ᄒᆞ리라 ᄂᆡ친 후의 조조 검습

〈54-뒤〉

이나 불이 야고 슐먹고 취즁의 누여던이 비몽간의 한 목신이 들어와 복지 청죄 ᄒᆞ난 말이 화룡도 장셩이옵더니 승상젼의 비ᄂᆞᆫ이다 쳥개여ᄌᆞ 하신 쳔황씨난 목덕으로 왕ᄒᆞ여씨니 나무 어이 쳔타 ᄒᆞ며 유소씨 구목위소 ᄒᆞ여씨니 ᄂᆞ무가 엿더ᄒᆞ며 헌원씨 작주거ᄒᆞ야 이졔불통ᄒᆞ이 그 나무 엇더ᄒᆞ며 반고씨 시문 ᄂᆞ무 팔

〈55-앞〉

목이 푸여잇고 긔 외여 오동목은 오현금 복판되야 ᄃᆡ슌 무릅 우의 뉘의녹코 남풍시 화답할 졔 봉황이 츔을 츄고 쳔고ᄐᆡ평 ᄒᆞ여씨니 그 ᄂᆞ무 조흘씨고 진씨황의 오후목은 공명도 귀커니와 도련명 오류슈난 츈홍도 죠흘씨고 고루거각 들보팔ᄌᆞ 오식단청 황홀ᄒᆞ고 동영고송 져 ᄂᆞ무난 관곽되야 ᄉᆞ후 ᄇᆡᆨ골 알령ᄒᆞ고 ᄂᆞ무 즁의 밤

〈55-뒤〉

ᄂᆞ무ᄂᆞᆫ 신쥬 되야 ᄉᆞ명일 화식ᄒᆞ여 만만진축 ᄎᆞ려먹고 헌관은 예복 입고 분향지ᄇᆡ 한 연후의 그 나문 ᄌᆞ손덜이 쳠작지ᄇᆡ 극진한니 그 나무 팔ᄌᆞ 조흘씨고 ᄂᆞᄂᆞᆫ 그 즁의 쳔목되야 장셩터니 지우 묵슈 가진 연장 도막도막 잘

ᄂᆡᄂᆡ야 엇든 ᄉᆞᄅᆞᆷ 작두벗텅 개밥ᄶᅮ시로 가져가고 ᄯᅩ 한 도막은 뉘 한ᄂᆡ 비형용인지 쥬먹코의 쥬토질은 웬 일이며 방울눈의 다박수염 관ᄌᆞ 업ᄂᆞᆫ ᄉᆞ모 씨여 ᄇᆡ 우의 글

〈56-앞〉

을 씨되 자관문으로 북거심이 장셩이라 싀거씨니 손이 잇셔 쩨바이며 입이 잇셔 발명ᄒᆞ며 발이 잇셔 도망할가 죽도살도 못ᄒᆞ야셔 불피풍우 쥬야로 션난 ᄎᆞ의 ᄃᆡ왕 힝ᄎᆞ 하시건만 ᄉᆞ지을 불용하난 고로 소실체모 ᄒᆞ여신들 승상이 날을 보고 놀ᄂᆡ시이 져어ᄒᆞ고 삼국영웅을 증ᄒᆞᆷ잇가 긔구망상 아니어든 무삼 죄로 참

〈56-뒤〉

ᄒᆞ리오 일하고도 후환이 업실가 심양쳐분 ᄒᆞ옵소셔 죠죠 잠을 씌여 이러나니 목신 간ᄃᆡ 업ᄃᆞ 졍욱 불너 분부ᄒᆞ되 목신 보고 글언 거시 ᄂᆡ 실체ᄅᆞ 장셩을 ᄇᆡᆨ방ᄒᆞᄅᆞ 운장으게 치ᄒᆞ고 허창으로 도ᄅᆞ가니라 잇ᄯᆡ 운장은 ᄒᆞ구로 도ᄅᆞ오니 공명이 현쥬을 모시고 안ᄌᆞ 츌젼제장의 공을 ᄎᆞ례로 의논할 졔 운장 오ᄂᆞᆫ 양을 보고 ᄒᆞ당 영지하야 안진 후의 하ᄂᆞᆫ 말이

〈57-앞〉

운장은 출쳔후로 연ᄂᆡ 무양ᄒᆞ신잇가 운장이 답ᄉᆞ 후의 공명이 지ᄅᆡ 왈 운장은 죠죠을 ᄌᆞ바왓ᄂᆞ잇가 운장이 묵묵부답ᄒᆞ거날 공명 왈 죠죠 화룡도로 아이 가더잇가 운장 왈 죠죠 그리 가더이다 다 광모은 당치 못ᄒᆞ여 ᄌᆞ바오지 못ᄒᆞ야이다 공명이 대로 왈 녠날 ᄐᆡ죵황제도 싱공을 벼이시고 옹치을 봉하심은 군볍으로 셰우심이다 이졔 장군이 군법을 거역ᄒᆞ여시니 엇지 감이

〈57-뒤〉

용셔ᄒᆞ올릿가 군법으ᄂᆞᆫ 무사졍ᄒᆞ오니 ᄂᆡ여 벼히미 맛당ᄒᆞᄂᆞ이다 현덕이 공명의 손을 잡고 일의든 말이 과연 다름니 아니오라 녜날 우리 셰 사ᄅᆞᆷ이 도원결의 ᄒᆞ올 졔 ᄉᆞ싱을 함씨 하자 ᄆᆡᆼ셰ᄒᆞ여씨이 마일 운장을 베히시면 젼약을 져발임이오니 죄을 기록ᄒᆞ엿싸가 일후 공을 일우거든 굴로 ᄉᆞᆨ죄ᄒᆞ야 질기더라

박순호 소장 81장본 〈화룡도〉

이 본은 완판 〈화용도〉를 필사한 것이다. 완판본 중에서도 '完西溪新刊本'을 보고 등서한 것으로 짐작된다. '공명축문사설', '장승타령', '군사설움사설', '군사점고사설', '정체확인형사설', '조조좀놈사설', '조조피사설', '조조애걸사설', '주창호통사설' 등 판소리 〈적벽가〉에 있는 사설들이 수용되어 있는 점에서 볼 때, 완판본 〈화용도〉는 판소리 〈적벽가〉에서 파생된 듯하지만 판소리 〈적벽가〉와는 다르게 '설전군유', '손권격동', '주유격동', '제갈근, 공명설득', '장간사항', '고육계', '연환계' 등 〈삼국지연의〉의 사설들이 자세하게 수용되어 있다는 점에서 볼 때에는 소설적 견인도가 강한 이본이다. 〈삼국지연의〉에 있는 사설의 대폭 수용은 소설적 흥미를 유발하기 위해 지략과 음모를 담고 있는 군담 이야기를 끌어들인 결과이다. 따라서 완판 〈화용도〉는 판소리 〈적벽가〉와 일정한 관계를 지니고 있으면서도 원본 지향적 성격으로 인해 군담이 강화된, 독서물화된 소설이라 할 수 있다. 한글 필사본 고소설 자료총서 101권에 수록되어 있다.

박순호 소장 81장본 〈화룡도〉

화룡도 목록 華容道 目錄

〈1-앞〉

화룡도 권지상

한ᄐᆡ죠 황졔 창업한 사ᄇᆡᆨ연의 현졔 ᄯᆡ 이르러 동ᄐᆡᆨ니 난을 지으ᄆᆡ ᄉᆞ도 왕윤니 사직 츙신으로 동ᄐᆡᆨ을 치고 한실을 홍복고 ᄒᆞ더니 불힝ᄒᆞ여 이최의을 만나 쳔ᄌᆞ 피란ᄒᆞ시ᄆᆡ 쳔ᄒᆞ ᄃᆡ란ᄒᆞ니 됴조 ᄃᆡ군을 거ᄂᆞ려 난적을 쇼멸ᄒᆞ고 찬역에 ᄯᅳᆺ슬 두어 쳔ᄌᆞ을 유인ᄒᆞ야 허창의 도읍ᄒᆞ고 졔후을 호령ᄒᆞ니 죠졍니 됴죠의 장악의 잇쓰니 국ᄀᆞ 홍망니 비조직셕일너라 ᄀᆞᆨ셜 잇ᄯᆡ의 한죵실 유황숙니 관공 ᄌᆞᆼ비와 더부러 도원결의 할 졔 ᄉᆞ싱를 ᄒᆞᆫᄀᆞ지로 ᄒᆞ야 ᄒᆞᆫ실을 홍복고져ᄒᆞ나 병불만쳔니요 ᄌᆞᆼ불과십니라 셔쥬로 ᄀᆞ 여포의계 ᄑᆡᄒᆞ고 여남의 ᄀᆞ ᄯᅩ 됴죠의게 ᄑᆡ을 당ᄒᆞ야 막지소힝 니런니 싱ᄀᆞᆨᄒᆞ니 형쥬 유ᄑᆈ는 동실지의 잇ᄂᆞᆫ 고로 형쥬로 ᄀᆞ 신야으 머무던니 마참 슈경션싱을 만ᄂᆞ 와룡션싱을 쳔거ᄒᆞ거ᄂᆞᆯ

〈1-뒤〉

현덕이 디히ᄒᆞ야 폐빅을 ᄀᆞᆽ쵸와 턱일ᄒᆞ여 칠셩지게ᄒᆞ고 관장을 거늘리고 남양 와룡ᄀᆞᆼ 제갈공명 ᄎᆞ져갈 제 정셩도 지극ᄒᆞ고 예모도 공슌ᄒᆞ니 공명니 엇지 감동치 안니 ᄒᆞ리요 유관ᄌᆞᆼ 숨인니 융즁의 다다른니 농부은 호미 들고 노릭ᄒᆞ며 논닐 젹의 농부다려 문왈 와룡션상니 어ᄃᆡ 게신요 답왈 져 손 일홈언 와용산니요 압피넌 슙풀 잇고 그 ᄀᆞ온ᄃᆡ 일ᄀᆞᆫ쵸당 잇쓰되 ᄐᆡ극은 ᄐᆡ양니요 일월른 ᄎᆞᆼ외되고 삼빅팔십 ᄉᆞ슈로 연ᄌᆞ 거러 인의예지로 벽을 마쵸고 도당씨 숨등퇴게의 ᄒᆞ도낙셔로 단청ᄒᆞ고 후원 낙낙ᄌᆞᆼ송은 군ᄌᆞ졀리요 의의녹쥭은 즁열사의 졍영ᄒᆞ고 벽ᄉᆞᆼ은 금금리요 졍젼의 빅혹이 츔을 츄니 완연ᄒᆞᆫ 션경니라 산불고니 슈려ᄒᆞ고 슈불심니 졍청니라 쵸목니 졀승ᄒᆞ고 풍물도 니상ᄒᆞ다 그리로 ᄎᆞ져ᄀᆞ소셔 현덕이 말을 모

〈2-앞〉

라 급피 ᄀᆞ보니 시문을 반기ᄒᆞ여거ᄂᆞᆯ 동ᄌᆞ을 불너 말솜ᄒᆞ되 션싱을 뵈압ᄌᆞ ᄒᆞ고 문젼의 왓ᄯᅡᆫ 말솜 엿쥬어라 동ᄌᆞ 답왈 션싱게셔 새벽의 츌립ᄒᆞ시고 안니 게시다 ᄒᆞ니 현덕니 답왈 어ᄃᆡ을 ᄀᆞ 게시야 동ᄌᆞ 왈 긔약니 읍ᄂᆞ니다 현덕이 기탄부리ᄒᆞ니 관중의 말리 션싱니 안니 게시니 신야로 도라ᄀᆞᆽ삽ᄯᅡ ᄀᆞ 후일의 다시 와 찻쓰니다 현덕니 동ᄌᆞ 불너 당부ᄒᆞ되 션싱니 오시거던 유예쥬 왓ᄯᅡᆫ 말솜 부ᄃᆡ 엿쥬라 ᄒᆞ고 신야로 도라와 슈일 후의 예단을 다시 ᄀᆞᆽ쵸와 ᄀᆞ지고 와용ᄀᆞᆼ을 ᄀᆞ랴ᄒᆞᆯ 제 익덕이 ᄒᆞ넌 말리 일기 셔싱을 보랴ᄒᆞ고 ᄯᅩ 엇지 ᄀᆞ오릿ᄀᆞ 사환니나 보ᄂᆡ소셔 현덕니 ᄃᆡ칙 왈 공명은 ᄃᆡ현니라 엇지 ᄉᆞ환을 보ᄂᆡ리요 ᄒᆞ고 관중을 다리고 와용ᄀᆞᆼ을 다시 ᄀᆞᆯ 식 북풍은 졀역ᄒᆞ고 빅셜른 분분ᄒᆞᆫᄃᆡ 익덕 왈 여ᄎᆞ 셜풍의 긔연니 제갈양을 보랴 ᄒᆞ고 니ᄃᆡ지 신고ᄒᆞ리요

〈2-뒤〉

신야로 ᄀᆞ사니다 현덕니 왈 우리 니러ᄒᆞ면 공명니 ᄀᆞᆷ동케 ᄒᆞ미라 풍셜리 겹ᄂᆞ거던 너ᄂᆞᆫ 도라ᄀᆞ 잇쓰라 익덜 왈 풍셜을 엇지 두려ᄒᆞ리잇ᄀᆞ ᄒᆞ고 숨인니 쵸당 문젼 다다른니 글 인ᄂᆞᆫ 소ᄅᆡ 들니거ᄂᆞᆯ ᄌᆞ세니 보니 표표ᄒᆞᆫ 소연니 안져 노ᄅᆡᄒᆞ며 논닐 졔 현덕니 쵸당의 올ᄂᆞᄀᆞ ᄒᆞᄂᆞᆫ 말리 션싱을 뵈ᄋᆞᆸᄌᆞ고 슈ᄎᆞ 왓삽다ᄀᆞ 뵈ᄋᆞᆸ지 못ᄒᆞ고 이졔 와 존안을 뵈오니 쳔만다힝 ᄒᆞ여니다 그 소연니 급피 이러ᄂᆞ 답예 왈 장군니 분명 ᄂᆡ의 ᄉᆞ형을 ᄎᆞᄌᆞ오신ᄀᆞ ᄂᆞᄂᆞᆫ 와룡의 아오 균이로쇼니다 현덕 왈 션싱은 어ᄃᆡ ᄀᆞ 게시잇ᄀᆞ 균니 왈 형ᄌᆞᆼ의 ᄂᆡ거 죵젹니 졍쳐 읍ᄊᆞ오니 아지 못ᄒᆞᄂᆞ니다 현덕 왈 ᄂᆡ의 복니 젹어 슈ᄎᆞ 와도 션싱을 뵈지 못ᄒᆞᄂᆞᆫᄯᅩ다 후일의 다시 오리라 ᄒᆞ고 관ᄌᆞᆼ을 다리고 신야로 도라와 다시 ᄐᆡᆨ닐ᄒᆞ여 삼일지게 ᄒᆞ고 예단을 다시 ᄀᆞᆺ쵸와 ᄀᆞ지고 와룡

〈3-앞〉

강을 ᄒᆡᆼᄒᆞᆯ ᄉᆡ 관장 왈 형ᄌᆞᆼ니 두 번 ᄀᆞ셔 못보고 ᄯᅩ ᄀᆞ시기 부란ᄒᆞ여니다 공명니 실상 ᄌᆡ조 읍셔 피ᄒᆞ고 안니 보ᄂᆞᆫᄀᆞ ᄒᆞ여니다 현덕니 왈 옛ᄂᆞᆯ 졔환공니 동곽 양닌을 보랴ᄒᆞ고 ᄉᆞ오 ᄎᆞ을 슈고ᄒᆞ여거던 ᄒᆞ물며 공명은 ᄃᆡ현인니라 ᄂᆡ 엇지 이만 졍셩을 앗기리요 익덕이 왈 쵸야빅셩 ᄒᆞᆫᄂᆞ라을 보랴 ᄒᆞ고 니ᄃᆡ지 슈고 말고 졔 혼ᄌᆞ ᄀᆞ셔 노ᄭᅳᆫ으로 동여오리라 ᄒᆞ니 현덕니 ᄃᆡ책 왈 쥬문왕니 ᄀᆞᆼᄐᆡ공을 보려ᄒᆞ고 위슈의 왕ᄂᆡᄒᆞ여ᄯᅡᆫ 말 듯도 못ᄒᆞ야ᄂᆞᆫ야 문왕갓탄 승군으로도 졍셩 드려 ᄎᆞ자거던 네 엇지 무례ᄒᆞ요 오지 말고 도라ᄀᆞ라 ᄒᆞ니 익덕니 왈 이왕의 두 형장을 모시고 왓삽ᄂᆞᆫᄃᆡ 엇지 도로ᄀᆞ오릿ᄀᆞ 삼인니 말을 타고 융중의 득달ᄒᆞ여 초당을 바라보니 오리지격 ᄒᆞ여ᄂᆞᆫ지라 현덕니 말게 ᄂᆞ려 지셩으로 거러ᄀᆞ니 마ᄎᆞᆷᄂᆡ 졔갈균니 ᄂᆞ오거ᄂᆞᆯ 현덕니

〈3-뒤〉

예ᄒᆞ고 문왈 션싱니 게신잇ᄀᆞ 균니 왈 어졔야 오션ᄂᆞ니다 문젼의 동자을 불너 왈 션싱이 게시야 동자 엿ᄌᆞ오ᄃᆡ 션싱이 게시오ᄂᆞ 초당의 최침ᄒᆞ여 게시니 긔침키 황송ᄒᆞ여니다 현덕니 관장의게 분부ᄒᆞ되 그ᄃᆡ더런 번거히 말고 동졍을 보라ᄒᆞ고 완보로 즁게의 올ᄂᆞᄀᆞ 초당을 술펴보니 평상의 놉피 누워 좀을 드러거ᄂᆞᆯ 좀 ᄭᆡ기을 기다려 지셩으로 셧쩌니 익덕니 ᄃᆡ로 왈 형 ᄌᆞᆼ니 져려탓 슈고ᄒᆞ신ᄃᆡ 짐짓 좀ᄌᆞᄂᆞᆫ 톄ᄒᆞ고 져ᄃᆡ지 거만ᄒᆞ니 고니코 교만ᄒᆞ다 ᄒᆞ고 당ᄉᆞᆼ의 풍파를 니ᄌᆞᄒᆞᆫ즉 관공니 무ᄒᆞᆫ 말유ᄒᆞ고 현덕은 동졍을 짐족ᄒᆞ고 관공은 눈을 쥬어 헌화을 금ᄒᆞ고 죵시 지다리더니 션싱니 좀을 ᄭᆡ여 ᄃᆡ몽시을 지여 을푸되 ᄃᆡ몽을 슈션ᄀᆞᆨ고 평싱을 아ᄌᆞ지라 쵸당의 츈수 됵ᄒᆞ고 ᄎᆞᆼ외의 일지지라 동ᄌᆞ을 불너

〈4-앞〉

문왈 문 밧긔 손임 와 게시야 동ᄌᆞ 엿ᄌᆞ오되 유황슉니 오신 졔 오릐니다 공명니 ᄃᆡ칙 왈 엇지 일즉 고치 안니ᄒᆞ여ᄂᆞᆫ야 ᄒᆞ고 의복을 ᄀᆞ라입고 현덕을 청ᄒᆞ거ᄂᆞᆯ 드러ᄀᆞ 예ᄒᆞ고 공명을 보니 신ᄌᆞᆼ니 팔쳑이요 얼골리 ᄇᆡᆨ옥니라 머리의 유건을 씨고 학ᄎᆞᆼ의을 입고 숀의 ᄇᆡᆨ우션을 드러거ᄂᆞᆯ 픠연ᄒᆞᆫ 션관니라 현덕이 다시 이러ᄂᆞ ᄌᆡ비ᄒᆞ고 가로ᄃᆡ 션싱의 ᄃᆡ현ᄒᆞ신 셩화을 포문ᄒᆞ고 슈ᄎᆞ 와셔 못뵈야ᄂᆞ니다 공명 왈 ᄂᆞᆯ갓ᄐᆞᆫ 초야 셔싱을 보시ᄌᆞ고 누지의 여러 번 힝ᄎᆞ을 히게시니 광치 불승ᄒᆞ여니다 현덕니 왈 방금 ᄀᆞᆫ웅니 ᄎᆞᆼ셩ᄒᆞ와 ᄉᆞ직니 ᄌᆞᆼ위ᄒᆞ오니 션싱은 너부신 ᄌᆡ됴로 지도ᄒᆞ와 기여니 회복ᄒᆞ고 됫탄의 든 ᄇᆡᆨ셩을 건져 쥬옵소셔 공명 왈 ᄂᆞᆷ양의 밧ᄀᆞᆯ기와 월ᄒᆞ의 고기 낙기

〈4-뒤〉

을 일숨아 ᄇᆡ운 거시 업ᄂᆞᆫᄃᆡ 엇지 쳔ᄒᆞ 득실을 의논ᄒᆞ리잇ᄀᆞ 현덕 왈 션싱

니 져ᄃᆡ지 겸ᄉᆞᄒᆞ시니 도로여 망극ᄒᆞ여니다 그러ᄒᆞ오ᄂᆞ ᄃᆡᄌᆞᆼ부 셰ᄉᆞᆼ의 쳐
ᄒᆞ여ᄯᆞ가 여ᄎᆞ 풍진의 웃지 헛도니 보ᄂᆡ리잇ᄀᆞ 션ᄉᆡᆼ은 션왕지업을 회복ᄒᆞ
고 억조ᄎᆞᆼᄉᆡᆼ을 건져 쥬옵소셔 언미필의 눈물리 옷깃슬 젹시거ᄂᆞᆯ 공명니 형
덕의 졍셩을 ᄀᆞᆷ동ᄒᆞ야 ᄀᆞ로ᄃᆡ ᄌᆞᆼ군니 표ᄒᆞᆫᄒᆞᆫ ᄉᆞ람을 져럿탓 ᄒᆞ시니 용열ᄒᆞ
오ᄂᆞ 뒤을 ᄯᅡ라 시셕을 ᄒᆞᆫᄀᆞ지 ᄒᆞ리라 ᄒᆞ니 현덕니 그졔야 ᄃᆡ희ᄒᆞ야 관ᄌᆞᆼ
을 불너 뵈니라 ᄒᆞ고 예단을 올니거ᄂᆞᆯ 공명 왈 이게 과도ᄒᆞ노니다 일폭지
도을 ᄂᆡ여 벽상의 거러노코 ᄀᆞ라쳐 왈 이게 셔촉 ᄉᆞ십쥬의 지도라 젼닐 고
황제 셔촉의 웅거ᄒᆞ와 ᄉᆞ빅연 ᄃᆡ업을 ᄎᆞᆼ셩ᄒᆞ여쓰니 ᄌᆞᆼ군도 ᄒᆞᆫ실

〈5-앞〉

를 회복고져 ᄒᆞ거던 션ᄎᆔ 형쥬ᄒᆞ고 지ᄎᆔ 셔촉ᄒᆞ야 근본을 ᄉᆞᆷ은 후의 즁원
을 쳐 ᄃᆡ업을 이루옵소셔 ᄒᆞ거ᄂᆞᆯ 현덕 왈 션ᄉᆡᆼ의 말ᄉᆞᆷ 듯ᄉᆞ오니 운무을 헷
치고 일월을 ᄃᆡᄒᆞ오듯 반ᄀᆞᆸᄊᆞ오니다 형쥬 유표와 셔촉 유ᄌᆞᆼ은 다 동종니라
엇지 ᄯᅡᆼ을 취ᄒᆞ잇ᄀᆞ 공명 왈 형쥬 셔촉이 ᄌᆞ연 ᄌᆞᆼ군의 긔업이 되오리이다
이윽키 슈족ᄒᆞ고 즉일의 아오 균을 불너 왈 유황슉의 ᄉᆞᆷ고초려ᄒᆞᆫ 은혜을
바더 츌셰ᄒᆞᄂᆞᆫ니 너ᄂᆞᆫ ᄀᆞ업을 일치 말고 ᄒᆞᆨ업을 폐치 말고 잇쓰면 셩공 후
의 도라오리라 ᄒᆞ며 송학을 잘 직키라 부탁ᄒᆞ고 현덕을 ᄯᅡ라 신야의 다다
른니 ᄌᆞᆼ졸리 ᄃᆡ위ᄒᆞ야 차례로 졈고ᄒᆞ고 군졔을 증졔ᄒᆞ더니 잇ᄯᅢ의 됴죠 허
창의 잇다ᄀᆞ 현덕니 공명을 으더ᄯᆞᆫ 말을 듯고 ᄃᆡ경ᄒᆞ야 ᄒᆞ후돈을 급피 불
너 ᄃᆡ

〈5-뒤〉

병 십만을 됴발ᄒᆞ여 방망셩의 진을 치고 신야을 엿보더니 여ᄉᆞᆫ 조분 길의
공명니 일파화로 십만 졍병을 경각의 합몰ᄒᆞ니 ᄒᆞ후돈니 도망ᄒᆞ야 허창으
로 도라와 그 연고을 됴죠의게 고ᄒᆞᆫᄃᆡ 됴됴 ᄃᆡ경 왈 유비ᄂᆞᆫ 인즁지용니라
공명과 ᄉᆞᆼ의ᄒᆞ야 묘게을 지을진ᄃᆡ 심복지환니 될 거시니 ᄂᆡ 친니 유비을

쳐 파ᄒᆞ리라 ᄒᆞ고 직시 십만병을 거ᄂᆞ리고 현덕을 칠 식 그 형세을 당치 못ᄒᆞ여 신야빅셩 슈십만을 거ᄂᆞ리고 ᄀᆞᆼ능으로 향ᄒᆞ다ᄀᆞ 즁판교의셔 픠ᄒᆞ여 ᄒᆞ구로 도망ᄒᆞ여 근근 용신ᄒᆞᆯ 졔 공명 왈 닉 ᄀᆞᆼ동 손권을 보고 달닉여 됴됴와 딕젼케 ᄒᆞ고 됴됴 승ᄒᆞ거던 ᄀᆞᆼ동을 취ᄒᆞ고 손권이 승ᄒᆞ거던 즁원을 취ᄒᆞᄉᆞ니다 슈연니ᄂᆞ ᄀᆞᆼ동ᄉᆞ람을 보와야 도모ᄒᆞᆯ 터인딕 ᄀᆞᆼ동ᄉᆞ람 볼 슈 읍시니 엇지 ᄒᆞ리요 됴됴

〈6-앞〉

의 빅만딕병니 젹벽의 결진ᄒᆞ여시니 손권니 아모리 영웅인덜 읏지 연승ᄒᆞ리요 됴됴 허실을 알고져 ᄒᆞ야 필경의 ᄉᆞ람니 올 거시니 그 ᄉᆞ람을 유인ᄒᆞ여 ᄒᆞᆫᄀᆞ지로 ᄀᆞᆼ동의 ᄀᆞ셔 손권을 달닉여 딕ᄉᆞ을 도모ᄒᆞ리라 ᄒᆞ더니 잇써 손권이 노슉으로 ᄒᆞ여금 ᄒᆞ구의 ᄀᆞ 유현덕의게 됴됴의 허실을 탐지ᄒᆞ라 ᄒᆞ니 노슉이 ᄒᆞ구의 이르러 현덕을 보고 예필 후의 문왈 드른니 황슉니 공명을 으든 후로 박망의 효둔과 신야의 불 노와 됴됴의 혼을 놀닉게 ᄒᆞ고 도망ᄒᆞ여ᄯᅡᆫ 말삼니 올ᄊᆞ오며 ᄯᅩ 조조의 군ᄉᆞ을 만ᄂᆞ미 되여ᄂᆞ잇ᄀᆞ 현덕 왈 그 닐런 공명의게 무러보면 ᄌᆞ셔이 알니라 노슉 왈 공명을 쳥ᄒᆞ소셔 현덕이 공명을 쳥ᄒᆞ야 드러오니 노슉이 예필 후의 공순니 문왈 션싱을 뵈오니 다힝ᄒᆞ온지라 방금 쳔ᄒᆞ딕란 ᄒᆞ오

〈6-뒤〉

니 션싱이 양칙을 ᄀᆞ라쳐 동오의 일리 읍게 ᄒᆞ옵소셔 공명 왈 닉 무삼 양칙이 잇쓰리요 노슉 왈 ᄀᆞᆼ동 손장군니 팔십닐쥬를 ᄎᆞ지ᄒᆞ고 굴양니 풍족ᄒᆞ니 잇써의 ᄒᆞᆷ긔 동심ᄒᆞ와 딕업을 이루압소셔 공명 왈 손유 양쟝니 젼일의 아름니 잇고 ᄀᆞ히 보닐 ᄉᆞ람니 업쓰니 엇지 ᄒᆞ리ᄀᆞ 노슉니 왈 션싱의 형즁이 강동의 잇쓰 션싱 보기를 원ᄒᆞ오니 ᄂᆞ와 ᄒᆞᆫᄀᆞ지 ᄀᆞ셔 딕사를 의논ᄒᆞ소셔 현덕 왈 공명은 닉의 션싱니라 엇지 시각을 써ᄂᆞ리요 노슉이 왈 딕ᄉᆞ를 경

영ᄒᆞᄂᆞᆫ 바의 셔루 ᄉᆡᆼ각 마옵소셔 ᄒᆞ고 ᄒᆞᆫᄀᆞ지 ᄀᆞ기를 청ᄒᆞᆫᄃᆡ 공명 왈 방금 일리 급박ᄒᆞ오니 ᄌᆞ경을 ᄯᅡ라ᄀᆞ 허실을 아라 좌우간 결단ᄒᆞ고 슈니 올 테오니 염여 마옵소셔 현덕이 양구의 ᄒᆞ락ᄒᆞ니 공명니 노슉으로 더부러 발ᄒᆡᆼᄒᆞᆯ 시 노슉니 공명의게 당부ᄒᆞ

〈7-앞〉

되 손즁군니 션ᄉᆡᆼ을 볼 ᄯᅢ 이에 조조의 군병 다소를 무를 터이니 실ᄉᆞᆼ을 마옵소셔 공명니 왈 ᄌᆞ경은 염여마옵소셔 그 ᄯᅢ을 당ᄒᆞ면 자연 말리 잇너니다 노슉니 드러ᄀᆞ 손즁군을 뵈온ᄃᆡ 잇ᄯᅢ의 문무졔즁을 다리고 군게을 의논ᄒᆞ다ᄀᆞ 노슉 오을 보고 문왈 원노 흠ᄒᆞᆫ 길의 무ᄉᆞ니 단여왓쓰며 슈탐ᄒᆞᆫ 일른 어ᄶᅥᄒᆞ던요 노슉 왈 죵ᄎᆞ 아뢰리다 손권니 왈 ᄌᆞ경니 간 후의 조조 격셔을 보ᄂᆡ여쓰니 보라 ᄒᆞ고 ᄂᆡ여쥬거ᄂᆞᆯ 노슉니 바다보니 ᄒᆞ여쓰되 ᄂᆞᄂᆞᆫ 쳔ᄌᆞ의 명을 바다 쳔ᄒᆞ의 난적을 칠 시 긔을 드러 놈으로 형쥬로 ᄀᆞ라치니 유죵니 쇽슈 ᄒᆞᆼ복ᄒᆞ고 형양의 ᄇᆡᆨ셩니 바람을 죠ᄎᆞ 귀순ᄒᆞ여ᄂᆞᆫ지라 이졔 ᄇᆡᆨ만군병과 용즁 쳔여원을 거ᄂᆞ리고 즁군으로 더부러 ᄀᆞᆼᄒᆞ의 ᄀᆞ

〈7-뒤〉

유비을 쳐 파ᄒᆞᆫ 후의 지리 ᄆᆡᆼ셰코져 ᄒᆞ노니 즁군의 ᄯᅳᆺ시 엇더ᄒᆞᆫ지 속속 회음ᄒᆞ라 ᄒᆞ여거ᄂᆞᆯ 노슉이 보기을 다ᄒᆞ고 ᄀᆞ로ᄃᆡ 쥬공의 ᄯᅳᆺ시 엇지ᄒᆞ랴 ᄒᆞ시잇ᄀᆞ 손권 왈 아직 졍ᄒᆞᆫ ᄯᅳᆺ시 읍노라 모사 즁소 왈 됴됴 쳔ᄌᆞ의 명을 바다 ᄇᆡᆨ만군병을 거ᄂᆞ리고 ᄉᆞ방으로 ᄒᆡᆼᄒᆡᆼᄒᆞ니 신ᄌᆞ의 도리 막기 어려습고 ᄯᅩᄒᆞᆫ 됴됴 이졔 형쥬을 치고 즁ᄀᆞᆼ ᄉᆞᆼ유의 유진ᄒᆞ고 격셔을 보ᄂᆡ여쓰니 만닐 ᄒᆞᆼ거ᄒᆞ면 군ᄉᆞ을 호령ᄒᆞ여 ᄀᆞᆼ동을 치면 그 형셰을 엇지 당ᄒᆞ리요 신의 보ᄂᆞᆫ 바ᄂᆞᆫ 화친ᄒᆞᄂᆞᆫ게 양ᄎᆡᆨ닐ᄀᆞ ᄒᆞᄂᆞ니다 문무 모ᄉᆞ 여츌닐구여ᄂᆞᆯ 손권니 침음부답ᄒᆞ고 ᄂᆡ당으로 드러ᄀᆞ거ᄂᆞᆯ 노슉니 ᄶᅡ라ᄀᆞᆯ 시 손권니 그 ᄯᅳᆺ셜 일고 노숙의 손을 ᄌᆞᆸ고 문왈 ᄌᆞ경의 소견의ᄂᆞᆫ 어ᄶᅥᄒᆞᆫ요 노슉 왈

〈8-앞〉

안즈 여러 모스의 말을 드른니 쥬공의 딕스을 져희홈이니다 만약 항복ᄒ면 위불과봉후요 거불과일승니요 긔불과닐필리요 죵불과슈인니라 쥬공은 일즉 딕스을 경영ᄒ소셔 손권 니 말을 듯고 ᄀ로딕 즈경의 말리 당연ᄒᄂ 그러ᄂ 조조의 형세 ᄀ즁 큰지라 엇지 당ᄒ리요 노슉 왈 강ᄒ의 졔갈공명을 다려왓스오니 쳥ᄒ야 게칙을 무러보면 그 허실을 소상니 알이니다 손권 왈 와룡션싱니 오셧ᄂ야 명일의 문무을 모와 강동영웅을 뵈인 후의 다시 일을 의논ᄒ리라 ᄒ딕 노슉니 공명 ᄉ쳐의 ᄂ와 지삼 당부ᄒ되 우리 쥬공을 뵐 찍의 조조 군ᄉ 만탄 말을 부딕 마르소셔 공명니 소왈 즈경은 염여 마옵소셔 닉 아라 딕답ᄒ리이다 ᄒ더니 잇튼날 노슉니 공

〈8-뒤〉

명을 다리고 즁견의 다다른니 문무졔권니 의관을 증졔ᄒ고 ᄎ례로 안즈거ᄂᆯ 공명니 ᄎ례로 셩명을 통ᄒ여 예ᄒᆫ 후의 좌즁의 단좌ᄒ니 즁소 고용 등니 셔로 의논ᄒ되 이 ᄉ람의 의기을 썩꺼 말을 못ᄒ게 ᄒ리라 ᄒ고 공명다려 문왈 ᄂᄂ 강동 미말ᄉ인니라 일즉 드른니 션싱니 늉즁의 누워쓸 졔 션싱니 니르기을 관즁 악의의게 비ᄒᆫ다 ᄒ더니 그 말니 올흔잇ᄀ 공명 왈 닉의 평싱을 져의게 비ᄒᆫ 바라 ᄒ니 즁소 소왈 유현덕은 션싱을 보랴 ᄒ고 숨고초려ᄒ여 션싱 어드믹 고기ᄀ 물을 어듬ᄀᆺ쓰 ᄒ여 형쥬 웃기ᄂ 여반증으로 아라던니 도로여 일됴의 됴죠을 쥬니 엇지ᄒᆫ 일리온잇ᄀ 공명니 싱각ᄒ되 즁소ᄂ 손권의 일등 모ᄉ라 이 ᄉ람을 먼져 썩지 못ᄒ면 손권을 엇지 달닉리요 ᄒ고 답왈 닉

〈9-앞〉

형쥬 취키ᄂ 여반증니로딕 유예쥬의 딕의로 동죵의 긔업를 ᄎᆷ아 취치 못ᄒ

여쩌니 유종은 어린아히라 ᄌᆞᆫᄉᆞᄒᆞᆫ 말을 듯고 됴됴의 항복ᄒᆞ여쓴니 ᄂᆡ 이졔 ᄀᆞᆼᄒᆞ의 웅거ᄒᆞ여 뫼ᄒᆞᆫ 경윤이 잇쓰되 엇지 타인이 알니요 ᄌᆞᆼ소 왈 그러ᄒᆞ면 션싱의 말리 ᄀᆞ치 안토다 유예쥬ᄂᆞᆫ 션싱을 어드ᄆᆡ 용니 여의쥬을 어듬 ᄀᆞᆺᄊᆞ ᄒᆞ더니 됴됴와 ᄃᆡ젼ᄒᆞ야 일합니 다 못ᄒᆞ야 ᄃᆡᄑᆡᄒᆞ고 신야을 바리고 변셩으로 도망ᄒᆞ다ᄀᆞ 당양의 ᄑᆡ을 보고 ᄒᆞ구로 ᄶᅬ겨ᄀᆞ 용신할 곳시 읍시니 오히려 션싱 웃지 안니ᄒᆞᆷ만 ᄀᆞᆺ지 못ᄒᆞᆫ지라 관즁언 환공을 도와 닐광쳔ᄒᆞᄒᆞ고 악의ᄂᆞᆫ 연소왕을 셤겨 졔나라 칠십여 셩을 항복 밧다쓰니 니ᄂᆞᆫ 큰 직조라 션싱과 ᄀᆞᆺᄒᆞᆫ잇ᄀᆞ 츙언이 역니나 니어힝니라 ᄒᆞ여쓰니 직언을 노타

〈9-뒤〉

마르소셔 공명니 ᄃᆡ소 왈 지비와 ᄉᆡᄀᆞ 엇지 홍곡의 ᄯᅳᆺ셜 알니요 신야은 산벽의 져근 골리요 군ᄉᆞ넌 쳔명의 지ᄂᆡ지 못ᄒᆞ고 ᄌᆞᆼ슈은 열의 지ᄂᆡ지 못ᄒᆞ여도 방망의 불을 노코 벽하의 물을 막어 ᄒᆞ후돈을 ᄂᆞᆨ담케 ᄒᆞ여쓰니 관즁 악의덜 이예셔 더ᄒᆞᆯ소가 당양의 ᄑᆡᄒᆞᆯ 졔ᄂᆞᆫ 억조ᄎᆞᆼ싱을 ᄎᆞ마 바리지 못ᄒᆞ야 ᄇᆡᆨ셩과 ᄒᆞᆫᄀᆞ지로 사싱을 ᄒᆞ여쓰니 이ᄂᆞᆫ 유황슉의 ᄃᆡ의라 그ᄃᆡ은 승ᄑᆡ만 알고 나라 흥망과 ᄉᆞ직의 큰 쐬넌 모로ᄂᆞᆫ쏘다 ᄌᆞᆼ소 공명의 말을 듯고 무안ᄒᆞ야 ᄃᆡ답지 못ᄒᆞ니 좌즁의 우번니 소ᄅᆡ를 크게 ᄒᆞ여 왈 됴승ᄉᆞᆼ니 용ᄌᆞᆼ 쳔여원과 ᄇᆡᆨ만군병을 거ᄂᆞ리고 유예쥬을 치면 션싱니 당적ᄒᆞ릿ᄀᆞ 공명이 왈 됴됴의 군병니 비록 억만병니라도 ᄂᆡ 족키 두렵지 안니ᄒᆞ다 ᄒᆞ니 유번니 ᄃᆡ소 왈 당양의 ᄑᆡ

〈10-앞〉

ᄒᆞ고 ᄒᆞ구로 도망ᄒᆞ야 ᄀᆞᆼ동의 심을 빌고ᄌᆞ ᄒᆞᄂᆞᆫ ᄉᆞ람니 도로여 ᄃᆡ담으로 ᄂᆞᆷ을 쇠기고져 ᄒᆞᄂᆞᆫ요 공명 왈 유예쥬 군ᄉᆞᄂᆞᆫ 불과 슈쳔니라 웃지 ᄇᆡᆨ만ᄃᆡ병을 당ᄒᆞ리요 ᄒᆞ구의 용신ᄒᆞ야 쳔시만 지달니건니와 ᄀᆞᆼ동은 군ᄉᆞ와 양식니 넉넉ᄒᆞ고 형셰 적지 안니ᄒᆞ여도 쳔ᄒᆞ ᄉᆞ람의 치소를 싱ᄀᆞᆨ지 안니ᄒᆞ고

님군을 달니여 됴됴의게 항복고져 ᄒᆞᄂᆞᆫ요 우변니 다시 말을 못ᄒᆞ고 물너ᄀᆞᄂᆞᆫ지라 모지리 문왈 공명니 소진 ᄌᆞᆼ의의 본을 바다 ᄀᆞᆼ동을 달니고져 ᄒᆞᄂᆞᆫ요 공명 왈 소진넌 육국의 졍승을 지너고 ᄌᆞᆼ의넌 두번 진ᄂᆞ라의 졍승니 되야 임군을 위ᄒᆞ여 ᄉᆞ직을 안보ᄒᆞ야쓰니 이ᄂᆞᆫ 진실노 호걸리라 그ᄃᆡ 등언 됴됴의 형셰을 ᄃᆡ겁ᄒᆞ야 ᄒᆞᆼ복ᄒᆞ기를 쥬ᄌᆞᆼᄒᆞ니 엇지 소진 ᄌᆞᆼ의을 비웃ᄂᆞᆫ요 모지리 머리를 슈기고 도라안ᄂᆞᆫ지라

〈10-뒤〉

ᄯᅩ 벽죵니 문왈 됴됴ᄂᆞᆫ 엇쩌ᄒᆞᆫ ᄉᆞ람으로 아ᄂᆞᆫ요 ᄃᆡ왈 ᄒᆞᆫᄂᆞ라 역젹니라 병죵니 왈 공명의 말리 ᄀᆞᄌᆞᆼ 그르도다 ᄒᆞᆫᄂᆞ라 운슈ᄀᆞ 다 변ᄒᆞᆫ 고로 쳔의ᄀᆞ 됴승상의게 도라ᄀᆞ고 ᄯᅩ 쳔ᄒᆞ 삼분의 일를 ᄎᆞ지ᄒᆞ고 통솔린의 ᄒᆞᄂᆞᆫ ᄌᆞᆼ의 쳔시을 바리고 역젹으로 닷토고져 ᄒᆞ니 ᄎᆞ소위야로다 엇지 픠치 안니 ᄒᆞ리요 공명 왈 ᄉᆞ람니 셰상의 ᄂᆞ미 츙효로 근본을 삼을지라 그ᄃᆡ도 셰ᄃᆡ로 ᄒᆞᆫᄂᆞ라 녹을 먹고 됴됴을 위ᄒᆞ야 임군을 모로고 엇지 입얼 여러 말을 ᄒᆞᄂᆞᆫ요 병죵니 무안ᄒᆞ여 묵묵ᄒᆞ고 안져쩌라 육젹니 문왈 됴됴 비록 셥쳔ᄌᆞᄒᆞ고 호령졔후ᄒᆞᄂᆞ 승국 조ᄎᆞᆷ의 ᄌᆞ손니라 유예쥬ᄂᆞᆫ 황슉이라 ᄒᆞ여도 너력니 업ᄂᆞᆫ ᄉᆞ람이요 ᄌᆞ리 ᄶᆞ고 신 삼ᄯᅧᆫ ᄉᆞ람니라 엇지 됴승상을 당ᄒᆞ리요 공명니 ᄃᆡ소 왈 ᄌᆞ너ᄂᆞᆫ 원술리 존치

〈11-앞〉

ᄒᆞᆯ ᄯᅢ 유ᄌᆞ 품ᄯᅧᆫ 육ᄒᆞᆫ 안니 양편의 안져 너 말를 드르라 됴됴ᄀᆞ 죠ᄎᆞᆷ의 ᄌᆞ손니ᄂᆞ ᄃᆡᄃᆡ로 ᄒᆞᆫᄂᆞ라 신ᄒᆞ요 당금 권셰을 잡고 쳔ᄌᆞ을 겁측ᄒᆞ니 ᄒᆞᆫᄂᆞ라 역젹니요 유예쥬넌 당시의 쳔ᄌᆞ의 족보를 ᄉᆞᆼ고ᄒᆞᄉᆞ ᄒᆞᆼ열을 ᄎᆞ려 황슉이라 일카른니 엇지 너력 읍ᄯᅡ ᄒᆞ며 틔조 고황졔ᄂᆞᆫ ᄉᆞᄉᆞᆼ졍ᄌᆞᆼ으로 만승쳔ᄌᆞ 되야쓰니 우리 쥬공 신 삼고 ᄌᆞ리 ᄶᆞᆫ 거시 무어시 욕되리요 그ᄃᆡ 어린 소견으로 엇지 어른의 말을 알니요 육젹니 기ᄀᆞ 막커 안ᄌᆞ쩌니 호련 일원ᄃᆡᄌᆞᆼ니 드

러오며 고셩 디칙ᄒᆞ되 공명은 당시 닐민니라 그디 등은 공연니 말노 괴롭게 ᄒᆞ니 손의 디접도 안니요 ᄯᅩᄒᆞᆫ 됴됴 디병니 지경의 범ᄒᆞ여ᄂᆞᆫ디 도젹 막을 닐런 의논치 안니ᄒᆞ고 ᄒᆞᆫ갓 입시름만 ᄒᆞ니 심히 괴니ᄒᆞ도다 모다 보니이

〈11-뒤〉

ᄂᆞᆫ 황기라 노슉으로 더부러 공명을 인도ᄒᆞ여 손권을 볼식 공명니 당상의 다달ᄂᆞ본니 문무 졔중니 좌우의 시위ᄒᆞ여ᄂᆞᆫ디 손권니 당ᄒᆞ의 ᄂᆞ려 공명을 연졉ᄒᆞ야 예필 후의 좌졍ᄒᆞ거ᄂᆞᆯ 공명니 눈을 드러 손권을 바라보니 인물리 비상ᄒᆞᆫ지라 니렴의 싱각ᄒᆞ되 손권은 비범ᄒᆞᆫ ᄉᆞ람니라 니 격동ᄒᆞ여 디ᄉᆞ를 도모ᄒᆞ리라 ᄒᆞ더니 손권 왈 션싱의 지조을 포문ᄒᆞ옵고 ᄒᆞᆫ번 보옵기을 바라옵써니 이졔 뵈오미 쳔만 다힝ᄒᆞ여이다 공명 왈 본시 소견니 업ᄂᆞᆫ고로 직죠 읍쓰오니 바란 거시 도로여 욕될ᄀᆞ ᄒᆞᄂᆞ니다 손권니 왈 신야의 조조와 디젼ᄒᆞ야싸 ᄒᆞ오니 조조의 군ᄉᆞ 을마ᄂᆞ ᄒᆞ던잇ᄀᆞ 공명 왈 슈륙 마보군니 빅만이ᄂᆞ 되더니다 손권 왈 그디지 만터잇ᄀᆞ 공명 왈 그ᄲᅮᆫ 안니라 형쥬

〈12-앞〉

군니 이십만니요 원소군이 오륙만니요 즁원군ᄉᆞ 숨십만니요 쳥쥬군ᄉᆞ 이십만니라 ᄒᆞᆸᄒᆞ면 슈빅만니로디 빅만으로 말숨ᄒᆞ기ᄂᆞᆫ 강동 졔군이 놀닐ᄀᆞ ᄒᆞ야 슈를 쥬려 말숨ᄒᆞ여ᄂᆞ니다 노슉니 그 말을 듯고 실식ᄒᆞ야 공명을 눈 쥬되 본쳬도 안이 ᄒᆞ고 슈즉만 ᄒᆞ거ᄂᆞᆯ 노슉니 긔ᄀᆞ 막키여 아모 말도 못ᄒᆞ고 셧ᄂᆞᆫ지라 손권니 왈 즁ᄒᆞ의 명즁니 얼마ᄂᆞ 되던잇갓 공명 왈 지혜잇고 용밍 닛ᄂᆞᆫ 즁슈 쳔여원니요 그 외에 졔즁은 부지기슈이다 손권 왈 됴됴 형쥬을 어든 후의 ᄀᆞ지 안니ᄒᆞ고 젹벽의 유진ᄒᆞ기ᄂᆞᆫ 무슴 연고이낫ᄀᆞ 즁갱의 결진ᄒᆞ고 젼션을 단속ᄒᆞ기ᄂᆞᆫ 강동을 치고져 함인ᄀᆞ ᄒᆞᄂᆞ니다 만닐 강동을 치거드면 엇지 당젹ᄒᆞ리잇ᄀᆞ 션싱언 집피 싱각ᄒᆞ와 이히을 ᄀᆞ라치소셔 공

명 왈 ᄀᆡ여이

〈12-뒤〉

됴됴을 ᄃᆡ적ᄒᆞ다ᄀᆞ 만약 심니 부족ᄒᆞ거던 모ᄉᆞ의 말ᄃᆡ로 ᄒᆞᆼ복ᄒᆞ소셔 손권이 왈 션싱의 말솜 ᄀᆞᆺᄊᆞ오면 엇지 유예쥬넌 항복지 안니ᄒᆞ여ᄂᆞᆫ니ᄀᆞ 공명 왈 옛늘 젼휭은 닐ᄀᆡ ᄌᆞᆼ슈로ᄃᆡ 늠의게 굴ᄒᆞᆫ 일리 읍거던 유예쥬ᄂᆞᆫ 당당ᄒᆞᆫ 황슉니요 쳔ᄒᆞ영웅니라 엇지 역젹 조조으게 항복ᄒᆞ리요 손권니 변ᄉᆡᆨ 왈 초면인사의 이ᄃᆡ지 멸시ᄒᆞᄂᆞᆫ요 소ᄆᆡ을 ᄯᅥᆯ치고 ᄂᆡ당으로 드러ᄀᆞ니 좌우 모ᄉᆞ 등니 공명을 비웃고 물너ᄀᆞᄂᆞᆫ지라 노슉니 공명을 칙망ᄒᆞ되 션싱언 엇지 그ᄃᆡ지 그만듸게 말솜ᄒᆞ여ᄂᆞᆫ요 공명니 ᄃᆡ소 왈 욕볼ᄉᆞᆼ은 바니 읍고 조조 팔ᄒᆞᆯ 묘칙도 바니 업쓰니 ᄂᆡ 엇지 질거 말ᄒᆞ리요 노슉니 그 말을 듯고 후당의 드러ᄀᆞ니 손권니 왈 공명니 그ᄃᆡ지 ᄂᆞ를 슈이 보니 분ᄒᆞ

〈13-앞〉

도다 노슉니 왈 ᄂᆡ 역시 칙망ᄒᆞ온즉 공명니 ᄃᆡ답ᄒᆞ되 욕을 못면ᄒᆞᆫ다 ᄒᆞ오니 쥬공니 다시 쳥ᄒᆞ여 무러보소셔 손권니 ᄃᆡ희 왈 공명니 어진 묘칙니 잇기로 짐짓 나을 격동ᄒᆞ야ᄯᅩ다 ᄒᆞ고 외당의 ᄂᆞ와 공명젼의 ᄉᆞ례 왈 일시 쳔견으로 촉노ᄒᆞ여ᄊᆞ오니 쳔만 황송ᄒᆞ여이다 공명도 ᄉᆞ례ᄒᆞ니 손권니 공명을 후당으로 인도ᄒᆞ야 슈를 권ᄒᆞ고 왈 양칙을 ᄀᆞ르치소셔 조조를 파ᄒᆞᆫ 후의 공을 ᄀᆞᆸᄉᆞ오리다 공명 왈 조조 군ᄉᆞ 비록 ᄇᆡᆨ만니ᄂᆞ 슈젼의 익지 못ᄒᆞ고 형쥬의 으든 군ᄉᆞ ᄯᅩᄒᆞᆫ 심복이 안니요 그 셩셰의 ᄑᆡᆸ박ᄒᆞᆷ니라 임시변통니오니 ᄌᆞᆼ군니 실ᄉᆞᆼ 됴됴를 치고져 ᄒᆞ거던 유예쥬와 동심 ᄒᆞᆸ역ᄒᆞ오면 ᄌᆞ연 조조 파할 묘칙니 날 거시니 장군언 그러니 결단ᄒᆞ소셔 손권니 ᄃᆡ희ᄒᆞ여 왈 션싱의

〈13-뒤〉

말숨니 당연ᄒᆞ오니 다시 무슴 의심잇시리요 즉일의 화친 정ᄉᆞ를 신야로 보ᄂᆡ고 군중의 영을 ᄂᆡ려 긔병을 ᄌᆡ촉ᄒᆞ니 군ᄉᆞ 등니 비슈 왈 젼일의 됴됴 형셰 크지 못ᄒᆞ야도 ᄒᆞᆫ번 북 쳐 원소를 ᄌᆞᆸ아ᄂᆞᆫᄃᆡ 지금은 ᄃᆡ병 ᄇᆡᆨ만니요 용중 쳔여원니라 ᄀᆞᆼ동을 치거듸면 뉘 능히 당ᄒᆞ리요 만닐 공명의 말를 듯고 긔병ᄒᆞ다ᄀᆞ넌 진소위 셥을 지고 불의 들미라 장군은 집히 ᄉᆡᆼᄀᆞᆨᄒᆞ와 결단ᄒᆞ소셔 손권니 고ᄀᆡ을 슈기고 묵묵부답 ᄒᆞ거ᄂᆞᆯ 고옹니 왈 유예쥬 조조의게 ᄑᆡ을 보고 우리 심을 비러 졔의 원슈을 ᄀᆞᆸ고ᄌᆞ ᄒᆞ미니 ᄌᆞᆼ군은 엇지 이 ᄭᅬ을 모르시고 위ᄐᆡᄒᆞᆫ ᄂᆡᆯ를 ᄒᆡᆼ코져 ᄒᆞᄂᆞ이ᄀᆞ 손권니 고ᄀᆡ을 슈기고 ᄃᆡ답지 안니ᄒᆞ니 모ᄉᆞ 등니 물너ᄀᆞ거널 노슉니 급피 드러ᄀᆞ 엿ᄌᆞ오되 모ᄉᆞ의 말리 ᄒᆞᆼ복ᄒᆞᄌᆞ ᄒᆞ오니 니

〈14-앞〉

ᄂᆞᆫ 져의 몸만 위ᄒᆞ미요 국ᄀᆞ흥망 ᄉᆞ직안위를 모로오니 ᄌᆞᆼ군은 듯지 마르소셔 손권니 왈 ᄂᆡ ᄉᆡᆼᄀᆞᆨᄒᆞᆯ 거시니 물너ᄀᆞ ᄂᆡ의 지위을 지다리라 잇ᄯᆡ 황ᄀᆡ 정보 ᄀᆞᆷ영 여몽 ᄒᆞᆫ당 쥬ᄐᆡ 셔셩 정봉 등 ᄉᆞᆷ십인니 니 말를 듯고 일시의 드러ᄀᆞ 엿ᄌᆞ오ᄃᆡ 소ᄌᆞᆼ 등니 ᄌᆞᆼ군을 모셔 ᄇᆡᆨ ᄒᆞᆸ을 ᄊᆞ와 ᄀᆞᆼ동을 직키여 명젼 쳔ᄒᆞᄒᆞ고 난적을 소멸ᄒᆞ고 ᄉᆞ직을 바쓰러 공을 쥭ᄇᆡᆨ의 오르기를 원ᄒᆞ옵던니 니졔 모ᄉᆞ의 말을 듯고 ᄇᆡᆨ연공업을 일조의 바리려 ᄒᆞ시니 절절 원통ᄒᆞ오며 소ᄌᆞᆼ 등은 쳔번 쥭어도 ᄒᆞᆼ복 못ᄒᆞ것ᄂᆞ이다 청컨ᄃᆡ 조조와 ᄃᆡ젼ᄒᆞ오면 소ᄌᆞᆼ등도 평ᄉᆡᆼ 심을 다ᄒᆞ여 뒤을 ᄯᆞ르리다 ᄒᆞ며 ᄀᆞᆨᄀᆞᆨ 노긔 등등ᄒᆞ니 손권니 왈 아즉 물너ᄀᆞ 잇시면 ᄂᆡ 종ᄎᆞ 결단ᄒᆞ리라 ᄒᆞ더니 잇ᄯᆡ 쥬유 번양호의 오다ᄀᆞ 조조 젹벽

〈14-뒤〉

유진ᄒᆞᆫ 소문을 듯고 시ᄉᆞᆼ으로 도라오니 노슉니 쥬유를 보고 젼후 ᄉᆞ연을 셜화ᄒᆞ니 쥬유 왈 ᄌᆞ경은 염여말고 공명을 다려오라 노슉니 공명 ᄉᆞ쳐 ᄀᆞᆫ 후의 ᄌᆞᆼ소 고용 등니 쥬유을 보고 ᄀᆞ로ᄃᆡ 도독은 ᄀᆞᆼ동 이히를 아르시ᄂᆞᆫ잇ᄀᆞ 쥬유 왈 아지 못ᄒᆞ노라 조조 ᄇᆡᆨ만ᄃᆡ병를 ᄒᆞᆫ슈의 진을 치고 격셔을 보ᄂᆡ여 화친을 청ᄒᆞ거놀 우리 모ᄉᆞ 등니 ᄌᆞᆼ군의게 엿ᄌᆞ와 화친ᄒᆞ야 ᄀᆞᆼ동을 안보코져 ᄒᆞ더니 ᄯᅳᆺ박긔 노슉니 졔ᄀᆞᆯ공명을 다려다ᄀᆞ 쥬공을 달ᄂᆡ여 졔의 원슈을 ᄀᆞᆸ고ᄌᆞ ᄒᆞ오니 도독은 이히를 ᄉᆡᆼᄀᆞᆨᄒᆞ와 슈이 결단ᄒᆞ소셔 쥬유 왈 공 등 소견니 다 ᄀᆞᆺ탄이닛ᄀᆞ 여러 모ᄉᆞ 여츌일구여늘 쥬유 왈 ᄂᆞ도 ᄒᆞᆼ복고ᄌᆞ ᄒᆞ미 임의 오ᄅᆡᆫ지라 명일의 쥬공을 보고 결단ᄒᆞ리라 ᄒᆞ니 모ᄉᆞ 등니 물너ᄀᆞ넌지라 잇ᄯᆡ 졍보

〈15-앞〉

황ᄀᆡ 등 닐반 무ᄌᆞᆼ ᄉᆞᆷ십여원니 ᄌᆞᆨ기 예필 후의 ᄀᆞ로ᄃᆡ 도독은 ᄀᆞᆼ동니 조모의 남우게 부친 ᄇᆡ 되ᄅᆡᆫ니 도독은 엇지 ᄒᆞ려 ᄒᆞ시ᄂᆞ잇ᄀᆞ 쥬유 왈 공 등 소견의ᄂᆞᆫ 엇더ᄒᆞ요 졍보 왈 소ᄌᆞᆼ 등니 손ᄌᆞᆼ군을 모셔 고락을 ᄒᆞᆫ가지로 ᄒᆞ더니 쥬공니 문관 등의 말을 듯고 조조의게 ᄒᆞᆼ복고져 ᄒᆞ니 소ᄌᆞᆼ 등은 ᄎᆞ라리 쥭을지연졍 놈의 치소넌 듯지 안니 ᄒᆞ거ᄂᆞ니다 도독은 일즉 결단ᄒᆞ와 조조를 막게 ᄒᆞ소셔 소ᄌᆞᆼ 등니 쥭도록 심을 다ᄒᆞ야 뒤를 ᄯᆞ르리다 쥬유 왈 ᄌᆞᆼ군 소견이 ᄀᆞᆺ탄잇ᄀᆞ 황ᄀᆡ 왈 당ᄌᆞᆼ의 베인 ᄃᆡ도 항복은 못ᄒᆞ것ᄂᆞ닛ᄀᆞ 졔반 무ᄌᆞᆼ니 여출일구여놀 쥬유 왈 엇지 놈의게 굴신ᄒᆞ리요 공 등은 심을 다ᄒᆞ야 도으라 잇ᄯᆡ 노슉니 공명을 다리고 문젼의 니르거놀 쥬유 당ᄒᆞ의 나려 공명을 연졉ᄒᆞ여

〈15-뒤〉

예필 좌졍 후의 노슉 왈 당금의 조조 ᄀᆞᆼ동을 짐범ᄒᆞ니 도독은 이히을 ᄀᆞ리여 좌우ᄀᆞᆫ 결단ᄒᆞ옵소셔 쥬유 왈 조조 쳔ᄌᆞ의 명을 바다 ᄉᆞ방으로 횡힝ᄒᆞ니 마그면 신ᄌᆞ의 도리 안니라 ᄯᅩ 조조의 형셰 ᄐᆡ산ᄀᆞᆺ트니 그 닐를 엇지 ᄒᆞ리요 ᄊᆞ홈을 파ᄒᆞ고 명닐의 쥬공을 본 후의 ᄉᆞᄌᆞ를 보ᄂᆡ여 ᄒᆞᆷ복고져 ᄒᆞ노라 노슉니 그 말 듯고 ᄃᆡ로 왈 말ᄉᆞᆷ니 그르도소니다 ᄀᆞᆼ동을 ᄎᆞᆼ업ᄒᆞ야 ᄉᆞᆷᄃᆡ을 젼ᄒᆞ여거ᄂᆞᆯ 닐조의 조조의게 ᄒᆞᆼ복ᄒᆞ리요 손ᄌᆞᆼ군 임죵시의 ᄌᆞᆼ군의게 부탁ᄒᆞ야거던 엇지 션왕의 유언를 이ᄃᆡ지 져바리ᄂᆞᆫ잇ᄀᆞ 쥬유 왈 ᄀᆞᆼ동 ᄇᆡᆨ셩니 나를 원망ᄒᆞ기로 ᄊᆞ홈을 파ᄒᆞ노라 노슉 왈 ᄌᆞᆼ군의 영웅과 ᄀᆞᆼ동 형셰로 조조를 겁ᄒᆞ야 ᄊᆞ우지 못ᄒᆞ고 항복ᄒᆞ거듸면 쳔ᄒᆞ의 치소를 엇지 ᄒᆞ

〈16-앞〉

오리ᄀᆞ 공명니 졋ᄐᆡ 안ᄌᆞᄯᆞᄀᆞ 노슉의 말을 듯고 웃거ᄂᆞᆯ 쥬유 왈 션ᄉᆡᆼ이 엇지 웃ᄂᆞ잇ᄀᆞ 공명 왈 ᄌᆞ경의 말을 듯고 웃ᄂᆞ니다 노슉 왈 엇지 ᄂᆡ 말을 듯고 웃ᄂᆞ잇ᄀᆞ 공명 왈 됴됴 용병을 ᄌᆞᆯᄒᆞ기로 쳔ᄒᆞ의 무적ᄒᆞ니 쳔ᄒᆞ득실 ᄒᆞᆼ망승쇠을 엇지 미드리요 슈히 항복ᄒᆞ야 부귀을 ᄒᆞᄂᆞᆫ 것만 ᄀᆞᆺ지 못ᄒᆞᄂᆞ이다 노슉 왈 공명니 엇지 쥬공을 슈히 아ᄂᆞᆫ요 엇지 조조의게 ᄒᆞᆼ복ᄒᆞ랴 공명니 ᄃᆡ소 왈 ᄌᆞ경은 ᄂᆡ 말을 그르다 마소 항복도 안니ᄒᆞ고 ᄊᆞ홈도 안니 ᄒᆞ고 유예미결ᄒᆞ야 셔로 실난인즉 도로여 남의 승긔만 도도미요 나ᄂᆞᆫ 어리셕을 ᄯᆞ름이니 필랴의 그리 말고 ᄀᆞᆼ동의 두 ᄉᆞ롬만 앗기지 말면 조조 시ᄉᆞ로 퇴병ᄒᆞ야 ᄀᆞᆯ 거시니 그리ᄒᆞ면 엇더ᄒᆞ요 쥬유 왈 엇더ᄒᆞᆫ ᄉᆞ람니

〈16-뒤〉

요 공명 왈 ᄂᆡ 융즁의셔 드른즉 ᄒᆞᆫ슈의 동ᄌᆞᆨᄃᆡ을 지여노코 쳔ᄒᆞ 미식을 그ᄀᆞ온ᄃᆡ 두고 동낙ᄐᆡ평을 원ᄒᆞ더니 ᄀᆞᆼ동의 교공니 두 ᄯᆞᆯ을 두어씨되 ᄌᆞᆼ 왈

되교요 ᄎᆞ 왈 소교라 침어낙안지ᄉᆡᆼ니요 슈화지틱란 말을 듯고 조조 밍셰ᄒᆞ야 ᄉᆞ히을 평졍ᄒᆞ고 왕업을 이룬 후의 ᄌᆞᆼ동의 이교여을 어더 동족되 놉픈 집의 말연 낙를 슘무리라 ᄒᆞ고 ᄌᆞᆼ동을 치고져 ᄒᆞ니 즁군은 교공을 ᄎᆞ져 쳔금을 쥬더릭도 이교녀을 ᄉᆞ셔 보니오면 범여 셔씨을 오왕 부ᄌᆞ으게 보님 ᄀᆞᆺ트여 욕을 면ᄒᆞ린니 즁군은 민ᄀᆞᆫ 여ᄌᆞ를 익끼지 말고 급피 보니소셔 쥬유 왈 조조 이교여을 웃고ᄌᆞ ᄒᆞᄂᆞᆫ 증거ᄀᆞ 무어시 잇ᄂᆞᆫ이ᄀᆞ 공명 왈 조조의 아달 조식니 쳔ᄒᆞ의 문ᄌᆞᆼ니라 죠식으로 ᄒᆞ여금 동족되 글을 지

〈17-앞〉

여씨되 쳐음은 쳔ᄌᆞ 되고 버금은 니교을 취할 쯧시라 그 글을 보와 아ᄂᆞ니다 쥬유 왈 션싱니 동족되시를 외옵ᄂᆞ잇ᄀᆞ 공명 왈 니키 보와ᄂᆞ니다 ᄒᆞ고 글를 외일 ᄉᆡ ᄌᆞᆼ동 이교여을 긔여히 탈취ᄒᆞᆯ 쯧스로 지여거ᄂᆞᆯ 쥬유 듯고 바련 변ᄉᆡᆨᄒᆞ야 셔안을 치며 북방을 ᄀᆞ라쳐 왈 역젹 조조놈을 이졔ᄭᆞ지 ᄉᆞᆯ여 쩌니 도로여 날을 이더지 멸시ᄒᆞ니 밍셰코 쳐 파ᄒᆞ리라 ᄒᆞ니 공명니 구지 말여 ᄀᆞ로되 옛ᄂᆞᆯ 북흉노 변방을 ᄌᆞ조 침범ᄒᆞ미 쳔ᄌᆞ 공쥬을 쥬어 화친ᄒᆞ야거던 ᄒᆞ물며 이교여는 민ᄀᆞᆫ여ᄌᆞ라 엇지 잇기리요 쥬유 왈 션싱은 모로ᄂᆞ니다 되교ᄂᆞᆫ 손즁군의 형슈요 소교ᄂᆞᆫ 니의 안히라 ᄒᆞᄂᆞ니다 공명니 모로ᄂᆞᆫ 쳬ᄒᆞ고 거짓 놀니여 ᄌᆞ리 밧긔 물너 안지며 왈 니 과연 모로ᄋᆞᆸ고 ᄒᆞ온 말슴이니

〈17-뒤〉

도로여 황공 황공ᄒᆞ여니다 쥬유 왈 조조로 더부러 ᄌᆞ웅을 결단ᄒᆞᆯ 거시니 션싱은 어진 묘칙을 니여 조조를 파ᄒᆞ게 ᄒᆞ소셔 공명 왈 바리지 안니 ᄒᆞ오면 진심하와 도으리라 잇튼날 손권을 보고 긔병을 의논ᄒᆞᆯ ᄉᆡ 좌편의ᄂᆞᆫ 문권 즁소 등 슘십여인니요 우편의ᄂᆞᆫ 무즁 졍보 황긔 등 슘십여인니라 의관를 증졔ᄒᆞ고 위염이 엄슉ᄒᆞᆫ되 손권니 좌우을 보와 왈 조조의 빅만되병니

젹벽의 진을 치고 격셔을 보뉘여쓰니 공근은 보라 ᄒᆞ고 뉘여쥬거늘 쥬유 격셔를 보고 ᄃᆡ소 왈 도젹니 우리 동오의 ᄉᆞ람 읍ᄂᆞᆫ 쥴를 알고 니러타시 ᄒᆞ여ᄂᆞᆫ요 쥬유 왈 쥬공은 문무와 의논ᄒᆞ와 게시니 엇지 결쳐ᄒᆞ여ᄂᆞ잇ᄀᆞ ᄃᆡ왈 연닐 의논니 혹은 ᄒᆞᆼ복ᄒᆞᄌᆞ ᄒᆞ고 혹은 ᄊᆞ오ᄌᆞ ᄒᆞ여 유예미결 ᄒᆞ여노라 쥬유 왈 누ᄀᆞ

〈18-앞〉

항복고져 ᄒᆞ더이ᄀᆞ 손권 왈 ᄌᆞᆼ소 등니 항복고져 ᄒᆞ노라 쥬유 왈 ᄌᆞᆼ소의 소견을 드러지이다 ᄌᆞᆼ소 왈 조조 쳔ᄌᆞ 명을 바다 조졍을 빙ᄌᆞᄒᆞ고 형쥬을 읏고 슈육 병진ᄒᆞ야 ᄀᆞᆼ동을 침범ᄒᆞ니 그 형셰를 엇지 당ᄒᆞ리요 아즉 ᄒᆞᆼ복ᄒᆞ여ᄊᆞᆫᄀᆞ 종ᄎᆞ 의논ᄒᆞ면 조을ᄀᆞ ᄒᆞᄂᆞ니다 쥬유 왈 이ᄂᆞᆫ 부유의 말리라 ᄀᆞᆼ동 긔업니 임의 ᄉᆞᆷᄃᆡ을 직키거놀 엇지 닐조의 놈의게 항복ᄒᆞ리요 손권 왈 그러ᄒᆞ면 엇지 ᄒᆞᆯ고 쥬유 왈 조조ᄂᆞᆫ ᄒᆞᆫᄂᆞ라 역젹니요 쥬공은 부형의 여업를 이여셔 ᄀᆞᆼ동 형셰을 ᄀᆞ지고 역젹 조조의게 굴신ᄒᆞ리요 원컨ᄃᆡ 군병을 쥬시면 조조를 쳐 파ᄒᆞ리다 손권니 쥬유의 등을 어로만지며 ᄀᆞ로ᄃᆡ ᄌᆞᆼᄒᆞ다 이 말니여 그ᄃᆡ로 ᄃᆡ도독을 봉ᄒᆞᄂᆞᆫ니 졔ᄌᆞᆼ 즁의 만닐 위영지 잇거던 니 칼로 베히이라

〈18-뒤〉

ᄒᆞ고 인금을 쥬니 쥬유 칼을 바다 ᄎᆞ고 군즁의 졀영ᄒᆞ되 ᄌᆞᄎᆞ 이후로 만닐 위령ᄌᆞ면 니 칼노 베히리라 ᄒᆞ고 손권을 ᄒᆞ직ᄒᆞ고 공명을 다리고 ᄌᆞᆼ즁의 도라와 ᄃᆡᄌᆞᆼ단의 좌기ᄒᆞ고 황긔 ᄒᆞᆫ당으로 션봉을 ᄉᆞᆷ고 ᄐᆡᄉᆞᄌᆞ 여몽으로 졔이ᄃᆡ을 ᄉᆞᆷ고 ᄌᆞᆼ음 쥬치로 졔 삼ᄃᆡ를 ᄉᆞᆷ고 능통 번ᄌᆞᆼ으로 졔 ᄉᆞᄃᆡ를 ᄉᆞᆷ고 육손 동습으로 졔 오ᄃᆡ를 ᄉᆞᆷ고 여범 쥬티로 ᄉᆞ방 슌무ᄉᆞ를 ᄉᆞᆷ아 ᄉᆞᆷᄀᆞᆼ구의 진을 치고 쥬유 졔갈근을 불너 왈 그ᄃᆡ 아우 공명언 당시 ᄃᆡᄌᆞ라 다힝니 ᄀᆞᆼ동의 왓ᄊᆞ오니 졔씨를 달뉘여 ᄀᆞᆼ동의 잇게ᄒᆞ며 쥬공은 어진 션싱을 읏고 그

딕넌 형졔 동거할 거시니 그 안니 조으릿ㄱ ᄉᆞ양말고 ᄀᆞ셔 달닉소셔 졔갈근니 왈 져도 ᄀᆞᆼ동의 잇셔 쳑촌지공니 업사오니 닉 엇지 무심ᄒᆞ리요 ᄒᆞ고 공명 ᄉᆞ쳐의

〈19-앞〉

ᄀᆞ 공명의 손을 쟙고 ᄂᆞᆨ누 왈 아오야 옛늘 빅이 슉졔을 아는야 공명니 싱ᄀᆞᆨᄒᆞ되 쥬유의 말을 듯고 달닉고ᄌᆞ ᄒᆞ미라 ᄒᆞ고 듯기를 청ᄒᆞᆫ딕 근니 왈 빅이 슉졔는 슈양손의 쥬려쥭을 ᄲᅦ에도 형졔 셔로 ᄯᅥ는지 아니 ᄒᆞ여거늘 우리 형졔는 엇지ᄒᆞ야 ᄀᆞᆨ분동셔ᄒᆞ야 이ᄉᆞ이군ᄒᆞ니 빅니 슉졔를 비ᄒᆞᆯ진딕 붓그럽지 안니 ᄒᆞ야 공명니 딕왈 형ᄌᆞᆼ의 말숨은 ᄉᆞ졍니요 졔의 말른 딕의라 우리 셰딕로 ᄒᆞᆫ누라 녹을 머거ᄊᆞ오니 형ᄌᆞᆼ니 ᄀᆞᆼ동을 바리시고 유황슉을 셤기시면 신ᄌᆞ지의도 ᄯᅥᆺᄯᅥᆺᄒᆞ고 형졔지졍도 온젼ᄒᆞᆯ 거시니 형ᄌᆞᆼ의 의ᄉᆞ 엇ᄯᅥᄒᆞ신잇ᄀᆞ 근니 싱ᄀᆞᆨᄒᆞ니 닉ᄀᆞ 져를 달닉려 ᄒᆞ다ᄀᆞ 졔의게 달닌 비 되야도다 ᄒᆞ고 공명을 ᄌᆞᆨ별ᄒᆞ고 도라와 쥬유다려 그 슈ᄌᆞᆨᄒᆞᆫ 말을 셜화ᄒᆞ니

〈19-뒤〉

쥬유 딕로ᄒᆞ야 공명을 쥭기려 ᄒᆞ더라 잇튼늘 졔ᄌᆞᆼ을 거나리고 힝군ᄒᆞᆯ 시 공명과 ᄀᆞᆺ치 ᄀᆞᆷ을 청ᄒᆞ니 공명니 흔연니 ᄯᆞ러ᄀᆞ더라 쥬유 숨ᄀᆞᆼ 어구의 진을 치고 ᄌᆞᆼ딕의 놉피 안ᄌᆞ 공명을 청ᄒᆞ야 좌졍 후의 쥬유 문왈 조조의 군ᄉᆞ는 팔십숨만니요 우리는 불과 오륙만니라 조조의 양도을 끈은 후의 조조를 쟙불 거시니 엇지 ᄒᆞ야 조흐릿ᄀᆞ 닉 드르니 조조의 군양을 츄졀손의 두어ᄯᅡ ᄒᆞ니 션싱은 군ᄉᆞ을 거누리고 조조의 굴양을 츼ᄒᆞ여쥬소셔 공명니 싱ᄀᆞᆨᄒᆞ되 ᄂᆞ을 달닉고져 ᄒᆞ다ᄀᆞ 듯지 안니 ᄒᆞ니 조조의 손을 비러 ᄂᆞ을 쥭기고져 ᄒᆞᆷ니라 닉 만닐 안니 ᄀᆞ면 졔의 위령을 바드리라 ᄒᆞ고 흔연니 허락ᄒᆞ니 노슉니 쥬유다려 문왈 도독니 공명으로 굴양을 츼코져 ᄒᆞᆷ은 무숨 의ᄉᆞ잇ᄀᆞ 쥬유 왈 공명을 쥭기고져 ᄒᆞ나 놈으 시비을 져어ᄒᆞ야 조조의 손을 비러 후

환을 쓴코져 홈니라 노슉니 그 말

〈20-앞〉

듯고 공명얼 차져ᄀᆞ니 공명니 군ᄉᆞ을 졍졔ᄒᆞ야 향군코져 ᄒᆞ거늘 노슉니 춤지 못ᄒᆞ야 문왈 션싱은 니번 질의 셩공홀 쓰 ᄒᆞ온잇ᄀᆞ 공명니 소왈 ᄂᆡ 슈륙젼의 다 익다튼니 셜마 셩공치 못ᄒᆞ리요 쥬유와 ᄌᆞ경의 지조는 비홀 바 안이니다 노슉니 그 말을 쥬유의게 고ᄒᆞᆫᄃᆡ 쥬유 ᄃᆡ로ᄒᆞ여 엇지 져을 보ᄂᆡ리요 ᄒᆞ고 즉시 이만 병을 조발ᄒᆞ야 츄쳘손의로 향홀ᄉᆡ 노슉니 그 말을 공명의게 고ᄒᆞᆫᄃᆡ 공명니 소왈 도독니 날노 ᄒᆞ야금 조조의 양식을 탈취코져 홈은 ᄂᆞ을 쥭니고져 홈니라 ᄂᆡ 희롱ᄒᆞ는 말을 듯고 위지을 ᄀᆞ고ᄌᆞ ᄒᆞ니 반다시 ᄀᆞᆺ쓰ᄀᆞ는 조조의 ᄒᆡ을 보리라 조조는 본시 놈의 양식을 도젹ᄒᆞ는 고로 졔 양식을 범연니 ᄀᆞᆫ슈ᄒᆞ리요 먼져 슈젼으로 예긔을 썩근 후의 ᄭᅬ을 쓸지라 ᄌᆞ경은 밧비 ᄀᆞ 공근을 말유ᄒᆞ

〈20-뒤〉

야 못ᄀᆞ게 ᄒᆞ소셔 노슉니 급피 도라와 공명의 말을 젼ᄒᆞ니 쥬유 머리을 흔들고 발을 구루며 ᄃᆡ경질식 왈 니 ᄉᆞ롬의 지조는 ᄂᆡ게셔 십비나 더ᄒᆞ니 잇ᄯᆡ의 쥭기지 못ᄒᆞ면 즁ᄎᆞ ᄃᆡ환니 되리라 ᄒᆞ니 노슉 왈 방금 숌분쳔ᄒᆞ의 동분셔쥬ᄒᆞ야 피ᄎᆞ 여ᄀᆞ을 읏고져 ᄒᆞ여 영웅을 어드려 ᄒᆞ는듸 이런 지조 잇는 ᄉᆞ람을 쥭기고 놈의 치소을 드르리요 조조 파ᄒᆞᆫ 후의 도모ᄒᆞ소셔 쥬유 그리ᄒᆞ라 ᄒᆞ더라 ᄀᆞᆨ셜 현덕니 ᄒᆞ구의 잇셔 젹벽 놈ᄒᆞᆫ을 바라보니 젼션과 긔치 은은니 뵈이니 동오 긔병ᄒᆞᆫ 쥬를 알고 졔즁으로 더부러 의논 왈 공명니 ᄒᆞᆫ 번 ᄀᆞᆼ동의 ᄀᆞ신 후로 소식니 젹조ᄒᆞ니 뉘ᄀᆞ ᄀᆞᆼ동의 ᄀᆞ 소식을 아라올고 미츅니 엿ᄌᆞ오ᄃᆡ 소즁니 ᄀᆞ셔 아러오리다 현덕니 ᄃᆡ희ᄒᆞ고 미츅을 동오의 보ᄂᆡ니라 미츅이 예단을 ᄀᆞ초와 쥬유 진즁의 이르러 통긔ᄒᆞ니 쥬

〈21-앞〉

유 들ᄂᆞᆫᄒᆞ거놀 미축니 드러ᄀᆞ 예ᄒᆞᆫ 후의 폐빅을 드리거놀 쥬유 바다 호군ᄒᆞ고 미축을 졉디ᄒᆞ니 미축 왈 공명니 어디 게신니ᄀᆞ 니 질의 ᄒᆞᆫᄀᆞ지 ᄀᆞ고져 ᄒᆞ노라 쥬유 왈 공명으로 더부러 조조 파ᄒᆞᆯ 묘췩을 ᄒᆞᄂᆞ니 엇지 금번의 ᄒᆞᆷ긔 ᄀᆞ리요 ᄂᆡ 유예쥬을 보면 긴니 의논ᄒᆞᆯ 닐리 잇습ᄂᆞᆫ듸 ᄂᆞᆫ 디군을 거ᄂᆞ려 방금 연습ᄒᆞ기로 일시 쪄놀 슈 읍셔 못ᄀᆞ오니 유예쥬넌 ᄒᆞᆫᄀᆞᄒᆞᆫ지라 잠ᄀᆞᆫ 보기를 바라오니 급픠 도라ᄀᆞ 그 말을 ᄒᆞ여 쥬옵소셔 미축이 쥬유의게 ᄒᆞ즉ᄒᆞ고 도라와 ᄎᆞ의를 현덕의게 고ᄒᆞ니 현덕니 즉시 비션을 슈습ᄒᆞ야 ᄒᆡᆼ중을 직촉ᄒᆞ거놀 관공니 ᄀᆞᆫ왈 쥬유ᄂᆞᆫ 꾀ᄀᆞ 만ᄒᆞᆫ ᄉᆞ람니요 ᄯᅩᄒᆞᆫ 공명의 ᄉᆞ통니 읍쓰오니 ᄀᆞ시기 불ᄀᆞᄒᆞ여니다 현덕 왈 ᄂᆡ 이졔 ᄀᆞᆼ동과 화친ᄒᆞ야 디ᄉᆞ를

〈21-뒤〉

도모ᄒᆞ니 ᄂᆡ 읏지 져의 청ᄒᆞᄂᆞᆫ 바럴 져어ᄒᆞ야 안니 ᄀᆞ리요 ᄯᅩᄒᆞᆫ ᄂᆡᄀᆞ 슈명우쳔ᄒᆞ야 디의를 쳔ᄒᆞ의 페고ᄌᆞ ᄒᆞ거놀 엇지 의심ᄒᆞ리요 운중 왈 그러ᄒᆞ오면 소중니 ᄒᆡᆼ중을 모시고 ᄀᆞ오리다 현덕니 허락ᄒᆞ고 익덕과 ᄌᆞ룡을 불너 ᄀᆞ로디 운중과 ᄒᆞᆫᄀᆞ지로 ᄀᆞᆼ동을 단여올 거시니 그디 등은 셩지를 줄 지키라 ᄒᆞ고 즉시 비션을 타고 ᄀᆞᆼ동의 니르려 군즁니 통긔ᄒᆞ니 쥬유 듯고 디희ᄒᆞ야 군ᄉᆞ다려 문왈 유예쥬 군ᄉᆞ 얼마ᄂᆞ 거ᄂᆞ려쪄요 디왈 불과 슈십인니로소니다 쥬유 왈 이졔넌 ᄀᆞᆼ동의 큰 근심을 들니라 ᄒᆞ고 도부슈 오십명과 아중 슈인을 중막 뒤의 ᄆᆡ복ᄒᆞ고 약속을 졍ᄒᆞ되 ᄂᆡ 현덕으로 더부러 슈를 먹다ᄀᆞ 잔을 던지거던 일시의 달여드러 현덕을 타살ᄒᆞ라 약속을 증ᄒᆞ고 원문박그 ᄂᆞ와 현덕을 연졉ᄒᆞ야 당ᄉᆞᆼ의

〈22-앞〉

올나 빈쥬지예을 ᄎᆞ린 후의 슈를 권ᄒᆞᆯ 시 이ᄯᅢ 공명니 현덕 왓ᄯᅡᆫ 말을 듯고 ᄃᆡ경ᄒᆞ야 군즁의 와 동졍을 살피니 쥬유 면ᄉᆞᆼ의 술긔 ᄀᆞ득ᄒᆞ고 ᄌᆞᆼ막 뒤의 도부슈 흔젹이 잇넌듸 희식이 만면ᄒᆞ고 안ᄌᆞ거ᄂᆞᆯ 공명니 ᄃᆡ경ᄒᆞ야 엇지 ᄒᆞᆯ 쥬를 모로던 ᄎᆞ의 다시 보니 운ᄌᆞᆼ니 칼를 ᄌᆞᆸ고 현덕 뒤의 셧거ᄂᆞᆯ 공명니 마음을 노코 ᄀᆞᆼ변의 ᄂᆞ와 기다리더라 이ᄯᅢ 쥬유 슐존을 고 현덕을 보니 일원 ᄃᆡᄌᆞᆼ니 현덕 뒤에 셧시되 신ᄌᆞᆼ니 구쳑이요 얼골른 무른 ᄃᆡ쵸빗ᄀᆞᆺ고 봉의 눈의 ᄉᆞᆷᄀᆞᆨ슈렬 거ᄉᆞ리고 팔십근 쳥용도을 눈 우의 번ᄯᅳᆺ 들고 위염니 츄상ᄀᆞᆺ치 셔쓰이 ᄉᆞ람의 졍신을 놀ᄂᆡᄂᆞᆫ지라 쥬유 ᄀᆞᆫ담니 엇질ᄒᆞ야 눈이 캄캄ᄒᆞ야 ᄌᆞᆫ 든 팔리 쳔근니ᄂᆞ 되고 ᄒᆞᆫ츌쳠비라 아모리 ᄒᆞᆯ 쥬를 몰ᄂᆞ 지셩으로 문왈 젼 ᄌᆞᆼ군

〈22-뒤〉

은 뉘신잇ᄀᆞ 현덕 왈 ᄂᆡ의 아오 운ᄌᆞᆼ니로소니다 쥬유 ᄃᆡ경실ᄉᆡᆨ 왈 원소의 ᄌᆞᆼ슈 알량 문츄 베히던 운ᄌᆞᆼ이신잇ᄀᆞ 직시 슈를 부어 권ᄒᆞ더니 이윽ᄒᆞ야 노슉니 드러오거ᄂᆞᆯ 현덕 왈 공명션ᄉᆡᆼ니 어ᄃᆡ 게신야 ᄌᆞ경은 ᄂᆞ를 위ᄒᆞ야 보게ᄒᆞ라 쥬유 왈 방금 조조 ᄌᆞ불 쐬을 의논ᄒᆞ오니 조조를 파ᄒᆞᆫ 후의 만ᄂᆞ 보소셔 운ᄌᆞᆼ니 현덕을 눈 쥬니 현덕니 그 ᄯᅳᆺ셜 알고 쥬유를 ᄌᆞᆨ별ᄒᆞ고 ᄀᆞᆼ변으로 ᄂᆞ오니 발세 ᄇᆡ을 ᄃᆡ이고 기다리거널 현덕니 ᄇᆡ의 오르니 공명니 ᄂᆞ셔며 왈 쥬공니 오ᄂᆞᆯ 운ᄌᆞᆼ곳 안니던덜 ᄃᆡ환을 번 ᄒᆞ여쓰니 그 일을 아르시노잇ᄀᆞ 몰ᄂᆞᄂᆞᆫ니다 공명 왈 쥬유의 ᄀᆞᆫ계로 즁공을 ᄒᆡ코져 ᄒᆞ다ᄀᆞ 운ᄌᆞᆼ을 보고 ᄀᆞᆷ이 ᄒᆡ치 못ᄒᆞ여ᄂᆞ니다 현덕이 일경일희ᄒᆞ야 공명을 다리고 ᄒᆞᆫᄀᆞ지로 ᄀᆞ기을 쳥ᄒᆞᆫᄃᆡ 공명 왈 ᄂᆞᄂᆞᆫ

〈23-앞〉

비록 ᄉᆞ지의 잇쓰나 완여 반셕이오니 염여 마르시고 먼져 도라ᄀᆞ시면 진심ᄒᆞ와 셩공 후의 도라갈 터이오니 그리 아르시고 십일월 이십일의 ᄌᆞ룡으로 비션 일쳑의 군ᄉᆞ 빅명 준비ᄒᆞ야 남병산ᄒᆞ 오ᄀᆞᆼ변으로 보닉쥬소셔 지숌 당부ᄒᆞ고 발션ᄒᆞ기를 진촉ᄒᆞ거날 현덕과 운중니 공명을 ᄌᆞ별ᄒᆞ고 ᄒᆞ구로 ᄂᆞ려오니라 잇ᄯᅢ 노슉니 쥬유다려 문왈 도독이 현덕을 쳥ᄒᆞ여 왓ᄂᆞᆫᄃᆡ 엇지 그져 보닉신잇ᄀᆞ 쥬유 왈 운중은 범ᄀᆞᆺ턴 중슈라 만닐 현덕를 히ᄒᆞ면 중닉 엇지 술기를 바라리요 글로 ᄒᆞ야금 ᄃᆡᄉᆞ를 마치지 못ᄒᆞᆯᄀᆞ ᄒᆞ여 보닉노라 각셜리라 조조 치모 중윤으로 슈균도독을 솜어 슈군을 죠련ᄒᆞᆯ 시 소션은 즁왕의 두고 ᄃᆡ션은 외면으로 둘너 셩곽을 솜고 이십ᄉᆞ좌 슈문을 닉니 밤니면 슈륙

〈23-뒤〉

진 숨십여리의 지화등녹을 영농케ᄒᆞ야 ᄒᆞ놀의 ᄉᆞ모ᄎᆞᆫ지라 일일른 쥬유 용중슈아을 다리고 일쳑션을 젹벽 즁유의 ᄯᅧ여 조조 슈진 형셰을 구경ᄒᆞ고 ᄃᆡ경 왈 거그 오넌 슈군은 ᄆᆡ우 익은 ᄉᆞ람이로다 슈군도독은 뉘라 ᄒᆞ던요 중소 여ᄌᆞ오되 치모 중윤이라 ᄒᆞ더니다 쥬유 싱ᄀᆞᆨᄒᆞ되 이 두 ᄉᆞ람을 업신후의 조조를 좁부리라 ᄒᆞ더니 잇ᄃᆡ의 조조 진즁의셔 쥬유를 보고 밧비 쏘ᄎᆞ ᄌᆞ부려 ᄒᆞ더니 쥬유 진즁의셔 칼 빗시 이러남얼 보고 빅을 급피 져어 도라오니 ᄯᆞ라오지 못ᄒᆞ더라 조조 졔중 불너 왈 ᄀᆞᆼ동은 쥬유 졔ᄀᆞ량의 ᄭᅬ을 쓰니 우리넌 무숨 ᄭᅬ을 쓰 동오을 파ᄒᆞ리요 중ᄀᆞᆫ이 쥬왈 닉 쥬유와 동문싱이요 절친ᄒᆞ오니 이졔 ᄀᆞᆼ동을 ᄀᆞ셔 쥬유를 달닉여 항복ᄒᆞ오리다 조조 ᄃᆡ희ᄒᆞ야 ᄀᆞ로ᄃᆡ

〈24-앞〉

ᄌᆞᆼᄀᆞᆫ니 쥬유 ᄆᆡ우 졀친ᄒᆞᆫᄀᆞ ᄌᆞᆼᄀᆞᆫ 왈 승상은 됴곰도 염여마옵소셔 ᄌᆞᆼᄀᆞᆫ니 쳥의동ᄌᆞ ᄒᆞᆫ ᄊᆞᆼ을 다리고 일엽소션을 타고 ᄀᆞᆼ동의 니르러 군ᄉᆞ로 통긔ᄒᆞ되 고인 ᄌᆞᆼᄀᆞᆫ니 왓다ᄒᆞ이 쥬유 ᄃᆡ희 왈 셰ᄀᆡᆨ니 왓쓰니 ᄎᆡ모 ᄌᆞᆼ윤 두 ᄉᆞ람 쥬ᄉᆞᄒᆞ여 쥭일 ᄭᅬ를 ᄒᆞ리다 ᄒᆞ고 쥬유 의관을 증졔ᄒᆞ고 금와화복의 동ᄌᆞ 슈인을 다리고 원문 밧기 ᄂᆞ와 마지니 ᄌᆞᆼᄀᆞᆫ니 드러와 쥬유 손을 ᄌᆞᆸ고 왈 공근은 평안ᄒᆞ신ᄀᆞ 쥬유 왈 ᄌᆞ익니 ᄀᆞᆼ동의 왓ᄊᆞ오니 조조의 셰ᄀᆡᆨ인ᄀᆞ 의심ᄒᆞ여ᄶᅥ니 임의 그러치 안니ᄒᆞᆯ진ᄃᆡ 엇지 도라ᄀᆞ리요 좌졍 ᄒᆞᆫ 후의 군즁의 분부ᄒᆞ되 ᄀᆞᆼ동영웅니 다와셔 ᄌᆞ익을 ᄃᆡ졉ᄒᆞ라 문무졔ᄌᆞᆼ니 일시의 드러와셔 인ᄉᆞᄒᆞ고 동셔반을 ᄎᆞ려 셔니 위염이 엄슉ᄒᆞ더라 쥬유 불시의 군즁의 ᄃᆡ연을 ᄇᆡ셜ᄒᆞ고 ᄌᆞᆼᄀᆞᆫ을 ᄃᆡ졉할 ᄉᆡ 쥬유 좌

〈24-뒤〉

우를 도라보와 ᄀᆞ로ᄃᆡ ᄌᆞ익은 동문 슈혹ᄒᆞᆫ 친구라 조조 진의 잇ᄊᆞᄂᆞ 셰ᄀᆡᆨ니 안이니 의심치 말고 졉ᄃᆡᄒᆞ라 ᄐᆡᄉᆞᄌᆞ을 불너 칼을 ᄭᅳᆯ너쥬면셔 왈 그ᄃᆡ는 이 칼을 ᄎᆞ고 좌우을 슌출ᄒᆞ되 오늘 ᄌᆞᆫ치넌 친구 ᄃᆡ졉ᄒᆞᄂᆞᆫ 일이니 만일 군즁ᄉᆞ로 의논ᄒᆞᄂᆞᆫ ᄌᆡ면 뭇지 말고 베히라 ᄒᆞ니 ᄐᆡᄉᆞᄌᆞ 칼을 안고 좌즁의 윤출ᄒᆞ거늘 ᄌᆞᆼᄀᆞᆫ니 두려워ᄒᆞ야 ᄀᆞᆷ히 발구치 못ᄒᆞ더라 쥬유 왈 ᄂᆡ 젼일의 군즁의셔 술 먹은 닐니 읍더니 오늘런 고인을 만ᄂᆞ쓰니 취토록 먹어보리라 ᄒᆞ고 좌ᄉᆞᆼ의 ᄇᆡ반니 낭ᄌᆞᄒᆞ더니 쥬유 슐리 ᄃᆡ취ᄒᆞ야 ᄌᆞᆼᄀᆞᆫ의 손을 ᄌᆞᆸ고 ᄌᆞᆼ막 밧긔로 ᄂᆞ오니 군ᄉᆞ더리 촉금 젼포의 ᄎᆞᆼ금을 들고 좌우의 ᄂᆞ열ᄒᆞ여쓰니 쥬유 왈 ᄂᆡ 군ᄉᆞ 엇더ᄒᆞᆫ요 ᄌᆞᆼᄀᆞᆫ니 왈 ᄌᆞᆼᄒᆞ도다 ᄒᆞ고 ᄯᅩ ᄒᆞᆫ 고ᄃᆡ 이르러 보니 군량 마초 젹여구ᄉᆞᆫ이여

〈25-앞〉

날 쥬유 왈 너 양초 엇쩌ᄒᆞᆫ요 중ᄀᆞᆫ니 왈 그도 중ᄒᆞ도다 중ᄀᆞᆫ을 다리고 군즁으로 도라와 졔중을 다리고 슐을 먹든이 쥬유 졔중을 ᄀᆞ라쳐 왈 이는 다 ᄀᆞᆼ동영웅니라 오늘 존치 일홈은 길연회라 ᄒᆞ고 밤니 짐도록 슐을 권ᄒᆞ니 중ᄀᆞᆫ니 슐을 이긔지 못ᄒᆞ야 존을 ᄉᆞ양ᄒᆞ니 슐을 치우고 ᄀᆞ로ᄃᆡ ᄌᆞ네와 동침ᄒᆞᆫ 졔 오릐더니 오늘른 ᄒᆞᆫᄀᆞ지로 자리로다 그 졋틔 취ᄒᆞ야 평ᄉᆞᆼ의 쎠ᄉᆞ러져 군코질ᄒᆞ니 중ᄀᆞᆫ니 엇지 좀은 이루리요 군즁의 이경을 고ᄒᆞ되 쥬유 오지부동 ᄒᆞ거늘 중ᄀᆞᆫ이 셔안의 문셔을 ᄉᆞᆼ고ᄒᆞ더니 ᄀᆞᆨ쳐의 왕너ᄒᆞ던 셔ᄀᆞᆫ을 ᄎᆞ례로 볼ᄃᆡ여 ᄒᆞᆫ 중 비봉의 치모 중윤니 근봉니라 ᄒᆞ여거늘 ᄯᅦ여보니 ᄒᆞ여쓰되 소중 등니 조조의게 ᄒᆞᆼ복홈언 공후즈녹을 탐ᄒᆞᆫ 비 안니라 아모리 ᄒᆞ야도 틈을

〈25-뒤〉

어드면 조조의 머리를 버혀 중군 휘ᄒᆞ의 바치리라 ᄒᆞ엿거늘 중ᄀᆞᆫ니 그 편지을 소ᄆᆡ의 ᄀᆞᆫ슈ᄒᆞ고 다시 다른 셰ᄀᆞᆫ을 보려ᄒᆞᆯ 졔음의 쥬유 몸을 요동ᄒᆞ니 중ᄀᆞᆫ니 불을 치우고 누워 ᄌᆞ는 쳬 ᄒᆞ거늘 쥬유 군말ᄒᆞ여 왈 ᄌᆞ익아 ᄌᆞ너 슈일ᄀᆞᆫ의 조조의 머리를 귀경ᄒᆞ랴는야 중ᄀᆞᆫ이 그 말을 ᄃᆡ답고져 ᄒᆞᆯ 졔의 쥬유 다시 좀을 들거날 중ᄀᆞᆫ니 심속ᄒᆞ야 젼젼반칙ᄒᆞ더니 잇ᄯᅢ ᄒᆞᆫ ᄉᆞ람니 ᄀᆞ만니 드러와 지셩으로 문왈 도독은 ᄌᆞ신잇ᄀᆞ 쥬유 좀을 ᄭᅦ여 이러안지며 모르는 쳬ᄒᆞ며 문왈 ᄌᆞ는게 웬 ᄉᆞ람인요 담왈 중ᄌᆞ익니 안니 잇ᄀᆞ 쥬유 ᄀᆡ탄 왈 너 젼일의 슐 취ᄒᆞᆫ 일리 읍써니 오늘 취즁의 무슴 말을 ᄒᆞ여는지 모르것ᄃᆞ 그 ᄉᆞ람니 왈 ᄀᆞᆼ북의셔 ᄉᆞ환니 왓ᄂᆞ니다 쥬유 ᄃᆡ경 ᄃᆡ칙 왈 소릐를 ᄂᆞ직기 ᄒᆞ여라 ᄒᆞ며 ᄌᆞ익아 부르거늘 중ᄀᆞᆫ니 짐짓 ᄌᆞ는 쳬ᄒᆞ고 ᄃᆡ답

〈26-앞〉

지 안니ᄒᆞ니 쥬유 그 ᄉᆞ람 다리고 밧긔로 ᄂᆞᄀᆞ ᄀᆞ만니 말을 ᄒᆞ되 치모 즁윤 두 ᄉᆞ람니 아직 틈을 엇지 못ᄒᆞ야ᄊᆞ니 아모 ᄢᅥ라도 틈을 어드면 도모ᄒᆞ리라 ᄒᆞ거늘 즁간니 그 말을 ᄌᆞ셔이 듯지 못ᄒᆞ고 ᄃᆡ강 짐족만 ᄒᆞ던니 쥬유 드러와 ᄌᆞ익아 부르되 즁간니 ᄃᆡ답지 안니ᄒᆞ니 쥬유 옷셜 버셔 걸고 ᄌᆞ거늘 즁간니 싱ᄀᆞᆨᄒᆞ되 쥬유는 ᄌᆞ승ᄒᆞᆫ ᄉᆞ람니라 명닐의 편지ᄀᆞ 업시면 피련 ᄂᆞ을 히ᄒᆞ리니 잇ᄯᅢ을 타 도망ᄒᆞ리라 ᄒᆞ고 쥬유을 부르니 쥬유 좀든 쳬ᄒᆞ고 ᄃᆡ답지 안니 ᄒᆞ거늘 즁간니 즁간이 의관을 졍제ᄒᆞ고 즁젼의 ᄂᆞ와 동ᄌᆞ를 다리고 진문 박긔 ᄂᆞ셔니 슌경ᄒᆞ넌 군ᄉᆞ 문왈 션싱은 어ᄃᆡ ᄀᆞ시는잇ᄀᆞ 답왈 ᄂᆡ 남의 진즁의 오ᄅᆡ잇ᄊᆞ미 미안ᄒᆞ야 ᄯᅥᄂᆞ는 지리라 ᄒᆞ니 군ᄉᆞ 본쳬 안니 ᄒᆞ거늘 즁간니 ᄇᆡ을 타고 ᄀᆞᆼ북의 도라와 치 즁 양인의

〈26-뒤〉

편지를 승ᄉᆞᆼ 젼의 올이니 조조 보고 ᄃᆡ희ᄒᆞ야 채모 즁윤을 불너 문왈 지금으로 ᄀᆞᆼ동을 쳐 파ᄒᆞ라 ᄒᆞᆫᄃᆡ 치모 즁윤 왈 악직 군ᄉᆞ 조련의 익지 못ᄒᆞ여ᄊᆞ오니 엇지 졸지의 치오리닛ᄀᆞ 조조 발련 변식 왈 군ᄉᆞ 조련니 익으면 ᄂᆡ 며리을 쥬유의게 보ᄂᆡ것는야 양즁니 미쳐 ᄃᆡ답지 못ᄒᆞ야 군ᄉᆞ를 호령ᄒᆞ야 치 즁 양인을 줍아ᄂᆡ 베히고 즉시 모ᄀᆡ 우금으로 슈군도독을 숨어는지라 잇ᄯᅢ 쥬유 그 두 ᄉᆞ람 죽인 소식을 듯고 ᄃᆡ희ᄒᆞ야 노슉을 불너 왈 ᄂᆡ 즁간을 유인ᄒᆞ야 조조를 속여 치모 즁윤을 쥭여ᄊᆞ니 즁군은 모로는지라 공명니 아는ᄀᆞ ᄌᆞ경은 ᄀᆞ셔 동졍을 보소셔 노슉니 공명 젼의 문안ᄒᆞ니 공명 왈 쥬도독을 보면 치ᄒᆞᄒᆞᆯ 일리 잇노라 노슉 왈 무슴 일리온잇ᄀᆞ 공근니 ᄌᆞ경을 보ᄂᆡ여 동졍을 보랴ᄒᆞ고

〈27-앞〉

왓거니와 닉 엇지 모르리요 중근으로 조조을 속이여 치 중 양인을 쥭이여 쓰느 필경 후회ᄒᆞ리라 ᄌᆞ경은 그 닐을 아더란 말을 공근의게 마옵소셔 공근니 알면 ᄂᆞ를 히코ᄌᆞ ᄒᆞ리라 노슉니 도라와 실ᄉᆞᆼ을 고ᄒᆞ이 쥬유 듯고 딕경 왈 니 ᄉᆞ람을 결단코 쥭이리라 노슉 왈 공명을 쥭니면 조조의 치소를 면치 못ᄒᆞ리다 쥬유 왈 닉 공도로 쥭니면 놈의 치소되리요 ᄒᆞ니 딕왈 무숨 공도로 쥭니리요 쥬유 ᄀᆞ로딕 닉 쐬을 보라ᄒᆞ고 잇튼날 졔중을 모이고 공명 쳥ᄒᆞ야 젼중ᄉᆞ를 의논ᄒᆞ여 왈 슈젼의 무숨 게교 요긴ᄒᆞ요 공명 왈 슈젼의는 궁시ᄀᆞ 요긴ᄒᆞᄂᆞ니다 쥬유 왈 션싱의 말숨 당연ᄒᆞ오ᄂᆞ 지금 군즁의 살ᄒᆞᆫ 기 읍ᄊᆞ오니 엇지 ᄒᆞ잇ᄀᆞ 션싱은 슈고을 익기지 말고 십만 ᄣᅢ 살을 지여 조조을 쳐 파ᄒᆞ게 ᄒᆞ면 쳔

〈27-뒤〉

만다힝이로소니다 공명 왈 엇지 중영을 어기리잇ᄀᆞ 그러ᄒᆞ면 언의 ᄯᅢᄂᆞ 쓰려 ᄒᆞᄂᆞ잇ᄀᆞ 쥬유 왈 십일 닉로 당ᄒᆞ소셔 공명 왈 양국 딕젼ᄒᆞ야 피ᄎᆞ 여ᄀᆞ를 웃고ᄌᆞ ᄒᆞ난딕 언의 ᄂᆞᆯ 무숨 환니 ᄂᆞᆯ 쥴 알고 엇지 십일을 지쳬ᄒᆞ리요 숨일닉로 당ᄒᆞ리다 쥬유 왈 군즁의 헛말리 업ᄂᆞ니다 공명 왈 엇지 헛말을 ᄒᆞ릿ᄀᆞ 굴령ᄌᆞ을 두오리다 쥬유 딕희ᄒᆞ야 군즁 셔긔를 불너 공명의 다짐을 밧고 ᄉᆞ레 왈 딕ᄉᆞ를 이룬 후의 공을 갑ᄊᆞ오리다 공명 왈 오ᄂᆞᆯ른 임의 져무러쓰니 명일부틈 숨일 후의 오빅군을 보닉여 술을 시러ᄀᆞ게 ᄒᆞ소셔 ᄒᆞ고 쥬유의게 ᄒᆞ즉ᄒᆞ고 관역로 도라ᄀᆞ거ᄂᆞᆯ 잇딕 노슉니 쥬유 다려 문왈 이 ᄉᆞ람니 헛말이나 안니 ᄒᆞ릿ᄀᆞ 쥬유 딕왈 졔ᄀᆞ 분명 당ᄒᆞ것다 ᄒᆞ고 다짐 두어쓰니 헌말ᄒᆞ고는 졔ᄀᆞ 술너ᄀᆞ지 못ᄒᆞ리라 닉 군즁 중인의게 분

〈28-앞〉

부ᄒᆞ야 일을 심씨지 말ᄂᆞᄒᆞ면 ᄌᆞ연 과ᄒᆞᆫ 될 거시니 그ᄯᆡ의 졔 죄을 즁ᄒᆞ리라 ᄒᆞ고 ᄌᆞ경은 ᄀᆞ셔 동졍을 보고 오라 노슉니 ᄀᆞ셔보니 공명 왈 ᄌᆞ경은 엇지 당부ᄒᆞᆫ 말을 ᄒᆞ야 긔여이 ᄂᆞ를 ᄉᆞ지로 보ᄂᆡ여 엇지 ᄉᆞᆷ일ᄂᆡ로 십만 ᄶᅦ 술을 당ᄒᆞ리요 ᄌᆞ경은 ᄂᆞ롤 구원ᄒᆞ라 ᄒᆞ니 노슉이 왈 이ᄂᆞᆫ 션싱의 ᄌᆞ췌지화라 ᄂᆡ 엇지 구완ᄒᆞ리요 공명 왈 ᄌᆞ경은 젼션 이십쳑을 버리되 ᄆᆡ쳑의 군ᄉᆞ ᄉᆞᆷ십명식 등ᄃᆡᄒᆞ야 ᄀᆞ지고 와셔 살을 시러ᄀᆞ소셔 ᄒᆞ더니 청초로 ᄉᆞ람을 만드러 셰우고 청포ᄌᆞᆼ 치고 ᄯᅩ 명릴른 술을 쥬션ᄒᆞᆯ 도리로 ᄒᆞ리니다 이 말을 공근게 ᄒᆞ지 마오 만일 현로ᄒᆞ면 ᄃᆡᄉᆞ 낭픠ᄒᆞᆯ 거시요 만ᄉᆞ 불셩ᄒᆞᆯ 거시니 삼ᄀᆞ 조심ᄒᆞ라 직ᄉᆞᆷ 당부ᄒᆞ니 노슉니 허락ᄒᆞ고 도라와 고ᄒᆞ되 공명니 살 만들 게교넌 아니ᄒᆞ고 ᄐᆡ연이 잇쓰며 달니 ᄒᆞᆯ 도리 잇ᄶᅡ ᄒᆞ더니다 쥬유 역시

〈28-뒤〉

의심ᄒᆞ야 ᄀᆞ로ᄃᆡ ᄉᆞᆷ일 후의 졔 말을 드르리라 노슉니 젼션 이십쳑의 위인을 실코 ᄀᆞᆨᄀᆞᆨ 등ᄃᆡᄒᆞ야 공명을 지다리더니 공명니 졔 이릴의 ᄑᆞᆼ유 만ᄒᆞ고 아무 동졍니 읍써니 졔 ᄉᆞᆷ일 이경의 비로소 노슉을 청ᄒᆞ야 왈 ᄌᆞ경은 나와 ᄒᆞᆫᄀᆞ지로 ᄀᆞ 술를 ᄀᆞ져오게 ᄒᆞ라 ᄌᆞ경 왈 어ᄃᆡ로 ᄀᆞ랴 ᄒᆞ시ᄂᆞᆫ잇ᄀᆞ ᄀᆞ셔 보면 ᄌᆞ연 알 거시니 웃지 말고 ᄀᆞᄉᆞ이다 이늘밤 ᄂᆡ경의 젼션 이십쳑을 일ᄌᆞ로 ᄯᅦ을 지여 압셰우고 조조의 슈진을 바라보며 ᄂᆡ려ᄀᆞ더니 ᄎᆞ야의 안ᄀᆡ ᄌᆞ옥ᄒᆞ며 지쳑을 분별치 못ᄒᆞᆯ너라 공명니 군ᄉᆞ로 ᄒᆞ여금 조조의 진 근쳐의 닷슬 노코 젼션 슈미를 동셔로 분별ᄒᆞ야 일ᄌᆞ로 버려 셰우고 뇌고 함셩ᄒᆞ니 노슉이 ᄃᆡ경 왈 만닐 조조의 ᄃᆡ병이 엄살ᄒᆞ면 엇지 당젹ᄒᆞ리잇ᄀᆞ 공명니 ᄃᆡ소 왈 조조 아무리 영웅인덜 여ᄎᆞ치랴 ᄉᆞᆷ경의 운무 ᄌᆞ옥ᄒᆞᆫᄃᆡ 웃지 ᄂᆞ오리요 염여

〈29-앞〉

말고 우리는 슈리ᄂᆞ 먹고 술리ᄂᆞ 어더 ᄀᆞᄌᆞ ᄒᆞ며 쥬비 ᄂᆞᄌᆞᄒᆞ더니 잇ᄯᅵ 조조의 슈군도독 모ᄀᆡ 우금니 불의예 뇌고소릐를 듯고 급피 조조의게 고ᄒᆞ니 조조 ᄃᆡ경ᄒᆞ야 군즁의 졀령ᄒᆞ되 불의예 젹병니 왓쓰니 피련 ᄉᆞ면의 복병이 잇쓸지라 경동치 말고 궁시 슈만을 즉발ᄒᆞ되 뇌고셩 ᄂᆞ넌 고슬 일졔로 쏘라 ᄒᆞ니 즁졸리 영을 듯고 활을 연방 쏘와 시셕니 비 오덧 ᄒᆞ여 좀시ᄭᅡᆫ의 공명 젼션의 술을 바다 비 ᄒᆞᆫ편으로 지우러지니 공명니 ᄃᆡ희ᄒᆞ야 비 슈미를 박구워 셰우고 균ᄉᆞ를 지촉ᄒᆞ야 일변 뇌고셩을 연속 부졀ᄒᆞ니 공즁의 ᄯᅳᆫ 술리 연속ᄃᆡ여 바든 살리 이십쳑 젼션의 ᄀᆞ득ᄒᆞ고 일츌동영ᄒᆞ며 안ᄀᆡ 것치거ᄂᆞᆯ 공명니 비을 거두워 도라오며 균ᄉᆞ로 ᄒᆞ여금 크게 워여 왈 승상니 다힝니 다힝니 술을 만니 쥬기로 어더 ᄀᆞ오니 ᄀᆞᆷ격ᄒᆞ오며 일후

〈29-뒤〉

졉젼ᄒᆞᆯ ᄯᅵ 승상의 술노 승상의 군ᄉᆞ를 쏠 터이니 엇지 ᄉᆡᆼ각말나 공명니 노슉을 도라보며 왈 ᄀᆡᆼ동의 심을 조금도 허비치 안니ᄒᆞ고 져의 술을 어더 져의을 쏘면 그 안니 조을잇ᄀᆞ 노슉니 ᄃᆡ찬 왈 션ᄉᆡᆼ은 진실로 신인이로소이다 오ᄂᆞᆯ 안ᄀᆡ 잇쓸 쥴를 엇지 ᄋᆞ라ᄂᆞᆫ잇ᄀᆞ 공명 왈 쳔문지리와 음량조화을 모로오면 즁슈 안니라 ᄂᆡ 오ᄂᆞᆯ 일긔을 알고 ᄉᆞᆷ일 ᄒᆞᆫ을 졍ᄒᆞ여쓰며 공근니 십닐을 졍ᄒᆞᆫ ᄒᆞ기ᄂᆞᆫ 군즁 즁인의게 분부ᄒᆞ야 일을 지쳬ᄒᆞ게 ᄒᆞ여 과ᄒᆞᆫᄒᆞ면 ᄂᆞ를 술히코ᄌᆞ ᄒᆞ건이와 ᄂᆡ 명니 ᄒᆞᄂᆞᆯ의 잇거ᄂᆞᆯ 공근니 엇지 ᄂᆞ를 히ᄒᆞ리요 이ᄂᆞᆯ 쥬유 오ᄇᆡᆨ군을 ᄀᆡᆼ변으로 보ᄂᆡ고 소식을 지ᄃᆞ리더니 노슉니 십만 ᄶᅡ 술른 고ᄉᆞᄒᆞ고 슈ᄇᆡᆨ만 ᄶᅡ 술을 슈운ᄒᆞ야 올니고 술 어든 ᄉᆞ연을 고ᄒᆞ니 쥬유 ᄃᆡ경 왈 공명의 지조은 귀신도 ᄂᆞᆫ칙니라 ᄒᆞ더니 니윽ᄒᆞ야 공명니 드러오

〈30-앞〉

거늘 쥬유 중ᄒᆞ의 ᄂᆞ려 연졉ᄒᆞ여 ᄉᆞ례 왈 션싱의 신기ᄒᆞᆫ 지조ᄂᆞᆫ ᄉᆞ람의 심곡을 놀니ᄂᆞ니다 공명 왈 엇지 조고만ᄒᆞᆫ 직조로 치ᄒᆞ를 바드리요 쥬유 왈 쥬공니 ᄊᆞ홈을 지촉ᄒᆞ오ᄂᆞ 직조 읍셔 염여오니 션싱은 신긔ᄒᆞ신 직조를 ᄀᆞ라쳐 쥬옵소셔 공명 왈 양은 본ᄃᆡ 용자라 엇지 긔이ᄒᆞᆫ 지조를 알니요 쥬유 왈 ᄂᆡ 꾀 어더쓴니 ᄉᆞ양치 마르시고 ᄀᆞ부를 결단ᄒᆞ사니다 공명 왈 무숨 꾀럴 어더ᄂᆞ잇ᄀᆞ 쥬유 왈 우리 ᄀᆞᄀᆞ 중즁의 글ᄌᆞ를 써셔 비교ᄒᆞ야 보ᄉᆞ이다 공명 왈 그리ᄒᆞᄉᆞ니다 ᄒᆞ고 쥬유 몬져 붓셜 쉬ᄒᆞ야 글ᄌᆞ를 중즁의 써 쥐고 공명니 ᄯᅩᄒᆞᆫ 붓셜 쉬ᄒᆞ여 글ᄌᆞ를 중즁의 써ᄀᆞ지고 두리 손을 ᄒᆞᆫ틔 ᄃᆡ이고 페여보니 공명의 중즁의도 불화ᄶᅩ고 쥬유 중즁의도 불화ᄶᆞ라 두리 벽중ᄃᆡ소 왈 우리 소견니 ᄀᆞᆺᄊᆞ오니 이ᄂᆞᆫ 연

〈30-뒤〉

분니로다 무어셜 의심ᄒᆞ리요 ᄒᆞ고 화공ᄒᆞ기을 의논ᄒᆞᆯ ᄉᆡ 만군즁니 아ᄂᆞᆫ 지읍더라

華龍道 卷之上
辛亥至月

〈31-앞〉

화룡도 권지ᄒᆞ라

ᄀᆞ셜 조조 ᄇᆡᆨ만 ᄶᅵ 술을 일코 심화 ᄌᆞ발ᄒᆞ여 두셔를 졍치 못ᄒᆞᆯᄉᆡ 모ᄉᆞ 슌욱이 왈 ᄀᆞᆼ동의 쥬유 졔갈양니 꾀을 씨니 모ᄉᆞ를 ᄀᆞᆼ동의 보ᄂᆡ여 ᄀᆞᆼ동의 ᄉᆞ항ᄒᆞ고 ᄂᆡ응으로 소식을 알게 ᄒᆞ옵소셔 조조 왈 보닐만ᄒᆞᆫ ᄉᆞ람이 읍ᄯᅩ다 슌

욱이 왈 치중 치화를 은혜로 디졉ᄒᆞ야 보닉시면 딕ᄉᆞ를 도모ᄒᆞ리다 조조 듯고 딕희ᄒᆞ야 치중 치화을 청ᄒᆞ여 왈 그딕 등은 ᄂᆞ얼 위ᄒᆞ야 ᄀᆞ동의 ᄀᆞ셔 ᄉᆞ항ᄒᆞ여 동졍과 소식얼 통ᄒᆞ면 딕ᄉᆞ을 이룬 후의 공을 쓰리라 치중 치화 왈 소ᄌᆞᆼ 등도 궁녹을 먹으도 쳑촌지공니 업쓰믹 민망ᄒᆞ옵더니 승상 명영이 니러ᄒᆞ신니 ᄀᆞ동의 근너ᄀᆞ 진심ᄒᆞ여 틈을 어더 쥬유 공명의 머리를 베혀 ᄌᆞᆼᄒᆞ의 밧치리다 직시 군ᄉᆞ 슈십명식 거ᄂᆞ리고

〈31-뒤〉

ᄀᆞᆼ승의 빅을 타고 ᄀᆞ동의 다달ᄂᆞ 닙명ᄒᆞ고 ᄌᆞᆼᄒᆞ의 드러ᄀᆞ 쥬유 압픠 복지 쳬읍 왈 소ᄌᆞᆼ의 형 치모 조조의게 퓌을 본 후의 불공딕쳔지슈 ᄀᆞᆸ기를 쥬야 ᄉᆞ모ᄒᆞ다ᄀᆞ ᄌᆞᆼ군 휘ᄒᆞ의 왓ᄊᆞ오니 바라옵건딕 ᄌᆞᆼ군은 두호ᄒᆞ야 쥬옵소셔 쥬유 그 ᄉᆞ항인 쥬를 알고 흔연니 허락ᄒᆞ야 후딕ᄒᆞ고 ᄀᆞᆷ영을 불너 왈 치중 치화 졔 쳐ᄌᆞ를 다리고 완넌요 ᄀᆞᆷ영 왈 쳐ᄌᆞ난 안니 다리고 왓느니다 쥬유 왈 그러ᄒᆞ면 두 ᄉᆞ람니 ᄉᆞ항ᄒᆞ고 우리 ᄀᆞ동 소식을 아러 조조의 닉응니 되고져 홈니라 닉 엇지 모로리요 이 두 ᄉᆞ람을 다려다ᄀᆞ 그딕 진즁의 후딕ᄒᆞ여 두면 조조와 딕젼홀 씨의 쓸 고시 잇노라 ᄀᆞᆷ영니 쳥영ᄒᆞ고 두 ᄉᆞ람을 다리고 ᄂᆞᄀᆞᆫ 후의 노슉니 문왈 치중 치화 ᄒᆞᆼ복ᄒᆞᄂᆞᆫ 거셜 엇지 밋고 바다ᄂᆞ닛ᄀᆞ 쥬유 딕칙 왈 졔 형의 원슈을 ᄀᆞᆸ고ᄌᆞ ᄒᆞ야 닉게 ᄒᆞᆼ복ᄒᆞ거놀 엇지

〈32-앞〉

의심 잇쓰리요 노슉니 묵묵부답ᄒᆞ고 공명 ᄉᆞ쳐의 도라와 그 ᄉᆞ연을 셜화ᄒᆞ니 공명니 소왈 양진 즁의 딕ᄀᆞᆼ니 막켜쓰니 우리 동졍을 몰ᄂᆞ 치중 치화을 보닉여 ᄉᆞᄒᆞᆼᄒᆞ여 닉응니 되고져 ᄒᆞ미라 공근니 그 꾀을 먼져 알고 짐짓 군즁의 두ᄂᆞᆫ 닐을 자경은 엇지 모로ᄂᆞᆫ야 노슉니 그졔야 ᄀᆡ탄ᄒᆞ고 공명의 지ᄀᆞᆷ을 탄복ᄒᆞ더라 쥬유 야과 슴경의 등촉을 도도케고 조조 파홀 꾀을 완졍치 못ᄒᆞ야 젼젼반칙 ᄒᆞ더니 션봉ᄌᆞᆼ 황ᄀᆡ 드러와 문안ᄒᆞ거놀 쥬유 왈 심야

숨경의 공복니 무숨 소회잇는요 황기 왈 다름 안니라 방즈 양국니 디젼홀 터인듸 형세를 싱각ᄒᆞ온즉 조조의 군ᄉᆞ넌 빅만니요 우리 군ᄉᆞ넌 불과 오륙 만니라 도독은 쥬의을 엇지 ᄒᆞ시는잇ᄀᆞ 쥬유 왈 ᄂᆞ도 아즉 졍ᄒᆞᆫ 쁫시 업쓰이 그듸의 쁫션 엇더 ᄒᆞ며 졔즁 등 소견언 엇더ᄒᆞ던

〈32-뒤〉

요 황기 왈 졔즁 등 소견은 알 슈 업ᄉᆞ오ᄂᆞ 소즁의 소견은 조조의 군ᄉᆞ는 만ᄒᆞ고 우리 군ᄉᆞ는 져그미 불노 치면 조흘듯 ᄒᆞᄂᆞ니다 쥬유 디경 왈 네 이 말을 어듸셔 드러는야 네의 소견이 그러ᄒᆞᆫᄀᆞ 황기 왈 어듸셔 드르릿ᄀᆞ 소즁의 소견이로소니다 쥬유 왈 이 말을 아무도 모르게 ᄒᆞ라 ᄂᆞ도 화공홀 싱각이 잇기로 치모 양닌의 ᄉᆞ항을 밧고 군즁의 두어 소식을 통케 ᄒᆞ여씨ᄂᆞ 우리는 조조의게 ᄉᆞ항홀 ᄉᆞ람니 업ᄉᆞ오니 글노 근심ᄒᆞ노라 황기 왈 소즁니 ᄀᆞ셔 조조의게 ᄉᆞ항ᄒᆞ리다 쥬유 왈 즁군의 쁫시 과도ᄒᆞ야 ᄉᆞ항ᄒᆞ면 조조 밋지 안니할 쁫ᄒᆞ노라 황기 왈 ᄂᆡ 쥬공의 삼디 은혜을 바다ᄊᆞ오니 국은을 갑ᄌᆞᄒᆞ오면 몸니 쥭어도 앗갑지 안니ᄒᆞᆫ지라 도독의 명영디로 ᄒᆞ오리다 쥬유 왈 그 일을 힝ᄒᆞ면 강동의 만힝이니 조조을 파ᄒᆞᆫ 후의 디공

〈33-앞〉

을 갑푸리라 ᄒᆞ고 잇튼놀 쥬유 졔즁을 초입ᄒᆞ야 ᄒᆞ령 왈 조조의 빅만디병니 빅니허의 유진ᄒᆞ고 슈육병진 ᄒᆞ야신니 졔즁 등은 숨식 양식을 ᄀᆞ지고 조조를 파ᄒᆞ라 황기 츌반 쥬왈 숨식 양식은 고ᄉᆞᄒᆞ고 숨연 양식을 ᄀᆞ져도 조조 파하기난 감불싱의라 모ᄉᆞ 말디로 조조의게 항복ᄒᆞ소셔 쥬유 바련 디로 왈 쥬공의 말을 바다 조조를 치려ᄒᆞ거놀 너는 감이 ᄒᆞᆼ복고져 ᄒᆞ니 너를 버여 군즁의 영을 페리라 ᄒᆞ고 무ᄉᆞ를 호령ᄒᆞ야 황기을 잡아ᄂᆡ여 버이라 ᄒᆞ니 황기 디로 왈 파오즁군을 모시고 강동을 어더 군신니 되야거던 네 엇지 ᄂᆞ를 쥭니려 ᄒᆞ는야 쥬유 디로ᄒᆞ야 급피 베히라 ᄒᆞ니 감영니 엿ᄌᆞ오디

황ᄀᆡᄂᆞᆫ 동오의 공신이오니 죄을 용셔ᄒᆞ소셔 쥬유 ᄀᆞᆷ영을 ᄭᅮ지져 왈 너ᄂᆞᆫ 당도리 ᄂᆡ의 영을 거역ᄒᆞᄂᆞᆫ

〈33-뒤〉

요 좌우을 호령ᄒᆞ야 ᄀᆞᆷ영을 ᄌᆞᆸ아ᄂᆡ여 엄ᄀᆞᆫ방츌ᄒᆞ고 황ᄀᆡ을 ᄲᆞᆯ리 버히라 셩화ᄀᆞᆺ치 ᄌᆡ촉ᄒᆞ니 졔ᄌᆞᆼ 등니 일시의 합쥬 왈 황ᄀᆡ의 죄ᄂᆞᆫ 쥭어 맛당ᄒᆞ오ᄂᆞ 양국과 ᄃᆡ젼ᄒᆞ와 합젼ᄒᆞ기 젼의 ᄃᆡᄌᆞᆼ을 버히ᄂᆞᆫ 것시 군즁의 상ᄉᆞ 안니오니 두어ᄯᆞᄀᆞ 조조를 파ᄒᆞᆫ 후의 베히소셔 쥬유 왈 결단코 베힐 거시로ᄃᆡ 졔ᄌᆞᆼ의 낫셜 보와 아즉 용셔ᄒᆞ건와 위션 엄ᄀᆞᆫ ᄇᆡᆨ도ᄒᆞ라 졔ᄌᆞᆼ니 다시 고ᄒᆞ되 임의 용셔ᄒᆞ실진ᄃᆡ 다시 짐ᄌᆞᆨᄒᆞ소셔 쥬유 ᄃᆡ로ᄒᆞ야 셔안을 치며 졔ᄌᆞᆼ을 호령ᄒᆞ야 물이치고 황ᄀᆡ을 나입ᄒᆞ야 오십도 엄ᄀᆞᆫᄒᆞ니 졔ᄌᆞᆼ니 엿ᄌᆞ오ᄃᆡ 황ᄀᆡ 쳣단 말을 조조ᄀᆞ 알거ᄃᆡ면 치소될ᄀᆞ ᄒᆞᄂᆞ이다 쥬유 ᄭᅮ지져 왈 졔ᄀᆞ ᄀᆞᆷ히 ᄂᆡ 영을 거역커ᄂᆞᆯ ᄂᆡ 엇지 ᄂᆞᆷ의 ᄂᆞ라 치소되ᄂᆞᆫ 걸 염여ᄒᆞ야 군령을 ᄒᆡᆼᄐᆡ케 ᄒᆞ리요 졔ᄌᆞᆼ의 ᄂᆞ슬 보와 위션 오십도의 부

〈34-앞〉

과ᄒᆞ여 두라 일후 범죄ᄒᆞ면 졀단코 베히리라 황ᄀᆡ 즁ᄌᆞᆼ을 당ᄒᆞ고 두 ᄇᆞᆯ기의 유혈리 ᄂᆞᆼᄌᆞᄒᆞᄒᆞ니 졔ᄌᆞᆼ 등이 다려다ᄀᆞ 치료ᄒᆞ며 위로ᄒᆞ니 황ᄀᆡ 졍신을 ᄎᆞ려 좌우 군졸을 보와 ᄂᆞᆨ누ᄒᆞ더라 노슉니 공명을 다리고 왈 오날 공근니 황ᄀᆡ를 칠 ᄶᆡ의 우리ᄂᆞᆫ 공근의 슈ᄒᆞ라 말유치 못ᄒᆞ야건니와 션싱은 ᄀᆡᆨ니라 허물리 읍ᄂᆞᆫ ᄃᆡ 엇지 말유치 안니 ᄒᆞ여ᄂᆞᆫ잇ᄀᆞ 공명니 쇼 왈 ᄌᆞ경은 엇지 ᄂᆞ을 노류ᄌᆞᆼ화ᄀᆞᆺ치 ᄃᆡ졉ᄒᆞᄂᆞᆫ요 노슉니 왈 션싱을 모셔 강동의 오신 후로 됴금도 홀ᄃᆡ한 일리 업거ᄂᆞᆯ 엇지 이런 비졍ᄒᆞᆫ 말ᄉᆞᆷ을 ᄒᆞ신잇ᄀᆞ 공명 왈 쥬유 황ᄀᆡ 친 거시 ᄭᅬᆫ 쥴 모로고 ᄂᆞᆯ다려 말ᄒᆞᄂᆞᆫ요 고륙게 안니면 엇지 조조을 소기리요 필야의 황ᄀᆡ로 조조의게 ᄉᆞ항ᄒᆞ고 ᄃᆡᄉᆞ를 이룰 경윤이라 ᄋᆞᆼ당 치즁 치화도 기별ᄒᆞ야쓸 거시니 일른 졍영

〈34-뒤〉

히 맛칠지라 ᄌᆞ경은 공근을 보거던 오늘 일을 ᄂᆡᄀᆞ 원망ᄒᆞ더라 ᄒᆞ소셔 그 일를 아더라 ᄒᆞ면 ᄂᆞ를 ᄒᆡᄒᆞᆯ 거시니 부ᄃᆡ 알게 마옵소셔 노슉니 쥬유다려 문왈 오늘 황ᄀᆡ를 엇지ᄒᆞᆫ 일노 엄곤ᄒᆞ여ᄂᆞ잇ᄀᆞ 쥬유 왈 졔ᄌᆞᆼ이 무어시라 ᄒᆞ던요 노슉이 왈 원망니 만ᄒᆞ더니다 쥬유 왈 공명의 말른 엇쪄ᄒᆞ던잇ᄀᆞᄉᆞ요 노슉니 공명도 원망ᄒᆞ더니다 ᄒᆞ니 쥬유 왈 니번은 속이여ᄯᅩ다 오늘 황ᄀᆡ 친 거션 고륙게을 써 조조을 소기게 ᄒᆞ미라 노슉니 유유이 퇴ᄒᆞ야 공명의 지ᄀᆞᆷ을 탄복ᄒᆞ더라 황ᄀᆡ ᄌᆞ쳐ᄀᆞ ᄃᆡ단ᄒᆞ야 군즁의 누어 ᄃᆡ통ᄒᆞ더니 모ᄉᆞ ᄀᆞᆷ턱니 오거늘 황ᄀᆡ 좌우을 물리치고 ᄀᆞᆷ턱을 연졉ᄒᆞ야 좌졍 후의 ᄀᆞᆷ턱니 왈 ᄌᆞᆼ군의 ᄌᆞᆼ쳐 엇쪄ᄒᆞ시며 그 일른 고륙게 안이잇ᄀᆞ 황ᄀᆡ 왈 엇지 아ᄂᆞᆫ요 ᄀᆞᆷ턱 왈 공근

〈35-앞〉

의 동졍을 보고 짐족ᄒᆞ엿ᄂᆞ니다 황ᄀᆡ 왈 ᄂᆡ 손ᄌᆞᆼ군의 ᄉᆞᆷᄃᆡ은혜을 ᄀᆞᆸ고ᄌᆞ ᄒᆞ오니 ᄂᆞᄂᆞᆫ 비록 압파도 ᄒᆞᆫ는 읍ᄂᆞ이다 바라ᄂᆞᆫ니 션ᄉᆡᆼ은 본시 츙효 거록ᄒᆞ옵기로 ᄂᆡ 심쥬ᄉᆞ를 셜화ᄒᆞᄂᆞ니다 ᄀᆞᆷ턱니 왈 ᄂᆞᆯ노 ᄒᆞ야 ᄉᆞ항셔를 조조의게 보ᄂᆡ고져 ᄒᆞᄂᆞᆫ야 황ᄀᆡ 왈 실노 그 ᄯᅳᆺ시오니 션ᄉᆡᆼ의 마음은 엇쪄ᄒᆞ시잇ᄀᆞ ᄀᆞᆷ턱이 왈 ᄃᆡᄌᆞᆼ부 쳬셰ᄒᆞ야 공업을 셰우지 못ᄒᆞ면 여초목으로 동귀라 그ᄃᆡ 임의 몸을 바려 임군의 은혜을 ᄀᆞᆸ고져 ᄒᆞ거늘 ᄂᆡ 엇지 슈고을 앗기리요 황ᄀᆡ ᄌᆞᆼᄒᆞ의 ᄂᆞ려 졀ᄒᆞ고 ᄉᆞ례 왈 션ᄉᆡᆼ의 은혜ᄂᆞᆫ ᄒᆞ히ᄀᆞᆺᄊᆞ오이다 ᄀᆞᆷ턱 왈 일리 임의 조요ᄒᆞ오니 지금 곳 ᄀᆞ오리다 황ᄀᆡ ᄉᆞ항셔을 써셔 쥬니 ᄀᆞᆷ턱니 어션을 ᄌᆞᆸ아타고 조조의 슈진얼 바라보며 슌풍의 ᄯᅥᄂᆞᄀᆞ니 ᄇᆡᆨ만ᄃᆡ병 쥭이려 ᄀᆞᄂᆞᆫ 쥬를 엇지 알니요 ᄀᆞᆷ턱이 조조

〈35-뒤〉

진의 다달ᄂᆞ 빈예 ᄂᆞ려 드러ᄀᆞ니 슌경ᄒᆞᄂᆞᆫ 군ᄉᆞ덜리 ᄀᆞᆷ턱을 ᄌᆞᆸ아 ᄌᆞᆼᄒᆞ의 밧치니 잇ᄯᅢ 조조 진즁의 등촉을 발키고 셔안의 의지ᄒᆞ야 문왈 네 ᄀᆞᆼ동ᄉᆞ람으로 엇지 놈의 진즁의 임의로 왓ᄂᆞᆫ요 ᄀᆞᆷ턱 왈 조승상니 어진 ᄉᆞ람을 구ᄒᆞᆫ다 ᄒᆞ더니 뭇ᄂᆞᆫ 말을 드르니 불ᄀᆞᄒᆞ도다 황긔 그릇 아라ᄯᅩ다 조조 왈 닉 ᄀᆞᆼ동과 ᄃᆡ진ᄒᆞ야거ᄂᆞᆯ 네 놈의 진즁의 밤을 의지ᄒᆞ야 와쓰니 엇지 뭇지 안니 ᄒᆞ리요 ᄀᆞᆷ턱 왈 황긔넌 동오의 옛 신하라 무고히 쥬유의게 즁ᄌᆞᆼ을 당ᄒᆞ고 황셔를 ᄀᆞ져와쓰니 승ᄉᆞᆼ의 ᄯᅳᆺ시 어ᄯᅥᄒᆞ신잇ᄀᆞ ᄒᆞ고 항셔을 올이니 조조 항셔을 보고 크게 ᄉᆞ지져 왈 황긔 고륙게을 써 너로 ᄉᆞ항셔를 드려 ᄂᆞ를 소기고져 ᄒᆞ넌야 좌우를 호령ᄒᆞ야 ᄀᆞᆷ턱을 닉여 베히라 ᄒᆞ니 ᄀᆞᆷ턱니 안식을 불변ᄒᆞ고 앙쳔ᄃᆡ소ᄒᆞ니 조조 다시 ᄀᆞᆷ턱을 불너 왈 닉ᄀᆞ 네의 ᄀᆞᆫ

〈36-앞〉

게을 아ᄂᆞᆫ고로 글노 ᄒᆞ야 웃셔난야 ᄀᆞᆷ턱이 왈 쥭이거던 밧비 쥭기지 무숨 존말 ᄒᆞᄂᆞᆫ요 조조 왈 닉 병셔을 통달ᄒᆞ야 ᄀᆞᆫ게을 모를 거시 업거ᄂᆞᆯ 편지를 보니 ᄀᆞᆫᄉᆞᄒᆞᆫ지라 ᄀᆞᆷ턱 왈 미거ᄒᆞᆫ지라 져른 거시 엇지 병셔의 익다ᄒᆞ리요 조조 왈 황긔 실상으로 항복ᄒᆞ량니면 엇지 날ᄌᆞ를 졍치 안니 ᄒᆞ리요 ᄀᆞᆷ턱 왈 네ᄀᆞ 병셔의 익다 ᄒᆞ건와 만일 ᄀᆞᆼ동과 ᄊᆞ호거듸면 쥬유의게 ᄌᆞᆸ필 거시니 닉ᄀᆞ 네 손의 쥭기ᄂᆞᆫ 원통ᄒᆞ도다 닉 ᄂᆞ라를 바리고 놈의 ᄂᆞ라 올 ᄯᅢ의ᄂᆞᆫ 다 마음을 어드려 할지라 만일 긔약을 졍ᄒᆞ야ᄯᅡᄀᆞ 일리 셜노ᄒᆞ면 셩ᄉᆞ도 못되고 몸의 ᄒᆡ를 볼 거시여ᄂᆞᆯ 어진 ᄉᆞ람을 쥭니고져 ᄒᆞ니 무어시 병셔의 익다ᄒᆞ리요 조조 듯고 ᄃᆡ희ᄒᆞ야 ᄌᆞᆼᄒᆞ의 ᄂᆞ려 ᄀᆞᆷ턱을 연졉ᄒᆞ야 당ᄉᆞᆼ의 올여 안치고 ᄉᆞ례 왈 닉 과연 무식ᄒᆞ야 어진 ᄉᆞ람을 몰ᄂᆞ보

〈36-뒤〉

고 촉노ᄒᆞ야쓰니 허물치 마옵소셔 굠턱 왈 황기 승승게 항복홈은 어린아희 부모바람 ᄀᆞᆺ탄지라 엇지 다른 마암을 두리요 조조 왈 션싱니 황기로 동심 ᄒᆞ야 ᄃᆡ공을 이루면 일등공신니 되리라 굠턱 왈 우리도 부귀을 탐ᄒᆞᆫ 비 안니라 쳔시를 좃고ᄌᆞ 홈니라 조조 ᄃᆡ희ᄒᆞ야 굠턱을 후ᄃᆡᄒᆞ더니 이윽ᄒᆞ야 ᄒᆞᆫ ᄉᆞ람니 셔근을 드리거날 조조 기텩ᄒᆞ니 칙즁 칙화의 편지라 황기 쥬유의게 엄곤 오십도의 방치 즁통ᄒᆞᄂᆞᆫ ᄉᆞ연을 기별ᄒᆞ야거날 조조 그 편지를 보고 굠턱을 더욱 미더 ᄀᆞ로ᄃᆡ 션싱니 ᄀᆞᆼ동의 ᄀᆞ셔 황기로 언약을 정ᄒᆞ고 소식을 통ᄒᆞ소셔 굠턱 왈 ᄂᆡ 임의 ᄀᆞᆼ동을 비반ᄒᆞ고 왓ᄊᆞ오니 엇지 다시 ᄀᆞ릿ᄀᆞ 승승은 다른 ᄉᆞ람을 보ᄂᆡ소셔 조조 왈 다른 ᄉᆞ람을 보ᄂᆡ면 닐리 셜노홀ᄀᆞ ᄒᆞ오니 션싱

〈37-앞〉

은 슈고를 앗기지 말고 ᄀᆞ소셔 굠턱니 지숌 ᄉᆞ양ᄒᆞ다ᄀᆞ 왈 임의 ᄀᆞᆯ터니오면 슈이 ᄀᆞ야 ᄀᆞᆼ동ᄉᆞ람니 의심을 안니할 테이오니 지금 곳 ᄀᆞ리다 ᄒᆞ고 바힝ᄒᆞ야 ᄀᆞᆼ동으로 도라와 황기을 보고 ᄉᆞ항셔 보ᄂᆡ던 ᄉᆞ연을 셜화ᄒᆞ니 황기 ᄉᆞ례 왈 감영 진즁의 ᄀᆞ셔 칙즁 칙화의 동졍을 보소셔 굠턱니 감영의 진즁의 ᄀᆞ니 감영니 영졉ᄒᆞ야 좌졍 후의 왈 션싱니 어지 오신익ᄀᆞ ᄒᆞ며 조조의게 ᄉᆞ항ᄒᆞ던 말를 ᄒᆞ던 ᄎᆞ의 칙즁 칙화 드러오거날 굠턱니 감영을 보고 눈을 쥬니 감영니 그 ᄯᅳᆺ셜 알고 거짓 ᄃᆡ로 왈 공근이 지조만 밋고 졔즁을 싱각지 안니 ᄒᆞ도다 ᄒᆞ며 이럴 ᄀᆞᆯ면셔 ᄃᆡ답ᄒᆞ니 칙즁 칙화 감영의 거동을 보고 문왈 션싱과 즁군니 무슴 불평ᄒᆞᆫ 일리 잇ᄂᆞ잇ᄀᆞ 굠턱 왈 놈의 소회를 엇지 알니요 칙화 왈 ᄀᆞᆼ동을 비반ᄒᆞ고 조

〈37-뒤〉

승상을 셤기고져 ᄒᆞᄂᆞ잇ᄀᆞ ᄀᆞᆷᄐᆡᆨ니 그 말을 듯고 거짓 질식ᄒᆞ니 ᄀᆞᆷ영니 ᄯᅩ ᄒᆞᆫ ᄃᆡ로ᄒᆞ야 칼를 드러 ᄎᆡ즁 ᄎᆡ화을 치려ᄒᆞ며 왈 으리 일리 임의 혈노ᄒᆞ여 쓰니 너를 쥭기여 말을 막으리라 ᄎᆡ즁 ᄎᆡ화 급히 고ᄒᆞ되 ᄌᆞᆼ군은 근심치 마옵시고 소ᄌᆞᆼ의 심곡을 드러보소셔 ᄀᆞᆷ영 왈 밧비 말을 ᄒᆞ라 ᄎᆡ화 왈 우리도 항복ᄒᆞᆷ니 참 ᄒᆞᆼ복니 안니라 조승상의 명을 바다 ᄉᆞ항ᄒᆞ야 소식을 통ᄒᆞ라 ᄒᆞ기로 왓ᄊᆞ오니 ᄌᆞᆼ군니 만닐 조승상을 셤긔고져 ᄒᆞ시면 우리ᄀᆞ 인도ᄒᆞ잇ᄀᆞ ᄀᆞᆷ영 왈 진졍 그러ᄒᆞ야 ᄃᆡ왈 엇지 호발린덜 긔망ᄒᆞ리잇ᄀᆞ ᄀᆞᆷ영니 그졔야 ᄃᆡ희 왈 그ᄃᆡ의 말 ᄀᆞᆺ틀진ᄃᆡ ᄒᆞᄂᆞᆯ리 도으심니라 ᄎᆡ화 왈 일젼의 황긔 즁ᄌᆞᆼ홈과 ᄌᆞᆼ군 ᄎᆡᆨ망 드른 일도 다 승상의게 긔별ᄒᆞ여ᄂᆞ니라 ᄀᆞᆷᄐᆡᆨ 왈 ᄂᆞ도 임의 황긔의 ᄒᆞᆼ셔를 조승상의게 드려

〈38-앞〉

쓰니 ᄌᆞᆼ군도 ᄒᆞᆫᄀᆞ지로 항복ᄒᆞᄉᆞ이다 ᄀᆞᆷ영 왈 ᄃᆡᄌᆞᆼ부 셰상의 쳐하여 조승상 ᄀᆞᆺ탄 영웅을 셤기면 무엇시 원니 되릿ᄀᆞ 셔로 희희낙낙ᄒᆞ여 ᄇᆡ반이 ᄂᆞᆼᄌᆞᄒᆞ더니 ᄂᆡ날 ᄎᆡ즁 ᄎᆡ화 황긔 ᄀᆞᆷ영 ᄀᆞᆷᄐᆡᆨ니 ᄂᆡ응ᄒᆞ넌 모양으로 긔별ᄒᆞ고 ᄀᆞᆷᄐᆡᆨ도 션통ᄒᆞ되 황긔 아즉 여ᄀᆞ를 웃지 못ᄒᆞ니 아모 ᄂᆞᆯ리라도 ᄇᆡ머리예 쳥용아긔를 세우고 ᄀᆞᄂᆞᆫ ᄇᆡᄂᆞᆫ 황긔의 항복션이라 ᄒᆞ야거ᄂᆞᆯ 조조 보고 ᄃᆡ희ᄒᆞ야 졔중을 모의고 왈 ᄀᆞᆼ동의 황긔 ᄀᆞᆷ영니 ᄂᆡ응ᄒᆞ야 ᄒᆞᆼ복고졔 ᄒᆞᄂᆞ 그 실상을 아지 못ᄒᆞ니 뉘 능히 ᄀᆞᆼ동의 ᄀᆞ 허실을 소상니 아라오리요 ᄌᆞᆼᄀᆞᆫ니 츌반 쥬왈 소ᄌᆞᆼ니 ᄀᆞ셔 아라오리다 조조 ᄃᆡ희ᄒᆞ야 허낙ᄒᆞ니 ᄌᆞᆼ간니 비션을 ᄌᆞᆸ아타고 ᄀᆞᆼ동의 니르러 공근의게 통ᄌᆞᄒᆞ니 쥬유 ᄌᆞᆼᄀᆞᆫ이 왓단 말을 듯고 ᄃᆡ희 왈 ᄂᆡ 셩공ᄒᆞ기ᄂᆞᆫ 이 ᄉᆞ람의게 잇다 ᄒᆞ고

〈38-뒤〉

즉시 노슉을 불너 왈 그디는 급피 방ᄉ원을 쳥ᄒ야 셔순 암ᄌ의 두엇ᄯᅡᄀ 즁근을 유인ᄒ야 조조을 소기라 ᄒ고 즁근을 쳥ᄒ니 즁근니 쥬유 문밧긔 ᄂ와 맛지 안니홈을 보고 의혹ᄒ야 조용ᄒ 고ᄃ 비을 민고 쥬유 진즁의 드러ᄀ니 쥬유 ᄃ칙 왈 ᄌ익이 몬져 와셔 놈의 셔챠를 도젹ᄒ야다ᄀ 너의 ᄃ ᄉ를 져히ᄒ고 ᄯᅩ 오기는 무어시 부족ᄒ야 왓는요 고의럴 싱ᄀ지 안니ᄒ면 베힐 거시로ᄃ ᄎ마 그러치 못ᄒ니 우션 셔손의다ᄀ ᄀ두워ᄯᅡᄀ 조조 파ᄒ 후의 보너라 즁근니 발명코져 홀 지음의 쥬유 좌우를 호령ᄒ야 지촉ᄒ며 즁막 밧긔 ᄂ셔니 군ᄉ 달여드러 즁근을 지촉ᄒ야 셔손 암ᄌ의 다달ᄂ ᄀ두고 군ᄉ로 슈직ᄒ거늘 즁근니 심신이 술는ᄒ야 침식이 불편ᄒ고 좀을 이루지 못ᄒ야 월식을 ᄯᅡ라 비회ᄒ야 후원의 다다른니 글 읍푸는 소릐

〈39-앞〉

들이거늘 그 곳셜 ᄎᄌᄀ니 셕경 놉푼 집의 빅운은 어러 잇고 초당은 젹요ᄒᄃ 쳥풍은 소실ᄒ야 인근 ᄌ미 읍는지라 문 틈으로 술펴보니 등촉니 휘황ᄒ듸 ᄒ 션관니 벅숭의 칼을 걸고 셔안의 비겨 안ᄌ 병셔를 외오거늘 즁근의 싱ᄀᄒ되 이는 반다시 도인니라 문을 열고 드러ᄀ 예필 후의 문왈 션싱은 뉘신잇ᄀ ᄃ왈 ᄂ는 놈양 방통니요 ᄌ는 ᄉ원니로소니다 즁근니 왈 그러ᄒ면 봉취션싱이 안이신잇ᄀ ᄃ왈 그러ᄒ오니다 즁근니 왈 션싱의 어지 일홈을 드른 졔 오릭읍더니 이졔야 뵈오니 다힝ᄒ여니다 션싱의 놉푼 지조로 엇지 이러타시 고젹ᄒ오잇ᄀ ᄃ왈 쥬유는 지조만 밋고 놈을 경히 ᄃ졉ᄒ기로 너 니 고ᄃ 은신ᄒ야 잇ᄂ이다 즁근 왈 션싱ᄀᆺ탄 지조로 여ᄎ풍진시졀의 허송ᄒ리요 조승상을 ᄒ번 보오면 엇ᄯᅥᄒ온잇ᄀ 만닐

〈39-뒤〉

싱국이 잇습거던 션싱언 ᄂᆞ럴 ᄯᅡ라가ᄉᆞ니다 ᄃᆡ왈 ᄂᆡ가 ᄀᆞᆼ동을 바리고져 ᄒᆞᆫ 졔 오린지라 그ᄃᆡ ᄂᆞ를 위ᄒᆞ야 조승숭의게 쳔거ᄒᆞᆯ진ᄃᆡᆫ 지금 ᄯᅡ라 ᄀᆞ오리다 만일 지쳬ᄒᆞ면 쥬유의게 ᄒᆡ을 이부리라 ᄒᆞ니 ᄌᆞᆼᄀᆞᆫ니 대희ᄒᆞ야 방통을 다리고 ᄀᆞᆼ변의 ᄂᆞ와 빈을 즙아타고 ᄀᆞᆼ을 건너여 조조 진의 이르러 ᄌᆞᆼᄀᆞᆫ니 먼져 드러ᄀᆞ 봉츄션싱 다려온 ᄉᆞ연을 고ᄒᆞ니 조조 듯고 ᄃᆡ희ᄒᆞ야 직시 원문밧긔 ᄂᆞ와 연졉ᄒᆞ야 예필 후의 좌를 졍ᄒᆞ고 ᄀᆞ로ᄃᆡ 션싱의 놉푼 일홈을 드른 졔 오린옵더니 청컨ᄃᆡ 어진 ᄭᅬ을 ᄀᆞ라쳐 ᄀᆞᆼ동을 파ᄒᆞ게 ᄒᆞ소셔 방통 왈 승숭의 용병지슐를 익키 드러ᄊᆞ오니 군즁을 ᄒᆞᆫ번 구경코져 ᄒᆞᄂᆞ니다 조조 직시 방통을 다리고 놉푼 ᄃᆡ의 올ᄂᆞ 진셰을 구경ᄒᆞ더니 방통 왈 순을 의지ᄒᆞ고 물

〈40-앞〉

를 등져 츌입 진퇴ᄒᆞᄂᆞᆫ 법은 손빈 오긔와 ᄉᆞ마양져라도 엇지 당ᄒᆞ리요 육군을 다본 후의 슈진을 바라보니 이십ᄉᆞ방의 슈문을 ᄂᆡ고 몽동 젼션으로 셩곽을 솜고 그 ᄀᆞ온ᄃᆡ 져근 비 왕ᄂᆡᄒᆞᄂᆞᆫ 법은 ᄉᆞ레ᄀᆞ 분명ᄒᆞ거늘 붕통니 심독희 ᄌᆞ부ᄒᆞ고 오면으로 크게 칭찬 왈 승숭의 용병니 니ᄀᆞᆺᄊᆞ오니 진소위 명불허젼니로소니다 ᄒᆞ고 ᄀᆞᆼ동을 ᄀᆞ라쳐 왈 쥬유 손권니 결단코 픠ᄒᆞ리라 조조 ᄃᆡ희ᄒᆞ야 군즁의 도라와 존치을 비셜ᄒᆞ고 붕통을 ᄃᆡ졉ᄒᆞᆯ 식 방통니 거짓 취ᄒᆞᆫ 쳬ᄒᆞ고 ᄀᆞ로ᄃᆡ 슈군니 병든 지 ᄒᆞ니 어진 의원이 잇ᄂᆞ닛ᄀᆞ 잇ᄯᅢ 조조 슈군의 병니 만탄 말을 듯고 엇지 무심ᄒᆞ리요 지셩으로 문왈 병든 군졸을 무숨 약으로 치료ᄒᆞ릿ᄀᆞ 붕통 왈 슈군 죠련ᄒᆞᄂᆞᆫ 법은 과연 분명ᄒᆞ오ᄂᆞ 군ᄉᆞᄂᆞᆫ 온젼치 못

〈40-뒤〉

ᄒᆞᆫ거시 적벽ᄃᆡᄀᆞᆼ의 조슈 츄립ᄒᆞ고 풍셰 ᄃᆡ즉ᄒᆞ야 물결리 북바치여 몽동젼 션이 ᄉᆞ방으로 요동ᄒᆞ면 북방군ᄉᆞ ᄇᆡ예 익지 못ᄒᆞ여 ᄌᆞ연 구토질리 ᄂᆞ고 어질병이 ᄂᆞ면 졍신을 진졍치 못ᄒᆞᆯ 거시니 지금 ᄃᆡ소션 십여칙식 쪠을 무어 일ᄌᆞ로 셰우고 션두의 거말못셜 ᄌᆞᆼ식ᄒᆞ여 요동치 못ᄒᆞ게 ᄒᆞ고 우의 목판을 ᄭᆞᆯ고 ᄇᆡᆨ토를 페여 평안케 ᄒᆞ고 말도 달니고 군ᄉᆞ 무병ᄒᆞᆯ 거시니 풍ᄂᆞᆼ을 엇지 두려ᄒᆞ리요 조조 ᄃᆡ희 왈 션싱 곳 안니시면 엇지 이런 양칙을 어드리요 즉시 군즁의 젼령ᄒᆞ여 ᄌᆞᆼ인을 불너 고리와 거말못셜 만드러 고리를 달고 못셜 박아 혹 이십쳑도 ᄒᆞ며 혹 ᄉᆞᆷ십쳑도 ᄒᆞ야 ᄒᆞᆫ터 쪠을 무으니 슈진 션ᄉᆞᆼ니 평지 ᄀᆞᆺ트여 병든 군ᄉᆞ 셔로 질거ᄒᆞ더라 방통 왈 ᄀᆞᆼ동 영웅니 쥬유를 원

〈41-앞〉

망ᄒᆞ는 지 만ᄒᆞ오니 ᄂᆡ 승ᄉᆞᆼ을 위ᄒᆞ야 ᄀᆞᆼ동영웅을 달ᄂᆡ여 항복게 ᄒᆞ리다 조조 ᄃᆡ희ᄒᆞ야 허락ᄒᆞ거늘 방통니 즉시 ᄀᆞᆼ변의 다달ᄂᆞ ᄇᆡ을 타고져 ᄒᆞᆯ ᄎᆞ의 엇ᄯᅥᄒᆞᆫ ᄉᆞ람니 폭관을 씨고 도포을 입고 픠연니 ᄂᆞ와 방통의 소ᄆᆡ을 ᄌᆞᆸ고 ᄭᅮ지져 왈 황ᄀᆡ넌 고륙게을 쓰고 ᄀᆞᆷ턱은 ᄉᆞ항셔을 드리고 너는 연환게을 쓰 ᄇᆡᆨ만ᄃᆡ병을 일시예 ᄉᆞᆯᄒᆡ코져 ᄒᆞ니 너의 독ᄒᆞᆫ 꾀을 조조는 소게썬니와 ᄂᆞ를 엇지 소기리요 방통니 ᄃᆡ경ᄒᆞ야 졍신니 아득ᄒᆞ고 ᄀᆞ슴니 ᄶᅵ여지는지라 이윽키 진졍ᄒᆞ야 도라보니 니는 고인 셔원직이라 방통 왈 그ᄃᆡᄀᆞ ᄂᆡ의 꾀을 파ᄒᆞ고져 ᄒᆞ는야 ᄉᆞ불여의ᄒᆞ면 ᄀᆞᆼ동 팔십일쥬 ᄇᆡᆨ셩의 목슘니 그 안니 불상ᄒᆞ야 원직니 소왈 우리 ᄇᆡᆨ만군ᄉᆞ의 목슘은 엇지 ᄒᆞᆯ고 방통 왈

〈41-뒤〉

원직아 진졍 ᄂᆡ 꾀을 파ᄒᆞ고져 ᄒᆞ는야 원직 왈 ᄂᆡ 유황슉의 은혜을 잇지 못

ᄒᆞ고 ᄯᅩ 조조 너의 모친을 살히ᄒᆞ여쓰니 너 밍쎄코 꾀도 쓰지 안니ᄒᆞ리라 엇지 형의 꾀을 파ᄒᆞ리요마는 빅만군병 죽을 ᄯᅢ의 나는 엇지 면ᄒᆞ리요 형은 나을 위ᄒᆞ야 피화홀 묘칙을 ᄀᆞ러치소셔 방통 왈 형의 고견으로 엇지 나다려 뭇는잇ᄀᆞ 원직의 귀예 ᄃᆡ니고 두어 말ᄒᆞ고 직시 이별ᄒᆞ고 ᄀᆞᆼ동으로 도라오니라 잇ᄯᅢ 원직니 조조 진의 도라와 방통의 말ᄃᆡ로 셔량ᄐᆡ슈 마등 ᄒᆞᆫ슈 반ᄒᆞ야 온다 ᄒᆞ며 젼셜ᄒᆞ야 어러 군ᄉᆞ 셔로 듯고 숨숨오오 셔로 귀를 ᄃᆡ이고 슈균슈군 ᄒᆞ며 군즁니 일시 요란ᄒᆞ더라 조조 그 풍셜을 듯고 ᄃᆡ경ᄒᆞ야 마등 ᄒᆞᆫ슈 막을 꾀을 의논ᄒᆞ니 원직이 고왈 나

〈42-앞〉

로 ᄒᆞ야금 숨쳔군을 쥬시면 막으리다 ᄒᆞ니 조조 ᄃᆡ희ᄒᆞ야 원직으로 모ᄉᆞ을 삼고 ᄌᆞᆼ히로 션봉을 숨어 마등 ᄒᆞᆫ슈을 막으라 ᄒᆞ니 원직과 ᄌᆞᆼ히 양인이 츌젼ᄒᆞ니라 ᄀᆞᆨ셜 니ᄯᅢ 근안 십이연 십일월 십오일리라 쳔긔 쳥명ᄒᆞ고 월식은 영농ᄒᆞᆫᄃᆡ 쳥풍은 셔러ᄒᆞ고 슈ᄑᆞ는 불흥니라 ᄉᆞ구는 ᄉᆞᆼ집ᄒᆞ고 금인언 유영니라 ᄃᆡ졉ᄀᆞᆺ탄 금붕어는 어변셩용 ᄒᆞ너라고 퉁벙츌넝 굼실굼실 노는구나 ᄒᆞᆫ손고ᄉᆞ넌 말니 박긔 잇고 일ᄃᆡᄌᆞᆼᄀᆞᆼ 말근 물른 눈압피 경긔로다 손영은 도ᄀᆞᆼᄒᆞ고 어약은 츌몰니라 놈병손식은 ᄌᆞᆼᄀᆞᆼ 젹벽의 풍덩실 좁게 잇고 동은 ᄌᆞ손이요 셔는 ᄒᆞ구로다 놈은 이릉니요 북은 오임니라 ᄀᆞᆼ손만니를 바라보니 두 눈니 암암ᄒᆞ여 호호ᄌᆞᆼᄀᆞᆼ 너룬 물의 쳔지ᄀᆞ 어ᄃᆡ믹요

〈42-뒤〉

이러ᄒᆞᆫ 풍경지졔의 조조 션두의 ᄃᆡᄌᆞᆼ긔을 세우고 ᄃᆡᄌᆞᆼ단의 놉피 안ᄌᆞ 좌우를 도라보니 ᄌᆞᆼ효 허졔 ᄒᆞ후돈 ᄒᆞ후련 조홍 조인 이젼 ᄌᆞᆼ진 ᄌᆞᆼ흡 셔황 모긔 우금 여통 여건 등 일ᄯᆡᆼ 명ᄌᆞᆼ니요 ᄯᅩ ᄒᆞᆫ편은 졍욱 슌유 ᄀᆞᆼ회 유ᄒᆞᆫ 등 어진 모ᄉᆞ덜리 좌우의 시위ᄒᆞ고 천병만마는 ᄒᆞᆼ오를 졍졔ᄒᆞ고 긔치ᄎᆞᆼ금은 일월을 희롱ᄒᆞ고 뇌고홈셩은 쳔지 진동ᄒᆞ니 조조 ᄃᆡ희ᄒᆞ야 졔ᄌᆞᆼ을 도라보와 왈 너

니졔 ᄃᆡ공을 이루워 쳔ᄒᆞ를 평졍ᄒᆞ고 국ᄀᆞ의 쥬셕지신니 되야 ᄀᆞᆼ동을 어드련니와 ᄇᆡᆨ만군병과 용중 쳔여원니라 졔중도 심을 다ᄒᆞ라 ᄂᆡ ᄀᆞᆼ동을 어든 후의 쳔ᄒᆞ을 ᄐᆡ평ᄒᆞ고 그ᄃᆡ 등으로 더부러 부귀을 ᄒᆞᆫᄀᆞ지 ᄒᆞᆯ지라 그 안니 질거올ᄀᆞ 문무졔중니 다 ᄒᆞ례 왈 소중 등도 ᄀᆞᆼ동을 어든 후의 승승 실

〈43-앞〉

ᄒᆞ의 종신 부귀ᄒᆞᆷ니 원니로소니다 조조 ᄃᆡ희ᄒᆞ야 ᄃᆡ연을 ᄇᆡ셜ᄒᆞ고 여군동낙 질길 젹의 ᄀᆞᆼ동을 ᄀᆞ라쳐 왈 쥬유 노슉이 쳔시을 모로고 ᄂᆞ를 ᄒᆞᆼ거ᄒᆞ다ᄀᆞ 황공복니 ᄒᆞᆼ복ᄒᆞ니 엇지 질겁지 안니ᄒᆞ며 ᄯᅩᄒᆞᆫ ᄀᆞᆼ동 웃기을 엇지 근심ᄒᆞ리요 ᄒᆞ구를 ᄀᆞ라쳐 왈 유비 졔갈양니 ᄂᆞ를 엇지 당할손야 졔중을 도라보와 왈 ᄂᆡ ᄀᆞᆼ동을 어드면 조흔 닐리 잇노라 교공니 두 ᄯᆞᆯ을 두어쓰되 쳔ᄒᆞ 졀ᄉᆡᆨ니라 ᄉᆡ로 동죽ᄃᆡ을 지여쓰니 니교를 다려다ᄀᆞ 동죽ᄃᆡ 놉푼 집의 만년 낙을 숨무리라 이ᄯᆡ의 월명셩희ᄒᆞ고 슈광은 졉천니라 쳔만의외예 오죽니 ᄯᅦ를 지여 조조 진즁으로 ᄂᆞ려ᄀᆞ며 남편을 바라보고 ᄀᆞᆯ곡질곡 울고ᄀᆞ니 조조 취중의 ᄀᆞ마귀 소ᄅᆡ을 듯고 문왈 니 깁푼

〈43-뒤〉

밤의 어니ᄒᆞᆫ ᄀᆞ마귀요 좌우 ᄃᆡ왈 월ᄉᆡᆨ니 발ᄀᆞ ᄂᆞᆺ ᄀᆞᆺ트미 ᄀᆞ마귀 놀신ᄀᆞ 의심ᄒᆞ야 울고ᄀᆞᄂᆞ니다 조조 ᄃᆡ소 왈 ᄀᆞ마귀 울고ᄀᆞᄂᆞᆫ 소ᄅᆡ ᄀᆞᆯ곡질곡 ᄒᆞ야쓰니 승젼ᄒᆞᆯ 증조로다 ᄀᆞᆯ곡니라 ᄒᆞᄂᆞᆫ 거션 길일양신의 조흔 ᄯᅢ의 승젼곡 ᄒᆡᆼ군ᄒᆞ야 부귀공명 ᄒᆞ리로다 ᄀᆞ마귀ᄂᆞᆫ 영물리라 압닐를 먼져 알고 우리를 ᄀᆡ유ᄒᆞ니 지음을 못ᄒᆞᆯ소야 여ᄇᆞ라 졔중더라 이 슐 만니 먹고 ᄐᆡ평연 노라보ᄌᆞ 만군즁의 쥬효 ᄂᆞᆫ만ᄒᆞ니 ᄃᆡ승의 중슈더른 칼츔 츄고 노ᄅᆡᄒᆞ니 ᄒᆞᆷ양궁즁 봉도시의 형긔의 금슐린ᄀᆞ 칼빗션 셔리 ᄀᆞᆺ고 홍문연 놉푼 존치 항중 칼츔인ᄀᆞ 슬긔도 엄슉ᄒᆞ다 조조 취ᄒᆞᆼ니 도도ᄒᆞ야 필연을 ᄂᆡ여노코 오죽ᄀᆞ를 지여쓰되 월명셩희의 오죽니 남비ᄒᆞ니 요슈숨즙의 무지

〈44-앞〉

ᄀᆞ의라 션두의 빗겨 안ᄌᆞ 의긔양양ᄒᆞᆯ 졔 유복니 쥬왈 양국 ᄃᆡ젼의 승부를 결단치 못ᄒᆞ야는ᄃᆡ 승상 노ᄅᆡ를 드른니 조흔 증조 안니로다 조조 ᄃᆡ로 왈 요망ᄒᆞᆫ 소견으로 ᄂᆡ의 흥을 파ᄒᆞ는야 충을 드러 유복을 벼히고 ᄀᆞ영 ᄀᆞᄉᆞ의 쥬효을 만니 쥬어 군즁의 호궤ᄒᆞ니 군ᄉᆞ 포식ᄒᆞ고 흥니 ᄂᆞ셔 혹 노ᄅᆡᄒᆞ며 혹 츔도 츄고 길기는 소ᄅᆡ ᄀᆡ손의 ᄂᆞᆼᄌᆞᄒᆞ니 필승지조라 ᄒᆞ더라 잇ᄯᅦ ᄒᆞᆫ 편 ᄌᆞᆼ막 밋티 우름소ᄅᆡ 들이거ᄂᆞᆯ 쥬번 군ᄉᆞ ᄒᆞ는 말리 ᄉᆞᆼᄒᆞ동낙 질기는ᄃᆡ 너는 엇지 우는요 그 군ᄉᆞ ᄃᆡ답ᄒᆞ되 너희는 무식ᄒᆞ야 지금 편ᄒᆞᆫ 것만 알고 ᄂᆡ두ᄉᆞ넌 모르는야 ᄉᆞᆷ경의 만뇌구젹ᄒᆞᆫᄃᆡ 손조는 집의 들고 쥬슈넌 굴의 드러 쳔지 고요ᄒᆞ고 손슈 졈졈ᄒᆞᆫᄃᆡ 어니ᄒᆞᆫ ᄀᆞ마귀 진

〈44-뒤〉

우의 울고ᄀᆞ며 ᄌᆞᆯ곡질곡ᄒᆞ니 ᄇᆡᆨ만ᄃᆡ병 일시의 쥭일 ᄀᆡ별리로다 슬푸다 군ᄉᆞ더라 말리젼ᄌᆞᆼ ᄂᆞ와ᄊᆞᄀᆞ 타국고혼 될 거시니 그 안니 셔룬손ᄀᆞ ᄒᆞᆫ 군ᄉᆞ ᄒᆞ는 마리 앗ᄀᆞ 승상니 ᄌᆞᆯ곡소ᄅᆡ를 희ᄌᆞᄒᆞ야 승젼ᄒᆞᆯ 증조라 ᄒᆞ야거ᄂᆞᆯ 너는 ᄂᆞᆯᄀᆡ 소졸리라 우ᄆᆡᄒᆞᆫ 소견으로 못된 일를 지여ᄂᆡ여 만군ᄉᆞ를 슬푸게 ᄒᆞ이 맛당히 베힐지라 ᄒᆞ고 칼을 들고 달여드니 그 군ᄉᆞ ᄃᆡ답ᄒᆞ되 ᄂᆡ 아무리 소졸린덜 그만ᄒᆞᆫ 지ᄀᆞ 읍쓸손야 ᄌᆞᆯ곡소ᄅᆡ 희ᄌᆞᄒᆞ마 네ᄀᆞ ᄌᆞ셔히 드러보라 ᄒᆞ거리 망ᄒᆞᆯ ᄯᅢ의 졔후질원ᄒᆞ야 질원곡을 노ᄅᆡᄒᆞ니 ᄌᆞᆯ른 ᄒᆞ걸리요 질곡은 유왕의 질원곡니라 오작은 영물니라 우리 진즁 ᄑᆡᄒᆞᆯ 쥬를 미리 알고 조롱ᄒᆞ되 눈셰ᄀᆞᆫ웅 우리 승상 지음을 ᄌᆞᆯ못ᄒᆞ고 교만니 ᄌᆞ심ᄒᆞ니

〈45-앞〉

병교ᄌᆞ는 ᄑᆡ라 너의는 모로는야 ᄒᆞᆫ 군ᄉᆞ ᄒᆞ는 말리 네 말리 당연ᄒᆞ다 앗ᄀᆞ ᄂᆞ도 ᄭᅮᆷ을 ᄭᅮ니 ᄂᆞᆷ편 ᄃᆡ로여 여덜 ᄉᆞ람니 누룬 익손을 들고 승상 압피로 드

러오더니 승ᄉᆞᆼ 중ᄒᆞ의 노로 ᄒᆞᆫ 마리 ᄂᆡ다러 누룬 익ᄉᆞᆫ을 썩거바리고 승ᄉᆞᆼ을 업고 ᄀᆞ마귀 안지 슙풀노 ᄀᆞ더라 이 ᄭᅮᆷ을 희몽ᄒᆞ라 그 군ᄉᆞ ᄃᆡ답ᄒᆞ되 아ᄋᆡ야 누른 익ᄉᆞᆫ언 황ᄀᆡ요 여덜 ᄉᆞ람은 불화ᄊᆞ라 황ᄀᆡ 우리 진의 항복ᄒᆞ야 ᄊᆞ더니 불노 우리를 칠 거시요 승ᄉᆞᆼ 중ᄒᆞ의 노로ᄂᆞᆫ 중션 중효라 ᄀᆞ마귀 안진 슙풀런 오림니라 피련 호위중군 중효ᄀᆞ 황ᄀᆡ을 쥭기고 승ᄉᆞᆼ을 모시고 오림으로 도망ᄒᆞᆯ 증조로다 ᄒᆞ고 군ᄉᆞ 셔로 당부ᄒᆞ되 부ᄃᆡ 이 말를 ᄂᆡ지 마라 만닐 승ᄉᆞᆼ니 알면 ᄭᅮᆷ ᄭᅮᆫ ᄂᆞ도 쥭고 희몽ᄒᆞᆫ 너도 쥭을 거시니 ᄉᆞᆷᄀᆞ 조심ᄒᆞ라 ᄒᆞ더라 잇튼

〈45-뒤〉

날 조조 중ᄃᆡ의 놉피 안져 졔중을 분발ᄒᆞᆯ ᄉᆡ 오ᄉᆡᆨ긔치로 힝오을 증졔ᄒᆞ여 슈진즁 황긔ᄂᆞᆫ 모ᄀᆡ 우금니요 젼군 홍긔ᄂᆞᆫ 중합니요 후군 흑긔ᄂᆞᆫ 여근니요 좌군 쳥긔넌 중진니요 우군 ᄇᆡᆨ긔ᄂᆞᆫ ᄒᆞ후연니요 슈륙군 졉응ᄉᆞ넌 ᄒᆞ후돈 조홍니ᄅᆞ 왕ᄂᆡ ᄀᆞᆷ쳔ᄉᆞ넌 허졔 중효라 발영ᄒᆞᆫ 후의 슈진군니 ᄉᆞᆷ통고ᄃᆡ 취타ᄒᆞ고 ᄯᅦ 무은 젼션의 풍범을 놉피 달고 군ᄉᆞ 왕ᄂᆡᄒᆞ기 평지ᄀᆞᆺ치 ᄒᆞ니 조조 ᄃᆡᄉᆞᆼ의셔 보고 ᄃᆡ희ᄒᆞ야 왈 봉ᄎᆔ션싱의 어진 ᄌᆡ조로 군ᄉᆞ 임으로 왕ᄂᆡ함은 ᄒᆞᄂᆞᆯ리 도으심니로다 정욱니 왈 젼션을 ᄯᅦ 무어ᄊᆞᄀᆞ 만닐 ᄀᆞᆼ동의셔 불노 치면 엇지 하릿ᄀᆞ 미리 단속ᄒᆞ소셔 조조 ᄃᆡ로 왈 불노 치ᄂᆞᆫ 법니 바ᄅᆞᆷ얼 어드야 성공ᄒᆞᄂᆞᆫ지라 ᄇᆞᄅᆞᆷ은 동ᄂᆞᆷ풍이라야 칠 거시여ᄂᆞᆯ 엄동셜

〈46-앞〉

ᄒᆞᆫ의 엇지 동ᄂᆞᆷ풍니 불니요 지금은 셔북풍니라 우리ᄂᆞᆫ 셔북의 잇고 져의ᄂᆞᆫ 동ᄂᆞᆷ의 잇ᄊᆞ니 만닐 불노 치다ᄀᆞᄂᆞᆫ 셔북풍니 ᄃᆡᄎᆔᄒᆞ면 져의 군ᄉᆞ 다 불탈 거시니 무어셜 염여ᄒᆞ리요 ᄒᆞ더라 ᄀᆞᆨ셜 잇ᄯᆡ의 쥬유 젼션의 올ᄂᆞ 조조의 슈진을 바라보니 ᄃᆡ풍니 니러ᄂᆞ며 조조의 진즁 큰 긔ᄀᆞ 부러지니 긔발리 충파ᄉᆞᆼ의 ᄯᅥᄂᆞ거ᄂᆞᆯ 쥬유 ᄃᆡ소 왈 ᄉᆞᆼᄉᆞ 안니로다 ᄒᆞ던니 언미필의 북풍니

되즉ᄒᆞ여 ᄑᆞ슈ᄀᆞ 이러ᄂᆞ며 양ᄉᆞ 쥬셕ᄒᆞ고 진즁의 셰운 긔발리 동남의 붓치여 쥬유의 낫셜 싯쳐ᄀᆞ니 쥬유 되경ᄒᆞ여 ᄒᆞ넌 마리 숩니 막키고 입으로 피를 흘니며 인ᄉᆞ를 슈십지 못ᄒᆞ니 졔중니 황망ᄒᆞ여 진즁으로 모셔노코 쳔방만약으로 구완ᄒᆞ되 분졈 효ᄎᆞ 읍는지라

〈46-뒤〉

노슉니 근심ᄒᆞ야 공명을 보고 공근의 병셰을 의논ᄒᆞ니 공명 왈 공근의 병은 ᄂᆞ라야 고치리다 노슉니 되희ᄒᆞ야 공명을 다리고 진즁의 니르러 문왈 도독의 긔운니 범씨 엇쩌ᄒᆞ온닛ᄀᆞ 쥬유 왈 복통니 심ᄒᆞ여 구토질리 되즉ᄒᆞ며 약 머글 길리 업는지라 노슉니 曰 악ᄀᆞ 공명을 보고 도독의 병녹을 말솜ᄒᆞ온즉 공명니 되답ᄒᆞ되 ᄂᆞ라야 고치리라 ᄒᆞ기로 다려왓ᄂᆞ니다 쥬유 되희ᄒᆞ야 공명을 청ᄒᆞ야 드러오니 쥬유 졔우 이러ᄂᆞ 안거눌 슈일 뵈옵지 못ᄒᆞ야 긔후 엇쩌ᄒᆞᆫ잇ᄀᆞ 쥬유 왈 울화로 병니 ᄂᆞ셔 부지홀 슈 읍ᄂᆞ니다 공명 왈 ᄒᆞ눌리 측냥읍는 바람니 잇쓰되 ᄉᆞ람니 엇지 알니요 쥬유 싱ᄀᆡᆨᄒᆞ되 공명은 신인니라 마암을 아넌또다 공명의 말을 듯고 심속

〈47-앞〉

ᄒᆞ니 병셰 웃지 알니요 공명 왈 긔운을 슌케ᄒᆞ소셔 쥬유 왈 무슴 약을 머그야 긔운니 슌ᄒᆞᆯ잇ᄀᆞ 공명 왈 너게 용ᄒᆞᆫ 방문니 잇쓰니 도독의 긔운을 슌케ᄒᆞ오리다 그 병니 화로 낫ᄊᆞ오니 너 고칠 거시니 염여 마르소셔 쥬유 되희ᄒᆞ여 지셩으로 비러 왈 국ᄀᆞ 홍망니 조셕의 잇ᄊᆞ오니 션싱은 존명을 급피구ᄒᆞ소셔 공명니 글 두 귀를 써 쥬며 왈 이되로 ᄒᆞ라 ᄒᆞ니 ᄒᆞ여쓰되 ◇욕ᄑᆞ조조인되 ◇응용화공ᄒᆞ고 ◇만ᄉᆞ구비면 ◇지취동풍니라 ᄒᆞ야거늘 쥬유 보고 되희 왈 션싱니 임의 병 근본을 아압시니 슈히 술여쥬소셔 공명 왈 너 닐즉 이인을 만ᄂᆞ 팔문둔갑쳔셔를 비워 호풍환우지슈를 아러쓰니 도독은 근심치 마르시고 남병손의 군ᄉᆞ을 보너여 칠셩단을 무으시면

〈47-뒤〉

ᄂᆡ 정셩을 드려 ᄉᆞᆷ닐 ᄉᆞᆷ야의 동ᄂᆞᆷ풍을 비러드리리다 쥬유 왈 ᄉᆞᆷ일 ᄉᆞᆷ야ᄂᆞᆫ 말고 닐닐 ᄃᆡ풍니면 셩공ᄒᆞᆯ 터이니 ᄉᆞ셰 급박ᄒᆞ오니 슈히 쥬션ᄒᆞ옵소셔 공명 왈 이십닐 ᄀᆞᆸᄌᆞ의 동ᄂᆞᆷ풍을 비러 이십이일 병인일ᄭᆞ지 불게ᄒᆞ리라 쥬유 ᄃᆡ희ᄒᆞ야 병니 졀노 ᄂᆞᆾ는지라 즉닐의 ᄂᆞᆷ병손의 올ᄂᆞ 칠셩단을 무어ᄂᆡ니 ᄇᆞᆼ원니 니십ᄉᆞ쳑니요 층단은 십오쳑니요 고넌 구쳑니요 ᄒᆞ일층의 이십팔슈 긔를 셰우고 동방 청긔 칠면은 ᄀᆞᆨ홍져방심미긔로 여청용지ᄉᆞᆼᄒᆞ고 북방 칠면은 두우여허위실벽이라 ᄌᆞᆨ현무지ᄉᆞᆼᄒᆞ고 셔방 ᄇᆡᆨ긔 칠면언 규루위묘필죄ᄉᆞᆷ이라 거ᄇᆡᆨ호지ᄉᆞᆼᄒᆞ고 ᄂᆞᆷ방 홍긔 칠면언 졍귀유셩중익진니라 셩주ᄌᆞᆨ지ᄉᆞᆼᄒᆞ고 졔 이칭언 육십ᄉᆞ면의 육십ᄉᆞ꽤로 응ᄒᆞ야 손진터ᄀᆞᆷ

〈48-앞〉

으로 방위를 증ᄒᆞ야 셰우고 졔 ᄉᆞᆷ층의 ᄉᆞ인을 셰워쓰되 머리예 속발관을 쓰고 조화포을 입고 봉니 혹ᄃᆡ을 ᄯᅴ의씨니 방군니라 젼ᄒᆞ 일면의 긴 간지ᄃᆡ을 셰워쓰되 그 슷ᄐᆡ 달기 깃셜 다라 ᄇᆞ람소식을 알게 ᄒᆞ고 ᄯᅩ 일린은 보금을 들고 ᄯᅩ 일린은 향노를 들고 단ᄒᆞ의 이십팔린은 정긔 봉기 황월도도 들고 ᄉᆞ면으로 둘너셧는ᄃᆡ 이십일 ᄀᆞᆸᄌᆞ 양신의 공명니 목욕직게 ᄒᆞ고 젼조단불ᄒᆞ고 발 벗고 도포 입고 단ᄒᆞ의 ᄂᆞ려와 노슉을 불너 왈 ᄌᆞ경은 군즁의 도라ᄀᆞ 공근을 도으라 혹 바람니 부지 안니ᄒᆞ야도 고이케 아지 마옵소셔 노슈을 보닌 후의 슈단 군ᄉᆞ의게 분분ᄒᆞ되 방위를 써ᄂᆞ지 말고 머리와 귀를 흔ᄐᆡ ᄃᆡ여 요란니 말을 말고 겁도 ᄂᆡ지 말ᄂᆞ

〈48-뒤〉

만닐 위령ᄌᆞ면 베히리라 군ᄉᆞ 청영ᄒᆞ고 방위를 지키더니 공명니 단의 올ᄂᆞ 동ᄌᆞ의게 향노를 들니고 졔물을 ᄀᆞ초와 올닐 ᄉᆡ 어동육셔 좌포우혜로 셜위

ᄒᆞ고 졔셕의 단좌ᄒᆞ야 축문 지여 고ᄒᆞᆯ 시 유셰ᄎᆞ 근안 십삼연 졍히 십닐월을 ᄉᆞᄉᆡᆨ 이십일 갑ᄌᆞ의 좌즁군 유비 모ᄉᆞ 졔갈양언 근고우 쳔지 일월셩신 오악실영 ᄉᆞ히용왕 화덕진군 후토실령 갈손풍빅 일씨의 협역ᄒᆞ옵소셔 국운니 불힝ᄒᆞ야 역적 조조 도졀신기ᄒᆞ고 유슈천ᄌᆞᄒᆞ고 방시국모ᄒᆞ니 긔천지죄을 인인니 공분니온더 이졔 조조 용병 빅만과 용즁 천여원니라 즁어갈동으로 일원 ᄌᆞ웅ᄒᆞᆯ 시 금ᄌᆞ의 손권으로 동심협역ᄒᆞ여 욕파조조ᄒᆞ고 안보ᄉᆞ즉이올 터인더 조조 더병을 불감당니라 복망

〈49-앞〉

쳔지신령은 감동ᄒᆞ시와 동남풍을 ᄉᆞᆷ일ᄉᆞᆷ야만 허급ᄒᆞ시면 공파조조 ᄒᆞ옵고 흥복ᄒᆞᆫ실ᄒᆞ게 ᄒᆞ옵소셔 근니 쳥작셔슈 공신즌헌 ᄉᆞᆼ향 축문을 일근 후의 ᄉᆞᆼ당 ᄉᆞᆷᄎᆞ ᄒᆞ단 ᄉᆞᆷᄎᆞ 지셩으로 축슈ᄒᆞ오니 공명의 관닐지츙과 회쳥지셩을 쳔지신령인들 엇지 무심ᄒᆞ리요 공명니 팔ᄀᆞ유건을 쓰고 빅우션을 손의 들고 흑츙의 거더잡고 남병ᄉᆞᆫ 빗긴 길노 은신ᄒᆞ야 ᄂᆞ려ᄀᆞ니 오강 여울 흐르ᄂᆞᆫ 물의 ᄌᆞ룡니 표연 니십긔를 ᄃᆞ리고 비럴 더고 지다리거ᄂᆞᆯ 공명니 반겨보고 비예 올 ᄌᆞ룡의 손을 잡고 문왈 우리 현쥬 안령ᄒᆞ시며 졔즁군졸도 ᄃᆞ 무ᄉᆞᄒᆞᆫᄀᆞ 비를 져어 ᄂᆞ려갈 졔 칠셩단 놉흔 고더 쥬작 쳥용 긔린 기발리 빅호 현무럴 응ᄒᆞ야 ᄉᆞᆯ히붕으로 ᄂᆞᆯ여ᄀᆞ이 동남

〈49-뒤〉

풍니 완연ᄒᆞ더라 쥬유 졔즁을 거ᄂᆞ려 화공을 도모ᄒᆞᆯ 시 잇ᄯᅢ 야식은 ᄉᆞᆷ경니라 더즁긔발리 ᄉᆞᆯ히방으로 펄펄 ᄂᆞᆯ여ᄀᆞ니 쥬유 더경ᄒᆞ야 노슉을 불너 ᄒᆞᆫ 말리 공명의 탈쳔지조화넌 귀신도 ᄂᆞᆫ칙니라 풍운을 임의용지ᄒᆞ니 니 ᄉᆞ람을 ᄉᆞᆯ여두면 동오의 화근니라 이ᄯᅢ를 타 쥭니여 후환을 들니라 ᄒᆞ고 셔셩 증봉을 밧비 불너 남병ᄉᆞᆫ 급피 ᄀᆞ셔 공명을 뭇ᄯᅩ 말고 베혀오라 두 즁슈영을 듯고 셔셩은 비를 타고 도부슈 오십명을 거ᄂᆞ리고 슈로로 ᄌᆞᆺᄎᆞᄀᆞ고

증봉은 말을 트고 정병 오십명을 거느리고 육노로 좃추갈 제 셔셩니 먼져 오강변의 다달느 남병손숭 빗쓴 질노 칠셩단 추즈가니 공명은 간디 읍고 긔 좁은 군수더리 브롬셰를 보는지라 군수다려 뭇는 말리 공명

〈50-앞〉

니 어디로 갓는요 군수 디답호되 동남풍 빈 연후의 피발도션호고 남병손호로 느려 오강 어귀로 가더니다 셔셩의 급호 마음 손호로 느려올 시 증봉니 군수 오십명을 거느리고 오강가의 당도호야는지라 두 중슈 홉세호야 수면을 바라보며 쥬져홀 추의 다못 슈졸리 잇는지라 슈졸다려 무르니 군수 엿즈오디 소인니 아뢰리다 어졔 숨경야의 오강변의 매인 비 심니중강 벽파숭의 왕닉호는 거룹빈가 시절리 요란호여 염초 실코 가넌 빈가 츄동강 칠니탄의 엄즈릉의 낙슈빈가 심양강 츄야월의 빅낙쳔의 노던 빈가 량량강슈 말근 물의 고기 좁넌 어션인가 티빅니 긔경비숭천호의 츄강어부 풍월 실너 가는 빈가 오호숭연월랴의 금여의 노던 빈가 만경충프욕모쳔의 쳔어환슈호던 빈

〈50-뒤〉

가 만단의혹 호야던니 공명니 머리 풀고 발 버신 치 그 비를 좁아탈 제 엇써호 중슈가 느와 이만호게 읍을 호미 공명니 그 중슈 귀예 디니고 무숨 말을 소곤소곤 호더니 그 비를 좁아타고 숭유로 가던니다 두 중슈 분을 너여 마춤 북편을 브르보니 숭유의 써가는 비 공명일시 분명호다 수공아 비를 밧비 져어 져긔 가넌 공명의 비 못좁부면 네 머리를 뎅그럭케 버혀 니 물의 던지면 네의 신체 뉘가 추지랴 수공니 두려워호여 돗 달고 닷 감으며 밧비 우게라 어긔양 좃추갈 졔 잇써 셔셩니 멀니 브르보니 공명의 가넌 비 오리안의 드럿네 좃추가며 크게 불너 왈 져긔 가는 공명션싱은 거긔 좀신 머무소셔 우리 도독니 청호더니다 공명니 빅우션 놉피 드러 허허 디소호고 호

넌 말니 도독니

〈51-앞〉

ᄂᆞ를 희홀 쥬를 임의 아라기로 ᄌᆞ룡과 졉응ᄒᆞ야쓰니 ᄌᆞᆼ군은 부지럽씨 ᄊᆞ르지 말고 도라ᄀᆞ 도독다려 후일 ᄉᆞᆼ봉ᄒᆞᄌᆞ 당부ᄒᆞ라 셔셩니 드른 쳬 안니ᄒᆞ고 술ᄀᆞᆺ치 오넌지라 ᄌᆞ룡니 션두의 ᄂᆞ셔면셔 이놈 셔셩아 우리 션ᄉᆡᆼ 놉흔 ᄌᆡ조로 네의 ᄂᆞᄅᆞ 드러ᄀᆞ 동남풍 비러쥬어거던 무슴 혐의로 희코 ᄒᆞᄂᆞᆫ야 너희를 당ᄌᆞᆼ의 쥭일 거시로ᄃᆡ 양국의 화친ᄒᆞᆫ 의ᄀᆞ 잇기로 술어보ᄂᆡ니 ᄂᆡ의 슈단니ᄂᆞ 보고ᄀᆞ라 철궁의 왜젼 머겨 비졍비팔 웃뚝 셔셔 흉복실 압뒤 골ᄂᆞ 좀통니 ᄶᅵ여지게 ᄉᆡᆨ지손을 쑥 ᄢᅦ이니 번ᄀᆡᄀᆞᆺ치 ᄀᆞᄂᆞᆫ 술리 ᄇᆡᆨ운ᄌᆞᆫ 놉피 소ᄉᆞ 슈루룩 소ᄅᆡᄂᆞ며 드러ᄀᆞ 셔셩의 탄 ᄇᆡ 돗ᄃᆡ 마져 와질ᄭᆞᆫ 부러지ᄂᆞᆫ지라 지ᄎᆞ ᄒᆞᆫ ᄀᆡ 먹겨 쏘니 바람ᄀᆞᆺ치 ᄲᆞ른 술리 공즁의 ᄂᆞ려ᄀᆞ 양돗ᄯᆡ

〈51-뒤〉

툭탁 마져 부러지고 용총도 ᄶᅥ러지고 ᄶᅳᆺᄀᆞ지 ᄶᅥ러져 노도 ᄲᅢ지고 ᄀᆞᆼ상의 풍덩 와질근 ᄇᆞ람 부ᄂᆞᆫ ᄃᆡ로 물결치넌 ᄃᆡ로 너울너울 이리져리 동실 ᄶᅥᄂᆞᄀᆞᆯ 제 셔셩 정봉니 기ᄀᆞ 막켜 ᄭᅳᆫ어진 닷쥴 ᄃᆞ시 ᄀᆞᆷ아달고 ᄀᆞᆼᄉᆞᆼ의 도망ᄒᆞ냐 근근니 ᄉᆞ라와셔 쥬유의게 니 말을 고ᄒᆞ니 쥬유 ᄃᆡ경 왈 공명이 이ᄃᆡ지 ᄭᅬᄀᆞ 만ᄒᆞᆫ고 ᄒᆞ고 조조를 ᄑᆞᄒᆞᆫ 후의 결단코 도모ᄒᆞ리라 즉시 ᄀᆞᆷ영을 불너 왈 너ᄂᆞᆫ 치즁 치화 다리고 군량쳐의 불을 지르고 그 후의ᄂᆞᆫ 군즁의 두면 ᄂᆡ 쓸 곳지 잇노라 ᄐᆡᄉᆞᄌᆞ를 불너 너ᄂᆞᆫ ᄉᆞᆷ천병을 거ᄂᆞ리고 황쥬 지경의 ᄆᆡ복ᄒᆞ여 ᄊᆞᄀᆞ 조조의 구완병을 엄술ᄒᆞ라 여몽을 불너 분부ᄒᆞ되 너ᄂᆞᆫ ᄉᆞᆷ천병을 거ᄂᆞ리고 오림의 잇ᄊᆞᄀᆞ ᄌᆞᆼ효 ᄌᆞᆼ흡을 졉응ᄒᆞ라 졔ᄌᆞᆼ니 ᄀᆞᆨᄀᆞᆨ 쳥영ᄒᆞ고 물너ᄀᆞ니라 ᄯᅩ 여건을 불너 왈 그ᄃᆡᄂᆞᆫ ᄉᆞᆷ

〈52-앞〉

쳔병을 거ᄂᆞ리고 이릉 ᄂᆞᆷ편의 ᄆᆡ복ᄒᆞ여ᄯᅡᄀᆞ ᄂᆡ일 황혼시의 셔ᄉᆞᆫ의 불리 ᄂᆡ러ᄂᆞᆷ을 보고 조조 군마을 엄술ᄒᆞ고 군양긔게를 탈취ᄒᆞ라 ᄒᆞ고 능통을 불너 왈 그ᄃᆡᄂᆞᆫ ᄉᆞᆷ쳔병을 거ᄂᆞ리고 이릉 셔편의 ᄀᆞ셔 복병ᄒᆞ엿ᄯᅡᄀᆞ 불을 노와 조조 ᄀᆞᄂᆞᆫ 질을 마그라 분발을 다ᄒᆞᄆᆡ ᄀᆞᆨ기 군마을 총독ᄒᆞ여 슈육병진 ᄂᆞ려ᄀᆞᆯ 졔 ᄃᆡ중 청도도라 청도 ᄒᆞᆫ쌍 ◇홍문 ᄒᆞᆫ상 ◇쥬ᄌᆞᆨ ᄂᆞᆷ동ᄀᆞᆨ ◇ᄂᆞᆷ셔ᄀᆞᆨ ◇홍초 ᄂᆞᆷ문 ᄒᆞᆫ상 ◇청용 동ᄂᆞᆷᄀᆞᆨ ◇셔ᄂᆞᆷᄀᆞᆨ ◇ᄂᆞᆷ초 황문 ᄒᆞᆫ상 ◇등ᄉᆞ순시 ᄒᆞᆫ상 ◇황초 ᄇᆡᆨ문 ᄒᆞᆫ상 ◇ᄇᆡᆨ호 동북ᄀᆞᆨ ◇셔북ᄀᆞᆨ ◇ᄇᆡᆨ초 흑문 ᄒᆞᆫ상 ◇현무 북동ᄀᆞᆨ ◇◇ 북셔ᄀᆞᆨ ◇흑초 호신 ◇ᄂᆞᆷ신 ◇황신 ᄇᆡᆨ신 흑신 ◇픠미 금고 ᄒᆞᆫ상 ◇바릐 ᄒᆞᆫ상 ◇증 ᄒᆞᆫ상 ◇세악 두상 ◇고 두상 ◇셕 ᄒᆞᆫ상 발 ᄒᆞᆫ상 순시 ᄒᆞᆫ상 ◇영긔 두상

〈52-뒤〉

ᄌᆞᆼ으ᄉᆞ명 화의관니 으르령젼 ◇집ᄊᆞ ᄒᆞᆫ상 ◇긔픠관 두상 ◇굴노 두상 좌마와 ◇독니요 ◇ᄂᆞᆷᄒᆞ친병 긔ᄉᆞ당보 ◇ᄀᆞᆨ 두상 명금 니화 ᄃᆡ취ᄐᆡᄒᆞ라 쥬유 ᄯᅩ ᄀᆞᆨ진의 ᄀᆞ만니 절영ᄒᆞ되 졔일 니르ᄂᆞᆫ 슈치맛ᄯᅳᆫ ᄌᆞᆼ슈ᄀᆞ 군호픠를 걸거던 ᄀᆞᆨ진의 젼ᄑᆞᄒᆞ야 ᄀᆞᆨ긔 고ᄒᆞᆷ 청영ᄒᆞ라 졔 잇튼ᄂᆞᆯ른 쳔긔 청명ᄒᆞᆷ을 보고 풍ᄂᆞᆼ니 니러ᄂᆞ지 안니ᄒᆞ며 ᄒᆞᆫ번 부르거던 밥을 지여 먹고 일면으로 징을 치거던 ᄀᆞᆨ진의셔 일ᄌᆞ로 ᄇᆡ를 버리고 청후ᄒᆞ라 ᄯᅩ 세번 부르거던 쥬ᄌᆞᆼ니 화션을 ᄐᆞ고 물 어귀의 드러ᄀᆞ 방포ᄒᆞ며 쳔ᄒᆞ셩 ᄂᆞ폴을 부르며 공ᄉᆞᆷᄎᆞᄒᆞ라 군호ᄀᆞ 이러타시 비밀ᄒᆞ니 뉘 능히 알니요 황긔 일변 화션을 쥰비ᄒᆞ며 항셔를 써셔 조조의게 보ᄂᆡ며 오ᄂᆞᆯ밤의 ᄒᆞᆼ복션니 ᄀᆞ노라 ᄒᆞ야거ᄂᆞᆯ 조조 ᄇᆡᄃᆞ 보고 지다리던 ᄎᆞ의 황긔 뒤예 젼션 ᄉᆞ쳑니 ᄯᅡ

〈53-앞〉

라쓰되 졔 일쎄는 황긔요 졔 이디넌 쥬틔요 졔 숨디넌 중흠니요 졔 ᄉᆞ디넌 ᄒᆞᆫ당니라 ᄀᆞᆨᄀᆞᆨ 젼션 숨빅쳑식 거ᄂᆞ리고 압피 화션 이십쳑식 셰우고 셔순의 방포ᄒᆞ고 남순의 긔를 셰워 ᄀᆞᆨᄀᆞᆨ 등디ᄒᆞ야ᄊᆞᆸᄂᆞ 황혼의 힝군ᄒᆞ라 젼령ᄒᆞ니라 ᄀᆞᆨ셜 공명니 ᄒᆞ구로 도라ᄀᆞ니 현덕니 졔중을 다리고 진젼의 ᄂᆞ와 연접ᄒᆞ야 예필 후의 공명니 졔중을 도라보와 왈 그디 등도 ᄃᆞ 평안ᄒᆞ신잇ᄀᆞ ᄒᆞ고 ᄌᆞ룡의게 분부ᄒᆞ되 너는 숨쳔병을 거ᄂᆞ려 오림의 믹복ᄒᆞ야ᄊᆞᆸᄂᆞ 오늘밤 숨경의 조조 픠ᄒᆞ야 그리 올 거시니 즁노의 불을 노와 조조를 엄술ᄒᆞ라 ᄯᅩ 익덕을 불너 분부ᄒᆞ되 그디는 숨쳔병을 거ᄂᆞ리고 이릉으로 ᄀᆞ ᄒᆞ구의 믹복ᄒᆞ여ᄊᆞᆸᄂᆞ 조조 밥을 지을 거시니 ᄉᆞ방으로 불을 노와 엄술ᄒᆞ라 미방 미축을 불너 분부ᄒᆞ되 너희는 군ᄉᆞ를 줍

〈53-뒤〉

고 군냥를 탈취ᄒᆞ라 ᄯᅩ 유긔를 불너 왈 그디넌 ᄀᆞᆼᄒᆞ 셩지를 직키라 공명니 현덕을 쳥ᄒᆞ야 왈 쥬공넌 오늘밤의 양과 ᄒᆞᆫᄀᆞ지로 놉푼 디 올ᄂᆞ 쥬유 적벽ᄀᆞᆼ 화젼 셩공홈을 귀경ᄒᆞᄉᆞ니다 ᄒᆞ니라 잇쎄 운중니 겻티 잇쓰되 종시 본쳬도 안니 ᄒᆞ거놀 운중니 춤지 못ᄒᆞ야 칼노 ᄶᅡᆼ을 치면 왈 소중니 션싱과 형중을 모시고 허ᄃᆞ 쌋홈을 ᄀᆞ믹 남의 뒤진 일리 업거던 오늘놀 디젼을 당ᄒᆞ야 셩공홀 ᄎᆞ의 소중을 쓰지 안니ᄒᆞ시니 무숨 연고이낫ᄀᆞ 공명 왈 운중은 고히케 아지 마옵소셔 운중을 그즁의 요지쳐의 보닐 터인디 ᄶᅳ리는 일리 잇쓰 못보니ᄂᆞ니다 운중 왈 무숨 일을 ᄶᅳ리ᄂᆞ잇ᄀᆞ 공명 왈 젼닐 조조의게 잇쓸 디 숨닐 소연 오닐 디연 ᄉᆞᆼ마의 은 닐쳔양 ᄒᆞ마의 은 닐쳔양 후디ᄀᆞ 이러ᄒᆞ야쓰니 은혜를 싱ᄀᆞᆨᄒᆞ면

〈54-앞〉

조조를 보와도 ᄌᆞᆸ지 안니ᄒᆞᆯ 뜻 ᄒᆞ오니 조조 금야 적벽의 픠ᄒᆞ야 필경의 화룡도로 올 터니라 ᄒᆞ거ᄂᆞᆯ 운ᄌᆞᆼ 왈 조조 과연 소ᄌᆞᆼ을 후ᄃᆡ함니 잇쓰ᄂᆞ 원소의 두 ᄌᆞᆼ슈 안량 문초을 베혀 그 은혜을 ᄀᆞᆸᄑᆞᄊᆞ오니 다시 져를 보거드면 엇지 노와 보ᄂᆡ릿ᄀᆞ 공명 왈 만닐 노커드면 군법으로 시힝ᄒᆞ리라 운ᄌᆞᆼ니 허락ᄒᆞ니 공명니 ᄃᆡ희ᄒᆞ야 군즁 셔긔를 불너 군령 다짐을 ᄇᆞ드니 ᄒᆞ여쓰되 술등 조조ᄂᆞᆫ ᄒᆞᆫ실지ᄃᆡ역니라 니졔 쳔ᄒᆞ신민니 슉불술지리요 화룡도ᄉᆞᆼ의 젼닐 슈은을 ᄉᆡᆼᄀᆞᆨᄒᆞ고 ᄀᆞᆷ석조조여던 군법 시힝ᄒᆞ야 명볍 시힝ᄒᆞ소셔 다짐을 올닌 후의 운ᄌᆞᆼ 왈 조조 화룡도로 안니 오면 엇지 ᄒᆞ릿ᄀᆞ 공명 왈 ᄂᆞ도 다짐ᄒᆞ리다 ᄒᆞ고 공명니 당부ᄒᆞ되 화룡ᄉᆞᆫᄉᆞᆼ의 불을 노와 조조

〈54-뒤〉

을 유인ᄒᆞ소셔 운ᄌᆞᆼ 왈 연긔 ᄂᆞ면 복병니 잇ᄂᆞᆫ 쥴 알고 엇지 그리 오리ᄀᆞ 공명 왈 병법의 허허실실니라 ᄒᆞ야쓰니 조조 연긔 ᄂᆞᆷ을 보면 반다시 다른ᄃᆡ 복병ᄒᆞ고 이 고ᄃᆡ 헛불 노와 못ᄀᆞ게 ᄒᆞᆷ니라 ᄒᆞ고 그 질노 ᄀᆞᆯ 거시니 예ᄂᆞᆯ 은혜을 ᄉᆡᆼᄀᆞᆨᄒᆞ고 노와보ᄂᆡ지 말ᄂᆞ 운ᄌᆞᆼ니 청영ᄒᆞ고 관평 쥬ᄎᆞᆼ으로 ᄒᆞ여금 도부슈 오ᄇᆡᆨ군을 거ᄂᆞ니고 화룡도로 향ᄒᆞ야 ᄀᆞᆫ니라 현덕니 공명다려 문왈 운ᄌᆞᆼ니 반다시 조조를 보면 ᄎᆞ마 ᄌᆞᆸ지 안니ᄒᆞᆯᄀᆞ 져어 ᄒᆞᄂᆞ니다 공명니 ᄃᆡ왈 ᄀᆞᆫ밤의 쳔문을 보온즉 조조을 쥭니지 못할 쓰 ᄒᆞ기로 운ᄌᆞᆼ을 보ᄂᆡ여 ᄒᆞᆫ곳 인졍을 쓰게 ᄒᆞ미 조ᄒᆞᆯ 뜻 ᄒᆞ미로소니다 ᄒᆞ고 즉시 공명으로 더부러 번구ᄉᆞᆫ의 올ᄂᆞ 젹벽ᄀᆞᆼ 화젼을 구경ᄒᆞ더라 ᄀᆞ셜 잇ᄯᆡ 조조 졔ᄌᆞᆼ을

〈55-앞〉

거ᄂᆞ리고 황긔 소식을 지다리더니 쳔만의외에 동ᄂᆞᆷ풍니 ᄃᆡᄌᆞᆨᄒᆞ거ᄂᆞᆯ 정욱니 엿자오ᄃᆡ 뜻밧긔 동ᄂᆞᆷ풍니 이러ᄒᆞ니 승상은 술피소셔 ᄯᆡ 안인 ᄇᆞ람니 고니

ᄒᆞ여니다 조조 ᄃᆡ소 왈 동지의 일량니 시싱ᄒᆞᄂᆞᆫ니 그게 무슴 의심ᄒᆞ리요 공 등은 그런 염여말ᄂᆞ ᄒᆞ더니 잇ᄯᅢ 황ᄀᆡ 화션 니십쳑의 유황 염초 인화지물을 실코 청포중으로 둘너치고 우의 청용 아긔을 세워 압셰우고 황ᄀᆡᄂᆞᆫ 젼션의 놉피 안자 졔중을 호령ᄒᆞ니 지곡총 ᄇᆡ를 노와 동남풍 부넌 ᄃᆡ로 조조 진을 바라보고 술 쏘다시 드러ᄀᆞ니 조조 중ᄉᆞᆼ의 놉피 안ᄌᆞ ᄯᅥ오ᄂᆞᆫ ᄇᆡ ᄇᆞᄅᆞ보고 ᄃᆡ희ᄒᆞ야 ᄒᆞ넌 말리 위슈 ᄀᆞᆼ동 안니여던 어부션니 어니 오며 이젹셔 쵞건곤야의 월ᄂᆞᆨ션니 어니 오랴 ᄋᆞᄆᆞ도

〈55-뒤〉

황공복기 군양 시른 ᄇᆡ 경영ᄒᆞ다 다시 니러 질거ᄒᆞᆯ ᄎᆞ의 정욱이 엿ᄌᆞ오되 군량을 시러쓰면 쳔쳔니 오련마ᄂᆞᆫ 져러케 ᄯᅥ오ᄂᆞᆫ 양을 보온즉 아마도 ᄌᆞᆫ게 잇ᄂᆞᆫᄀᆞ 의심니로다 ᄒᆞ고 셔로 의혹ᄒᆞᆯ ᄎᆞ의 ᄌᆞ셔히 보니 청용긔 셰운 ᄇᆡ 뒤로 ᄯᆞ르ᄂᆞᆫ ᄇᆡ머리예 동오 션봉ᄃᆡ중 황ᄀᆡ라 쓴 긔를 두려시 셰워거놀 그 긔호를 보고 분분ᄒᆞ야 엇지ᄒᆞᆯ 쥬를 모로던 ᄎᆞ의 황ᄀᆡ 션두의 쎡 ᄂᆞ셔며 워여 왈 동오 션봉중 황기를 네 아ᄂᆞᆫ다 ᄒᆞ며 청용긔를 두루며 호령ᄒᆞ니 좌우 화션니 일시의 모라 조조 젼션의 불얼 지르고 일셩 호통의 ᄐᆡ손니 문어지고 위슈ᄀᆞ 뒤놉ᄂᆞᆫ 듯 화광니 츙쳔ᄒᆞ고 연긔ᄂᆞᆫ 만ᄀᆞᆼᄒᆞᆫᄃᆡ 풍셰 ᄃᆡ즉ᄒᆞ야 돗ᄯᅢ 부러지고 용총쥴 ᄯᅥ러지며 중막과 휘중니 다 불리 붓

〈56-앞〉

고 ᄊᆡ여진 퉁노긔와 유엽젼 편젼 화약 염초통니 모도다 불의 타셔 벽파ᄉᆞᆼ의 ᄯᅥᄂᆞᄀᆞ니 젹벽화광니 낫ᄀᆞᆺ쏘다 조조의 ᄇᆡᆨ만ᄃᆡ병니 닐시의 술 맛고 물의 ᄲᆡ지고 불 타고 팔도 부러지고 등도 터지고 다리 부르지고 목도 부러져 쥭ᄂᆞᆫ 지 부지기슈라 조조 황겁ᄒᆞ야 니리져리 도망ᄒᆞᆯ 졔 황ᄀᆡ ᄇᆡ를 밧비 모라 좃ᄎᆞ 드러ᄀᆞ니 조조 넉시 읍쓰 쳔방지츅 도망ᄒᆞᆯ 졔 중요 ᄃᆡ분ᄒᆞ야 쳘궁의 왜젼 머겨 황기를 쏘니 번ᄀᆡᆺ치 ᄲᆡ른 술리 공즁의 놉피 ᄯᅥ 황ᄀᆡ 흉즁을 맛

치니 셔셩 증봉니 디경ᄒᆞ야 급피 황기를 구완ᄒᆞ야 본진으로 도라 보니니라 잇ᄯᅢ 정옥니 조조를 구ᄒᆞ야 오림으로 도망ᄒᆞ니 동남풍니 오니려 더ᄒᆞ며 금고 홈셩은 쳔지ᄀᆞ 진동ᄒᆞ고 긔치 금극

〈56-뒤〉

은 일월을 희롱ᄒᆞ여 졍신니 술ᄂᆞᆫᄒᆞᆫ지라 중흠 ᄒᆞᆫ당은 셔으로 좃ᄎᆞᄀᆞ고 쥬티 진무넌 동으로 좃ᄎᆞ오고 쥬유 셔셩 증봉은 즁게로 좃ᄎᆞ와 여ᄀᆞᆫ 놈은 군ᄉᆞ를 엄술ᄒᆞ며 균즁 긔게를 다 슈운ᄒᆞ고 ᄌᆞᆷ영은 후진으로 ᄀᆞ 치즁 치화을 버히고 여몽은 불을 노와 졉응ᄒᆞ니 뇌고 홈셩은 ᄒᆞ히ᄀᆞ 뒤눕ᄂᆞᆫ지라 조조 황망니 도망ᄒᆞᆯ 졔 ᄒᆞᆫ편은 능통니라 이놈 조조야 어디로 ᄀᆞᆯᄯᅡ ᄒᆞᄂᆞᆫ 소릭 어ᄀᆞᆫ니 멍먹 졍신니 아득ᄒᆞ야 엇지 ᄒᆞᆯ 쥴 몰ᄂᆞ 슙풀의 은신ᄒᆞ야 ᄒᆞᆫ 고디 다다른니 일원디중니 ᄂᆞ셔며 디호 왈 동오 후군중 ᄌᆞᆷ홍픽을 네 모로ᄂᆞᆫ다 닷지 말고 셜니 ᄂᆡ 칼을 ᄇᆞ드라 ᄒᆞᄂᆞᆫ 소릭 조조 디경ᄒᆞ야 중흡으로 ᄌᆞᆷ영을 마으라 ᄒᆞ고 말를 지촉ᄒᆞ야 도망ᄒᆞᆯ 졔 밤은 깁퍼 ᄉᆞᆷ경니 되고

〈57-앞〉

달른 흑운의 덥펴 젹막ᄒᆞᆫ듸 게유 화변을 피ᄒᆞ야 오림의 다다른니 순쳔은 흠악ᄒᆞ고 슈목은 충쳔니라 조조 마ᄉᆞᆼ의셔 앙쳔디소ᄒᆞ니 졔중니 엿ᄌᆞ오디 쥬유 공명니 지모로 놈병순의 졔풍ᄒᆞ고 젹벽의 화공ᄒᆞ야 팔십ᄉᆞᆷ만 군니 초두난익 다 쥭고 놈은 중졸리 ᄀᆞᆯ 바를 모로ᄂᆞᆫ디 무숨 졍신으로 웃ᄂᆞᆫ잇ᄀᆞ 조조 왈 쥬유 ᄭᅬ 읍고 공명은 지헤 부족ᄒᆞᆷ으로 니러ᄒᆞᆫ 요지쳐의 복병을 안니 ᄒᆞ엿기로 웃노라 언미필의 닐셩방포의 좌우복병니 니러ᄂᆞ며 일원디중니 쳘니 용총마를 타고 중충을 빗게 들고 을골른 관옥ᄀᆞᆺ고 소릭를 우릭ᄀᆞᆺ치 지르며 디질 왈 ᄂᆞ넌 ᄉᆞᆼ순 조ᄌᆞ룡니라 우리 션싱의 명영을 바다 너럴 지다인졔 오린지라 이놈 조조야

〈57-뒤〉

종쳔ᄀᆞᆼᄒᆞ며 종지츌ᄒᆞ랴는야 닷지 말고 ᄂᆡ 창을 바드라 ᄒᆞ니 조조 ᄌᆞᆫ둠니 ᄶᅥ러지고 졍신니 엇질ᄒᆞ며 두 눈니 캄캄ᄒᆞ여 셔황 ᄌᆞᆼ흠으로 뒤를 막으라 ᄒᆞ고 졔우 도망ᄒᆞ야 호로곡의 다다른니 동방은 발ᄀᆞ오ᄂᆞ 흑운니 만쳔ᄒᆞ고 구진 비ᄂᆞᆫ 소소ᄒᆞᆫ듸 여ᄌᆞᆫ ᄂᆞ문 군ᄉᆞ ᄀᆞᄂᆞᆫ 양은 그 안니 쳬량ᄒᆞᆫᄀᆞ 젹벽 화광의 겁닌 군ᄉᆞ 슈화도를 만ᄂᆞᆫ 즁의 눈비 셥게 맛고ᄀᆞ니 츕기ᄂᆞᆫ 고ᄉᆞᄒᆞ고 ᄇᆡ곱ᄑᆞ 못술것다 군ᄉᆞ를 촌여의 보ᄂᆡ여 양식을 노략ᄒᆞ야 밥을 지여먹고 물져진 의ᄀᆞᆸ을 바람결의 말니고 노약은 압을 셰워 셔로 위로ᄒᆞ며 쳔지도지 도망ᄒᆞ여 ᄀᆞ던니 일셩방포의 ᄉᆞ방으로 불니 니러ᄂᆞ며 널원ᄃᆡᄌᆞᆼ니 ᄂᆞ오ᄂᆞᆫᄃᆡ 호두용안의 얼골빗션 슈먹ᄀᆞᆺ고 고리눈을 부릅

〈58-앞〉

ᄯᅳ고 ᄌᆞᆼ팔 ᄉᆞ모ᄎᆞᆼ을 눈 우의 비겨들고 쳔동ᄀᆞᆺ치 호령ᄒᆞ되 ᄂᆞᄂᆞᆫ 연닌 ᄌᆞᆼ익덕니라 니놈 조조야 네 어ᄃᆡ로 도망ᄒᆞ리요 쳔시를 모로고 엇지 ᄀᆞᆷ히 ᄒᆞᆼ거ᄒᆞ리요 밧비 ᄂᆞ와 ᄂᆡ의 ᄎᆞᆼ을 바드라 ᄒᆞ난 소ᄅᆡ 졔ᄌᆞᆼ니 귀ᄀᆞ 먹고 군ᄉᆞ ᄂᆞᆨ담ᄒᆞ야 졍신니 아득ᄒᆞᆫ지라 조조 ᄌᆞᆼ요 셔황 등으로 마그라 ᄒᆞ고 도망ᄒᆞᆯ 졔 허져ᄂᆞᆫ 안ᄌᆞᆼ 업ᄂᆞᆫ 말을 타고 셔황언 ᄂᆞᆯ ᄲᅢ진 칼ᄌᆞ로만 쥐고ᄀᆞ니 팔십여만 군졸리 불과 기ᄇᆡᆨ명일너라 조조 그 즁의 긔갈리 ᄌᆞ심ᄒᆞ야 거의 죽게되고 군긔와 마필도 다 읍ᄂᆞᆫ지라 ᄇᆡᆨ여명 맛ᄯᅳᆫ 군ᄉᆞ ᄒᆞᄂᆞ히 ᄂᆞ마쓰니 어니 ᄒᆞ리 동ᄂᆞᆷ풍니 어인 ᄌᆡ변닌ᄀᆞ 슈원슈구 ᄒᆞ리요 긔ᄑᆡ관니 탄식ᄒᆞ되 금고 쥐티 불의ᄐᆞ고 영긔조ᄎᆞ 이러쓰니 ᄂᆔ라셔 ᄃᆡ됩ᄒᆞ리 ᄃᆡᄌᆞᆼ니 탄식 왈 일솜칠구 ᄌᆞᆫ곳읍고 ᄉᆞ육팔 읍셔졋다 쳔망아요

〈58-뒤〉

비젼지죄로다 ᄒᆞᆫ 군ᄉᆞ 고ᄒᆞ되 압픠 두 질리 잇ᄊᆞ오니 어ᄃᆡ로 ᄀᆞ오릿ᄀᆞ 조

조 왈 ᄂᆡ ᄉᆡᆼᄀᆞᆨᄒᆞ니 우리 곤핍ᄒᆞ여 흠노로 ᄀᆞᆯ 슈 업써 ᄃᆡ로로 ᄀᆞᄌᆞᄒᆞ니 복병니 잇쓸지라 화룡도로 ᄀᆞᄌᆞᄒᆞ니 증옥니 엿ᄌᆞ오되 화룡도로 ᄀᆞ다ᄀᆞ 복병니 잇ᄊᆞ오면 변통ᄒᆞᆯ 슈 업ᄊᆞ오니 허ᄎᆞᆼ으로 ᄀᆞᄉᆞ니다 조조 ᄭᆞ지져 왈 병셔의 ᄒᆞ여쓰되 실직허요 허즉실리라 ᄒᆞ여쓰니 공명니 아모리 ᄭᅬᄀᆞ 만한덜 우리 셰 번 소길손야 ᄒᆞ고 군ᄉᆞ을 ᄌᆡᆨ촉ᄒᆞ야 화룡도로 드러ᄀᆞ니 쳔봉만혹언 반공의 소ᄉᆞ잇고 슈목은 ᄎᆞᆼ쳔ᄒᆞᆫᄃᆡ 만혹의 눈 ᄊᆡ니고 쳔봉의 바람 칠 ᄯᆡ 화초목실 바니 읍고 잉무 원앙 ᄭᅳᆫ쳐ᄂᆞᆫᄃᆡ 어닌 ᄉᆡ가 울야만은 젹벽 화렴의 죽은 장졸 소타무쳐 원조되야 죠죠 ᄑᆡ군 미워라구 가지가지 우난 소ᄅᆡ 도탄의 싸인 군사 고힝이별 몟 ᄒᆡ넌고 귀촉

〈59-앞〉

도 불여귀라 슬피 운다 져 두견ᄉᆡ 울고 나니 져 쎄쭉ᄉᆡ 우름 운다 여바라 두견죠야 너난 고향을 싱각ᄒᆞ야 부려귀라 ᄒᆞ건만은 도덕 잇난 우리 승상 ᄇᆡᆨ만군병 ᄌᆞ랑터니 금일 ᄑᆡ군 웬 일린고 ᄌᆞ층영웅 간ᄃᆡ 업고 ᄇᆡᆨ계도 무책이라 니리 가며 입을 삣쭉 절이 가며 삣쪽삣쪽 울고나이 져 승연ᄉᆡ 우름 운다 여바라 삣쪽ᄉᆡ야 말 듯거라 네난 ᄑᆡ군 분심 ᄉᆡᆼᄀᆞᆨᄒᆞ야 운다마는 여산굴양 쇠진ᄒᆞ고 초여노략 한 ᄯᆡ로다 소텡소텡 울고나니 져 ᄭᅬᄭᅩ리 우름 운다 여바라 승연조야 너난 ᄇᆡᆨ만군졸 쥬린다고 한틀 마라 난세간웅 우리 승ᄉᆞᆼ어니 그리 ᄭᅬᄀᆞ 읍셔 황기의게 소겨ᄂᆞᆫ고 ᄒᆞᆫᄎᆞᆼ 니리 울고ᄂᆞ니 져 ᄀᆞ마귀 우름 운다 여바라 황금죠야 너

〈59-뒤〉

ᄂᆞᆫ 승ᄉᆞᆼ임 ᄭᅬ을 너되 ᄑᆡᄒᆞᄂᆞᆫ ᄭᅬ를 넌다 ᄒᆞ고 운다마넌 편편ᄃᆡ로 마다ᄒᆞ고 심손총임 무슴 일고 져 가마귀 ᄭᆞ옥ᄭᆞ옥 울고ᄀᆞᆫ다 져 쑥국씨 우름 운다 여바라 오비조야 너ᄂᆞᆫ 양구를 인도ᄒᆞᆫ다마넌 ᄀᆞ련ᄐᆞ ᄌᆞᆼ졸더라 젹벽 화염즁의 닝병닌덜 안니 들야마ᄂᆞᆫ 그 군ᄉᆞ ᄋᆞᆺᄀᆞᆸ다 ᄒᆞ고 쑥쑥쑥쑥 울고ᄀᆞᆫ다 져 호뵨

식 우름 운다 너는 빅만군졸 병니 놀ᄀ 의심훈다마넌 증요는 무단니 살 읍다고 셔러 말ᄂ 술 ᄂᄀ다 술 바더라 니리 ᄀ며 쑥쑥 져리 ᄀ며 쑥쑥 울고 ᄂ니 져 죵지리식 우름 운ᄃ 여바라 호반죠야 너는 츔셩니 지극ᄒ여 일쯩 명무시를 싱ᄀ훈다마넌 공즁공즁 놉피 써서 동늠풍을 막어쥬랴 ᄒ고 너울 너울 울고ᄂ니 져 ᄯ옥니 우름 운다 황기 호통 겁을 닉여 버슨 홍포 닉 입어ᄯ ᄯ옥ᄯ옥 슬피 운다 져 홀미식 우름 운

〈60-앞〉

다 우슴 읏티 겁닌 중졸 ᄀ 슈락 얄망굿ᄯ 복병 보고 도망마라 니리 ᄀ며 핑당 ᄀ리 져리 ᄀ며 핑당 ᄀ리 울고ᄀ니 쳐량ᄒ다 ᄀ 식소리 조조 듯고 회심ᄒ야 니른 말리 불숭ᄒ다 닉의 중졸 부모쳐ᄌ 익졍 끈어 니별ᄒ고 쳘니 젼중 ᄂ왓ᄯᄀ 젹벽의 몰ᄉᄒ고 졔우 ᄉ러는 군ᄉ 총 맛고 술도 마져 십싱구ᄉ 되여쓰니 어니ᄒ여 ᄀ즌 말ᄀ 도로 중을 싱ᄀᄒ야 급피 도망훌 졔 문득 바라보니 키 크고 위풍 잇는 져 중슈 퉁방울눈 부름 쓰고 숨ᄀ슈 덥펄덥펄 웃쑥 셔셔 조조를 ᄇ라보니 조조 혼경ᄂ담ᄒ야 졍신니 엇찔훈지라 졍옥아 져긔 셧는게 젼의 보던 운중니 안니야 닉 엇지 술ᄊ 졍옥 왈 숭숭니 혼을 이럿소 그거시 화룡도 중셩니요 조조 탄식ᄒ넌 말리 만고영웅 조밍덕을 소길 ᄉ람 읍건마넌 일기 중셩으로 ᄂ를 놀

〈60-뒤〉

닉쓰니 그져 둘 슈 읍다 ᄒ고 군ᄉ를 호령ᄒ야 중셩을 닉입ᄒ라 좌우 군ᄉ 소릭ᄒ고 중셩을 닉입ᄒ니 졍옥니 슈긔을 들고 딕숭의셔 분부ᄒ되 중셩은 드러라 네 닐기 중셩으로 신축 관운중지형용ᄒ고 쥬안홍목의 숨ᄀ슈 거ᄉ리고 숭숭 힝ᄎ의 불능굴신ᄒ고 은연 독입ᄒ야 만군즁을 놀닉게 ᄒ니 춤지의 둥ᄉ라 중셩니 쥬왈 손능ᄎ신니 골륜손지목으로 인위딕목ᄒ야 축위인형ᄒ고 입어노숭 니더니 금닐 숭숭 힝ᄎ의 불능굴신ᄒ고 중읍불빅ᄒ니 논지

죄숭ᄒᆞ면 살지무셕이오나 원통ᄒᆞᆫ 원졍을 아뢰리다 만물지즁의 쳔황씨도 목덕으로 왕ᄒᆞᄉᆞ 우리 ᄂᆞ무 ᄂᆡ여쓰니 엇쩌ᄒᆞᆫ ᄂᆞ무는 팔ᄌᆞ 조와 ᄃᆡ명젼 ᄃᆡ들보되야 오쇡단쳥 그려잇고 셕숭의 오동목은 거문고 복판 되야 놈풍시 화답ᄒᆞ야잇고 ᄂᆞᄀᆺ탄 팔ᄌᆞ ᄀᆡ

〈61-앞〉

박ᄒᆞᆫ 놈언 못쓸 목슈놈니 ᄶᅥᆨ써다ᄀᆞ 팔ᄌᆞ 읍는 ᄉᆞ모풍ᄃᆡ 솜ᄀᆞ슈는 웬닐린고 글ᄌᆞ로 북거십니라 ᄒᆞ여쓰이 손니 잇셔 문지르며 발리 잇셔 도명ᄒᆞᆯᄀᆞ 쥭도 ᄉᆞ도 못ᄒᆞ고 지ᄶᅵ지 잇더니 금날 승숭 힝ᄎᆞ의 불능굴신ᄒᆞ야 즁읍불비 ᄒᆞᆫ게 목신인덜 무숨 죄온닛ᄀᆞ 통촉 후의 특위방송 ᄒᆞ옵셔멀 쳔만츅슈 ᄒᆞ옵소셔 답졔 왈 여본공손지ᄂᆞᆨ목으로 유구능언ᄒᆞ니 언족니 식비로다 특위 방송ᄒᆞ며 왈 일후넌 아무라도 무언ᄒᆞ라 조조 암숭의 안ᄌᆞ 졍옥을 불너 왈 슐 부어라 너와 동비동ᄂᆞᆨ 노라보ᄌᆞ 일호쥬을 머근 후의 ᄃᆡ취ᄒᆞ야 ᄒᆞ넌 말리 ᄃᆡ쳬 이번 ᄊᆞ홈의 픠ᄒᆞᆫ 닐를 싱ᄀᆞᆨᄒᆞ면 흉ᄒᆞᆫ ᄉᆞᆼ놈의게 픠를 보왓고 유현덕니 ᄒᆞᆫ종실니라 ᄒᆞᄂᆞ 양손 뒤원의 치슈즁ᄉᆞᄒᆞ고 ᄌᆞ리 ᄶᅥ던 놈니요 소위 관운즁언 의ᄀᆡ놈ᄌᆞ라 ᄒᆞ되 ᄒᆞ동쎠 그릇즁ᄉᆞ ᄒᆞ엿고

〈61-뒤〉

즁비 졔ᄀᆞ 고리눈의 호통은 졸ᄒᆞ나 탁군ᄊᆞᆼ의셔 졔육즁사 ᄒᆞ엿고 ᄌᆞ룡니 날닌 쳬ᄒᆞᄂᆞ ᄉᆞᆼ손 돌속의셔 ᄊᆡᆼ진 놈니요 졔ᄀᆞᆯ양니 ᄭᅬ 잇는 쳬ᄒᆞ되 ᄂᆞᆷ양ᄊᆞᆼ의셔 밧ᄀᆞ러 먹은 놈니라 졔의ᄀᆞ 늘을 보와도 ᄂᆡ 안ᄒᆞ의 ᄀᆺ셜 쓰고 못ᄂᆞ셔리라 졍옥니 엿ᄌᆞ오ᄃᆡ 병교ᄌᆞ는 픠라 ᄒᆞ니 승숭니 져리 교만ᄒᆞ다ᄀᆞ 니러ᄒᆞᆫ 픠을 보와ᄂᆞ니다 소즁도 위국츙신으로 위ᄀᆞ호ᄌᆞ라 슈화을 피ᄒᆞ야 게우 니고ᄃᆡ 와셔 어젹졔신 ᄒᆞᄌᆞᄒᆞᆫ즉 고니ᄒᆞᆫ 닐리 니럿케 곤궁ᄒᆞᆫᄃᆡ 쳬모 읍는 우리 승숭 일빈닐소 ᄐᆞ시로다 승숭니 복니 업셔 빅젼빅픠 ᄒᆞ여습건니와 져리놈의 히담ᄒᆞ면 젼즁의 승부잇는잇ᄀᆞ 졔발 마오 졔발 마오 조조 왈 놈은 즁

졸 증고나 ᄒᆞ여 볼ᄀᆞ 픽증군졸 각각 원졍으로 존말리 비ᄉᆞᆼᄒᆞ며 다 ᄀᆞᆨ기 우러 군즁의 곡셩니 진동ᄒᆞ니 조조 ᄃᆡ로 왈 ᄉᆞ싱니 유명커던

〈62-앞〉

셜마 엇지 ᄒᆞ랴 다시 우는 지 잇쓰면 군법으로 시힝ᄒᆞ리라 ᄒᆞ고 졍고ᄒᆞᄌᆞ 흔즉 어ᄃᆡ 흘것 닛는야 병들고 충 맛고 화독들고 팔과 다리 부러지고 다 이 모양니라 싱ᄀᆞᆨᄒᆞ면 쳐량ᄒᆞ다 졍옥 좌슈의 칼을 들고 우슈의 홀긔를 들고 호령ᄒᆞ되 졈고 불춤ᄌᆞ는 버히리라 우부좌ᄉᆞ 파총 일ᄃᆡ증의 왈낭쇠 물고ᄒᆞ고 좌ᄉᆞ픈부 쳔총ᄃᆡ즁니 울능쇠ᄀᆞ 더러온다 울능쇠ᄀᆞ 드러올 졔 ᄒᆞᆫ 다리 졀고 졀둑졀둑 드러오니 너넌 엇지 니 실터리ᄀᆞ 되여는야 엿ᄌᆞ오되 즁판교 건너올 졔 도ᄀᆞᆷ군ᄉᆞ의 쇠도리캐을 마져 ᄒᆞᆫ 다리 부러져 병신니 되여쏘 철니본국 어니 ᄀᆞᆯ고 승ᄉᆞᆼ은 말을 타쓰니 다리는 셩ᄒᆞ지요 ᄃᆞ리 ᄒᆞᄂᆞ 박구어 쥬시요 그놈 미친 놈니로다 좌부좌ᄉᆞ 파총소 ᄉᆞᆷᄃᆡ즁의 용통쇠 물고요 마병ᄃᆡ중 골능쇠 그 놈니 졔

〈62-뒤〉

닐 놈닌 쳬ᄒᆞ고 ᄂᆞ죵의 부른다고 골을 닉며 ᄒᆞ넌 말리 죽은 놈 부르지 말고 ᄉᆞᆫ놈 몬져 부르시요 조조 왈 그만ᄒᆞᆫ 닐노 ᄂᆞ를 논칙ᄒᆞ는다 이놈 ᄭᅳ러 물니치라 좌긔병 쵸판의 덜넝쇠 물고요 봉슈 별즁의 ᄀᆞᆼ돌놈니 ᄀᆞᆼ돌놈니ᄀᆞ 드러온다 드러오던니마넌 닉ᄀᆞ ᄌᆞ세히 아뢰리다 ᄒᆞ더니 그놈도 존소리 비ᄉᆞᆼᄒᆞ다 조조 왈 만니 ᄂᆞ셧다 화병의 노구쇠 물고요 졍옥니 군안을 던지고 방셩ᄃᆡ곡 ᄒᆞ는 말리 팔연풍진 초픽왕니 ᄀᆞᆼ동졔ᄌᆞ 팔쳔인으로 도ᄀᆞᆼ니셔 ᄒᆞ야ᄊᆞᄀᆞ 픽운니 당ᄒᆞ야 게명ᄉᆞᆫ 츄야월의 ᄌᆞᆼᄌᆞ방의 옥져소릭 팔쳔병 헛터지고 쵸픽왕은 무면도ᄀᆞᆼᄒᆞ야 오ᄀᆞᆼ의 ᄌᆞ문ᄒᆞ여ᄊᆞ넌 말을 듯고 우셔쩌니 ᄒᆞ눌리 미워ᄒᆞᄉᆞ 팔십만 군ᄉᆞ 젼필승 공필취ᄒᆞ야 소향의 무젹닐넌니 천만의외 동남

〈63-앞〉

풍의 불쌍코 ᄀ련ᄒᆞᆫ 우리 군ᄉᆞ 젹벽ᄀᆞᆼ 고혼되야ᄊᆞᄂᆞ 죽은 군ᄉᆞ 고혼니ᄂᆞ 고국ᄀᆞᆯᄀᆞ 져의 부모쳐ᄌᆞ 츌문망 바라다가 오는 ᄉᆞ람 반ᄀᆞ라고 뭇는 말솜 무어시라 ᄃᆡ답ᄒᆞ리 이러타시 울 졔 조조도 홈누ᄒᆞ고 위로 왈 입아 졔중더라 일씨 승픽넌 병ᄀᆞ숭ᄉᆞ라 ᄒᆞᆫ치 말고 어셔 ᄀᆞᄌᆞ 곤곤니 도라ᄀᆞᆫ덜 젹벽원슈 못ᄀᆞᆸ풀손ᄀᆞ ᄒᆞᆫ충 니리 탄식ᄒᆞ며 힝ᄒᆞ더니 젼군니 말을 머물너 ᄀᆞ지 안니 ᄒᆞ거놀 조조 문왈 어니 ᄀᆞ지 안니 ᄒᆞᄂᆞᆫ요 군ᄉᆞ 답왈 ᄉᆞᆫ곡 져근 질의 시벽비 만니 와셔 구렁의 물리 만니 고야 말굽니 진흑의 ᄲᆡ져 ᄀᆞᆯ 길리 읍ᄂᆞ니다 조조 ᄃᆡ로ᄒᆞ야 ᄭᆞ지져 왈 군ᄉᆞ라 ᄒᆞᄂᆞᆫ 것시 ᄉᆞᆫ을 만ᄂᆞ면 질을 파고 물을 만ᄂᆞ면 달리를 놋는 게 군ᄉᆞ라 ᄒᆞ거놀 엇지 니만ᄒᆞᆫ 진흑의 못ᄀᆞᆫ다 ᄒᆞ리요 늘고

〈63-뒤〉

약ᄒᆞᆫ 군ᄉᆞᄂᆞᆫ 뒤의 셰우고 ᄀᆞᆼ중ᄒᆞᆫ 군ᄉᆞ넌 흑을 파고 ᄂᆞ무를 버혀 질을 만드러 급피 발힝ᄒᆞ라 영을 어긔는 ᄌᆞ면 버히리라 군ᄉᆞ 마지 못ᄒᆞ야 흑을 푸며 ᄂᆞ무럴 버여 질을 머닐 식 쥬리고 질역ᄒᆞ야 써ᄭᆞ러져 죽는 자 만커놀 조조 명ᄒᆞ야 좀신 쉬이라 ᄒᆞ니 군ᄉᆞ 일씨예 ᄉᆞᆫ타미와 연중을 지버던지고 쉬일 식 ᄒᆞᆫ 군ᄉᆞ 울며 왈 ᄂᆡ의 신셰를 싱ᄀᆞᆨᄒᆞ니 엇지 스럽지 안니 ᄒᆞ리요 십팔셰의 승승을 ᄯᅥ라 부모를 이별ᄒᆞᆫ 졔 오러라 다른 형졔 업쓰니 뉘라셔 우리 부모를 봉향ᄒᆞ며 솜십니 념도록 쳐ᄌᆞ이 업쓰니 오날날 화룡도의셔 죽으니 뉘ᄅᆞ셔 후ᄉᆞ을 이을고 속졀읍ᄂᆞᆫ ᄂᆡ의 ᄇᆡᆨ골 무쥬고혼이 안인ᄀᆞ ᄯᅩ ᄒᆞᆫ 군ᄉᆞ 나셔며 우러 왈 ᄂᆡ의 셔름 드러보소 솜ᄃᆡ독ᄌᆞ로셔 십셰를 다 못머어 양친을

〈64-앞〉

이별ᄒᆞ고 혈혈단신 니ᄂᆡ 몸니 닐ᄀᆞ친척 바니 업다 이십셰의 의혼터니 혼닐

니 못당ᄒᆞ야 군즁의 쌘펴쓰니 부모 분묘의 풀린덜 뉘라셔 버허쥴고 니졔와 화룡도 혼니 된덜 닉의 신체 뉘ᄀᆞ ᄎᆞ지며 후ᄉᆞ니 끈쳐지니 엇지 안니 셔룰 손야 ᄯᅩ ᄒᆞᆫ 군ᄉᆞ 울면 왈 닉의 셔름 드러보소 십구셰의 증혼ᄒᆞ야 셩예을 졔우 ᄒᆞ고 그늘밤 삼경시의 젹벽ᄀᆞᆼ 싸홈 ᄀᆞᄌᆞ ᄉᆞᆼ토 잡아 니러씨니 닉의 안히 그동 보소 ᄂᆞ삼을 부여잡고 ᄂᆞᆨ누ᄒᆞ며 우는 말리 칠야삼경 집푼 밤의 ᄂᆞ를 혼ᄌᆞ 두고 어딕를 ᄀᆞ랴시요 ᄒᆞᆫ번 니별ᄒᆞᆯ 졔 혼ᄌᆞᆼ니 ᄯᅥ너지것ᄯᅡ 엇지 한니 안니 되랴 졀딕ᄀᆞ닌을 ᄒᆞᆫ번 니별 후 소식니 돈졀ᄒᆞ니 엇지 안니 셔루리요 ᄒᆞ닐 업시 화룡도의 고혼이 되리로ᄃᆞ ᄯᅩ ᄒᆞᆫ 군ᄉᆞ ᄂᆞ셔

〈64-뒤〉

며 우러 왈 닉의 셔름 드러보소 부모형졔 다른 혈륙 젼혜 읍고 우리 부모 오십의 ᄂᆞ를 ᄂᆞ셔 익지즁지 질너닉여 십육셰의 셩혼ᄒᆞ니 어엽쁜 닉의 ᄋᆞᆫ히 얼골도 곱건니와 여공직질 졔닐리라 십팔셰에 싱남ᄒᆞ니 니 안니 경ᄉᆞ넌ᄀᆞ 부부금실 즁ᄒᆞᆫ 마음 쳔ᄒᆞ의 무ᄊᆞᆼ니라 빅연히로 ᄒᆞᄌᆞ쩌니 십구셰의 종군ᄒᆞ야 삼십니 오놀니라 당ᄉᆞᆼ빅발 양친부모 쳔리젼ᄌᆞᆼ의 보닌 ᄌᆞ식 ᄉᆞ라올ᄀᆞ ᄇᆞ라시며 눈물만 흘니면 말 ᄒᆞᆯ 놀리 젼이 업ᄯᅡ 이팔청춘 졀문 안히 이마 우의 손을 언고 ᄌᆞᆼ탄ᄐᆞ루 ᄒᆞ는 말리 보고지고 우리 ᄂᆞᆼ군 언졔ᄂᆞ 올ᄀᆞ 삼시츌문 바라넌 눈 ᄯᅳ러지게 되거ᄉᆞᄂᆞ 동손의 돗는 달를 다시 보니 그도 ᄯᅩ한 슈심니요 청쳔의 ᄯᅳᆫ 기러기 쪽을 불너 울고ᄀᆞ니

〈65-앞〉

니도 ᄯᅩᄒᆞᆫ 슈심니라 젼젼반칙 좀 못닐룰 졔 어라 ᄌᆞ식 씨다듬어 ᄒᆞᆫ슘지며 이른 말리 네의 부친 언졔ᄂᆞ 올ᄂᆞ넌지 오시거던 졀ᄒᆞ여라 니러타시 집푼 싱ᄀᆞᆨ 다시 보지 못ᄒᆞ고 화룡도 흠ᄒᆞᆫ 질의 무쥬고혼 ᄀᆞ련ᄒᆞ다 익고익고 울고ᄂᆞ니 ᄯᅩ ᄒᆞᆫ 군ᄉᆞ 썩 ᄂᆞ셔며 우넌 말리 여보소 셔룬 말 그만 ᄒᆞ소 닉 셔름 ᄌᆞ닉 셔름만 못ᄒᆞᆫ 빈 안니네마넌 우션 빈 곱ᄑᆞ ᄂᆞ 쥭껏다 우리 여ᄲᅮ고 고은

임 어셔 만ᄂᆞ ᄒᆞᆫᄉᆞᆼ의 바다 먹던 밥 ᄒᆞᆫ 그릇 다시 머거불ᄀᆞ ᄀᆞ슴을 두다리며 실피 통곡ᄒᆞ니 모든 군ᄉᆞ 일시의 곡셩니라 조조 듯고 ᄃᆡ로ᄒᆞ야 ᄭᅮ지져 왈 ᄉᆞ싱니 다 쳔명인ᄃᆡ 엇지 ᄒᆞ리요 다시 우ᄂᆞᆫ ᄌᆡ 잇쓰면 세워두고 베히리라 군ᄉᆞ를 호령ᄒᆞ야 질을 메히고 발힝ᄒᆞᆯ 시 ᄒᆞᆷᄒᆞᆫ ᄃᆡ를 졔우 넘어 조조 편ᄒᆞᆫ ᄃᆡ

〈65-뒤〉

을 당도ᄒᆞ야 조조 마ᄉᆞᆼ의셔 채를 드러 크게 우스니 제ᄌᆞᆼ 왈 승ᄉᆞᆼ니 우시면 오ᄂᆞᆯ노 보건ᄃᆡ도 도쳐의 군마을 죽여 ᄊᆞ오니 엇지 ᄯᅩ 웃ᄂᆞ잇ᄀᆞ 조조 왈 제 ᄀᆞᆯ량니 ᄭᅬ 읍ᄂᆞᆫ ᄌᆞ로다 ᄂᆞᆯ노 ᄒᆞ여금 터를 박구어쓰면 여긔다ᄀᆞ 복병ᄒᆞᆯ지라 만닐 니곳의 일지병만 복병ᄒᆞ여쓰면 너의 등니 ᄉᆞ라ᄀᆞᆯ손야 말리 맛지 못ᄒᆞ야 닐셩 방포 들니거ᄂᆞᆯ 졍옥니 엿ᄶᆞ오ᄃᆡ 복병닌ᄀᆞ보오 조조 왈 화룡도 ᄉᆞᆫ ᄌᆞᆼ의 노루 ᄭᅯᆼ ᄌᆞᆸᄂᆞᆫ 표슈 춍소리로다 ᄯᅩ ᄒᆞᆫ번 응포ᄒᆞ니 조조 왈 이럿케 큰 ᄉᆞᆫ의 표슈 ᄒᆞᄂᆞ ᄲᅮᆫ닐손야 ᄯᅩ 북소릐 요란ᄒᆞ니 니거션 완군ᄒᆞᆫ 복병니요 조조 왈 이른 명ᄉᆞᆫ의 ᄃᆡ철리 업실소야 ᄌᆡ 지너넌 북소리로다 북소리 연속ᄂᆞ며 고ᄀᆞᆨᄒᆞᆷ셩 취터 호통 지셩니 벽역ᄀᆞᆺ고 좌우

〈66-앞〉

로 쳐드러오니 금극니 젼후 ᄂᆞ열ᄒᆞ야 ᄒᆞᄂᆞᆯ의 다아쓰니 졍신니 캄캄ᄒᆞ고 어ᄀᆞᆫ니 먹먹ᄒᆞ야 ᄋᆡ고 니게 웬닐린고 욕도무쳐요 욕쥬무쳐로다 니닐를 어니ᄒᆞ리 승픠넌 ᄌᆡ덕니요 부ᄌᆡᄀᆞᆼ약니라 영ᄉᆞ연졍 ᄊᆞ와 보ᄌᆞ 엇ᄶᅥᄒᆞᆫ ᄌᆞᆼ슈 왓ᄂᆞ 보와라 졍옥니 왈 ᄂᆞᆺ빗치 검고 눈니 누르고 슈염니 다박ᄒᆞ니 봉명 ᄌᆞᆼ비ᄀᆞ ᄒᆞ노라 조조 왈 니졔넌 ᄒᆞᆯ 슈 읍다 ᄌᆞᆼ판고 닐셩호통의 게오 죽다ᄀᆞ ᄉᆞ라ᄶᅧ 니 니졔ᄂᆞᆫ ᄉᆞᆯ 슈 읍다 염십긔게ᄂᆞ ᄎᆞ리라 ᄒᆞ고 다시 ᄉᆞᆯ펴보라 ᄒᆞ니 황신긔 바탕의 황금ᄃᆡᄌᆞ로 쓰시되 ᄒᆞᆫ슈졍후 관운ᄌᆞᆼ니라 늠늠ᄒᆞᆫ 긔ᄉᆞᆼ니 쥬안홍목의 ᄉᆞᆷᄀᆞᆨ슈 거ᄉᆞ리고 황금쥬의 젹토마를 타고 쳥용도를 빗겨들고 밍호ᄀᆞᆺ치 오ᄂᆞᆫ 긔ᄉᆞᆼ 비룡ᄀᆞᆺ치 ᄲᆡ른지라 졍옥니 엿ᄌᆞ오되 니 군ᄉᆞ

〈66-뒤〉

ᄀᆞ지고 운즁과 ᄊᆞ호다ᄀᆞ넌 쥬린 범의게 고기를 쥬미라 경ᄀᆡᆨ의 몰ᄊᆞ홀 터이니 ᄀᆞᆫ절리 비러ᄂᆞᆫ 보소셔 조조 왈 ᄂᆡ 일홈니 ᄉᆞᆷ국의 유명ᄒᆞ니 셔혹 비러 ᄉᆞᆫᄃᆡ도 뭇ᄉᆞ람의 치소을 엇지 ᄒᆞ랴 ᄎᆞ마 못빌것ᄯᆞ 그리 말고 ᄒᆞᆫ ᄭᅬ 잇ᄯᆞ ᄂᆞ를 구렁의 눕피고 헌ᄌᆞᆼ막을 치고 너의는 발상ᄒᆞ고 셜니 우되 ᄀᆞ련타 조승상은 ᄒᆞᄂᆞᆯ리 쥬신 츙셩으로 쳔ᄌᆞ의 명을 바다 통일쳔ᄒᆞ ᄒᆞ랴 ᄒᆞ고 말니젼ᄌᆞᆼ ᄂᆞ와ᄯᆞᄀᆞ 즁노ᄀᆡᆨᄉᆞ ᄒᆞ야쓰니 명쳔니 무심ᄒᆞ야 공명도 못 니루고 노즁고혼 영결종쳔 ᄒᆞ야ᄯᅮᄂᆞ ᄒᆞ고 울면 송즁니ᄂᆞ 집고 ᄀᆞᆯ 터이니 그 ᄭᅬ 엇쩌ᄒᆞᆫ야 졍옥 왈 얏턴 ᄭᅬ를 쓰지 마오 ᄉᆞ조조의 모도 헤훨ᄂᆞ고 몃몃치 눈니 불거ᄂᆞᆫ듸 쥭은 조조 목 버혀 ᄀᆞ기 걱졍되리요 쳥용도 드ᄂᆞᆫ 칼노 목만 버혀ᄀᆞ

〈67-앞〉

면 목의 움니 ᄂᆞ며 ᄶᆞᆨ니 ᄂᆞᆯᄀᆞ 비러도 못보고 목만 니를 거시니 두말 말고 비러ᄂᆞ 보소셔 운즁은 본ᄃᆡ 의긔ᄀᆞ 즁ᄒᆞ고 ᄯᅩ 아릐ᄉᆞ람을 두호ᄒᆞᄂᆞ니 굴ᄒᆞᄂᆞᆫ ᄉᆞ람을 ᄎᆞᆷ아 쥭니지 못ᄒᆞᄂᆞᆫ지라 혹 드를 듯ᄒᆞ니 어셔 밧비 비르시요 조조 ᄉᆞ셜만 ᄒᆞ고 ᄌᆞᆼ시 비지 안니ᄒᆞ니 졍옥니 ᄀᆞᆫ청 왈 월왕 구쳔니도 회계ᄉᆞᆫ니 젼ᄑᆡᄒᆞ야 범여의 말을 듯고 쳥우손의 쳡니 되야 당ᄒᆞᆫ 욕을 면ᄒᆞᆫ 후의 본국의 도라와셔 원슈을 ᄀᆞᆸ파잇고 ᄐᆡ조 고황졔넌 흉노의 ᄑᆡ를 입어 ᄇᆡᆨᄯᅳᆼ칠릴 ᄊᆞ엿ᄯᆞᄀᆞ 진평의 ᄭᅬ를 써셔 화친ᄒᆞ고 도라와 ᄉᆞᄇᆡᆨ연 ᄉᆞ직을 직켜쓰니 승ᄉᆞᆼ도 오ᄂᆞᆯ 운즁의게 비러 화를 면ᄒᆞᆫ 후의 젹벽ᄀᆞᆼ 원슈 ᄀᆞᆸᄒᆞ쓰면 못ᄒᆞᆯ 비 안니로소니다 ᄉᆞᆯ면 다ᄒᆡᆼ니ᄂᆞ 만닐 쥭어면 엇지ᄒᆞ야 올탄 말ᄀᆞ 그ᄃᆡ 말리 그러ᄒᆞ니 ᄉᆡᆼ

〈67-뒤〉

ᄀᆞᆫ의 비러보지 마ᄉᆞᆼ의 ᄂᆞ려 운즁을 바라보며 몸을 굽펴 ᄒᆞ넌 말리 ᄀᆡ쥬지

ᄉᆞ는 불비라 ᄒᆞ니 운중은 니별리 오리라 그ᄃᆡ 무량ᄒᆞ온잇ᄀᆞ 운중도 마ᄉᆞᆼ의셔 몸을 굽펴 답에 왈 승ᄉᆞᆼ도 평안ᄒᆞ온잇ᄀᆞ 션싱의 명을 바다 니 고ᄃᆡ 복병ᄒᆞ고 지다린 졔 오리더니 승ᄉᆞᆼ의 명니 진ᄒᆞ야ᄂᆞᆫ지라 존말 말고 ᄂᆡ의 날닌 칼을 바드라 조조 ᄋᆡ연니 비러 왈 불ᄉᆞᆼᄒᆞᆫ ᄑᆡ군중졸 ᄀᆞᆯ 길리 업ᄊᆞ오니 중군의 활달ᄒᆞ온 마음으로 고졍을 싱ᄀᆞᆨᄒᆞ와 질을 빌여쥬옵소셔 존명을 보존ᄒᆞ거ᄊᆞ오니 집피 싱ᄀᆞᆨᄒᆞ옵소셔 운중 왈 ᄂᆡ 젼날 승ᄉᆞᆼ의 은혜를 바다ᄊᆞ오ᄂᆞ 원소의 중슈 이명을 ᄌᆞᆸ아 승ᄉᆞᆼ의 은혜를 ᄀᆞᆸᄒᆞᄂᆞᆫ지라 조조 왈 중군 말숨 당연ᄒᆞ오ᄂᆞ 오관의 ᄎᆞᆷ육중ᄒᆞᆯ ᄯᅢ ᄂᆡ 마암 ᄃᆡᄀᆞᆼ 짐작ᄒᆞ오리다

〈68-앞〉

ᄃᆡ중부 신의 쥬중니라 중군은 츈츄ᄃᆡ의을 아르시건니와 집피 싱ᄀᆞᆨᄒᆞ소셔 유관중니 도원결의ᄒᆞ고 황건젹의 ᄑᆡ을 보고 거쳐를 모를 ᄯᅢ의 중군을 모셔다ᄀᆞ 별궁의 모셔두고 조셕으로 문안ᄒᆞᆯ 젹의 쳔ᄒᆞ절식 초션니럴 쥭이여쓰되 무엇시라 ᄒᆞ여ᄊᆞ며 ᄉᆞᆼ마의 은 닐쳔양 ᄒᆞ마의 은 닐쳔양 별보화을 읫기 안코 드려쎠니 ᄂᆞᄀᆞ실 ᄯᅢ의 ᄂᆡ ᄂᆞ라 오관중슈 진명과 초션니를 ᄒᆞᆫ 칼의 쥭이여쓰되 ᄂᆡ 반졈 원슈 읍ᄊᆞ오니 집피 싱ᄀᆞᆨᄒᆞ옵소셔 운중 왈 ᄂᆡ 그ᄯᅢ 불힝ᄒᆞ야 네 ᄂᆞ라의 ᄌᆞ쓸 ᄯᅢ 원소의 중슈 안량 문초 쥭니여ᄀᆞᆯ 졔 슐을 권ᄒᆞ거늘 ᄂᆡ 엇지 공 읍는 슐를 먹그랴 ᄒᆞ고 닐고셩 ᄒᆞᆫ 칼노 안량 문초을 버혀들고 도라올 졔 부은 슐리 식지 안니 ᄒᆞ여ᄊᆞ며 쵸션니넌 요물니라 만닐

〈68-뒤〉

슐여두면 위국 망ᄒᆞᆯ 쥬를 어니 알리 금은보화은 별궁의 던져두고 쳔리힝중 일낭 중의 닐푼젼 안니 너코 ᄂᆞ와ᄊᆞ니 존말 말고 칼 바드라 일셩방포의 조조 졍신니 아득ᄒᆞ야 쥭은다시 업드지거늘 운중니 그 경ᄉᆞᆼ을 보고 칙은 ᄀᆞ령ᄒᆞ야 ᄂᆡ염의 싱ᄀᆞᆨᄒᆞ되 ᄂᆡ 조조의게 잇쓸 ᄯᅢ 숨닐 소연 오일 ᄃᆡ연ᄒᆞ여 금은을 앗ᄭᅵ지 안니ᄒᆞ고 우리 형슈 ᄀᆞᆷ부인 미부인을 평안니 모셔ᄊᆞ며 쳔리

젹토마를 쥬어쓰니 허드훈 은혜을 싱ᄀᆞᆨᄒᆞ미 ᄎᆞ마 인졍간의 쥭닐 슈 읍셔 쥬져ᄒᆞ던 ᄎᆞ의 조조 다시 이걸ᄒᆞ되 쟝군 투고도 소쟝의 투고요 입으신 갑옷과 쥐신 칼과 타신 말도 다 소쟝니 드린 비라 니 칼의 니가 쥭기 원통ᄒᆞ오니 쟝군은 집피 싱ᄀᆞᆨᄒᆞ와 존명을 살여쥬소셔 ᄯᅩ 조조의 졔쟝 군졸리 쳐분만 지다리더

〈69-앞〉

니 쥬충니 보ᄃᆞᄀᆞ 춤지 못ᄒᆞ야 말곱ᄲᅵ를 니던지고 넙ᄶᅥ셔며 디질 왈 쟝군 안식을 보오니 인후ᄒᆞ온 마암으로 싱ᄀᆞ니 간졀ᄒᆞ와 쳣칼의 베힐 놈을 이졔ᄭᆞ지 술여두니 엇지훈 마음인지 옛눌 초픽왕의 닐을 싱ᄀᆞ지 안니ᄒᆞ신잇ᄀᆞ 조조넌 쳐세지능신이요 눈세지간웅니라 니졔 노와 보니고 현쥬와 션싱 젼의 무숨 말노 ᄒᆞ오릿ᄀᆞ 소쟝니 좁아 ᄀᆞ오리다 ᄒᆞ고 쳘퇴ᄀᆞᆺ탄 쥬먹을 쥐고 달여드러 멱쌀을 좁고 ᄀᆞ로디 조조야 네의 명니 니 쟝중의 달여ᄯᅡ ᄒᆞ면셔 쥬먹니 졈졈 ᄌᆞᄀᆞ오며 쥭니려ᄒᆞ니 명지경ᄀᆞ니라 운쟝니 보다ᄀᆞ 불샹니 여겨 마ᄒᆞ의 ᄲᅱ여ᄂᆞ려 쥬충의 손을 좁고 말유ᄒᆞ여 왈 마라 마라 노와라 노와라 ᄒᆞ니 쥬충니 손을 노코 물너ᄂᆞ니 조조의 긔식니 반싱반ᄉᆞ ᄒᆞ거

〈69-뒤〉

눌 이ᄯᅢ 졍옥니 디셩통곡 ᄒᆞ더라 운쟝니 ᄎᆞ마 쥭니지 못ᄒᆞ고 말머리를 돌여 도라셔니 졍옥니 조조를 업고 졔우 쥬졈의 ᄀᆞ셔 치약 구병ᄒᆞ더라 ᄀᆞ셜 운쟝니 본진의 도라와 염여 ᄌᆞ지ᄒᆞ더니 ᄌᆞ룡 익덕은 큰 공을 밧치고 운쟝은 공니 업셔 훈 모통니의 긔운 읍씨 셧거눌 공명 왈 쟝군니 조조를 좁아 디공을 니루웟눈듸 희식니 업쓰며 좌우를 보와 ᄭᅮ지져 왈 관쟝군니 디공을 이루고 오시거눌 무심니 ᄉᆞ례ᄀᆞ 읍눈요 운쟝 왈 조조을 좁지 못ᄒᆞ여습기로 디죄ᄎᆞ로 잇ᄂᆞ니다 션싱의 쳐분디로 ᄒᆞ옵소셔 공명 왈 조조ᄀᆞ 화룡도로 안니 ᄀᆞ던닛ᄀᆞ 운쟝 왈 조조 보와도 ᄌᆡ조 업쓰 좁지 못ᄒᆞ여습ᄂᆞ니다 공명 왈

됴됴의 중졸른 얼마ᄂᆞ 졉아ᄂᆞᆺᄂᆡᆺᄀᆞ 중졸도 못졉아ᄂᆞ니다 공

〈70-앞〉

명니 ᄃᆡ로 왈 ᄌᆞᆼ군니 다짐 두고 ᄀᆞ셔 조조를 노와보ᄂᆡ쓰니 군법으로 시ᄒᆡᆼ ᄒᆞ여도 셔러 말ᄂᆞ ᄒᆞ고 무ᄉᆞ를 호령ᄒᆞ여 운중을 베히라 ᄒᆞ니 무ᄉᆞ 영을 듯고 운중을 압셰우고 원문 밧긔 ᄂᆞ오니 니ᄯᅢ 현덕니 니 말을 듯고 천방지방 조치ᄂᆞ와 운중의 허리를 졉고 션싱젼의 비러 왈 우리 숨인니 결의ᄒᆞᆯ ᄯᅢ ᄉᆞ싱을 ᄒᆞᆷᄭᅴᄒᆞ기로 언약 ᄒᆞ여ᄊᆞ오니 션싱은 용셔ᄒᆞ여ᄉᆞᄀᆞ 일후의 공으로 속죄ᄒᆞ소셔 ᄒᆞ니 공명니 마지 못ᄒᆞ야 논죄ᄒᆞ고 물니치니 운중은 니러ᄒᆞᆷ으로 의셕조조ᄒᆞ야 명젼쳔츄 ᄒᆞ신니라 ᄀᆞ셜 쥬유 젹벽군ᄉᆞ를 거두어 도라와셔 ᄀᆞᄀᆞ 졔중의 공뇌를 손권의게 보ᄒᆞ고 어든 거셜 졔중의게 분급ᄒᆞ고 군ᄉᆞ를 진발ᄒᆞ여 늠군을 취코ᄌᆞ ᄒᆞᆯ 졔 쥬유 거즁ᄒᆞ여 ᄀᆞᆼ변의 유진ᄒᆞ여ᄶᅥ니 문득 군

〈70-뒤〉

ᄉᆞ 보ᄒᆞ되 유현덕의 ᄉᆞᄌᆞ 손ᄀᆞ니 와서 도독의게 ᄉᆞ례코ᄌᆞ ᄒᆞᆫ다 ᄒᆞ거ᄂᆞᆯ 쥬유 쳥ᄒᆞ야 예을 마친 후의 손ᄀᆞ니 왈 쥬공니 특별리 ᄂᆞ를 보ᄂᆡ여 박ᄒᆞᆫ 걸노 치ᄒᆞᄒᆞᄂᆞ니다 쥬유 문왈 황슉니 어ᄃᆡ잇ᄂᆞᆫ요 손ᄀᆞ니 왈 유ᄀᆞᆼ의 계신니다 쥬유 놀ᄂᆡ여 왈 공명도 유ᄀᆞᆼ의 잇ᄂᆞᆫ야 손ᄀᆞ 왈 공명니 쥬공으로 더부러 유ᄀᆞᆼ의 잇ᄂᆞᆫ니다 쥬유 왈 그ᄃᆡ 먼져 도라ᄀᆞ라 ᄂᆡ ᄯᅩᄒᆞᆫ 회ᄉᆞᄒᆞ리라 손ᄀᆞ니 도라ᄀᆞ니 노슉니 쥬유다려 문왈 악ᄀᆞ 도독니 엇지 놀ᄂᆡ시ᄂᆞ잇ᄀᆞ 쥬유 왈 유비 유ᄀᆞᆼ의 둔병ᄒᆞ여ᄊᆞ니 반다시 늠군을 취코져ᄒᆞᆷ니라 우리 등니 허다ᄒᆞᆫ 졀량만 허비ᄒᆞᆯ ᄲᅮᆫ 안니라 지금 늠군을 취ᄒᆞ기ᄂᆞᆫ 여반중인ᄃᆡ 유현덕니 유ᄀᆞᆼ의 둔병ᄒᆞ고 손ᄀᆞ을 보ᄂᆡ여 우리등의 마음을 탐지ᄒᆞᆷ니라 엇지 놀ᄂᆡ지 안니 ᄒᆞ리요

〈71-앞〉

노슉 왈 그러ᄒᆞ면 도독은 엇지 ᄒᆞ여 ᄒᆞ신잇ᄀᆞ ᄂᆡ 친니 ᄀᆞ셔 져의로 더부러 말ᄒᆞᆯ ᄯᅢ의 ᄂᆡ 몬져 놈군을 취ᄒᆞ리라 ᄒᆞ면 졔의넌 어중취ᄉᆞᄒᆞᆯ 마음이니 엇지 ᄂᆡ 말을 어긔리요 노슉 왈 그러ᄒᆞᆯ진ᄃᆡ ᄂᆞ도 ᄒᆞᆷ긔 ᄀᆞ리다 어시예 쥬유 노슉으로 더부러 숨쳔군을 거ᄂᆞ리고 우ᄀᆞᆼ으로 ᄂᆞ려ᄀᆞ니라 ᄎᆞ셜 손ᄌᆞ니 도라와 현덕의게 고왈 쥬 ᄯᅩᄒᆞᆫ 친니 와셔 회ᄉᆞᄒᆞᆫ다 ᄒᆞ더니다 현덕니 공명다려 문왈 쥬유 오ᄂᆞᆫ ᄯᅳᆺ시 어ᄶᅥᄒᆞᆫ 일린요 공명 ᄃᆡ왈 회ᄉᆞᄒᆞ러 오미 안니라 놈군을 위ᄒᆞ여 오ᄂᆞ이다 현덕 왈 졔ᄀᆞ 만닐 군ᄉᆞ를 거ᄂᆞ리고 오면 엇지 ᄃᆡ답ᄒᆞ리요 공명 왈 ᄃᆡ답은 여ᄎᆞ여ᄎᆞ ᄒᆞ소셔 문득 보ᄒᆞ되 쥬유 노숙으로 더부러 군ᄉᆞ를 거ᄂᆞ리고 온다 ᄒᆞ거늘 공명니 ᄌᆞ룡으로 ᄒᆞ여금 영졉ᄒᆞ니 쥬유 드러오며 현덕의 군졔 웅중ᄒᆞᆷ을 보고 심히 불란ᄒᆞ더라

〈71-뒤〉

힝ᄒᆞ여 영문의 니른니 현덕 공명니 마ᄌᆞ드러ᄀᆞ 예필 좌정 후의 현덕니 존치를 비셜ᄒᆞ야 관ᄃᆡᄒᆞᆯ 싀 슈리 두워 슌비 지닌 후의 쥬유 문왈 황슉이 이곳의 둔병ᄒᆞ니 놈군을 취코져 ᄒᆞᄂᆞ잇ᄀᆞ 현덕 왈 드른니 도독니 놈군을 취ᄒᆞᆫ다 ᄒᆞ기로 도읍고져 왓ᄂᆞᆫ니 만일 도독니 취치 안니ᄒᆞ면 ᄂᆡ가 취코ᄌᆞ ᄒᆞ노라 쥬유 소왈 우리 ᄀᆞᆼ동니 ᄒᆞᆫᄀᆞᆼ을 취코져ᄒᆞᆫ 졔 오리라 니졔 놈군니 중즁의 잇쓰니 엇지 취치 안니ᄒᆞ리요 현덕 왈 승부ᄂᆞᆫ 미리 증치 못ᄒᆞᄂᆞᆫ니 조조도 ᄀᆞᆯ ᄯᅢ예 조인으로 놈군을 막겨쓰니 반다시 긔특ᄒᆞᆫ ᄭᅬ 잇쓸 거시요 ᄯᅩ 겸ᄒᆞ여 조인 용밍은 당ᄒᆞ기 어러우니 져어ᄒᆞ건ᄃᆡ 중군니 취치 못ᄒᆞᆯᄀᆞ ᄒᆞᄂᆞ니다 쥬유 왈 ᄂᆡ 만닐 취치 못ᄒᆞ거던 황슉니 취ᄒᆞ소셔 현덕 왈 ᄌᆞ경과 공명니 증참ᄒᆞ여쓰니

〈72-앞〉

도독은 후회 말느 노숙니 쥬져ᄒᆞ고 ᄃᆡ답지 안니 ᄒᆞ니 쥬유 왈 ᄃᆡᄌᆞᆼ부 임의 ᄒᆞᆫ 말을 ᄂᆡ고 엇지 후회ᄒᆞ리요 공명니 왈 도독의 말리 심히 공편ᄒᆞ도다 먼져 동오의 ᄉᆞ양ᄒᆞ여 만닐 취치 못ᄒᆞ거던 쥬공니 취ᄒᆞ소셔 쥬유 현덕을 니별ᄒᆞ고 ᄀᆞ거널 현덕니 공명다려 문 왈 앗ᄀᆞ 션싱의 ᄀᆞ라치던 말솜ᄃᆡ로 ᄃᆡ답ᄒᆞ여쓰느 아지 못거라 션싱의 소견의는 엇지 ᄒᆞ야 그리ᄒᆞ랴 ᄒᆞ신잇ᄀᆞ ᄂᆡ 외로혼 몸니 용신ᄒᆞᆯ 곳지 읍기로 아직 놈군을 어더 몸니 용납고져 ᄒᆞ여써니 니졔 몬져 동오의 허락ᄒᆞ니 동오의셔 먼져 으드면 우리 어ᄃᆡ를 어더 유ᄒᆞ리요 공명니 ᄃᆡ소 왈 ᄂᆡ 당초의 ᄂᆡ 쥬공을 권ᄒᆞ야 형쥬를 취ᄒᆞ라 ᄒᆞ되 쥬공니 듯지 안니 ᄒᆞ시던니 금닐의 싱ᄀᆞᆨᄒᆞ시는잇ᄀᆞ 현덕 왈 젼일의는 유경승의 ᄯᅡᆼ니기로 ᄎᆞ마 취치

〈72-뒤〉

못ᄒᆞ여쓰느 니졔는 조조의 ᄯᅡᆼ니라 엇지 취치 못ᄒᆞ리요 공명 왈 쥬공은 근심 말느 조만간의 ᄂᆡ 쥬공을 ᄀᆞ릇쳐 놈군 셩즁의 놉피 좌졍ᄒᆞ게 ᄒᆞ리다 현덕 왈 엇지 그러ᄒᆞ릿ᄀᆞ 공명 왈 여ᄎᆞ여ᄎᆞ ᄒᆞ리이다 현덕니 ᄃᆡ희ᄒᆞ야 유ᄀᆞᆼ의 둔병ᄒᆞ고 움지기지 안니 ᄒᆞ더라 ᄀᆞ셜 쥬유 노숙니 본진의 도라와 ᄌᆞᆼᄃᆡ의 좌졍 후의 노숙니 쥬유다려 문왈 엇지 놈군을 현덕의게 허락ᄒᆞ여는잇ᄀᆞ 쥬유 왈 ᄂᆡ 니졔 놈군 웃기는 ᄌᆞᆼ즁의 잇는니 현덕의게 허락ᄒᆞ기는 거짓 허락ᄒᆞᆫ 말니로다 ᄒᆞ고 드듸여 ᄌᆞᆼᄒᆞ 졔ᄌᆞᆼ의게 문왈 뉘 능히 선봉니 되여 놈군을 취ᄒᆞᆯ고 ᄒᆞ니 좌즁 닐련니 응셩ᄒᆞ거늘 모다 보니 니는 ᄌᆞᆼ흠리라 쥬유 ᄃᆡ희ᄒᆞ야 ᄌᆞᆼ흠으로 션봉을 숨고 셔셩으로 부ᄌᆞᆼ을 숨아 군ᄉᆞ 오천을 거느리고 ᄀᆞ 남군

〈73-앞〉

을 쳐 큰 공을 일루라 닉 딕군을 거ᄂᆞ리고 졉응ᄒᆞ리라 ᄎᆞ셜 조인니 눔군의 잇셔 조홍으로 니릉을 직키여 의ᄀᆞᆨ지셰을 숨아잇쩌니 문득 군ᄉᆞ 보ᄒᆞ되 오병니 즁ᄀᆞᆼ을 덥펴온다 ᄒᆞ거놀 조인니 왈 셩을 구지 직키고 ᄊᆞ오지 안니 홈니 숨칙니라 ᄒᆞ니 우금니 분연 왈 젹병니 니르럿ᄂᆞᆫ딕 ᄊᆞ오지 아니ᄒᆞ면 이ᄂᆞᆫ 겁홈니라 ᄒᆞ물며 우리 등니 식로 픽ᄒᆞ야쓰ᄂᆞ 오병을 엄술ᄒᆞ야 졔의 의긔을 쩌슬지라 원컨딕 오쳔졍병을 빌니시면 닉 쥭기로 결단ᄒᆞ고 ᄒᆞᆫ번 ᄊᆞ호리다 조인니 그 말을 좃ᄎᆞ 우금으로 ᄒᆞ여금 졍병 오쳔을 쥬워 ᄂᆞᄀᆞ ᄊᆞ오라 ᄒᆞ니 우금니 응셩 츌마ᄒᆞ야 졍봉을 마ᄌᆞ ᄊᆞ와 ᄉᆞ오홉의 니르러 졍봉니 거짓 픽ᄒᆞ여 ᄃᆞ러ᄂᆞ니 우금니 군ᄉᆞ을 모리 급피 좃ᄎᆞ 오진 즁의 다다른니 좌우 복병니

〈73-뒤〉

니러ᄂᆞ 우금을 에워ᄊᆞ고 시셕니 비오덧 ᄒᆞ거놀 우금니 좌우로 충돌ᄒᆞ여도 버셔ᄂᆞ지 못ᄒᆞᄂᆞᆫ지라 잇ᄯᅢ 조인니 셩숭의셔 바라보니 우금니 픽ᄒᆞ야 적진의 ᄊᆞ니여거놀 급피 말을 달여 젹진의 드러ᄀᆞ 좌츙우돌ᄒᆞ야 우금을 구ᄒᆞ여 닉고보니 ᄯᅩ 슈십즁ᄉᆞ ᄊᆞ여거놀 다시 젹진을 허쳐 즁졸을 구ᄒᆞ야 ᄂᆞ오더니 즁흠을 만ᄂᆞ 크게 ᄊᆞ올식 조인 우금니 병역ᄒᆞ여 ᄊᆞ오고 ᄯᅩ 조인의 아오 조순니 엄술ᄒᆞ니 오병니 딕픽ᄒᆞ야 도라와 조인의게 픽ᄒᆞᆫ ᄉᆞ연을 쥬유의게 고ᄒᆞᆫ딕 쥬유 딕로ᄒᆞ야 즁흠을 줍아닉여 버히라 ᄒᆞ이 즁즁니 고간ᄒᆞ여 면ᄒᆞ여ᄂᆞᆫ지라 쥬유 군ᄉᆞ를 총독ᄒᆞ야 조인을 치고져 ᄒᆞ거놀 ᄌᆞ영 왈 조인 조홍니 의ᄀᆞᆨ지셰 숨아 조홍니 니릉을 지키오니 소즁니 숨쳔군을 거ᄂᆞ려 조홍을 치면 조인니 반다

〈74-앞〉

시 구홀 거시니 그 틈을 타 도독은 ᄂᆞᆷ군을 취ᄒᆞ소셔 쥬유ᄀᆞ 그 말을 좃ᄎᆞ ᄀᆞᆷ영으로 니릉을 치니 과연 쳬탑니 조인의게 보ᄒᆞ니 조인니 진괴을 이릉얼 만닐 니르면 ᄂᆞᆷ군니 위티ᄒᆞ린니 ᄲᆞᆯ니 구ᄒᆞ소셔 조인니 조순을 명ᄒᆞ야 조홍을 구ᄒᆞ라 ᄒᆞ니 조순니 먼져 ᄉᆞ람을 보ᄂᆡ여 약속ᄒᆞ되 조홍니 먼져 셩밧긔 ᄂᆞ와 도적으로 ᄊᆞ와 유인ᄒᆞ면 우리 등니 좌우로 엄술ᄒᆞ리라 ᄒᆞ야거늘 군ᄉᆞ를 거ᄂᆞ리고 셩밧긔 ᄂᆞ와 ᄀᆞᆷ영을 마ᄌᆞ ᄊᆞ와 이십ᄒᆞᆸ의 니르러 조홍니 거짓 ᄑᆡᄒᆞ야 닷거늘 ᄀᆞᆷ영니 니릉 셩중의 드러ᄀᆞ ᄇᆡᆨ셩을 진무ᄒᆞ더니 황혼의 니르러 조슌 우금니 좌우로 이릉을 에우고 치거늘 ᄀᆞᆷ영니 급피 쥬유의게 보ᄒᆞ니 쥬유 듯고 ᄃᆡ경ᄒᆞᄂᆞᆫ지라 졍보 왈 급피 구원병을 구ᄒᆞ소셔 니 ᄯᆞᆼ은 진

〈74-뒤〉

요지쳐라 우리 군ᄉᆞ를 ᄂᆞ누어ᄡᆞᄀᆞ 만닐 조인니 틈을 타 엄습ᄒᆞ면 엇지 ᄒᆞ리요 졍보 왈 ᄀᆞᆷ영은 ᄀᆞᆼ동 명ᄌᆞᆼ니라 엇지 안니 구ᄒᆞ리요 쥬유 왈 ᄂᆡ 친니 구완코ᄌᆞ ᄒᆞᄂᆞ니 뉘 능히 ᄂᆡ 소임을 맛ᄯᅡ 니 곳슬 직키리요 여몽니 왈 능통의게 막기소셔 능통 왈 십닐안턴 소ᄌᆞᆼ니 당ᄒᆞ련니와 만닐 십닐리 지ᄂᆡ면 당치 못ᄒᆞ리다 쥬유 허락ᄒᆞ고 쥬유 직닐의 발힝ᄒᆞ니 졍보 왈 이릉은 ᄂᆞᆷ벽소로라 ᄂᆞᆷ군으로 ᄀᆞᄂᆞᆫ 큰 질리 잇ᄊᆞ오니 군ᄉᆞ를 ᄌᆞᆼ노의 보ᄂᆡ여 ᄂᆞ무를 베혀 길을 마그시면 젹병니 ᄑᆡᄒᆞ여 ᄂᆞᆷ군으로 ᄀᆞᄃᆞ 질리 막키오면 반다시 마필을 다 ᄇᆞ리고 다라ᄂᆞ리니 군ᄉᆞ로 ᄒᆞ여금 마필을 취ᄒᆞ소셔 쥬유 그 말을 올히 여겨 군ᄉᆞ를 보ᄂᆡ여 질을 마그라 ᄒᆞ고 군ᄉᆞ를 지촉ᄒᆞ여 이릉 셩ᄒᆞ의 이르러

〈75-앞〉

유진ᄒᆞ고 졔ᄌᆞᆼ을 도리보와 왈 뉘 능히 젹진중의 드러ᄀᆞ ᄀᆞᆷ영을 구ᄒᆞ리요

쥬틔 응셩ᄒᆞ거놀 쥬유 ᄃᆡ희ᄒᆞ야 즉시 군ᄉᆞ 오ᄇᆡᆨ을 쥬니 쥬틔 칼을 들고 젹진을 향ᄒᆞ니 잇ᄯᅢ ᄌᆞᆷ영니 셩숭의셔 쥬틔 군ᄉᆞ 모라옴을 보고 군즁의 지휘ᄒᆞ여 닐제니 츙술ᄒᆞ니 조홍 조슌 등니 닐면으로 조인의게 보ᄒᆞ고 닐면으로 영젹ᄒᆞ더니 ᄌᆞᆷ영 쥬틔 좌우로 엄술ᄒᆞ니 조병니 젼ᄃᆡ지 못ᄒᆞ여 이릉을 바리고 놈군을 향ᄒᆞ야 닷더니 즁노의 질리 막켜 말리 능히 ᄀᆞ지 못ᄒᆞ니 말을 다 바리고 닷ᄂᆞᆫ지라 오군즁의 허다ᄒᆞᆫ 마필 긔게을 어더 도라오ᄂᆞᆫ지라 니놀밤의 쥬유 ᄃᆡ병을 모라 놈군 셩ᄒᆞ의 당도ᄒᆞ니 조인니 크게 근심ᄒᆞ여 즁중을 모와 방젹ᄒᆞᆯ 묘칙을 의논ᄒᆞᆯ ᄉᆡ 조홍 왈 목ᄒᆞ의 이릉을 일코 ᄯᅩ 놈군니 위틔ᄒᆞ니 승

〈75-뒤〉

승의 ᄀᆞ라치던 비결을 쓰소셔 조인니 문득 ᄭᅢ치고 군ᄉᆞ을 오경의 밥 먹기고 셩승의 그짓 졍긔을 ᄭᅩᆺᄌᆞ 허중셩세ᄒᆞ고 평명의 ᄃᆡ소 合군을 셰 질노 논누어 다라ᄂᆞᆫ지라 쥬유 진즁의셔 탐문ᄒᆞ니 조병니 다 도망ᄒᆞ여ᄂᆞᆫ지라 쥬유 승ᄃᆡ의 놉피 올ᄂᆞ보니 셩상의 졍긔 ᄂᆞ열ᄒᆞ고 셩즁의 군ᄉᆞ ᄒᆞᄂᆞ도 업ᄂᆞᆫ지라 쥬유 싱ᄀᆞᆨᄒᆞ되 조인니 당치 못ᄒᆞᆯ쥴 알고 도망ᄒᆞ도다 ᄒᆞ고 중ᄃᆡ의 ᄂᆞ려와 분부 왈 셔셩 졍봉은 좌우익니 되야 셩즁의 드러ᄀᆞ 엄술ᄒᆞ되 셩즁의 군ᄉᆞ 잇거던 후군을 도라보지 말고 닐제니 엄술ᄒᆞ되 만일 명금소릐 잇거던 직시 퇴군ᄒᆞ라 ᄒᆞ고 졍보로 션봉 숨고 쥬유 친니 ᄃᆡ군을 모라 드러ᄀᆞ더니 셩중의셔 일셩 붕포의 조홍니 ᄂᆞ셔 ᄃᆡ젹ᄒᆞ야 두 ᄒᆞᆸ의 픽ᄒᆞ야 다라ᄂᆞ고 조인니 ᄯᅩ ᄂᆞ셔 영젹ᄒᆞᆯ ᄉᆡ 십여ᄒᆞᆸ의 픽ᄒᆞ여 닷거놀 쥬유 좌우를 호

〈76-앞〉

령ᄒᆞ야 엄술ᄒᆞ니 조군니 당치 못ᄒᆞ여 도망ᄒᆞ거놀 ᄒᆞᆫ당 쥬틔넌 조군을 좃ᄎᆞᄀᆞ고 쥬유넌 군ᄉᆞ을 모라 셩즁으로 드러ᄀᆞ더니 문득 ᄒᆞᆫ 편의셔 일셩 방포의 만뇌구발ᄒᆞ야 시셕니 비오덧 ᄒᆞᄂᆞᆫ지라 ᄃᆞᆺ토와 드러ᄀᆞ던 군ᄉᆞ 구렁의 ᄲᅡᆼ

지며 셔로 발펴쥭는 지 티반니라 쥬유 디경ᄒᆞ야 급피 두루러 ᄒᆞ더니 졍히 ᄒᆞᆫ 술을 마ᄌᆞ 번신낙마ᄒᆞ니 우금니 급피 달여드러 버히고져 ᄒᆞ더니 셔셩 졍봉니 쥬유를 구ᄒᆞ야 도라가니 조병니 무슈히 셩으로 ᄂᆞ와 엄술ᄒᆞ미 오병니 디픠ᄒᆞ야 셔로 발펴쥭는 지 티반니라 셔셩 졍봉니 쥬유을 구ᄒᆞ고 픠진 군졸을 거두어 본진의 도라와 힝군 의원을 불너 쥬유 병을 치료ᄒᆞᆯ ᄉᆡ 술을 ᄲᆡ고보니 술촉의 독약을 발ᄂᆞ 금ᄎᆞᆼ니 즁ᄉᆞᆼᄒᆞ야는지라 쥬유 음식을 전폐ᄒᆞ니 의원 왈 독약니 술의 미쳐쓰니 졸련니 낫지

〈76-뒤〉

못ᄒᆞᆯ지라 만닐 노긔 경동ᄒᆞ면 금ᄎᆞᆼ니 복발ᄒᆞᆯ 거시니 빅닐을 조레ᄒᆞ여야 ᄒᆞᆸ ᄎᆞᆼᄒᆞ리다 졍보 군즁의 전영ᄒᆞ되 진문을 구지 직키고 ᄂᆞ가 ᄊᆞ오지 말ᄂᆞ ᄒᆞ니라 ᄎᆞ셜 우금니 미닐 진젼의 횡힝ᄒᆞ여 군욕ᄒᆞ며 ᄊᆞ홈을 지촉ᄒᆞ되 졍보 쥬유 드를가 져어ᄒᆞ여 ᄌᆞᆷ니 군ᄉᆞ를 경동치 못ᄒᆞ는지라 닐닐른 우금니 진문 밧긔 웨되 말마도 쥬유를 좁바가겻노라 ᄒᆞ니 졍봉니 즁ᄌᆞᆼ으로 더부러 의논 왈 우리 좀ᄌᆞᆫ 퇴병ᄒᆞ여ᄊᆞ가 도독의 병셰 평복 후의 다시 도모ᄒᆞ미 가ᄒᆞ다 ᄒᆞ더니 잇ᄯᅴ 쥬유 병셕의 잇쓰ᄂᆞ 마음의 쥬ᄌᆞᆼ니 잇고 ᄯᅩ 조병니 날노 와 욕홈을 알되 졔ᄌᆞᆼ니 드러와 품치 안니 홈을 고니 알더니 조인니 친이 디병을 거ᄂᆞ리고 진젼의 와 뇌고 홈셩ᄒᆞ며 ᄊᆞ홈을 도모거ᄂᆞᆯ 졍보 군즁의 젼령ᄒᆞ야 구지 직키더

〈77-앞〉

니 쥬유 졔ᄌᆞᆼ을 불너 ᄌᆞᆼᄒᆞ의 세우고 문왈 어디셔 고포 홈셩니 ᄂᆞ넌요 즁ᄌᆞᆼ니 답왈 군즁 조련ᄒᆞᄂᆞ이다 쥬유 노왈 엇지 ᄂᆞ을 소기는요 ᄂᆡ 임의 조병니 ᄂᆞᆯ노와 군욕홈을 아ᄂᆞ이 졍덕모넌 ᄂᆞ와 ᄒᆞᆫ가지 병권을 맛ᄊᆞ쓰니 엇지 안ᄌᆞ보는요 ᄒᆞ고 인ᄒᆞ야 졍보을 쳥ᄒᆞ여 왈 ᄌᆞᆼ군 웃지 츌젼치 안니ᄒᆞ는요 졍보 왈 도독의 금ᄎᆞᆼ니 낫지 못ᄒᆞ여넌디 의원니 가라치기을 조셥ᄒᆞ되 노긔 츙격

ᄒᆞ면 금충니 복발ᄒᆞ리라 ᄒᆞ기로 ᄌᆞᆷ니 품치 못ᄒᆞ여노라 쥬유 왈 그러ᄒᆞ면 엇지 ᄒᆞ여 ᄒᆞᄂᆞᆫ요 ᄃᆡ왈 우리 등의 쥬의ᄂᆞᆫ ᄌᆞᆷ신 퇴병ᄒᆞ야 도독의 병니 평복ᄒᆞᆷ을 지다리여 다시 도모ᄒᆞᆷ니 ᄀᆞᄒᆞ니다 쥬유 듯고 ᄃᆡ희ᄒᆞ야 ᄉᆞᆼ의 ᄯᅱ여 니려안지며 왈 ᄃᆡᄌᆞᆼ부 임군의 명을 바다 츌ᄉᆞᄒᆞ여ᄊᆞᆫᄀᆞ 젼ᄌᆞᆼ의 쥭어 마피의 ᄊᆡ니미 당연ᄒᆞ거놀 엇지 놀노 ᄒᆞ여금 국ᄀᆞᄃᆡᄉᆞ를

〈77-뒤〉

폐ᄒᆞ리요 말을 맛치며 ᄀᆞᆸ옷셜 입고 말의 오르니 졔ᄌᆞᆼ니 다 놀니ᄂᆞᆫ지라 쥬유 슈빅기럴 거ᄂᆞ리고 진문 밧긔 ᄂᆞ셔니 조인니 ᄃᆡ병을 거ᄂᆞ리고 문긔 아리셔 치럴 드러 ᄭᅮ지져 왈 쥬유 너ᄂᆞᆫ 어린아희 ᄀᆞᆷ히 엇지 어룬을 당젹ᄒᆞ리요 ᄒᆞ거놀 쥬유 진문 밧긔 ᄂᆞ셔며 조인을 불너 왈 네ᄀᆞ 쥬랑을 아ᄂᆞᆫ다 조인니 군ᄉᆞ로 ᄒᆞ여금 무슈히 욕ᄒᆞ거널 쥴유 ᄃᆡ로ᄒᆞ야 반ᄌᆞᆼ을 불너 쎠오라 ᄒᆞ고 크게 ᄒᆞᆫ 소릐를 지르고 입으로 피를 토ᄒᆞ고 말게 ᄯᅥ러지니 즁ᄌᆞᆼ니 급피 구ᄒᆞ여 도라오니 졍보 문왈 도독의 긔쳬 엇ᄯᅥᄒᆞᆫ잇ᄀᆞ 쥬유 ᄀᆞ만니 일너 왈 니넌 ᄂᆡ의 ᄭᅬ라 조인니 ᄂᆡ 병니 위ᄐᆡ니 알게 ᄒᆞᆷ이니 심복ᄒᆞᆫ 군ᄉᆞ을 젹진의 보ᄂᆡ여 거짓 항복ᄒᆞ고 말ᄒᆞ되 ᄂᆡ 임의 쥭어ᄊᆞᆫ ᄒᆞ면 조인니 반다시 오늘밤의 올지라 ᄉᆞ면의 ᄆᆡ복ᄒᆞ여ᄊᆞᆫᄀᆞ 조인니 오거던 닐시의 엄술ᄒᆞ면

〈78-앞〉

조인을 싱금ᄒᆞ리라 졍보 왈 그 ᄭᅬ ᄀᆞᄌᆞᆼ 묘ᄒᆞ도다 ᄒᆞ고 즁즁의 ᄂᆞ와 도독니 쥭어ᄊᆞᆫ ᄒᆞ고 발ᄉᆞᆼᄒᆞ며 즁졸리 다 괘효ᄒᆞ더라 ᄀᆞ셜 조닌니 즁ᄌᆞᆼ얼 모와 의논 왈 쥬유 노긔 츙발ᄒᆞ야 금충니 ᄶᅵ여지고 토혈ᄂᆞᆨ마 ᄒᆞ여ᄊᆞ니 반다시 쥭어리라 ᄒᆞ더니 군ᄉᆞ 보ᄒᆞ되 젹병 슈십명니 와 항복ᄒᆞᄂᆞᆫ 즁의 근본 우리 군ᄉᆞ 니명니 왓ᄂᆞ니다 조인니 급피 불너 무르니 군ᄉᆞ 등니 답왈 쥬유 금충니 ᄶᅵ여져 쥭ᄊᆞ오ᄆᆡ 군즁의 발ᄉᆞᆼᄒᆞ고 졍보 무죄ᄒᆞᆫ 군ᄉᆞ을 치죄ᄒᆞ기로 우리 등니 와셔 ᄒᆞᆼ복ᄒᆞᄂᆞ니다 조인니 듯고 ᄃᆡ희ᄒᆞ야 즁ᄌᆞᆼ을 모와 ᄉᆞᆼ의 왈 금야의

젹진을 겁측ᄒᆞ고 쥬유 죽엄을 아셔 그 머리를 벼혀 허도의 보ᄂᆡ리라 ᄒᆞ니 진교 왈 ᄎᆞᄉᆞ을 급피 힝ᄒᆞ소셔 조인니 우금으로 션봉을 ᄉᆞᆷ고 조인니 즁군니 되야 조홍 조슌으로 후군니 되고 진교로 본셩을 직키고 초경의

〈78-뒤〉

츌셩ᄒᆞ야 쥬유의 ᄃᆡ진의 당ᄒᆞ니 진문의 ᄒᆞᆫ ᄉᆞ름도 업거ᄂᆞᆯ 뫼의 든 쥴 알고 급피 퇴병ᄒᆞ더니 ᄉᆞ방으로 방포소ᄅᆡ ᄂᆞ며 동편언 ᄒᆞᆫ당 즁흠니 엄술ᄒᆞ고 셔의ᄂᆞᆫ 번즁 쥬ᄐᆡ 엄술ᄒᆞ고 ᄂᆞᆷ편의넌 셔셩 졍봉니 엄술ᄒᆞ고 북의ᄂᆞᆫ 진무 여몽니 엄술ᄒᆞ이 조병니 ᄃᆡ픽ᄒᆞ야 셔로 발펴 죽난 ᄌᆡ ᄐᆡ반니요 슈미을 셔로 구치 못ᄒᆞ여 다 도망ᄒᆞᄂᆞᆫ지라 조인 조홍니 픽ᄒᆞᆫ 군ᄉᆞ을 거ᄂᆞ리고 ᄂᆞᆷ군으로 닷쩌니 능통니 질을 막고 엄술ᄒᆞ니 조인니 ᄀᆞᆫ신니 버셔ᄂᆞ 닷쩌니 ᄯᅩ ᄀᆞᆷ영을 만ᄂᆞ 조인니 ᄂᆞᆷ군으로 닷지 못ᄒᆞ고 량량ᄃᆡ로로 다라나ᄂᆞᆫ지라 ᄀᆞᆨ셜 쥬유 군ᄉᆞ을 슈습ᄒᆞ여 ᄂᆞᆷ군 셩ᄒᆞ의 이르니 셩우의 긔를 ᄭᅩᄌᆞ거ᄂᆞᆯ 쥬유 ᄃᆡ경ᄒᆞ여 바라보니 ᄒᆞᆫ 즁슈 크게 워여 왈 도독은 허물치 말ᄂᆞ ᄂᆞᄂᆞᆫ 군ᄉᆞ의 즁영을 바다 ᄂᆞᆷ군을 으더노라 ᄒᆞ거ᄂᆞᆯ

〈79-앞〉

보니 ᄉᆞᆼᄉᆞᆫ 조ᄌᆡ룡니라 쥬유 ᄃᆡ로ᄒᆞ여 ᄂᆞᆷ군을 치라 ᄒᆞ니 셩ᄉᆞᆼ의셔 시셕니 비 오덧 ᄒᆞ거ᄂᆞᆯ 쥬유 회군ᄒᆞ고 ᄀᆞᆷ영으로 ᄒᆞ여금 형쥬를 치라ᄒᆞ고 능통으로 ᄒᆞ여금 량량을 치라 형쥬 량량을 으든 후의 ᄂᆞᆷ군을 도모ᄒᆞ리라 문득 바라보되 져ᄀᆞᆯ량니 ᄂᆞᆷ군을 으든 후의 그짓 형쥬 구완병니라 니르고 즁비로 ᄒᆞ야금 형쥬를 취ᄒᆞ여ᄂᆞᆫ지라 ᄯᅩ 보ᄒᆞ되 ᄒᆞ후돈니 량량을 지키더니 졔ᄀᆞᆯ량니 거짓 조인의 병부을 보ᄂᆡ여 조인을 구ᄒᆞ라 ᄒᆞ니 ᄒᆞ후돈니 츌젼ᄒᆞᆯ ᄉᆡ이예 운즁으로 ᄒᆞ야 량량을 취ᄒᆞ여 두 곳 셩지를 다 유현덕의게 아시여ᄯᅡ ᄒᆞ거ᄂᆞᆯ 쥬유 왈 졔ᄀᆞᆯ량니 엇지 병부를 으더 ᄒᆞ후돈을 유인ᄒᆞ여ᄯᅥᆫ고 졍보 왈 ᄂᆞᆷ군 직킨 진교 병부을 아셧ᄯᅡ ᄒᆞ니 쥬유 ᄃᆡ경ᄒᆞ여 크게 ᄒᆞᆫ 소ᄅᆡ을 지르니

금창

〈79-뒤〉

니 찌여지고 입으로 피을 토ᄒᆞ는지라 즁장니 구ᄒᆞ여 안치니 쥬유 왈 닉 만닐 졔갈량을 쥭니지 못ᄒᆞ면 심즁의 원을 풀지 못ᄒᆞᆯ지니 증덕모는 ᄂᆞ를 도으라 닉 남군을 취ᄒᆞ리라 ᄒᆞ고 의논ᄒᆞ더니 문득 노숙니 오거ᄂᆞᆯ 쥬유 노숙을 보고 ᄌᆞ경은 ᄂᆞ을 도으라 닉 졔갈량으로 더부러 ᄌᆞ웅을 결단ᄒᆞ리라 노숙 왈 불ᄀᆞᄒᆞ다 ᄇᆞᆼ금 조조로 더부러 오히려 승부를 결단치 못ᄒᆞ고 ᄯᅩ 쥬공니 ᄒᆞ비를 치되 승부를 결단치 못ᄒᆞ여쓰니 만닐 유비을 치다ᄀᆞ는 조조ᄀᆞ 그 틈을 타 동오을 치면 그 긔셰 ᄀᆞ즁 위틱ᄒᆞ고 ᄯᅩ 유현덕니 조조와 고의ᄀᆞ 잇는니 우리 이졔 져의을 핍박ᄒᆞ면 경지을 조조의계 드리고 동심ᄒᆞ야 우리을 치면 ᄀᆞᆼ동을 엇지 보죤ᄒᆞ리요 우리 등니 신고ᄒᆞ여 젼곡 마필을 허비ᄒᆞ고 숩쳐 셩지을 다른 ᄉᆞ람을 쥬

〈80-앞〉

니 엇지 분치 안니 ᄒᆞ리요 노숙 왈 도독은 관심ᄒᆞ소셔 닉 현덕을 보고 이히로 말ᄒᆞ여 만닐 듯지 안니ᄒᆞ거던 긔병ᄒᆞ미 늣지 안니 ᄒᆞ리다 졔즁니 다 ᄀᆞ로딕 ᄌᆞ경의 말리 심히 올쓰오이 도독은 노을 ᄎᆞ무소셔 잇쩌 노숙니 동ᄌᆞ슈인을 다리고 ᄂᆞᆷ군 셩ᄒᆞ의 이르러 셩문을 열ᄂᆞᄒᆞ니 ᄌᆞ룡니 ᄂᆞ와 뭇거ᄂᆞᆯ 딕왈 현덕공을 보고 의논ᄒᆞᆯ 일리 잇노라 ᄌᆞ룡 왈 우리 쥬공니 졔갈군ᄉᆞ로 더부러 형쥬의 게시니다 ᄒᆞ거ᄂᆞᆯ 노숙니 ᄂᆞᆷ군을 써ᄂᆞ 형쥬의 이르러보니 셩ᄉᆞᆼ의 긔치 션명ᄒᆞ고 군즁니 엄숙ᄒᆞ거ᄂᆞᆯ 노숙니 탄식 왈 공명은 ᄎᆞᆷ 신닌이로다 군ᄉᆞ 보ᄒᆞ되 노ᄌᆞ경니 와셔 보기를 청ᄒᆞᄂᆞ니다 공명니 크게 셩문을 열고 ᄂᆞ셔 영졉ᄒᆞ야 ᄒᆞᆫᄀᆞ지 아즁의 드르ᄀᆞ 빈쥬지예을 맛친 후의 노숙 왈 오후 쥬도독으로 더부

〈80-뒤〉

러 ᄂᆞ을 보ᄂᆡ여 황슉의게 말ᄉᆞᆷ을 고ᄒᆞ라 하기로 왓ᄂᆞᆫ니 젼일의 조조 ᄇᆡᆨ만 ᄃᆡ병을 거ᄂᆞ리고 ᄀᆞᆼ동을 ᄎᆔ코ᄌᆞ ᄒᆞᆫ다 ᄒᆞ되 실은 황슉을 도모ᄒᆞᆷ니라 동오의셔 조조을 물니치고 황슉을 구ᄒᆞ야쓰니 형쥬 구군은 동오의 보ᄂᆡ미 의리예 당연ᄒᆞ거ᄂᆞᆯ 니졔 황슉니 제슐노 형쥬 ᄂᆞᆷ군 량량을 아셔쓰니 동오의셔ᄂᆞᆫ 젼량 군마만 허비ᄒᆞ고 황슉은 안ᄌᆞ 이를 바드니 ᄉᆞ리예 ᄒᆞᆸ당치 안니ᄒᆞ도다 공명 왈 ᄌᆞ경은 고명ᄒᆞᆫ 션ᄇᆡ라 엇지 이런 말을 ᄂᆡᄂᆞ요 속셜의 이르되 질의 흘린 것도 임ᄌᆞ 잇쓰 반다시 도라ᄀᆞᆫ다 ᄒᆞ여ᄂᆞᆫ니 구군은 동오ᄯᆞ니 안니요 유경승의 긔업니라 우리 쥬공은 곳 유경승 아오요 경승니 비록 죽어쓰ᄂᆞ 그 아들리 오히려 이쓰니 아ᄌᆞ비 되야 그 족ᄒᆞ 도으미 엇지 ᄀᆞ치 안니ᄒᆞ리요 노슉 왈 만닐

〈81-앞〉

공ᄌᆞ 유긔 잇쓰면 ᄂᆡ ᄒᆞᆯ 말리 즉도다 이졔 공ᄌᆞ ᄀᆞᆼᄒᆞ의 잇ᄂᆞᆫ니 엇지 이 곳싀 이쓰리요 공명 왈 ᄌᆞ경은 공ᄌᆞ을 보고져 ᄒᆞᄂᆞᆫ요 좌우을 명ᄒᆞ여 공ᄌᆞ을 ᄂᆞ오라 ᄒᆞ니 평풍 뒤노셔 공ᄌᆞ 유긔 나와 안지며 왈 병든 몸니 일즉 ᄂᆞ오지 못ᄒᆞ여쓰니 ᄌᆞ경은 허물치 말ᄂᆞ 노슉니 ᄒᆞᆫ 번 보ᄆᆡ 말리 읍셔 ᄌᆞᆷᄌᆞᆷ니 안ᄌᆞ ᄯᆞᄀᆞ 오리만의 왈 공ᄌᆞᆼ 말리 읍쓰면 웃지 하리요 공명 왈 공ᄌᆞ 잇지 안니ᄒᆞ면 별노 ᄉᆞᆼ의 ᄒᆞ리라 노슉니 왈 공ᄌᆞ 잇지 안니 ᄒᆞ면 형량셩지를 동오의 보ᄂᆡ리라 공명 왈 ᄌᆞ경의 말리 올토다 ᄒᆞ고 드드여 ᄌᆞᆫ치을 ᄇᆡ셜ᄒᆞ여 노슉을 후ᄃᆡᄒᆞ여 보ᄂᆡ니 노슉니 도라와 쥬유을 보고 말을 ᄀᆞᆺ초와 젼ᄒᆞ니 쥬유 왈 유긔는 청춘소연니라 언의 ᄣᆡ 죽기를 지다려 형쥬를 ᄎᆞᄌᆞ오리요 노슉니 왈 도독은 염여마오 형쥬 ᄎᆞ져오기는

〈81-뒤〉

ᄂᆡ게 잇ᄂᆞ니다 쥬유 왈 엇지 그러ᄒᆞ요 노슉 왈 ᄂᆡ 유긔을 보니 쥬ᄉᆡᆨ니 과ᄒᆞ야 통입골슈ᄒᆞ야 긔ᄉᆡᆨ니 엄엄ᄒᆞ여 불과 반연이면 쥭어리라 유긔 쥭은 후의 형쥬을 ᄎᆞᄌᆞ오면 유비 ᄯᅩ 무슴 말ᄒᆞ리요 쥬유 노긔을 이긔지 못ᄒᆞ더니 문득 보ᄒᆞ되 오후 ᄉᆞᄌᆞ 왓ᄶᅡᄒᆞ거ᄂᆞᆯ 쥬유 불너 무른니 ᄉᆞᄌᆞ 왈 오후 ᄒᆞ비을 쳐 니긔지 못ᄒᆞ미 도독을 청ᄒᆞ여 도으라 ᄒᆞ더니다 쥬유 반ᄉᆞᄒᆞ야 시ᄉᆞᆼ의 도라ᄀᆞ 병을 치료ᄒᆞ고 졍보와 졔즁으로 ᄒᆞ여금 젼션을 거ᄂᆞ리고 오후 쳥영ᄒᆞ라 ᄒᆞ니라 유현덕은 형쥬 구군을 어더 웅거ᄒᆞ고 손권은 동오을 웅거ᄒᆞ고 조조은 중원의 잇쓰 쳔ᄒᆞ을 닷투되 필경의 솜분쳔ᄒᆞ ᄒᆞ야난지라

박순호 소장 59장본 〈화룡도〉

이 본은 완서계신간본 계열의 완판본을 보고 등서한 필사본으로 앞부분에 '신희 유월 등셔라' 라는 간기가 있다. 필사 시기는 辛亥年인 1911년으로 보인다. 글씨체가 다른 부분이 있어 두 사람 이상이 필사한 것으로 보인다. 박순호 소장 한글 필사본 고소설 자료총서 101권에 수록되어 있다.

박순호 소장 59장본 〈화룡도〉

화룡도 목록 신히 유월 등셔라

〈1-앞〉

화룡도 권지상이라

한티죠 황졔 창업한 ᄉ빅연으 현졔 ᄯᅢ 이르려 동턱이 난을 지으미 ᄉ도 왕윤니 ᄉ직 츙신으로 동턱을 치고 ᄒᆞᆫ실을 흥복고져 ᄒᆞ던이 불힝ᄒᆞ여 이최으 난을 만나 천자 피란ᄒᆞ시미 쳔ᄒᆞ 디란ᄒᆞᆫ니 됴됴 디군을 거나려 난젹을 소멸ᄒᆞ고 찬역에 ᄯᅳ실 두워 쳔자을 유인ᄒᆞ야 혀창의 도읍ᄒᆞ고 졔후을 호령ᄒᆞ이 됴졍니 됴됴의 장악의 잇ᄯᅳ니 국가 흥망이 비쪽직셕일네라 각셜 잇ᄯᅢ으 ᄒᆞᆫ둉실 유황슉이 관공 즁비로 더뷰려 도원결의 할 졔 ᄉ싱을 ᄒᆞᆫ가지로 ᄒᆞ야 한실을 흥복고져ᄒᆞ나 병불만천니요 장불과십니라 셔쥬로 가 여포의게 픠ᄒᆞ고 여남의 가 ᄯᅩ 됴됴의게 픠을 당ᄒᆞ야 막지소힝 이려니 싱각ᄒᆞᆫ이 형쥬 유픠난 동실지의 잇난 고로 형쥬로 가 신야으 머무던이 마참 슈경선싱을 만나 와룡션싱을 쳔거ᄒᆞ거날 현덕이 디히ᄒᆞ야 페빅을 갓초오고 턱일ᄒᆞ

여 칠셩지게ᄒᆞ고 관장을 거나려 남양 와룡강 졔갈공명 차져갈 제 졍셩도 직읏ᄒᆞ고 외모도 공순ᄒᆞ니

〈1-뒤〉

공명이 엇지 감동치 안이 할이요 유관장 삼인니 융즁의 다다르이 농부넌 호무 들고 노릐ᄒᆞ먼 놀일 졔 농부다려 문왈 와룡션싱니 어듸 게신요 답왈 져 ᄉᆞᆫ 일홈은 와룡ᄉᆞᆫ이요 압ᄑᆞᆫ넌 ᄉᆞᆸᄑᆞᆯ 잇고 그 가온듸 일간초당 잇쓰되 틔극은 틔양이요 일월은 창외되고 삼빅팔십 ᄉᆞ수로 연자 걸고 인으예지로 벽을 맛츄고 도당쓰 삼등퇴긔의 ᄒᆞ도낙셔로 단청ᄒᆞ고 후원 낙낙장송은 군ᄌᆞ 졀니요 의의녹죽은 츙열ᄉᆞ의 졍영ᄒᆞ고 벽송은 금실이요 졍젼의 빅학니 츔을 츈이 완연ᄒᆞᆫ 션경이라 산불고니 수려ᄒᆞ고 수불심이 징청이라 초목이 졀싱ᄒᆞ고 ᄑᆞᆼ물도 이상ᄒᆞ다 그리로 차자가소셔 현덕이 말을 모라 급피 가보이 시문을 반기ᄒᆞ엿거날 동자을 불너 말삼ᄒᆞ되 션싱을 뵈옵ᄌᆞ ᄒᆞ고 문젼의 왓단 말삼 엿쥬워라 동자 답왈 션싱게셔 식벽의 츌입ᄒᆞ시고 안이 게시다 ᄒᆞ이 현덕니 답왈 어듸을 가 게시야 동ᄌᆞ 왈 긔약니 업난이다 현덕니 기탄불이ᄒᆞ이 관장의 마리 션싱이 안이 게시이 신야로 도라갓삽다가 후일의 다시 와 차사이다 현덕니 동자 불너 당불ᄒᆞ되 션싱니 오

〈2-앞〉

시거던 유예쥬 왓단 말삼 부듸 엿쥬워라 ᄒᆞ고 신야로 도라와 수일 후의 예단을 다시 갓초와 가지고 와룡강을 가자할 졔 익덕니 ᄒᆞ넌 말니 일기 션싱을 보라ᄒᆞ고 ᄯᅩ 엇지 가오릿가 ᄉᆞ환이나 보니소셔 현덕니 듸칙 왈 공명은 듸현이라 엇지 ᄉᆞ환을 보니이요 ᄒᆞ고 관장을 다리고 와룡강을 다시 갈 시 북ᄑᆞᆼ은 졀역ᄒᆞ고 빅셜은 분분ᄒᆞᆫ듸 익덕 왈 엿차 셜풍의 긔여히 졔갈양을 보라 ᄒᆞ고 이듸지 신고ᄒᆞ리요 신야로 가ᄉᆞ이다 현덕이 왈 우리 리려ᄒᆞ먼 공명니 감동케 ᄒᆞ미라 풍셜리 겁나거던 너넌 도라가 잇시라 익덜 왈 ᄑᆞᆼ셜

을 엇지 두려하릿가 ᄒᆞ고 삼인니 초당 문젼 다다르니 글 이으난 소릐 들이거날 자세니 보이 포포ᄒᆞᆫ 소연이 안져 노릐ᄒᆞ면 놀일 졔 현덕이 초당의 올나가 ᄒᆞ난 말이 션싱을 뵈옵자고 수차 와삽다가 뵈옵지 못ᄒᆞ고 이졔와 됸안을 뵈온니 쳔만다힝 ᄒᆞ여니다 그 소연이 급피 이려나 답예 왈 장군이 분명 닉의 ᄉᆞ형을 차자오신가 난넌 와룡의 아우 군이로소이다 현덕 왈 션싱 언은듸 가 게신잇가 군이 왈 형장의 둉젹이 졍쳐업셔오이 아지 못ᄒᆞ나이다 현덕 왈 닉의 복이 져거 수차 와도 션싱을 보지 못ᄒᆞ넌또다 후

〈2-뒤〉

일의 다시 오리라 하고 관장을 다리고 신야로 도라와 다시 턱일ᄒᆞ여 삼일 지계 ᄒᆞ고 예단을 다시 가쵸와 가지고 와룡강을 힝할 식 관장 왈 형장이 두 변 가셔 못보고 ᄯᅩ 가시기 부란ᄒᆞ여이다 공명이 실상은 지죠 업셔 피ᄒᆞ고 안이 보난가 하난이다 현덕 왈 옛날 졔환공이 동곽 양인을 보라하고 ᄉᆞ오 차렬 슈고하여겨던 하물먼 공명은 딕현이라 닉 엇지 이만 졍셩을 익기리요 익덕 왈 초야빅셩 한나얼 보라 하고 이디지 슈고 말고 졔 혼자 가셔 노ᄭᅳᆫ의로 동여오리다 한이 현덕이 디칙 왈 쥬문왕이 강티공을 보려하고 위슈의 왕닉ᄒᆞ야단 말 듯도 못하야난양 뮨왕갓탄 셩군으로도 덩셩 드러 차자거늘 네 엇지 무례한요 오지 말고 도라가라 한이 익덕 왈 이왕의 두 형장을 모시고 왓삽는듸 엇지 도로가오릿가 삼인니 말을 타고 웅즁의 득달하여 쵸당을 바릐본이 오리지경 하여난지라 현덕이 말계 나려 지셩으로 거려간이 맛참 닉 졔갈군니 나오거늘 현덕이 예하고 무왈 션싱이 게신잇가 군이 왈 어졔야 오션난이다 문젼의 동자을 불너 왈 션싱이 게신야 동ᄌᆞ 엿ᄌᆞ오디 션싱니 게시오나 초당의 츄침ᄒᆞ

〈3-앞〉

여 게신이 긔침키 황송ᄒᆞ여니다 현덕이 관장의게 분부ᄒᆞ되 그디들은 번거

히 말고 동졍을 보라ᄒᆞ고 완보로 즁게으 올나가 초당을 살피보이 션싱니 평상의 놉피 누워 잠을 드려거늘 잠 씨긔을 긔달여 지셩으로 셧던니 익덕니 ᄃᆡ로 왈 형장니 져려탓 수고ᄒᆞ신듸 짐짓 잠ᄌᆞ는 쳬ᄒᆞ고 져ᄃᆡ지 거만ᄒᆞᆫ이 고이코 게만ᄒᆞ다 ᄒᆞ고 당장의 퓽파을 닉라ᄒᆞᆫ직 관공니 무ᄒᆞᆫ 말유ᄒᆞ고 현덕은 동졍을 짐작ᄒᆞ고 관공은 눈을 쥬어 현화을 금ᄒᆞ고 죵시 지다리던니 션싱니 잠을 씨여 ᄃᆡ몽시을 지여 을퓨되 ᄃᆡ몽을 수션각고 평싱을 아ᄌᆞ지라 초당의 츈수족ᄒᆞ고 창외의 일지지라 동장을 불너 문왈 문 박게 손임니 와 게신야 동자 엿ᄌᆞ오되 유황슉이 오신 졔 오련이다 공명니 ᄃᆡ칙 왈 엇지 일직 고치 안니ᄒᆞ여난야 ᄒᆞ고 이복을 가라입고 현덕을 쳥ᄒᆞ거늘 드려가 의ᄒᆞ고 공명을 본니 신장니 팔쳑이요 얼골이 빅옥니라 머리의 유건을 쓰고 학창의을 입고 손의 빅우션을 드럭거늘 푀련ᄒᆞᆫ 션관이라 현덕니 다시 이려나 지빅ᄒᆞ고 가로ᄃᆡ 션싱의 ᄃᆡ현ᄒᆞ신 셩화을 포문ᄒᆞ고 수차 와셔 못뵈야나니다 공명

〈3-뒤〉

왈 날갓튼 초야 션싱을 보시자고 누지의 여려번 항차을 ᄒᆞ게시이 광치 비상ᄒᆞ여니다 현덕 왈 방금 간웅이 창셩ᄒᆞ와 ᄉᆞ직이 장위ᄒᆞ오니 션싱은 너뷰신 지죠로 지도ᄒᆞ와 기여니 회복ᄒᆞ고 도탄의 든 빅셩을 건져 쥬옵소셔 공명 왈 남양의 밧갈기와 월ᄒᆞ의 고기 낙긔의 일삼아 비운 거시 업난듸 엇지 쳔ᄒᆞ 득실을 의논ᄒᆞ릿가 현덕 왈 션싱니 져ᄃᆡ지 검ᄉᆞᄒᆞ신니 도로여 망극ᄒᆞ여니다 그려ᄒᆞ오나 ᄃᆡ장부 세상으 쳐ᄒᆞ여닷가 엿차 퓽진의 엇지 혀도이 보닐잇가 션싱은 션왕지업을 회복ᄒᆞ고 억죠창싱을 건져 쥬옵소셔 언미필의 눈물히 옷깃실 젹거늘 공명니 현덕의 졍셩을 감동ᄒᆞ여 가로ᄃᆡ 장군이 표한ᄒᆞᆫ ᄉᆞ람을 져려타시 하신이 용열ᄒᆞ오나 뒤을 싸라 시셕을 한가지 ᄒᆞ리라 ᄒᆞᆫ이 현덕이 그졔야 ᄃᆡ히하야 관장을 불너 뵈이라 ᄒᆞ고 예단을 올니거늘 공명 왈 이게 과도ᄒᆞ노이다 일폭지도셔을 닉여 벽상의 거려노코 가르쳐 왈

이게 셔촉 ᄉᆞ십쥬의 지도라 젼일 고황제 셔촉의 웅거ᄒᆞ와 ᄉᆞᄇᆡᆨ연 ᄃᆡ업을 창셩ᄒᆞ여쓰이 장군도 ᄒᆞᆫ실을 회복고져 ᄒᆞ거든 션취 형쥬ᄒᆞ고 ᄌᆡ취 셔촉ᄒᆞ야

〈4-앞〉

근본을 삼은 후의 즁원을 쳐 ᄃᆡ업을 이루옵소셔 ᄒᆞ거늘 현덕 왈 션ᄉᆡᆼ의 말삼을 듯ᄉᆞ온니 운무을 혀치고 일월을 ᄃᆡᄒᆞ온 듯 반갑ᄉᆞ오이다 형쥬 뉴포와 셔촉 유장은 다 동죵니라 엇지 ᄯᅡᆼ을 취ᄒᆞ릿가 공명 왈 형쥬 셔촉니 ᄌᆞ연 장군의 긔업니 되오리다 이윽키 수작ᄒᆞ고 ᄌᆡᆨ일의 아우 군을 불너 왈 유황슉의 삼고초려ᄒᆞᆫ 은혜을 바더 츌셰ᄒᆞ난이 너난 가업을 일치 말고 학업을 혀치 말고 잇쓰면 션공 후의 도라오리라 ᄒᆞ면 송학을 잘 직키라 부탁ᄒᆞ고 현덕을 ᄯᅡ라 신야의 다다른이 장졸이 ᄃᆡ히ᄒᆞ야 ᄎᆡ례로 졈고ᄒᆞ고 군졔을 졍졔ᄒᆞ든이 잇ᄯᆡ의 죠죠 허창의 잇다가 현덕니 공명을 어더다 말을 듯고 ᄃᆡ경ᄒᆞ야 ᄒᆞ후돈을 급피 부너 ᄃᆡ병 심만을 됴발ᄒᆞ야 방망셩의 진을 치고 신야을 엿보더니 예산 죠분 질의 공명이 일파화로 심만 졍병을 경각의 함몰ᄒᆞᆫ니 ᄒᆞ후돈이 도망ᄒᆞ야 허창으로 도라와 그 연고을 됴됴의게 고ᄒᆞᆫᄃᆡ 됴됴ᄃᆡ경 왈 유비는 인듕지용니라 공명과 ᄉᆞᆼ의ᄒᆞ야 모게을 지을진ᄃᆡᆫ 심복지환이 될 진이 ᄂᆡ 친이 뉴비을 쳐 파ᄒᆞ리라 ᄒᆞ고 직시 심만

〈4-뒤〉

병을 거나리고 현덕을 칠 ᄉᆡ 그 형셰을 당치 못ᄒᆞ여 신야ᄇᆡᆨ셩 수십만을 거나리고 강능으로 향ᄒᆞ다가 장판고의셔 ᄑᆡᄒᆞ야 ᄒᆞ구로 도망ᄒᆞ여 근근 용신할 졔 공명 왈 ᄂᆡ 강동 손권을 보고 달ᄂᆡ여 됴됴와 ᄃᆡ젼케 ᄒᆞ고 됴됴 ᄉᆡᆼᄒᆞ거든 강동을 취ᄒᆞ고 손권이 ᄉᆡᆼᄒᆞ거든 즁원을 취ᄒᆞᄉᆞ이다 수연이나 강동ᄉᆞ람을 보와야 도모할 터이온듸 강동ᄉᆞ람 볼 수 업신이 엇지 ᄒᆞ리요 됴됴의 ᄇᆡᆨ만ᄃᆡ병니 젹벽의 결진ᄒᆞ여쓰이 손권이 아모리 영웅인들 엇지 연ᄉᆡᆼᄒᆞ리요

됴됴 혀실을 알고져 ᄒᆞ야 필경으 ᄉᆞ람이 올 거신이 그 ᄉᆞ람을 유인ᄒᆞ여 ᄒᆞᆫ 가지로 강동의 가셔 손권을 달ᄂᆡ여 ᄃᆡ사을 도모ᄒᆞ리라 ᄒᆞ더니 잇ᄣᅵ 손권이 노슉의로 ᄒᆞ여금 ᄒᆞ구의 가 유현덕의게 됴됴의 혀실을 탐지ᄒᆞ라 ᄒᆞ이 노슉이 ᄒᆞ구의 리르려 현덕을 보고 예필 후의 문왈 들으이 황슉이 공명을 어든 후로 박망의 호든과 신야의 불 노와 됴됴의 혼을 놀ᄂᆡ게 ᄒᆞ고 도망ᄒᆞ엿ᄶᅡ 말삼이 올ᄊᆞ오면 ᄯᅩ 됴됴의 군ᄉᆞ 얼마나 되던잇가 현덕 왈 그 일은 공명의게 물러보면 자셔이 알이라 노슉 왈 공명을 청ᄒᆞ소셔 현덕이

〈5-앞〉

공명을 청ᄒᆞ야 드려온이 노슉이 예필 후의 공슌이 문왈 션싱을 보온이 다힝ᄒᆞ온지라 방금 쳔ᄒᆞᄃᆡ란 ᄒᆞ온이 션싱이 양최을 가라쳐 동오의 일 읍게 ᄒᆞ옵소셔 공명 왈 ᄂᆡ 무삼 양칙이 잇쓰리요 노슉 왈 강동 손장군이 팔십일 쥬를 차지ᄒᆞ고 굴양니 픙족ᄒᆞ이 닛ᄣᅵ의 함긔 동심ᄒᆞ와 ᄃᆡ업을 이루소셔 공명 왈 손 유 양장니 젼일의 알음이 업고 가히 보낼 ᄉᆞ람이 업쓴이 엇지 할잇가 노슉 왈 션싱의 형장니 강동의 잇셔 션싱 보긔을 원ᄒᆞ온니 나와 ᄒᆞᆫ가지 가셔 ᄃᆡᄉᆞ을 의논ᄒᆞ소셔 현덕 왈 공명은 ᄂᆡ의 션싱리라 엇지 시각을 ᄯᅥ나리요 노슉 왈 ᄃᆡᄉᆞ을 경영ᄒᆞ난 바의 셜우 싱각 마옵소셔 ᄒᆞ고 ᄒᆞᆫ가지 가긔을 청ᄒᆞᆫᄃᆡ 공명 왈 방금 일니 급박ᄒᆞ온니 자경을 ᄯᅡ라가 혀실을 알아 좌우간 결단ᄒᆞ고 슈이 올 터인온니 염염 마옵소셔 현덕이 양구의 혀락ᄒᆞ니 공명니 노슉으로 더부려 발힝할 싀 노슉이 공명의게 당부ᄒᆞ되 손장군이 션싱을 볼 ᄶᅵ의 됴됴의 군병 다소을 물을 터인이 실상을 마옵소셔 공명 왈 자경은 염염마옵소셔 그 ᄶᅵ을 당ᄒᆞ면 자연 말이 잇넌니다 노슉이 드려가 손장군을 뵈온ᄃᆡ 잇ᄶᅵ의 문

〈5-뒤〉

무졔장을 달이고 군게을 의논ᄒᆞ다가 노슉 오물 보고 문왈 월노 협ᄒᆞ 길의

무ᄉᆞ이 단여왓쓰면 수탐ᄒᆞᆫ 일은 엇더ᄒᆞ던요 노슉 왈 죵차 알로이다 손권 왈 자경이 간 후의 됴됴 격셔을 보니여쓴이 보라 ᄒᆞ고 니여쥬겨날 노슉이 바다본이 ᄒᆞ여쓰되 나난 쳔자의 명을 바다 쳔ᄒᆞ의 난적을 칠 ᄉᆡ 긔을 드려 남의 형쥬을 가라친이 유죵이 쇽슈 항복ᄒᆞ고 회앙의 ᄇᆡᆨ셩니 바람을 좃차 귀슌ᄒᆞ여난지라 이졔 ᄇᆡᆨ만군병과 용장 쳔여원을 거날이고 장군으로 더부러 강ᄒᆞ의 가 뉴비을 쳐 파ᄒᆞᆫ 후의 지리 밍셰코자 ᄒᆞ노이 장군의 ᄯᅳ시 엇더ᄒᆞᆫ지 속속 회음ᄒᆞ라 ᄒᆞ여겨날 노슉이 보긔을 다ᄒᆞ고 가로ᄃᆡ 쥬공의 ᄯᅳ시 엇지ᄒᆞ라 ᄒᆞ신잇가 손권 왈 아직 졍ᄒᆞᆫ ᄯᅳ시 업노라 모ᄉᆞ 장소 왈 됴됴 쳔자의 명을 바다 ᄇᆡᆨ만군병을 거날이고 ᄉᆞ방의 횡힝ᄒᆞ이 신자지도의 막긔 어렵삽고 ᄯᅩᄒᆞᆫ 됴됴 이졔 형쥬을 치고 장강 상유의 유진ᄒᆞ고 격셔을 보니여쓴이 만일 ᄒᆞᆼ거ᄒᆞ면 군ᄉᆞ을 호령ᄒᆞ여 강동을 치면 그 형셰을 엇지 당ᄒᆞ리요 신으 보난 ᄇᆡ난 화친ᄒᆞ난게 앙칙일가 ᄒᆞ난이다 문무 모ᄉᆞ

〈6-앞〉

여츌일굴뇌라 손권이 취음 부답ᄒᆞ고 니당으로 드려가거날 노슉이 ᄯᅡ라갈 ᄉᆡ 손권이 그 ᄯᅳ셜 알고 노슉의 손을 즙고 문왈 ᄌᆞ경의 소견의 엇더ᄒᆞᆫ요 노슉 왈 안자 여려 모ᄉᆞ의 말을 들으이 쥬공으 ᄃᆡᄉᆞ을 져히ᄒᆞ민이다 만약 항복ᄒᆞ면 위불과봉후요 거불과일싱이요 기불과일필이요 장불과슈인이라 쥬공은 일직 ᄃᆡᄉᆞ을 계영ᄒᆞ소셔 손권 이 말을 듯고 가로ᄃᆡ 자경의 마리 당연ᄒᆞ나 그러나 됴됴의 형셰 가장 큰지라 엇지 당할이요 노슉 왈 강ᄒᆞ의 졔갈공명을 달려와사온이 쳥ᄒᆞ야 계칙을 무려보면 그 혀시을 자상이 알이다 손권 왈 와룡션싱이 오션넌야 멍일의 문무을 뫼와 강동영웅을 뵈인 후의 다시 이을 의논하리라 한ᄃᆡ 노슉이 공명 ᄉᆡ쳐의 나와 지삼 당부하되 우리 쥬공을 볼 ᄯᅢ의 됴됴 군ᄉᆞ 만타 마을 부ᄃᆡ 마으소셔 공명이 소왈 자경은 염여 마옵소셔 니 아라 ᄃᆡ답하리다 하던이 잇튼날 노슉이 공명을 졍졔ᄒᆞ고 차례로 안져거날 공명이 차례로 셩명을 통하여 예한 후의 좌즁의 단좌한이 장

소 고용 등이 셔로 의논하되 이 사람의

〈6-뒤〉

으기얼 먼져 거 말을 못ᄒᆞ게 ᄒᆞ리라 ᄒᆞ고 공명다려 문왈 나는 강동 미말ᄉᆞ 인이라 일직 드은이 션싱이 옹즁의 누워씰 졔 션싱이 이르기을 관즁 악기 여긔 비ᄒᆞᆫ다 ᄒᆞ던이 그 마리 오른잇가 공명 왈 ᄂᆡ의 평싱을 져의게 비ᄒᆞᆫ 비라 한이 장소 소왈 유현덕은 션싱을 보라 ᄒᆞ고 삼고초려하여 션싱 어드믹 고기가 무을 어듬갓다 ᄒᆞ야 형쥬 엇기난 여만장으로 아라든이 도로여 일조의 됴됴을 쥰이 엇지한 일이온잇가 공명이 ᄉᆡᆼ각ᄒᆞ되 장소난 손권의 일등 모사라 이 ᄉᆞ람을 먼져 썩지 못ᄒᆞ면 손권을 엇지 달ᄂᆡ리요 ᄒᆞ고 답왈 ᄂᆡ 형쥬 취키는 여만장이로ᄃᆡ 유예쥬의 ᄃᆡ의로 동죵의 기업를 참아 취지 못하엿든이 유죵은 어린아히라 간ᄉᆞ한 마을 듯고 죠죠의게 항복ᄒᆞ여씬이 ᄂᆡ 이졔 강ᄒᆞ의 웅게ᄒᆞ여 모ᄒᆞᆫ 겡윤이 이씨되 엇지 타인이 알이요 장소 왈 그려ᄒᆡ면 션싱의 마리 갓잔토다 유예쥬난 션싱을 어드믹 용이 여의쥬을 어듬 갓다 ᄒᆞ던이 됴됴와 ᄃᆡ젼하야 일합이 못ᄒᆞ여 ᄃᆡ픠하고 신야을 바리고 번셩의로 도망하다가 당장의 픠을 보고 ᄒᆞ구로 쬐긔가 용신할 고지 업신이 오히려 션싱 엇지 안이함만 갓치 못한지라 관즁은

〈7-앞〉

환공을 도와 일광천ᄒᆞ ᄒᆞ고 악의난 연소왕을 셤겨 졔나라 칠십여 셩을 항복 바다씬이 이난 큰 지죠라 션싱과 갓탄익가 춍언이 역긔나 이어힝이라 하여신이 직언을 뇌타 마르소셔 공명이 ᄃᆡ소 왈 졔비와 시가 엇지 홍곡의 쓰실 알이요 신야은 산벽의 져근 고리요 군ᄉᆞ는 쳔명의 넘지 못하고 장슈는 열의 넘지 못ᄒᆞ여도 방망의 불을 노코 빅하의 뮬을 막어 ᄒᆞ후돈을 낙담케 ᄒᆞ여쓴이 관즁 악은들 예셔 더할손가 당앙의 픠할 졔는 억죠창싱을 차마 발리지 못ᄒᆞ야 빅셩과 ᄒᆞᆫ가지로 ᄉᆞ싱을 ᄒᆞ여쓴이 이난 유황슉의 ᄃᆡ의라

그듸는 승픽만 알고 나라 홍망과 사직의 큰 씌는 몰으난쏘다 장소 공명의 말을 듯고 무안ᄒᆞ야 듸답지 못ᄒᆞ니 좌즁의 우변이 소릐을 크게 ᄒᆞ여 왈 됴싱숭이 용장 쳔여원과 빅만군병을 거나리고 유예쥬을 치면 션싱이 당젹할 잇가 공명 왈 됴됴의 군병니 비록 억만이라도 니 족키 두엽지 안니ᄒᆞ다 ᄒᆞ이 우변이 듸소 왈 당양의 픽ᄒᆞ고 하구로 도망ᄒᆞ야 강동의 심을 빌고자 ᄒᆞ난 ᄉᆞ람이 도로여 듸답으로 남을 쐭긔고져 ᄒᆞ난요 공명 왈 유예쥬 군ᄉᆞ난 불과 수쳔이라 읏지 빅만

〈7-뒤〉

듸병을 당할리요 하구의 용신ᄒᆞ야 쳔시만 지달이건과 강동은 군ᄉᆞ와 양식이 녕넉ᄒᆞ고 형세 젹지 안이ᄒᆞ여도 쳔ᄒᆞ ᄉᆞ람의 치소을 싱각지 안이ᄒᆞ고 임군을 달니여 됴됴의게 항복고져 ᄒᆞ난요 우변이 다시 말을 못ᄒᆞ고 물너가는지라 모지리 문왈 공명이 소진 장의 쎤을 바다 강동을 달니고져 ᄒᆞ난요 공명 왈 소진니은 육국의 졍싱을 지니고 장의는 두 분 진나라의 졍싱이 되야 임군을 위ᄒᆞ여 ᄉᆞ직을 안보ᄒᆞ야쓴이 이난 진실노 호걸리라 그듸 등은 됴됴의 형셰을 듸겁ᄒᆞ이 항복ᄒᆞ긔을 쥬장ᄒᆞ이 엇지 소진 장의을 비웃넌요 모지리 머리을 수긔고 도라안는지라 쏘 벽죵이 문왈 됴됴는 엇더ᄒᆞᆫ ᄉᆞ람으로 아난요 듸왈 ᄒᆞᆫ나라 역젹이라 벽죵 왈 공명의 말리 글의도다 ᄒᆞᆫ나라 운수가 다 변ᄒᆞᆫ 고로 쳔의가 됴싱숭의게 도라가고 쏘 쳔ᄒᆞ 삼분예 일을 차지ᄒᆞ고 통솔인의 ᄒᆞ난 즁의 쳔시을 발리고 역쳔으로 닷토고져 ᄒᆞ미 차소위야로다 엇지 픽치 안이 할리요 공명 왈 ᄉᆞ람니 셰상의 나미 츙회로 근본을 삼을지라 그듸도 셰듸로 ᄒᆞᆫ나라 녹을 먹고 됴됴을 위ᄒᆞ야 임군을 몰으고 엇지 입얼

〈8-앞〉

여러 말을 ᄒᆞ난요 벽죵이 무안ᄒᆞ여 묵묵ᄒᆞ고 안져더라 육젹이 문왈 됴됴

비록 셥쳔자ᄒᆞ고 호령 졔후ᄒᆞ나 상국 조참의 자손이라 유예쥬은 황숙이라 ᄒᆞ여도 ᄂᆡ력이 업난 ᄉᆞ람이요 자이 ᄊᆞ고 신 삼던 ᄉᆞ람이라 엇지 됴싱상을 당ᄒᆞ리요 공명이 ᄃᆡ소 왈 자ᄂᆡ난 원슐이 잔처할 씌 유자 품쎤 육흔 안이야 편이 안져 ᄂᆡ 말을 드르라 됴됴가 죠참으 ᄌᆞ손이나 ᄃᆡᄃᆡ로 ᄒᆞᆫ나라 신ᄒᆞ요 당금 권셰을 잡고 쳔자을 겹칙ᄒᆞᆫ이 ᄒᆞᆫ나라 역젹이요 유의쥬난 당시 쳔자의 톡보을 삼고ᄒᆞᄉᆞ 항열을 치려 황숙이라 일갈은이 엇지 ᄂᆡ력 업다 ᄒᆞ면 틱죠 고황졔난 ᄉᆞ상졍장의로 만싱쳔자 되야쓴이 우리 쥬공 신 삼고 자이 쓴 거시 무어시 욕되리요 그ᄃᆡ 어린 소견의로 엇지 어른의 말을 알이요 육젹이 긔가 막커 안져썬이 호련이 일원ᄃᆡ장이 드려오면 고셩ᄃᆡ칙ᄒᆞ되 공명은 당시 이린이라 그ᄃᆡ 등은 겡연이 말로 괴롭게 ᄒᆞ이 손의 ᄃᆡ졉도 안이요 ᄯᅩ ᄒᆞᆫ 됴됴 ᄃᆡ병이 지경의 범ᄒᆞ여난ᄃᆡ 도젹 막을 일은 의논치 안ᄒᆞ고 ᄒᆞᆫ갓 입 져름만 ᄒᆞᆫ이 심이 괴히 ᄒᆞ도다 모다 본

〈8-뒤〉

이 니난 황ᄀᆡ라 노숙의로 더부려 공명을 인도ᄒᆞ여 손권을 볼ᄉᆡ 공명이 당상의 다달나 본이 문무 졔장이 자우의 시위ᄒᆞ여난ᄃᆡ 손권이 당ᄒᆞ의 나려 공명을 연졉ᄒᆞ야 예필 후의 좌졍ᄒᆞ거늘 공명이 눈을 들려 손권을 발ᄅᆡ본이 인물이 비상ᄒᆞᆫ지라 ᄂᆡ렴의 ᄉᆡᆼ각ᄒᆞ되 손권은 비볌ᄒᆞᆫ ᄉᆞ람이라 ᄂᆡ 격동ᄒᆞ여 ᄃᆡᄉᆞ를 도모ᄒᆞ리라 ᄒᆞ더이 손권 왈 션ᄉᆡᆼ의 ᄌᆡ죠을 포문ᄒᆞ옵고 ᄒᆞᆫ변 보옵긔을 바ᄅᆡ옵던이 니졔 뵈오믹 쳔만다힝 ᄒᆞ여이다 공명 왈 본시 소견이 업난 고로 ᄌᆡ죠 업ᄉᆞ온이 바린 거시 도로여 욕될가 ᄒᆞ난이다 손권 왈 신야의셔 죠죠와 ᄃᆡ젼ᄒᆞ얏다 ᄒᆞ온이 됴됴의 군ᄉᆞ 얼믹나 ᄒᆞ던잇가 공명 왈 수륙만 보군이 이빅만이나 되던이다 손권 왈 그ᄃᆡ 만튼잇가 공명 왈 그쁜 안이라 형쥬군이 니십만이요 원소군이 오육만이요 즁원군ᄉᆞ 삼십만이요 청쥬군ᄉᆞ 십만이라 합ᄒᆞᆫ면 수빅만이로되 빅만으로 말삼ᄒᆞ긔는 강동 졔군이 놀ᄂᆡ가 ᄒᆞ야 수의을 쥬려 말삼ᄒᆞ여난이다 노숙이 그 말을 듯고 칠ᄉᆡᆨᄒᆞ야 공명을

눈 쥬되 본체도 안ᄒᆞ고 수작만 ᄒᆞ거날

〈9-앞〉

노슉이 기가 믹키 아모 말도 못ᄒᆞ고 셧는지라 손권 왈 장ᄒᆞ의 명장이 얼미나 되던익가 공명 왈 지혜잇고 용밍 인넌 장슈 쳔여원이요 그 외예 졔장은 부지긔슈이다 손권 왈 됴됴 형쥬을 어든 휴의 가지 안이ᄒᆞ고 적벽의 유진ᄒᆞ긔는 무삼 연괴잇가 장강의 겔진ᄒᆞ고 젼션을 단속ᄒᆞ긔는 강동을 치고저ᄒᆞ민가 ᄒᆞ는이다 만일 강동을 치거드면 엇지 당젹할니익가 션싱은 집피 싱각ᄒᆞ와 이히을 가르치소셔 공명 왈 긔여이 됴됴을 디젹할연과 만약 심이 부족ᄒᆞ거든 모ᄉᆞ의 말디로 항복ᄒᆞ소셔 손권 왈 션싱의 말삼 갓ᄉᆞ의면 엇지 유예쥬는 항복지 안이ᄒᆞ여넌익가 공먼 왈 옛날 젼횡은 일긔 장ᄉᆞ로디 남의게 굴한 일이 업거든 유예쥬난 당당한 황슉이요 쳔하여웅이어늘 엇지 역젹 됴됴으게 황복할이요 손권이 변식 왈 초먼인ᄉᆞ의 이디지 멸시ᄒᆞ난요 ᄒᆞ고 소믹을 쩔치고 닉당으로 드려간이 자우 모ᄉᆞ 등이 공명을 칭망ᄒᆞ되 션싱언 엇지 그디지 그만듸긔 말삼ᄒᆞ여난요 공명이 디소 왈 욕볼상은 바이 업고 죠죠 파할 모칙도 바이 업신이 닉 엇지 질거 말할이요 노슉이 그 말을 듯고 후당의 드려간이 손권 왈 공명이 나을 그디지 슈히 본이 분ᄒᆞ도다 노슉 왈 닉 역

〈9-뒤〉

시 칙망ᄒᆞ온직 공명이 디답ᄒᆞ되 욕을 못먼ᄒᆞ다 ᄒᆞ온이 쥬공이 다시 청ᄒᆞ여 무려보소셔 손권이 디히 왈 공명이 어진 모칙이 익긔로 짐짓 나을 걱동ᄒᆞ얏쏘다 ᄒᆞ고 외당으로 나와 공명젼의 ᄉᆞ례 왈 일시 쳔건으로 총노ᄒᆞ여쓰오이 쳔만황송 ᄒᆞ여이다 공명도 ᄉᆞ례한이 손권이 공명을 후당으로 인도ᄒᆞ야 수을 권ᄒᆞ고 왈 양칙을 가르치소셔 됴됴을 파한 후의 공을 갑사올이다 공명 왈 됴됴 군ᄉᆞ 비록 빅만이나 슈젼의 잇지 못ᄒᆞ고 형쥬의 어든 군ᄉᆞ 쏘한

심복이 안이요 그 형셰으 핍박하미라 임시변통이온이 장군이 실상 됴됴를 치고져 하거던 유예쥬와 동심 함역하오면 자연 됴됴 파할 모칙이 날 거신이 장군은 긔련이 결단하소셔 손권이 딕히하여 가로딕 션싱의 말삼이 당연ᄒᆞ오이 다시 무삼 의심 잇시일요 직일의 화친 졍ᄉᆞ을 신야로 보닉고 군즁의 영을 닉려 긔병을 직촉한이 군ᄉᆞ 등이 비수 왈 젼일의 됴됴 형셰 크지 못하야도 한번 북 쳐 원소을 잡아난되 지금은 딕병 빅만이요 용장 쳔여원이라 강동을 치거되면 뉘 능히 당할이요 만일 공명의 말을 듯고 긔병ᄒᆞ다가는 차소위 셥을 지고 불의 들미라 장군은 집피 싱각ᄒᆞ와 결단ᄒᆞ소셔 손권이

〈10-앞〉

고기을 수긔고 묵묵부답 ᄒᆞ거널 고옹이 왈 유예쥬 됴됴의게 픽을 보고 우리 심을 비려 져의 원수을 갑고자 ᄒᆞ미이 장군은 엇지 이 씌을 모르시고 위틱ᄒᆞᆫ 일을 힝코져 ᄒᆞ시난잇가 손권 고기을 수긔고 딕답지 안니 ᄒᆞ리 모ᄉᆞ 등이 물너가거늘 노슉이 급피 드려가 엿자오되 모ᄉᆞ의 마리 황복ᄒᆞ자 ᄒᆞ오이 니난 져의 몸만 위ᄒᆞ미요 국가흥망 ᄉᆞ즉안위을 모로오이 장군은 듯지 말으소셔 손권 왈 닉 싱각할 거신이 물너가 닉의 지위을 지달이라 잇쎠 황기 졍보 감영 여몽 ᄒᆞᆫ당 쥬틱 셔셩 졍봉 등 삼십여인니 이 말을 듯고 일시의 드려가 엿자오딕 소장 등이 장군을 모셔 빅합을 ᄊᆞ와 강동을 직키여 명젼 쳔ᄒᆞᄒᆞ고 난적을 소멸ᄒᆞ고 ᄉᆞ직을 밧드려 공을 쥭빅의 오르긔을 원ᄒᆞ옵더니 이졔 모ᄉᆞ의 말을 듯고 빅연공업을 일됴에 바리려 ᄒᆞ신이 졀졀 원통ᄒᆞ오며 소장 등은 쳔번 쥭ᄉᆞ와도 항복 못ᄒᆞ거난이다 청컨딕 됴됴와 딕젼ᄒᆞ오면 소장 등도 평싱 심을 다ᄒᆞ여 뒤을 ᄶᅡ르리다 ᄒᆞ면 각각 노긔 등등ᄒᆞᆫ이 손권 왈 아직 물너가 잇시면 닉 죵차 결단ᄒᆞᆯ이다 ᄒᆞ더니 잇ᄯᅢ 쥬유 번양호의 오다가 됴됴 됴됴 적병 유

〈10-뒤〉

진훈 소문을 듯고 시상으로 도라온니 노슉이 쥬유을 보고 젼후 스연을 셜화ᄒᆞ이 쥬유 왈 자경은 염예말고 공명을 다려오라 노슉이 공명 스쳐 간 후의 장소 고용 등이 쥬유을 보고 가로듸 도독은 강동 이힉을 알르시난잇가 쥬유 왈 아지 못훈노라 됴됴 빅만듸병으로 훈수의 진을 치고 격셔을 보닉여 화친을 청ᄒᆞ거늘 우리 모스 등이 장군으게 엿즈와 화친ᄒᆞ야 강동을 안보코져 ᄒᆞ더이 쓰박의 노슉이 졔갈공명을 다려다가 쥬공을 달닉여 져의 원수을 갑고즈 ᄒᆞ온이 도독은 이힉을 싱각ᄒᆞ와 수히 결단ᄒᆞ소셔 쥬유 왈 공등 소견이 다 갓탄잇가 여러 모스 여츌일구연늘 쥬유 왈 나도 항복고즈 ᄒᆞ미 임무 오은지라 명일의 쥬공을 보고 결단ᄒᆞ리라 훈이 모스 등이 물너가는지라 잇씨 졍보 황기 등 일반무장 삼십여원이 드려와 각각 예필 후의 가로듸 도독은 강동이 됴모의 남무게 부친 빅 되이 도독은 엇지ᄒᆞ려 ᄒᆞ신잇가 쥬유 왈 공등 소건의난 엇더훈요 졍보 왈 소장등이 손장군을 모셔 고락을 훈가지 ᄒᆞ옵던이 쥬공이 문관 등의 말을 듯고 됴됴의게 황복고져 훈이 소장 등은

〈11-앞〉

죽도록 심을 다ᄒᆞ야 뒤을 싸를이다 쥬유 왈 장군 등 소건이 갓탄잇가 황기 왈 당장의 볘힌듸도 항복은 못ᄒᆞ것심이다 졔반 무장이 여출일구연날 쥬유 왈 엇지 나무게 굴신할이요 공 등은 심을 다ᄒᆞ야 도으라 잇씨 노슉이 공명을 다리고 문젼의 일으거날 쥬유 당ᄒᆞ의 나려 공명을 연졉ᄒᆞ야 예필 좌졍후의 노슉 왈 당금의 됴됴 강동을 침범ᄒᆞ이 도독은 이힉을 가리여 좌우간 결단ᄒᆞ옵소셔 쥬유 왈 됴됴 쳔즈으 명을 바다 스방의 회항ᄒᆞ이 마그면 신즈 도의 안이라 또 됴됴으 형세 티슨갓탄이 그 리을 엇지 ᄒᆞ리요 쓰홈을 파ᄒᆞ고 명일의 쥬공 본 후의 스즈을 보닉여 항복고져 ᄒᆞ노라 노슉이 그 말 듯고 듸로 왈 말삼이 그르도소이다 강동을 창업ᄒᆞ야 삼듸을 젼ᄒᆞ여거날 일됴

의 됴됴의게 항복ᄒᆞ리요 손장군 임죵시으 장군의계 부탁ᄒᆞ야거던 엇지 션왕의 뉴언을 이ᄃᆡ지 져바리난잇가 쥬유 왈 강동빅셩이 날을 원망ᄒᆞ긔로 ᄊᆞ홈을 파ᄒᆞ노라 노슉 왈 장군의 영웅과 강동 형세로 됴됴를 겁ᄒᆞ야 ᄊᆞ우지 못ᄒᆞ고 항복ᄒᆞ거듸면 쳔ᄒᆞ의 치소을 엇지 ᄒᆞ올잇가 공명이 젓티 안졋다가 노슉으 말을

〈11-뒤〉

듯고 웃거날 쥬유 왈 션싱이 엇지 운난잇가 공명 왈 ᄌᆞ경의 말을 듯고 운난이다 노슉 왈 엇지 ᄂᆡ 말을 운난잇가 공명 왈 됴됴 용병을 줄ᄒᆞ긔로 쳔ᄒᆞ의 무적ᄒᆞᆫ이 쳔ᄒᆞ득실 홍망셩셰을 엇지 미들이요 수히 항복ᄒᆞ야 부긔을 ᄒᆞ는 것만 갓지 못ᄒᆞ는이다 노슉 왈 공명이 엇지 쥬공을 수히 아는요 엇지 됴됴의게 항복ᄒᆞ라 공명이 ᄃᆡ소 왈 자경은 ᄂᆡ 말을 그르다 마소 항복도 안이고 ᄊᆞ홈도 안이고 뉴의미결ᄒᆞ야 셔로 실난인직 도로여 남의 신긔만 도도미요 나난 어리셕을 ᄶᅡ름인니 필야의 그리 말고 강동의 두 ᄉᆞ람을 앗긔지 말면 됴됴 시ᄉᆞ로 퇴병ᄒᆞ야 갈 거신이 그리ᄒᆞ면 엇더ᄒᆞᆫ요 쥬유 왈 엇더ᄒᆞᆫ ᄉᆞ람이요 공명 왈 ᄂᆡ 웅듕의셔 드른직 ᄒᆞᆫ슈의 동작ᄃᆡ을 지어노코 쳔ᄒᆞ 미식을 그 가온ᄃᆡ 두고 동낙ᄐᆡ을 원ᄒᆞ더이 강동의 괴공이 두 ᄯᆞᆯ을 두어쓰되 장왈 ᄃᆡ게요 차왈 소긔라 침어낙안지상이요 수화지ᄐᆡ란 말을 듯고 됴됴 밍셰ᄒᆞ야 ᄉᆞ희을 평경ᄒᆞ고 왕읍을 일운 후의 강동의 이괴여을 어더 동작ᄃᆡ 놉푼 집의 말연

〈12-앞〉

지낙을 삼무이라 ᄒᆞ고 강동을 치고져 ᄒᆞᆫ이 장군은 게공을 차져 쳔금을 치르ᄃᆡ도 이괴여을 ᄉᆞ셔 보ᄂᆡ오면 범여 셔쓰을 오왕 부자으게 보님 갓ᄒᆞ여 욕을 면할인니 장군언 민간 여ᄌᆞ을 와긔지 말고 급피 보ᄂᆡ소셔 쥬유 왈 됴됴 이괴을 엇고ᄌᆞ ᄒᆞ난 징거가 무어시 잇난잇가 공명 왈 됴됴의 아달 죠식

이 쳔ᄒᆞ의 문장니라 됴식의로 ᄒᆡ야곰 동작ᄃᆡ 글을 지여싯되 쳐음은 쳔ᄌᆞ 되고 다감은 이괴을 취할 쓧지라 그 글을 보아 아난이다 쥬유 왈 션싱이 동작ᄃᆡ 시를 외옵난잇가 공명 왈 익키 보와난이다 ᄒᆞ고 글을 외울 식 강동 니괴여을 긔여이 탈치할 쓧시로 지여거날 쥬유 듯고 발련 변식ᄒᆞ야 셔안을 치면 북방을 갈으쳐 왈 역적 됴됴놈을 이졔ᄶᅡ지 살여더이 도로여 날을 이ᄃᆡ지 멸시ᄒᆞᆫ이 밍셰코 쳐 파ᄒᆞ리라 ᄒᆞ이 공멍이 구지 말여 가로ᄃᆡ 옛날 북흉노 변방을 ᄌᆞ조 치범ᄒᆞ미 쳔ᄌᆞ 공쥬을 쥬어 화친ᄒᆞ야거든 혀물면 이괴여는 민간여ᄌᆞ라 엇지 익긔리요 쥬유 왈 션싱은 모로난이다 ᄃᆡ괴난

〈12-뒤〉

손장군의 형슈요 소괴난 ᄂᆡ의 안ᄒᆡ라 ᄒᆞ난이다 공멍이 모로난 쳬ᄒᆞ고 거짓 놀ᄂᆡ여 잘이 박게 물너안지며 왈 ᄂᆡ 과연 모로옵고 ᄒᆞ온 말삼이로다 도로여 황공 황공ᄒᆞ여이다 쥬유 왈 됴됴로 더부려 ᄌᆞ웅을 결단ᄒᆞᆯ 거신이 션싱은 어진 못칙을 ᄂᆡ여 됴됴를 파ᄒᆞ게 ᄒᆞ소셔 공멍 왈 발리지 안이 ᄒᆞ시면 진심ᄒᆞ와 도으리라 잇튼날 쥬유 손권을 보고 긔병을 의논할 식 좌편의난 문관 장소 등 삼십여인니요 우편의난 무장 졍보 황ᄀᆡ 등 삼십여인니라 의관을 졍졔ᄒᆞ고 위염이 엄숙ᄒᆞᆫ듸 손권이 좌우을 보와 왈 됴됴의 ᄇᆡᆨ만ᄃᆡ병이 젹벽의 진을 치고 격셔을 보ᄂᆡ엿쓴이 공근은 보라 ᄒᆞ고 ᄂᆡ여쥬거늘 쥬유 격셔을 보고 ᄃᆡ소 왈 도젹이 우리 동오의 ᄉᆞ람 업난 됴을 알고 이려타시 ᄒᆞ여난요 손권 왈 공근의 듯시 엇더ᄒᆞᆫ요 쥬유 왈 쥬공은 문무와 의논ᄒᆞ와 게시이 엇지 결쳐ᄒᆞ야난잇가 ᄃᆡ왈 연일 의논이 혹은 항복ᄒᆞᄌᆞ ᄒᆞ고 혹은 ᄊᆞ오ᄌᆞ ᄒᆞ여 유예 미결ᄒᆞ여노라 쥬유 왈 뉘가 항복고져 ᄒᆞ던잇가 손권 왈 장소 등이 항복고져 ᄒᆞ노라 쥬유 왈 장소의 손권을 들어지이다 장소

〈13-앞〉

왈 됴됴 쳔ᄌᆞ 명을 바다 조졍을 빙ᄌᆞᄒᆞ고 형쥬을 엇고 수육 병진ᄒᆞ야 강동

을 침범훈이 그 형셰을 엇지 당ᄒᆞ리요 아직 항복ᄒᆞ여ᄶᅡ가 동차 의논ᄒᆞ면 됴흘가 ᄒᆞ난이다 쥬유 왈 이난 부유의 말리라 강동 긔업이 니무 삼ᄃᆡ을 직키겨늘 엇지 일됴의 남의게 항복ᄒᆞ리요 손권 왈 그려ᄒᆞ면 엇지 할고 쥬유 왈 됴됴는 훈나라 역젹이요 쥬공은 부형의 여업을 이여셔 강동 형셰을 가지고 역젹 됴됴의게 굴신ᄒᆞ리요 원컨ᄃᆡ 군병을 쥬시면 됴됴를 쳐 파ᄒᆞ이다 손권이 쥬유의 등을 어로만지며 가로ᄃᆡ 장ᄒᆞ다 이 말을 일려 그ᄃᆡ로 ᄃᆡ도독을 봉하난이 졔장 즁의 만일 위령지 잇거던 이 칼로 븨히라 ᄒᆞ고 인검을 쥰이 쥬유 칼을 바다 차고 군즁의 졀영ᄒᆞ되 자차 이후로 만일 위령지면 이 칼노 븨히리라 ᄒᆞ고 손권을 ᄒᆞ직ᄒᆞ고 공명을 다리고 장즁의 도라와 ᄃᆡ장단의 좌긔ᄒᆞ고 황기 훈당으로 션봉을 삼고 틱ᄉᆞᄌᆞ 여몽으로 졔 이ᄃᆡ을 삼고 장음 쥬치로 졔 삼ᄃᆡ을 삼고 능통 변장으로 졔 ᄉᆞᄃᆡ을 삼고 육손 동십으로 졔 오ᄃᆡ을 삼고 여범 쥬틱

〈13-뒤〉

로 ᄉᆞ방 순무ᄉᆞ을 삼아 삼강구의 진을 치고 쥬유 졔갈근을 불너 왈 그ᄃᆡ 아우 공명은 당시 ᄃᆡ지라 다힝이 강동의 왓ᄊᆞ온이 졔쓰을 달ᄂᆡ여 강동의 익킈ᄒᆞ면 쥬공은 어진 션싱을 엇고 그ᄃᆡ넌 형졔 동거할 거신이 그 안이 됴을잇가 ᄉᆡ양말고 가셔 달ᄂᆡ소셔 졔갈근 왈 져도 강동의 잇ᄡᅧ 쳑촌지공이 업ᄊᆞ온이 ᄂᆡ 엇지 무심할이요 ᄒᆞ고 공명 ᄉᆞ쳐예 가 공명의 손을 잡고 낙누 왈 아우야 옛날 빅이 슉졔을 아난야 공명이 싱각ᄒᆞ되 쥬유의 말을 듯고 달ᄂᆡ고ᄌᆞ ᄒᆞ미라 ᄒᆞ고 듯긔을 쳥ᄒᆞᄃᆡ 근이 왈 빅이 슉졔난 수양산의 쥬려쥭글ᄢᅦ에도 형졔 셔로 ᄯᅥ나지 안이 ᄒᆞ여거날 우리 형졔난 엇지ᄒᆞ야 각분동셔ᄒᆞ야 이ᄉᆞ이군훈이 빅이 슉졔을 비할진ᄃᆡ 붓굴업지 안이 훈야 공명이 ᄃᆡ왈 형장의 말삼은 ᄉᆞ졍이요 졔의 말은 ᄃᆡ의라 울이 셰ᄃᆡ로 훈나라 녹을 머어ᄊᆞ온이 형장이 강동을 바리시고 유황슉을 셤긔시면 신ᄌᆞ지의도 ᄯᅳᆺᄯᅳᆺᄒᆞ고 형졔지졍도 온젼할 거신이 형장으 의ᄉᆞ 엇더ᄒᆞ신잇가 근이 싱각훈이 ᄂᆡ 져

을 달니려 ᄒᆞ다가 졔으게 달니 ᄇᆡ 되야도다 ᄒᆞ고 공명을 작별ᄒᆞ고 도라와 쥬유달려 그 수작을

〈14-앞〉

셜화ᄒᆞᆫ이 쥬유 ᄃᆡ로ᄒᆞ야 공명을 쥭긔려 ᄒᆞ더라 잇든날 졔장을 거날이고 ᄒᆡᆼ군할 ᄉᆡ 공명과 갓치 감뮬 쳥ᄒᆞᆫ이 공명이 흔연이 ᄯᆞ라가더라 쥬유 삼강 어구의 진을 치고 장ᄃᆡ의 노피 안ᄌᆞ 공명을 쳥ᄒᆞ야 좌졍 후의 쥬유 문왈 됴됴의 군ᄉᆞ난 팔십삼만이요 울이넌 불과 오육만이라 됴됴의 양도을 ᄭᅳᆫ은 후의 됴됴을 ᄌᆞ불 거신이 엇지 ᄒᆞ야 됴을잇가 ᄂᆡ 들은이 됴됴으 굴양을 츄쳘순의 두어다 ᄒᆞᆫ이 션ᄉᆡᆼ은 군ᄉᆞ을 거날이고 됴됴의 굴양을 취ᄒᆞ여쥬소셔 공명이 ᄉᆡᆼ각ᄒᆞ되 날을 달니고져 ᄒᆞ다가 듯지 안이ᄒᆞᆫ이 됴됴으 손을 빌려 날을 쥭긔고져 ᄒᆞ미라 ᄂᆡ 만일 안이 가면 졔의 위령을 바들이라 ᄒᆞ고 흔연이 허락ᄒᆞᆫ이 노슉이 쥬유다려 문왈 도독이 공명으로 됴됴의 굴양을 취코져 함은 무삼 으ᄉᆞ잇가 쥬유 왈 공명을 쥭이고져 ᄒᆞ나 남으 시비을 져어ᄒᆞ야 됴됴의 손을 비려 후환을 ᄭᅳᆫ코져 함니라 노슉이 그 말 듯고 공명을 차자간이 공명이 군ᄉᆞ을 졍졔ᄒᆞ야 ᄒᆡᆼ군코져 ᄒᆞ거날 노슉이 참

〈14-뒤〉

지 못ᄒᆞ야 문왈 션ᄉᆡᆼ이 이번 길의 셩공할 ᄯᅳ ᄒᆞ오잇가 공명이 소왈 ᄂᆡ 슈육젼의 다 익달언이 셜마 셩공치 못ᄒᆞ리요 쥬유와 ᄌᆞ경으 지조난 비ᄒᆞᆯ 바 아인이다 노슉이 그 마을 주유의게 고ᄒᆞᆫᄃᆡ 주유 ᄃᆡ료ᄒᆞ야 엇지 져을 보ᄂᆡ리요 ᄒᆞ고 직시 이만벵을 조발ᄒᆞ야 츄쳘산의로 ᄒᆡᆼ할ᄉᆡ 노슉이 그 말을 공명으게 고ᄒᆞᆫᄃᆡ 공명이 소왈 도독이 날노 ᄒᆡ야금 됴됴의 양식을 탈치코져 ᄒᆞᆷ은 날을 쥭이고져 ᄒᆡ미라 ᄂᆡ 히롱ᄒᆞ난 말을 쓰고 위지을 가고자 ᄒᆞ이 ᄇᆞᆫ다시 갓다가난 됴됴의 ᄒᆡ을 보리라 됴됴난 본시 남으 양식을 도젹ᄒᆞ난 고료졔 양식을 범연이 간수ᄒᆞᆯ리요 먼져 수젼으로 예기 썩근 후의 쐬을 쎌지라

ᄌᆞ경은 밧비 가 공근을 말유ᄒᆞ야 못가게 ᄒᆞ소셔 노슉 급피 도랴와 공명의 말을 젼ᄒᆞ이 주유 머리을 흔들고 발을 굴이며 ᄃᆡ경칠식 왈 이 사ᄅᆞᆷ의 ᄌᆡ조난 ᄂᆡ계셔 십비나 더ᄒᆞ이 이ᄯᆡ의 죽기지 못ᄒᆡ면 장챠 ᄃᆡᄒᆞᆫ이 되리라 ᄒᆞ니 노숙 왈 방금 삼분쳔ᄒᆞ의 동분셔주ᄒᆞ야 피치 여가을 엇고져 ᄒᆞ여

〈15-앞〉

영웅을 어들려 ᄒᆞ난ᄃᆡ 리련 ᄌᆡ조 잇난 ᄉᆞᄅᆞᆷ을 죽이고 남의 치소을 들어리요 됴됴를 파ᄒᆞᆫ 후의 도모ᄒᆞ소셔 주유 글리 ᄒᆞᆯ리라 ᄒᆞ드라 각셜 현덕이 ᄒᆞ구의 ᄂᆡᆺ셔 젹벽 남ᄒᆞᆫ을 발ᄋᆡ보이 젼션과 기치 은은이 뵈니니 동오 ᄀᆡ병ᄒᆞᆫ 줄 알고 졔장으로 더부려 의논 왈 공명이 ᄒᆞᆫ 벤 간 후의 소식 젹조ᄒᆞ니 뉘가 강동의 가 소식을 알어 올고 미축이 엿ᄌᆞ오ᄃᆡ 소장이 가셔 알아오리다 현덕이 ᄃᆡ히ᄒᆞ고 미축을 동오의 보ᄂᆡ니라 미축이 예단을 가초와 주유 진중의 일려이 통ᄀᆡᄒᆞ이 주유 들ᄂᆞ ᄒᆞ거날 미축이 들어가 예ᄒᆞᆫ 후의 페빅을 들리거날 주유 바다 호군ᄒᆞ고 미축을 졉ᄃᆡᄒᆞ이 미축 왈 공명이 어ᄃᆡ 게신잇가 이 질의 ᄒᆞᆫ씨 가고져 ᄒᆞ노이다 주유 왈 공명으로 더부려 됴됴 파ᄒᆞᆯ 모ᄎᆡᆨ을 이논ᄒᆞ나이 엇지 금변의 함기 가리요 ᄂᆡ 유예주을 보면 긴이 의논ᄒᆞᆯ 니리 잇삽난ᄃᆡ ᄂᆞ넌 ᄃᆡ군을 거날려 방금 연십ᄒᆞ기로 일시 ᄯᅥ날 수 업셔 못가오이 유예주은 ᄒᆞᆫᄶᅡ

〈15-뒤〉

ᄒᆞᆫ지라 잠간 보기럴 쳔만 바ᄅᆡ오이 급피 도라가 그 말을 ᄒᆞ여 주옵소셔 미축이 주유의게 ᄒᆞ직ᄒᆞ고 도라와 차의럴 현덕계 고하이 현덕이 직시 비선을 수십하야 ᄒᆡᆼ장을 ᄌᆡ촉ᄒᆞ거널 관공이 간왈 주유ᄂᆞᆫ ᄭᅬ가 만ᄒᆞᆫ 사ᄅᆞᆷ이요 ᄯᅩᄒᆞᆫ 공명의 ᄉᆞ통이 업싸오이 가시기 불가하여이다 현덕 왈 ᄂᆡ 이졔 강동과 화친ᄒᆡ야 ᄃᆡᄉᆞ을 도모하이 ᄂᆡ 엇지 져의 청하ᄂᆞᆫ ᄇᆡ을 져으ᄒᆞ야 안이 갈이요 ᄯᅩᄒᆞᆫ ᄂᆡ 수명우쳔ᄒᆡ야 ᄃᆡ예을 쳔ᄒᆞ의 페고져 하거날 엇지 으심ᄒᆞ리요 운장

왈 그려ᄒᆞ오면 소장이 ᄒᆡᆼ장을 모시고 가올이다 현덕이 허락ᄒᆞ고 익덕과 ᄌᆞ룡을 불너 가로ᄃᆡ 운장과 ᄒᆞᆫ가지로 강동을 단여올 거신이 그ᄃᆡ 등은 셩지을 잘 직키라 ᄒᆞ고 직시 비션을 타고 가동의 이으려 군중의 통지ᄒᆞ이 주유 쓰고 ᄃᆡ히ᄒᆞ야 군사달려 문왈 유예쥬 군ᄉᆞ 얼ᄆᆡ나 거날려던요 구ᄉᆞ ᄃᆡ왈 불과 수십인이로소이다 주유 왈 이

〈16-앞〉

졔난 강동으 큰 근심을 들이라 ᄒᆞ고 도부수 오십명과 아장 수인을 장막 ᄃᆡ ᄆᆡ복ᄒᆞ고 약속을 졍ᄒᆞ되 ᄂᆡ 현덕으료 더부려 술을 먹다가 잔을 던지거던 일시의 달여드려 현덕을 타살하라 약속을 졍ᄒᆞ고 원문 밧기 나와 현덕을 연졉ᄒᆞ야 당상의 올나 빈주지예을 차인 후의 술을 권ᄒᆞᆯ 식 잇ᄯᅵ 공명이 현덕 왓단 말을 듯고 ᄃᆡ경하야 군즁의 와 동졍을 살핀니 쥬유 면ᄉᆞᆼ의 살기 가득ᄒᆞ고 장막 뒤의 도부수 흔젹이 인넌듸 현덕이 히식이 만면ᄒᆞ고 안져거날 공명니 ᄃᆡ경하야 엇지 할 쥴 모로던 차의 다시 본이 운장이 칼을 집고 현덕 뒤의 셔거렬 공멍니 ᄆᆞᆷ으을 노코 강번의 나와 기달이더라 잇ᄯᅵ 쥬유 술잔을 들고 현덕을 본니 일원ᄃᆡ장니 현덕 뒤의 셔시되 신장이 구쳑이요 얼골은 무른 ᄃᆡ초빗 갓고 봉으 눈을 부리ᄯᅳ고 삼각수을 거사리고 팔십근 쳥용도을 눈 우의 벗듯 들고 위염니 추상갓치 셧씬니 사람의 졍신

〈16-뒤〉

을 놀ᄂᆡ난지라 주유 간ᄯᅡᆷ이 어질ᄒᆞ여 눈니 캉캄하고 잔 든 팔이 쳔근이나 되고 한츌쳔비라 아모리 할 쥴 몰나 지셩으로 문왈 져 장군은 뉘신잇가 현덕 왈 ᄂᆡ의 아우 관운장이로소이다 쥬유 ᄃᆡ경질식 왈 원소의 장수 알량 뭇티 베히든 운장 안이신잇가 직시 수을 부여 권하던이 이윽ᄒᆞ야 노슉이 드어오건을 현덕 왈 공멍션싱이 어ᄃᆡ 계시양 ᄌᆞ경은 나을 위히야 보게ᄒᆞ라 쥬유 왈 방금 됴됴 ᄌᆞ불 ᄭᅬ을 의논ᄒᆞ오이 됴됴을 파ᄒᆞᆫ 휴의 만나보소셔 운

장이 현덕을 눈 쥬이 현덕이 그 쓰셜 알고 쥬유을 작별ᄒᆞ고 강변으로 나오이 발셔 빅을 디고 기달이거널 현덕이 빅의 오르이 공명이 나셔며 왈 쥬공이 오날 운장곳 안이던들 디한을 당할 번 보와신이 그 일을 아르시난잇가 현덕 왈 몰난난이다 공명 왈 쥬유의 간게로 주공을 희코자 하다가 운장을 보고 감이 희치 못하여난이다 현덕이 일경일희하야 공명을 다리고 한가지로 가기을 청한디 공명 왈 나난 비록 ᄉᆞ지의 잇ᄉᆞ나 완여 반셕이온이 염여 마르시고 먼져 도라가시면 진심하와 셩공 후의 도라갈 터이온이 그리 아

〈17-앞〉

르시고 십일월 이십일의 ᄌᆞ롱의로 비션 일척으 군ᄉᆞ 빅명 쥰비ᄒᆞ야 남병순하 오강번으로 보닉쥬소셔 지숨 당부ᄒᆞ고 발션ᄒᆞ기을 직촉ᄒᆞ거늘 현덕과 운중이 공명을 작별ᄒᆞ고 하구로 도라온이라 잇찌 노슉이 쥬유다려 문왈 도독이 현덕을 청ᄒᆞ여 완난듸 엇지 그져 본닉신잇가 쥬유 왈 운장은 범갓턴 장수라 만일 현덕을 희ᄒᆞ면 장닉 엇지 살기을 바러리요 글노 ᄒᆞ야금 디ᄉᆞ을 마치지 못할가 ᄒᆞ여 보닉노라 각셜이라 됴됴 칙모 장윤으로 수군도독을 숨어 수군을 죠련할 시 소션은 듕왕의 두고 디션은 외면으로 둘너 션곽을 삼고 이십ᄉᆞ자 수문을 닉이 밤이면 수륙 진 삼십여 리의 지화등농을 영농케ᄒᆞ야 하날의 ᄉᆞ못찻넌지라 일일은 쥬유 용중 수인을 다니고 일척션을 젹벽 즁유의 쎼여 됴됴 수진 형셰을 구경ᄒᆞ고 디경 왈 거귀 오넌 수군은 미우 익은 ᄉᆞ람이로다 수군도독은 뉘라 ᄒᆞ던요 장소 엿ᄌᆞ오되 칙모 장윤이라 하던이다 쥬유 싱각ᄒᆞ되 이 두 ᄉᆞ

〈17-뒤〉

람을 업신 후의 됴됴을 ᄌᆞ부리라 ᄒᆞ던이 잇디의 됴됴 진즁의셔 쥬유을 보고 밧비 쏘ᄎᆞ ᄌᆞ부려 ᄒᆞ더이 쥬뉴 진즁의셔 칼 빗치 이러나물 보고 비을 급피 져어 도라온니 싸라오지 못ᄒᆞ더라 됴됴 졔중 불너 왈 강동은 쥬유 졔갈

양의 쐬을 씨니 우니는 무삼 쐬을 써 동오을 파ᄒᆞ리요 장간이 쥬왈 닉 쥬유와 동문싱이요 절친ᄒᆞ오니 이졔 강동을 가셔 쥬유을 달닉여 황복ᄒᆞ오니다 됴됴 딕히ᄒᆞ야 가로딕 장간이 쥬유와 미우 절친ᄒᆞᆫ가 장간 왈 승상은 조금도 염예마옵소셔 장간니 쳥의동ᄌᆞ ᄒᆞᆫ 쌍을 다리고 일엽소션을 타고 강동의 이르러 군ᄉᆞ로 통기ᄒᆞ되 고인 장간이 왓다ᄒᆞ니 쥬유 딕히 왈 셰긱이 왓씨니 치모 장윤 두 ᄉᆞ람 쥬ᄉᆞᄒᆞ야 쥬길 쐬을 힝ᄒᆞ라 ᄒᆞ고 쥬유 으관을 졍졔ᄒᆞ고 금의화복의 동자 수인을 다니고 원문 밧기 나와 마지이 장간이 드려와 쥬유의 손을 잡고 공근은 평안ᄒᆞ신가 쥬유 왈 ᄌᆞ익니 강동의 왓싸오니 됴됴의 셰긱인가 의심ᄒᆞ여

〈18-앞〉

드이 임의 그려치 안이할진딕 엇지 도라가리요 좌졍ᄒᆞᆫ 후의 군즁의 분부ᄒᆞ되 강동영웅이 다 와셔 자익을 딕졉ᄒᆞ라 문무졔장이 일시의 드려와셔 인사ᄒᆞ고 동셔반을 치려 셔니 위엄이 엄슉ᄒᆞ더라 쥬유 불시의 군즁의 딕연을 빅셜ᄒᆞ고 장간을 딕졉할 시 쥬유 좌우을 도라보와 가로딕 자익인 동문 슈업한 친구라 죠죠 진의 잇씨나 셰긱이 아인이 의심치 말고 졉딕ᄒᆞ라 틱ᄉᆞ 쟈을 불너 칼을 쓸너주면셔 그딕는 이 칼을 차고 좌우을 순찰ᄒᆞ되 오날 잔치는 친고 딕졉ᄒᆞ는 일인니 만일 군즁ᄉᆞ로 의논ᄒᆞ넌 직 잇거든 뭇지 말고 베히라 한이 틱ᄉᆞᄌᆞ 칼을 안고 좌즁의 순찰ᄒᆞ거늘 장간이 두려워ᄒᆞ야 감히 발구치 못ᄒᆞ더라 쥬유 왈 닉 젼일의 군즁의셔 술 먹은 일이 업던이 오날은 고인을 만닉씨니 취토록 먹어보리라 ᄒᆞ고 좌상의 빅분이 낭ᄌᆞᄒᆞ든이 쥬유 슐이 딕취ᄒᆞ야 장간의 손을 잡고 장막 밧긔로 나온이 군ᄉᆞ드리 촉굠 젼포의 창검을 들고 좌우의 나열

〈18-뒤〉

ᄒᆞ야씨니 주유 왈 닉 군ᄉᆞ 엇더ᄒᆞᆫ요 장간이 왈 장ᄒᆞ도다 ᄒᆞ고 ᄒᆞᆫ 고딕 이르

려 본이 귤양 마초 젹여구산이어늘 쥬유 왈 닉 양초 엇써ᄒᆞᆫ요 장간이 왈 그도 장ᄒᆞ도다 장간 다리고 군중의로 도라와 졔장을 다리고 술을 먹든니 주유 졔장을 가라쳐 왈 이는 다 강동영웅니라 오날 잔치 일홈은 길영회라 ᄒᆞ고 밤이 집도록 숣을 권ᄒᆞᆫ이 장간이 숣을 이기지 못ᄒᆞ야 잔을 식양ᄒᆞᆫ니 숣을 치우고 가로ᄃᆡ 자닉와 동침ᄒᆞᆫ 졔 오릭든니 오날은 ᄒᆞᆫ가지로 자리로다 그 졋터 취ᄒᆞ야 평상의 썩ᄶᅮ려져 코질ᄒᆞᆫ이 장간이 엇지 잠을 일울리요 군즁의 이경을 고ᄒᆞ되 쥬유 뇨지부동 ᄒᆞ거늘 장간이 셔안의 문셔을 ᄉᆡᆼ고ᄒᆞ던니 각쳐의 왕닉ᄒᆞ든 셔간을 차례로 볼ᄃᆡ ᄒᆞᆫ 장 피봉의 치모 장윤니 근봉니라 ᄒᆞ엿거늘 쪠여본이 하여시되 소장 등이 됴됴의게 황복ᄒᆞ문 공후작록을 탐ᄒᆞᆫ ᄇᆡ 안니라 아모이 ᄒᆞ야도 틈을 어드면 됴됴의 머니을 베히여 장군 휘ᄒᆞ의 밧치니다 ᄒᆞ여겨늘 장간이 그 편지을 소ᄆᆡ의 간수ᄒᆞ고 다시 다

〈19-앞〉

은 셔간을 보려할 졔 쥬유 몸을 요동ᄒᆞ니 장간이 불을 치운고 누워 자는 쳬ᄒᆞ거을 쥬유 군말하여 왈 ᄌᆞ익아 ᄌᆞ닉 수일간의 됴됴의 머니을 구경ᄒᆞ라는야 장간이 그 말을 ᄃᆡ답고져 할 차의 쥬유 다시 잠을 들겨을 장간니 심속ᄒᆞ야 젼젼반칙ᄒᆞ던이 잇쎄의 ᄒᆞᆫ ᄉᆞ람니 가만이 드려와 지셩으로 문왈 도독은 ᄌᆞ신잇가 쥬유 잠을 씨여 이려안지면 모어난 쳬ᄒᆞ고 문왈 자는게 외인 ᄉᆞ람인요 답왈 장ᄌᆞ익 안인잇가 쥬유 ᄀᆡ탄 왈 닉 젼일의 숣 취ᄒᆞᆫ 일니 업던이 오날 춰즁의 무슴 말을 ᄒᆞ여난지 모르겻다 그 ᄉᆞ람이 왈 강북의셔 ᄉᆞ환니 와난이다 쥬유 ᄃᆡ경 ᄃᆡ칙 왈 소릭을 나직ᄒᆞ여라 ᄒᆞ먼 ᄌᆞ익아 부으거을 장간니 짐짓 자난 쳬ᄒᆞ고 ᄃᆡ답지 안니ᄒᆞᆫ이 쥬유 그 ᄉᆞ환 다리고 밧그로 나가 가만니 말을 ᄒᆞ되 치모 장윤 두 ᄉᆞ람이 아직 틈을 엇지 못ᄒᆞ야씨이 아모 ᄯᅢ라도 틈을 어드면 도모ᄒᆞ리라 하거날 장간이 그 말을 ᄌᆞ셔이 듯지 못ᄒᆞ고 ᄃᆡ강 짐작만 ᄒᆞ던니 쥬유 드려와 ᄌᆞ익아 부으되 장간이 ᄃᆡ답지 안니ᄒᆞ이 쥬유 오실 버셔 결고 ᄌᆞ거날 장간니 ᄉᆡᆼ각ᄒᆞ되 쥬유난 ᄌᆞᄉᆡᆼᄒᆞᆫ ᄉᆞ람니

〈19-뒤〉

라 명일의 편지가 업셔 피련 나을 히할 거시이 잇ᄯᆡ을 ᄐᆞ 도망ᄒᆞ리라 ᄒᆞ고 주유을 부르이 쥬유 잠든 쳬ᄒᆞ고 ᄃᆡ답지 안니 ᄒᆞ거늘 장간이 의관을 정졔ᄒᆞ고 장젼의 나와 동자을 다리고 진문 박기 나션이 순경ᄒᆞ넌 군ᄉᆞ 문왈 션싱은 어ᄃᆡ 가시난익가 답왈 ᄂᆡ 남의 진중의 오ᄅᆡ잇씨미 미안ᄒᆞ야 ᄯᅥ나는 질니라 ᄒᆞ이 군ᄉᆞ 본쳬 안니 ᄒᆞ거날 장간니 ᄇᆡ을 타고 강북으로 도라와 ᄎᆡ 장 양인으 편지을 싱ᄉᆞᆼ 젼의 올인니 됴됴 보고 ᄃᆡ로ᄒᆞ야 ᄎᆡ모 장윤을 불너 문왈 지금으로 강동을 쳐 파ᄒᆞ라 ᄒᆞᆫᄃᆡ ᄎᆡ모 장윤 왈 아직 군ᄉᆞ 조련니 익들 못ᄒᆞ엿ᄉᆞ오니 엇지 졸지의 치오잇가 됴됴 발련 번식 왈 군ᄉᆞ 조련니 익으면 ᄂᆡ 머이을 쥬유게 보ᄂᆡ것는야 양장니 미쳐 ᄃᆡ답지 못ᄒᆞ야 군ᄉᆞ을 호영하야 ᄎᆡ 장 양인을 잡아ᄂᆡ 베히고 직시 모ᄀᆡ 우금으로 수군도독을 삼어는지라 잇ᄯᆡ 쥬유 그 두 ᄉᆞ람 죽인 소식을 듯고 ᄃᆡ히ᄒᆞ야 노숙을 불너 왈 ᄂᆡ 장간을 유인ᄒᆞ야 됴됴을 속여 ᄎᆡ모 장윤을 쥭여씨이 장군은

〈20-앞〉

몰으난지라 공멍니 아난가 자경은 가셔 동졍을 보소셔 노슉니 공멍 젼의 문안ᄒᆞᆫ니 공멍 왈 쥬도독을 보넌 치ᄒᆞ할 일리 잇노라 노숙 왈 무삼 일리온잇가 공근이 자경을 보ᄂᆡ여 동졍을 보라ᄒᆞ고 왓썬니와 ᄂᆡ 엿지 모르리요 장간의로 됴됴을 속여 ᄎᆡ 장 양인을 쥭여씨나 됴됴 필경 후회ᄒᆞ니라 ᄌᆞ경은 그 일을 알드라 말을 공근게 마옵소셔 공근이 알면 날을 히코ᄌᆞ ᄒᆞ리다 노슉니 도라와 실ᄉᆞᆼ을 고ᄒᆞ이 쥬유 듯고 ᄃᆡ경 왈 이 ᄉᆞ람을 결단코 쥭니라 노슉 왈 공멍을 쥭이면 됴됴의 치소을 면치 못ᄒᆞ리다 쥬유 왈 ᄂᆡ 공도로 쥭이면 남의 치소되리요 ᄒᆞ니 ᄃᆡ왈 무삼 공도로 쥭이니요 쥬유 가로ᄃᆡ ᄂᆡ ᄭᅬ을 보라ᄒᆞ고 잇튼날 제장을 모의고 공멍을 쳥ᄒᆞ야 젼장ᄉᆞ을 의논ᄒᆞ여 왈 슈젼의 무삼 ᄀᆡ게 요긴ᄒᆞᆫ요 공멍 왈 수진의난 궁시가 요진ᄒᆞ난이다 쥬유 왈 션싱의 말삼 당연ᄒᆞ오나 지금 군즁의 살 ᄒᆞᆫ ᄀᆡ 업싸오니 엇지 할익가 션

싱은 수고을 익긔지 말고 십만 쎼 살을 지여 됴됴을 파ᄒᆞ게 ᄒᆞ면 쳔만다

〈20-뒤〉

힝리로소니다 공명 왈 엇지 장영을 어길잇가 그려ᄒᆞ면 언은 쎠나 씨려 ᄒᆞ난잇가 쥬유 왈 십일 ᄂᆡ로 당ᄒᆞ소셔 공명 왈 양국 ᄃᆡ젼ᄒᆞ야 피차 여가을 엇고져 ᄒᆞ난ᄃᆡ 언은 날 무삼 환니 날 졸 알고 엇지 십일을 지쳬ᄒᆞ리요 삼일ᄂᆡ로 당ᄒᆞ니다 쥬유 왈 군즁의 현말니 업난이다 공명 왈 엇지 헛말을 ᄒᆞ잇가 굴령장을 두오이다 쥬유 ᄃᆡ히ᄒᆞ야 군즁 셔기을 불너 공명의 다짐을 밧고 ᄉᆞ려 왈 ᄃᆡᄉᆞ을 일운 후의 공을 갑싸오니다 공명 왈 오날은 이무 져무려씨이 명일부틈 삼일 후의 오빅군을 보ᄂᆡ여 살을 실어가게 ᄒᆞ소셔 ᄒᆞ고 쥬유의게 ᄒᆞ직ᄒᆞ고 관역의로 도라가거날 잇덧 노슉이 쥬유 다려 문왈 이 ᄉᆞ람니 현말니나 안이 ᄒᆞ잇가 쥬유 ᄃᆡ왈 졔가 분명 당ᄒᆞ것다 ᄒᆞ고 다짐 두워씨이 현말ᄒᆞ고넌 졔가 날너가지 못ᄒᆞ리라 ᄂᆡ 군즁 장인의게 분부ᄒᆞ야 이을 심씨지 말ᄒᆞ먼 ᄌᆞ연 과한될 거신이 그ᄯᆡ의 졔 죄을 졍ᄒᆞ리라 ᄒᆞ고 ᄌᆞ경은 가셔 동졍을 보고 오라 노슉이 가셔보이 공명 왈 ᄌᆞ경은 엇지 당부ᄒᆞᆫ 말을 ᄒᆞ야 기어 나을 ᄉᆞ지로 보ᄂᆡ여 엇지 삼일ᄂᆡ로 십만

〈21-앞〉

쎼 살을 당ᄒᆞ리요 자경은 나을 구안ᄒᆞ라 한니 노슉 왈 니은 션싱으 자취져화라 ᄂᆡ 엇지 구완하리요 공명 왈 자경은 젼션 이십쳑을 빌이되 ᄆᆡ쳐의 군사 삼십멍식 등ᄃᆡ하야 가지고 와셔 살을 실어가소셔 하던이 청초로 ᄉᆞ람을 만드려 셰우고 쳥포장 치고 ᄯᅩ 멍일은 살을 쥬션할 도리로 할리다 이 말을 공근게 ᄒᆞ지 마오 만일 현노ᄒᆞ먼 ᄃᆡᄉᆞ낭픽할 거시요 만ᄉᆞ 불셩할 거신이 삼가 조심하라 지삼 당부ᄒᆞᆫ이 노슉이 허락ᄒᆞ고 도라와 고ᄒᆞ되 공멍이 살 만들 게괴은 안이ᄒᆞ고 ᄐᆡ연니 이씨면 달이 할 도리 잇다 하더이다 쥬유 역시 의심ᄒᆞ야 가로ᄃᆡ 삼일 휘의 졔 말을 들으이라 노슉이 전션 이십쳑의 위

인을 실코 각각 등ᄃᆡᄒᆞ야 공명을 지다니더이 공명이 졔 이일으 픙유 만ᄒᆞ고 아무 동졍니 업던니 졔 삼일 이경으 비어셔 노숙을 쳥ᄒᆞ야 왈 자경은 나와 ᄒᆞᆫ가지로 가 살을 가져오계 ᄒᆞ라 ᄌᆞ경 왈 어ᄃᆡ로 어ᄃᆡ로 가라 ᄒᆞ시난잇가 가셔 보면 ᄌᆞ연 알 거신이 짓치 말고 가ᄉᆞ니다 이날밤 이경의 젼션 니십쳑으 일

〈21-뒤〉

자로 쐬을 지여 압세우고 됴됴의 슈진을 바ᄋᆡ보면 ᄂᆡ려가던니 차야의 안ᄀᆡ 자옥ᄒᆞ면 지척을 분별치 못ᄒᆞ드라 공명니 군ᄉᆞ로 하여금 됴됴의 진 근쳐의 닷실 노코 젼션 슈미을 동셔로 분별ᄒᆞ야 일자로 벌여 셰우고 뇌곡 함셩ᄒᆞ니 노숙이 ᄃᆡ경 왈 만일 됴됴의 ᄃᆡ병니 엄살ᄒᆞ면 엇지 당적ᄒᆞ잇가 공명니 ᄃᆡ소 왈 됴됴 아무이 영웅인들 여차 칠라삼경의 운무 자옥ᄒᆞᆫᄃᆡ 엇지 나오리요 염예 말고 우니난 슐이나 먹고 살이나 어더 가ᄉᆡ ᄒᆞ면 쥬ᄇᆡ 낭자ᄒᆞ더니 잇ᄯᆡ 됴됴의 수군도독 모ᄀᆡ 우금니 불의예 뇌고소ᄋᆡ을 듯고 그ᄭᅴ 됴됴의게 고ᄒᆞ니 됴됴 ᄃᆡ경ᄒᆞ야 군즁의 졀영ᄒᆞ되 불의예 젹병니 왓씨이 피련ᄉᆞ면의 복병니 잇쓸지라 경동치 말고 궁시 수만을 직발ᄒᆞ되 뇌고셩 나는 고실 일졔로 쏘라 ᄒᆞ니 장졸니 영을 듯고 활을 연방 쏘와 시셕이 비 옷듯ᄒᆞ야 잠시간의 공명의 젼션의 살을 바다 ᄇᆡ ᄒᆞᆫ 편의로 지울너지이 공명니 ᄃᆡ히ᄒᆞ야 ᄇᆡ 슈미을 박구워 셰우고 군ᄉᆞ을 지촉ᄒᆞ야 일변 뇌

〈22-앞〉

고함셩을 연식 부졀ᄒᆞ니 공즁의 뜬 살이 연속ᄃᆡ여 바든 살니 니십쳑 젼션의 가득ᄒᆞ고 열츌동영ᄒᆞ면 안ᄀᆡ 걋치거늘 공명니 ᄇᆡ을 겨두워 도라오며 군ᄉᆞ로 ᄒᆞ여금 크게 외여 왈 싱ᄉᆞᆼ니 당힝이 살을 만이 쥬기로 어더 가온이 감격ᄒᆞ오며 일후 접전할 ᄯᆡ 싱ᄉᆞᆼ의 살노 싱ᄉᆞᆼ의 군ᄉᆞ을 쏠 터인니 엇지 싱각말나 공명이 노숙을 도라보와 가로ᄃᆡ 강동의 심을 조금도·혀비치 안니ᄒᆞ고

져의 살을 어더 져의을 쏘면 그 안니 조흘잇가 노슉니 ᄃᆡ찬 왈 션싱은 진실노 신인니로이다 오날 안기 잇실 쥬을 엇지 아라는잇가 공명 왈 쳔문지리와 음랑조화을 모로으면 장슈 안니라 ᄂᆡ 오날 일기을 알고 삼일 ᄒᆞᆫ을 졍ᄒᆞ여씨니 공근이 삼일 졍ᄒᆞᆫ ᄒᆞ기는 군즁 장인의게 분부ᄒᆞ야 일을 지쳬ᄒᆞ게 ᄒᆞ여 과ᄒᆞᆫᄒᆞ면 날을 살ᄂᆡ코ᄌᆞ ᄒᆞ건니와 ᄂᆡ 명이 ᄒᆞ날의 잇거날 공근니 엇지 날을 ᄒᆡᄒᆞ리요 이날 쥬유 오ᄇᆡᆨ군을 강변으로 보ᄂᆡ고 소식을 지다니든니 노슉이 십만 째 살은 고ᄉᆞᄒᆞ고 슈ᄇᆡᆨ만 째 살을 수운ᄒᆞ야 올니고 살 어든 ᄉᆞ연을 고ᄒᆞ니 쥬유 ᄃᆡ경 왈 공명의 ᄌᆡ조은 귀신도 난칙니라 ᄒᆞ드이

〈22-뒤〉

니윽ᄒᆞ야 공명이 니려오거날 쥬유 장ᄒᆞ의 나려 영졉ᄒᆞ야 ᄉᆞ례 왈 션싱의 신긔ᄒᆞᆫ ᄌᆡ조는 ᄉᆞ람의 심곡을 놀ᄂᆡ는지라 공명 왈 엇지 조고만ᄒᆞᆫ ᄌᆡ조로 치ᄒᆞ을 봐들리요 쥬유 왈 쥬공이 ᄊᆞ홈을 ᄌᆡ촉ᄒᆞ오나 ᄌᆡ조 업셔 염예오니 션싱은 신기ᄒᆞ신 ᄌᆡ조을 가으쳐 쥬옵소셔 공명 왈 양은 본ᄃᆡ 용ᄌᆡ라 엇지 기이ᄒᆞᆫ ᄌᆡ조을 알니요 쥬유 왈 ᄂᆡ ᄭᅬ 어더쓴니 ᄉᆞ양치 말으시고 가부을 결단ᄒᆞᄉᆞ니다 공명 왈 무삼 ᄭᅬ을 어던난잇가 쥬유 왈 우니 각각 장즁의 글자을 ᄡᅧ셔 빈고ᄒᆞ야 보ᄉᆞ니다 공명 왈 그리ᄒᆞᄉᆞ이다 ᄒᆞ고 쥬유 몬져 부실 취ᄒᆞ야 글자을 장즁의 ᄡᅧ 쥐고 공명니 ᄯᅩᄒᆞᆫ 부실 취ᄒᆞ야 글ᄌᆞ을 장즁의 ᄡᅧ가지고 두니 손을 ᄒᆞᆫ틔 ᄃᆡ니고 펴여보이 공명의 장즁의도 불화ᄶᆞ요 쥬유의 장즁의도 불화ᄶᆞ라 두니 벅장ᄃᆡ소 왈 우이 소견이 갓ᄉᆞ오니 이난 연분이로다 무어실 의심ᄒᆞ리요 ᄒᆞ고 화공ᄒᆞ기을 의논할 ᄉᆡ 만군즁이 다 아는 ᄌᆡ 업더라

화룡도 권지하라

각셜 됴됴 ᄇᆡᆨ만 째 살을 일코 심화 자발ᄒᆞ야 두셔을 졍치 못할 ᄉᆡ 모ᄉᆞ 순욱니

〈23-앞〉

왈 강동의 쥬유 졔갈양니 꾀을 씨니 모ᄉᆞ을 강동의 보ᄂᆡ여 ᄉᆞ항ᄒᆞ고 ᄂᆡ응의로 소식을 알게 ᄒᆞ옵소셔 됴됴 왈 보ᄂᆡᆯ만ᄒᆞᆫ ᄉᆞ람니 업ᄯᅩ다 순욱이 왈 치즁 치화을 은혜로 ᄃᆡ졉ᄒᆞ야 보ᄂᆡ시면 ᄃᆡᄉᆞ을 도모ᄒᆞ니다 됴됴 듯고 ᄃᆡ히ᄒᆞ야 치즁 치화을 청ᄒᆞ여 왈 그ᄃᆡ 등은 날을 위ᄒᆞ야 강동의 가셔 ᄉᆞ항ᄒᆞ여 동졍과 소식을 통ᄒᆞ면 ᄃᆡᄉᆞ을 일운 후의 공을 씨리라 치즁 치화 왈 소장 등도 국녹을 먹으되 쳑쵼지공니 업쓴ᄆᆡ 민망ᄒᆞ옵드이 상상 명영이 이려ᄒᆞ신이 강동으 건네가 진심ᄒᆞ여 틈을 어더 쥬유 공명의 멀리을 베혀 장ᄒᆞ의 밧치니다 직시 군ᄉᆞ 수십명식 거나리고 강ᄉᆞᆼ의 ᄇᆡ을 타고 강동의 다달나 남명ᄒᆞ고 장ᄒᆞ의 드려가 쥬유 압페 복지 쳬읍 왈 소장의 형 치모 됴됴의게 픽을 본 후의 불공ᄃᆡ쳔지수 갑기을 쥬야 ᄉᆞ모ᄒᆞ다가 장군 휘ᄒᆞ의 왓ᄊᆞ오이 바ᄋᆡ옵건ᄃᆡ 장군은 두호ᄒᆞ야 쥬옵소셔 쥬유 그 ᄉᆞ항인 쥴을 알고 흔연니 혀락ᄒᆞ야 후ᄃᆡᄒᆞ고 감영을 불너 왈 치즁 치화 졔 쳐자을 다리고 와는요 감영 왈 쳐자난 안니 다리고 와는이다 쥬유 왈 그려ᄒᆞ면 두 ᄉᆞ람니 ᄉᆞ힝ᄒᆞ고

〈23-뒤〉

우니 강동 소식을 아라 됴됴의 ᄂᆡ릉이 되고자 ᄒᆞ미라 ᄂᆡ 엇지 모로리요 이 두 ᄉᆞ람을 다려다가 그ᄃᆡ 진즁의 휴ᄃᆡᄒᆞ야 두면 됴됴와 ᄃᆡ젼할 ᄯᆡ의 씰 고지 잇노라 감영이 청영ᄒᆞ고 두 ᄉᆞ람을 다리고 나간 후의 노슉이 문왈 치즁 치화 항복ᄒᆞ논 거슬 엇지 밋고 바단난잇가 쥬유 ᄃᆡ칙 왈 졔 형의 원슈을 갑고져 하야 ᄂᆡ게 항복ᄒᆞ거날 엇지 의심니 이실리요 노슉이 묵묵부답ᄒᆞ고 공명 ᄉᆞ쳐의 도라와 그 ᄉᆞ연을 셜화한니 공명이 소왈 양 진즁의 ᄃᆡ강이 ᄆᆡ켜 씬이 우리 동졍을 몰나 치즁 치화을 보ᄂᆡ여 ᄉᆞ항ᄒᆞ여 ᄂᆡ응이 되고져 ᄒᆞ미라 공근이 그 꾀을 몬져 알고 짐짓 군즁의 두는 일을 자경은 엿지 모로는양 노슉이 그졔야 기탄ᄒᆞ고 공명의 지감을 탄복ᄒᆞ더라 쥬유 야과 삼경의 등촉을 도도 키고 됴됴 파할 꾀을 완졍치 못ᄒᆞ야 젼젼반칙 ᄒᆞ든니 션봉장 황기

들려와 무안ᄒᆞ거날 쥬유 왈 심야 삼경의 공복니 무삼 소회잇는요 황ᄀᆡ 왈 다음 안니라 방자 양국니 ᄃᆡ젼할 터인듸 형세을 ᄉᆡᆼ각ᄒᆞ온직 됴됴의 군ᄉᆞ은 ᄇᆡᆨ만니요 우리 군ᄉᆞ 불과 오육만

〈24-앞〉

려라 도독은 쥬의을 엇지 ᄒᆞ시는잇가 쥬유 왈 나도 졍ᄒᆞᆫ ᄯᅳ시 업ᄡᅳ니 그ᄃᆡ의 ᄯᅳ신 엇지 ᄒᆞ면 졔장 등 소견은 엇더ᄒᆞ던요 황ᄀᆡ 왈 졔장으 소견은 알 수 업ᄉᆞ오나 소장으 소견은 됴됴으 군ᄉᆞ난 만ᄒᆞ고 울리 군ᄉᆞ난 젹으ᄆᆡ 불노 치면 됴흘듯 ᄒᆞ나이다 쥬유 ᄃᆡ경 왈 네 이 말을 어ᄃᆡ셔 들어난야 네으 소건이 글어ᄒᆞᆫ야 황ᄀᆡ 왈 어ᄃᆡ셔 들으잇가 소장으 소견니로소이다 쥬유 왈 니 말을 아무도 몰으게 ᄒᆞ라 나도 화공할 ᄉᆡᆼ각니 잇기로 치모 양인으 ᄉᆞ항을 밧고 군즁의 두어 소식을 통케 ᄒᆞ여씨나 울이난 됴됴으계 ᄉᆞ항할 ᄉᆞ람니 업ᄉᆞ온니 글노 근심ᄒᆞ노라 황ᄀᆡ 왈 소장니 가셔 됴됴으게 ᄉᆞ항할이다 쥬유 왈 장군으 ᄯᅳᆺ지 과도ᄒᆞ야 ᄉᆞ항ᄒᆞ면 됴됴 밋지 안니할 덧ᄒᆞ도다 황ᄀᆡ 왈 ᄂᆡ 쥬공으 삼ᄃᆡ 은혜을 바다ᄊᆞ온니 국은을 갑ᄌᆞᄒᆞ오면 몸니 쥭어도 앗갑지 안니ᄒᆞᆫ지라 도독으 명영ᄃᆡ로 ᄒᆞ올니다 쥬유 왈 그 일을 힝ᄒᆞ면 강동으 만힝인니 됴됴을 파ᄒᆞᆫ 후의 ᄃᆡ공을 갑퓨리라 ᄒᆞ고 잇튼날 쥬유 졔장을 ᄒᆞ여금 ᄒᆞ령 왈 됴됴으 ᄇᆡᆨ만ᄃᆡ병니 혀으의 유진ᄒᆞ고 수육병진 ᄒᆞ야씬니 졔장 등은 삼식 양식

〈24-뒤〉

을 가지고 됴됴을 파ᄒᆞ라 황ᄀᆡ 츌반 쥬왈 삼식 양식은 고ᄉᆞᄒᆞ고 삼연 양식을 가져도 됴됴 파ᄒᆞ기난 감불ᄉᆡᆼ니라 모ᄉᆞ 말ᄃᆡ로 됴됴으게 항복ᄒᆞ소셔 쥬유 발련 ᄃᆡ로 왈 쥬공으 말을 바다 됴됴을 치려ᄒᆞ거날 너난 감니 항복고져 ᄒᆞᆫ이 너을 볘여 군즁의 영을 폐히니라 ᄒᆞ고 무ᄉᆞ을 호령ᄒᆞ야 황ᄀᆡ을 ᄌᆞ바ᄂᆡ여 볘히라 ᄒᆞᆫ니 황ᄀᆡ ᄃᆡ로 왈 파오장군을 모시고 강동을 어더 군신이 되

야거던 네 엇지 날을 죽니려 ᄒᆞ나요 쥬유 ᄃᆡ로ᄒᆞ야 급피 베히라 ᄒᆞᆫ이 감영니 엿자오ᄃᆡ 황긔난 동오의 공신이온이 죄을 용셔하소셔 쥬유 감영을 ᄭᅮ지져 왈 너난 당돌이 ᄂᆡ의 영을 거역ᄒᆞ나요 좌우을 호령하야 감영을 ᄌᆞ바ᄂᆡ여 엄곤 방츌ᄒᆞ고 황긔을 ᄲᆞᆯ이 베히라 셩화갓치 지촉ᄒᆞᆫ이 졔장 등이 일시의 합쥬 왈 황긔으 죄난 죽여 맛당ᄒᆞ오나 양국과 ᄃᆡ젼하와 합젼하기 젼의 ᄃᆡ장을 베히난 거시 군즁의 상사 안이온니 두엇다가 됴됴을 파한 후의 베히소셔 쥬유 왈 겔단코 베힐 거시로ᄃᆡ 졔장으 낫칠 보아 아즉 용셔하건이와 위션 엄곤 빅도ᄒᆞ라 졔장이 다시 고ᄒᆞ되 이무 용

〈25-앞〉

셔ᄒᆞ실진ᄃᆡ 다시 짐족ᄒᆞ소셔 주유 ᄃᆡ로ᄒᆞ야 셔안을 치면 졔장을 호령하야 물이치고 황긔을 ᄂᆡ입ᄒᆞ여 오십도 엄곤ᄒᆞᆫ이 졔장이 엿자오ᄃᆡ 황긔 쳣단 말을 됴됴가 알거듸면 치소될가 하난이다 쥬유 ᄭᅮ지져 왈 졔가 감히 ᄂᆡ 영을 거역커날 ᄂᆡ 엿지 남의 나라 치소되는 거실 염의하야 굴령을 힉티케 하리요 졔장의 낫칠 보와 위션 오십도의 부과하여 두라 일후의 범죄ᄒᆞ면 졀단코 베히리라 황긔 즁장을 당ᄒᆞ고 두 볼기의 혈육리 낭자ᄒᆞ니 졔장 등이 다려다가 치로ᄒᆞ면 위로ᄒᆞᆫ니 황긔 졍신을 차러 자우 군졸을 보와 낙누ᄒᆞ더라 노슉이 공명을 보고 왈 오날 공근니 황긔을 칠 ᄯᅢ의 우리는 공근의 수ᄒᆞ라 말뉴치 못ᄒᆞ앗건니와 션싱은 ᄀᆡᆨ니라 혀뮬니 업는ᄃᆡ 엇지 말유치 안니 ᄒᆞ여는잇ᄭᅡ 공명니 소왈 ᄌᆞ경은 엇지 날을 노류장화 갓칫 ᄃᆡ졉ᄒᆞ난요 노슉 왈 션싱을 모셔 강동의 오신 후로 조금도 홀ᄃᆡ한 일리 업거늘 엇지 니련 비졍ᄒᆞᆫ 말삼을 ᄒᆞ신잇가 공명 왈 쥬유 황긔 친 거신 ᄭᅬᆫ 쥴

〈25-뒤〉

모로고 날다려 말을 ᄒᆞ나요 골륙ᄭᅦ 안니면 엇지 됴됴을 쇠기니요 필야의 황긔로 됴됴의게 ᄉᆞ항ᄒᆞ고 ᄃᆡᄉᆞ을 일울 경뉸니라 응당 치즁 치화도 기별ᄒᆞ

야쓸 거신니 일은 경영혀 맛칠지라 ᄌ경은 공근을 보거던 오날 일을 닉가 원망ᄒ드라 ᄒ소셔 ᄒ면 날을 희할 거신니 부딕 알게 마옵소셔 노슉이 쥬유다려 문왈 오날 황기을 엇지ᄒᆫ 일노 엄곤ᄒ엿는잇가 쥬유 왈 졔장니 무어시라 ᄒ든요 노슉 왈 원망이 만ᄒᆫ든이다 쥬유 왈 공명으 말은 엇쩌ᄒ든이가 노슉 왈 공명도 원망ᄒ든이다 쥬유 왈 이번은 속여ᄯ다 오날 황기 친거신 골늅계을 써 됴됴을 소기게 ᄒ미라 노슉이 유유이 퇴ᄒ야 공명의 지감을 탄복ᄒ드라 황기 장쳐가 딕단ᄒ야 군즁의 누워 딕통ᄒ드니 모ᄉ 감틱이 오거늘 황기 좌우을 물이 치고 감틱을 영졉ᄒ야 좌졍 후의 감틱 왈 장군의 장쳐 엇쩌ᄒ시먼 그 일은 골륙게 안니잇가 황기 왈 엇지 아는뇨 감틱 왈 공근의 동졍을 보고 짐작 ᄒ여난니다 황기 왈 닉 손장군의 삼딕은혜을 갑고져 ᄒ오이 몸은 비록 압파도 ᄒᆫ은

〈26-앞〉

업난이다 바릭난이 션싱은 본시 츙호 거록ᄒ옵기로 닉 심즁ᄉ을 셜화ᄒ나이다 감틱이 왈 날노 ᄒ야 ᄉ항셜을 됴됴의게 보닉고져 ᄒ는양 황기 왈 실노 그 ᄯ지온이 션싱의 마음은 엇쩌ᄒ신잇가 감틱 왈 딕장부 쳐세ᄒ야 공업을 셰우지 못ᄒ면 여초목의 동귀라 그딕 임의 몸을 바려 임군의 은혜을 갑고져 ᄒ거늘 닉 엇지 슈고을 윅기리요 황기 장ᄒ의 나려 졀하고 ᄉ례 왈 션싱의 은혜난 ᄒ히갓ᄉ온이다 감틱 왈 일리 임의 조용ᄒ온이 지금 곳 가오리다 황기 ᄉ항셔을 써셔 쥰니 감틱이 어션을 자바타고 됴됴의 슈진을 바릭보먼 슌풍의 ᄡ나가니 빅만딕병 죽기려 간는 쥴 엇지 알니요 감틱니 됴됴 진의 다달나 비의 나려 드려간니 슌경ᄒ든 군ᄉ더리 감틱을 잡아 장하의 밧친니 잇ᄯ 됴됴 진즁의 등촉을 발키고 셔안의 으지ᄒ야 문왈 네 강동ᄉ람으로 엇지 남의 진즁의 임으로 왓는요 감틱 왈 조싱상니 어진 ᄉ람을 구한다 ᄒ드이 뭇난 말을 드른직 불가하도다 황기 그릇 아려ᄯ다 됴됴 왈 닉 강동과 딕젼을 하야거날 네 남의 진즁의 밤을 으지하야 왓씬이 엇지

묫지 안이 ᄒᆞ리요 감턱 왈 황긔는 동오의 옛 신하라 무고이

〈26-뒤〉

쥬유의게 즁장을 당하고 황셔을 가져왓씨이 싱상의 써시 엇써ᄒᆞ신잇가 하고 황셔을 올인이 됴됴 황셔을 보고 크게 ᄭᅮ지져 왈 황긔 골륙께을 써 널로 항셔을 들어 날을 ᄉᆞᆺ기고져 하는양 좌우을 호령ᄒᆞ야 감턱을 너여 볘히라 하이 감턱니 안쉭을 불변ᄒᆞ고 앙쳔ᄃᆡ소한이 됴됴 다시 감턱을 불너 왈 니 네의 간게을 아는고로 글노하야 우션는야 감턱 왈 죽이거든 밥비 쥭이졔 무삼 잔말을 하는요 됴됴 왈 니 병셔을 능통하야 간게을 모을 거시 업거늘 편지을 본이 간ᄉᆞ한지라 감턱 왈 미거하도다 져련 거시 엇지 병셔의 익다 할리요 됴됴 왈 황긔은 실상으로 항복하랑이면 엇지 일ᄌᆞ을 졍치 안이 하리요 감턱 왈 네가 병셔의 익다 하건이와 만일 강동과 ᄊᆞ호거되면 쥬유의께 잡필 거시이 니 네 손의 쥭기 원통하도다 니 나라를 바리고 남의 나라올 씨의 다 마음을 어더려 할지라 만일 기약을 졍하야다가 이리 셜노하면 셩ᄉᆞ도 못되고 몸의 히를 볼 거시어늘 어진 ᄉᆞ람을 쥭이고져 한이 무어시 병셔의 익다하리요 됴됴 듯고 ᄃᆡ히ᄒᆞ야 장하의 나려 감턱을 연졉하야 당상의 올여안치고 고왈 니 과연

〈27-앞〉

무식하야 어진 ᄉᆞ람을 몰나보고 촉노하야씬이 허물치 마옵소셔 감턱 왈 황긔 승상게 항복함은 어린아히 부모바린 갓탄지라 엇지 다른 마음을 두리요 됴됴 왈 션싱이 황긔롱 동심하야 ᄃᆡ공을 일우먼 일등공신이 되리라 감턱 왈 우리도 부귀을 탐한 빅 안이라 쳔시을 ᄶᅩᆺ고자 함이라 됴됴 ᄃᆡ히하야 감턱을 후ᄃᆡ하든니 이윽하야 한 ᄉᆞ람이 셔간을 듸리거늘 됴됴 기턱한이 치즁치화으 편지라 황긔 쥬유게 엄곤 오십도의 방지 즁통ᄒᆞ는 ᄉᆞ연을 기별하야거늘 됴됴 그 편지을 보고 감턱을 더욱 미더 가로ᄃᆡ 션싱이 강동의 가셔 황

기로 언약을 졍하고 소식을 통하소셔 감턱 왈 너 임으 강동을 비반하고 왓씬이 엇지 다시 가릿가 싱상은 다른 ᄉᆞ람을 보너소셔 됴됴 왈 다른 ᄉᆞ람을 보너면 일리 셜노할가 한이 션상은 수고을 익기지 말고 가소셔 감턱이 직삼 ᄉᆡ양하다가 왈 임으 갈 터인이 슈이 가야 강동ᄉᆞ람이 의심을 안이할 터이온이 지금 곳 가리다 하고 발힝하야 강동을 도라와 황기을 보고 ᄉᆞ항셔 보너던 ᄉᆞ연을 셜화한니 황기 ᄉᆞ례 왈 감영으 진즁의 가셔 치중 치화의 동정을 보리라 하고 감영 진즁의

〈27-뒤〉

간니 감영이 연졉하야 좌졍 후의 왈 션싱이 엇지 오신익가 ᄒᆞ면 됴됴의게 ᄉᆞ황ᄒᆞ던 말을 ᄒᆞ던 차의 치즁 치화 드려오거늘 감턱니 감영을 보고 눈을 쥰이 감영이 그 뜻슬 알고 거짓 더로 왈 공근이 직조만 밋고 졔장을 싱각지 안이 ᄒᆞ도다 ᄒᆞ면 일을 갈면셔 더답흔이 치즁 치화 감영으 거동을 보고 문왈 션싱과 장군니 무삼 불평한 일리 인난익가 감턱 왈 남의 소회을 엇지 알이요 치화 왈 강동을 비반ᄒᆞ고 조승상을 셤기고져 하난익가 감턱이 그 말을 듯고 거짓 칠식한이 감영이 쏘한 더로ᄒᆞ야 칼을 드려 치즁 치화을 치려ᄒᆞ면 왈 우리 임의 혈노하여쓴이 너을 쥬겨 염을 막그리라 치즁 치화 급피고왈 장군은 근심치 마옵시고 소장으 심곡을 드려보소셔 감영 왈 밥비 말을 하라 치화 왈 울리 항복함도 참항복이 안니라 조승상으 영을 바ᄃᆞ ᄉᆞ항하야 소식을 통기하라고 왓싸온이 장군이 만일 조승장을 셤기고져 하시면 우리가 인도할익가 감영 왈 진졍 그려하양 더왈 엿지 홉말인들 기망할익가 감영이 그졔야 더히 왈

〈28-앞〉

그더의 말갓틀진더 하날이 도으심리라 치화 왈 일젼의 황기 즁장함과 장군 칙망 드른 일도 ᄃᆞ 승상으게 기별ᄒᆞ야난이다 감턱 왈 나도 임의 황기의 황

셔을 조즁상의게 듸려쓴이 장군도 한가지로 항복하ᄉᆞ이다 감영 왈 ᄃᆡ장부 쳐셰하여 조승상갓탄 영웅을 셤기면 무엇시 원이 되릿가 셔로 히히낙낙하여 비반이 낭자하드이 니날 취즁 취화 황ᄀᆡ 감영 감턱이 ᄂᆡ응ᄒᆞ는 모양으로 기별ᄒᆞ고 감턱도 션총ᄒᆞ되 황ᄀᆡ 아직 여가을 엇지 못한니 아모 날리라도 ᄇᆡ머리의 청농ᄒᆞ기 셰우고 가는 ᄇᆡ난 가는 황ᄀᆡ의 항복션이라 하야거늘 됴됴 보고 ᄃᆡ히하야 졔장을 모우고 가로ᄃᆡ 황ᄀᆡ 감영이 ᄂᆡ응하여 항복고져 하나 그 실상을 아지 못한니 뉘 능히 강동의 가 혀실을 소싱이 아라오리요 장간니 츌반 쥬왈 소장이 가셔 아라오리다 됴됴 ᄃᆡ히ᄒᆞ야 혀락한니 장간니 비션을 잡아타고 강동의 니르려 공근의게 통지한니 쥬유 장간니 왓단 말을 듯고 ᄃᆡ히 왈 ᄂᆡ 셩공하기난 이 ᄉᆞ람의게 잇다

〈28-뒤〉

하고 직시 노슉을 불너 왈 그ᄃᆡ난 급피 방ᄉᆞ원을 청하야 셔산 암자의 두워싸가 장간을 유인하야 됴됴를 쏘기라 하고 장간을 청한니 장간니 쥬유 문박기 나와 맛지 안니함 보고 의혹하야 조용한 고ᄃᆡ ᄇᆡ을 ᄆᆡ고 쥬유 진즁의 드려간니 쥬유 ᄃᆡ칙 왈 자익니 몬져 와셔 남의 ᄉᆞ을 도젹하야싸가 ᄂᆡ의 ᄃᆡᄉᆞ을 져히하고 ᄯᅩ 오기는 무워시 부족하야 완는요 고의을 ᄉᆡᆼ각지 안니하면 베힐 거시로ᄃᆡ ᄎᆞ마 그려치 못ᄒᆞ니 우션 셔산 암ᄌᆞ의 가두워싸가 됴됴 파ᄒᆞᆫ 후의 보ᄂᆡ라 장간이 발명코져 할 지음의 쥬유 좌우을 호영하야 지촉하면 장 박긔 나셔이 군ᄉᆞ 달여들려 장간을 지촉하야 셔순 람의 다달나 가두고 군ᄉᆞ로 슈직ᄒᆞ거늘 장간니 심신니 살난ᄒᆞ야 침식이 불평하고 잠을 일우지 못ᄒᆞ야 월식을 짜라 ᄇᆡ회ᄒᆞ야 후원의 다달은니 글 일으난 소ᄅᆡ 들니거날 그 곳실 차져간이 셕경 놉푼 집의 ᄇᆡᆨ운은 어려 잇고 초당은 젹요ᄒᆞᆫᄃᆡ 청풍은 소실ᄒᆞ야 인간 지미 엄는지라 문 틈의로 살페보니 등촉니 휘황ᄒᆞᆫᄃᆡ ᄒᆞᆫ 션관이 벽상의 칼을 걸고 셔안의

〈29-앞〉

비겨 안져셔 병셔을 외우거날 장간이 싱각ᄒᆞ되 이는 반다시 도인니라 문을 열고 드려가 예필 후의 문왈 션싱은 뉘신잇가 디왈 나는 남악 방통니요 자는 ᄉᆞ원이로소이다 장간니 왈 그려ᄒᆞ면 봉취션싱이 안니신잇가 디왈 그려ᄒᆞ온이다 장간 왈 션싱의 어진 일홈을 드은 졔 오리옵던니 이졔야 뵈온니 다힝ᄒᆞ여니다 션싱의 놉푼 지조로 엇지 니렷타시 고젹ᄒᆞ오잇가 디왈 쥬유넌 지조만 밋고 남을 경히 디졉ᄒᆞ기로 니 이 고디 은신ᄒᆞ고 인난니다 장간 왈 션싱갓탄 지조로 여차 풍지시졀의 혀송ᄒᆞ니요 됴싱승을 함변 보옵시면 엇더ᄒᆞ올잇가 만일 싱각니 잇삽거던 션싱은 나을 ᄶᅡ라가ᄉᆞ이다 디왈 니 강동을 바리고져 ᄒᆞᆫ 졔 오인지라 그디 나을 위ᄒᆞ야 됴싱승으게 쳔거할진던 지금 ᄶᅡ라 가올이다 만일 지쳬ᄒᆞ면 쥬유의 ᄒᆡ을 보니라 ᄒᆞ니 장간이 디히 하야 방통을 다리고 깅변의 나와 빅을 ᄌᆞ바타고 강을 건네여 됴됴 진의 드어가 장간니 몬져 드어가 봉취션싱 다려온 ᄉᆞ연을 고ᄒᆞ니 됴됴 듯고 디히 ᄒᆞ야 직시 원문박긔 나와 영졉ᄒᆞ여 예필 후의 좌을 졍ᄒᆞ고 가로디 션

〈29-뒤〉

싱의 놉푼 일홈을 들은 졔 오읜옵던니 당힝니 뵈오니 쳥컨디 어진 꾀을 가라쳐 강동을 파ᄒᆞ게 ᄒᆞ소셔 방통 왈 싱싱의 용병지슐을 익키 드려ᄊᆞ오니 군즁을 함변 귀경코져 하노니다 됴됴 직시 방통을 다니고 놉푼 디의 올나 진셰을 귀경ᄒᆞ던이 방통 왈 산을 으지하고 물을 등져 츌입 진퇴ᄒᆞ넌 법은 손빈 오기와 삼마양져라도 엇지 당ᄒᆞ니요 육군을 다 보니 후의 슈진을 바러보니 이십ᄉᆞ면의 수문을 니고 몽동 젼션으로 셩곽을 삼고 그 가온디 져근 빅 왕니ᄒᆞ넌 볍은 차예가 분명ᄒᆞ거날 방통니 심독히 ᄌᆞ부라 하고 외면으로 크게 칭찬 왈 싱싱으 용병니 이거 싸온니 진소위 명불혀젼니로소다 ᄒᆞ고 강동을 가라쳐 왈 쥬유 손권니 결단코 픽ᄒᆞ니라 됴됴 디히ᄒᆞ야 군즁의 도라와 잔치을 빅셔ᄒᆞ고 방통을 디졉할 ᄉᆡ 방통니 거짓 취ᄒᆞᆫ 쳬ᄒᆞ고 가

로디 수군니 병든 지 만ᄒᆞ니 엇진 일니온잇가 잇써 됴됴 수군의 병니 만타 말을 듯고 엇지 무심ᄒᆞ리요 지셩으로 무여 왈 병든 군졸을 무삼 약으로 치료ᄒᆞ잇가 방통 왈

〈30-앞〉

수군 조졀하난 볍은 과연 분명하오나 군ᄉᆞ는 온젼치 못한 거시 젹벽디강으 조슈 츌입하고 풍셰 디작하야 물걸이 북밧치여 몽동젼션이 ᄉᆞ방으로 요동하면 북병군ᄉᆞ 빅의 잇지 못하여 자연 구토질 나고 어질병도 나면 정신을 진졍치 못할 거신이 지금 디소션 십여칙 쎄을 무워 일자로 세우고 션두의 거말모슬 장식하여 요동치 못하게 ᄒᆞ고 우의 목판을 쌀고 빅토 펴여 평안케 ᄒᆞ고 말도 달리고 군ᄉᆞ 무병할 거신이 풍낭을 엿지 듀려워하리요 됴됴 디히 왈 션싱 곳 안이면 엇지 이런 양칙을 어더니요 직시 군즁의 졀령ᄒᆞ야 장인을 불너 고리왈 거말못실 만드러 고니을 달고 못실 박가 혹 니십쳑도 ᄒᆞ면 혹 삼십쳑도 ᄒᆞ야 ᄒᆞᆫ티 쎳을 무의니 수진 션ᄉᆞᆼ니 평지 갓ᄒᆞ야 병든 군ᄉᆞ 셔로 질거ᄒᆞ더라 방통 왈 강동 영웅이 쥬유을 원망하는 지 만싸오니 니 싱ᄉᆞᆼ을 위ᄒᆞ야 강동영웅을 달니여 항복게 ᄒᆞ니다 됴됴 디히ᄒᆞ야 혀락ᄒᆞ거늘 방통니 직시 강변의 다달나 빅을 타고져

〈30-뒤〉

할 차의 엇써ᄒᆞᆫ ᄉᆞ람니 표간을 씨고 도포을 입고 픠연니 나와 방통으 소미을 잡고 굿지져 왈 황기는 골육쎄 씨고 감틱은 ᄉᆞ항셔 드리고 너난 연ᄒᆞᆫ쎄을 쎠 빅만디병을 일시의 살히코져 ᄒᆞᆫ니 네의 독ᄒᆞᆫ 꾀을 됴됴는 쏫게건니와 날을 엇지 소기리요 방통니 디경ᄒᆞ야 졍신니 아득ᄒᆞ고 가삼니 씨여지는지라 이윽히 진졍ᄒᆞ야 도라본니 이난 고인 셔원직니라 방통 왈 그디가 니 꾀을 파ᄒᆞ고져 ᄒᆞ는 양 ᄉᆞ불여의ᄒᆞ넌 강동 팔십일쥬 빅셩의 목슘니 그 안니 불ᄉᆞᆼᄒᆞᆫ양 원직니 소왈 우니 군ᄉᆞ의 목슘은 엇지 할고 방통 왈 원직아 진

즁의 너 뫼을 파ᄒᆞ고져 하는양 원직 왈 너 뉴황슉 은혜을 잇지 못ᄒᆞ고 또 됴됴 너의 못친을 살너ᄒᆞ여씨니 너 밍셰코 뫼도 씨지 안니할지라 엇지 형의 뫼을 파ᄒᆞ리요만은 빅만군병 쥭을 딋의 나는 엇지 면ᄒᆞ니요 형은 날을 위ᄒᆞ야 피화할 못칙을 가읏치소셔 방통 왈 형의 고젼으로 엇지 날다려 문난잇가 ᄒᆞ고 원직니 기의 더이고 두어 말ᄒᆞ고 직시 이별하고 강동으로 도라오니라 잇더

〈31-앞〉

원직니 됴됴 진의 도라와 방통의 말더로 셔량터수 마등 한슈 반하야 온다 한먼 젼셜ᄒᆞ야 여려 군ᄉᆞ 셔로 듯고 삼삼오오니 셔로 귀을 더니고 슉근거리면 군즁니 일시 요란ᄒᆞ더라 됴됴 그 풍셔을 듯고 더경하야 마등 ᄒᆞᆫ슈 막을 뫼을 의논ᄒᆞ니 원직니 고왈 날노 ᄒᆞ야금 삼쳔군을 쥬시면 막으리다 ᄒᆞ이 됴됴 더히ᄒᆞ야 원직으로 모ᄉᆞ을 삼고 장히로 션봉을 삼아 마등 ᄒᆞᆫ슈을 막으라 ᄒᆞᆫ니 원직과 장히 양인니 츌젼ᄒᆞᆫ리라 각셜 잇쎄는 건안 십니연 십일월 십오일니라 쳔기 쳥명ᄒᆞ고 월식은 영농ᄒᆞᆫ듸 쳥풍은 셔릐ᄒᆞ고 수파는 불홍니라 ᄉᆞ구는 상집ᄒᆞ고 금인은 유연니라 더졉갓ᄒᆞᆫ 금부어난 어변셩용하느라고 퉁병츌넝 굼실굼실 노는구난 한산고산는 말니 박계 익고 일더장강 말근 물은 눈압퓨 겡기로다 산영은 도강ᄒᆞ고 어약은 츌몰니라 남병산식은 장강 적벽의 풍덩실 잠쎄 잇고 동은 쟈산니요 셔은 ᄒᆞ구로다 남은 니릉이요 북은 오임이라 강산말이를 바릐본이 두 눈니 암암ᄒᆞ여 호호장강 너른 물의 쳔지기 어더미요 니려한 픙겡지졔의 됴됴 션두의 더장

〈31-뒤〉

기를 셰우고 더장단의 놉피 안자 좌우을 도라본니 장호 혀졔 하후돈니 하후련니 조홍 조인 니젼 장진 장합 셰황 모기 우금 여통 여건 등 일등 명장니요 또 한편은 경욱 순유 강회 유한 등 어진 모ᄉᆞ덜리 좌우의 시위ᄒᆞ고 쳔

병만마는 항호을 경졔ᄒᆞ고 기치창검은 일월을 희롱하고 뇌고함셩은 쳔지 진동한니 됴됴 ᄃᆡ히하야 졔장을 도라보와 왈 ᄂᆡ 니졔 ᄃᆡ공을 니루여 쳔하을 평정하고 국가의 쥬셕지신니 되야 강동을 어들련니와 ᄇᆡᆨ만군병과 용장 쳔여원니라 졔장도 심을 다하라 ᄂᆡ 강동을 어던 후의 쳔하를 ᄐᆡ평ᄒᆞ고 그ᄃᆡ 등으로 더부려 부귀을 한가지 할지라 그 안니 질거올가 문무졔장니 다 하려 왈 소장 등도 강동을 어든 후의 싱상 실하의 종신 부기함니 원니로소니다 됴됴 ᄃᆡ히하야 ᄃᆡ연을 비셜하고 여군동낙 질길 젹의 강동을 가라쳐 왈 쥬유 노슉니 쳔시를 모으고 날을 항거ᄒᆞ다가 ᄒᆞᆫ공복니 항복ᄒᆞᆫ니 엇지 질겁지 안니ᄒᆞ면 ᄯᅩᄒᆞᆫ 강동 어기을 엇지 근심할니요 화구을 가으쳐 왈 유비 졔갈양니 날을 엇지 당할소양 졔장을 도라보와 왈 ᄂᆡ 강동을 어드면 됴흔

〈32-앞〉

일니 잇노라 교공니 두 ᄯᆞᆯ을 두워시되 쳔ᄒᆞ졀식리라 식로 동작ᄃᆡ을 지여싯니 이게공을 다려다가 동작ᄃᆡ 놉픈 집의 만연지낙을 삼으니라 잇ᄃᆡ의 월명셩히ᄒᆞ고 슈강은 졉쳔니라 쳔만의외의 오작니 ᄶᅧ을 지여 됴됴 진즁의로 나여가면 남펑을 발ᄋᆡ보고 갈곡질곡 울고가니 됴됴 취즁의 가마구 소리을 듯고 문왈 니 긔픈 밤의 어이ᄒᆞᆫ 가마구뇨 좌우 ᄃᆡ왈 월식니 발가 낫 갓틈믜 가마긔 날신가 으심ᄒᆞ야 울고가은이다 됴됴 ᄃᆡ소 왈 가마긔 울고가는 소ᄅᆡ 갈곡질곡 ᄒᆞ얏싯니 싱젼할 징조로다 갈곡니라 ᄒᆞ난 거신 길일양신 됴흔 ᄯᆡ의 싱젼곡의로 힝군ᄒᆞ야 부긔공명 할리니로다 가마긔은 영물니라 압일을 먼젼 알고 우니을 ᄀᆡ유ᄒᆞ니 지엄을 못할소야 여발라 졔장더라 이 슐 만이 먹고 ᄐᆡ평연 노라보식 만군즁의 쥬효 난만ᄒᆞᆫ니 ᄃᆡ상의 장슈드은 칼츔 추먼 노ᄅᆡᄒᆞ민 함양궁즁봉도시의 형가의 금슐인가 칼빗치 쳔셔리 갓고 홍문연 놉픈 잔치 황장의 칼츔인가

〈32-뒤〉

살기도 엄숙ᄒᆞ다 됴됴 취흥니 도도ᄒᆞ야 필연을 닉여노코 오작가을 지어씨되 월명성히의 오작니 남비ᄒᆞ 요수삼밥의 무지가으라 셔두의 빗겨 안져 의기양양할 졔 뉴복이 쥬왈 양국 되젼의 싱부을 결단치 못ᄒᆞ야는듸 싱싱 노릐을 드르니 조흔 징됴 안이로다 됴됴 듸로 왈 요망ᄒᆞᆫ 소건으로 닉의 홍을 파ᄒᆞ는요 창을 드려 뉴복을 볘히고 각영 각ᄉᆞ의 쥬회을 만니 쥬워 군즁의 호궤ᄒᆞ니 군ᄉᆞ 포식ᄒᆞ고 홍니 나셔 혹 노릐ᄒᆞ면 혹 츔도 츄고 길긔는 소릐 강ᄉᆞᆼ의 낭자하니 필싱지됴라 ᄒᆞ더라 잇ᄯᆡ ᄒᆞᆫ편 장막 밋틔 우름소릐 들니거늘 쥬변 군ᄉᆞ ᄒᆞ는 말니 상하동낙 길긔는듸 너난 엇지 우는요 그 군ᄉᆞ 듸답ᄒᆞ되 너히는 무식ᄒᆞ여 지금 편ᄒᆞᆫ 건만 알고 닉 뒤ᄉᆞ는 모르난야 삼경의 만뇌구젹ᄒᆞ듸 산조난 집의 들고 쥬슈는 굴의 드려 쳔지 고요ᄒᆞ고 산슈 잠잠ᄒᆞ듸 어니ᄒᆞᆫ 가마구 진 우의 울고가면 갈곡질곡ᄒᆞ니 빅만듸병 일시의 쥭일 기별이로다 실퓨다 군ᄉᆞ드라 말니젼장 나와다가 타국고혼 될 거시니 그 안 셔울손가 ᄒᆞᆫ 군ᄉᆞ ᄒᆞᆫ는 말니

〈33-앞〉

앗가 승상니 갈곡소릐을 힉ᄌᆞᄒᆞ야 싱젼ᄒᆞᆯ 징됴라 ᄒᆞ여거늘 너는 일기 소졸니라 우미ᄒᆞᆫ 소건으로 못된 말을 지여닉여 만군ᄉᆞ을 슬퓨게 ᄒᆞ니 맛당니 볘힐지라 ᄒᆞ고 칼을 들고 달여드니 그 군ᄉᆞ 듸답ᄒᆞ되 닉 아무니 소졸인들 그만ᄒᆞᆫ 지각 업쓸손야 갈곡소릐 힉을 ᄒᆞ마 네가 자셰히 드려보라 ᄒᆞ거날 망할 ᄯᆡ의 졔후질원ᄒᆞ야 질원곡을 노릐ᄒᆞ니 갈은 ᄒᆞ거니 갈니요 질곡은 유왕의 질원곡니라 오작은 영물니라 우니 진즁 픽할 쥴 미이 알고 종롱ᄒᆞ되 난셰간웅 우리 싱상 지음을 잘못ᄒᆞ고 교만니 ᄌᆞ심ᄒᆞ니 병교자는 픽라 너의는 모르난야 ᄒᆞᆫ 군ᄉᆞ ᄒᆞ는 말니 네 말니 당연ᄒᆞ다 앗가 나도 쑴을 쑨니 남편 듸로로 야답 ᄉᆞ람니 누륜 일산을 들고 싱상 압퓨로 드어오든니 싱상 장ᄒᆞ의 노류 ᄒᆞᆫ 말니 닉달너 누른 일산을 쎠거 발니고 싱ᄉᆞᆼ을 업고 가마귀 안

진 수풀노 가더라 너 쑴을 희몽하고 그 군ᄉᆞ 디답ᄒᆞ되 이ᄋᆡ야 누른 일산은 황긔요 야달 ᄉᆞ람은 불화자라 황긔 우리 진의 황복ᄒᆞ야ᄶᅡ ᄒᆞ더니 불노 우리을 칠 거시요 싱승 장

〈33-뒤〉

ᄒᆞ의 누른 노류는 장젼 장효라 가마구 안진 슈풀은 오임니라 필연 호위장군 장회가 황긔을 쥭이고 싱승을 모시고 오림으로 도망할 징조로다 ᄒᆞ고 군ᄉᆞ 셔로 당부ᄒᆞ되 부듸 니 말을 너지 마라 만일 싱승니 알면 쑴 순 나도 쥭고 희몽ᄒᆞᆫ 너도 쥭을 거신니 삼가 조심ᄒᆞ라 ᄒᆞ더라 잇튼날 됴됴 장디의 노피 아자 졔장을 분별할 식 오식긔치로 황오을 졍졔ᄒᆞ여 수진즁 황기는 모긔 우금니요 젼군 홍기는 장합니요 후군 흑기는 연근니요 좌군 쳥긔는 장진니요 우군 빅기는 화후련니요 수륙군 졉응ᄉᆞ는 하후돈 됴홍니라 왕니 감쳔ᄉᆞ는 혀졔 장회라 발영ᄒᆞᆫ 후의 수진군니 삼통고듸 취타ᄒᆞ고 ᄯᅦ 무은 젼션의 픙볌을 놉피 달고 군ᄉᆞ 왕니ᄒᆞ기가 펑지 갓치ᄒᆞ니 됴됴 디승의셔 보고 디히ᄒᆞ야 왈 봉취션싱의 어진 지조로 군ᄉᆞ 임으로 왕니함은 ᄒᆞ날리 도으심니로다 졍욱니 왈 젼션을 ᄯᅦ 무어ᄶᅡ가 만일 강동의셔 불노 치면 엇지 ᄒᆞ잇가 미리 단속ᄒᆞ소셔 됴됴 디로 왈 불노 치는 볍니 바람을 어더야 션공ᄒᆞ는지라 바람

〈34-앞〉

은 동남픙니라야 칠 거시연늘 엄동셜ᄒᆞᆫ의 엇지 동남픙니 불니요 지금은 셔북픙니라 우리는 셔북의 익고 졔으는 동남의 잇시니 만일 불노 치다가난 셔북풍니 디취하면 졔의 군ᄉᆞ 다 불탈 거신니 무어실 염여할니요 하더라 각셜 잇ᄯᅢ의 쥬유 젼션의 올나 됴됴의 수진을 바리본니 디픙니 나려나면 됴됴의 진중 큰 기가 부려진니 기ᄲᅡᆯ니 창파상의 덧나거늘 쥬유 디소 왈 상ᄉᆞ 안니로다 하던니 언미필의 북픙니 디작ᄒᆞ야 파슈 니려나먼 양ᄉᆞ 쥬셕하

고 진즁의 셰운 기빨니 동남의 붓치여 쥬유의 낫칠 씨셔간니 주유 디경하여 하는 말니 숩니 믹키고 입으로 필을 흘니면 인스을 슈십지 못한니 졔장니 황망하여 진즁으로 모셔노코 쳔방만약으로 구완하되 반졈 호차 엄는지라 노숙니 근심하야 공명을 보고 공근의 병세을 의논한니 공명 왈 공근의 병은 닉라야 곤치리다 노숙니 디히하야 공명을 달이고 진즁의 니르려 문왈 도독으 기운니 밤시 엇쩌하온익가 쥬유 왈 복통니 심하여 굿토질리 디작하면 약 먹을 기리 엄는지라 노슉 왈 악가 공명을 보고 도독으 병녹

〈34-뒤〉

을 말삼하온즉 공명니 디답하되 닉라야 곤치리라 하기로 다려완는니다 주유 디히하야 공명을 청하야 드려온니 주유 졔우 니려나 안거늘 슈일 뵈옵지 못하여 기후 엇덧한익가 주유 왈 울화로 병니 나셔 부지할 슈 염는니다 공명 왈 하날의 층냥엄는 바람니 이시되 스람이 엇지 알니요 주유 싱각하되 공명은 신인니라 마음을 안는또다 공명의 마을 듯고 심속한니 병셰 엇지 알니요 공명 왈 기운을 순케하소셔 쥬유 왈 무삼 약을 먹어야 기운니 순하릿가 공명 왈 닉게 용한 방문니 잇신니 도독의 기운을 순케 ᄒᆞ올니다 그 병니 화로 낫스온니 닉 곤칠 거신니 염여 마옵소셔 주유 디히하야 지셩으로 비려 왈 국가 홍망니 조셕의 잇쓰온니 션싱은 잔명을 급피 구하소셔 공명니 글 두 귀을 써셔 주면 왈 니디로 하라 한니 하여시되 욕파조공인디 응용화공하고 만스구비면 지취동풍니라 하야거늘 주유 보고 디히 왈 션싱니 이무 병 근본을 아압신니 슈히 살여쥬소셔 공명 왈 닉 일즉 니인을 만닉 팔문둔갑 쳔셔을 빅와 호풍환우지슈을 아렷시니 도독은 근심치 마르시고 남병산의 군스을 보닉여 칠셩단

〈35-앞〉

을 무으시면 닉 경셩을 듸려 삼일 삼야의 동남풍을 비려든니다 주유 왈 삼

일 삼아는 알고 일일 디픔니면 셩공할 터니라 ᄉᆞ셰 급박ᄒᆞ온니 수니 주션ᄒᆞ옵소셔 공명 왈 니십일 갑자으 동남풍을 비려 니십니일 병인일ᄶᅡ지 불게 하리라 주유 디히하야 병니 졀노 낫는지라 즉일의 남병산의 올나 칠셩단을 무여넌니 방원니 이십ᄉᆞ쳑니요 측단은 십오쳑니요 고는 구쳑니요 하일층의 니십팔숙 기을 셰우고 동방 쳥기 칠면은 각항져방심미기로 여쳥뇽지상하고 북방 흑기 칠면은 두우열위실벽니라 작현무지상하고 셔방 빅기 칠면은 구류우모필취삼니라 거빅호지숭ᄒᆞ고 난방 홍기 칠면은 졍귀유셩장의진니라 셩쥬작지숭ᄒᆞ고 졔 니칭은 육십ᄉᆞ면의 육십ᄉᆞᄶᅫ로 응ᄒᆞ야 손진티감으로 방위로 졍ᄒᆞ야 셰우고 졔 숨칭의 ᄉᆞ인을 셰워시되 머이의 속발관을 쓰고 됴화포을 입고 봉니 학디을 띄여시니 방군니라 젼ᄒᆞ 일먼의 ᄀᆡ 간짓디을 셰

〈35-뒤〉

워시되 그 숫디 달기 지실 다라 바람소식을 알기 ᄒᆞ고 ᄯᅩ 일인은 보금을 들고 ᄯᅩ 일인은 황로을 들고 단혼의 이십팔인은 졍기 모기 빅모 황월도도 들고 ᄉᆡ먼으로 둘너셔넌듸 이십일 갑 양신의 공멍니 모욕지계 ᄒᆞ고 젼조단발ᄒᆞ고 발 벗고 도포 입곱 단ᄒᆞ의 나여와 노슉을 불너 왈 자경은 군중의 도라가 공근을 도으라 혹 바람니 부지 안니ᄒᆞ야도 고니킈 아지 마옵소셔 노숙을 보너 후의 수단 군ᄉᆞ의게 분부ᄒᆞ되 방위을 ᄯᅥ나지 말고 머리와 귀을 ᄒᆞᆫ티 모와 요란니 말을 말고 겁도 너지 마라 만일 위영지면 베히니라 군ᄉᆞ 쳥영ᄒᆞ고 방위을 직키더니 공멍니 단의 올나 동자의게 힝노을 들이고 졔물을 ᄶᅡ초와 올일 ᄉᆡ 어동뉵셔 좌포우회로 셜위ᄒᆞ고 졔셕의 단좌ᄒᆞ야 축문 지여 고할 ᄉᆡ 유셰차 건안 십니열 졍히 십일월을 ᄉᆞ삭 이십일 갑의 좌장군 유비 모ᄉᆞ 졔갈양은 건고우 쳔지 일월셩신 오악실영 ᄉᆞ히용왕 화덕진군 후

〈36-잎〉

토실령 강산픔빅니 일시의 합역ᄒᆞ옵소셔 구군니 불힝ᄒᆞ야 역적 됴됴도 졀

신기ᄒᆞ고 유수쳔ᄌᆞᄒᆞ고 방시국모ᄒᆞ니 ᄀᆡ쳔지졔을 인인니 공분니온듸 이졔 됴됴 용병 빅만과 용장 천여원니라 장여 강동으로 일원 자웅할 식 금자여 손권으로 동심합역ᄒᆞ야 욕파됴됴ᄒᆞ고 안보ᄉᆞ직 니올 터인듸 됴됴 ᄃᆡ병을 불감당니라 복망지신령은 감동와 동남풍 삼일삼야만 혀급ᄒᆞ시면 공파됴됴 ᄒᆞ옵고 홍복ᄒᆞᆫ실ᄒᆞ게 ᄒᆞ옵소셔 근니 청작셔슈 공신젼현 상항 츅문을 일근 후의 상단 삼차 ᄒᆞ단 삼차의 지셩으로 츅수ᄒᆞ오니 공명의 관일지츙과 회쳔 지셩을 쳔지실령인들 엇지 무심ᄒᆞ리요 공명니 팔각늪건을 쓰고 빅운션을 손의 들고 학창의 거더잡고 남병손 빗긴 길노 은신ᄒᆞ야 다려간니 오강 여울 흐르난 물의 ᄌᆞ롱니 픠련 니십긔을 다니고 빅을 ᄃᆡ여 기다리거늘 공명니 반겨보고 빅의 올나 자룡의 손을 붓들고 문왈 우리 현쥬 알령ᄒᆞ시면 졔중군졸도 다 무ᄉᆞᄒᆞᆫ

〈36-뒤〉

가 빅을 져어 나려갈 졔 칠셩단 놉푼 고ᄃᆡ 쥬작 청용 기린 긔발니 빅호 현무을 응ᄒᆞ야 슌희방으로 날여간니 동남풍니 와연ᄒᆞ더라 쥬유 졔장을 거나려 화공을 도모할 식 잇ᄃᆡ 야식은 삼경니라 ᄃᆡ장기빨니 슌희방으로 펄펄 날여가니 쥬유 ᄃᆡ경ᄒᆞ야 노슉 불너 하는 말니 공명의 탈쳔지조화는 귀신도 난칙니라 풍운을 이무용지ᄒᆞ니 이 ᄉᆞ람을 살여두면 동오의 화근니라 잇ᄃᆡ을 타 쥭여 후환을 덜니라 ᄒᆞ고 셔셩 졍봉을 밧비 불너 난병손 급피 가셔 공명을 뭇도 말고 볘혀오라 두 장수 영을 듯고 셔셩은 빅을 타고 도부수 십명을 거날이고 수로로 좃차가고 졍봉은 말을 타고 졍병 오십명을 거날니고 육노로 좃차갈 졔 셔셩 몬져 오강변의 다달라 남병손상 빗긴 길노 칠셩단 차자가니 공명은 간ᄃᆡ 업고 긔 잡은 군ᄉᆞ들니 바람셔을 보는지라 군ᄉᆞ다려 문넌 말니 공명니 어ᄃᆡ로 가는요 군ᄉᆞ ᄃᆡ답ᄒᆞ되 동남풍 빌 연후의 피발도션ᄒᆞ고 남병손ᄒᆞ로 날려 오강 어구로 가던니다 셔셩의 급ᄒᆞᆫ 마음 산ᄒᆞ로 나려올 식 정봉니 군ᄉᆞ 오십명을

〈37-앞〉

거날리고 오강가의 당도하여는지라 두 장슈 합셰하야 식면을 바리본면 슈져할 차의 다몬 슈조리 잇난지라 슈졸다려 무르니 군ᄉ 엿ᄌ오딕 소인니 알이리다 어졔 삼경야의 오강변의 믹인 빅 심니장강 병파상의 왕닉하는 거루빈가 시졀니 요란하여 엄초 실고 가는 빈가 추동강 칠니탄의 엄자룡 낙슈빈가 심양강 츄야월의 빅낙쳔의 노든 빈가 양양강수 말근 물의 고기 잡는 어션인가 텨빅니 긔경비상쳔후의 쵸강어부 풍월 실너 가는 빈가 오호상연월ᄒ의 금여으 노든 빈가 만경창파욕모쳔의 쳔어환쥬ᄒ든 빈가 만단의혹ᄒ야던니 공명니 머리 플고 발 벼신 치 그 빈을 잡아탈 졔 어쩌ᄒᆫ 장수가 나와 니만ᄒ계 읍을 ᄒ미 공명니 그 장수 귀예 딕고 무삼 말을 소곤소곤 ᄒ던이 그 빈을 잡아타고 상뉴로 가든니다 두 장수 분을 닉여 마참 북편을 바리보니 상뉴의 써가는 빅 공명일시 분명ᄒ다 니 ᄉ공아 노을 밧비 져어 져긔 가는 공명의 빅 못자부면 네 머니을 덩글럭켜 베혀 이

〈37-뒤〉

물의 던지면 네의 신쳬 뉘가 차지라 ᄉ공니 두려워ᄒ야 돗 달고 닷 감어라 밧비 우게라 어기라 어기양 쏫차갈 졔 잇씩 셔셩이 멀니 바리보이 공명의 가는 빅 오리 안의 드렷네 쏘차가면 크게 불너 왈 져기 가는 공명션싱은 거긔 잠간 머무소셔 우리 도독이 청ᄒ던니다 공명이 비운션 놉피 드려 혀혀 딕소ᄒ고 ᄒ는 마리 도독니 나을 헉할 쥴을 임의 야라기로 자룡과 졉응ᄒ야쓰니 장군은 부질업시 짜르지 말고 도라가 도독다려 후일 상봉ᄒ자 당부ᄒ라 셔셩이 드른 쳬 안이ᄒ고 살갓치 좃차오난지라 자롱니 션두의 나셔면 이놈 셔셩아 우리 션싱 노퓬 지죠로 네의 나라 드려가 동남풍 불려쥬워거든 무삼 혐의로 히코져 ᄒ는야 너히을 당졍의 쥭일 거시로딕 양국의 화친ᄒᆫ 의가 인난고로 살여보넌니 닉의 수단이나 보고가라 철궁의 왜젼 메계 비졍비팔 웃둑 셔셔 홍복실 압뒤 골나 좀통니 찌여지게 짝지손을 쑥쎄이

변긔갓치 가난 살리 빅운간 놉피 소ᄉᆞ 수루륙 소릐나면 드려가 셔셩의 탄빅 돗디 마져 와질끈 부려지는

〈38-앞〉

지라 직차 한 긔 먹여 쏜니 바람갓치 바른 살니 공즁의 나려가 양 돗디 쑥닥 마져 부려지고 용총도 쩌러지고 닷가지 덧려져 노도 밧지고 강상의 풍덩 와질근 바람 부는 디로 뮬겔치는 디로 너울든 니리져리 등실등실 쩌나갈 졔 셔셩 졍봉니 기가 막케 끈어진 닷쥴 다시 감아달고 강상의 도망하야 근근니 살아와 주유쎄 니 마을 고한니 주유 디경 왈 공멍니 니디지 꾀가 만한가 ᄒᆞ고 됴됴를 파한 후의 결단코 도모하리라 즉시 감영을 불너 왈 너는 취즁 취화 다리고 군양쳐의 불을 지르고 그 후의는 군즁의 두먼 니 씰 고지 잇노라 틱ᄉᆞᄌᆞ을 불너 왈 너는 삼천병을 거나리고 황쥬 지경의 미복하여싸가 됴됴의 구완병을 엄살하라 여몽을 불너 분부ᄒᆞ되 너는 삼천병을 거나리고 오림의 잇다가 장호 장합을 졉응ᄒᆞ라 졔장니 각각 쳥영ᄒᆞ고 물너간니라 또 여건을 불너 왈 그디는 삼천병을 거나리고 니능 남편의 가셔 미복ᄒᆞ엿다가 니일 황혼시의 셔산의 불리 이려남을 보고 왈 됴됴 군마을 염살하고 굴양긔계을 탈취ᄒᆞ라 능통을 불너 왈 그디는 삼천병을 거날니고 니능 셧편의 가셔 복병하엿다가 불을 노와 됴됴 가는

〈38-뒤〉

길을 막으라 분발을 다하미 각긔 군마을 총독하여 수륙병진 나려갈 졔 디장 쳥도 도라 쳥도 ᄒᆞᆫ쌍 ○홍문 한상 ○쥬작 남동각 ○남셔각 ○홍초 남문 ᄒᆞᆫ쌍 ○쳥용 동남각 ○셔남각 ○남쵸 황문 ᄒᆞᆫ쌍 ○등ᄉᆞ순시 한쌍 ○황초 빅문 한쌍 ○빅호 동북각 ○셔북각 ○빅초 흑문 ᄒᆞᆫ상 ○헨무 북동각 ○북셔각 ○흑초홍신 ○남신 ○황신 ○빅신 ○흑신 ○푀미 금고 ᄒᆞᆫ상 ○발릐 ᄒᆞᆫ쌍 ○졍 ᄒᆞᆫ쌍 ○셰악 두쌍 ○고 두쌍 ○젹 ᄒᆞᆫ쌍 ○발 ᄒᆞᆫ쌍 순시 ᄒᆞᆫ쌍 ○

영긔 두쌍 ○중으ᄉ명 ○좌으관니 ○우으 령젼 ○잠ᄉ ᄒᆞᆫ쌍 ○긔픽관 두쌍 ◇굴노 두쌍 ○좌마와 ○둑길요 ○난후 ○친병 ○괴ᄉ ○당보 ○각 두쌍 ○명금 니ᄒᆞ 딕취틱ᄒᆞ라 쥬유 ᄯᅩ 각진의 가만니 졀영ᄒᆞ되 졔 일일으난 수 채맛든 장수가 군호픽을 질거던 각 진의 젼파ᄒᆞ야 각긔 구함 청영ᄒᆞ라 졔 잇튼날는 쳔긔 청명함을 보고 풍낭니 이려나지 안니ᄒᆞ면 ᄒᆞᆫ변 불으거든 밥을 지어 먹고 일면으로 징을 치거든 각 진의셔 일자로 빅을 벌리고 청후ᄒᆞ라

〈39-앞〉

ᄯᅩ 셰변 불으거든 쥬장니 화션을 타고 물 여귀의 들어가 방포ᄒᆞ면 쳔화 납팔을 불으면 공삼차ᄒᆞ라 군호가 일엇타시 비밀ᄒᆞ니 뉘 능히 알리요 황기 일변 화션을 쥰비ᄒᆞ면 황셔을 써셔 됴됴의게 보닉면 오날밤의 황복션니 가노라 ᄒᆞ야거늘 됴됴 바다보고 지달리던 차의 황기 뒤예 젼션 ᄉ척니 싸라씨되 졔 일는 황기요 졔 이딕는 쥬틱요 졔 삼딕는 장흠니요 졔 ᄉ딕는 ᄒᆞᆫ당이라 각각 젼션 삼빅척식 거나리고 압퓨 화션 니십척식 셰우고 셔손의 방포ᄒᆞ고 남손의 길을 셰워 각각 등딕ᄒᆞ야다가 황혼의 힝군ᄒᆞ라 졀령ᄒᆞ니라 각셜 공멍이 ᄒᆞ구로 도라온니 현덕이 졔장을 거날리고 진젼의 나와 연졉하야 예필 후의 공멍니 졔장을 도라보와 왈 그딕 등도 평안ᄒᆞ신익까 ᄒᆞ고 자룡의게 분부ᄒᆞ되 너난 삼쳔병을 거나려 오음의 미복ᄒᆞ엿다가 오날밤 삼경의 됴됴 픽ᄒᆞ야 그리 올 거신니 듕노의 불을 노와 됴됴을 엄살ᄒᆞ라 ᄯᅩ 익덕을 불너 분부ᄒᆞ ᄯᅩ 그딕는 삼쳔병을 거나리고 이릉으로 가 ᄒᆞ구의 미복ᄒᆞ엿다가 됴됴 밥을 지을 거신니 사방의

〈39-뒤〉

ᄉ방으로 불을 노와 엄살ᄒᆞ라 미방 미축을 불너 분부ᄒᆞ되 너히는 강ᄒᆞ을 직키다가 픽ᄒᆞ야 도망ᄒᆞ는 군ᄉ을 잡고 군기을 탈취ᄒᆞ라 ᄯᅩ 뉴기을 불너

왈 그더는 강ᄒᆞᆫ 셩지을 직키라 공멍니 현덕을 쳥ᄒᆞ야 왈 쥬공은 오날밤의 양과 ᄒᆞᆫ가지로 놉픈더 올나 쥬유 젹벽강 화젼 션공함을 귀경ᄒᆞᄉᆞ니다 ᄒᆞᆫ니라 잇ᄯᅢ 운장니 겻터 셔씨되 종시 본쳬도 안니 ᄒᆞ거늘 운장니 참지 못ᄒᆞ야 칼노 ᄶᅡᆼ을 치먼 왈 소장니 션싱과 형장을 모시고 혀다 싸홈을 가ᄆᆡ 남의 뒤진 일니 업거는 오늘날 더젼을 당ᄒᆞ야 션공할 차의 소장을 쓰지 안니ᄒᆞ시니 무삼 연고잇가 공멍 왈 운장은 고히케 아지 마옵소셔 운장을 그 즁의 요진쳐의 보널 터이로더 써리는 일니 잇셔 못보너는니다 운장 왈 무삼 일을 써리는잇가 공멍 왈 젼일 됴됴의게 잇쓸 ᄯᅢ의 삼일 소연 오일 더연 상마의 은 일쳔양 ᄒᆞ마의 은 일쳔양 후더가 이려ᄒᆞ야쓰니 은혜을 싱각하먼 됴됴을 보와도 잡지 안니할 ᄯᅳᆺ ᄒᆞ온니다 됴됴 금야예 젹벽의 픠ᄒᆞ야 필

〈40-앞〉

경의 화룡도로 올 터이라 ᄒᆞ거늘 운장 왈 됴됴 과연 소장을 후더함이 잇쓰나 원소의 알양 문취 두 장수의 머리을 베혀 그 은혜 갑픠삿온니 다시 져을 보거던 엇지 노와 보너잇가 공멍 왈 만일 놋커드면 군법으로 시힝ᄒᆞ리라 운장니 혀락ᄒᆞᆫ니 공멍니 더히ᄒᆞ야 군즁 셔기을 불너 군영 다짐을 바드이 ᄒᆞ야쓰되 살등 됴됴는 ᄒᆞᆫ실지더역니라 니졔 쳔ᄒᆞ신민니 숙불살지리요 화룡도상의 젼일 수은을 싱각ᄒᆞ고 감셕 됴됴여든 군법 시힝ᄒᆞ야 멍볍 졍죄ᄒᆞ소셔 다짐을 올인 후의 운장 왈 만일 됴됴 화룡도로 안니 오면 엇지 ᄒᆞ잇가 공멍 왈 나도 다짐ᄒᆞ니다 ᄒᆞ고 공멍니 당부ᄒᆞ되 화룡손상의 불을 노와 됴됴을 뉴인ᄒᆞ소셔 운장 왈 연기 나면 복병이 인는 쥴 알고 엇지 그리 오잇가 공멍 왈 병법의 혀혀실실이라 ᄒᆞ야쓰이 됴됴 연기 남물 보면 반다시 다른 더 복병ᄒᆞ고 이 고더 혓불 노와 못가게 ᄒᆞ미라 ᄒᆞ고 그 질노 좃차 갈 거신니 옛

〈40-뒤〉

날 은혜을 싱각지 말고 노와 보니지 말나 운장니 쳔영ᄒᆞ고 관평 쥬창으로 ᄒᆞ야금 도수 오빅군을 오빅군을 거나니고 황룡도을 향ᄒᆞ야 가이라 현덕니 공멍다려 문왈 운장니 반다시 됴됴을 보면 차마 잡지 안니 할가 져어 ᄒᆞ는니다 공멍니 디왈 간밤의 쳔문을 보온직 됴됴을 쥭니든 못할 듯 ᄒᆞ기로 운장을 보니여 ᄒᆞᆫ갓 인졍을 쓰게 ᄒᆞ미 조흘 듯 ᄒᆞ미로소니다 현덕 왈 션싱의 신긔모ᄉᆞ은 셰상의 짝이 업나니다 ᄒᆞ고 직시의로 더부러 번구손의 올나 젹벽강 화공함을 귀경ᄒᆞ더라 각셜 잇ᄯᅴ 죠죠 졔장을 거나리고 황기 소식을 지다리던니 쳔만의외예 동남풍니 디작ᄒᆞ거늘 졍욱니 엿ᄌᆞ오디 ᄯᅳᆺ밧게 동남풍이 니려ᄒᆞᆫ니 싱상은 살피소셔 ᄯᅢ 안인 바람니 고이ᄒᆞ여니다 됴됴 디소 왈 동지의 일랑니 시싱ᄒᆞᆫ난니 그게 무삼 의심ᄒᆞ리요 공 등은 그런 염예말나 ᄒᆞ던니 잇ᄯᅴ 황기 화션 니십쳑의 뉴황 염초 인화지물을 실코 쳥포장의로 둘너치고 그 우의 쳥용 아

〈41-앞〉

그을 솝아 압셰우고 황기는 젼션의 놉피 안자 졔장을 호령ᄒᆞ여 지곡총 비을 노와 동남풍 부는 디로 됴됴 진을 바리보고 살 쏘다시 드려간니 됴됴 장상의 놉피 안자 ᄶᅥ오는 비 바리보고 디히ᄒᆞ야 ᄒᆞ는 말니 위수 강동 안니여든 어북션이 어니 오먼 쳔공귀로 안니여든 황기션이 어니오먼 이젹션 취건곤야의 월낙션니 어이 오라 암미도 황공복의 굴양 실은 비 졍영ᄒᆞ다 다시 이려 질거할 차의 졍옥니 엿ᄌᆞ오되 굴양을 실어쓰먼 쳔쳔이 오련만는 져려커 가부야니 ᄶᅥ오는 양을 보온직 암미도 간게 잇난가 으심이로다 ᄒᆞ고 셔로 으혹할 차의 자셔이 보니 쳥용긔 셰운 비 뒤히로 ᄧᅡ은 비머리의 동오 션봉디장 황기라 씬 긔을 두려시 셰워거날 그 긔호을 보고 분분ᄒᆞ야 엇지할 쥴을 모로던 차의 황기 션두의 썩 나셔며 외여 왈 동오 션봉장 황기을 네 안는다 ᄒᆞ먼 청용긔을 두르먼 호영ᄒᆞ니 좌우 화셔니 일시의 모라 됴됴 젼

션의 불을 질으고 일셩 호통의 틱손

〈41-뒤〉

니 무너지고 위수가치 눕는 듯 화강니 츙천ᄒᆞ고 연긔는 만강ᄒᆞᆫᄃᆡ 풍세 ᄃᆡ작ᄒᆞ야 돗ᄃᆡ 불려지고 용총쥴 써려지면 장막과 휘장니 다 부리 붓고 씨여진 틍노긔 유엽젼 편젼 화약 염초통니 모도다 불의 타셔 벽파ᄉᆞᆼ으 써나가니 젹벽화광니 낫갓도다 됴됴의 빅만ᄃᆡ병니 일시의 살 막고 물의 싸지고 칼 맛고 불 타고 팔도 부려지고 등도 터지고 다리 부려지고 목도 부려저 쥭난 지 부직니수아 됴됴 황겁ᄒᆞ야 일니져려 도망ᄒᆞᆯ 졔 황긔 빈을 밥비 모라 좃차 드려간니 됴됴 넉시 읍씨 쳔방지축 도망할 졔 장요 ᄃᆡ분ᄒᆞ야 철궁의 왜젼을 머게 황긔을 쏜니 변긔갓치 쌘은 살니 공즁의 놉피 써셔 황긔 홍즁을 맛친니 셔셩 졍봉니 ᄃᆡ경ᄒᆞ야 급피 황긔을 구안ᄒᆞ야 본진을 도라 보니니라 잇ᄯᆡ 졍옥니 됴됴을 구ᄒᆞ야 오림으로 도망ᄒᆞ니 동남풍니 외히려 더ᄒᆞ면 금고 함셩은 쳔지가 진동ᄒᆞ고 긔치 금극은 일월을 히롱ᄒᆞ어 신니 살난ᄒᆞᆫ지라 장흠 ᄒᆞᆫ당은 셔으로 좃차

〈42-앞〉

가고 쥬틱 진무는 동으로 좃차오고 쥬유 셔셩 졍봉은 즁게로 좃차와 여간 남은 군ᄉᆞ을 엄살ᄒᆞ면 군즁 긔게을 다 수운ᄒᆞ고 감영은 후진으로 가 차즁을 베히고 여모은 불을 노와 졉응ᄒᆞ니 뇌고 함셩은 항히가치 눕난지라 됴됴 황망니 도망할 졔 한편은 능통니라 이놈 됴됴야 어ᄃᆡ로 갈다 ᄒᆞ는 소ᄅᆡ 어간니 먹먹 졍신이 아득ᄒᆞ야 엇지 할 쥴 몰나 수플의 은신ᄒᆞ야 ᄒᆞᆫ 고ᄃᆡ 다다은니 일원ᄃᆡ장니 나셔면 ᄃᆡ호 왈 동오 후군장 감홍픽을 네 모로는다 닷지 말고 쌀니 ᄂᆡ 칼을 바드라 ᄒᆞ는 소ᄅᆡ 됴됴 ᄃᆡ경ᄒᆞ야 장합으로 감영을 막으라 ᄒᆞ고 말을 지촉ᄒᆞ야 도망할 졔 밤은 깁퍼 삼경니 되고 달은 흑운의 덥퍼 졍막ᄒᆞᆫᄃᆡ 게우 화번을 픽ᄒᆞ야 오림의 다다은니 ᄉᆞᆫ쳔은 혐악ᄒᆞ고 수목은

창쳔니라 됴됴 마승의셔 앙쳔딕소ᄒᆞ니 졔장니 엿ᄌᆞ오딕 쥬유 공명이 지모로 남병손의 졔픙고 젹벽으 화공ᄒᆞ야 팔십삼만 군니 초두난익 다 쥭고 남은 장졸니 갈 바을 모로난듸 무삼 졍신으로 웃는잇가 됴됴 왈 쥬유

〈42-뒤〉

쇠 업고 공명은 지회 부족함무로 이려ᄒᆞᆫ 요진쳐의 복병을 안니 ᄒᆞ엿기로 운노라 언미필의 일셩방포의 좌우복병니 일어나면 일은 딕장니 쳘니 용총 말을 타고 장창을 빗게 들고 얼골은 관옥갓고 눈은 식별갓고 소릭을 우릭갓치 질으면 딕질 왈 나는 상손 됴ᄌᆞ룡니라 우리 션상의 명영을 바다 너을 지달인 졔 오린지라 이놈 됴됴야 종쳔강ᄒᆞ면 종지츌ᄒᆞ라는앙 닷지 말고 닉창을 바드라 ᄒᆞᆫ니 됴됴 간담니 ᄡᅥ어지고 졍신이 어질ᄒᆞ면 두 눈이 캉캄ᄒᆞ여 셔황 장합으로 뒤을 막으라 ᄒᆞ고 졔우 도망ᄒᆞ야 호로곡의 다다은이 동방은 발거오나 흑운이 만쳔ᄒᆞ고 구진 비넌 소소ᄒᆞᆫ듸 여간 나문 군ᄉᆞ 가는 양은 그 안니 쳐양ᄒᆞᆫ가 젹벽 화광의 겁넌 군ᄉᆞ 수화돌을 만넌 즁의 눈비 셕거 막고가니 츕기은 고ᄉᆞᄒᆞ고 비곱파 못살것다 군ᄉᆞ을 촌여로 보닉여 양식을 노략ᄒᆞ야 밥을 지여먹고 물 전진 으갑을 바람길의 말니고 노약은 압을 세워 셔로 위로ᄒᆞ면 쳔지도지

〈43-앞〉

도망하여 가던니 일셩방포의 ᄉᆞ방으로 불니 이려나면 일원딕장니 나오난듸 호두용안의 얼골빗튼 슈먹갓고 골리눈을 부르쓰고 장팔 삼모창을 눈 우의 빗게들고 쳔동갓치 호령하되 나는 년인 장익덕니라 니놈 됴됴야 네 어딕로 도망하리요 쳔시을 모르고 엇지 감희 힝거하리요 밥비 나와 닉의 창을 바드라 하는 소릭 졔장니 귀가 먹고 군ᄉᆞ 낙담하야 졍신니 아득한지라 됴됴 장요 셔황 등으로 막그라 하고 도망할 졔 허졔는 안장 엄는 말을 타고 셔황은 날 ᄲᅢ진 칼자루만 쥐고간니 팔십여만 군졸니 불과 기빅명일네라 됴됴

그 중의 기갈리 자심하야 거의 죽게되고 군기와 마필도 다 엄는지라 빅여명 맛든 군ᄉ 한나히 나맛시니 어니 할리 동남퓽니 어인 지변인가 슈원슈구 하리요 기픠관니 탄식하되 금고 쉬틱 불의 타고 영기좃차 니려씨니 뉘라셔 듸답하리 듸장니 탄식 왈 일삼칠구 간곳 업고 니ᄉ육팔 업셔졋다 천망

〈43-뒤〉

아요 비젼지죄로다 한 군ᄉ 고하되 압푼 두 길니 잇ᄉ온니 어듸로 가올익가 됴됴 왈 니 싱각한니 율니 곤핍하여 험노로 갈 슈 업셔 듸로로 가자한니 복병니 잇실지라 화룡도로 가자한니 졍옥니 엿자오되 화룡도로 가다가 복병니 잇ᄉ오면 변통할 슈 업ᄉ온니 혀창으로 가ᄉ니다 됴됴 ᄭ지져 왈 병셔의 하여시되 실직혀요 혀즉실니라 ᄒ엿시이 공명이 아모리 꾀 만타 ᄒ들 우리 셰 번 쇠길손야 ᄒ고 군ᄉ을 지촉ᄒ야 화룡도로 드려가셔 쳔봉만악은 반공의 소ᄉ잇고 수목은 청쳔ᄒ듸 만악의 눈 씨이고 쳔봉의 바람 칠 ᄯ 화초목실 바리 업고 잉무 원앙 끈쳐난듸 어인 ᄉ가 울야만은 젹벽 화렴의 쥭은 장졸 소타무쳐 원졸되야 됴됴 픠군 미워라고 가지가지 우난 소릐 도탄의 싸인 군ᄉ 고힝이별 멋 힐넌고 귀촉도 불려귀라 실피 운다 져 두견ᄉ 울고 난이 져 쎄쑷ᄉ 우름 운다 여바라 두견조야 네난 고힝을 싱각ᄒ야 부려귀라 ᄒ건만은 도덕 잇난 우리 싱상 빅만군병 자랑턴니 금일

〈44-앞〉

픠군 웬 일인고 자칭영웅 간듸 업고 빅게도 무칙니라 니리 기면 입을 쎄쑥 쎄쑥 져리 가면 쏏쑥금 울고나니 져 슝연ᄉ 우름 운다 여바라 쏏쑥ᄉ야 말듯거라 네난 픠군 분심 싱각하야 운ᄃ마는 여순굴양 쇠진ᄒ고 촌여노락 한 ᄯ로다 소텡소텡 울고난니 져 쇠ᄶ리 우름 운ᄃ 여바라 슝연조야 네난 빅만군졸 쥬린ᄃ고 한틀 마라 난셰간웅 우리 싱상 어니 그리 꾀가 업셔 황기

으게 돌니난고 한창 니리 울고난니 져 각마구 우름 운ᄃᆞ 여바라 황금조야 네난 싱상임 쐬을 ᄂᆡ되 ᄑᆡ하난 쐬을 ᄂᆡᆺ다 ᄒᆞ고 운ᄃᆞ마는 편편ᄃᆡ로 마다ᄒᆞ고 심산총임 무삼 일고 져 가마구 각옥각옥 울고간다 져 쑥국ᄉᆡ 우름 운ᄃᆞ 여바라 오비조야 네난 양국을 인도한다마는 가련타 장졸더라 젹벽 화렴즁의 ᄂᆡᆼ병인들 안니 들야만은 그 군ᄉᆞ 악갑다 ᄒᆞ고 쑥쑥쑥쑥 실피 울고간ᄃᆞ 져 호반ᄉᆡ 우름 운ᄃᆞ 네난 ᄇᆡᆨ만군졸 병니 날가 의심한ᄃᆞ마은 장요난 무ᄃᆞᆫ니 살업ᄃᆞ고 셔려 마라 살

〈44-뒤〉

나간다 살 바드라 져 호반ᄉᆡ 실피 울고간다 져 종질리ᄉᆡ 우름 운다 여바라 호반조야 네난 츙셩니 지극ᄒᆞ여 일등명무시을 ᄉᆡᆼ각ᄒᆞᆫ다만은 공즁공즁 놉피 ᄯᅥ셔 동남퓽을 막아쥬라고 너울너울 울고난니 져 ᄶᅡ옥기 우름 운다 황ᄀᆡ 호통 겹을 ᄂᆡ여 벼신 홍포 ᄂᆡ 입어ᄶᅡ ᄶᅡ옥ᄶᅡ옥 실피 운다 져 할미ᄉᆡ 우름 운다 우숩 ᄊᆞᆺ티 결ᄂᆡᆫ 장졸 갈 수락 얄망궂다 복병 보고 도망마라 이리 가며 ᄑᆡᆼ당 긔리익 져리 가며 ᄑᆡᆼ당 긔리익 울고간이 쳬량ᄒᆞ다 각 ᄉᆡ소ᄅᆡ 됴됴 듯고 회심ᄒᆞ여 니은 말리 불상ᄒᆞ다 ᄂᆡ의 장졸 부모쳐ᄌᆞ ᄋᆡ정 ᄭᅳᆫ어 이별ᄒᆞ고 철니젼장 나왓다가 젹벽의 몰ᄉᆞᄒᆞ고 졔우 ᄉᆞ려난 군ᄉᆞ 창 맛고 살도 마져 십ᄉᆡᆼ구ᄉᆞ 되엿시이 어리ᄒᆞ여 가잔 말가 도로 장을 ᄌᆡ촉ᄒᆞ야 급피 도망할 졔 문득 바라보니 키 크고 위퓽 잇난 져 장수 퉁방울눈 불읏 ᄯᅳ고 삼각수 더펄더펄 웃둑 셔셔 됴됴을 바ᄅᆡ보이 됴됴 혼겅낙담ᄒᆞ야 졍신이 어질ᄒᆞᆫ지라 졍옥아 져긔 션는게 젼의 보든 운장니 안인야 ᄂᆡ 엇지 살ᄭᅩ 졍옥 왈 ᄉᆡᆼ상이 혼을

〈45-앞〉

일엇소 그거시 화룡도 장싱니요 됴됴 탄식ᄒᆞ는 말이 만고여웅 됴ᄆᆡ덕을 속길 ᄉᆞ람 엇건만은 일ᄀᆡ 장싱으로 나을 소거시이 그져 둘 수 업다 ᄒᆞ고 군ᄉᆞ

을 호령ᄒᆞ야 장싱을 ᄂᆡ입ᄒᆞ라 좌운 군ᄉᆞ 소ᄅᆡᄒᆞ고 장싱을 ᄂᆡ입ᄒᆞᆫ이 졍옥니 수기을 들고 ᄃᆡ상의셔 분부ᄒᆞ되 장싱은 들으라 네 일긱 장싱으로 신차 관운장지회용ᄒᆞ고 쥬안홍목으 삼각수 거살리고 상상 힝차의 불능굴신ᄒᆞ고 언연 독입ᄒᆞ야 만군즁을 놀ᄂᆡ게 ᄒᆞ이 참지으 당사라 쳥지굴평ᄒᆞ고 ᄉᆞ속고지ᄒᆞ와 장싱니 쥬왈 왈 살등차신니 골눅산지목으로 인위ᄃᆡ목ᄒᆞ야 ᄶᅡᆨᄶᅥ 인형ᄒᆞ고 입어노상이련니 금일 싱상 힝차의 불능굴신ᄒᆞ고 장읍불비ᄒᆞ니 논지죄상ᄒᆞ면 살지무셕이오나 원통ᄒᆞᆫ 원졍을 아뢰이다 만물지즁의 쳔황씨도 목덕으로 왕ᄒᆞᄉᆞ 우리 나무 ᄂᆡ엿신나 엇더ᄒᆞᆫ 나무은 팔ᄌᆞ 됴와 ᄃᆡ멍져 ᄃᆡ들보되야 오식단쳥 그려잇고 석상으 오동목은 거문고 복판 되아 남풍시 화답ᄒᆞ여잇고 나갓튼 팔ᄌᆞ 기박ᄒᆞᆫ 놈은 몹쓸 목슈놈이 ᄶᅡᆨᄶᅡᆨ다가 팔ᄌᆞ

〈45-뒤〉

업는 ᄉᆞ모풍ᄃᆡ 숌갹슈는 웬 일인고 글ᄌᆞ로 북거십니라 ᄒᆞ엿시니 손이 잇셔 문질으며 발이 잇셔 도망할갸 쥭도 사도 못ᄒᆞ고 지금가지 잇더니 금일 승상 힝ᄎᆞ의 불능굴신ᄒᆞ야 장읍불비 ᄒᆞᆫ게 목신인들 무슴 죄온잇가 통촉 후의 특위방송 하옵시믈 쳔만축수 ᄒᆞ옵ᄂᆡᄃᆞ 답졔 왈 여본공산지낙목으로 뉴구능언ᄒᆞ니 언족니 식비로ᄃᆞ 특위 방송ᄒᆞ면 왈 일후는 아무라도 무언ᄒᆞ라 됴됴 암상의 안ᄌᆞ 졍옥을 불너 왈 슐 부워라 너와 동빅동녁 노라보ᄌᆞ 일호쥬을 먹은 후의 ᄃᆡ취하야 ᄒᆞ는 말니 ᄃᆡ쳬 이번 ᄊᆞ홈의 픠ᄒᆞᆫ 일을 싱각하면 흉ᄒᆞᆫ 상놈의게 픠을 보왓고 유현덕니 ᄒᆞᆫ둉실니라 ᄒᆞ나 양손 되원의 취죵장ᄉᆞᄒᆞ고 자리 ᄶᅡ든 놈이요 소위 간운장니 긔남ᄌᆞ라 ᄒᆞ되 ᄒᆞ동셔 그릇장ᄉᆞᄒᆞ엿고 장비 졔가 고리눈을 호통은 잘ᄒᆞ나 탁군ᄯᅡᆼ의셔 졔눅장ᄉᆞ ᄒᆞ엿고 ᄌᆞ룡의 날닌 쳬ᄒᆞ되 상손 돌쏙의셔 ᄉᆡᆼ진 놈이요 졔갈양니 ᄭᅬ 잇는 쳬

〈46-앞〉

하되 남양ᄯᅡᆼ의셔 박가라 먹든 놈니라 져의가 날을 보와도 ᄂᆡ 안ᄒᆞ의 가실

싸고 몬나셔리라 졍옥니 엿ᄌᆞ오ᄃᆡ 병고ᄌᆞ 픽라 한니 싱싱니 져리 괴만하ᄃᆞ가 니려한 픽을 보와는니다 소장도 위국츙신으로 위가호ᄌᆞ라 슈화을 피하야 게우 니 고ᄃᆡ 와셔 이젹졔신하ᄌᆞ 한즉 고히한 일니 이렷케 곤궁하되 쳬모 엄는 우리 싱상임 일변일소 타시로다 승상니 복니 업셔 빅젼빅픽 하여 삽건니와 남의 히담하면 젼장의 싱부잇는잇가 졔발 마오 졔발 마오 됴됴 왈 남은 군ᄉᆞ 졈고나 ᄒᆞ여볼가 픽장 군졸 각각 졔 원졍으로 잔말니 비상하면 각기 우려 군즁의 곡셩니 낭자한니 됴됴 ᄃᆡ로 왈 ᄉᆞ싱니 유명커던 셜마 언지 하리 다시 우는 징 잇씨면 군법으로 시힝하리라 하고 졈고하자 한젹 어ᄃᆡ 할 것 잇는양 병들고 창 막고 활 막고 화독들고 팔다리 부려지고 다니 모양니라 싱각ᄒᆞ면 쳐랑하다 졍옥니 좌슈의 칼을 들고 우슈의 홀기을 들고 호령ᄒᆞ되 졈고 불춤ᄌᆞ는

〈46-뒤〉

볘히리라 우부좌ᄉᆞ 파총 일ᄃᆡ장의 왈낭셰 물고요 좌ᄉᆞ파부 쳔총ᄃᆡ장의 울능셰 울능셰가 드려온다 울능셰가 드려올 졔 한 다리 졀고 졀둑졀둑 드려온니 너는 엇지 이실터리가 되여는야 엿ᄌᆞ오되 장판괴 건네올 졔 도간군ᄉᆞ의 쇠도르씨을 마져 ᄒᆞᆫ 다리 불려져 병신니 되엿소 쳘리본국 어이 갈고 싱상은 말을 타쓰니 다리는 셩ᄒᆞ지요 다리 ᄒᆞᆫ나 박구워쥬시요 그놈 미친 놈이로다 좌부좌ᄉᆞ 파총소 삼ᄃᆡ장의 용통쇠 믈고요 마병ᄃᆡ장 골능쇠 그 놈니 졔일 놈인 쳬ᄒᆞ고 나즁의 불른닷고 노와 ᄒᆞ야 ᄒᆞ는 말이 쥭은 놈 불을나 말고 산놈 몬져 부어시요 됴됴 왈 그만ᄒᆞᆫ 일노 날을 논칙ᄒᆞ는다 이놈 쓴어 믈니치라 좌기병 초관의 덜넝쇠 믈고요 봉슈 별장의 강돌남니 돌남이가 드려온다 드려오든니마는 ᄂᆡ가 ᄌᆞ싱이 알외리다 ᄒᆞ더니 그놈도 잔소리 비상ᄒᆞ다 됴됴 왈 만이 나셧다 화병의 노구셰 물고요 졍옥니 군안을 ᄂᆡ던지고 방셩ᄃᆡ곡 ᄒᆞ는 말니 팔연풍진 초픽왕니 강동

〈47-앞〉

ᄌᆞ졔 팔쳔인으로 도강이셔 ᄒᆞ야다가 픽운니 당하야 계명산 츄야월의 장자방의 옥졔소릭 팔쳔병 흣터지고 초픽왕으 류면도강하야 오강의 자문ᄒᆞ엿단는 말을 듯고 우셔든니 하날리 미워하ᄉᆞ 팔십만 군ᄉᆞ 젼필싱공필취하야 소항의 무젹일는니 쳔만으의 동남풍의 불상코 가련한 우리 군사 젹벽강 고혼되야구나 죽은 군ᄉᆞ 고혼니나 고국 갈가 져의 부모쳐ᄌᆞ 츌문망 바릭다가 오는 ᄉᆞ람 반가라고 문난 말삼 무어시라 ᄃᆡ답하리 니렷타시 울 졔 됴됴도 함뉴하고 위로 왈 입라 졔장더라 일시싱픽는 병가상사라 한치 말고 어셔 가자 곤곤니 도라간들 젹벽원슈 못갑픎손가 한창 니리 탄식하면 횡하던니 젼군니 말을 머물너 가지 안ᄒᆞ거을 됴됴 문왈 어니 가지 안니 하난요 군ᄉᆞ 답왈 산곡 져근 질의 시벽비 만니 와 구령의 뮬리 만니 괴야 말굽니 진흑케 ᄲᅡ

〈47-뒤〉

져 갈 길이 업난니다 됴됴 ᄃᆡ로ᄒᆞ야 ᄭᅮ지져 왈 군ᄉᆞ라 ᄒᆞ난 것신 산을 만너면 질을 파고 뮬을 만너면 달니을 논넌 게 군ᄉᆞ라 ᄒᆞ거늘 엇지 이만ᄒᆞᆫ 진흑의 못간다 ᄒᆞ리요 늑고 약ᄒᆞᆫ 군ᄉᆞ는 뒤의 ᄲᅡᆯ코 강장ᄒᆞᆫ 군사는 흑을 파고 남무을 베혀 질을 만들어 급픠 발힝ᄒᆞ라 영을 어기난 지면 베히리라 군사 마지 못ᄒᆞ야 흑을 파먼 남물 베혀 질을 메힐 ᄉᆡ 쥬리고 질역ᄒᆞ야 ᄶᅥ구러져 죽넌 지 만커늘 됴됴 명ᄒᆞ야 잠간 쉬히라 ᄒᆞᆫ니 군사 일시의 산탐니와 연자을 지벼던지고 쉬일 ᄉᆡ ᄒᆞᆫ 군ᄉᆞ 울먼 왈 너의 신셰을 ᄉᆡᆼ각ᄒᆞ니 엇지 셔럽지 안이 ᄒᆞ리요 십팔셰의 ᄉᆡᆼ상을 ᄶᅡ라 부모을 이별ᄒᆞᆫ 졔 오릭라 다른 형제 업고 뉘라셔 우리 부모을 봉향ᄒᆞ먼 삼십이 넘도록 쳐자이 업시니 오날날 화룡도의셔 죽은니 뉘라셔 후ᄉᆞ을 이을고 속졀업난 너의 ᄇᆡᆨ골 무쥬고혼니 안이 잇가 ᄯᅩ ᄒᆞᆫ 군ᄉᆞ 나셔먼 우려 왈 너의 셔름 드려보소 삼ᄃᆡ독자로셔 십셰을 다못머거 양친을 이별ᄒᆞ고 혈혈단신 니너 몸 일가친척 바릭 업다 이십셰의

의혼턴니 혼일니 못당

〈48-앞〉

ᄒᆞ야 군즁의 썝시니 부모 분묘의 풀인들 뉘라셔 비혀쥼고 이졔와 화룡도 혼이 된들 너의 신체 뉘가 차지면 후ᄉᆞ니 끈쳐지니 엇지 안니 셔울손가 ᄯᅩ ᄒᆞᆫ 군사 울면 왈 너의 셔음 드러보소 십구셰의 셩혼하야 셩예을 졔우 하고 그날밤 심겡시의 젹벽강 싸홈 가자 상토을 잡아 이렷케 한니 너의 안히 겨동 보소 나삼이을 부어잡고 낙누하며 우난 마리 치라삼겡 지픈 밤의 날을 혼자 두고 어ᄃᆡ을 가시리요 한변 니별할 졔 혼장니 끈어지것다 엇지 한니 안될소양 졀ᄃᆡ가인을 한변 니별 휴 소식니 돈졀한니 엇지 안니 셔울리요 할 일 업시 화룡도의 고혼니 되리로다 ᄯᅩ 한 군ᄉᆞ 나셔며 우려 왈 너의 셔름 드려보소 부모형졔 다른 혀륙 젼히 업고 우리 부모 오십의 나을 나셔 이지즁지 질너너여 십육셰의 셩혼한니 어엽쑨 너의 안ᄋᆡ 얼골도 곱건니와 여공지질 졔일니라 십팔셰의 싱남한니 이 안니 경살넌가 뷰뷰금실 즁한 마음 쳔

〈48-뒤〉

ᄒᆞ의 문쌍니라 빅연히로 ᄒᆞᄌᆞ써니 십구셰의 종군하야 삼십니 오늘니라 당상빅발 양친 쳘니젼장의 보넌 자식 사라올가 바릐시며 눈물만 흘니면셔 말할 날리 젼니 업다 니팔청춘 졀문 안ᄋᆡ 니미 우의 손을 언고 장탄타루 하는 말니 보고지게 우리 낭군 언졔나 올가 삼시츌문 바리넌 눈 ᄯᅳ려지게 되것구나 동산의 돈난 달을 다시 본니 그도 ᄯᅩ한 슈심이요 청쳔의 ᄯᅳᆫ 기력이 짝을 불너 울고간니 그도 ᄯᅩ한 슈심니라 젼젼반칙 잠 못이룰 졔 어린ᄌᆞ식 씨다듬고 한슘지며 니른 말리 네의 부친 언지나 올나는지 오시거든 졀하여라 니렷타시 집푼 식각 다시 보지 못하고 화룡도 험한 질의 무쥬고혼 가련ᄒᆞᄃᆞ 익고익고 울고난니 ᄯᅩ 한 군사 썩 나셔며 우넌 말니 여보소 셜운 말 그

만 하소 ᄂᆡ 셜음 ᄌᆞᄂᆡ 셔음만 못한 ᄇᆡ 안니네마는 우션 ᄇᆡ 곱파 ᄂᆡ 쥭것다 우리 여ᄲᅮ고 고은 임 어셔 만나 한상의 바다 먹든 밥 한 그럭 다시 먹어불가

〈49-앞〉

가삼을 ᄯᅮ달니면 실ᄑᆡ 통곡한니 모든 군ᄉᆞ 일시의 곡셩니라 됴됴 듯고 ᄃᆡ로하야 ᄭᅮ지져 왈 ᄉᆞ싱니 다 쳔명닌듸 엇지 할니요 다시 우난 ᄌᆡ 이시면 셰워두고 베히리라 군사을 호령ᄒᆞ야 질을 메히고 발힝할 식 협한 ᄃᆡ을 졔우 넘어 됴됴 그 편ᄒᆞᆫ ᄃᆡ을 당도ᄒᆞ야 됴됴 마상의셔 ᄎᆡ을 들어 크게 우신이 졔장 왈 싱상이 우시면 오날노 보건ᄃᆡ도 도쳐의 군마을 쥭여ᄊᆞ오니 엇지 ᄯᅩ 운난잇가 됴됴 왈 졔갈양니 ᄭᅬ 업난 ᄌᆞ로다 날로 ᄒᆞ여금 터을 박구워씨면 여긔잇다가 복병할지라 만일 니 곳시 일진군마 복병ᄒᆞ엿시면 너의 등니 ᄉᆞ라살소양 말니 맛지 못ᄒᆞ야 일셩방포 들니거늘 졍옥니 엿ᄌᆞ오ᄃᆡ 복병인가 보오이 됴됴 왈 화룡 손즁으로셔 ᄊᆞᆼ 잡는 퇴슈 총소ᄅᆡ로다 ᄯᅩ ᄒᆞᆫ변 응표ᄒᆞ이 됴됴 왈 이렷케 큰 손즁의 표수 ᄒᆞᆫ나ᄲᅮᆫ일손양 ᄯᅩ 북소ᄅᆡ 뇨란ᄒᆞ니 이거신 완구ᄒᆞᆫ 복병이요 됴됴 왈 이련 명손의 ᄃᆡ철리 업실손양 자듀나는 북소ᄅᆡ로다 북소ᄅᆡ 연속나면 고각 함셩 취ᄐᆡ 호통 지셩니 벽역

〈49-뒤〉

각고 좌우로 쳐쳐이 온니 금극니 젼후 나열ᄒᆞ야 ᄒᆞᆫ날의 다혓쓰이 졍신니 캉캄ᄒᆞ고 어간니 먹먹ᄒᆞ야 ᄋᆡ고 이게 웬 인일고 녹도무쳐요 욕듀무쳐로다 이 일을 어니 할리 싱ᄑᆡ는 ᄌᆡ덕니요 부ᄌᆡ강약니라 영ᄉᆞ연졍 심와 보ᄌᆞ 엇ᄶᅥᄒᆞᆫ 장수 왓나 보와라 졍옥 왈 낫빗이 검고 눈이 누리고 슈엄니 타박ᄒᆞᆫ니 분명 장빈가 ᄒᆞ노이다 됴됴 왈 이졔는 할 슈 업ᄡᅡ 장판긔 일셩호통의 거이 쥭다 게우 ᄉᆞ라던니 이졔는 살 슈 업다 염십긔게나 차리라 ᄒᆞ고 다시 살ᄑᆡ보라 ᄒᆞ이 황신긔 밧탕의 황금ᄃᆡᄌᆞ로 ᄡᅧ쓰되 ᄒᆞᆫ슈졍후 관운장이라 늠늠ᄒᆞᆫ

긔상이 쥬안홍목의 삼각슈 거살리고 황금갑쥬의 젹토말을 타고 청용도을 빗겨들고 밍호갓치 오는 긔상 비룡갓치 빠른지라 졍옥니 엿ᄌᆞ온되 이 군ᄉᆞ 가지고 운장과 ᄊᆞ호다가는 즁인 볌의게 고긔을 쥼이라 경각의 몰ᄉᆞ할 터인니 간졀니 비려나 보소셔 됴됴 왈 ᄂᆡ 일홈이 삼국의 뉴명ᄒᆞᆫ니 셜혹 비려 ᄉᆞᆫ ᄃᆡ도 뭇ᄉᆞ람의 치소을 엇지 ᄒᆞ라 참아 못빌것다 그리 말고 ᄒᆞᆫ 외 잇다 나을 구령의 눕피고 현 장막을 치고 너

〈50-앞〉

의난 발ᄉᆡᆼᄒᆞ고 셜이 우되 가련타 됴싱상은 ᄒᆞ날이 쥬신 츙셩으로 쳔ᄌᆞ의 명을 바다 통일쳔ᄒᆞ 하라 ᄒᆞ고 말리젼장 나왓다가 즁노 긔ᄉᆞᄒᆞ야쓴이 명쳔이 무심ᄒᆞ야 공명도 못 일우고 노즁고혼 영결종쳔 ᄒᆞ엿구나 ᄒᆞ고 울면 싱장니나 집고 갈 터인니 그 외 엇쩌ᄒᆞᆫ양 졍옥 왈 엿튼 외을 쓰지 마오 ᄉᆞᆫ 됴됴의 목도 베힐 낫고 몃몃치 눈니 불거는듸 쥭은 됴됴 목 벼혀가긔 걱졍되리요 청용도 든는 칼노 목만 베혀가면 목의 움니 나면 싹이 날가 비려도 못 보고 목만 일을 거시니 두말 말고 비려나 보소셔 운장은 본ᄃᆡ 의긔가 즁ᄒᆞ고 ᄯᅩ 아ᄋᆡᄉᆞ람을 두호ᄒᆞ난 이요 굴ᄒᆞ는 ᄉᆞ람은 참아 쥭이지 못ᄒᆞᆫ는지라 혹 들릇ᄒᆞ이 어셔 밧비 비릇시요 됴됴 시살만 ᄒᆞ고 죵시 비지 안니 ᄒᆞ이 졍옥이 간쳥 왈 월왕 구쳔니도 회게산의 젼픠ᄒᆞ야 볌여의 말을 듯고 쳥우신의 쳡이 되야 당ᄒᆞᆫ 욕을 면ᄒᆞᆫ 후의 본국의 도라와셔 원슈을 갑ᄒᆞ잇고 틱조 고황졔는 흉노의 픠을 입어 빅등칠일 싸엿다가 진평의 외을 써셔 화친ᄒᆞ고 도라와 ᄉᆞ빅연 사직을 직혀쓴이 싱상도 오늘 운장의게 비려 화을 면

〈50-뒤〉

면ᄒᆞᆫ 후의 젹벽강 원슈 갑쓴면 못할 빅 안이로소이다 됴됴 왈 살면 당힝이나 만일 쥭으면 엇지ᄒᆞ야 올탄 말가 그ᄃᆡ 말리 그려ᄒᆞ이 ᄉᆞ싱간의 비려보자 마상의 나려 운장을 바ᄅᆡ보면 몸을 굽혀 ᄒᆞ는 말니 긔쥬지ᄉᆞ는 뷸비라

ᄒᆞᆫ이 운장은 이별니 오리라 그간 무랑ᄒᆞ온잇가 운장도 마상의셔 몸을 굽혀 답예 왈 싱상도 평안ᄒᆞ온잇가 션싱의 명을 바다 이 고ᄃᆡ 복병ᄒᆞ고 지달인 졔 오리던이 승상의 명이 진ᄒᆞ야난지라 잔말 말고 ᄂᆡ의 날난 칼을 바드라 됴됴 ᄋᆡ연이 비려 왈 불ᄉᆞᆼᄒᆞᆫ 픽군장졸 갈 길이 업ᄉᆞ오니 장군의 활달ᄒᆞᆫ 마음으로 고졍을 싱각ᄒᆞ와 길을 빌여쥬옵소셔 잔명을 보존ᄒᆞ것ᄉᆞ온이 집피 싱각ᄒᆞ소셔 운장 왈 ᄂᆡ 젼일 싱상의 은혜을 바다ᄊᆞ오나 원소의 멍장 니멍을 잡아쥭여 싱상의 은혜을 갑ᄒᆞ난지라 됴됴 왈 장군 말슴 당연ᄒᆞ오나 오관의 참뉵장할 ᄯᆡ ᄂᆡ 마암 ᄃᆡ강 짐작ᄒᆞ올이다 ᄃᆡ장부 신의가 쥬장니라 장군은 츈츄ᄃᆡ의을 아르시건이와 집피 싱각ᄒᆞ소셔 뉴관장니 도원결으ᄒᆞ고 황권젹의 픽을 보고 거처

〈51-앞〉

을 몰을 ᄯᆡ의 장군을 모셔다가 별궁의 모셔두고 조셕으로 문안할 젹의 쳔ᄒᆞ절식 초션이을 쥭여쓰되 무어시라 ᄒᆞ여쓰면 상마으 은 일쳔양 ᄒᆞ마의 은 일쳔양 별보화을 익계잔코 드려 ᄯᅥ나가실 ᄯᆡ의 ᄂᆡ 나라의 오관장수 진멍과 초션이을 ᄒᆞᆫ 칼의 쥭여쓰되 ᄂᆡ 반졈 원심 업ᄉᆞ오니 급피 싱각ᄒᆞ옵소셔 운장 왈 ᄂᆡ 그ᄯᆡ 불힝ᄒᆞ야 네 나라의 가실 ᄯᆡ 원소의 장수 알랑 무취 쥭이려 갈 제 ᄉᆔᆯ을 권ᄒᆞ거늘 ᄂᆡ 엇지 공 엄난 ᄉᆔᆯ을 먹으라 ᄒᆞ고 일고셩 ᄒᆞᆫ 칼노 알랑 무취 베혀들고 도라올 졔 부은 ᄉᆔᆯ니 식지 안니 ᄒᆞ여쓰면 초션이는 뇨물이라 만일 살여두면 위국 망할 쥴을 어이 알니 금은보화는 별궁의 던져두고 쳘이힝장 일낭 즁의 일푼젼 안니 너코 나와쓰이 잔말 말고 칼 바드라 일셩방포의 됴됴 졍신니 아득ᄒᆞ야 쥭는다시 업ᄯᅥ거늘 운장니 그 졍상을 보고 치근 가려ᄒᆞ야 ᄂᆡ렴의 싱각ᄒᆞ되 ᄂᆡ 됴됴의게 잇실 ᄯᆡ 삼일 소여 오일 ᄃᆡ연ᄒᆞ여 금은을 익기지 안니ᄒᆞ고 우리

〈51-뒤〉

형슈 감부인 미부인을 평안이 모셔쓰면 철리 젹토말을 쥬워쓰니 혀다흔 은혜을 싱각하미 차마 인정간의 쥭일 수 업셔 쥬져ᄒᆞ든 차의 됴됴 다시 이걸ᄒᆞ되 장군 투고도 소장의 투고요 입어신 갑옷과 쥐신 칼과 타신 말도 다 소장니 들인 비라 ᄂᆡ 칼의 ᄂᆡ가 쥭기 원통ᄒᆞ온이 장군은 집픠 싱각ᄒᆞ와 잔명을 살여쥬소셔 ᄒᆞ고 ᄯᅩ 됴됴의 졔장 군졸니 쳐분만 지달이드이 쥬창니 보다가 참지 못ᄒᆞ야 말쏩비을 ᄂᆡ던지고 넙떠셔면 ᄃᆡ질 왈 장군 안식을 보온니 ᄒᆞ신 마음으로 싱각니 간졀ᄒᆞ와 쳑칼의 볘힐 놈을 이졔까지 살여둔이 엇지흔 마음인지 옛날 초픽왕의 일을 싱각지 못ᄒᆞ신잇가 됴됴는 쳐셰지능신니요 난셰지간웅니라 이졔 노와 보ᄂᆡ고 현쥬와 션싱 젼의 무삼 말노 ᄒᆞ오잇가 소장니 ᄌᆞ바 가올니다 ᄒᆞ고 쳘퇴갓튼 쥬먹을 쥐고 달여드려 믹쌀을 잡고 가로ᄃᆡ 죠죠야 네의 명이 ᄂᆡ 장즁의 달여다 ᄒᆞ먼셔 쥬먹이 점점 각가오면 쥬기려 ᄒᆞ이 명진경각니라 운장니 보다가 뷸상니

〈52-앞〉

역겨 마ᄒᆞ의 뛰여나려 쥬창의 손을 잡고 말유ᄒᆞ여 마라 마라 노와라 노와라 ᄒᆞ니 쥬창이 손을 노코 물너나이 됴됴의 기식이 반싱반ᄉᆞ ᄒᆞ거늘 잇ᄯᅢ의 졍옥니 ᄃᆡ셩통곡 ᄒᆞ드라 운장니 참람 쥭기지 못ᄒᆞ고 말머이을 돌려 도라션이 졍옥이 됴됴을 업고 졔우 쥬졈의 가셔 치약 구병ᄒᆞ드라 각셜 운장니 본진의 도라와 엄예ᄌᆞ지 ᄒᆞ드이 ᄌᆞ룡 익덕은 큰 공을 밧치고 운장은 공니 업셔 흔 모통이의 기운 업시 셧거늘 공명 왈 장군니 죠죠을 잡아 ᄃᆡ공을 일유원는듸 히식이 업시면 좌우을 보아 ᄉᆞ지져 왈 관장군니 ᄃᆡ공을 일유고 오시거늘 무심히 ᄉᆞ레가 업난요 운장 왈 됴됴을 잡지 못힛삽기로 ᄃᆡ죄차로 잇든이다 션상의 쳐분ᄃᆡ로 ᄒᆞ옵소셔 공멍 왈 됴됴가 화룡도로 안이 가든잇가 운장 왈 됴됴을 보와도 지죠 업셔 잡지 못하여삽난다 공멍 왈 됴됴의 장졸은 얼미나 잡바난잇가 장졸도 못잡어삽ᄂᆡ다 공멍니 ᄃᆡ로 왈 장군이 다짐

두고 가셔 됴됴을 노와보니신이 군볍으로 시힝ᄒ

〈52-뒤〉

여두 셔워 말나 ᄒ고 무ᄉ을 호령ᄒ야 운장을 베히라 ᄒ니 무ᄉ 영을 듯고 운장을 압세우고 원문 밧기 나오니 잇ᄯ 현덕이 이 말을 듯고 쳔방지방 ᄯ차나와 운장으 혀리을 잡고 션싱젼의 비려 왈 우리 삼인니 졀의할 ᄯ ᄉ싱을 함긔 ᄒ긔로 언약ᄒ엿ᄉ온이 션싱은 용셔ᄒ엿다가 일후의 공으로 속죄ᄒ소셔 ᄒ이 공멍이 마지 못ᄒ야 논졔ᄒ고 물니친이 운장은 이려함으로 의셕됴됴ᄒ야 명젼쳔츄 ᄒ신이라 각셜 쥬유 젹벽군ᄉ을 거두워 도라와셔 각각 졔장의 공뇌을 손권의계 보ᄒ고 어든 거셜 졔장의계 분급ᄒ고 군ᄉ을 진발ᄒ여 남군을 취코ᄌ 할 ᄉ 쥬유 거듕ᄒ여 강변의 유진ᄒ여던이 문득 군ᄉ 보ᄒ되 유현덕의 사자 손각이 와셔 도독의게 ᄉ려코ᄌ ᄒᆫ다 ᄒ거늘 쥬유 쳥ᄒ여 예을 맛친 후의 손각니 왈 쥬공이 특별이 날을 보니여 박ᄒᆫ 결로 치ᄒᄒ나이다 쥬유 문왈 황슉이 어딕 인난요 손각니 왈 유강의 계시난니다 쥬유 놀니여 왈 공멍도 유강의 인난야 손각 왈 공멍니 쥬공으로 더뷰려 유강의 인난니다 쥬유 왈 그딕 먼져 도라

〈53-앞〉

가라 니 ᄯᄒᆫ 가셔 회ᄉᄒ리라 손각이 도라가니 노숙이 쥬유다려 무왈 악가 도독이 엇지 놀니시난잇가 쥬유 왈 유비 유강의 둔병ᄒ엿신이 반다시 남군을 취코져 ᄒ미라 우리 등이 허다ᄒᆫ 졀영만 허비할 ᄲᅮᆫ 안리라 지금 남군 취ᄒ기난 여반장인듸 뉴현덕이 유강구의 둔병ᄒ고 손각을 보니여 우리 등의 마음을 탐지ᄒ미라 엇지 놀니지 안니 ᄒ리요 노숙 왈 그려ᄒ면 도독은 엇지 ᄒ려 ᄒ신잇가 니 친이 가셔 져의로 더부려 말할 ᄯ의 니 몬져 남군을 취ᄒ리라 하면 져의는 어중취ᄉ할 마음인니 엇지 니 말을 어기리요 노숙 왈 그려할진뎐 나도 함게 가리다 어시예 쥬유 노숙을 더뷰려 삼쳔군

을 거날이고 뉴강의로 나려가이라 차셜 손각이 도라와 현덕의게 고왈 쥬유 쏘훈 친이 와셔 회스훈다 흐던이다 현덕니 고명다려 문왈 쥬유 오난 쓰신 엇더훈 일니요 공명니 딕왈 회스할여 옴이 안니라 남군을 위흐여 오난이다 현덕 왈 졔 만일 군스을 거나리고 오면 엇지 딕답흐리요 공명 왈 딕답은 엿차엿차 흐소셔 문덕 보흐되 주육 노슉으로 더부려 군스을 거나리고 온다 흐거

〈53-뒤〉

날 공명이 자룡으로 흐여금 영졉흐니 쥬유 드려오면 현덕의 군졔 웅장흐물 보고 심히 불란흐더라 힝흐여 영문의 일은이 현덕 공명니 마즈드려가 예필 좌졍 후의 현덕니 잔치을 비셜흐야 관딕할 시 슐이 두워 슌비 지난 후의 쥬유 문왈 황슉이 니곳의 둔병흐이 남군을 취코즈 흐난잇가 현덕 왈 드르이 도독니 남군을 취훈다 흐기로 도웁고져 왓난이 만일 도독이 취치 안이흐면 닉 취코즈 흐노라 쥬유 소왈 우리 강동니 훈강을 취코즈 훈 졔 오련지라 이졔 남군이 장즁의 잇신이 엇지 취치 안니흐리요 현덕 왈 싱부난 미리 졍치 못흐난이 됴됴도 갈 써의 됴인으로 남군을 믹겨신이 반다시 깃특훈 꾀 잇실 겨시요 쏘 검흐여 됴인 용밍은 당흐기 어려운이 져어흐건딕 장군이 취치 못홀가 흐난이다 쥬유 왈 닉 만일 취치 못흐거던 황슉이 취흐소셔 현덕 왈 좌경과 공명니 징참흐여신이 도독으 후회 말나 노슉니 쥬져흐고 딕답지 안이 흐이 쥬유 왈 딕장부 임우 훈 말을 닉가 엇지 후회흐리요 공명니 왈 도독의 말이 심히 공편흐도다 몬져 동오의 스양흐여 만일 취치

〈54-앞〉

못흐거던 쥬공이 취흐소 쥬유 현덕을 이별흐고 가거늘 현덕이 공명다려 문왈 악가 션싱의 가라치난 말삼으로 딕답흐여시나 아지 못게라 션싱으 소견의난 엇지 흐야 그리흐라 흐신잇가 닉 외로옴니 용신할 곳시 업기로 아직

남군을 어더 몸이 용납고져 ᄒᆞ여던니 이졔 몬져 동오의 허락ᄒᆞ이 동오의셔 몬져 어드면 우리 어디을 어더 뉴할이요 공명니 디소 왈 당초의 쥬공을 권ᄒᆞ야 형쥬을 취ᄒᆞ라 ᄒᆞ여도 쥬공니 듯지 안이 ᄒᆞ시던니 금일의 쇠각ᄒᆞ신난잇가 현덕 왈 젼일의난 유경싱의 짱이기로 차마 취치 못ᄒᆞ여던니 이졔난 됴됴의 짱이라 엇지 취치 못할이요 공명 왈 쥬공은 근심 말나 조만간의 닉 쥬공을 가릇쳐 남군 셩즁의 놉피 좌졍ᄒᆞ게 ᄒᆞ리다 현덕 왈 엇지 그려 ᄒᆞ리잇가 공명 왈 여차여차 할니이다 현덕니 디히ᄒᆞ야 뉴강의 둔병ᄒᆞ고 움지기지 안이 ᄒᆞ더라 각셜 쥬유 노슉이 본진의 도라와 장디의 좌졍 후의 노슉이 쥬유다려 문왈 엇지 남군을 현덕의계 허락ᄒᆞ여난잇가 쥬유 왈 닉 이졔 남군 엇기난 장즁의 인난이 현덕의계 허락ᄒᆞ기난 것짓 허락

〈54-뒤〉

ᄒᆞᆫ 말이로다 ᄒᆞ고 장화 졔장의게 문왈 뉘 능히 션봉이 되여 남군을 취할고 ᄒᆞ이 좌즁 일인니 응셩ᄒᆞ겨날 모다 보이 니난 장흠이라 쥬유 디히하야 장흠의로 션봉을 삼고 셔셩의로 뷰장을 삼야 군ᄉᆞ 오쳔을 거나이고 가 남군을 쳐 큰 공을 일우라 닉 디군을 거나리고 졉응ᄒᆞ리라 차셜 됴인니 남군의 잇셔 됴홍으로 이릉을 직키여 의각진셰을 살피던이 문득 군ᄉᆞ 보ᄒᆞ되 오병이 장강의 덥퍼온다 ᄒᆞ거날 됴인니 왈 셩을 구지 직키고 싸오지 안이 함이 상칙리라 ᄒᆞ이 우금 분연 왈 젹병니 일르는디 싸오지 안이함은 이난 겁함이라 혀물먼 우리 등니 ᄉᆡ로 픽ᄒᆞ야시나 오병을 엄살ᄒᆞ야 져의 어기을 써글지라 원컨디 오쳔병을 빌이시면 닉 죽기로 결단ᄒᆞ고 함번 싸오니다 됴인니 그 말을 좃차 우금으로 ᄒᆞ여금 정병 오쳔을 쥬어 나가 싸오라 ᄒᆞᆫ이 우금니 응셩 츌마ᄒᆞ야 졍봉을 마자 싸와 ᄉᆞ오함의 이르러 졍봉니 거짓 픽ᄒᆞ여 다려나이 우금이 군ᄉᆞ을 모라 급피 좃차 오진 즁의 달여든이 좌우 복병니 이러나 우금을 외워쏘고 시셕이 비 온듯 ᄒᆞ거날 우금니 좌우로 츙돌ᄒᆞ야도 벼셔

〈55-앞〉

나지 못하난지라 잇쎄 조인니 셩상의셔 바리본이 우금이 픽하야 젹진의 싸이여거날 급피 말을 달여 젹진의 드려가 좌충우돌하여 우금을 구하여 닉고 본이 또 수십장샤 쓰엿거날 다시 젹진을 헤쳐 장졸을 구하야 나오던니 장흠을 마나 크게 싸울식 조인니 우금니 병역하여 싸우고 또 조인의 아우 조순니 엄살한이 오병이 딕픽하여 도라와 조인의게 픽한 ᄉᆞ연을 쥬유의게 고ᄒᆞᆫ딕 주유 딕로하야 장창을 잡아닉여 베히라 한니 즁징니 고간하여 먼하엿는지라 쥬유 군ᄉᆞ을 총독하야 조인을 치고져 하겨늘 감영 왈 조인 조홍니 의각지셰 삼아 조홍이 니릉을 직히온니 소징니 삼쳔군을 거나려 조홍을 치면 조인니 반다시 구할 거신이 그 틈을 타 도독은 남군을 쥐ᄒᆞ소셔 쥬유가 그 말을 좃차 감영으로 이릉을 친니 과연 쳬탐니 조인께 보한니 조인니 진괴을 청ᄒᆞ여 상으ᄒᆞᆫ니 진괴 왈 이릉을 만일 이르면 남군이 위틱할인니 쌀니 구하소셔 조인니 조순을 명ᄒᆞ야 조홍을 구하라 한니 조순니 몬져

〈55-뒤〉

ᄉᆞ람을 보닉여 약속하되 조홍이 몬져 셩박기 나와 도젹으로 ᄊᆞ와 윤인하면 우리 등이 좌우로 엄살하리라 하여거늘 군ᄉᆞ을 거나리고 셩박게 나와 감영을 마ᄌᆞ ᄉᆞ와 이십합의 이르려 조홍이 거짓 픽하여 닷거날 감영이 니릉 셩즁의 드려가 빅셩을 진무ᄒᆞ던이 황혼의 니르려 조순 우금니 좌우로 이릉을 에우고 치거날 감영니 급피 주유게 보ᄒᆞᆫ니 주유 듯고 딕경하는지라 졍보 왈 급피 구완병을 말하소셔 니 ᄡᅡᆼ은 요지쳐라 우리 군ᄉᆞ을 나누어ᄶᅡ가 만일 조인이 틈을 타 엄십 ᄒᆞ먼 엇지 ᄒᆞ리요 졍봉 왈 감영은 강동 명장니라 엇지 안이 구ᄒᆞ리요 쥬유 왈 닉 친이 구ᄒᆞᆫ코쟈 ᄒᆞ나이 뉘 능히 닉 소임을 맛다 이 고실 직키리요 여몽니 왈 능통의게 막기소셔 능통 왈 십일 안은 소장니 당ᄒᆞ련이와 만일 십일리 지닉면 당치 못ᄒᆞ리다 쥬유 허락ᄒᆞ고 쥬유 직일의 발힝ᄒᆞ이 졍봉 왈 이릉은 남벽소로라 남군의로 가난 큰 질리 잇ᄉᆞ

오니 군ᄉᆞ을 즁노의 보ᄂᆡ여 남문을 벼혀 길을 막으시면 젹병이 픽ᄒᆞ여 남군으로

〈56-앞〉

가다가 길이 막키오면 반다시 마필을 다 발이고 다라날인이 군ᄉᆞ로 ᄒᆞ야금 마필을 취ᄒᆞ소셔 쥬유 금 말을 올히 역거 군ᄉᆞ을 보ᄂᆡ여 길을 막으라 ᄒᆞ고 군ᄉᆞ을 지촉ᄒᆞ야 이릉 셩ᄒᆞ의 일르려 뉴진ᄒᆞ고 졔장을 도라보와 왈 뉘 능히 젹진즁의 드려가 감영을 구ᄒᆞ리요 쥬티 응셩ᄒᆞ거늘 쥬유 ᄃᆡ히ᄒᆞ야 직시 군ᄉᆞ 오빅을 쥬이 쥬티 칼을 들고 젹진을 항ᄒᆞ이 잇ᄯᆡ 감영니 셩ᄉᆞᆼ의셔 쥬티 군 몰라옴을 보고 군즁의 지위ᄒᆞ여 일졔이 츙살ᄒᆞᆫ이 조홍 조순 등이 일면으로 됴인의게 보ᄒᆞ고 일먼의로 영젹ᄒᆞ던이 감영 쥬티 좌우로 엄살ᄒᆞᆫ니 됴병니 젼ᄃᆡ지 못ᄒᆞ야 이릉을 발니고 남군을 향ᄒᆞ야 닷던이 즁노의 길이 믹키 말이 능히 가지 못ᄒᆞ이 말을 다 발니고 닷는지라 군즁의 혀다ᄒᆞᆫ 마필 기게을 어더 도라오난지라 이날밤의 쥬유 ᄃᆡ병을 모라 남군셩ᄒᆞ의 당ᄒᆞ이 됴인니 크게 근심ᄒᆞ여 즁장을 모와 방젹할 뫼칙을 의논할 ᄉᆡ 죠홍 왈 목ᄒᆞ의 이릉을 일코 ᄯᅩ 남군이 위티ᄒᆞ오이 싱ᄉᆞᆼ이 가라치은 비게을 쓰소셔 됴인니 문득 ᄭᅵ치고 군ᄉᆞ을 오경의 밥 머기고 셩ᄉᆞᆼ의 겻짓 졍기을 ᄭᅩᆺ자

〈56-뒤〉

혀장셩 셰우고 평멍의 ᄃᆡ소 삼군을 셰 길노 나너 달여나난지라 쥬유 진즁의셔 탐문ᄒᆞᆫ이 됴병니 다 도망ᄒᆞ엿는지라 쥬유 장ᄃᆡ의 놉피 올나보이 셩ᄉᆞᆼ의 졍긔 나럴ᄒᆞ엿고 셩즁의 군ᄉᆞ ᄒᆞ낫도 업는지라 쥬유 싱각ᄒᆞ되 됴인니 당치 못할 쥴 알고 도망ᄒᆞ도다 ᄒᆞ고 장ᄃᆡ의 나려와 분부 왈 셔셩 졍봉은 좌우익이 되야 셩즁의 드려가 엄살ᄒᆞ되 셩즁의 군ᄉᆞ 잇거던 후군을 도라보지 말고 일졔이 엄살ᄒᆞ되 만일 명금소릭 잇거던 직시 퇴군ᄒᆞ라 ᄒᆞ고 졍봉으로 션봉을 삼고 쥬유 치이 ᄃᆡ군을 모라 드려가던이 셩중의셔 일셩 방포의 됴

홍니 나셔 디적ᄒᆞ라 일합의 픠ᄒᆞ야 다라나고 됴인니 ᄯᅩ 나셔 영졉할 식 십 여합의 픠ᄒᆞ여 닷거늘 쥬유 좌우을 호영ᄒᆞ여 엄살ᄒᆞ니 됴군니 당치 못ᄒᆞ여 도망ᄒᆞ거늘 ᄒᆞᆫ당 쥬틱는 됴군을 쏘차가고 쥬유는 군을 모라 셩즁으로 드려 가던니 문득 ᄒᆞᆫ 편의셔 일셩방포의 말의져발ᄒᆞ야 시셕이 비 옷듯 ᄒᆞ는지라 다토와 드려가던이 군ᄉᆞ 굴령의 ᄲᅡ지면 셜로 발피쥭는 지 티반이라 쥬유 디경ᄒᆞ야 급피 말을 돌려 ᄒᆞ던이 ᄒᆞᆫ 살을 마자 버셔나지 못ᄒᆞ던니 우금니 급

〈57-앞〉

피 달여드려 쥬유을 버히고져 ᄒᆞ던니 셔셩 졍봉니 쥬유을 구ᄒᆞ야 도라가이 됴병니 무수히 셩으로 나와 엄살ᄒᆞ미 오병이 디픠ᄒᆞ야 셜로 발펴쥭난 지 티반이라 셔셩 졍봉니 쥬유을 구ᄒᆞ고 픽진 군졸을 거두워 본진의 도라와 힝군 의원을 불너 쥬유 병을 치료할 식 살 ᄲᅦ고보이 살촉으 독약을 발나 금 창이 즁상ᄒᆞ여는지라 쥬유 음식을 젼폐ᄒᆞ이 의원 왈 독약이 살으 밋쳐시니 졸연이 낫지 못ᄒᆞᆯ지라 만일 노기 격동ᄒᆞ면 금창이 복발할 거시니 빅일을 조리ᄒᆞ여야 합창ᄒᆞ리다 졍봉 군즁의 절영ᄒᆞ되 진문을 구지 직키고 ᄊᆞ오지 말나 ᄒᆞ리라 차셜 우금니 미일 진젼의 회힝ᄒᆞ야 군욕ᄒᆞ면 ᄊᆞ홈을 지촉ᄒᆞ되 졍봉 쥬유 들을가 져어ᄒᆞ여 감이 군ᄉᆞ을 경동치 못ᄒᆞ는지라 일일은 우금이 진문 밧기셔 외되 말마당 쥬유을 자바 가건노라 ᄒᆞ이 졍봉니 즁장으로 더 부려 의논 왈 우리 잠간 퇴병ᄒᆞ엿다가 도독의 병셰 평복 후의 다시 도모함 이 가ᄒᆞ다 ᄒᆞ던이 잇ᄯᅢ 쥬유 병셕의 잇시나 마음의 쥬장니 잇고 ᄯᅩ 됴

〈57-뒤〉

병이 날노 와 욕함을 알되 졔장니 드려와 픔치 안이함을 고니 알던이 됴인 니 친이 디병을 거나리고 진젼의 와 뇌고함셩ᄒᆞ면 ᄊᆞ홈을 도도거날 졍봉 군즁의 절영ᄒᆞ야 구지 직키던이 쥬유 졔장을 불너 장ᄒᆞ의 셰우고 문왈 어

딕셔 고각 함셩니 나는요 즁장니 답왈 군즁 조련ᄒᆞ나이다 쥬유 노왈 엇지 날을 소기는요 닉 임의 됴병니 날노 와 군욕함을 안는이 졍덕모은 나와 ᄒᆞᆫ 가지 병권을 맛싸신이 엇지 안자보난요 ᄒᆞ고 인ᄒᆞ야 졍봉을 쳥ᄒᆞ여 왈 장군은 엇지 츌젼치 안이 ᄒᆞ는요 졍봉 왈 도독의 금창이 낫지 못ᄒᆞ여는딕 의원니 가라치긔을 됴셥ᄒᆞ되 노긔을 츙격ᄒᆞ면 금창이 복발ᄒᆞ리라 ᄒᆞ기로 감이 품치 못ᄒᆞ여노라 쥬유 왈 그려ᄒᆞ면 엇지 ᄒᆞ려 ᄒᆞ는요 딕왈 우리 능의 쥬의난 잠간 퇴병ᄒᆞ야 도독의 병이 평복함을 지달여 다시 도모함이 가ᄒᆞ이다 쥬유 듯고 딕로ᄒᆞ야 딕상의 쒸여 이려안지면 왈 딕장부 임군으 명을 바다 출ᄉᆞᄒᆞ여다가 전장의셔 쥭어 마피의 쓰이미 당연ᄒᆞ거늘 엇지 날노 ᄒᆞ야금 국가딕ᄉᆞ을

〈58-앞〉

펴ᄒᆞ리요 맛치면 갑옷실 입고 말게 올으이 졔장니 다 놀닉는지라 주유 수빅 기을 거나리고 진문 박기 나셔이 됴인니 딕병을 거나리고 문기 아릭셔 치을 들려 ᄭᅮ지져 왈 주유 네 어린아히 감히 엇지 어른을 당젹ᄒᆞ리요 ᄒᆞ거늘 주유 진문 박기 나셔며 조인을 불너 왈 네 주랑을 아는다 조인니 군ᄉᆞ로 ᄒᆞ여금 무수히 욕ᄒᆞ거늘 주유 딕로하야 변장을 불너 ᄊᆞ오라 ᄒᆞ고 크게 ᄒᆞᆫ 소릭을 지르고 입으로 피을 토ᄒᆞ고 말게 ᄶᅥ려지이 즁장이 급피 구ᄒᆞ여 도라온이 졍봉니 문왈 도독의 기체 엇더ᄒᆞᆫ익가 주유 가만니 일너 왈 이는 닉의 ᄭᅬ라 조인니 닉 병니 위티이 알게 함인니 심복한 군ᄉᆞ을 젹진의 보닉여 거짓 항복ᄒᆞ고 말ᄒᆞ되 닉 임으 죽어다 ᄒᆞ면 조인니 반다시 오날밤의 올지라 ᄉᆡ면의 믹복ᄒᆞ여다가 조인니 오거던 일시의 엄살하면 조인을 ᄉᆡᆼ금ᄒᆞ리라 졍봉니 왈 그 ᄭᅬ 가장 모ᄒᆞ도다 ᄒᆞ고 장즁의 나와 도독니 죽엇다 ᄒᆞ고 발상ᄒᆞ면 장졸니 다 쾌효하더라 각셜 조인이 즁장얼 모와 의논 왈 쥬유 노기 츙발하야 금칭니 ᄶᅵ여지고 토혈낙마 하엿신니 반다시 쥭을니라 하던이 군ᄉᆞ 보ᄒᆞ되 젹병 슈십멍이 와 항복ᄒᆞ는 즁의 근본 우리 군ᄉᆞ 니며니 완는

니다 조넌이

〈58-뒤〉

급피 뷸너 무른니 군ᄉ 등니 답왈 주유 금칭니 찌여져 쥭ᄉ오믹 군즁의 발상ᄒ고 졍봉니 무죄한 군ᄉ을 치죄하기로 우리 등니 와셔 항복하는니다 조인니 듯고 딕히하야 즁장을 모와 상의 왈 금야의 젹진을 검칙ᄒ고 주유 쥭엄을 아ᄉ 그 머이을 벼혀 혀도의 보닉리라 ᄒ이 진게 왈 차ᄉ을 급피 힝ᄒ소셔 됴인니 우금의로 션봉을 삼고 됴인니 즁군이 되어 됴홍 조슌으로 휴군니 되고 진게로 본셩을 직키고 초경의 츌셩ᄒ여 쥬유 딕진의 당ᄒ니 진문의 ᄉ람 ᄒ낫도 업거늘 쇠의 든 쥴 알고 급피 퇴병ᄒ던니 ᄉ방으로 방포소릭 나며 동편의난 ᄒ당 장흠니 엄살ᄒ고 셔의는 변장 쥬틱 엄살ᄒ고 남의는 셔셩 졍봉니 엄살ᄒ고 북의난 진문 여몽니 엄살ᄒ니 됴병니 딕픽ᄒ여 셔로 발피 쥭난 지 티반니요 수미을 셔로 긋치 못ᄒ여 다 도망ᄒ는지라 됴인 됴홍니 픽ᄒ 군ᄉ을 거날이고 남군으로 닷던니 능통이 질을 막고 엄살ᄒ니 됴인니 간신이 버셔나 닷던이 ᄯᅩ 감영을 만닉 됴인니 남군으로 닷지 못ᄒ고 앙앙딕로로 다라나는지라 각셜 쥬유 군ᄉ을 수십ᄒ여 남군 셩ᄒ의 이리이

〈59-앞〉

차져오리요 노슉 왈 도독은 염의 마옵고 형쥬 차져오긔는 닉게 인난이다 쥬유 왈 엇지 그려ᄒ요 노슉 왈 닉 뉴긔을 본이 쥬식이 과ᄒ여 통입골수ᄒ여 긔식이 염염ᄒ여 불괴만연이면 쥭으리다 뉴긔 쥭은 후의 형쥬을 차져오면 유비 ᄯᅩ 무삼 말ᄒ리요 쥬유 노긔 잇지 못ᄒ던이 문덕 보ᄒ되 오후 ᄉᄌ 왓다 ᄒ거날 쥬유 불너 무른이 ᄉᄌ 왈 오후 합비을 쳐 이긔 못ᄒ믹 도독을 쳥ᄒ여 도으라 ᄒ던이다 쥬유 만ᄉᄒ여 셰상의 도라가 병을 치로ᄒ고 졍보와 졔장으로 ᄒ여금 젼션을 거날이고 오후 쳥영ᄒ라 ᄒ이라 유현덕은 셩쥬

구군을 어더 운게ᄒᆞ고 손권은 동오을 운게ᄒᆞ고 됴됴은 즁원의 잇셔 쳔화을 다투되 필경의 삼분쳔ᄒᆞ ᄒᆞ야난지라

박순호 소장 46장본 〈華容道〉

'무신서계개각본' 계열의 완판본 〈화룡도〉를 보고 등서한 필사본이다. 국한문 혼용으로 간혹 이두문이 사용되고 있는 점이 특징이다. 하권만으로 이루어져 있으나 '권지일'로 시작되고 있어 낙장본으로 보지 않았다. 박순호 소장 한글 필사본 고소설 자료총서 102권에 수록되어 있다.

박순호 소장 46장본 〈華容道〉

〈1-앞〉

華容道 卷之一

各設각셜 曹操조조 百萬빅만 쎼 살을 일코 心禍심화 自發자발ᄒᆞ야 頭序두셔 定정치 못할 ᄉᆡ 謀士모사 筍彧순욱니 曰 江東강동에 周瑜쥬유 諸葛亮제갈양니 ᄭᅬ을 쓰니 謀士모사乙 江東강동에 보ᄂᆡ여 詐降사항ᄒᆞ고 內應ᄂᆡ응으로 消息소식乙 알게 ᄒᆞ옵소셔 曹操 曰 보ᄂᆡᆯ만한 사람이 업ᄯᅩ다 筍彧순욱니 曰 ᄎᆡ중 ᄎᆡ화乙 恩惠은헤로 待接ᄃᆡ졉ᄒᆞ야 보ᄂᆡ시면 大事ᄃᆡ사乙 도모하리다 曹操조조 듯고 大喜ᄃᆡ히ᄒᆞ야 ᄎᆡ중 ᄎᆡ화乙 請청ᄒᆞ여 曰 그ᄃᆡ 等등은 날乙 爲ᄒᆞ야 江東강동에 가셔 詐降사항ᄒᆞ야 動靜동정과 消息소식乙 通통ᄒᆞ면 大事사乙 이룬 後후의 功공乙 쓰리라 ᄎᆡ중 ᄎᆡ화 曰 小將소장 等등도 國祿국녹乙 먹으되 尺寸之功니 업쓰ᄆᆡ 憫惘민망ᄒᆞ옵드니 丞相승상 命슈명영이 니러ᄒᆞ신니 江東강동에 건네가 眞心진심ᄒᆞ야 틈乙 어더 周瑜쥬유 孔明공명의 머리乙 베혀 帳장下의 밧치리다 卽時직시 軍士군사 數十수십名式명슥 거나리고 江강上에 ᄇᆡ乙 타고 江東강동에 다달나 남명ᄒᆞ고 帳장下 드러가 周瑜쥬유 압페 伏地涕泣복지쳬읍 曰 소장의 형 ᄎᆡ모 曹操조조의게 敗픽乙 본 後후에 불공ᄃᆡ쳔

〈1-뒤〉

지수 갑기을 晝夜주야 思慕사모ᄒᆞ다가 將軍장군 麾휘下에 와싸온니 바리옵건ᄃᆡ 將軍장군은 두호ᄒᆞ야 쥬옵소셔 周瑜주유 그 사항인 쥴을 알고 欣然흐연니 許諾허락ᄒᆞ야 厚待후ᄃᆡᄒᆞ고 감영乙 불너 曰 ᄎᆡ중 ᄎᆡ화 제 쳐자을 다리고 와는료 감영 曰 쳐자은 안니 다리고 와는니다 周瑜주유 曰 그러ᄒᆞ면

두 사람니 詐降사항ᄒᆞ고 우리 江東消息강동소식乙 아러 曹操조조의 內應ᄂᆡ응ᄒᆞ 되고자 ᄒᆞ미라 ᄂᆡ 엇지 모르리료 이 두 사람乙 다려다가 그ᄃᆡ 陣中진즁의 厚待후ᄃᆡᄒᆞ야 두면 曹操조조와 大戰젼할 ᄯᅢ의 쓸 고지 인노라 감영니 청영ᄒᆞ고 두 사람을 다리고 나간 後후에 魯肅노숙니 問문曰 ᄎᆡ중 ᄎᆡ화 降服항복ᄒᆞ는 거슬 엇지 밋고 바단난잇가 周瑜주유 大責ᄎᆡᆨ 曰 졔 형의 怨讐원수乙 갑고자 ᄒᆞ야 ᄂᆡ게 와 降服항복ᄒᆞ거날 엇지 疑心의심니 잇쓸리요 魯肅노숙니 默默不答묵묵부답ᄒᆞ고 孔明공명 私處사쳐에 도라와 그 事然사연乙 說話ᄒᆞᆫ니 孔明공명니 笑曰 兩陣양진 中에 大江강니 막켜쓴니 우리 動동

〈2-앞〉

靜졍乙 몰나 ᄎᆡ중 ᄎᆡ화乙 보ᄂᆡ여 詐降사항ᄒᆞ여 內應ᄂᆡ응이 되고져 ᄒᆞ미라 公瑾공근니 그 ᄭᅬ乙 몬져 알고 짐짓 軍中군즁의 두는 일을 子敬자경은 엇지 몰으는야 魯肅노슉이 그졔야 긔탄ᄒᆞ고 孔明공명의 知鑑지감乙 歎服탄복ᄒᆞ더라 夜過야과 三更삼경에 燈燭등촉乙 挑挑도도키고 曹操조조 破파할 ᄭᅬ乙 宛定완졍치 못ᄒᆞ야 輾轉反側전전반측 ᄒᆞ든니 先鋒將선봉장 黃蓋황ᄀᆡ 드러와 問安문안ᄒᆞ거날 周瑜주유 曰 深夜심야 三更삼경의 공복니 무삼 所懷소회 잇는요 黃蓋황ᄀᆡ 曰 다름 안니라 방자 兩國양국니 大戰ᄃᆡ전할 ᄃᆡ인데 形勢형세乙 ᄉᆡᆼ각ᄒᆞ온직 曹操조조의 軍士군사은 百萬ᄇᆡᆨ만니요 우리 軍士군사 不過불과 五六萬오육만니라 都督도독은 注意주의 엇지 ᄒᆞ시는잇가 周瑜주유 曰 나도 아직 定졍ᄒᆞᆫ ᄯᅳ지 업신니 그ᄃᆡ의 ᄯᅳ슨 엇지ᄒᆞ며 諸將제장 等등 소견은 엇더ᄒᆞ던요 黃蓋황ᄀᆡ 曰 諸將제장으 소견은 알 수 업사오나 小將소장으 소견은 曹操조조으 軍士군사난 만ᄒᆞ고 우리 군사난 젹으믜 불노치면 됴을ᄯᅳ ᄒᆞ난니다 周瑜주유 大驚ᄃᆡ경 曰 네 니 말乙 어ᄃᆡ셔 들어

〈2-뒤〉

난야 네으 소견니 글어ᄒᆞᆫ야 黃蓋황ᄀᆡ 曰 어ᄃᆡ셔 들을잇가 小將소장으 소견

니로소니다 周瑜주유 曰 니 말을 아무도 모으게 ᄒᆞ라 나도 화공할 ᄉᆡᆼ각니 잇기로 치모 양인으 詐降사항乙 밧고 軍군中에 두워 消息소식乙 통케 ᄒᆞ여씨나 울니는 曹操조조으게 詐降사항할 사람이 업사온니 글로 근심ᄒᆞ노라 黃蓋황ᄀᆡ 曰 小將소장니 가셔 曹操조조으게 詐降사항ᄒᆞ리다 周瑜주유 曰 將軍장군으 쓰지 과도ᄒᆞ야 詐降사항ᄒᆞ면 曹操조조 밋지 안니할 듯ᄒᆞ로라 黃蓋황ᄀᆡ 曰 ᄂᆡ 周公주공으 삼ᄃᆡ 恩惠은혜乙 바다ᄊᆞ온니 國恩국은乙 갑자ᄒᆞ오면 몸니 죽어도 안갑지 안이ᄒᆞᆫ지라 都督도독으 命令명영ᄃᆡ로 ᄒᆞ오리다 周瑜주유 曰 그 일얼 行ᄒᆡᆼᄒᆞ면 江東강동으 萬幸만ᄒᆡᆼ인니 曹操조조乙 破파ᄒᆞᆫ 後후의 大功ᄃᆡ공乙 갑푸리라 ᄒᆞ고 잇틘날 周瑜주유 諸將제장乙 츄입ᄒᆞ여 下令하령 曰 曹操조조으 百萬大兵빅만ᄃᆡ병니 百里니혀 留陣유진ᄒᆞ고 水陸兵陣수륙병진 ᄒᆞ야쓴니 諸將제장 等등은 三朔삼삭 糧食양슥乙 가지고 曹操조조乙 破파ᄒᆞ라 黃蓋황ᄀᆡ 츌반

〈3-앞〉

奏주曰 三朔삭 糧食양슥은 姑舍고사ᄒᆞ고 三年연 糧食양슥乙 가져도 曹操조조 破파ᄒᆞ기난 敢不生意감불ᄉᆡᆼ의라 謀士모사 말ᄃᆡ로 曹操조조의게 降服항복ᄒᆞ소셔 周瑜주유 不然불연 大怒로 曰 周公주공으 말乙 바다 曹操조조乙 치려ᄒᆞ거날 너난 敢감히 降服항복고져 ᄒᆞᆫ이 널을 베어 軍中군중으 슈영을 페하릴라 ᄒᆞ고 武士무사乙 號令호령ᄒᆞ야 黃蓋황ᄀᆡ 자바ᄂᆡ여 페히라 ᄒᆞᆫ이 黃蓋황ᄀᆡ 大怒로 曰 破吳將軍파오장군乙 모시고 江東강동乙 어더 君臣군신니 되야거든 네 엇지 날乙 쥬길여 ᄒᆞ나요 周瑜주유 大怒로ᄒᆞ야 급피 페히라 ᄒᆞᆫ이 감영 령자오되 黃蓋황ᄀᆡ난 東吳동오의 功臣공신니온이 罪제乙 容恕용셔ᄒᆞ소셔 周瑜주유 감영乙 ᄭᅮ지져 曰 너난 당돌리 ᄂᆡ의 슈영乙 拒逆거역ᄒᆞ난뇨 左右좌우 號令호영ᄒᆞ야 감령乙 자바ᄂᆡ여 엄곤방출ᄒᆞ고 黃蓋황ᄀᆡ乙 ᄲᅢᆯ니 페히라 셩화갓치 지촉ᄒᆞ니 諸將제장 等등니 一時시의 合奏합주 曰 黃蓋황ᄀᆡ의 罪제난 주거 맛당ᄒᆞ오나 兩國家양국가 大戰전ᄒᆞ와 合戰합전ᄒᆞ

기 前전에 大將장乙 베히난 거시 軍中의 祥事상사 안이오니 두엇다 曹操조조乙 破파ᄒᆞᆫ 後후의 버히소셔 周瑜주유

〈3-뒤〉

왈 결단코 벼흘 거시로ᄃᆡ 諸將제장으 낫쳘 보와 아직 容恕용서ᄒᆞ건이와 우션 엄곤 빅도하라 諸將제장니 다시 告ᄒᆞ되 임우 容恕용서ᄒᆞ실진ᄃᆡ 다시 짐작ᄒᆞ소셔 周瑜주유 大怒로ᄒᆞ야 書案서안乙 치며 諸將제장乙 號令호령ᄒᆞ야 물니치고 黃蓋황기날 나입ᄒᆞ여 오십도 엄곤ᄒᆞ니 諸將제장니 엿자오ᄃᆡ 黃蓋황기 쳣단 말을 曹操조조가 알기되면 嗤笑치쇼될가 ᄒᆞ난니다 周瑜주유 ᄭᅮ지저 曰 져가 敢감히 ᄂᆡ 令영乙 拒逆거역커날 ᄂᆡ 엇지 남으 嗤笑치소되은 걸 염여ᄒᆞ야 軍令군령乙 懈怠히티케 ᄒᆞ리요 諸將제장의 낫쳘 보와 우선 五十度오십도에 復加부가ᄒᆞ야두라 日後일후의 犯罪범죄ᄒᆞ면 決斷결단코 버히리라 黃蓋황기 중장乙 당ᄒᆞ고 두 볼기에 流血유혈이 狼藉낭자ᄒᆞᆫ이 諸將제장 等이 다려다가 치료ᄒᆞ며 慰勞위로ᄒᆞᆫ이 黃蓋황기 精神정신乙 차려 左右자우 軍中군중乙 보와 落淚낙누ᄒᆞ더라 魯肅노숙니 孔明공명乙 보고 曰 오날 公瑾공근니 黃蓋황기乙 칠 쌔의 우리넌 公瑾공근에 手下수하라 말뉴치 못ᄒᆞ렷건이와 先生선싱은 客긱니라 허무리 업는 ᄃᆡ 엇지 말유

〈4-앞〉

치 아니 ᄒᆞ연는잇가 孔明공명니 笑소曰 子敬자경은 엇지 날乙 노류장화갓치 ᄃᆡ졉ᄒᆞ난뇨 魯肅노슉 曰 先生선싱乙 모셔 江東강동의 오신 후로 됴금도 忽待홀ᄃᆡᄒᆞᆫ 닐리 업거날 엇지 리은 非情비졍ᄒᆞᆫ 말삼乙 ᄒᆞ신닛가 孔明공명 曰 周瑜주유 黃蓋황기 친 거시 ᄭᅬᆫ 줄 모으고 날다려 말얼 ᄒᆞ난요 骨肉골육게 안이면 엇지 曹操조조乙 쇠기리요 필랴에 黃蓋황기로 曹操조조게 詐降사항ᄒᆞ고 大事사乙 經綸경윤니라 應當응당 치중 치화도 기별ᄒᆞ야쓸 거신니 일은 丁寧정영히 맛칠지라 子敬자경은 公瑾공근乙 보거든 오날 일을 害히

할 거신이 부듸 알게 마옵소셔 魯肅니 周瑜주유다려 問문曰 오날 黃蓋황기乙 엇지한 일노 엄곤ᄒᆞ엿는잇가 周瑜주유 曰 諸將제장이 무어시라 ᄒᆞ더요 魯肅노숙 曰 怨望원망니 만ᄒᆞ든니다 周瑜주유 曰 孔明공명으 말은 엇쪄ᄒᆞ던잇가 魯肅노숙 曰 孔明공명도 怨望원망ᄒᆞ던니다 周瑜주유 曰 니번은 속여쏘다 오날 黃蓋황기 친 거슨 骨肉計골육게乙 써 曹操조조乙 쏘기계 ᄒᆞ미라 魯肅노숙니 唯唯以유유이 退퇴

〈4-뒤〉

하야 孔明공명의 知鑑지감乙 歎服탄복ᄒᆞ드라 黃蓋황기 장쳐가 듸단ᄒᆞ야 軍中군중에 누워 듸통ᄒᆞ드니 謀士모사 闞澤괵턱니 오거늘 黃蓋황기 左右좌우乙 물니치고 闞澤괵턱乙 迎接영정ᄒᆞ야 唑定자정 後후에 闞澤괵턱 曰 將軍장군은 장쳐 엇쪄ᄒᆞ시며 그 일은 骨肉計골육계 안니잇가 黃蓋황기 曰 엇지 아는뇨 闞澤괵턱 曰 公瑾공근에 動靜동정乙 보고 짐작ᄒᆞ엿난이다 黃蓋황기 曰 닉 孫將軍손장군의 삼듸 恩惠은혜乙 갑고져 ᄒᆞ온니 몸은 비록 압파도 恨한은 업난니다 바러난니 선싱은 本是본시 忠孝충효 거록ᄒᆞ기로 닉 心中事심중사乙 說話설화ᄒᆞ는니다 闞澤괵턱니 曰 날로ᄒᆞ야 詐降書사항서乙 曹操조조으게 보닉고져 ᄒᆞ는야 黃蓋황기 曰 실노 그 쓰시오니 先生선싱의 마음은 엇쪄ᄒᆞ신잇가 闞澤이 曰 大丈夫듸장부 處世처세ᄒᆞ야 功業공업乙 셔우지 못ᄒᆞ면 與樵牧으로 同歸동귀ᄒᆞ리라 그듸 임이 몸을 바려 임군의 恩惠은혜을 갑고져 ᄒᆞ거늘 닉 엇지 슈고을 익기리요 黃蓋황기 帳下장하에 나려 졀ᄒᆞ고 사례 曰 先生선싱의 恩惠은혜난 河海하히

〈5-앞〉

갓사온니다 闞澤괵턱 曰 일리 임이 조용ᄒᆞ온니 至今지금 곳 가오리다 黃蓋황기 詐降書사항서乙 써셔 준니 闞澤니 漁船어선乙 자바타고 曹操조조의 水陣수진乙 바릭보며 順風순풍의 써나간니 百萬大兵빅만듸병 죽기려 가는

쥴을 엇지 알니요 闞澤니 曹操조조 陣진의 다달나 비의 나려 드러간니 巡更순경ᄒᆞ든 軍士더리 闞澤을 잡아 帳장下의 밧친니 잇ᄯᅢ 曹操조조 陣中진중에 燈燭등촉乙 발키고 셔안의 의지ᄒᆞ야 問문曰 네 江東강동사람으로 엇지 남의 陣진中의 임의로 완는뇨 闞澤 曰 曹丞相조승상니 어진 사람을 求구혼다 ᄒᆞ든니 뭇는 말을 드른직 不可불가ᄒᆞ도다 黃蓋황기 그릇 아러ᄯᅩ다 曹操조조 曰 니 江東강동과 大陣진ᄒᆞ야거날 네 남의 陣진中의 밤을 이지ᄒᆞ야 왓쓴니 엇지 뭇지 안니 ᄒᆞ리요 闞澤괴턱 曰 黃蓋기는 東동의 옛 신ᄒᆞ라 無故무고히 周瑜주유으게 즁장乙 當당ᄒᆞ고 降書항서乙 가져왓쓴니 丞相승상의 ᄯᅳ시 엇ᄶᅥᄒᆞ신잇가 ᄒᆞ고 降書항서乙 올인이

〈5-뒤〉

曹操조조 降書항서乙 보고 크게 ᄭᅮ지져 曰 黃蓋 骨肉計골육계乙 써 널로 詐降書사항서乙 드려 날을 쏘기고져 ᄒᆞ는야 左右좌우乙 號令호령ᄒᆞ야 闞澤괴턱乙 니여 베히라 ᄒᆞ니 闞澤괴턱니 顔色안식乙 不變불변ᄒᆞ고 仰앙天大笑소한니 曹操조조 다시 闞澤乙 불너 曰 니 너의 간게을 아는고로 글노 ᄒᆞ야 웃셔는야 闞澤 曰 쥬이거든 밥비 주기졔 무삼 잡말을 ᄒᆞ는요 曹操조조 曰 니 兵書병서乙 能通능통ᄒᆞ야 간계을 모를 거시 업거늘 편지를 본이 姦私간사한지라 闞澤 曰 미거ᄒᆞ도다 져른 거시 엇지 兵書병서의 닉다 ᄒᆞ리요 曹操조조 曰 黃蓋 실상으로 降服항복 ᄒᆞ량니면 엇지 一字乙 졍치 안니 ᄒᆞ리요 闞澤 曰 뇌가 兵書의 익다 ᄒᆞ건니와 만일 江東강동과 싸호게되면 周瑜주유의계 잡펼 거신니 니 네 손의 죽기 원통ᄒᆞ도다 니 나라를 바리고 남의

〈6-앞〉

나라 올 ᄯᅢ의 다 마음을 어드려 홀지라 만일 期約기약乙 定정ᄒᆞ야다가 니 일이 셜로ᄒᆞ면 成事성사도 못되고 몸의 害乙 볼 거시어늘 어진 사람을 쥬이고져 ᄒᆞ니 무어시 兵書병서의 익다ᄒᆞ리요 曹操조조 듯고 大喜히ᄒᆞ야 장

하의 나려 闞澤乙 迎接영졉ᄒᆞ야 堂上당상의 올여안치고 사례 曰 닉 果然과연 無識무슥ᄒᆞ야 어진 사람乙 몰나보고 촉노ᄒᆞ야쓰니 허물치 마압소셔 闞澤 曰 黃蓋 丞相승상께 降服항복홈은 어린아히 父母부모 바렴 갓탄지라 엇지 달은 마음乙 두리요 曹操조조 曰 先生선싱니 黃蓋로 同心동심ᄒᆞ야 大功공乙 니루면 一等功臣일등고신니 되리라 闞澤 曰 우리도 富貴부귀乙 탐훈비 안니라 天時시乙 쏫고자 홈니라 曹操조조 大喜히ᄒᆞ야 闞澤乙 厚待후딕ᄒᆞ든니 이윽ᄒᆞ야 한 사람니 書簡서간乙 드리거날 曹操조조 開擇기턱ᄒᆞᆫ니 치중 치화으 편지라 黃蓋 周瑜의게 엄곤 오십도의 방지중통ᄒᆞ는 사련乙 기별ᄒᆞ야거

〈6-뒤〉

늘 曹操 그 편지을 보고 闞澤乙 더욱 미더 가로딕 先生선싱니 江東강동에 가셔 黃蓋로 언약을 定정ᄒᆞ고 消息소슥乙 通통ᄒᆞ소셔 闞澤 曰 닉 임으 江東강동乙 背反비반ᄒᆞ고 왓쓴니 엇지 다시 가잇가 丞相승상은 다른 사람乙 보닉소셔 曹操조조 曰 다른 사람을 보닉면 일니 셜노할가 ᄒᆞᆫ니 先선生은 수고를 익기지 말고 가소셔 闞澤니 再직三 辭讓사양ᄒᆞ다가 曰 임으 갈테오면 수이 가야 江東사람니 疑心의심乙 안니할 테온이 至今지금 곳 가리다 ᄒᆞ고 發行발힝ᄒᆞ야 江東강동에 도라와 黃蓋황기 보고 詐降書사항서 보닉든 事然사연乙 說話셜화ᄒᆞᆫ니 黃蓋 사례 曰 闞令픽영의 陣진中에 가셔 치중 치회을 動靜동정乙 보리라 ᄒᆞ고 감영 陣진中에 간니 감영이 迎接영졉ᄒᆞ야 坐定자정 後후에 曰 先선生니 엇지 오신익가 ᄒᆞ며 曹操조조으게 詐降사항ᄒᆞ던 말럴 ᄒᆞ던 차의 치중 치화 드러오거럴 闞澤니 감영을 보고 눈을 준니 감영이 그 뜻슬 알고 거짓

〈7-앞〉

大怒로 曰 公瑾공근니 직조만 밋고 諸將제장乙 싱각지 안니 ᄒᆞ도다 ᄒᆞ며

이을 갈면셔 對答더답ᄒᆞ니 치즁 치화 감영으 擧動거동乙 보고 問문曰 先선生과 將軍장군니 무삼 不平불평ᄒᆞᆫ 릴니 인난익가 闞澤 曰 남의 所懷소회을 엇지 알니요 치화 曰 江東강동乙 背叛비반ᄒᆞ고 曹丞相조승상乙 셤기고자 ᄒᆞ난익가 闞澤니 그 말을 듯고 거짓 질식ᄒᆞᆫ니 감영이 쏘ᄒᆞᆫ 大怒로ᄒᆞ야 카럴 드러 치즁 치회을 치려ᄒᆞ며 曰 우리 일리 임으 혈노ᄒᆞ여슨니 너을 쥬계마을 마그리라 치즁 치화 急급히 告고曰 將장軍은 근심치 마옵시고 小將소장으 心曲심곡乙 드러보소셔 감영 曰 밥비 말을 ᄒᆞ라 치화 曰 우리 降服함도 참 降服항복니 안니라 曹丞相조승상으 슈영乙 바다 詐降사항ᄒᆞ야 消息소슥乙 通통하랴고 왓싸온니 將장軍니 만일 曹丞相조승상乙 셤기고져 ᄒᆞ시면 울리가 인도할익가 감영 曰 眞情진정 그러ᄒᆞᆫ야 對더曰 엇지 毫髮호발인들 豈剛기강할익가 감영니 그

〈7-뒤〉

졔야 大喜히 曰 그더의 말 갓틀진던 하날이 도으심미라 치화 曰 日前전의 黃蓋 즁장함과 將장軍 責칭망 들런 일도 다 丞相승상으게 기발ᄒᆞ야난이다 闞澤 曰 나도 임우 黃蓋의 降書항서을 曹丞相조승상의게 들여시이 將장軍도 한가지로 降服항복하사이다 감영 曰 大丈夫장부 處世처세하여 曹丞相조승상 갓ᄒᆞᆫ 英雄영웅을 섬기멘 무엇시 願원이 되잇가 서로 喜喜樂樂히히낙낙하여 杯盤비반이 狼藉낭자하든니 이날 치즁 치화 黃蓋 闞澤 감영이 내응하넌 모양으로 기별하고 闞澤도 先通선통하되 黃蓋 아즉 여가을 엇지 못하이 아모 날이라도 빅멀이의 靑龍청용아기 서우고 가넌 배난 黃蓋의 降服船항복선이라 하얏거늘 曹操조조 보고 大喜히하야 諸將제장을 모으고 가로대 江東강동의 黃황蓋 감영이 너응하여 降服항복고저 하이 그 실상을 아지 못한이 뉘 능히 江東강동의 가 허실을 소상이 아라오리요 장간이 출

〈8-앞〉

반 奏주曰 小將소장니 가셔 아라오리다 曹操조조 大喜히ᄒᆞ야 許諾허락ᄒᆞᆫ니 장간이 飛船비선乙 잡아타고 江東강동에 이르러 公瑾공근으게 通知통지ᄒᆞᆫ니 周瑜주유 장간니 왓단 말을 듯고 大喜히 曰 ᄂᆡ 成功성공ᄒᆞ기난 이 사람으게 잇다 ᄒᆞ고 卽時즉시 魯肅노숙을 불너 曰 그ᄃᆡᄂᆞᆫ 急급히 方士元방사원을 請청ᄒᆞ야 셔산 암자의 두워ᄶᅡ가 장간을 뉴인ᄒᆞ야 曹操조조乙 소기라 ᄒᆞ고 장간을 請청ᄒᆞᆫ니 장간니 周瑜주유 문밧기 나 맛지 안니함을 보고 疑惑의혹ᄒᆞ야 從容종용ᄒᆞᆫ 고ᄃᆡ ᄇᆡ을 ᄆᆡ고 周瑜주유 陣中진에 드러간니 周瑜쥬유 大責칙 曰 子益자익이 몬져 와셔 남의 사셔을 도젹ᄒᆞ야다가 ᄂᆡ으 大事사乙 져히ᄒᆞ고 ᄯᅩ 오기은 무어시 不足불족ᄒᆞ야 와는뇨 고의을 ᄉᆡᆼ각지 안니ᄒᆞ면 벼힐 거시로ᄃᆡ 차마 그러치 못ᄒᆞᆫ니 우션 셔산 암자의다가 가두워ᄶᅡ가 曹操조조 敗픽ᄒᆞᆫ 後후에 보ᄂᆡ라 장간니 발명코져 할 지음의 周瑜주유 左右좌우乙 號令호영

〈8-뒤〉

ᄒᆞ야 지촉ᄒᆞ며 帳幕장막 밧게 나션니 軍士다려 드러 장간을 지촉ᄒᆞ야 셔산 암자의 다달나 가두고 軍士로 수즉ᄒᆞ거늘 장간니 心神심신니 散亂살란ᄒᆞ야 寢食침슥니 不平불평ᄒᆞ고 잠을 일우지 못ᄒᆞ야 月色월ᄉᆡᆨ乙 ᄯᅡ라 徘徊비회ᄒᆞ야 後院후원의 다달른니 글 읍난 소ᄅᆡ 들니거ᄂᆞᆯ 그 곳즐 차자간니 셕경 놉흔 집의 白雲ᄇᆡᆨ운은 어려잇고 草堂초당은 寂寥적요ᄒᆞᆫ되 淸風은 蕭瑟소실ᄒᆞ야 人間닌간 자미 업는지라 門문 틈으로 살피본니 燈燭등촉니 輝煌휘황ᄒᆞᆫ되 ᄒᆞᆫ 仙官선관니 壁上벽상에 칼을 걸고 書案서안乙 비게 안져셔 兵書병서乙 외우거ᄂᆞᆯ 장간니 ᄉᆡᆼ각ᄒᆞ되 이는 반다시 도인니라 門乙 열고 드러가 禮畢예필 後후에 先生선ᄉᆡᆼ은 뉘신잇가 對ᄃᆡ曰 난는 南陽남양 龐統방통니요 字자은 士元사원이로소니다 장간니 曰 그러ᄒᆞ면 鳳雛先生봉추선ᄉᆡᆼ니 안니신익가 對ᄃᆡ曰 그러ᄒᆞ온니다 장간 曰 先生선ᄉᆡᆼ으 어진 일홈을 드른 졔 오

릐옵

〈9-앞〉

던니 니졔야 뵈온니 多幸다힝ᄒᆞ여니다 先生의 놉푼 지조로 엇지 리렷타시 고적ᄒᆞ오익가 對ᄃᆡ曰 周瑜주유은 지조만 밋고 남乙 輕경히 待接ᄃᆡ접ᄒᆞ기로 닉 이 곳듸 隱身은신ᄒᆞ야 인난이다 장간 曰 先生선싱가탄 지조로 如此ᄎᆞ 風塵時節풍진시절의 虛送허송ᄒᆞ리뇨 曹丞相조승상乙 함번 보옵시면 엇더ᄒᆞ 오릿가 만일 싱각이 업삽거든 先生은 나을 짜라가사니다 曰 닉 江東강동乙 바리고져 ᄒᆞᆫ 졔 오런지라 그ᄃᆡ 나럴 爲ᄒᆞ야 曹丞相조승상으게 薦擧천거할 진ᄃᆡᆫ 至今지금 짜라 가오리라 만일 지쳬ᄒᆞ면 周瑜의 害ᄒᆡ乙 보리라 ᄒᆞᆫ니 장간니 大喜히ᄒᆞ야 龐統방통乙 다리고 江邊강변에 나와 ᄇᆡ乙 자바타고 江乙 건닉여 曹操조조의 陣진의 니르러 장강니 몬져 드러가 鳳雛봉추先선生 다려온 事緣ᄉᆞ연乙 告고ᄒᆞᆫ니 曹操조조 듯고 大喜히ᄒᆞ야 卽時즉시 원문 밧거 나와 迎接영접ᄒᆞ야 禮畢예필 後후에 座좌乙 定정ᄒᆞ고 가로ᄃᆡ 先선生 놉푼 일홈을 드른 졔 오릐옵던이 다

〈9-뒤〉

幸힝니 보온니 請켄ᄃᆡ 어진 꾀을 가라쳐 江東강동乙 破파ᄒᆞ게 ᄒᆞ소셔 龐統방통 曰 丞相승상의 用兵之術용병지수을 익키 드러싸온니 軍中乙 함번 귀경코져 ᄒᆞ노이다 曹操조조 卽時즉시 龐統방통乙 다리고 놉푼 ᄃᆡ에 올나 陣勢진세을 귀경ᄒᆞ던니 龐統방통 曰 山乙 依의지ᄒᆞ고 물럴 등져 出入출닙 進退진퇴ᄒᆞ든 法법은 孫臏손빈 吳起오기와 司馬驤苴ᄉᆞ마양저라도 엇지 當당하리요 陸軍육군乙 다본 後후에 水陣수진乙 바릐본니 二十四面니십ᄉᆞ면에 수문을 닉고 목동 戰船전션으로 城郭성곽乙 삼고 그 가온ᄐᆡ 저근 ᄇᆡ 往來왕닉ᄒᆞ넌 法법은 차레가 分明분명ᄒᆞ건널 龐統방통니 심독히 자부ᄒᆞ고 外面외면으로 크게 稱讚층찬 曰 丞相승상으 用兵용병 니갓싸온니 眞所謂진소위

名不虛傳명불허전니로소이다 ᄒᆞ고 江東강동을 가리쳐 曰 周瑜주유 孫權손권이 決斷결단코 敗픽ᄒᆞ리라 曹操조조 大喜히ᄒᆞ야 軍中에 도라와 잔치을 빅셜ᄒᆞ고 龐統을 待接디졉할 시 龐統방통니 거짓 醉취ᄒᆞᆫ 쳬ᄒᆞ고 가로디 水軍수군니 病병든 지 만ᄒᆞᆫ니 軍中에 어진 의원니 인

〈10-앞〉

난잇가 잇써 曹操 水軍에 病니 만탄 말을 듯고 엇지 無心ᄒᆞ리요 至誠으로 무러 曰 病든 軍卒乙 무삼 藥으로 치료ᄒᆞ릿가 龐統 曰 水軍 潮戰ᄒᆞ난 法은 果然 分明ᄒᆞ오나 軍士은 穩專치 못ᄒᆞᆫ 거시 赤壁大江에 潮水 出入ᄒᆞ고 風勢 디작ᄒᆞ야 물결니 쒹밧치여 못ᄒᆞ여 自然 久土질 나고 어질病도 나면 精神乙 못할 거신니 至今 大小船 十餘隻式 쎄을 모워 일자로 셔우고 先頭에 거말 못슬 장식ᄒᆞ여 搖動치 못ᄒᆞ게 ᄒᆞ고 우의 木板乙 쌀고 빅토 펴여 평안케 ᄒᆞ고 말도 달니고 軍士 무병할 거신니 風浪乙 엇지 두러워 ᄒᆞ리요 曹操 大喜 曰 先生곳 안니시면 엇지 이런 良則乙 어드리요 卽時 軍中의 傳令ᄒᆞ야 長人乙 불너 고리와 거말못슬 만드려 고리을 달고 못슬 박아 或 二十尺도 ᄒᆞ고 或 三十尺도 ᄒᆞ야 ᄒᆞᆫ티 씌을 무의니

〈10-뒤〉

슈진 션상니 평지 갓ᄒᆞ냐 病드 軍士 셔로 질거ᄒᆞ더라 龐統 曰 江東 英雄니 周瑜을 怨望ᄒᆞ는 者 만싸온니 너 丞相乙 爲ᄒᆞ야 江東英雄乙 달니여 降服게 ᄒᆞ리다 曹操 大喜ᄒᆞ야 許諾ᄒᆞ거늘 龐統니 卽時 江邊에 다달나 빅乙 타고져 할 차에 엇써ᄒᆞᆫ 사람니 布冠乙 씨고 도보乙 입고 픽연니 나와 龐統으 소믹을 잡고 꾸지져 曰 黃蓋은 骨肉計乙 씨고 闞澤은 詐降書 드리고 너난 連環計을 써 百萬大兵乙 一時의 殺害코저 ᄒᆞᆫ니 네의 독ᄒᆞᆫ 교을 曹操는 소게건니와 날를 엇지 소기리요 龐統니 大驚ᄒᆞ야 精神니 아득ᄒᆞ고 가삼니 써여지는지라 이윽히 眞定ᄒᆞ야 도라본니 이난 故人 徐元直이리 龐統 曰 그디가

니 꾀을 破ᄒᆞ고져 ᄒᆞ는야 사불여의ᄒᆞ면 江東 八十一州 百姓의 목숨니 그 안니 불상ᄒᆞᆫ야 元直 笑曰 우리 軍士의 목숨은 엇

〈11-앞〉

지 할고 龐統 曰 元直아 眞情 니 꾀乙 破ᄒᆞ고져 ᄒᆞ는야 元直 曰 니 劉皇叔으 恩惠乙 엇지 못ᄒᆞ고 ᄯᅩ 曹操 니 母親乙 殺害ᄒᆞ여쓴니 니 盟誓코져 꾀을 쓰지 안니ᄒᆞ리라 엇지 兄으 꾀乙 破ᄒᆞ리요만은 百萬軍兵 죽을 ᄯᅢ의 나는 엇지 免ᄒᆞ리요 兄은 날을 爲ᄒᆞ야 피화할 謀策乙 가라치소셔 龐統 曰 兄으 고견으로 엇지 날다려 問난잇가 ᄒᆞ고 元直의 귀에 ᄃᆡ이고 두어 말ᄒᆞ고 卽時 離別ᄒᆞ고 江東으로 도라오니라 잇ᄯᅢ 元直이 曹操 陣에 도라와 龐統니 말ᄃᆡ로 셔량ᄐᆡ슈 마등 한수 반ᄒᆞ야 온다 ᄒᆞ며 젼셜ᄒᆞ야 여러 軍士 셔로 듯고 三三五五니 셔로 귀을 ᄃᆡ니고 슈쑤워리며 軍中니 一時 搖亂ᄒᆞ더라 曹操 그 諷說을 듯고 大驚ᄒᆞ야 마등 ᄒᆞᆫ수 막을 꾀을 議論ᄒᆞᆫ니 元直니 告曰 날로 ᄒᆞ야금 三千軍乙 주시면 막으리다 ᄒᆞᆫ

〈11-뒤〉

니 曹操 大喜ᄒᆞ야 元으로 謀士乙 삼고 장히로 先鋒乙 삼나 마등 ᄒᆞᆫ수을 막으라 ᄒᆞᆫ니 元直과 장히 兩人니 出戰ᄒᆞ리라 각셜 잇ᄯᅢ는 建安 十二年 十一月 十五日니라 天氣 淸明ᄒᆞ고 月色은 玲瓏ᄒᆞᆫ되 淸風은 徐來ᄒᆞ고 水波은 不興니라 沙鷗은 相集ᄒᆞ고 금인은 유연니라 ᄃᆡ졉갓탄 金鮒魚난 어변셩용 ᄒᆞ느라고 튬벙츌넝 굼실굼실 노는구나 漢山古寺는 말리 박겨 익고 一帶長江 말근 물은 눈압펴 景槪로다 山影은 倒江ᄒᆞᆫ되 魚躍은 出沒리라 南屛山色은 長江 赤壁의 풍덩실 잠계 잇고 東은 자산니요 西은 夏口로다 南은 니릉니요 北은 오림니라 江山 萬里을 바라본니 두 눈니 暗暗하여 浩浩長江 너룬 무러 天地가 어ᄃᆡ미뇨 니러ᄒᆞᆫ 風景之際의 曹操 船頭의 大將旗乙 셔우고 ᄃᆡ장단의 놉히 안자 左右

〈12-앞〉

을 도라본니 장효 허졔 夏侯敦 夏侯連 曹洪 曹仁 니젼 장진 장합 셔황 모기 우금 여통 여건 등 一等 名將니요 쏘 훈편은 졍욱 순유 강회 유훈 등 어진 謀士덜리 左右의 侍衛ᄒᆞ고 쳔병만마은 黃浩乙 整齊ᄒᆞ고 旗幟 창검은 日月乙 戲弄ᄒᆞ고 雷鼓 함셩은 天地 震動훈니 曹操 大喜ᄒᆞ야 諸將乙 도라보와 왈 ᄂᆡ 이졔 大功을 이루어 天下乙 平定ᄒᆞ고 國家의 쥬셕지진니 되야 江東乙 어들련이와 百萬 軍兵과 勇將 千餘員니라 諸將도 심을 다ᄒᆞ라 ᄂᆡ 江東을 어든 後에 天下乙 太平ᄒᆞ고 그ᄃᆡ 等으로 더부려 富貴乙 한가지 할지라 그 안니 길거올가 文武諸將니 다 賀禮 曰 小將 等도 江東乙 어든 後에 丞相 膝下에 終身 富貴함니 願니로소이다 曹操 大喜ᄒᆞ야 大宴乙 비셜ᄒᆞ고 與君同樂 질길 젹에 江東乙 가라쳐 曰 周

〈12-뒤〉

瑜 魯肅니 天時을 모르고 날를 항거ᄒᆞ다가 黃公覆니 降服훈니 엇지 질겁지 안니ᄒᆞ며 쏘훈 江東 엇기을 엇지 근심ᄒᆞ리요 夏口乙 가르쳐 曰 劉備 諸葛亮니 나를 엇지 當할손야 諸將乙 도라보와 왈 ᄂᆡ 江東乙 어드면 조흔 일리 잇노라 교공니 두 ᄯᆞᆯ을 두워쓰되 天下絶色이라 ᄉᆡ로 銅雀坮乙 지여쓴니 니 교을 다리다가 銅雀坮 놉흔 집에 萬年 樂乙 삼르이라 잇ᄣᅴ에 月明星稀ᄒᆞ고 水光은 接天니라 千萬以外에 烏鵲니 ᄶᅦ을 지여 曹操 陣中으로 나려가며 南便乙찬 바리보고 갈곡질곡 울고간니 曹操 醉中에 가마구 소릐을 듯고 問曰 깁픈 밤에 어이훈 가마구뇨 左右 對曰 月色니 낫갓트미 가마구 날신가 疑心ᄒᆞ야 울고가는니다 曹操 大笑 曰 가마귀 울고 가난 소릐 갈곡질곡 ᄒᆞ야 쓰니 勝戰

〈13-앞〉

할 徵兆로다 갈곡이라 ᄒᆞ난 거슨 吉日 良辰 조흔 ᄯᅢ에 勝戰哭으로 行軍ᄒᆞ야 富貴功名ᄒᆞ리로다 가마귀은 靈物이라 압일를 몬져 알고 우리을 皆論ᄒᆞᆫ니 지음을 못할손야 여바라 諸將더라 이 술 만니 먹고 太平年 노라보시 萬軍中에 酒肴 넌만ᄒᆞᆫ니 坮上 將帥드른 칼춤 츄고 노릐ᄒᆞᆫ니 咸陽宮中奉圖時에 荊軻의 劍術인가 칼빗쳔 셔리 갓고 鴻門宴 놉푼 잔차 項將의 칼춤인가 살기도 嚴肅ᄒᆞ다 曹操 醉興니 陶陶ᄒᆞ야 筆硯乙 닉여노코 烏鵲歌乙 지여쓰되 月明星稀에 烏鵲니 南飛ᄒᆞᆫ니 요슈삼잡의 무지가으라 船頭에 빗겨 안져 意氣洋洋할 졔 뉴복이 奏曰 兩國對戰의 勝負乙 決斷치 못ᄒᆞ야는ᄃᆡ 丞相 노릐을 드른니 조흔 徵兆 안니로다 曹操 大怒 曰 요망ᄒᆞᆫ

〈13-뒤〉

소견으로 닉의 興乙 破ᄒᆞ는요 창을 드려 뉴복을 베히고 각영 각시의 주회을 만이 주워 軍中의 호궤ᄒᆞ니 軍士 飽食ᄒᆞ고 興니 나셔 或 노릐ᄒᆞ며 或 춤도 추고 길기는 노릐 江上의 狼藉ᄒᆞᆫ니 必勝之兆라 ᄒᆞ더라 닛ᄯᅢ 한편 帳幕 미틔 우름소릐 들니거늘 주번 군사 ᄒᆞ는 말니 上下同樂 길기는되 너난 엇지 우는요 그 軍士 對答ᄒᆞ되 너히는 無識ᄒᆞ여 至今 편ᄒᆞᆫ 것만 알고 닉 뒤사는 모르난야 三更의 말뇌구젹ᄒᆞᆫᄃᆡ 山鳥난 집의 들고 走獸는 窟의 드러 天地 고요ᄒᆞ고 山水 潺潺ᄒᆞ되 어니ᄒᆞᆫ 가마구 陣 우에 울고가며 갈곡질곡ᄒᆞᆫ니 百萬大兵 一時에 죽일 기별이로다 슬푸다 軍士드라 萬里戰場 나와ᄊᆞ가 他國孤魂 될 거신니 그 안이 셜룰손가 ᄒᆞᆫ 軍士 ᄒᆞ는 마리 앗가 丞相이 갈곡소릐을 희자ᄒᆞ야 勝戰할 徵兆리 ᄒᆞ려

〈14-앞〉

거늘 너난 一箇 小卒니라 우미ᄒᆞᆫ 소견으로 못된 말을 지여닉여 萬軍士乙

실푸게 흔니 맛當히 베힐지라 ᄒᆞ고 칼을 들고 달여든니 그 軍士 對答ᄒᆞ되 닉 아무리 小卒인들 그만흔 知覺 업쓸손야 갈곡소릭 解乙 ᄒᆞ마 너가 仔細히 드러보라 夏傑리 亡할 씩의 諸侯疾怨ᄒᆞ야 疾怨曲乙 노릭흔니 갈은 夏傑리 갈곡니요 질곡은 유왕의 질곡니라 烏鵲은 靈物리라 우리 陣中 敗할 쥴 미리 알고 嘲弄ᄒᆞ되 亂世간웅 우리 丞相 지음을 잘못ᄒᆞ고 驕慢而滋甚흔니 兵驕者은 敗라 너의 모르난야 ᄒᆞ 軍士 ᄒᆞ는 말리 네 마리 當然ᄒᆞ다 앗가 나도 꿈을 꾼니 남편딕로 야답 사람이 누룬 일산을 들고 丞相 압푸로 드러오든니 丞相 帳下의 노루 흔 말리 닉달너 누른 일산을 써거바리고 丞相乙 업고

〈14-뒤〉

가마귀 안진 숨풀노 가더라 이 꿈을 解夢ᄒᆞ라 그 軍士 對答ᄒᆞ되 이익야 누른 일산은 黃蓋요 야달ᄉᆞ람은 불화자라 黃蓋 우리 陣에 降服ᄒᆞ야짜 ᄒᆞ던니 불노 우리을 칠 거시요 丞相 帳下에 누룬 노루는 장젼 장효라 가마구 안진 숨풀은 烏林오림이라 必然 護衛將軍 張浩가 黃蓋을 쥭니고 丞相乙 모시고 오림으로 逃亡할 徵兆로다 ᄒᆞ고 軍士 셔로 當付ᄒᆞ되 부딕 이 말을 닉지 말라 만일 丞相이 알면 꿈 꾼 나도 죽고 解夢흔 너도 쥭을 거신니 삼가 됴심ᄒᆞ라 ᄒᆞ더라 잇튼날 曹操 章坮에 놉피 안져 諸將乙 분별할 ᄉᆡ 五色旗幟로 行伍乙 整齊ᄒᆞ여 水陣中 황기는 모기 우금니요 젼군 紅旗는 장합니요 後軍 黑旗는 여근니뇨 左軍 靑旗는 장진니뇨 右軍 白旗는 夏侯連니뇨 수육군 졉응사

〈15-앞〉

는 夏侯敦 曹洪니라 往來 監擅使는 허제 장회라 發令흔 後의 水陣軍니 삼통고딕 취티ᄒᆞ고 쎄 무는 戰船에 風帆을 놉피 달고 軍士 往來ᄒᆞ기 平地갓치 ᄒᆞ니 曹操 臺上에셔 보고 大喜ᄒᆞ야 曰 鳳雛先生의 어진 직죠로 軍士 任

意로 往來함은 하라리 도으심니로다 鄭玉이 曰 戰船乙 떼 모와짜가 萬一 江東의셔 불로 치면 엇지 ᄒᆞ릿가 미리 단속ᄒᆞ소셔 曹操 大怒 曰 불노 치는 法니 바람을 어더야 成功ᄒᆞ는지라 바람은 東南風니라야 칠 거시어늘 嚴冬 雪寒에 엇지 東南風니 부리요 지금은 西北風니라 우리는 西北의 닛고 져으는 東南의 잇시니 萬一 불노 치다가는 西北風니 大吹ᄒᆞ면 져으 軍士 다 불탈 거시니 무으셜 念廬ᄒᆞ리요 ᄒᆞ더라 각셜 잇ᄃᆡ의 周瑜 戰船의 올나 曹操의 水陣乙 바러보니 大風니 일으

〈15-뒤〉

나며 됴됴의 진즁 큰 기가 부러진니 깃발니 충파승의 써나거놀 주유 ᄃᆡ소왈 상ᄉᆞ 안니로다 ᄒᆞ던니 언미필의 북풍니 ᄃᆡ작ᄒᆞ야 파슈 이러나면 양ᄉᆞ 쥬셕ᄒᆞ고 진즁의 셔운 깃발니 동남의 붓칫여 쥬유의 씨셔간니 쥬유 ᄃᆡ경ᄒᆞ여 ᄒᆞ넌 말니 슘니 막키고 입으로 피을 흘니고 닌ᄉᆞ을 슈십지 못한니 졔중이 황망ᄒᆞ여 진즁으로 모셔노코 쳔방만약으로 구완ᄒᆞ되 반졈 효차 업넌지라 노슉니 근심ᄒᆞ야 공명을 보고 공근의 병셔을 의논ᄒᆞᆫ니 공명 왈 공근의 병셰을 ᄂᆡ라 곤치니다 노숙이 ᄃᆡ히ᄒᆞ여 공명을 다리고 진즁의 ᄂᆡ르려 문왈 도독의 기운니 밤식 엇더ᄒᆞ온익가 周瑜 曰 腹痛니 甚ᄒᆞ여 구토질리 ᄃᆡ작ᄒᆞ며 藥 먹을 기리 업는지라 魯肅 曰 악가 孔明乙 보고 都督으 病錄乙 말솜ᄒᆞ온즉 孔

〈16-앞〉

明이 對答ᄒᆞ되 ᄂᆡ라야 곤치리라 ᄒᆞ기로 다려왓난니다 周瑜 大喜ᄒᆞ야 孔明을 請ᄒᆞ야 드러온니 周瑜 졔우 이러나 안거늘 數日 뵈옵지 못ᄒᆞ여 氣候 엇더ᄒᆞᆫ잇가 周瑜 曰 울화로 病니 나셔 부지할 슈 업난니다 孔明 曰 하날의 測量업난 바람니 잇쓰되 ᄉᆞ람이 엇지 알이요 周瑜 싱각ᄒᆞ되 孔明은 神人니라 마음을 아는또다 孔明의 마럴 쓷고 심속ᄒᆞ니 病勢 엇지 아리요 孔明 曰 氣

運乙 順케 ᄒᆞ소셔 周瑜 曰 무삼 藥乙 먹어야 氣運이 順ᄒᆞ릿가 孔明 曰 닉게 용한 防文니 닛쓰니 都督의 氣運乙 順케 ᄒᆞ올이다 그 病니 禍로 낫사온니 닉 곤칠 거신니 念慮마옵소셔 周瑜 大喜ᄒᆞ야 至誠으로 비러 曰 國家 興亡이 朝夕의 잇사온니 先生은 殘命乙 急피 求ᄒᆞ소셔 孔明니 글 두 기를 써셔 주며 曰 니대 ᄒᆞ라 ᄒᆞᆫ니 ᄒᆞ

〈16-뒤〉

여시되 欲破曹公닌딕 응용화공ᄒᆞ고 萬事俱備면 遲吹東風니라 ᄒᆞ야거늘 周瑜 보고 大喜 曰 先生니 니무 병 근본를 아압신니 슈히 살여쥬소셔 孔明 曰 닉 일즉 니인늘 만나 팔문둔갑 쳔셔를 빅와 呼風寒雨之術乙 아렷시이 都督은 근심치 마르시고 南屛山의 軍士乙 보닉여 七星壇乙 모으시면 닉 精誠乙 드러 三日 三夜의 東南風乙 비러드리이다 周瑜 曰 三日三夜는 말고 一日 大風니면 成功할 터이라 事勢 急迫ᄒᆞ온니 슈니 周旋ᄒᆞ옵소셔 孔明 曰 二十日 甲子의 東南風乙 비려 二十二日 丙寅日까지 불계ᄒᆞ리라 周瑜 大喜ᄒᆞ야 病니 졀노 난는지라 卽日의 南屛山의 올나 七星壇乙 무어닌미 方圓는 二十四尺니요 層壇는 十五尺니요 高는 九尺니요 下一層 二十八宿 旗乙 셔우고 東方 靑旗 七面는 角亢氐房心尾箕로 如靑龍

〈17-앞〉

之像하고 北方 黑旗 七面는 斗牛女虛危室壁니라 作玄武之像ᄒᆞ고 西方 白旗 七面은 奎婁胃昴畢觜參니라 擧白虎之像ᄒᆞ고 南方 赤旗 七面는 井鬼柳星張翼軫니라 成朱雀之像ᄒᆞ고 第 二層은 六十四面에 六十四卦로 應ᄒᆞ야 並震兌坎으로 方位乙 定ᄒᆞ야 셔우고 第 三層에 四人乙 셔워시되 머리에 束髮冠乙 씨고 造化布乙 입고 鳳木 鶴帶乙 쎄려신이 방군니라 젼ᄒᆞ 일면에 긴 간짓딕을 세웟시되 그 긋딕 달기지슬 씩라 바람 消息乙 알겨 ᄒᆞ고 또 一人은 寶劍乙 들고 또 一人는 香爐乙 들고 壇下에 二十八人는 졍기 보개 빅모 항월

도도 들고 四面으로 둘너셔는되 二十日 甲子 良辰에 孔明니 沐浴齊戒ᄒᆞ고 前爪斷髮ᄒᆞ고 발 벗고 도포 입고 壇下에 나려와 魯肅乙 불너 曰 子敬은 軍中에 도라가 公瑾乙 도으라 或 바람니 부지 안

〈17-뒤〉

니 ᄒᆞ야도 고히케 아지 마옵소셔 魯肅乙 보닌 後의 수단 軍士으겨 분부ᄒᆞ되 方位乙 쓰나지 말고 머리와 귀을 ᄒᆞᆫ터 모와 擾亂니 말을 말고 怯도 닉지 말라 만일 違令者면 벼히리라 軍士 聽令ᄒᆞ고 方位乙 지키든이 孔明니 壇에 올나 童子으겨 香爐乙 들니고 祭物乙 가초와 올닐 ᄉᆡ 魚東肉西 左脯右醯로 設位ᄒᆞ고 祭席에 端坐ᄒᆞ야 祝文지여 告할 ᄉᆡ 維歲次 建安 十二年 丁亥 十一月乙 巳朔 二十日 甲子에 左將軍 劉備 謀士 諸葛亮은 謹告于 天地 日月星辰 五岳神靈 四海龍王 화덕진군 后土神靈 江山風伯니 一時에 合力ᄒᆞ소셔 國運니 不幸ᄒᆞ야 逆賊 曹操 도졀신기ᄒᆞ고 유수쳔자ᄒᆞ고 방시국모ᄒᆞ니 긔쳔지罪乙 人人니 共憤니온되 니져 曹操 勇兵 百萬果 勇將 千餘員니라 장여 江東으로 닐원 자웅할 ᄉᆡ 今者에 孫權으로 同心合力ᄒᆞ야

〈18-앞〉

欲破曹操ᄒᆞ고 安保社稷닐 터닌듸 曹操 大兵乙 不堪當니라 伏望 天地神靈은 感動ᄒᆞ와 東南風 三日三夜만 허급ᄒᆞ시면 攻罷曹操ᄒᆞ옵고 興復漢室ᄒᆞ겨 ᄒᆞ옵소셔 謹以淸酌庶羞恭伸奠獻 尙饗 祝文乙 일은 後에 上壇 삼차 下壇 삼차에 至誠으로 祝壽ᄒᆞ온이 孔明에 貫日之忠果 懷天之誠乙 天地神靈닌들 엇지 無心할니요 孔明니 八角儒巾乙 씨고 白羽扇乙 손에 들고 鶴氅衣乙 거더잡고 南屛山 빗긴 길노 隱身ᄒᆞ야 다려간이 오강 여울 흐르난 물에 子龍니 픠련 이심기를 다리고 ᄇᆡ을 ᄃᆡ여 기다리거늘 孔明니 반기 보고 ᄇᆡ에 올나 子龍의 손을 븟들고 問曰 우리 賢主 安寧ᄒᆞ시며 諸將軍卒도 다 無事ᄒᆞᆫ가 ᄇᆡ을 져어 나려갈 제 七星壇 놉흔 고ᄃᆡ 朱雀 靑龍 기린 기발이 白虎 玄武를

應공ᄒᆞ야 戌亥方으로 날여간이 東南風니 완연하

〈18-뒤〉

더라 周瑜 諸將乙 거나려 화공을 도모할 새 잇디 야식은 三更이라 디장기 발이 戌亥方으로 펄펄 날여가이 周瑜 大驚하야 魯肅 불너 하는 말이 孔明 탈천지조화는 鬼神도 難諶이라 풍운을 이무 用之한이 이 ᄉᆞ람을 살여두면 동오의 火根이라 잇디을 타 죽여 후한을 덜이라 하고 서성 정봉을 밧비 불너 南屛山 급피 가서 孔明을 뭇도 말고 베혀오라 두 將帥 영을 듯고 서성은 빅을 타고 도부수 五十名을 거랄이고 수로로 좃차가고 정봉은 말을 타고 精兵 五十名을 거랄이고 陸路로 조차갈 졔 서성 몬저 烏江邊의 다달나 南屛山 빗긴 길로 七星壇 차자간이 孔明은 간디 읍고 기 잡은 軍士덜이 바람 졔을 보는지라 軍士다려 문넌 말리 孔明이 으디로 갓던요 軍士 對答하되 東南風 빈

〈19-앞〉

연후의 피발도션ᄒᆞ고 남병산ᄒᆞ로 나려 오강 어구로 가던니다 셔셩이 급한 마음 산ᄒᆞ로 나려올 ᄉᆡ 정봉니 군ᄉᆞ 오십명을 거나리고 오강가의 당도ᄒᆞ여 ᄂᆞᆫ지라 두 즁슈 합셰ᄒᆞ여 사면을 바리보면 쥬져ᄒᆞᆯ ᄎᆞ의 다못 슈조리 니ᄂᆞᆫ 지라 슈졸다려 무른니 군ᄉᆞ 엿ᄌᆞ오되 소닌이 알니니다 어졔 삼경야의 오강 변의 ᄆᆡ닌 빅 십니장강 벽파상의 왕ᄂᆡᄒᆞ는 거루빈가 시졀니 요란ᄒᆞ여 임초 실고 가는 빈가 추동강 칠니탄의 엄ᄌᆞ능 낙슈빈가 심양강 추야월의 빅낙쳔 노던 빈가 양양강슈 말근 물의 고기 졉는 어션닌가 텨빅니 기경비상쳔 후의 초강어부 퓽월 실노 가는 빈가 오호상연월냐의 금년의 노든 빈가 만경 충파 욕모쳔의 쳔어환주ᄒᆞ든 빈가 만단의혹ᄒᆞ야던니 공명이 머리을 퓰고 발 버신 치 그 빅을 ᄌᆞ바탈 졔 엇더ᄒᆞᆫ 장슈가 나와 니만ᄒᆞ기 읍을 ᄒᆞᄆᆡ 공명이 그 즁슈 기의 ᄃᆡ고 무삼

〈19-뒤〉

말을 소곤소곤 ᄒᆞ더니 그 ᄇᆡ을 ᄌᆞᆸ아타고 상유로 가든니다 두 將帥 忿乙 ᄂᆡ여 마참 北便乙 바라본니 상유에 ᄶᅥ 간는 ᄇᆡ 孔明 一身 分明ᄒᆞ다 ᄂᆡ 사공나로을 밥비 져어 져게 가는 孔明의 ᄇᆡ 못자부면 네 머리을 덩글역거 벼혀 ᄂᆡ물에 던지면 네으 身體 뉘가 차지랴 ᄉᆞ공니 둘여ᄒᆞ야 돗 달고 닷 감어라 밧비 우게라 어기야 어기양 ᄶᅩᄎᆞ갈 졔 잇ᄃᆡ 徐盛이 멀니 바리본니 孔明의 가는 ᄇᆡ 五里 안의 드럿네 ᄶᅩ차가미 크게 불너 曰 져게 가는 孔明先生은 거게 잠간 머무소셔 우리 都督니 請ᄒᆞ던이다 孔明니 白羽扇乙 놉히 들여 혀혀 大笑ᄒᆞ고 ᄒᆞ는 말니 都督니 나을 ᄒᆡ할 쥴 님니 알라기로 子龍과 졉응ᄒᆞ여 신니 將軍은 부질업시 ᄶᅡ로지 말고 도라가 都督다려 後日 相逢ᄒᆞ자 당부ᄒᆞ라 徐盛니 들은 쳬 안니ᄒᆞ고 살갓

〈20-앞〉

치 ᄶᅩ차 오는지라 子龍니 船頭의 나셔며 ᄂᆡ놈 徐盛아 우리 先生 놉흔 ᄌᆡ조로 네의 나라 드러가 東南風 비러주워거든 무삼 혐의로 害코져 ᄒᆞ는야 너히를 當場의 죽길 거시로ᄃᆡ 兩國 和親ᄒᆞᆫ 義가 잇난 故로 살여보넌니 ᄂᆡ의 手端니나 보고가라 철궁의 왜전 메계 비정비팔 웃둑 셔셔 흉복실 압뒤 골나 좀통니 ᄶᅵ여지게 ᄶᅡᆨ지손을 쑥 ᄲᅦ니 번ᄀᆡ갓치 가는 살니 白雲間 놉피 소사 수루룩 소ᄅᆡ나며 드러가며 徐盛의 탄 ᄇᆡ 돗ᄃᆡ마져 와질근 부러지는지라 再次 ᄒᆞᆫ ᄀᆡ를 먹여쓰니 바람갓치 ᄲᅡ른 사리 空中으 나러가 양돗ᄃᆡ 툭탁 마져 부러지고 용총도 ᄶᅥ러지고 닷가지 ᄶᅥ러져 노도 ᄲᅡ지고 江上의 풍덩 와질근 바람 부는 ᄃᆡ로 물결치는ᄃᆡ로 너울너울 니리져리 둥실둥실 ᄯᅥ나갈 졔 徐盛 丁奉니 기가 막켜 ᄭᅳᆫ너진 닷쥴

〈20-뒤〉

다시 감아달고 江上의 逃亡ᄒᆞ야 근근니 사라와 周瑜께 이 마를 告달ᄒᆞ니 周瑜 大驚 曰 孔明니 니다지 꾀가 만ᄒᆞᆫ가 ᄒᆞ고 曹操乙 破ᄒᆞᆫ 後의 決斷코 도모ᄒᆞ리라 卽時 감영을 불너 왈 너는 치즁 치화 다리고 軍糧處의 부럴 지르고 그 후는 軍中의 두면 닉 씰 고지 잇노라 틱사자을 불너 너는 三千兵乙 거나리고 黃州 地境의 믹복ᄒᆞ여짜가 曹操의 구완兵乙 엄살ᄒᆞ라 呂蒙乙 불너 分付ᄒᆞ되 너는 三千兵乙 거나리고 五林의 잇짜가 장호 장합을 졉응ᄒᆞ라 諸將니 各各 聽令ᄒᆞ고 물너가니라 ○쏘 여건을 불너 왈 그딕는 四千兵乙 거나리고 니릉 南便의 가셔 믹복ᄒᆞ여짜가 닉닐 黃昏時의 西山의 부리 니러나믈 보와 曹操 軍馬乙 嚴殺ᄒᆞ고 軍糧器械乙 奪取ᄒᆞ라 능통을 불너 와 그딕는 三千兵乙 거나리고 니릉 셔편의 가셔 伏兵ᄒᆞ엿다가 불

〈21-앞〉

을 노와 曹操 간는 질을 막으라 岔艓乙 다ᄒᆞ미 各其 軍馬乙 總督ᄒᆞ여 水陸兵陣 나려갈 제 딕장 청도 도라 청도 ᄒᆞᆫ쌍 ○홍문 ᄒᆞᆫ쌍 ○쥬작 남동각 ○남셔각 ○홍초 남문 ᄒᆞᆫ쌍 ○청용 동남각 ○셔남각 ○남초 황문 ᄒᆞᆫ쌍 ○등사 순시 ᄒᆞᆫ쌍 ○황쵸 빅문 ᄒᆞᆫ쌍 ○빅호 동북각 ○셔북각 ○빅쵸 흑문 ᄒᆞᆫ쌍 ○현무 북동각 ○북셔각 ○흑쵸 홍신 ○남신 ○황신○빅신 ○흑신 ○푀미 금고 ᄒᆞᆫ쌍 ○발릐 ᄒᆞᆫ쌍 ○졍호 ᄒᆞᆫ쌍 ○세악 두쌍 ○고 두쌍 ○젹 ᄒᆞᆫ쌍 ○발 ᄒᆞᆫ쌍 ○순시 ᄒᆞᆫ쌍 ○령기 두쌍 ○중으ᄉᆞ명 ○좌으관니 ○우으령젼 ○집ᄉᆞ ᄒᆞᆫ쌍 ○긔픽관 두쌍 ○굴노 두쌍 ○각 두쌍 ○명금 니하 딕취타 ᄒᆞ라 周瑜 쏘 各陣의 가만니 傳令 ᄒᆞ되 졔일일으난 수치 맛든 장수 각군 호픽을 걸거 덕 각진의 젼파ᄒᆞ야 각긔 구함 청令ᄒᆞ라 졔 잇튼날는 쳔지 淸明ᄒᆞᆷ을 보고 風浪이 리러나지 안니ᄒᆞ며 ᄒᆞᆫ변 불으거

〈21-뒤〉

든 밥을 지어 먹고 一面으로 錚乙 치거든 各陣에셔 일ᄌᆞ로 빅을 별리고 쳥후ᄒᆞ라 ᄯᅩ 셰변 불으거든 주장 화션을 타고 물 어귀에 들어가 방포ᄒᆞ며 쳔ᄒᆞ셩 남팔을 불으며 공삼ᄎᆞᄒᆞ라 곤호가 리엇타시 비밀ᄒᆞ니 뉘 能히 아리요 黃蓋 一番 大船을 準備ᄒᆞ며 降書乙 써셔 曹操으게 보니며 오날밤에 降服船니 가노라 ᄒᆞ야거늘 조조 바라보고 기달리던 ᄎᆞ에 黃蓋 뒤에 戰船 四隻니 ᄯᅡ라쓰되 第 一隊은 黃蓋요 第 二隊은 周殆요 第 三隊은 張欽니 第 四隊은 ᄒᆞᆫ당이라 各各 戰船 三百隻式 거라리고 압펴 火船 十隻式 셔우고 西山에 방포ᄒᆞ고 南山에 旗乙 셰워 각각 등ᄃᆡᄒᆞ야다가 黃昏에 行軍ᄒᆞ라 傳令ᄒᆞᆫ니 却說 孔明니 夏口로 도라온니 玄德니 諸將乙 거나리고 陣前에 나와 迎接ᄒᆞ야 禮畢 後에 孔明니 諸將乙 도라보와 曰 그ᄃᆡ 등도 다

〈22-앞〉

平安ᄒᆞ신익가 ᄒᆞ고 子龍으게 분부ᄒᆞ되 너난 三千兵乙 거나려 오림의 ᄆᆡ복ᄒᆞ엿ᄯᅡ가 오날밤 三更에 曹操 敗ᄒᆞ야 그리 올 거신니 中路에 불을 노와 曹操乙 掩殺ᄒᆞ라 ᄯᅩ 翼德乙 불너 분부ᄒᆞ되 그ᄃᆡ는 三千兵乙 거나리고 니릉乙로 가 夏口에 ᄆᆡ복ᄒᆞ엿ᄯᅡ가 曹操 밥을 지를 거신니 四方으로 불을 노와 엄살ᄒᆞ라 미방 미축을 불너 분부ᄒᆞ되 너히는 강ᄒᆞ을 직키다가 됴됴가 敗ᄒᆞ야 逃亡ᄒᆞ는 軍士을 잡고 軍器乙 奪取ᄒᆞ라 ᄯᅩ 뉴기을 불너 曰 그ᄃᆡ는 강ᄒᆞ 셩지을 직키라 孔明니 玄德乙 請ᄒᆞ여 曰 周公은 오날밤에 양과 ᄒᆞᆫ가지로 놉푼 ᄃᆡ 올나 周瑜 赤壁江 夏젼 셩공함乙 귀경ᄒᆞ사니다 ᄒᆞ니라 잇ᄯᅢ 雲將니 겨티 셔쓰되 종시 본쳬도 안니 ᄒᆞ거늘 雲將이 참지 못ᄒᆞ야 칼노 ᄲᅡᆼ을 치며 曰 小將니 先生과 兄長乙 모시

〈22-뒤〉

고 허다 싸홈을 가미 남의 뒤진 니리 업거든 오늘날 大戰을 當ᄒᆞ야 成功할 차의 小將乙 씨지 안니 ᄒᆞ신니 무삼 然故닛가 孔明 曰 雲將은 고히키 아지 마옵소셔 雲將乙 그즁으 요지쳐의 보닐 터니로ᄃᆡ 써리는 니리 닛셔 못보니는니다 雲將 曰 무삼 니를 써리는잇가 孔明 曰 前日 曹操의계 잇슬 써 三日 小宴 五日 大宴 상마의 는 一千兩 ᄒᆞ마의 는 一千兩 厚待가 니러ᄒᆞ야쓰니 恩惠乙 ᄉᆡᆼ각ᄒᆞ면 曹操을 보와도 잡지 안니홀 뜻 ᄒᆞ온니다 曹操 今夜의 敗ᄒᆞ야 必竟의 華容道로 올 터니라 ᄒᆞ거늘 雲將 曰 曹操 果然 小將乙 厚待ᄒᆞ미 니씨나 袁紹의 안양 문쳬 두 將帥 머리를 벼혀 거 은혜 갑하삿오니 다시 져를 보거드면 엇지 노아 보니잇가 孔明 曰익 만닐 노켸 되면 군법으로 施行ᄒᆞ리라 雲將니 許諾ᄒᆞ야 軍中 書記乙 불너 軍令 다지멸 바드니 ᄒᆞ엿쓰되 살등 됴됴는 漢室之大

〈23-앞〉

逆니라 니졔 天下 新民니 孰不殺之리요 華容道上에 前日 수운을 ᄉᆡᆼ각ᄒᆞ고 감셕 曹操여든 軍法 施行ᄒᆞ와 明法 定制ᄒᆞ소셔 다짐을 올닌 후의 雲將 曰 曹操 華容道로 안니 오면 엇지 ᄒᆞ릿가 孔明 왈 나도 다짐ᄒᆞ리다 ᄒᆞ고 孔明니 당부ᄒᆞ되 華容山上의 불을 노와 曹操 뉴인ᄒᆞ소셔 雲將 曰 연기 나면 伏兵니 닛는 줄 알고 엇지 기리 오릿가 孔明 曰 兵法의 헤헤실실니라 ᄒᆞ야쓰니 曹操 연기 남을 보면 반다시 다른 ᄃᆡ 복병ᄒᆞ고 니 고ᄃᆡ 헛불을 노와 못 가기 함니라 ᄒᆞ고 그 질로 갈 거신니 옛날 恩惠乙 ᄉᆡᆼ각지 말고 노와보니지 말나 雲將이 聽令ᄒᆞ고 관평 주장으로 ᄒᆞ야금 도수 오ᄇᆡᆨ군을 거나니고 華容道乙 向ᄒᆞ야 간니라 玄德니 孔明ᄃᆞ려 問曰 雲將니 반다시 曹操乙 보면 ᄎᆞ마 ᄌᆞ지 안니홀가 졔의 ᄒᆞ나니다 孔明니 對曰 간밤의 쳔문을 보온직 曹操乙 주기지 못ᄒᆞ기로 雲將乙 보니여 한갓 人情乙

〈23-뒤〉

보겨 하미 죠을 뜻 ᄒᆞ미로소니다 玄德 曰 先生의 新奇謀事은 世上의 雙니 업나니다 ᄒᆞ고 直時 孔明으로 더불러 번구산의 올나 赤壁江 화공ᄒᆞᆷ을 보드라 각셜 닛ᄯᅢ 曹操 兵乙 거나리고 黃蓋 消息乙 기다리던니 千萬意外의 東南風니 大作ᄒᆞ거날 졍욱니 엿지오ᄃᆡ 뜻밧거 東南風니 리러ᄒᆞᆫ니 丞相은 살피소셔 ᄯᅥᆨ 안닌 바람니 고니ᄒᆞ여니다 曹操 大笑 曰 冬至에 日陽니 始生ᄒᆞ난니 그게 무삼 의심ᄒᆞ리요 公等은 그은 염예말나 ᄒᆞ던니 잇ᄯᅥᆨ 黃蓋 火船니十隻의 뉴황 렴쵸 인화지물을 실코 청布帳의로 둘너치고 그 우에 청농아기을 쫍아 압세우고 黃蓋 等 戰船에 놉피 올나안자 諸將乙 號令ᄒᆞ야 지곡총 ᄇᆡ을 노와 東南風 부는 ᄃᆡ로 曹操 陣乙 바ᄅᆡ보고 살 쏘다시 드러간니 曹操 帳上의 놉피 안자 ᄯᅥ오은 ᄇᆡ 바ᄅᆡ보고 大喜ᄒᆞ야 ᄒᆞ는 말니 渭水江東 안니겨든

〈24-앞〉

漁父船니 어니 오며 쳔공귀로 인니거든 行客船니 어니 오며 니젹션 취건곤야의 月落船니 어니 오랴 아마도 黃公覆니 軍糧 시은 ᄇᆡ 丁寧하다 다시 이러 길거할 次의 졍옥니 엿자오ᄃᆡ 軍糧乙 실어씨면 쳔쳔니 오런마는 져러켜 가부야니 ᄯᅥ오는 양을 보온직 아마도 간계 잇난가 으심니로다 ᄒᆞ고 셔로 疑心할 次의 자ᄉᆡ히 본니 청용기 셰운 ᄇᆡ 뒤히로 ᄶᅡ른 ᄇᆡ머리에 동오 션봉ᄃᆡ장 黃蓋라 씬 긔을 두려시 셰워거날 그 긔호을 보고 분분ᄒᆞ야 엇지 할 줄 모로던 次의 黃蓋 船頭의 썩 나셔며 왈 동오 션봉장 黃蓋乙 네 안는니 ᄒᆞ며 청용기을 두르며 號令ᄒᆞ니 左右 大船 一時의 모라 曹操 戰船에 불얼 지으고 一聲 呼痛의 泰山니 문어지고 渭水 뒤눕는 듯 火光니 충천ᄒᆞ고 연기는 만江湖의 風勢 大作ᄒᆞ야 돗ᄃᆡ도 불어지고 용총줄 ᄯᅥ어지며 帳幕果 휘장니 다 불니 븟고 ᄊᆡ여진 통

〈24-뒤〉

노기 유엽젼편 화약 염초통니 모도다 불의 타셔 碧波上에 떠나간니 赤壁火光니 낫갓도다 曹操의 百萬大兵니 一時에 살 맛고 물에 빠지고 칼 맛고 불타고 팔도 부러지고 등도 터지고 다리 부러지고 목도 부러지고 머리도 터져 죽난 지 不知其數라 曹操 惶怯ᄒᆞ야 니리져리 逃亡할 졔 黃蓋 비을 밧비 몰라 죠ᄎᆞ 드려간니 曹操 넉시 업셔 쳔방지축 逃亡할 졔 장요 ᄃᆡ분ᄒᆞ야 철궁의 왜젼을 머겨 黃蓋乙 쏘니 번긔갓치 ᄲᅡᆫ은 살이 空中의 놉피 떠셔 黃蓋胸中乙 만치니 셔셩 졍봉니 대경ᄒᆞ야 急히 黃蓋乙 구안ᄒᆞ야 본진을 도라보니이라 닛ᄯᅢ 졍옥니 曹操乙 求ᄒᆞ야 오림으로 逃亡ᄒᆞ니 동남풍니 오히려 더ᄒᆞ며 금고 함셩은 天地 震動ᄒᆞ고 旗幟 劍戟은 日月乙 戱弄ᄒᆞ여 精神니 散亂ᄒᆞᆫ지라 장흠 한당은 西으로 좃ᄎᆞ가고 주틱 진문는 東으로 좃ᄎᆞ오고 周瑜 셔셩徐盛

〈25-앞〉

丁奉은 중계로 ᄶᅩ차와 여간 남은 軍士을 엄살ᄒᆞ며 軍中 器械乙 다 수윤ᄒᆞ고 감영은 後陣으로 가 치중 치화乙 벼히고 呂蒙은 불을 노와 졉응ᄒᆞ니 뇌고 함셩은 河海가 뒤눕난지라 曹操 항망니 逃亡ᄒᆞᆯ 졔 ᄒᆞᆫ편은 능통니라 니놈 曹操야 어ᄃᆡ로 갈다 ᄒᆞ는 소릐 어간이 먹먹 精神이 아득ᄒᆞ야 엇지 할 줄 몰나 슈풀의 隱身ᄒᆞ야 ᄒᆞᆫ 고ᄃᆡ 다다른니 一員大將니 나셔며 ᄃᆡ호 왈 東吳後軍將 堪興敗乙 네 모로는다 닷지 말고 ᄲᆞᆯ이 닉 칼을 바드라 ᄒᆞ난 소릐 曹操 大驚ᄒᆞ야 張阁으로 감영을 막으라 ᄒᆞ고 말을 지촉ᄒᆞ야 逃亡할 졔 밤은 기펴 三更니 되고 달은 黑雲의 덥펴 寂寞ᄒᆞᆫᄃᆡ 게우 禍變乙 避ᄒᆞ야 五林의 다다르니 山川는 險惡ᄒᆞ고 樹木은 창천니라 曹操 馬上의셔 仰天大笑ᄒᆞ니 諸將니 엿자오ᄃᆡ 周瑜 孔明니 知謀로 南屛山의 졔풍ᄒᆞ고 赤壁의 화공ᄒᆞ야 八十三萬 軍니 焦頭爛額 다

〈25-뒤〉

죽고 남은 將卒니 갈 바를 모로난듸 무삼 精神으로 웃는잇가 曹操 曰 周瑜 꾀업고 孔明은 知慧 不足ᄒᆞ무로 니러ᄒᆞᆫ 뇨진쳐의 伏兵 안니 ᄒᆞ엿기로 웃노라 言末畢의 닐셩방포의 左右伏兵니 니러나며 一員大將이 千里 龍驄乙 타고 장창을 빗계 들고 얼골은 冠玉갓고 누는 식별갓고 소릐을 우릐갓치 질으며 大叱 曰 나는 常山 趙子龍니라 우리 先生의 命令乙 바다 너를 지다른졔 오련지라 니놈 曹操야 從天降ᄒᆞ며 從地出 ᄒᆞ야는야 닷지 말고 닉 창을 바드라 ᄒᆞ니 曹操 肝膽니 써러지고 精神니 엇질ᄒᆞ며 두 눈이 캉캄ᄒᆞ여 셔황 장합으로 뒤을 막으라 ᄒᆞ고 졔우 逃亡ᄒᆞ여 호로곡으 다다르니 東方은 발가오나 黑雲이 滿天ᄒᆞ고 구진 비는 蕭蕭ᄒᆞᆫ듸 여간 나문 軍士 가는 양은 그 안니 凄凉ᄒᆞᆫ가 赤壁 화강의 겁닌 군ᄉᆞ 슈화돌을 맛난 중의 눈비 셔거 맛고가니 츕기는 姑舍ᄒᆞ고 비곱

〈26-앞〉

파 못살것다 軍士을 村으로 보닉여 糧食乙 노락ᄒᆞ야 밥을 지여먹고 물 저진 衣甲을 바람결의 말이고 노약은 압을 세워 서로 위로ᄒᆞ며 천지도지 도망ᄒᆞ여 가던이 一聲방포의 四方으로 불릐 이러나며 一員大將이 나오는듸 虎頭龍顔의 얼골 빗슨 슈먹 갓고 골이눈을 부릅쓰고 장팔삼모창을 눈 우의 빗겨 들고 天動갓치 號令ᄒᆞ되 나는 년인 장익덕이라 이놈 曹操야 네 어듸로 逃亡ᄒᆞ리요 天時乙 모르고 감히 항거ᄒᆞ리요 밧비 나와 닉의 창을 바드라 ᄒᆞ는 소릐 諸將니 기가 먹고 軍士 落膽ᄒᆞ야 精神니 아득ᄒᆞᆫ지라 曹操 장요 셔황 등으로 마그라 ᄒᆞ고 逃亡할 졔 허져는 안장 업는 말을 타고 셔황은 날 빠진 자루만 쥐고가니 八十餘萬 軍卒니 不過 幾百名일레라 曹操 그 중의 飢

〈26-뒤〉

渴니 滋甚ᄒᆞ야 거의 쥭게되고 軍器와 마필도 다 업는지라 百餘名 갓든 軍士 ᄒᆞᆫ나히 나맛스니 어이할리 東南風이 어인 ᄌᆡ변인가 수원수구ᄒᆞ리요 기픽관이 歎息ᄒᆞ되 금고 춰틱 불의 타고 영가졸차 이러스니 뉘라 對答ᄒᆞ리 大將이 歎息 曰 一三七九 간 곳 업고 二四六八 업셔젓다 天亡我요 非戰之罪로다 ᄒᆞᆫ 軍士 告ᄒᆞ되 압푸로 두 길니 잇사온니 어ᄃᆡ로 가올잇가 曹操 曰 니 싱각ᄒᆞ니 울리 곤핍ᄒᆞ여 험노로 갈 수 업셔 大路로 가자ᄒᆞᆫ니 伏兵니 잇슬지라 華容道로 가자ᄒᆞᆫ니 亭玉니 엿자오되 華容道로 가다가 伏兵니 잇사오면 변통할 슈 업사온니 허창으로 가사이다 曹操 ᄭᅮ지져 왈 병셔의 ᄒᆞ엿스되 실직허요 허직실니 ㅏ 하엿스니 孔明니 아모리 ᄭᅬ 만타ᄒᆞᆫ들 우리 셰 번 쇠길손야 ᄒᆞ

〈27-앞〉

고 軍士乙 ᄌᆡ촉ᄒᆞ야 華容道로 드러간니 千峰万岳은 半空의 소사잇고 樹木은 창천ᄒᆞᆫ되 万岳의 눈 ᄊᆡ이고 千峰의 바람 칠 ᄯᅢ 화초목실 바리 업고 鸚鵡元央 ᄡᅡᆼ쳐난되 어닌 시가 울야만은 赤壁 火炎의 쥭은 장졸 소타무쳐 원조되야 됴됴 敗軍 미의라고 가지가지 우는 소릐 塗炭의 싸인 軍士 故鄕離別 몃 ᄒᆡᆯ넌고 歸蜀道 不如歸라 슬피 운다 져 杜鵑시 울고는니 져 ᄲᅦ쑥시 우름 운다 여바라 杜鵑鳥야 너난 故鄕乙 싱각ᄒᆞ야 不如歸라 ᄒᆞ건만은 道德 잇난 우리 丞相 百萬軍兵 자랑턴니 今日 敗軍 웬 일린고 ᄌᆞ칭 英雄 간ᄃᆡ 업고 百計都 無策이라 이리 가며 입을 ᄲᅦᆺ쑥 져리 가며 ᄲᅦᆺ쑥ᄲᅦᆺ쑥 울고난니 져 凶年 식 우름운다 여바라 ᄲᅦᆺ쑥시야 말 듯거라 너는 픽군 분심 싱각ᄒᆞ야 운다만는 如山 軍糧 衰盡ᄒᆞ고 춘여노략 ᄒᆞᆫ ᄯᅢ로다 소텡소텡 울고는이 져 ᄭᅬᄭᅩ리 우름 운다 여바라 凶年鳥야 너

〈27-뒤〉

난 百萬軍卒 쥬린다고 恨틀 마라 亂世間雄 우리 丞相 어이 그리 쐬가 업셔 黃蓋으게 돌여ᄂᆞᆫ고 ᄒᆞᆫ창 이리 울고ᄂᆞᆫ이 져 가마구 우름 운다 여바라 황금조야 너ᄂᆞᆫ 丞相임 쐬을 닉되 敗ᄒᆞᆫ난 쐬을 넋다 ᄒᆞ고 운다만는 편편디로 마다ᄒᆞ고 深山叢林 무삼 일고 져 가마구 ᄶᅩ옥ᄶᅩ옥 울고간다 져 쑥국식 우름 운다 여바라 오비조야 너ᄂᆞᆫ 양구을 인도ᄒᆞᆫ다만는 가련타 장졸더라 赤壁 火炎中의 닝병인들 안니들야만은 그 軍士 악갑다 ᄒᆞ고 쑥쑥쑥쑥 슬피 울고간다 져 호반식 우름 운다 너ᄂᆞᆫ 百萬軍士 病니 날가 疑心ᄒᆞᆫ다만는 장요난 무단니 살 업다고 셔어마라 살 나간다 살 바드라 져 호반식 슬피 울고간다 져 종지리 우름 운다 여바라 호반조야 너ᄂᆞᆫ 충셩이 至極ᄒᆞ여 일등명무사을 싱각ᄒᆞᆫ다만은 공중공중 놉피 써셔 東南風을 막아쥬랴고 너울너울 울고난니 져 싸옥기 우름

〈28-앞〉

운다 黃蓋 호통 겁을 닉여 버슨 홍포 닉 입엇다 싸옥기 슬피 운다 져 할미식 우름 운다 우슘 슷터 겁닌 장졸 갈슈락 얄망굿다 복병 보고 도망마라 이리 가며 핑당 기리릭 져리 가며 핑당 기리릭 울고 간니 凄凉ᄒᆞ다 각 식소릭 됴됴 듯고 회심ᄒᆞ여 이른 말리 불상ᄒᆞ다 닉의 將卒 父母妻子 愛情 끈어 離別ᄒᆞ고 千里 戰場 나왓다가 赤壁의 沒死ᄒᆞ고 졔우 사러난 軍士 창 맛고 살도 마져 十生九死 되여슨니 어이 ᄒᆞ여 가잔 말가 도로장을 직촉ᄒᆞ야 급피 逃亡할 졔 문득 바라본니 키 크고 威風 닛난 져 장슈 퉁방울눈 불음 쓰고 三角鬚 더펄더펄 웃둑 셔셔 曹操乙 바 보니 曹操 魂驚落膽ᄒᆞ야 精神니 어질ᄒᆞᆫ지라 졍옥아 져그 션는게 젼의 보든 雲將니 안니야 닉 엇지 살고 졍욱 程昱 曰 丞相이 魂乙 니러쏘 그거시 華容道 장셩이요 曹操 歎息ᄒᆞ는 마리 萬古英雄 曹孟德乙 쏘길 사람 업건마는

〈28-뒤〉

一介 장승으로 나를 쏘기싯니 그져 둘 슈 업다 ᄒᆞ고 軍士乙 號令ᄒᆞ야 장승을 나립ᄒᆞ라 左右 軍士 소릐ᄒᆞ고 장승乙 나립ᄒᆞᆫ니 졍옥니 手旗乙 들고 ᄃᆡ상우셔 分付ᄒᆞ데 장승은 드르라 네 一介 장승으로 신차關雲之形容ᄒᆞ고 쥬안홍목의 三角鬚 거사리고 丞相 行次의 不能屈身ᄒᆞ고 으연 獨立ᄒᆞ여 萬軍中乙 놀너기 ᄒᆞᆫ니 斬之應當事라 聽之軍令ᄒᆞ고 사속고지 ᄒᆞ라 장승니 奏曰 살등차신니 崑崙之木으로 因爲大木ᄒᆞ야 짝써 人形ᄒᆞ고 立於路上 니러니 今日 丞相 行次의 不能屈身ᄒᆞ고 長揖不拜ᄒᆞᆫ니 論之罪狀ᄒᆞ면 殺之無惜이오나 寃痛ᄒᆞᆫ 願情乙 아리리다 萬物之中 天皇氏 木德으로 王ᄒᆞ사 우리 나무 너엿시나 엇쩌ᄒᆞᆫ 나무는 八字 죠ᄒᆞ 大明殿 ᄃᆡ들보되야 五色丹靑 기려잇고 石上우 梧桐木은 거문고 복판 되야 南風詩 和答ᄒᆞ여잇고 나갓튼 八字 기박ᄒᆞᆫ 늠은 몹실 木

〈29-앞〉

手놈니 짝짜다가 八字업는 사모풍ᄃᆡ 三角은 엔 이린고 글ᄌᆞ로 北去심니라 ᄒᆞ여슨니 손니 잇셔 문지름며 발이 잇셔 逃亡할가 죽도 사도 못ᄒᆞ고 至今까지 잇던니 今日 丞相 行次의 不能屈身ᄒᆞ야 長揖不拜ᄒᆞᆫ게 木身인들 무삼 罪온닛가 洞燭後의 특위방송 ᄒᆞ옵심乙 千萬伏祝 ᄒᆞ옵니다 答題 曰 汝本空山之落木으로 有口能言ᄒᆞᆫ니 言足以飾非로다 特爲放送ᄒᆞ며 曰 日後난 아무라도 無言ᄒᆞ라 됴됴 巖上의 안자 程昱乙 불너 曰 술 부워라 너와 同杯同樂 논너보자 一壺酒乙 먹은 後의 大醉ᄒᆞ야 ᄒᆞ는 말니 ᄃᆡ쳐 니변 싸흠의 敗ᄒᆞᆫ 일을 싱각ᄒᆞ면 흉ᄒᆞᆫ 상놈으게 敗乙 보압고 劉玄德니 漢宗室니라 ᄒᆞ나 양산 뒤원의 치소장사ᄒᆞ고 자리 짜든 놈니요 소위 關雲長니 으기남자라 ᄒᆞ되 河東써 그읏장사ᄒᆞ엿고 張飛 졔가 고리눈의 호

〈29-뒤〉

통은 잘ᄒᆞᆫ나 涿郡짱의셔 猪肉장사 ᄒᆞ엿고 子龍니 날닌 체ᄒᆞ되 常山 돌쑉으셔 빠진 놈니요 諸葛亮니 꾀 인은 쳬ᄒᆞ되 南陽짱으셔 밧 가라먹든 놈니라 져으가 날을 보와도 ᄂᆡ 眼下의 갓슬 쓰고 못나셔리라 亭玉니 엿ᄌᆞ오ᄃᆡ 兵驕者敗라 ᄒᆞ니 丞相니 져리 驕慢ᄒᆞ다가 이러한 敗을 보완는니다 小將도 魏國忠臣으로 위가호ᄌᆞ라 水火을 避ᄒᆞ야 겨우 이 고ᄃᆡ 와셔 젹졔신ᄒᆞ자 ᄒᆞᆫ즉 고히ᄒᆞᆫ 일이 이럿케 困窮ᄒᆞ되 쳬모 업는 우리 丞相 一嚬一笑 타시로다 丞相니 福니 업셔 百戰百敗 ᄒᆞ여습건니와 남의 ᄒᆡ담ᄒᆞ면 戰場의 勝負 잇는잇가 졔발 마오 졔발 마오 됴됴 曰 남은 軍士 졈고나 ᄒᆞ여볼가 敗將 軍卒 各各 제 원졍으로 잔말이 非常ᄒᆞ며 각기 우리 軍中의 哭聲이 狼藉ᄒᆞᆫ니 됴됴 大怒 曰 死生니 有命커던 셜마 엇지 ᄒᆞ리 다시 우은 지 잇쓰면 軍法으로 始行ᄒᆞ리라 ᄒᆞ고 졈고ᄒᆞ자 ᄒᆞᆫ직 어ᄃᆡ 할 것 잇는야 病들고 창맛고

〈30-앞〉

활 맛고 화독 들고 팔다리 부러지고 다 ᄂᆡ 貌樣니라 ᄉᆡᆼ각ᄒᆞ면 凄凉ᄒᆞ다 亭玉니 左手의 칼을 들고 右手의 笏記을 들고 號令ᄒᆞ되 졈고 불참ᄌᆞ는 버히리라 우부좌사 파총 일ᄃᆡ장의 왈낭쇠 물고요 좌사파부 쳔총ᄃᆡ장의 울능쇠 울능쇠가 드러온다 울능쇠가 들러올 졔 ᄒᆞᆫ 다리 졀고 졀둑졀둑 드러온니 너는 엇지 이슬터리가 되여는야 엿자오되 長坂橋 건네올 졔 도감軍士의 쇠도리ᄶᅵ을 마져 ᄒᆞᆫ 다리 부러져 병신이 되엿소 千里本國 어니 갈고 丞相은 말을 타쓰니 다리는 셩ᄒᆞ지요 다리 ᄒᆞᆫ나 박구워쥬시요 그놈 미친놈이로다 좌부좌사 파총소 삼ᄃᆡ장의 용통쇠 물고요 마병ᄃᆡ장 골농쇠 그놈니 졔일 놈인 체ᄒᆞ고 나죵의 불른다고 노와ᄒᆞ야 ᄒᆞ는 말니 쥭은 놈 부르나 말고 산놈 몬져 부르시요 됴됴 曰 그만ᄒᆞᆫ 일노 나을 논칙ᄒᆞ는다 이놈 ᄶᅳ어 물니치라 좌기병 쵸관의 덜넝쇠 물고요 봉슈별장의 강

〈30-뒤〉

돌남니 돌남니가 드러온다 드러오든니만은 닉가 仔細히 알외리다 ᄒᆞ던이 그놈도 존소리 비상ᄒᆞ다 됴됴 曰 만니 나셧다 화병의 노구쇠 물고요 亭玉이 군안을 닉던지고 방셩딕곡 ᄒᆞ는 말니 八年風塵 楚霸王니 江東子弟 八千人으로 渡江而西 ᄒᆞ냐다가 敗運니 當ᄒᆞ야 鷄鳴山秋夜月의 張子房의 玉져소릐 八千兵 훗터지고 楚伯王은 無名渡江ᄒᆞ야 烏江의 自刎ᄒᆞ엿단 말을 듯고 우셔든이 ᄒᆞ날니 미워ᄒᆞ사 八十万 軍士 戰必勝攻必取ᄒᆞ야 所向의 無敵일는니 千萬以外 東南風의 불상코 可怜ᄒᆞᆫ 우리 軍士 赤壁江 孤魂되야구나 죽은 軍士 孤魂이나 故國갈가 져의 父母妻子 出門望 바릐다가 오은 사람 반가라고 뭇는 말삼 무워시라 對答ᄒᆞ리요 니럿탓시 울 졔 됴됴 含淚ᄒᆞ고 慰勞 曰 입아졔장들라 一時 勝敗는 兵家常事라 恨치 말고 어셔 가자 곤곤니 도라간들 赤壁怨讐 못갑풀손가 ᄒᆞᆫ창 이리 탄식ᄒᆞ며 힝ᄒᆞ

〈31-앞〉

던니 젼군이 말을 머물너 가지 안니 ᄒᆞ거을 됴됴 問曰 어이 가지 안니 ᄒᆞ난요 軍士 答曰 산곡 져근 길의 식벽비 만니 와 구렁의 물니 만니 괴야 말굽니 진흑의 ᄲᅢ져 갈 기리 업난니가 됴됴 大怒ᄒᆞ야 ᄭᅮ지져 曰 軍士라 ᄒᆞ난 거시 山을 만나면 질을 파고 물을 만나면 다리을 논넌 게 軍士라 ᄒᆞ거늘 엇지 이만ᄒᆞᆫ 진흑의 못간다 ᄒᆞ리요 늑고 弱ᄒᆞᆫ 軍士는 뒤의 달고 강장ᄒᆞᆫ 軍士는 흑을 파고 남무을 벼혀 질을 만들어 急히 發行ᄒᆞ라 令乙 어기은 者면 벼히라라 軍士 마지 못ᄒᆞ야 흑을 파며 남글 벼히 질을 메히시 쥬리고 盡力ᄒᆞ야 ᄶᅥ구러져 죽넌 지 만커늘 됴됴 命ᄒᆞ야 暫間 쉬히라 ᄒᆞᆫ니 軍士 一時에 산텀이와 연장을 지버던지고 쉬일 식 ᄒᆞᆫ 軍士 울며 曰 닉의 身勢을 ᄉᆡᆼ각ᄒᆞᆫ니 엇지 셔업지 안니 ᄒᆞ리요 十八歲의 丞相乙 ᄯᅡ러 父母乙 離別ᄒᆞᆫ 졔 오릐라 다른 兄弟업고 뉘라셔 우리 父母乙 奉養ᄒᆞ며 三十이 넘도록 妻子니 업스니 오날날 華容道의셔 죽은 니 뉘라셔 後

〈31-뒤〉

事乙 니을고 속졀업난 닉의 白骨 無主孤魂니 아니잇가 또 훈 軍士 나셔며 우러 曰 닉의 셔름 드러보소 三代獨子로셔 十歲乙 다 못머거 兩親乙 離別 ᄒᆞ고 孑孑單身 니닉 몸니 一哥親戚 바니 업다 二十歲의 의혼턴니 婚日이 못當ᄒᆞ야 軍中에 썹피스니 父母墳墓의 풀인들 뉘라셔 벼히 즐고 니졔야 華容道 魂니 된들 닉의 신체 뉘가 차지며 後事니 끈쳐진니 엇지 안니 셔을손가 또 훈 軍士 우며 曰 닉의 셔름 들러보소 十九歲의 定婚ᄒᆞ야 成禮乙 계우 ᄒᆞ고 그날밤 三更時의 赤壁江 싸홈 가자 상토乙 잡바 니럿케 니닉의 안히 거동 보소 羅衫 부여잡고 落淚ᄒᆞ며 우난 말니 칠夜三更 집픈 밤의 나을 두고 어딕로 가랴시오 훈변 離別훌 졔 魂腸니 끈어것다 엇지 훈니 안될손야 絶代佳人乙 훈변 離別 後 消息이 頓絶훈니 엇지 안이 셔루리요 할 일 업시 華容道의 孤魂니 되리로다 또 훈 군사 나셔며 우러 曰 닉의 셔름 드러보소 父母兄弟 다른 혈륙 젼히 업고 우리 부모 五十의 나을 나

〈32-앞〉

셔 愛之重之 길너닉여 十六歲예 成婚훈니 어여뿐 닉의 안ᄋᆡ 얼골도 곱건이와 여공 才質도 第一이라 十八歲의 生男훈니 이 안니 慶事넌가 夫婦琴瑟 重훈 마음 天下에 無雙니라 百年偕老 ᄒᆞ자떤니 十九歲에 從軍ᄒᆞ야 三十이 오늘이라 堂上 白髮兩親 쳘리戰場의 보닌 子息 ᄉᆞ라올가 바릭시며 눈물만 흘니면셔 말할 날이 졍니 업다 二八靑春 졀문 안헤 이마 우에 손을 언고 長歎 落淚ᄒᆞ는 말니 보고지거 우리 郎君 언졔나 올가 三時 出門 바릭넌 눈 쑤려지게 되것구나 東山의 돗난 달을 다시 보이 그도 또 슈심이요 靑天의 뜬 기력이 쪽을 불너 울고 가이 이도 또훈 愁心이라 輾轉反側 잠 못일을 제 릴인 子息 쓰다듬고 훈숨지며 리은 말이 네의 父親 언졔나 올나는지 오시거든 졀ᄒᆞ여라 니러타시 집픈 싱각 다시 보지 못ᄒᆞ고 華容道 險훈 기레 無主孤魂 可憐ᄒᆞ다 익고익고 울고

〈32-뒤〉

난니 쏘 ᄒᆞᆫ 軍士 썩 나셔며 우는 말니 요보소 셜운 말 그만ᄒᆞ소 ᄂᆡ 셔음니 ᄌᆞᄂᆡ 셜음만 못ᄒᆞᆫ ᄇᆡ 안니네마는 우션 ᄇᆡ 곱파 나 쥭것다 우리 예ᄲᅮ고 고은 임 어셔 만나 ᄒᆞᆫ 상의 바다먹든 밥 ᄒᆞᆫ 그릇 다시 먹어볼가 가삼을 두다리며 실피 痛哭ᄒᆞᆫ니 모든 軍士 一時의 곡셩이라 됴됴 듯고 大怒ᄒᆞ야 ᄭᅮ지져 曰 死生니 다 天命인되 엇지 할리요 다시 우난 ᄌᆡ 잇시면 셰워두고 베히리라 軍士乙 號令ᄒᆞ야 질을 메히고 發行할 ᄉᆡ 險ᄒᆞᆫ ᄃᆡ을 졔우 넘어 조금 편편ᄒᆞᆫ ᄃᆡ을 당도ᄒᆞ야 됴됴 馬上으셔 ᄎᆡ을 들어 크게 우신니 諸將 曰 丞相니 우시면 오날로 보건ᄃᆡ 됴됴쳐의 군마을 쥭여ᄊᆞ온니 엇지 쏘 우난잇가 됴됴 曰 諸葛亮니 ᄭᅬ 업난 ᄌᆞ로다 날로 ᄒᆞ야금 터럴 박구워쓰면 여그다가 伏兵할지라 만일 니 곳스 일지 군만 伏兵ᄒᆞ여스면 너의 등니 ᄉᆞ라갈손야 마리 맛지 못ᄒᆞ야 일셩방보 들이거늘 亭玉이 여자요ᄃᆡ 伏兵인가 보오 됴됴 曰 華容山中 롤우 ᄭᅯᆼ 잡는 푀슈 춍소릐로다 쏘 한번 응포ᄒᆞᆫ니

〈33-앞〉

됴됴 曰 이럿케 큰 山中의 砲手 ᄒᆞᆫ나 ᄲᅮᆫ일손냐 쏘 북소릐 搖亂ᄒᆞᆫ니 이거슨 완구ᄒᆞᆫ 伏兵니요 됴됴 曰 이런 名山의 ᄃᆡ쳘니 업슬손야 ᄌᆡ 지ᄂᆡ는 북소릐로다 북소릐 연속나며 고각 함셩 취티 호토지셩이 벽역갓고 左右로 쳐드러 온니 금극이 전후 나얼ᄒᆞ야 ᄒᆞ날의 다혓쓰니 精神이 캉캄ᄒᆞ고 어간이 먹먹ᄒᆞ야 ᄋᆡ고 니겨 웬 일인고 辱逃無處요 欲走無處로다 이 일을 어이 ᄒᆞ리 勝敗은 在德이요 不在强弱니라 寧死은졍 싸와보ᄌᆞ 엇쩌ᄒᆞᆫ 將帥 왓나보와라 亭玉 曰 낫빗치 검고 눈니 누리고 슈념이 다박ᄒᆞᆫ니 분명 장빈가 ᄒᆞ노이다 됴됴 曰 이졔는 할 슈 업ᄶᅡ 長坂橋 일셩호통의 거의 쥭다 게우 사라던니 이졔는 살 슈 업다 염습기게나 차리라 ᄒᆞ고 다시 살펴보라 ᄒᆞᆫ니 황신긔 밧탕의 황금ᄃᆡᄌᆞ로 써쓰되 ᄒᆞᆫ슈졍후 關雲長니라 凜凜ᄒᆞᆫ 氣像이 朱顔紅目의 三角鬚 거살리고 黃金甲胄의 赤兎馬乙 타고 靑龍刀乙 빗겨들고 猛虎갓

〈33-뒤〉

치 오는 氣像 飛龍갓치 빠른지라 亭玉니 엿자오되 이 軍士 가지고 雲長과 싸호다가는 쥬린 범의게 고기을 쥼이라 頃刻의 沒死할 터닌니 간졀히 비러나 보소셔 됴됴 曰 닉 일흠니 三國의 뉴명훈니 셜혹 비러 산 딕도 뭇사람으 치소을 엇지 ᄒᆞ랴 차마 못빌것다 그리 말고 훈 꾀 잇다 나을 구렁의 누피고 헌 장막을 치고 너의난 發喪ᄒᆞ고 셜이 우되 可憐타 曹丞相은 ᄒᆞ날니 쥬신 츙셩으로 天子의 命乙 바다 統一天下 ᄒᆞ랴 ᄒᆞ고 萬里戰場 나왓다가 中路客死 ᄒᆞ여쓴니 명쳔니 무심ᄒᆞ야 功名도 못 일우고 路中孤魂 永訣終天 ᄒᆞ엿구나 ᄒᆞ고 울면 丞相니나 집고 갈터닌니 그 꾀 엇쩌훈야 亭玉 왈 엿튼 꾀을 쓰지 마오 산 됴됴의 목도 벼힐나고 몃몃치 눈니 불거는되 쥭은 됴됴 목 벼혀가기 걱졍되리요 靑龍刀 든는 칼노 목만 벼혀 가면 목의 움니 나며 싸기날가 비러도 못보고 목만 일르 거신니 두말 말고 비러나 보소셔 雲

〈34-앞〉

長은 본딕 이가 즁ᄒᆞ고 또 아릭사람을 두호ᄒᆞ난니요 굴ᄒᆞ는 사람은 참아 쥭니지 못ᄒᆞ는지라 혹 들릇뜻 훈니 어셔 밧비 비릇시요 됴됴 식살만ᄒᆞ고 죵시 비지 안니 훈니 亭玉니 간졍 曰 越王 句踐니도 회게산의 젼픿ᄒᆞ야 범여의 말을 듯고 쳥우신의 쳡니 되야 당훈 녹을 면훈 후의 本國의 도라가 와셔 怨讐乙 갑ᄒᆞ 잇고 太祖 高皇帝는 匈奴의 敗乙 입어 빅등 칠일 싸엿짜가 陳平의 꾀을 쎠셔 和親ᄒᆞ고 도라와 四百年 社稷乙 직혀쓴니 丞相도 오늘 雲長의게 비러 禍乙 免훈 後의 赤壁江 怨讐 갑파씨면 못할 빅 안니로소이다 됴됴 曰 살면 다힝니라 만일 쥭으면 엇지 ᄒᆞ야 올탄 말가 그딕 말리 그러훈니 死生間의 비러보자 馬上의 나려 雲將乙 보릭보며 몸을 굽혀 ᄒᆞ는 말니 긔쥬지사는 불비라 훈니 雲將은 니별리 오린지라 其間 無量ᄒᆞ온익가 雲長도 馬上의셔 몸을 굽혀 答禮 曰 丞相도 平安ᄒᆞ온익가 先生의 命乙 바다 이 곳딕 伏

〈34-뒤〉

兵ᄒᆞ고 지달인 졔 오리던니 丞相은 명니 진ᄒᆞ야난지라 잔말 말고 ᄂᆡ의 날난 칼을 바드라 됴됴 ᄋᆡ연니 비러 曰 불상ᄒᆞᆫ 敗軍將卒 갈 기리 업사오니 將軍의 濶達ᄒᆞᆫ 마음으로 고졍을 ᄉᆡᆼ각ᄒᆞ와 길을 빌녀쥬옵소셔 殘命乙 보죤ᄒᆞᆯ 것사온니 집히 ᄉᆡᆼ각ᄒᆞ소셔 雲長 曰 ᄂᆡ 前日 丞相의 恩惠乙 바다싸온니 원소의 명장 니명을 좁아 쥭여 丞相으 恩惠乙 갑하난지라 됴됴 曰 將軍 말슴 당연ᄒᆞ오나 오관의 참뉵장할 ᄯᅵ ᄂᆡ 마음 ᄃᆡ강 짐작ᄒᆞ오리다 大丈夫 신의 쥬장니라 將軍은 春秋大義을 아르시건니와 집히 ᄉᆡᆼ각ᄒᆞ소셔 뉴관장니 도원결으ᄒᆞ고 황건젹의 敗乙 보고 去處乙 모를 ᄯᅵ의 將軍乙 모셔다가 別宮의 모셔두고 朝夕으로 問安ᄒᆞᆯ 젹의 天下絶色 초션이를 쥭여쓰되 무어시라 ᄒᆞ야시면 上馬의 은 一千兩 下馬의 은 一千兩 別寶貨乙 ᄋᆡᆨ기잔코 드려 ᄯᅥ나가실 ᄯᅵ의 ᄂᆡ 나라의 오관장슈 진명과 쵸션니을 ᄒᆞᆫ 칼의

〈35-앞〉

쥭여쓰되 ᄂᆡ 반졈 원심 업사오니 집피 ᄉᆡᆼ각ᄒᆞ옵소셔 雲將 曰 ᄂᆡ 긋ᄯᅵ 不幸ᄒᆞ야 네 나라의 가슬 ᄯᅵ 袁紹의 將帥 안량 문취 이려갈 졔 술을 勸ᄒᆞ거늘 ᄂᆡ 엇지 功 업난 술을 머그랴 ᄒᆞ고 일고셩 한 칼노 안량 문취을 벼히들고 도라올 졔 부은 술이 식지 안니 ᄒᆞ여쓰면 초션이는 뇨물니라 만일 살여두면 魏國 亡ᄒᆞᆯ 줄을 어니 아리 金銀寶貨는 別宮의 던져두고 千里行裝 一囊中의 一分錢 안니 너코 나와쓰니 잠말 말고 칼 바드라 一聲放砲의 曹操 精神니 아득ᄒᆞ야 죽는다시 업ᄯᅦ거을 雲將니 그 形狀乙 보고 惻隱 可憐ᄒᆞ야 內念의 ᄉᆡᆼ각ᄒᆞ되 曹操의겨 잇실 ᄯᅵ 三日 小宴 五日 大宴ᄒᆞ여 金銀乙 ᄋᆡᆨ기지 안니ᄒᆞ고 우리 兄嫂 闞夫人 미부인을 平安니 모셔시며 千里 赤兎馬乙 쥬워신니 許多ᄒᆞᆫ 恩惠乙 ᄉᆡᆼ각ᄒᆞᄋᆡ 차마 人情間의 쥬길 수 업셔 躊躇ᄒᆞ던 次의 曹操 다시 ᄋᆡ걸ᄒᆞ되 將軍 투고도 小將의 투고요 입의신 갑옷果 쥐신 칼果 타신 말도 다 小將의

〈35-뒤〉

들인 비라 닉 칼의 닉가 쥭기 원통하오니 將軍은 짐피 싱각ᄒᆞ와 殘命乙 살여주소셔 ᄒᆞ고 ᄯᅩ 曹操의 諸將 軍卒이 쳐분만 지달니드니 쥬창이 보다가 참지 못ᄒᆞ야 말솝비을 닉던지고 닉ᄯᅧ셔며 大叱 曰 將軍 顔色乙 보오니 인후ᄒᆞ신 마음으로 싱각니 간졀ᄒᆞ와 쳣칼의 버힐 놈을 이졔ᄭᅡ지 살여둔이 엇지ᄒᆞᆫ 마음인지 엣날 楚霸王의 일을 싱각지 못ᄒᆞ신잇가 曹操은 處世之能臣니요 亂世之姦臣니라 니제 노와 보닉고 賢主와 先生 前의 무삼 말노 ᄒᆞ오릿가 小將니 잡바 가올리다 ᄒᆞ고 鐵椎갓튼 주먹을 치고 달여드러 믹살을 잡고 갈오ᄃᆡ 曹操야 너으 命이 닉 掌中의 달여다 ᄒᆞ면셔 주먹니 졈졈 갓가오며 주기려 ᄒᆞᆫ이 命在頃刻니라 雲將이 보다가 불상이 여겨 馬下의 ᄯᅱ여날여 쥬창의 손을 잡고 말류ᄒᆞ여 마라마라 노와라 노와라 ᄒᆞ니 쥬창이 손을 노코 물너난니 曹操의 氣色니 半生半死 ᄒᆞ거늘 잇ᄯᅴ의 亭玉니

〈36-앞〉

잇ᄯᅴ 경옥니 大聲痛哭 ᄒᆞ드라 雲將니 차마 쥭기지 못ᄒᆞ고 말머리를 돌여 도라션니 경옥니 曹操을 업고 졔우 酒店의 가셔 取藥救病 ᄒᆞ드라 却說 雲將이 本陣의 도라와 염예 자지ᄒᆞ드니 子龍 翼德은 큰 功乙 밧치고 雲長은 功니 업셔 ᄒᆞᆫ 모퉁니의 氣運 업시 셧거늘 孔明니 曰 將軍니 曹操乙 자바 大功乙 니루원는ᄃᆡ 喜色니 업시며 左右乙 보와 쑤지져 왈 關將軍니 大功乙 니루고 오시거늘 무심히 사려가 업난요 雲將 曰 曹操乙 잡지 못힛삽기로 ᄃᆡ죄차로 잇든니다 先生의 處分ᄃᆡ로 하옵소셔 孔明 曰만 曹操 華容道로 안이 가든잇가 雲將 曰 曹操을 보와도 지조 업셔 잡지 못힛삽니다 孔明 曰 曹操의 將卒은 얼민나 자바난잇가 將卒도 못잡어쌉니다 孔明니 大怒 曰 將軍니 다짐 두고 가셔 됴됴을 노와 보닉신니 軍法으로

〈36-뒤〉

施行ᄒᆞ여도 셜워말나 ᄒᆞ고 무사을 號令ᄒᆞ야 雲將乙 버히라 ᄒᆞ니 武士 令乙 듯고 雲將乙 압셰우고 원문 밧게 나오니 이ᄯᅢ 玄德니 니 말을 듯고 쳔방지방 쫏차나와 雲長의 혈리을 잡고 先生 前의 拜禮 曰 우리 三人니 結誼할 ᄯᅢ 死生乙 함기 ᄒᆞ기로 言約 ᄒᆞ엿사온니 先生은 容恕ᄒᆞ여ᄯᅡ가 日後의 功으로 贖罪ᄒᆞ소셔 ᄒᆞᆫ니 孔明 마지 못ᄒᆞ야 論罪ᄒᆞ고 물니친니 雲將은 니러함으로 義釋됴됴ᄒᆞ야 名傳千秋 ᄒᆞ신이라 却說 周瑜 赤壁軍士乙 거두워 도라와셔 各各 諸將의 功勞乙 孫權의게 보ᄒᆞ고 어든 거셜 諸將으게 분급ᄒᆞ고 軍士乙 진발ᄒᆞ고 남軍乙 취코자 할 ᄉᆡ 周瑜 거즁ᄒᆞ여 江邊의 留陣ᄒᆞ여던니 문득 軍士 보ᄒᆞ되 劉玄德의 使者 손각이 와셔 都督으게 사례코자 ᄒᆞᆫ다 ᄒᆞ거늘 周瑜 쳥ᄒᆞ여 예을 맛친 후의 손각니 曰 主公니 特別니 날을 보ᄂᆡ여 박ᄒᆞᆫ 걸로 치ᄒᆞᄒᆞ나니다 周瑜 問曰 皇叔니 어ᄃᆡ 인난요 손각니 曰 뉴

〈37-앞〉

강으 게시난니다 周瑜 놀ᄂᆡ여 曰 孔明도 뉴강의 인ᄂᆞᆫ야 손각 왈 孔明니 主公으로 더부러 유강의 인ᄂᆞᆫ니다 周瑜 曰 그ᄃᆡ 먼져 도라가라 ᄂᆡ ᄯᅩᄒᆞᆫ 가셔 회ᄉᆞᄒᆞ리라 손각니 도라간니 魯肅니 周瑜다려 問曰 악각 都督니 엇지 놀ᄂᆡ시ᄂᆞᆫ익가 劉備 유강의 둔병ᄒᆞ엿신니 반다시 南軍乙 取코져 함니라 우리 등니 허다ᄒᆞᆫ 졀량만 허비할 ᄲᅮᆫ 안니라 至今 南軍 取ᄒᆞ기ᄂᆞᆫ 여반장인되 劉玄德니 유강구의 屯兵ᄒᆞ고 손각을 보ᄂᆡ여 우리 등의 마음을 탐지ᄒᆞ미라 엇지 놀ᄂᆡ지 안니 ᄒᆞ리요 魯肅 曰 그려ᄒᆞ면 都督은 엇지 ᄒᆞ려ᄒᆞ신잇가 ᄂᆡ 친니 가셔 져의로 더부러 말할 ᄯᅢ의 몬져 南軍乙 取ᄒᆞ리라 ᄒᆞ면 져의는 어중치사할 마음인니 엇지 ᄂᆡ 말을 어기리요 魯肅 曰 그러할진ᄃᆡ 나도 함게 가리다 어시의 周瑜 노숙으로 더부러 三千軍乙 거나리고 뉴강으로 나려간니라 차셜 손각니 도라와 玄德으게 告曰 周瑜 ᄯᅩᄒᆞᆫ 親니 와셔 회

〈37-뒤〉

ᄉᆞᄒᆞᆫ다 ᄒᆞ던니다 玄德니 孔明다려 問曰 周瑜 오난 ᄯᅳ지 엇더ᄒᆞᆫ 일리요 孔明니 ᄃᆡ曰 회사ᄒᆞ려 오미 안니라 南軍乙 위ᄒᆞ여 오난니다 玄德 曰 졔 만일 軍士을 거나리고 엇지 ᄃᆡ답ᄒᆞ리요 孔明 曰 ᄃᆡ답은 엿ᄎᆞ엿ᄎᆞ ᄒᆞ소셔 문득 보ᄒᆞ되 쥬유 노슉의로 더부려 軍士乙 거날리고 온다 ᄒᆞ거날 공明이 ᄌᆞ룡으로 ᄒᆞ여금 영졉ᄒᆞᆫ이 쥬유 들어오며 玄德의 군졔 웅장ᄒᆞ멸 보고 심히 불안ᄒᆞ더라 힝ᄒᆞ여 영문의 이른니 玄德 孔明니 마ᄌᆞ들러가 엣필 ᄌᆞ졍 후의 玄德니 존ᄎᆞ을 빅셜ᄒᆞ야 관ᄃᆡ할 시 슈리 두워 슌비 지넌 후의 쥬유 문曰 황슉니 니 고ᄃᆡ 둔병ᄒᆞᆫ니 남군을 취코져 ᄒᆞ난잇가 현덕 曰 드른니 도독니 남군을 취ᄒᆞᆫ다 ᄒᆞ기로 도읍고져 왓난니 만일 도독니 취치 안니 ᄒᆞ면 ᄂᆡ 취코ᄌᆞ ᄒᆞ노라 쥬유 소왈 우리 강동이 한강을 취코ᄌᆞ ᄒᆞᆫ 졔 오련지라 니졔 남군니 장즁의 잇신니 엇지 취치 안니ᄒᆞ리요 현덕 曰 승부난 미리 졍치 못ᄒᆞ난니 죠죠도 갈 ᄃᆡ여 조인으로

〈38-앞〉

南軍乙 맛거슨니 반다시 기특ᄒᆞᆫ ᄭᅬ 잇실 거시요 ᄯᅩ 겸ᄒᆞ여 됴인 용밍은 當ᄒᆞ기 어려운니 져러ᄒᆞ건ᄃᆡ 將軍니 取치 못할가 ᄒᆞ난니다 周瑜 曰 ᄂᆡ 만일 取치 못ᄒᆞ거던 皇叔니 取ᄒᆞ소셔 玄德 曰 子敬果 孔明니 징참ᄒᆞ엿슨니 都督은 後悔말나 魯肅니 躊躇ᄒᆞ고 對答지 안니ᄒᆞᆫ니 周瑜 曰 大丈夫 임우 ᄒᆞᆫ 말을 ᄂᆡ고 엇지 後悔ᄒᆞ리요 孔明니 都督의 말리 심히 공편ᄒᆞ도다 몬져 동오의 ᄉᆞ양ᄒᆞ여 만일 취치 안니ᄒᆞ거던 主公니 取ᄒᆞ소 周瑜 玄德乙 離別ᄒᆞ고 가거늘 玄德니 孔明다려 問曰 악가 先生의 가라치난 말삼으로 對答ᄒᆞ여슨나 아지 못게라 先生의 소견의난 엇지ᄒᆞ야 그리ᄒᆞ라 ᄒᆞ신잇가 ᄂᆡ의로 옴니 용신할 곳지 업기로 아직 南軍乙 어더 몸니 容納고져 ᄒᆞ여던니 니졔 몬져 동오의 허락ᄒᆞᆫ니 東吳의셔 몬져 어드면 우리 어ᄃᆡ 어더 유ᄒᆞ리요 孔明니 大笑 曰 당쵸의 ᄂᆡ 主公乙 勸ᄒᆞ야 荊州乙 取ᄒᆞ라 ᄒᆞ여도 主公이

〈38-뒤〉

듯지 안니 ᄒᆞ시던니 今日의 싱각ᄒᆞ신잇가 玄德 曰 前日의난 유경승의 ᄯᅡᆼ이기로 차마 취치 못ᄒᆞ여스나 이졔난 됴됴의 ᄯᅡᆼ이라 엇지 취치 못ᄒᆞ리요 孔明 曰 主公은 근심말나 早晩間의 닉 主公乙 가릇쳐 南軍城中의 놉피 좌정ᄒᆞ게 ᄒᆞ리다 玄德 曰 엇지 그리ᄒᆞ리잇가 孔明 曰 여차여차 할리니다 玄德니 大喜ᄒᆞ야 누광의 屯兵ᄒᆞ고 움지기지 안니 ᄒᆞ더라 却說 周瑜 魯肅이 本陣의 도라와 장디의 좌졍 후의 魯肅이 周瑜다러 問曰 엇지 남군을 玄德으게 허락ᄒᆞ여난잇가 周瑜 曰 닉 니졔 南軍乙 엇기난 장즁의 닛난니 玄德으게 허락ᄒᆞ기난 거짓 허락ᄒᆞᆫ 말리로다 ᄒᆞ고 듸듸여 장ᄒᆞ 져장으게 問曰 뉘 能히 先鋒니 되야 南軍乙 取할고 ᄒᆞᆫ니 座中 一人니 응셩ᄒᆞ거날 모다 본니 니난 장홍리라 周瑜 大喜ᄒᆞ야 장홍으로 先鋒乙 삼고 徐盛으로 副將乙 삼아 軍士 五千乙 거나리고 가 南軍乙 쳐 큰 功乙 닐우라 닉 딕군을 거

〈39-앞〉

나리고 졉응ᄒᆞ리라 차셜 曹仁이 南軍의 잇셔 曹洪으로 이릉을 직키여 의각지셰을 삼아 잇던니 문득 軍士 보ᄒᆞ되 吳兵니 長江의 덥퍼 온다 ᄒᆞ거날 曹仁니 曰 城乙 구지 직키고 싸오지 안니홈니 上策이라 ᄒᆞᆫ니 우수니 忿然 曰 賊兵니 니르러는 딕 ᄊᆞ오지 안니홈은 니는 겁홈니라 허물며 우리 等니 싀로 敗ᄒᆞ야씨나 吳兵乙 掩殺ᄒᆞ야 져의 어기를 ᄶᅥ쓸지라 願켄딘 五千 精兵乙 빌니시면 닉 죽기로 겔斷ᄒᆞ고 함번 ᄊᆞ오리다 曹仁니 그 말를 ᄶᅩᆺ차 于禁으로 ᄒᆞ여금 精兵 五千乙 쥬어 나가싸오라 ᄒᆞᆫ니 于禁니 應聲出馬ᄒᆞ야 丁奉乙 마자 싸와 오합의 니르러 丁奉니 거짓 敗ᄒᆞ여 다르난니 于禁니 軍士乙 모라 急히 ᄶᅩᆺ차 吳陣中의 다달른니 左右 伏兵니 니러나 于禁乙 에워싸코 시셕니 비오듯 ᄒᆞ거날 于禁니 左右 衝突ᄒᆞ야 버셔나지 못ᄒᆞ난지라 닛ᄯᅴ 曹仁니 城上의

〈39-뒤〉

셔 바리본니 于禁니 敗ᄒᆞ야 賊陣의 싸니여건을 急히 말을 달여 賊陣의 드러가 左衝右突ᄒᆞ여 于禁乙 구ᄒᆞ여너고 본니 ᄯᅩ 수십장사 쌋엿거날 다시 賊陣을 헤쳐 장졸 구ᄒᆞ야 나오던니 장흠을 만나 ᄊᆞ울 ᄉᆡ 曹仁 于禁니 병역ᄒᆞ야 ᄊᆞ우고 ᄯᅩ 됴인의 아우 됴순니 엄살ᄒᆞᆫ니 吳兵니 大敗ᄒᆞ여 도라와 曹仁으게 敗ᄒᆞᆫ ᄉᆞ연을 쥬유의게 告ᄒᆞᆫ듸 周瑜 大怒ᄒᆞ야 장흠을 잡아너여 벼히라 ᄒᆞᆫ니 중장이 고간ᄒᆞ여 면ᄒᆞ엿난지라 周瑜 軍乙 총독ᄒᆞ야 曹仁을 치고져 ᄒᆞ건날 감영 왈 曹仁 曹洪이 의각지셰 삼 曹洪니 니릉을 직히오니 小將니 三千軍乙 거ᄂᆞ려 됴홍을 치면 됴인니 반다시 구할 거신니 그 틈을 타 都督은 南軍乙 取ᄒᆞ소셔 周瑜 그 말乙 좃차 감영으로 이릉을 친니 과연 쳬탐니 됴인께 보ᄒᆞᆫ니 됴인니 진괴을 쳥ᄒᆞ여 相議ᄒᆞᆫ니 진괴 曰 니릉을 만일 이르면 南軍니 危殆ᄒᆞ린니

〈40-앞〉

ᄲᆞᆯ니 구ᄒᆞ소셔 曹仁니 됴순을 命ᄒᆞ야 됴홍을 구ᄒᆞ라 ᄒᆞᆫ니 됴순 몬져 사람을 보너여 약속ᄒᆞ되 됴홍니 몬져 셩 박기 나와 도젹으로 ᄊᆞ와 뉴인ᄒᆞ면 우리 등니 좌우로 掩殺ᄒᆞ리라 ᄒᆞ여거늘 軍士乙 거나리고 셩박그 나 감영을 마ᄌᆞ ᄊᆞ와 니십여합의 니르려 됴홍니 거짓 敗ᄒᆞ엿 닷거날 감영이 이릉 셩중의 드려가 빅셩을 진무ᄒᆞ던니 황혼의 니르려 됴순 우금니 좌우 니릉을 에우고 치거날 감영니 주유게 보ᄒᆞᆫ니 주유듯고 大驚ᄒᆞ는지라 정보 왈 急히 구완병을 발ᄒᆞ소셔 이 ᄲᅡᆼ은 진요지쳐라 우리 軍士을 나누워ᄶᅡ가 만일 曹仁니 틈을 타 掩襲ᄒᆞ면 엇지 ᄒᆞ리요 졍보 왈 감영은 江東 名將니라 엇지 안니 구ᄒᆞ리요 周瑜 曰 너 친니 구완코자 ᄒᆞ난니 뉘 能히 너 소임을 맛다 니 고슬 직히리요 呂蒙니 曰 능통으게 맛기소셔 능통 왈 十日 안은 小將니 당ᄒᆞ련니와 만닐 十日니 지너면 당치 못ᄒᆞ리다 周瑜 許

〈40-뒤〉

諸ᄒᆞ고 周瑜 卽日의 發行ᄒᆞᆫ니 졍보 曰 니릉은 남병 소로라 남군으로 가난 큰 기리 잇사온니 軍士乙 中路의 보ᄂᆡ여 남무을 벼혀 길을 막으시면 賊兵니 敗ᄒᆞ여 南軍으로 가다 길리 막키오면 반다시 마필을 다 바리고 다라나리니 軍士로 ᄒᆞ여금 마필을 춰ᄒᆞ소셔 周瑜 그 말을 올히 역여 軍士乙 보ᄂᆡ여 길을 막으라 ᄒᆞ고 軍士乙 지촉ᄒᆞ여 이릉 셩하의 일르려 뉴진ᄒᆞ고 諸將乙 도라보와 왈 뉘 能히 賊陣中의 드러가 감영을 구ᄒᆞ리요 주티 응셩ᄒᆞ거늘 周瑜 大喜ᄒᆞ야 卽時 軍士 五百을 준니 주티 칼을 들고 賊陣乙 向ᄒᆞᆫ니 닛ᄯᅢ 감영니 城上의셔 주티 軍士 모라오멀 보고 군즁의 진위ᄒᆞ여 일제이 츙살ᄒᆞᆫ니 曹洪 됴순 등니 일면으로 됴인으게 보ᄒᆞ고 일면으로 영졉ᄒᆞ던니 감영 주티 左右로 掩殺ᄒᆞᆫ니 曹兵니 견ᄃᆡ지 못ᄒᆞ야 이릉을 바리고 南軍을 향ᄒᆞ야 닷던니 中路의 길리 막켜 마리 능히 가지 못ᄒᆞᆫ니 말을 다 바리고 닷는

〈41-앞〉

지라 오군즁의 혀다ᄒᆞᆫ 마필 기게을 어더 도라오난지라 이날밤의 周瑜 大兵乙 모라 南軍 셩하의 당ᄒᆞ니 曹仁니 크게 근심ᄒᆞ여 즁장을 모와 防賊할 謀策乙 議論할 시 됴홍 왈 목ᄒᆞ의 니릉을 일코 ᄯᅩ 남군니 危殆ᄒᆞ온니 丞相니 가라치든 秘訣乙 쓰소셔 曹仁니 문득 ᄭᆡ치고 군ᄉᆞ을 오경의 밥 머기고 城上의 것짓 졍기을 ᄭᅩᆺ자 허장셩세ᄒᆞ고 평명의 ᄃᆡ소 삼군을 셰 길노 나누워 다러나난지라 周瑜 陣中의셔 탐문ᄒᆞᆫ니 됴병이 다 逃亡하엿는지라 周瑜 장ᄃᆡ의 놉히 올나보니 셩상의 졍기 나렬ᄒᆞ엿고 城中의 軍士 ᄒᆞᆫ나도 업는지라 周瑜 싱각ᄒᆞ되 됴인 당치 못할 줄 알고 逃亡ᄒᆞ도다 ᄒᆞ고 장ᄃᆡ의 나러와 徐盛 丁奉은 좌우익니 되야 城中의 드러가 엄살ᄒᆞ되 城中의 軍士 잇거던 後軍乙 도라보지 몰고 일졔니 엄살ᄒᆞ되 만닐 명금소ᄅᆡ 잇거던 卽時 退軍ᄒᆞ라 ᄒᆞ고 丁보로 先鋒 삼고 周瑜 親니 大軍乙 몰라

〈41-뒤〉

드러가던니 셩중의셔 一聲放砲의 됴홍이 나셔 딕젹ᄒᆞ야 두 합의 敗ᄒᆞ야 다라나고 됴인니 쏘 나셔 영젹할 싀 십여함의 敗ᄒᆞ여 닷거늘 周瑜 左右乙 號令ᄒᆞ여 엄살ᄒᆞ니 曹軍니 당치 못ᄒᆞ여 逃亡ᄒᆞ거늘 한당 주틱 曹軍乙 쏘차가고 周瑜ᄂᆞᆫ 軍士乙 모라 城中으로 드러가던니 문득 ᄒᆞᆫ 편의셔 一聲放砲의 만뢰 져발ᄒᆞᆫ야 矢石니 비 오듯 ᄒᆞ는지라 다토와 드려가던 軍士 굴영의 빠지며 셔로 발펴 죽는 지 太半니라 周瑜 大驚ᄒᆞ야 急히 말을 들려 ᄒᆞ던니 경히 ᄒᆞᆫ 살을 맛자 번신낙마ᄒᆞᆫ니 于禁니 急히 달여드러 周瑜乙 벼히고져 ᄒᆞ던니 徐盛 丁奉니 周瑜을 구ᄒᆞ야 도라간니 曹兵니 無數히 城으로 나와 掩殺ᄒᆞ미 吳兵니 大敗ᄒᆞ야 셔로 발펴 죽난 者 太半니라 徐盛 丁奉이 周瑜乙 구ᄒᆞ고 픽진 敗陣 軍卒乙 거두워 本陣의 도라와 힝군 의원을 불너 周瑜 병을 치료할 싀 살 쎄고본니 살촉으 독약을 발나 금창니 중상

〈42-앞〉

ᄒᆞ여는지라 周瑜 飮食乙 全廢ᄒᆞᆫ니 의원 왈 독약니 살의 밋쳐스니 졸연이 나지 못할지라 만닐 노기 격동ᄒᆞ면 금창니 복발할 거신니 빅일을 조리ᄒᆞ여야 합창ᄒᆞ리다 정보 軍中의 傳令ᄒᆞ되 陣門乙 구지 직키고 나 싸오지 말나 ᄒᆞᆫ니라 此說의 于禁니 每日 陣中의 橫行ᄒᆞ야 군욕ᄒᆞ며 싸홈을 직촉ᄒᆞ되 정보 周瑜 들을가 져어ᄒᆞᆫ여 감니 軍士을 驚動치 못는지라 일일은 우금이 진문 밧기셔 외되 말마독 周瑜乙 자바 가것노라 ᄒᆞᆫ니 丁奉니 즁장으로 더부려 議論 曰 우리 장간 退兵ᄒᆞ엿다가 都督의 병세 평복후의 다시 도모ᄒᆞ미 가ᄒᆞ다 ᄒᆞ던니 잇딕 周瑜 病席의 잇쓰나 마음으 주장니 잇고 쏘 曹兵니 날노 와 욕ᄒᆞ럴 알되 諸將니 드러와 품치 안니함을 고니 알던니 曹仁니 親니 大兵乙 거나리고 陣前 와 뢰고함셩을 하며 싸홈을 도도거날 정보 軍中의 傳令ᄒᆞ야 구

〈42-뒤〉

지 직키던니 周瑜 諸將乙 불너 장ᄒᆞ 셔우고 問曰 어ᄃᆡ셔 고됴납 함셩니 나는요 즁장니 答曰 軍中 졸연ᄒᆞ난니다 周瑜 怒曰 엇지 날을 쏘기는요 ᄂᆡ 임니 曹兵니 나로 와 군욕함을 아는니 졍덕모는 나와 ᄒᆞᆫ가지 병권을 맛싸슨이 엇지 안사보난요 ᄒᆞ고 인ᄒᆞ야 졍보을 쳥ᄒᆞ여 왈 將軍은 엇지 出戰치 안니 ᄒᆞ는요 졍보 曰 都督의 금창니 낫지 못ᄒᆞ여넌ᄃᆡ 의원니 가라치기을 百日乙 조셥ᄒᆞ되 노기 츙격함면 금창니 복발ᄒᆞ리라 ᄒᆞ기로 敢니 품치 못엿노라 周瑜 曰 그러ᄒᆞ면 엇지 ᄒᆞ려 ᄒᆞ는요 對曰 우리 능의 주의난 暫間 退兵ᄒᆞ야 都督의 病니 평복흠을 지다려 다시 圖謀ᄒᆞ미 可ᄒᆞᆫ니다 周瑜 듯고 大怒ᄒᆞ야 상의 쒸여 이러 안지며 曰 大丈夫 임군의 命乙 바다 츌사ᄒᆞ여싸가 戰場의 쥭어 馬皮의 씨니미 當然ᄒᆞ거날 엇지 날로ᄒᆞ야금 國家 大事乙 廢다ᄒᆞ리요 말을

〈43-앞〉

맛치며 갑옷셜 입고 말게 오른니 諸將니 다 놀ᄂᆡ난지라 쥬유 數百騎을 거나리고 진문 밧게 나션니 조닌 ᄃᆡ병을 거나리고 문기 아ᄅᆡ셔 ᄎᆡ을 드려 ᄭᅮ지져 왈 쥬유 네 어린아희 괌히 엇지 어륜을 당젹ᄒᆞ리요 ᄒᆞ거날 쥬유 진문 박게 나셔며 됴닌을 불너 왈 네 듀낭을 아는다 모는난다 죠인니 균사을 직촉ᄒᆞ여 무슈히 욕을 ᄒᆞ거늘 쥬유 ᄃᆡ로ᄒᆞ여 반장을 불너 싸오라 ᄒᆞ고 크게 ᄒᆞᆫ 소ᄅᆡ을 지르고 입으로 피을 토ᄒᆞ고 말게 써러진니 즁장이 급피 규ᄒᆞ여 도라온니 졍보 왈 도독으 기체 엇더ᄒᆞᆫ잇가 쥬유 가만니 일너 왈 이는 ᄂᆡ의 ᄭᅬ라 죠인니 ᄂᆡ 병니 위티이 알게 흠닌니 심복 ᄒᆞᆫ 균사을 젹진의 보ᄂᆡ여 거짓 황복ᄒᆞ고 말ᄒᆞ되 ᄂᆡ 임으 쥭읏다 ᄒᆞ면 죠인니 반다시 오날밤의 올지라 사면의 미복ᄒᆞ엿다가 죠인니 오거던 일시의 엄살ᄒᆞ면 죠인을 生擒ᄒᆞ리라 졍보 왈

〈43-뒤〉

그 씌 가장 모ᄒᆞ도다 ᄒᆞ고 장즁의 나와 都督이 쥭엇다 ᄒᆞ고 발상ᄒᆞ며 장졸니 쾌호ᄒᆞ드라 각셜 죠인니 즁장을 모와 위논 왈 쥬유 노긔 충발ᄒᆞ여 劍瘡니 쓰어지고 吐血落馬 ᄒᆞ엿슨니 반다시 쥭으니라 ᄒᆞ던니 균사 보ᄒᆞ되 젹병 슈십명니 와 황복ᄒᆞ는 즁의 근본 우리 균사 이명이 왓는이다 조닌니 급히 불너 무른니 균사 등이 답왈 쥬유 금창이 쓰어져 쥭사오민 균즁의 발상ᄒᆞ고 졍보 무제ᄒᆞᆫ 균사을 치제ᄒᆞ기로 우리 등니 와셔 황복ᄒᆞ는니다 조인니 듯고 ᄃᆡ히ᄒᆞ야 즁장을 모와 상위 왈 금야의 젹진을 급칙ᄒᆞ고 쥬유 쥭음을 와셔 그 머리을 베히 許都의 보ᄂᆡ리라 ᄒᆞᆫ니 진고 왈 차사을 급히 힝ᄒᆞ쇼셔 죠닌니 우금으로 션봉을 삼고 죠인니 즁균니 뒤여 죠홍 죠슌으로 후균니 뒤고 진고로 본셩을 직키고 초겡의 츌셩

〈44-앞〉

ᄒᆞ여 쥬유 ᄃᆡ진의 당ᄒᆞᆫ니 진문의 ᄒᆞᆫ 사람도 업거날 씌의 든 쥴 알고 급히 퇴병ᄒᆞ던니 사방으로 방포쇼릭 나며 동편의난 환당 장험니 엄살ᄒᆞ며 셔위는 번장 쥬틱 엄살ᄒᆞ고 남으는 셔셩 졍본니 엄살ᄒᆞ고 북으는 진무 여몽니 엄살ᄒᆞᆫ니 죠병니 ᄃᆡ픽ᄒᆞ여 셔로 발펴 쥭난 지 티반니라 슈미을 셔로 규치 못ᄒᆞ여 다 도망ᄒᆞ는지라 죠닌 죠홍니 픽ᄒᆞᆫ 균사을 거나리고 남균으로 닷던니 능통이 기을 막고 엄살ᄒᆞᆫ니 죠인니 간신니 버셔나 닷던니 쏘 괌영을 만너 됴닌니 남균으로 닷지 모ᄒᆞ고 양양ᄃᆡ로료 다려나난지라 곽셜 균사을 슈십ᄒᆞ여 남균 셩ᄒᆞ의 이른니 셩상 기을 쏘지거날 쥬유 ᄃᆡ강ᄒᆞ여 바릭본니 황 장슈 크게 위여 왈 도독은 혀물치 말나 나난 軍士의 장영을 바다 남균을 어던노라 하겨날 본니 상산 죠자룡이라 쥬유 ᄃᆡ로ᄒᆞ여 남

〈44-뒤〉

군을 치ᄒᆞ아 ᄒᆞᆫ니 셩상으셔 시셕니 비 오듯 ᄒᆞ가날 周瑜 회군ᄒᆞ고 감영으로 ᄒᆞ여금 荊州乙 取ᄒᆞ라 ᄒᆞ고 능통으로 ᄒᆞ여금 양양을 치라 현쥬 양양을 어든 후의 남군을 도모ᄒᆞ리라 문득 바ᄅᆡ보되 諸葛亮니 남군을 어든 후의 거짓 荊州 구완병니라 일으고 張飛로 ᄒᆞ여금 荊州之取 ᄒᆞ는니다 ᄯᅩ 보ᄒᆞ되 夏侯敦니 양양을 직히던니 諸葛亮니 거짓 됴인으 병부을 보ᄂᆡ여 曹仁을 구ᄒᆞ라 ᄒᆞᆫ니 侯敦니 츌경ᄒᆞᆫ ᄉᆡ이여 雲長으로 ᄒᆞ여 양양을 取ᄒᆞ여 두 곳 셩지을 다 劉玄德으게 아시엿다 ᄒᆞ거늘 周瑜 曰 諸葛亮니 엇지 兵符 어더 夏侯敦乙 유인ᄒᆞ엿던고 졍보 曰 남군 직킨 진교 兵符乙 아사다 ᄒᆞᆫ니 周瑜 大驚ᄒᆞ야 크게 ᄒᆞᆫ 소ᄅᆡ을 지른니 금창니 쓰여지고 입으로 피을 吐ᄒᆞ난지라 중장 구ᄒᆞ여 안치니 周瑜 曰 ᄂᆡ 만일 諸葛亮을 쥭기지 못ᄒᆞ면 心中의 怨乙 푸

〈45-앞〉

지 못할진니 졍덕모난 날을 도으라 니 南軍乙 取ᄒᆞ라 ᄒᆞ고 議論ᄒᆞ던니 문득 魯肅니 오거날 周瑜 魯肅乙 보고 子敬은 나를 도으라 ᄂᆡ 諸葛亮으로 더부려 雌雄乙 決斷ᄒᆞ리라 魯肅 曰 不可ᄒᆞ다 方今 曹操로 더부려 오히려 勝負乙 決斷치 못ᄒᆞ고 ᄯᅩ 主公니 합비을 치되 勝負乙 決斷치 못ᄒᆞ여스니 만일 劉備乙 치다가난 曹操 틈을 타 東吳乙 치면 그 셰 가장 위티ᄒᆞ고 ᄯᅩ 劉玄德니 됴됴와 고으가 잇난니 우리 니졔 져으을 핍박ᄒᆞ면 졍지을 曹操으게 드리고 同心ᄒᆞ여 우리을 치면 江東 엇지 보존ᄒᆞ리요 우리 등니 신고ᄒᆞ여 젼곡마필을 허비ᄒᆞ고 삼쳐 셩지을 다른 ᄉᆞ람은 주니 엇지 분치 안니 ᄒᆞ리요 魯肅 曰 都督은 관심ᄒᆞ소셔 ᄂᆡ 玄德乙 보고 니히로 말ᄒᆞ여 만일 듯지 안니 ᄒᆞ거든 기병함니 늣지 안니ᄒᆞ니다 諸將이 다 가로되 子敬으 심히 올사온니 都督은 노을 참으소셔 잇ᄯᅢ 魯肅이 동사 수인

〈45-뒤〉

을 다리고 南軍 城下의 니르려 城門乙 열나 ᄒᆞᆫ니 子龍니 나와 뭇거늘 對曰 현덕공을 보고 보고 議論할 일리 잇노라 子龍 曰 우리 쥬공니 諸葛군사로 더부려 荊州으 게신니다 ᄒᆞ거날 魯肅니 남군을 써나 荊州의 니르려보니 셩상으 기치 션명ᄒᆞ고 군즁니 엄쥭ᄒᆞ거날 魯肅 歎息 曰 孔明은 참 신인니로다 軍士 보ᄒᆞ되 魯子敬니 와셔 뵈기을 請ᄒᆞ는니다 孔明니 크게 城門乙 열고 나셔 迎接ᄒᆞ여 ᄒᆞᆫ가지 아중으 드려가 賓主之禮 맛친 後의 魯肅 曰 午後周都督으로 더부러 날을 보닉여 皇叔게 말삼을 고ᄒᆞ라 ᄒᆞ기로 왓난니 前日의 曹操 百萬大兵을 거나리고 江東乙 取코자 ᄒᆞᆫ다 ᄒᆞ되 실은 皇叔乙 圖謀함니라 東吳의셔 曹操乙 물니치고 皇叔乙 구엿슨니 荊州 구군은 東吳으게 도라보닉미 ᄉᆞ리에 당연ᄒᆞ거늘 니졔 皇叔니 졔술노 荊州 남군 양양을 아사슨니 東吳의셔

〈46-앞〉

는 젼량 군마만 허비ᄒᆞ고 皇叔은 안자 이을 바든니 사리의 합당치 안니ᄒᆞ도도 孔明 曰 子敬은 고명고명ᄒᆞᆫ 션비라 엇지 일헌 말을 닉는뇨 俗說의 일으되 질으 흘인 것도 임자 잇셔 반다시 도라간다 ᄒᆞ엿난니 구군은 東吳쌍니 안니요 뉴경승으 기업니라 우리 主公은 곳 뉴경승의 아우뇨 경승니 비록 쥭어스나 그 아달니 오이려 잇슨니 아자비 되야 그 족ᄒᆞ 도음니 엇지 가치 안이 ᄒᆞ리뇨 魯肅 曰 만일 공ᄌᆞ 뉴기 잇시면 닉 할말이 젹도다 이졔 공자 강ᄒᆞ의 잇난니 엇지 이 고스 잇실이뇨 孔明 曰 子敬은 공자을 보고ᄌᆞ ᄒᆞ난요 좌우을 명ᄒᆞ여 공자을 나오라 ᄒᆞᆫ니 평풍 뒤로셔 공자 뉴기 나와 안지며 왈 병든 몸니 일직 나오지 못ᄒᆞ여슨니 子敬은 허물치 말나 魯肅니 ᄒᆞᆫ번 보미 말리 업셔 잠잠이 안졋싸가 오럭만의 왈 공자 말이 업시면 엇지 ᄒᆞ리요 孔明 曰 공자 잇지 안니ᄒᆞ면 별노 상의ᄒᆞ리라 魯肅니 曰 공자 잇지 안니ᄒᆞ면 형양 셩지을 동오의 보닉리다 孔明 曰 子敬의 말니 올토

〈46-뒤〉

다 ᄒᆞ고 듸듸여 잔치을 비셜ᄒᆞ야 魯肅乙 厚待ᄒᆞ여 보ᄂᆡ니 魯肅니 도라와 周瑜보고 말을 가초와 젼ᄒᆞᆫ니 周瑜 뉴기는 靑春少年니라 어느 ᄃᆡ 죽기을 가달여 荊州乙 차져올리뇨 魯肅 曰 ᄂᆡ 유기을 본니 酒色니 過ᄒᆞ여 통입골수ᄒᆞ여 氣色니 엄엄하니 分明 요본의 주그리다 劉琦 죽근 後의 賢主乙 차자오면 荊州乙 차자오면 劉備 ᄯᅩ 무삼 말ᄒᆞ리요 周瑜 勞氣 이기지 못ᄒᆞ더니 문득 使者 왓다 ᄒᆞ거늘 周瑜 불너 무르니 使者 曰 오후 합비을 처 니기지 못ᄒᆞᆡ 都督乙 請ᄒᆞ여 도우라 ᄒᆞ더니다 周瑜 반사ᄒᆞ여 시상의 도라와 병을 치로ᄒᆞ고 졍보와 諸將으로 ᄒᆞ여금 戰船乙 거나리고 오후 聽令ᄒᆞ라 ᄒᆞᆫ니라 玄德은 셩주 구군을 여더 운거ᄒᆞ고 孫權은 東吳乙 운거ᄒᆞ고 曹操은 中原의 잇셔 천하을 돗투되 필경 三分天下 ᄒᆞ야난지라

華容道 卷之下 終

김종철 소장 40장본 〈華容道〉

표지에 '壬寅 正月', 내면에 '壬寅 元月 初二日 華容道 單卷'이라 기록되어 있다. 뒷면에는 '歲在 壬寅 元月 湖南 高山 西面 長洞 書 册主 李'라 쓰여 있다. 크기는 가로 17cm×세로 28.5cm이며, 한 면은 대략 10행으로 되어있다. 표지의 간기로 보아 필사 시기는 임인년(壬寅年)인 1902년으로 추정된다. 첫 장면이 '동한 말년의 쳔하이 분분ᄒᆞ야 사ᄇᆡᆨ강산이 ᄒᆞᆫ 젼장 된니 쳐쳐의 호걸이요 봉긔쳔요ᄒᆞ여 방휼이각지셰된지라'로 시작된다. 조조의 인물치레로 이어지며 '당당ᄒᆞᆫ 의긔난 제국의 웃ᄯᅳᆷ이라'는 조조에 대한 긍정적인 표현이 특징이다. 3면 정도가 심하게 훼손되어 알아보기 어려우나 부분적인 해독으로 보면 와룡강 경개풀이와 삼고초려 부분임을 알 수 있다. 공명이 자신의 간곡한 요청을 거절하자 유비가 통곡하는 부분의 '용의 음셩이라 와룡강이 진동커날 션ᄉᆡᆼ이 겁를 ᄂᆡ여 가긔로 허락ᄒᆞ'는 장면의 묘사는 다른 이본에서는 찾아볼 수 없는 내용이다. 전체적으로 원본을 바탕으로 사건이 전개되고 있으며 국문 문어체의 흔적이 많이 나타난다. 관우가 공명의 명을 받아 출전하는 장면에 청도기 사설이 들어 있다. 조조가 군사들을 호궤하기 위해 잔치를 베풀 때의 군사설움사설이나 군사점고사설 등이 매우 확장되어 있으며 해학적이고 골계적인 표현이 두드러진다. 특히 창으로 불릴 수 있는 삽입가요가 많다는 점이 특징이다. 전체적인 흐름은 원본의 전개를 따르고 있으나 세부적인 묘사는 전혀 달라 재창작의 차원에서 필사된 이본이다. 첫 장면에 조조에 대한 긍정적인 묘사가 나오기도 하고 관우가 군령장을 쓸 때 맹자의 글을 인용하는 장면이 있는 점으로 보아 필사자가 식자(識者)인 듯한 흔적이 보인다.

김종철 소장 40장본 〈華容道〉

〈표지〉
壬寅 正月 日
華容道

〈내면〉
丙月 十一月 十日 ○時 ○光里
壬寅 元月 初二日

華容道 單卷

〈1-앞〉

화룡도 단권이라
동한 말년의 쳔하이 분분ᄒᆞ야 사ᄇᆡᆨ 강산이 ᄒᆞᆫ 젼장된니 쳐쳐의 호걸이요 봉긔 쳔요ᄒᆞ여 방휼이각지셰 된지라 그 즁의 죠죠 위인이 긔경ᄒᆞ야 치셰지 능신이요 난셰지간웅이라 상셥쳔ᄌᆞᄒᆞ고 ᄒᆞ령졔후ᄒᆞ니 당당ᄒᆞᆫ 의긔난 졔국의 웃뜸이라 ᄒᆞᆫ죵실 유현덕은 관공 장비로 더부러 동원결의ᄒᆞ야 국사를 의논할 졔 장하의 모사 업셔 쥬야로 ᄒᆞᆫ을 ᄒᆞᆯ 졔 의외예 셔셔를 맛나 ᄃᆡ공을 일울가 ᄒᆞ여더니 죠죠의 간계로 셔셔를 보닐 졔 셔셔 천거ᄒᆞ되 차산즁의 복룡 봉츄 잇사오되 봉츄 방통이요 복룡은은 졔갈션싱이니 상통쳔문ᄒᆞ고 하찰지리ᄒᆞ니 둔갑장신지법를 훙즁의 품어잇고 안ᄌᆞ 쳘니 박긔 승픽를 분간ᄒᆞ오니 이 사람을 씨○○니면 쳔하 어듬을 염예ᄒᆞ오○

〈1-뒤〉

○○○○○○○○○○○○○○○○○○○○○○○○○○○○○○○○○○ ○○○○○○○○○○○○○○○○○○○○○○○○○○○○후의 두번치 차ᄌ가졔 황강 ○○○○○○○○ ○○○○○○인이 져ᄂ 나귀 칩더 타고 다리를 건네면셔 글 지여 ○○○○○○○○ ᄇᆡᆨ발은옹이 ᄀᆡ구 황청누와 쇠 고ᄒᆞᆫ 말탄 만ᄒᆞ슈랴 글를 읍고 지

〈2-앞〉

○○ 현덕이 ᄉᆡᆼ각ᄒᆞ되 힝여 그게 와룡인가 밧비 무러 가로사ᄃᆡ 신션이 막비 ○○○○ ○○○○ 황승언이라 ᄒᆞ옵ᄂ이다 엇지 와룡 찻ᄂ잇가 현덕 ○○○○ ○○○ ᄒᆞ고 두번치 가ᄂ이다 황승언이 이르 말리 와룡이 ○○○○ ○○○○ ○○ 도라 가옵쇼셔 현덕아 ᄒᆞ일 업셔 신야로 ○○○○ ○○○○ ○○○○ ○○○○ ○○○○ ○○○○ ○○○○ ○○○○ ○○○○ ○○○○ ○ ○○○○ ○○

〈2-뒤〉

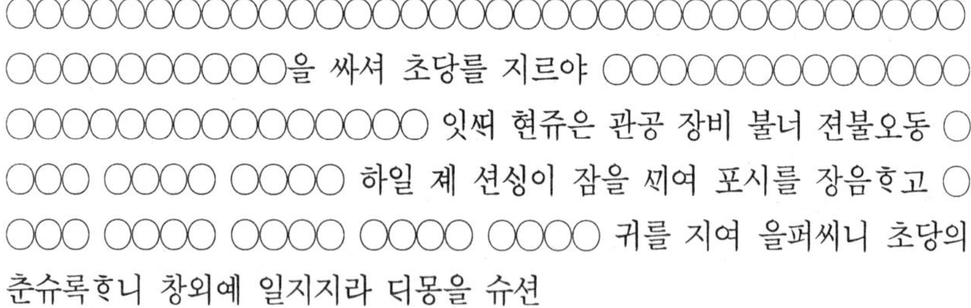

○○○○○○○○○○○○○○○○○○○○○○○○○○○○○○○○○○ ○○○○○○○○○○을 싸셔 초당를 지르야 ○○○○○○○○○○○○○ ○○○○○○○○○○○○○○○ 잇ᄯᅢ 현쥬은 관공 장비 불너 젼불오동 ○ ○○○ ○○○○ ○○○○ 하일 졔 션ᄉᆡᆼ이 잠을 ᄭᆡ여 포시를 장음ᄒᆞ고 ○ ○○○ ○○○○ ○○○○ ○○○○ ○○○○ 귀를 지여 을퍼씨니 초당의 춘슈록ᄒᆞ니 창외예 일지지라 ᄃᆡ몽을 슈션

〈3-앞〉

각고 평ᄉᆡᆼ를 아ᄌ지라 읍긔를 다ᄒᆞᆫ 후의 동ᄌ 드러와 엿ᄌ오ᄃᆡ 젼일 두번

와 계시던 유현쥬 또 와 계졍젼 뎌후ᄒᆞ야 반일이나 되야ᄂᆞᆫ이다 션싱이 이러셔셔 머리예ᄂᆞᆫ 윤건이요 몸의난 ᄒᆞᆨ창의라 빅우션를 손의 들고 당하의 나려와 읍ᄒᆞ고 마ᄌᆞ올여 예필 좌졍 후의 공명이 눈를 드러 현덕를 잠간 보니 웅쥰용안이요 슈슈실하ᄒᆞ고 ᄌᆞ고견이ᄒᆞ니 창업지쥬 영웅이라 또 현덕이 눈을 드러 공명를 잠간 보니 두 눈셥 식이에 쳔지조화와 강산졍긔와 육도삼약과 육경육갑 둔갑장신지법을 흉즁의 품러거날 현덕이 흠음ᄒᆞ고 졍셩으로 엿ᄌᆞ오듸 삼국이 분분ᄒᆞᆫ 즁의 위부오강ᄒᆞ고 ᄒᆞᆫ실이 미약ᄒᆞ야 간웅이 사ᄒᆞ니 종묘사즉이 명지조셕이오니 이몸이 졔쥬되야 갈충흥복ᄒᆞ랴 ᄒᆞ되 양병미잔ᄒᆞ야 할 지리 업싸오니 션싱의 놉픈 일홈 드은 졔가 오리더니 션싱 모셔가야 셰번치 와싸오니 이졔 한나라 회복ᄒᆞ긔난 션

〈3-뒤〉

싱 쳐분이로소이다 공명이 답왈 양이 본듸 무식ᄒᆞ야 남양의 밧 갈긔와 강호의 고긔 낙긔를 쥬야 일삼난듸 그언 쳔슈듸사를 엇지 도모ᄒᆞ오릿가 씰듸 업싸오니 과연 가지 못ᄒᆞ오리이다 현덕이 그말 듯고 졍신이 악득ᄒᆞ야 셔안를 탕탕 두다리며 방셩통곡 우ᄂᆞᆫ 말이 이졔ᄂᆞᆫ ᄒᆞ리 업시 사빅년 한실를 망커되니 이 일를 어이 ᄒᆞ존 말고 우름를 놉피 너니 용의 음셩이라 와룡강이 진동커날 션싱이 겁를 너여 가긔로 허락ᄒᆞ고 회착를 지여너니 삼분졍족이요 웅거형익이라 현쥬은 눈를 드러 벽상 그를 보옵소셔 좌편의ᄂᆞᆫ 형쥬요 우편은 익쥬 이 두 곳졀 어더씨면 쳔ᄒᆞ 엇지 염예ᄒᆞ오릿가 동ᄌᆞ 불너 쵸당 믹긔고 눈물 흘여 이르 말이 빅운심쳐겨 초당 언의 ᄯᅢ에 다시 오며 괴이 ᄒᆞ론 잉무 공족 언졔 보존 말고 ᄒᆞ직ᄒᆞ고 질을 ᄯᅥ나 신야로 도라오니 병불만쳔이오 장불육삼이라 박ᄒᆞ의 옹슈ᄒᆞ고 박망의 조둔ᄒᆞ니

〈4-앞〉

공명의 놉픈 직조 삼국의 ᄯᅥ난지라 각셜 잇ᄯᅢ 쬬쬬 격셔를 강동의 보너고

팔십만 대병를 거나려 삼빅여리에 버려시니 고각함셩은 쳔지가 진동ᄒᆞ고 긔치칭겸은 일식를 가리여쩌라 잇 ᄯᅢ 손권은 셰상의 잇셔 죠죠 임의 유종을 항복 밧고 강동를 치고자 홈를 듯고 묘사를 모와 의논할 졔 노슉이 엿ᄌᆞ오ᄃᆡ 셩쥬 동호와 졔빈ᄒᆞ고 강산이 함군ᄒᆞ야 만일 윤거ᄒᆞ여더면 졔왕의 긔업이라 원컨ᄃᆡ 노슉은 명를 밧ᄌᆞ와 강ᄒᆞ의로 상ᄒᆞ고 유비를 달니여 유퓌의 졔장를 무훌ᄒᆞ고 유비와 동심동역ᄒᆞ여 죠죠을 치올진ᄃᆡ 이ᄂᆞᆫ ᄃᆡ사를 이로이다 손권이 허락ᄒᆞ고 노슉를 강호의 보니난지라 잇ᄯᅢ 유현쥬ᄂᆞᆫ 강ᄒᆞ 잇셔 묘착를 의논ᄒᆞ졔 슈문장이 엿ᄌᆞ오되 강동사람 노슉이 와 셔로 상의ᄒᆞ랴 ᄒᆞ옵니다 공명이 ᄃᆡ소ᄒᆞ며 ᄒᆞᄂᆞᆫ ᄆᆞ리 이졔ᄂᆞᆫ 조흔 이리 삼겨씐니 이ᄂᆞᆫ ᄃᆡ사을 일우이라 우리 군졍을 탐지ᄒᆞ오리니 만일 죠죠의 동졍을 뭇삽

〈4-뒤〉

거던 니계로 미우소셔 노슉을 쳥ᄒᆞ야 유픠계 조상ᄒᆞ고 예을 맛친 후의 현덕과 상ᄃᆡ할 졔 노슉이 문ᄂᆞᆫ 말이 죠죠와 싸와보니 군사와 장졸리 얼마나 ᄒᆞ던잇가 현덕이 ᄃᆡ답ᄒᆞ되 나넌 일를 모르나 공명션싱이 아ᄂᆞᆫ이라 노슉이 반긔 듯고 공명 보긔를 원ᄒᆞ니 공명이 드러가 노슉과 상ᄃᆡ할 졔 노슉이 눈를 드러 공명을 잠간 보니 풍운조화와 변화지술을 흉즁의 품어거날 안마음이 흠모ᄒᆞ야 죠죠와 싸와보니 군ᄉᆞ와 장조리 얼마나 ᄒᆞ던잇가 공명이 ᄃᆡ답ᄒᆞ되 군ᄉᆞ은 빅만이요 장슈은 쳔여원이라 노슉이 공명다려 은근이 ᄒᆞᄂᆞᆫ 말리 션싱이 임의 몸를 젼장의 허신ᄒᆞ야 임군를 도울진ᄃᆡ 어진 임군를 도우소셔 우리나라 손토록언 총명인혀ᄒᆞ고 경현예사ᄒᆞᄒᆞ야 영웅이 구비ᄒᆞ고 강병이 십만이라 졍병양족ᄒᆞ고 문무구비ᄒᆞ니 션싱이 날 ᄯᆞᆯ러 우리 강동 가거더면 부귀영화홀 거시요 션싱의 놉품 일홈 쥭빅

〈5-앞〉

의 올를 거시니 ᄯᆞᆯ라가면 엇더ᄒᆞ오 공명이 거짓 속ᄂᆞᆫ 체ᄒᆞ고 손장군 보옵

긔을 쥬야 원이옵더니 맛당이 가사이다 가긔를 졀단ᄒᆞ고 현쥬계 ᄒᆞ직ᄒᆞ니 현덕이 탄식ᄒᆞ되 미약ᄒᆞᆫ ᄉᆞ직를 션싱만 밋쌉난듸 츌타국이 웬 이리요 션싱이 가옵시면 조고만ᄒᆞᆫ 우리 국사를 누긔로 ᄒᆞ여금 의논할랴시요 공명이 가만이 ᄒᆞᄂᆞᆫ 마리 삼분쳔ᄒᆞ 오나라이 병 강ᄒᆞ고 우리 ᄒᆞᆫ이 미약ᄒᆞ니 양국 병셰를 심으로 당할 지리 업써신니 동오 드러가셔 쐬로써 손권를 달닋여 죠죠와 싸홈을 붓치고 씩를 맛쳐 도라와 현쥬를 셤길진ᄃᆡ 양국민물을 좌이득지 ᄒᆞ오리다 현쥬은 염예 말르시고 날닌 장슈 자룡의게 군ᄉᆞ 빅명 쥬어 남병산ᄒᆞ 어구로 은근이 보닋소셔 만일 시를 어긔오면 신를 다시 보지 못ᄒᆞ오리이다 ᄒᆞ직ᄒᆞ고 길 써나 막ᄒᆞ의 다다르니 장슈와 문무졔신이 셔로 버려 안ᄌᆞ 공명계 슈죽할 졔 공명의 말ᄃᆡ답을 뉘라셔 당홀손야 잇씩 공

〈5-뒤〉

명이 오즁의 드러가니 손권이 공명 보고 예필 좌졍 후의 손권이 ᄒᆞᄂᆞᆫ 말리 션싱 말삼 들은 졔 오릭더니 오날날 뵈오니 쳔우신조 ᄒᆞ옵건이와 죠죠가 술병ᄒᆞ고 격셔를 보닋야시니 션싱은 싱각ᄒᆞ야 방젹ᄒᆞ옵소셔 공명이 ᄃᆡ답ᄒᆞ되 명공은 심을 알아 항복ᄒᆞ미 졸 듯ᄒᆞ오 손권이 ᄃᆡ답ᄒᆞ되 나는 항복ᄒᆞ고 유비ᄂᆞᆫ 엇지하지 공명이 ᄃᆡ답하되 우리나라 유현쥬ᄂᆞᆫ 인으로 ᄒᆞ니 여ᄒᆞᆫ실 지종친이요 지혀 잇고 지조 잇고 인덕 잇셔 셰상의 덥퍼시니 남의계 굴ᄒᆞ오릿가 손권이 ᄃᆡ로ᄒᆞ야 번양 원유부 불너 의논하리로다 ᄉᆞᄌᆞ를 번양의 보닋여 쥬유를 쳥ᄒᆞ니 쥬유 드러가 졔 노슉이 공명 다리고 드러가니 쥬유 즁문의 마조 나와 공명를 마ᄌᆞ 드러가 예필 좌졍 후의 쥬유 ᄒᆞᄂᆞᆫ 마리 션싱의 놉푼 일홈 들은 졔 오릭넌니 오날날 뵈오니 쳔우신조 ᄒᆞ여이다 죠죠 와 싸와보니 군사와 장조리 얼마나 ᄒᆞ던잇가 공명이 ᄃᆡ답ᄒᆞ되 군사 빅만이요 명즁과

〈6-앞〉

모사은 슈쳔 ᄲᅮᆫ 안이라 ᄯᅩᄒᆞᆫ 범갓튼 장사 황건를 씨고 여포을 사로잡고 공손찬을 쥬겨시니 그 위염과 그 형셰ᄂᆞᆫ 텬ᄒᆞ의 졔일이요 인간의 무쌍이라 팔황를 셕권ᄒᆞ고 ᄉᆞ히가 졍비ᄒᆞ니 뉘라 감이 당ᄒᆞ오릿가 쥬유 그 말 듯고 장군은 심를 다ᄒᆞ여 죠죠를 잡계 ᄒᆞ오 공명이 ᄃᆡ답ᄒᆞ되 강동은 염예웁고 편ᄒᆞᆯ 이리 잇셧ᄯᅥ라 무슨 이리요 공명이 일은 마리 죠죠가 먹ᄂᆞᆫ ᄯᅳ슨 동쟉ᄃᆡ 지여두고ᄂᆞᆫ 강동를 뭇질으고 강동사람 고공의 ᄯᆞᆯ ᄃᆞ교 소교 두 계집를 다러다가 호강코ᄌᆞ ᄒᆞᄂᆞᆫ 이리 잇씨니 강동이 편ᄒᆞ랴 ᄒᆞ면 그 두 계집만 보ᄂᆡ소셔 쥬유 ᄀᆡ가 막켜 션싱이 엇지 알르시요 공명이 이른 말리 죠죠의 두치 아덜 조ᄌᆞ근이라 ᄒᆞᄂᆞᆫ 논이 동쟉ᄃᆡ 글를 지여 사방 션부의 옴ᄀᆡᄀᆡ로 나도 그 글을 쥬야로 외난지라 쥬유 ᄒᆞᄂᆞᆫ 마리 그 글좀 들러지이다 공명이 그 글을 외이되 횡묘후니흐유허여 등임자니오졍니라 양춘풍지화목허여 청빅죠지비명니라 남니교여동남허여 약장공지칭동니라

〈6-뒤〉

쥬유 듯고 분을 ᄂᆡ여 카를 번듯 ᄲᅦ여듯고 문즌을 탕탕 ᄯᅮ달이며 은근ᄒᆞᆫ니 도적을 이와 갓치 베허리라 공명이 이른 마리 옛적의 ᄒᆞᆫ공쥬도 흉노를 쥬와 셔로 화친을 ᄒᆞ여거던 ᄒᆞ물며 인간여ᄌᆞ 져ᄃᆡ지 ᄋᆡᆨᄀᆡ잇가 쥬유 이른 마리 그ᄃᆡ 모로이라 ᄃᆡ교은 손빅ᄲᅮᆫ 부인이요 소교는 ᄂᆡ의 안ᄋᆡ라 공명이 그짓 모로쳬 ᄒᆞ되 ᄂᆡ 과연 모로고 실언을 ᄒᆞ여시니 황공 죄송ᄒᆞ여이다 잇 ᄯᆡ 쥬유 손권의계 드러가니 손권이 쥬유 보고 이른 마리 죠죠가 ᄃᆡ병을 거나려 ᄒᆞᆫ숭의 둔취ᄒᆞ고 젹셔를 보ᄂᆡ씨되 문무즁관이 혹존는 싸우ᄌᆞ ᄒᆞ고 혹ᄌᆞ은 항복ᄒᆞᄌᆞ ᄒᆞ니 이 안이 양ᄂᆞᆫ인가 쥬유 듯고 부복ᄒᆞ여 옛말로 엿ᄌᆞ오ᄃᆡ 무불신어난셔ᄒᆞ고 무불용이난 치셰ᄒᆞ니 고용장슈난 우국모불츙ᄒᆞ여 그 쳐ᄌᆞ만 ᄉᆡᆼ각ᄒᆞ고 졍보 황ᄀᆡ난 사직의 쥬셕이요 왕가의 간셩인니 ᄒᆞᆫ충양지신을 두옵고 찬역 죠죠의계 황복ᄒᆞ고 쳔추만ᄃᆡ 우슘를 씻치릿가 졍병 십만을

쥬시면 죠조의 목를 훈 칼의 버혀 휘

〈7-앞〉

하의 밧치이다 손권이 디희ᄒ여 칼를 번뜻 쎄여들고 셔안을 덩덩 두달이며 다시 항복ᄒᄌ ᄒᄂᆞᆫ ᄌ 잇시면 셔안과 갓치 목를 버혀 후인을 경계ᄒ리라 즉시 쥬유로 디도독를 삼고 졍보로 부도독을 삼고 노슉으로 참군교위을 삼아 훈당 황기로 션부션봉을 삼아 본부젼션를 거날리고 도강부의 ᄒ쳐 ᄒ라 장음 쥬티 졔 이디요 능통 반장 졔 삼디요 티ᄉ디 여몽으로 졔 사디 삼아잇고 육손 동심 졔 오디 여범 쥬치 순경ᄉ를 육군관병 총독ᄒ여 슈육병진 ᄒ엿더라 쥬유가 공명 불너 ᄒ는 마리 살리 핍진ᄒ여시니 션싱은 아모족록 ᄒ여도 살 십만기만 만드라 십일 너로 쥰비ᄒ오 공명이 디답ᄒ되 젹벽강 싸홈이 각가온듸 엇지 십일를 지달이요 삼일을 말미ᄒ여 쥬옵소셔 쥬유가 상쾌ᄒ여 군즁은 희롱업셔시니 군졍을 불너듸려 문셔를 망글 젹의 공명이 장담ᄒ되 명일붓틈 졔 삼일의 공명

〈7-뒤〉

이 오빅군ᄉ을 분부ᄒ여 강변의 잇ᄂᆞᆫ 살을 슈운ᄒ옵소셔 공명이 물너나와 노슉 불너 ᄒ는 마리 이십쳑 젼션안의 갈과 셥을 만이 실코 쳥포장으로 빈를 더퍼 의심업시 ᄒ여쥬면 십만젼을 어더쥬오리다 노슉이 허락ᄒ고 이십쳑 젼션위 갈과 셥을 실러쥬니 공명의 거동 보소 그날밤 삼경초의 북으로 힝션흘 젹의 안기 존존 일러나 강상의 덥퍼시니 지쳑을 분별ᄒ긔 어렵쏘다 공명이 군ᄉ 시켜 커게 웨여 함셩할 졔 명금 이하의 디취티하라 난니난난 니난 소릐ᄒ니 죠죠 함셩 소릐 듯고 모긔 위금으로 겁를 너여 죠죠의계 품고ᄒ니 죠죠 듯고 분부ᄒ되 안기 강상이 더퍼난듸 젹군이 이르니 무삼 계교 잇심이라 경션케 부디 말고 궁노를 조발ᄒ여 북소릐 나난 곳실 향ᄒ여 디고 쏘라 ᄯᅩ 육진 분부ᄒ여 장요 셔황 불너드려 궁노 삼쳔 거나이고 강가

를 급피 가셔 활노 장즁을 딕고

〈8-앞〉

쏘라 죠죠 군졸이 영를 듯고 일시에 장즁으로 딕고 쏘니 허다헌 만헌 살리 갈셥의 다 빅킥다 이윽고 나리 발거 안긔 거듯치니 이십쳑 젼션 위의 살리 가득ᄒᆞ여쑤나 공명이 군사로 크계 웨여 치사ᄒᆞ되 승상젼의 사ᄒᆞ노라 승상이 살을 만이 바리시니 은혜ᄂᆞᆫ 틱산이라 죠죠 긔가 막커 그계 뉘라 ᄒᆞ시뇨 공명이 딕답ᄒᆞ되 박하의 용슈ᄒᆞ고 박망의 손둔ᄒᆞ던 닉가 익쥬목 졔갈양이니다 죠죠 긔가 막커 장요 허졔 불너드러 븟ᄌᆞ부라 장요 허졔 분부 듯고 비션을 잡아타고 아모리 쏘차간들 공명의 날넌 빈를 뉘라셔 ᄌᆞ불숀야 공명이 살 갓다가 쥬유젼의 밧치거날 쥬유 긔가 막커 복지ᄒᆞ여 엿ᄌᆞ오딕 발셔붓텀 쥬공계셔 싸홈 독촉ᄒᆞ되 계교업셔 걱졍일너니 션싱이 심을 도와 방젹을 ᄒᆞ옵소셔 공명 딕답ᄒᆞ되 공건과 셔로 도우라 이제 글ᄌᆞ로 계교을 닉사이다 ᄒᆞ고 셔로 도라안져 글ᄌᆞ을 화답ᄒᆞ니 각 손바

〈8-뒤〉

닥의 여답팔ᄌᆞ 사람인ᄌᆞ 써 뵈니 팔인 비범ᄒᆞ니 불화ᄌᆞ 젹실ᄒᆞ다 쥬유 딕소ᄒᆞ여 ᄒᆞᄂᆞᆫ 말리 쳔지 모ᄉᆞ은 의사동이로다 이 말리 힝여 누셜홀가 은근이 계교를 졍할 졔 잇찌 황긔은 오십망틱 고육게ᄒᆞ고 감틱니로 인연ᄒᆞ여 황셔을 쒸며녹코 계교을 다 씰 젹의 죠죠의 장슈 모긔 우검니 죠죠의계 품고ᄒᆞ되 딕소션쳑 여비ᄒᆞ여 일시 등딕ᄒᆞ여시니 출젼할 믹이 ᄒᆞ옵소셔 죠죠 그 말 듯고 션의 놉피 올나 졔장를 분발홀 졔 즁왕 황긔에ᄂᆞᆫ 모긔 우금이요 젼군 홍긔예장합이요 후군 흑긔예ᄂᆞᆫ 여견이요 좌군 청긔예ᄂᆞᆫ 문빙이요 우군 빅긔예ᄂᆞᆫ 여몽이니 슛푸을 남향ᄒᆞ고 젹벽 시상안을 ᄒᆞ야 딕소션쳑 ᄉᆞ면으로 버려 셩곽를 삼아 녹코 가온딕 소션으로 왕닉ᄒᆞ계 ᄒᆞ고 마보션군 홍긔예ᄂᆞᆫ 셔황이요 후군 흑긔예ᄂᆞᆫ 니젼이요 좌군 청긔예ᄂᆞᆫ 악진이요 우군 빅

긔예는 하후연이요 육긔의 진은 뫼를 등지고 슈륙노 졉응사는 허졔 장요너라 잇씨 쥬유

〈9-앞〉

난 졔장을 거날이고 월명산 놉피 올나 죠죠 진셰를 살펴보니 젼좌슈텩이요 우비살능이라 모동 젼갈을 차레로 버려씨되 긔치금극은 날빗실 감히엿고 밍장 경졸은 강상의 덥퍼잇셔 방포 뇌고ᄒᆞ난 소릐는 산쳔이 궁그는듯 엄슉ᄒᆞᆫ 져 진셰는 십용간과 ᄒᆞᆫ든 헌원씨의 진셰넌가 삼빅호분 삼빅믹진의 딕회ᄒᆞ던 초픽왕의 진셰넌가 삼만조 오만조의 사ᄎᆞ슈ᄒᆞ 방연 잡던 손무ᄌᆞ의 진셰넌가 슈슈상 픙우즁의 삼천졔◯병 딕젼ᄒᆞ던 ᄒᆞᆫ병션의 진셰넌가 쳔산빅초 ᄎᆞᆫ발람의 북별흉노 홀랴 ᄒᆞ고 북평장군 축답ᄒᆞ던 이광의 진셰라도 이예셔 더홀손야 쥬유 크게 근심ᄒᆞ야 졍신이 상막홀 졔 뜻박긔 광풍이 이러나 죠죠의 황신긔딕 가온딕가 직근 부러져 물의 풍덩 쩌러지니 파두만 풍용ᄒᆞ야 풍편의 쩌러지고 셔북풍은 딕작ᄒᆞ야 긔발리 펄펄 날여 쥬유 뺨의 부듯치니 쥬유 문득 화공를 싱각ᄒᆞ고 업쩌져 긔졀ᄒᆞ여 ᄉᆞᆼ혈울노ᄒᆞ니 졔장이 겁을 닉여 쥬유 등의 업고 장즁의

〈9-뒤〉

드러가셔 구완ᄒᆞ여 ᄒᆞ는 말리 양진이 딕진ᄒᆞ야 젹벽이 각짜온듸 쥬도독이 이러ᄒᆞ니 이 일를 어이 ᄒᆞ잔 말고 의약으로 칠호ᄒᆞ되 일무ᄎᆞ호ᄒᆞ니 노슉이 공명다려 쥬유 병셰 말를 ᄒᆞ니 공명이 웃고 가로딕 도독의 병셰 불약ᄌᆞ효ᄒᆞ리라 노슉과 장즁의 드러가 쥬유를 보고 가로딕 도독은 무삼 병환으로 져딕지 지즁ᄒᆞ신잇가 쥬유 졔우 이러나 인유조셕지화복이니 병을 엇지 마음딕로 ᄒᆞ올릿가 공명이 답왈 쳔유불식풍운이니 바람을 일역으로 어들잇가 쥬유 더옥 실경골싱ᄒᆞ여 신음불졀ᄒᆞ니 공명이 가로딕 닉게 묘방신약이 잇사오니 도독 병셰 염예마오 ᄒᆞ고 ᄎᆞ호을 잡바 글 십육ᄌᆞ을 써 뵈인딕 그 글

뜻 하엿씨되 욕파조병인듸 의용화공이라 만사구비ᄒᆞ되 지음동남풍이라 쥬유 그졔야 공명 직조 탄복ᄒᆞ고 타인유심를 여촣탁지라 ᄒᆞᆫ들 남의 마음을 져듸지 알을잇가 직시 잔를 잡아 빅사ᄒᆞ여 션싱은 이리 급ᄒᆞ오니 이를 엇지 ᄒᆞ오릿가 공명 왈

〈10-앞〉

은왕 셩탕 어진 임군 칠년틱한ᄒᆞ여 나라이 망케 되니 상임의 비를 비러 만민을 건져잇고 ᄒᆞᆫ 문무졔 어진 셩덕 분슈츄풍 되와 모ᄉᆞ난 직인이요 셩관은 지쳔이라 ᄒᆞ나 ᄒᆞᆫ일만 잘ᄒᆞ오면 쳔도들 무심할가 팔문둔갑과 ᄒᆞᆫ풍ᄒᆞᆫ우 지시를 아라시니 동남풍을 염예 마오 남병산의 올나 하날임젼 축슈ᄒᆞ야 바람을 어든 후의 도독의 병셰 쾌쾌ᄒᆞ오리다 ᄒᆞ고 오빅 장졸을 다리고 남병산의 지셰을 살핀 후의 동남풍 비를 단을 무우되 방원은 이십사장이요 삼층을 ᄒᆞ되 일층 셕ᄌᆞ식ᄒᆞ고 ᄒᆞ의는 이칭팔슈ᄒᆞ고 긔치을 셰워씨되 동방 칠면 쳥긔예는 각ᄒᆞᆼ져방심미긔을 응ᄒᆞ여 쳥용긔를 그려 꼿고 북방 칠면 흑긔예는 두우여허우실벽 막닌니 임계을 응하여 현무을 긔려 꼿고 셔방 칠면 빅긔예는 규류위묘필ᄎᆞ삼을 응ᄒᆞ니 경신을 응ᄒᆞ여 빅호긔을 긔려 꼿고 남방 홍긔예는 졍괴유셩장익진인

〈10-뒤〉

니 병졍을 응ᄒᆞ여 쥬작으로 그려 꼿고 즁왕은 무게로라 황신긔을 그려 꼿고 불근 그 압픠 발관의 황금듸ᄌᆞ로 그려 들여시 셰윗씨되 익쥬목 졔갈양의 사명긔라 둘려시 그려 꼿고 졔 이층 황긔예는 육십사면 여답 위예난 육십사괘을 응ᄒᆞ여 셰우고 ᄉᆞᆼ이층 네 사람을 각각 솔발관 씨이고 거문싯옷 입펴 너분 씌 씩이고 불근 신의 모진 치마을 입펴 셰우고 젼좌편 ᄒᆞᆫ 사람은 진더 씃터 달긔짓셜 달아 풍신을 부리고 젼우편 ᄒᆞᆫ 사람은 향노을 밧들러잇고 젼좌편 ᄒᆞᆫ ᄉᆞ람은 월셩홍을 밧드러잇고 젼우편 ᄒᆞᆫ ᄉᆞ람은 보검을 밧

드러잇고 단 아릭 이십ᄉ인 각각 젹긔보와 장창 딕검과 황모 빅월과 쥬번 도독을 잡아 ᄉ면의 두려시 셰고 구름치일 안기 병풍 가온딕 눌너 덥편난 듸 졔상 드려논 연후의 어동육셔 좌포우혜 방위 ᄎᄌ 별려논 중의 산돈 ᄌ 바 큰 기 ᄯᄌ 긔난 다시 올려노코 공명의 그동 보소 단하의 닉려 노숙 부 너 ᄒᆞ는 말리 ᄌ경은 본진으로 도라가 공호로 더부러 군병을

〈11-앞〉

총독ᄒᆞ엿ᄶᅡ가 실시말고 셩공하라 ᄯᅩ 장졸를 불너 분부ᄒᆞ되 너의 방위를 일 시도 멀니 말고 머리와 귀을 드러 입이 잔말고 무어슬 보와도 노닉지 말고 무신 소릭 나도 귀을 지우려 듯지 말고 만일 영을 어긔는 ᄌ는 불문즉 참하 리라 영를 닉리니 천지신명은 단상의 강임ᄒᆞᆫ듯 ᄉ방의 ᄯᅬ진 긔치로 우난듯 요동업다 오치문무 ᄌ옥ᄒᆞᆫ듸 공명의 거동 보소 모욕지게 졍이 ᄒᆞ고 청강셕 거름ᄒᆞ여 두우셩 보랴 ᄒᆞ고 하날임젼 지셩으로 바람 빌 졔 북향치비ᄒᆞᆫ 연 후의 속으로 ᄒᆞᆫ나라을 위ᄒᆞ야 암축할 졔 유셰차 근안 십삼년 졍히 십이월 임슐식 十오일 ᄒᆞᆫ종실 유비는 근견헌관 졔갈양 감소고우 창쳔 일월명산 후 토실영 젼의 지셩으로 비는이라 ᄒᆞᆫ운이 영쳬ᄒᆞ야 군퇴병는ᄒᆞᆫ니 황건젹 동 탁 흉과 괴간난사 관별을 젼후로 소멸ᄒᆞ되 간신 죠죠 젹병의 욕찬역이라 협쳔ᄌ 일영쳬후와 회젼요사ᄒᆞ되 빅만딕병과 사강군우천졍감월믹비 화공이 면 슈릉졔니 픠북진은 상남ᄒᆞ고 남진은

〈11-뒤〉

상북ᄒᆞ니 여무풍우면 실난방화ᄒᆞ니 복감건셩ᄒᆞ사 헛청ᄒᆞ사 씌 업는 동남풍 를 삼일만 빌니시면 오임게 빅만딕병 일시예 소멸ᄒᆞ고 졍족강산 후의 통일 쳔ᄒᆞᄒᆞ여 한실 회복을 쳔만항심 ᄒᆞ는잇다 빌긔을 다ᄒᆞᆫ 후의 공명 당히의 닐여 장즁의 잠관 쉬여 군사를 돌녀 밤 며긔고 공명이 일일간의 셰 번 빌고 머리 풀고 발 버신 치 혹충의 거더안고 가만가만 나려와 ᄉ방를 살펴보니

강쳔요락ᄒᆞ고 식별은 둥실 써다 지난 달빗 어두온듸 만경창파 바라보니 어옹은 잠을 ᄌᆞ고 갈딕 조요ᄒᆞ여 말은 입 소릭 읍고 사면이 ᄌᆞ옥ᄒᆞ듸 공명의 거동 보소 오강변 나려가니 오호딕장 조ᄌᆞ룡 거긔 발셔 등딕하야 공명 오심를 알고 마조 나와 예읍ᄒᆞ고 션싱 위방진즁의 평안ᄒᆞ신잇가 공명이 반겨ᄒᆞ여 ᄌᆞ룡의 손질 덥벅 줍고 현쥬 평안ᄒᆞ옵시며 졔장군졸이 무사ᄒᆞᆫ가 함긔 빅예 펄젹 올나 만경충파 흘이 져셔 범범즁유 둥둥 써셔 되룡되룡 써나갈 졔 쥬유은 노슉 불너 ᄒᆞᆫ 말리 동남풍을 딕시ᄒᆞ되 발람 업셔시니

〈12-앞〉

공명이 헌 말릴다 노슉이 엿ᄌᆞ오되 공명 만고 영웅이믹 거진말를 ᄒᆞ오릿가 지달여 보옵소셔 이 마리 지듯마듯 남병산 진즁으로셔 고요ᄒᆞ더니 그날밤 삼경의 풍세가 이러나니 슈문 군ᄉᆞ 엿ᄌᆞ오되 손 ᄒᆞ졀 기린 긔빨리 슐히방으로 응ᄒᆞ여 셔북간방으로 긔빨리 펄펄 붓치난이라 쥬도독이 딕소ᄒᆞ여 공명의 직조 하일업시 영웅이라 만일 그져 두어싼은 강동의 화근이라 우리 어이 용납ᄒᆞ며 통일쳔ᄒᆞᄒᆞ 거시리 진직 쥬긔미 올타 ᄒᆞ고 날닌 장슈 셔셩 경봉를 불너 분부ᄒᆞ되 남병산의 쌜니 가셔 공명의 며리를 한 칼의 벼헤오라 철긔를 닉여쥬니 셔셩 정봉 영 듯고 남병산의 올나가니 검각은 뫼즁ᄒᆞ여 일식를 가리왓고 금극은 여산ᄒᆞ야 살긔 씌난듸 공명은 간 곳 업고 긔 잡은 군ᄉᆞ 단하의 업쳐거날 군ᄉᆞ 다려 문ᄂᆞᆫ 말리 이놈 군ᄉᆞ야 네 공명이 어딕 가시던야 져 군ᄉᆞ 엿ᄌᆞ오되 발람을 어든 후의 발벗고 머리 푼 치 오강으로 가더이다 셔셩 졍봉

〈12-뒤〉

분를 닉여 오강변 닉려가니 원ᄎᆞ창파상의 물결만 굼이난듸 인홀불견 간곳 업고 고긔 잡ᄂᆞᆫ 어옹만 ᄒᆞᆫ가이 안져거날 셔셩 졍봉이 문ᄂᆞᆫ 마리 악가 여긔 빅 가던야 너의덜 보왓난야 창싱이 엿ᄌᆞ오딕 닉말 잠간 들르시요 신통ᄒᆞᆫ

일 보왓소 무삼 이를 보왓나냐 금일 작일 모시예 일쳑소년 일엽쥬가 강ᄒᆞ의 미여귀에 나와 의심만단ᄒᆞ여 어허 그 ᄇᆡ 고이ᄒᆞ다 양양강슈 말근물의 고긔 집는 어션인가 십니 장강 벽파상의 왕ᄂᆡᄒᆞ던 거루ᄇᆡᆫ가 동강 칠리탄의 엄ᄌᆞ릉 낙시ᄇᆡᆫ가 오호상년월야 범여 간는 ᄇᆡᆫ가 심양양강 초월야의 도쳐사의 오난 ᄇᆡᆫ가 강구의 미인 ᄇᆡ을 만단의심 ᄒᆞ여더니 ᄇᆡᆨ옥갓튼 션ᄇᆡ ᄒᆞ나 가만가만 나려오더니 피발도션ᄒᆞ여 그 ᄇᆡ 급피 잡어타고 오강의로 가던이다 셔셩 졍봉이 분를 ᄂᆡ여 셔셩은 말를 타고 육지로 쏫고 졍봉은 ᄇᆡ을 타고 사공다러 분부ᄒᆞ되 공명 타고가는 ᄇᆡ을 잡지 못ᄒᆞ면 네 목를 칼노 볘혀 무리다 너흐리라 사공 말을 듯고 겁를 ᄂᆡ여

〈13-앞〉

밧비밧비 져셔 갈 졔 오강 어구을 바라보니 엇써ᄒᆞᆫ 포의ᄒᆞᆫ 션ᄇᆡ가 ᄇᆡ우션를 놉피 들고 일엽편주 흘이 져셔 되롱되롱 써나가니 공명인쥴 짐작ᄒᆞ고 쏫차가며 왜난 마리 져긔 간난 공명션싱 가지말고 ᄇᆡ 머물너 ᄂᆡ ᄒᆞᆫ 말 듯고 가오 우리나라 쥬도독게 유긔ᄒᆞᆫ 말삼 잇다 ᄒᆞ고 잠간 쳥파ᄒᆞ여시니 거긔 좀 머무르소셔 공명이 ᄃᆡ로ᄒᆞ여 져ᄌᆞ룡 불너 분부ᄒᆞ되 쥬도독이 날를 잡부야고 셔셩 졍봉 쏫ᄎᆞ오니 사람은 상치 말고 ᄉᆞ지져 물이치라 ᄌᆞ룡이 분부듯고 ᄇᆡ 션두의 웃쑥 셔셔 크게 웨여 일은 마리 긔갓튼 졍봉놈아 불치ᄒᆞᆫ 쥬도독이 ᄌᆡ조를 시긔ᄒᆞ여 유공ᄒᆞ신 우리 션싱 아모리 작희ᄒᆞᆫ들 하날리 도옵는 ᄇᆡ라 뉘라 뉘라 감이 침범홀고 네 죄를 ᄉᆡᆼ각ᄒᆞ면 응당 쥬긔여 맛당ᄒᆞ되 쥬긔던 안컨이와 네 ᄂᆡ의 ᄌᆡ조나 귀경ᄒᆞ라 ᄒᆞ고 나는 상산 조운이라 다오는 ᄇᆡ을 살펴보니 ᄇᆡᆨ보안의 드러고나 장군의 철젼을 먹여들고 슝어복실이라 ᄡᅴ며 각지손 ᄡᅡᆯ른 ᄭᅳᆫ어 좀

〈13-뒤〉

통을 터지게 쥐고 압쒸을 궁슈 그리고 ᄶᅡᆨ지을 쑥 써니 번긔갓치 가는 져 살

리 경봉 탄 비 돗디 마ᄌ 무르 풍덩 ᄺ러지고 탄 비 빙빙 도라 혹츌혹몰ᄒ야 물결은 츌넝 파두 일어나고 용총 닷쥴 ᄯᅮᆨ ᄺ러져 만경충파 갓업는듸 비 머리만 ᄲᅦᆼᄲᅦᆼ 도라 월넝츌넝 ᄯᅥ나가니 셔셩 경봉 넉실 일코 본진으로 도라가셔 쥬유젼의 젼후 사연을과 자룡 욕ᄒ던 말을 난낫치 쥬달ᄒ니 쥬유 듯고 ᄃᆡ경ᄒ야 만고영웅이로다 그져 둘질 업셔씨니 죠죠를 발리고 현덕을 면여 쳐 졔갈양의 목를 버히여 너의 분을 풀게 ᄒ라 노슉이 엿ᄌ오ᄃᆡ 죠죠 강ᄒ미 유비에셔 십비나 더ᄒ오니 잇ᄯᅢ을 당ᄒ야 위를 바리고 ᄒᆞᆫ을 친즉 비컨ᄃᆡ 사호쥭진퇴격이라 엇지 후회지사을 ᄒ오릿가 죠죠 먼여 치사이다 쥬유 분를 졔우 참고 양구미 ᄉᆡᆼ각ᄒ고 약속을 졍할 졔 잇ᄯᅢ 쥬유는 삼국 명장즁의 슈젼의 졔일이라 감용은 채즁 황졸 거나리고 죠죠 진즁의 드러가셔 거화위호ᄒ되 젼영의 ᄐᆡ산○○ 후영의 반장이요 우영의 여몽이요 좌영

〈14-앞〉

의 동심이요 즁영의 능통 등은 삼쳔 군식 거날리고 각셕의 ᄆᆡ복ᄒ라 졔 일ᄃᆡ ᄒᆞᆫ당이요 졔 이ᄃᆡ 쥬ᄐᆡ소 졔 삼ᄃᆡ 장흡이 졔 사ᄃᆡ 진문 등은 삼쳔군식 거나리고 각셕의 ᄆᆡ복ᄒ라 쥬유 셔셩 경봉 션봉장의 육손이라 슈진즁의 호령ᄒ되 시화연여운ᄒ라 일졔 응진ᄒ고 봉층의 부호ᄃᆡ에 산봉여장도라 ᄒ여씨니 황긔 젼션 거화 모와 황혼시 다랏커든 호령포를 쳥우ᄒ라 약속ᄒ야 분발할 졔 잇ᄯᅢ에 공명은 일쳑풍 도실 놉피 달고 슌풍의 ᄒᆡᆼ션ᄒ야 나는 졔비 살과 갓치 본국의 도라가셔 현쥬을 보온 후의 사셰 급박ᄒ오니 종차 말삼ᄒ사이다 장ᄃᆡ에 놉피 안ᄌ 방포일셩의 금고을 울이고 좌초졔장를 거ᄅᆡ할 졔 각각 소임를 분발ᄒᆞᆯ 식 상산의 조운 불너 그ᄃᆡ은 삼쳔군 거날이고 오림산 복병ᄒ여싸가 죠죠 ᄃᆡ군 다닷거든 불를 노와 엄살ᄒ라 거긔 장군 익덕을 불너 그ᄃᆡ은 삼쳔군을 거날이고 이릉길 호로곡의 맛치 ᄆᆡ복ᄒ여싸가 너일게 초명의 ᄉᆡ벽 큰비 진넌

〈14-뒤〉

후의 죠죠 용솟 지너거던 불을 노와 엄살ᄒᆞ라 미방 미축 유복 불너 그더은 각각 젼선 타고 강상의 머무다가 죠죠 픽군 군긔 아셔오라 간웅과 손간를 불너 본진을 직키고 현쥬젼의 엿ᄌᆞ오되 현쥬은 번구의 둔병ᄒᆞ고 오날밤 삼경야의 쥬유 용병ᄒᆞ는 거슬 잠관 구경ᄒᆞ사이다 약속를 졍ᄒᆞ야 분발ᄒᆞᆯ 졔 군즁이 요란턴니 ᄒᆞᆫ 장슈 드러온다 황금투고 보신갑옷 쳥용도를 비써들고 삼각슈을 거실리고 봉목을 부름 쓰고 젹토마을 놉피 타고 슈식간 드러와셔 굴예로 뵈온 후의 소릐 질너 ᄒᆞ는 말리 소장이 비록 지조 업싸오나 ᄒᆞᆫ나라 녹를 만이 먹쌉고 쳑촌지공 업쌉긔예 불승한탄 ᄒᆞ옵더니 활난시예 ᄎᆞᆺ지 안이 ᄒᆞ시니 지조 업다 그리ᄒᆞ오 공이 업다 그리 ᄒᆞ오 엇지 그더지 박더ᄒᆞ시요 공명이 디로ᄒᆞ며 지셩으로 ᄒᆞ난 마리 그더는 장군 즁의 용밍이 총월 갓고 지조는 비등ᄒᆞᆫ 쥴 너 임무 아라씨나 젼일의 황건젹 난를 맛나 위국의 드러가셔 은혜을 짓쳐기로

〈15-앞〉

장군의 어진 마음 죠죠를 보왓셔도 죠죠 비는 말리 도로 노와 보닐 쥬을 너 임의 아는 비라 쳔사만턱ᄒᆞ되 엇지 밋고 보닐리요 관공이 칼을 쎄여 쌍을 치며 엿ᄌᆞ오되 소장이 위국의 드러가셔 은혜는 짓쳐씨나 원소의 알양 문취한 칼의 목를 볘혀 죠죠 쥬워시니 국사를 싱각하야 못할 일를 ᄒᆞ여씨나 졔 공은 갑파씨니 무삼 사졍으로 살리오며 ᄯᅩᄒᆞᆫ 군법은 무사졍이오니 미사졍을 씨오릿가 션싱은 밍ᄌᆞ를 보시오 거연후의 지경즁이요 쳑연후의 지장단이라 ᄒᆞ여싸오니 무겁고 가부얍긔는 다라 보와야 알 일이요 기고 자룹긔는 지야보와 알 일닌듸 한 번 경사도 아니ᄒᆞ옵고 허망타 치지ᄒᆞ오니 싱불여사라 소장 살라 씨 디가 업ᄉᆞ오니 쥭긔만 갓지 못ᄒᆞ오 공명이 이른 말리 화룡도라 ᄒᆞ는 곳젼 일부당관의 만부막기지지라 졔일 요진ᄒᆞᆫ 곳 화룡도가 비여씨나 만일 죠죠 못 자부면 장군 엇지 하랴시오 관공 엿ᄌᆞ오디 그는 소장이

군령 다짐 두오리다 그리ᄒᆞ오 관공이 다짐 두되

〈15-뒤〉

우고금사 싼은 ᄒᆞᆫ슈정후 관공은 금일 봉명으로 화룡도 복병ᄒᆞ야 죠죠를 착너직공후를 존고연이와 만일 불년직 군법시힝사라 다짐 두고 일은 마리 만일 죠죠 그곳 안이 오면 션싱은 엇지 하랴시오 공명이 이름 말리 죠죠 그곳 안이 오면 나도 군법 시힝사라 셔로 군영 다짐 두고 남풍취야즁의 펄펄 부쳐두온 연후의 공명이 가로되 진실노 그러홀진되 장군이 가기는 가되 너의 비계을 듯고 가라 화룡도 복병ᄒᆞ고 산상의 불를 노와 연기를 너이면 죠죠 연긔 보고 올거시니 장군이 명심부망ᄒᆞ오 관공 엿ᄌᆞ오되 쇠 만ᄒᆞᆫ 죠죠가 연긔 보고 복병인가 의심ᄒᆞ야 안이오면 엇지 ᄒᆞ올릿가 공명 우셔왈 날다려 밍ᄌᆞ를 모론다 ᄒᆞ더니 소위 장슈 되고 병셔을 모로는가 병셔의 ᄒᆞ여씨되 실직히ᄒᆞ고 히직실리라 ᄒᆞ여시니 죠죠는 영웅이라 불을 보면 헛불노 알고 올 거시니 유인하야 잡아오라 관공 ᄒᆞ직ᄒᆞ고 힝군을 차레로 할 졔 황금투고 녹포운갑 젹토마을 놉피 타고 청용도 빗겨들고 삼용슈 거살리고 오

〈16-앞〉

마되로 힝군할 졔 긔치창금 일월를 희롱ᄒᆞ고 고각함셩은 강산을 히롱ᄒᆞ는 듯 우염 츄상갓고 호령이 염슉ᄒᆞ다 되장청도 벌여씨되 청도 ᄒᆞᆫ쌍 홍문 ᄒᆞᆫ쌍 송등남각 셔남각 남도 ᄒᆞᆫ쌍 황문동자 슈신 ᄒᆞᆫ쌍 황쵸 빅문 한잔 빅호 동북각 셔북가 흑초 홍신 남신 황신 빅신 흑신 소미금 ᄒᆞᆫ쌍 졍 ᄒᆞᆫ쌍 나발 ᄒᆞᆫ쌍 셔야 두쌍 발러 ᄒᆞᆫ쌍 젹 한쌍 슌긔 ᄒᆞᆫ쌍 영긔 두쌍 즁사명하과 우영션진사 ᄒᆞᆫ쌍 긔픽관 두쌍 좌마그이요는 오층 영조사당 북각 두쌍이라 명금이하 되취터ᄒᆞ라 쑹쌍쑹쌍 절절 쒸쒸 난니난노 난니나노 셥게잇게 들러갈 졔 천지가 뒤놉는듯 강산이 문러지는듯 ᄒᆞ고 화룡도로 드러가서 사방의 씀작달식 못하게 복병를 쳐쳐의 무너씨되 죠죠 어이 용납ᄒᆞ리 잇씌 황기는 슈

진즁의 호령ᄒᆞ며 살갓치 드러와셔 장ᄃᆡ예 놉피 안ᄌᆞ 북를 울리며 호령ᄒᆞ되 동ᄑᆡ 오칠장과 긔병 니등 ᄑᆡ발장창 우긔병이요 이오영은 각 오사ᄒᆞ고 ᄆᆡ사 은 각시로 위여ᄒᆞ라 초간은 ᄌᆡᆨ일긔 지상ᄒᆞ고 긔총은 ᄌᆡᆨ일ᄊᆡᆨ 지상ᄒᆞ

〈16-뒤〉

고 영창은 ᄌᆡᆨ오사 진즁ᄒᆞ고 파총은 ᄌᆡᆨ오초진 진즁ᄒᆞ고 ᄃᆡ은 니일ᄉᆞ로 위여 ᄒᆞ고 긔온이 일초로 위여ᄒᆞ라 초은이 일사로 위여ᄒᆞ고 사는 이일이 일영으 로 위여ᄒᆞ되 장ᄃᆡ라 즁영은 홍열ᄒᆞ되 젼조사좌 열열층우후사 우열하우 열 젼조 일긔일니 상ᄃᆡ 니삼긔 좌사편 우영등이니라 상신 듯고 돗 달고 월ᄇᆡᆨ 풍쳥 벽히상의 지고총 긔 ᄇᆡᆨ를 ᄊᆡ여 급도창낭 드러갈 졔 잇ᄊᆡ 죠죠은 일른 졸 모로고 장슈와 군ᄉᆞ 셩세만 미고 십십ᄒᆞ게 덤벙일 졔 동즉ᄃᆡ 무어 쳔녀 쳑 젼션우의 강산육지 삼라두고 일등ᄆᆡᆼ장 유진ᄒᆞ고 문무를 차례로 안쳐녹 코 죠죠 칼를 드러 사면으로 가라치며 동은 쳐상이요 셔으로는 ᄒᆞᆫ지라 남 은 번산이요 북은 오임이라 그 아ᄅᆡ 삼산이 들너씨니 초모ᄒᆞᆫ 봉황은 반공 즁의 소사잇고 쳔세은 병풍이요 쳥긔림인ᄃᆡ 션경이 이 안이야 군즁의 호령 ᄒᆞ되 입바 졔장군졸드라 너의도 쳔ᄒᆞ를 어들 쥴 알

〈17-앞〉

고 슐 고긔 만이 먹고 흠포고복 격양가 부르며 질긔 놀나 졔장군졸 영을 듯 고 말 달이긔 창 씨긔와 총 노키 칼 씨긔와 휘휘 둘여 편군 치긔 십팔계 ᄐᆡᆨ 견ᄒᆞ긔 ᄃᆡ연을 ᄇᆡ셜ᄒᆞ야 소도 만이 잡고 ᄯᅥᆨ도 만이 ᄒᆞ고 ᄀᆡ도 만이 집고 닥 도 만이 잡고 호군이 낭ᄌᆞ훌 졔 슐먹는 놈 밥먹는 놈 ᄯᅥᆨ먹는 놈 고긔 먹는 놈 상토 잡고 이너무 무엇ᄒᆞ자 ᄒᆞ는 놈 졀입 버셔 들고 슐를 먹고 창ᄉᆞᆺ트로 ᄐᆡᆨ 괴이고 요만ᄒᆞ고 조우는 놈 골ᄑᆡ잡긔 바돌 두워 붓쳐먹긔 돈치긔와 ᄃᆡ 공치긔 갑오쎱긔 졀밧긔 돈치는 놈 달리실름 ᄒᆞ는 놈 팔실름 ᄒᆞ는 놈 우슘 졔워 우는 놈 슐 먹고 계우는 놈 군문 소시너 셥찬ᄒᆞ고 죠죠 군령 너 좃갓

다 쳔ᄒᆞ득실 ᄂᆡ 좃갓다 진즁이 아니라 여름슐 먹이 쳥이 도랴ᄭᅮ나 ᄒᆞᆫᄎᆞᆼ 이리 취홍이 낭ᄌᆞ홀 졔 벙노긕장 우일힝이라 그 즁의 늘근 군ᄉᆞ ᄒᆞ나가 밥 쥬워도 안이 먹고 슐 쥬워도 안 먹고 고긔 쥬워도 안이 먹고 장막 박긔로 나가든니 졀입 버셔 쎵의 노코 물방릐

〈17-뒤〉

골리갓튼 코을 홀이면셔 그져 안ᄌᆞ 우는듸 ᄋᆡ고ᄋᆡ고 안져 운니 ᄒᆞᆫ 군ᄉᆞ 나안지며 슐잔 ᄡᅧᆨ 먹근 놈이 ᄒᆞᄂᆞᆫ 말이 안아 이ᄋᆡ야 승상은 쳔ᄒᆞ를 어드랴고 ᄃᆡ사을 ᄒᆞᄂᆞᆫ듸 군즁의 방졍마진 우름이 웬 일인야 우지말나 우ᄂᆞᆫ 군사 긔가 막켜 실업의 아달일다 동방이 변ᄒᆞ니 네 셰상인쥴 알고 덤벙겨리는듸 마두 ᄉᆡᆼ각ᄒᆞ는 쥴 네 알며 오두ᄇᆡᆨᄒᆞ는 쥴 네 어이 알이 당상의 ᄒᆞᆨ발양친 이별ᄒᆞᆫ 졔 몃몃 ᄒᆡ 되랴씨며 규즁의 홍안쳐ᄌᆞ 이별한 졔 면날닌냐 부혀여ᄉᆡᆼ아 ᄒᆞ시고 모혀여육아 ᄒᆞ시니 육보지 덕턱인듸 호쳔상극이라 화목ᄒᆞ든 젼ᄂᆡ 권당 원근족당 ᄂᆡ 지친 쳘니젼장 날 보ᄂᆡ고 오날이나 소식올가 ᄂᆡ일이나 긔별올가 일낙셔산 ᄒᆡ 진 날의 의문망이 멋번이며 바람불고 비오난 날의 의려망이 멋번인냐 쳘이외거 ᄂᆡ 편지 뉘계 젼ᄒᆞ리 상ᄉᆞ곡 단장셩호ᄂᆞᆫ 쥐야의 ᄅᆡᆺ치거난듸 명ᄌᆡᆨ조셕이라 만일 긕사진즁 ᄒᆞ거든면 뉘라 엄토ᄒᆞ여 쥬며 ᄇᆡᆨ골사장 ᄒᆡ여져셔 오

〈18-앞〉

연의 밥이 된들 뉘라 후여 날여 쥴거나 ᄋᆡ고 셜론지고 구진비 져문날의 울고 가ᄂᆞᆫ 져 긔려가 우리 고향 가거든 ᄂᆡ의 소식 젼ᄒᆞ여다고 ᄋᆡ고 셜이 우니 여러 군ᄉᆞ ᄂᆡ달르며 오냐 우지 말라 부모 ᄉᆡᆼ각 네 셔름 효셩지심 긔특ᄒᆞ다 ᄯᅩ ᄒᆞᆫ 군ᄉᆞ ᄂᆡ달나 우며 이ᄂᆡ 셔름 드러보와라 삼ᄃᆡ의 오ᄃᆡ독ᄌᆞ로다 십육셰예 장ᄀᆡ 드러 사십이 장근토록 실하의 일졈 혀륙이 업셔 ᄆᆡ일 부부 셜니울다 공니나 들려보ᄌᆞ ᄒᆞ고 명산ᄃᆡ쳘 영신당과 고묘총ᄉᆞ 셕황사며 셕불미

늑 삼신졔왕 가ᄉᆞ시쥬 인등시쥬 허위허위 다 단이며셔 경셩으로 공을 드려 쎠니 공든탑이 문어지며 심근 남무 부러지랴 업다 우리집 마노리가 씃박긔 비가 도도록록 ᄒᆞ든군나 십식만의 나현 거시 아달를 나현나듸 얼골리 관옥이요 풍취은 두목지라 열손으로 밧쓰려셔 짱의 눌일 날 젼히 업시 오쫌 똥을 다 가리여셔 금옥갓치 살랑ᄒᆞ던 졍으로 육칠셰 진닉논니 터턱터턱 논는 양

〈18-뒤〉

방긋쌍굴 운넌 양 엄마압바 도리도리 셤마둥둥 닉 아들 금을 쥰들 너를 사며 옥를 쥬들 너를 사랴 날나가는 학션이 눈진산의 ᄭᅩᆺ실넌가 어름궁긔 슈달핀가 달 가온ᄃᆡ 옥퇴긴가 운간월싁 봉황인가 시벽바람 동션인가 아부 슈염 검쳐줍고 엄마압바 조양조양 할 졔 쥬야 사랑 ᄋᆡ경ᄒᆞ든 ᄌᆞ식박긔 ᄯᅩ 잇ᄂᆞᆫ냐 씃박긔 날이를 만나노니 졍신이 아득ᄒᆞ여 ᄉᆞ당문 여러녹코 통곡지비ᄒᆞᆫ 연후의 간간ᄒᆞᆫ 어린 ᄌᆞ식품의 암동그리면셔 ᄋᆡ고ᄋᆡ고 셜이 운니 유졍ᄒᆞᆫ 우리 가쇽 웨 목을 안고 우난 소릐 구름도 잠잠ᄒᆞ고 초목이 ᄌᆞ오난듯 여보소 ᄋᆡ긔어멈 나는 하릴업시 쳔니젼장 가건이와 부듸 져 ᄌᆞ식를 잘 커여셔 닉의 후사 젼커ᄒᆞ소 이별 ᄒᆞ직ᄒᆞ고 젼장의 왓더니 어닉 써나 우리 고향 도라가셔 긔류든 우리 아달 품의 담속 안고 우리 ᄋᆡ긔 얼너보며 졀문 가속 손질 잡고 만단졍회 ᄒᆞ야볼고 ᄋᆡ고ᄋᆡ고 셜운지고 한충 이리 셜이 운니 여러 군사 닉달의

〈19-앞〉

며 온야 우지마라 너넌 ᄌᆞ식을 ᄉᆡᆼ각ᄒᆞ야 우니 좀◯나 아들일다 너는 젼장의셔 죽어도 후사은 젼커시니 호강의 아달놈이로다 ᄯᅩ ᄒᆞᆫ 군사 닉달르며 네 닉 셔름 드러보라 나는 부모 동싱 아모도 업다 사고무친쳑 우리 고향 혈혈단신 우리 안닉 얼골도 일식이요 힝실도 좃촐ᄒᆞ고 봉졔사 젹빈긱과 침ᄌᆞ

질 양쥬졀 가는 쥴 모를 젹의 뜻박긔 급흔 날의 위국짜 빅셩들라 젹벽강으로 싸홈가즈 쳔흐셩 흐는 소릭예 싱이별흐고 전장의 나와씨나 언졔 다시 도라가셔 긔류든 우리 안히 반긔상딕 흐여볼고 익고익고 닉 이리야 흔창 이리 셜이 운니 여러 군스 닉달르며 온야 우지마라 이은 부모 동싱 업다 흐니 가속 싱각흐여 운다 흐니 가족이라 흔는 거시 불가무직라 또 군스 닉달르며 네 닉 셜름 드러보와라 닉 셔름은 만군즁의도 업고 역딕 칠셔와 언문 존쥬의도 업는 셔름이라 허허 그놈의 셔름 장이 쌜리 집픈가부다 말흐여라 드러보즈 네 드러보와라 질름치고 초친 셔름일다 업다 이놈아 별 우지말고 흐여라 드러

〈19-뒤〉

온냐 드러보왓라 나난 부모은덕으로 십삼살의 장긔드러 열일곱의 상쳐를 흐여쑤나 그렁져렁 심물을 넝긔난듸 사람은 못흘너라 어듸가 안지면 지지계만 부득부득 씨니고 젼듸다 못흐야 외손질노 셔륜을 넝게쑤나 셔훈다셧시 간신이 구혼흐야 사쥬단즈 보닉더니 턱길 긔별리 온 후의 일십긔계 차일 젹의 의복 호사흔다 모란관딕 각뜨 뜨고 비류먹은 말계 이좌슈 쑥 봉삼인 안장 박도령 쌍얼청이 공도령 안팟벙신 두 쌍을 호기잇계 셰우고 졍동장 함진익비 졔방촌 눈동이 잘론졍마 넌짓 들여 젼동달리 쑈쇠익비 진구즁을 질계드러 외삼촌 상긱으로 암쇠계 안장 지여 쑤덕쑤덕 넌진 타고 사모풍딕 능는호사 호긔잇게 드러가셔 초례청의 젼안흐고 딕례청 딕례흐고 방안의 드러가셔 딕참담 밧든 후의 일낙셔산 각가온지라 가진 반상 젼역밥을 단단이 먹근 후의 담빅 흔 딕 푸여물고 삼경초가 지닉더니 업짜 우리 마노릭 될 신부가 드러오는듸 명명긔 둥둥 뜨고 여즁일식이라 상흐

〈20-앞〉

을 훌터보니 녹의홍상은 비엿쳔 은빈하야 고은 얼골을 반분으로 다살리고

ᄉᆡ발 눈셥 외씨발의 머리에ᄂᆞᆫ 화관이요 몸의ᄂᆞᆫ ᄑᆡ물이라 쳐삼촌의 ᄃᆡᆨ 쳔남의 ᄃᆡᆨ과 신부 녀종이 옹위ᄒᆞ여 등밀건니 엽밀거니 졋타리 잡고 ᄭᅳᆯ건니 거넝잇게 오ᄂᆞᆫ 거동 ᄒᆞ슈물결 박긔 직녀셩이 네 안이냐 침방의 드러와셔 동벽를 ᄃᆡ좌ᄒᆞ야 ᄋᆡ연이 안ᄂᆞᆫ 거동 ᄋᆡ미산의 지ᄂᆞᆫ 달빗 평강슈의 잠긔ᄂᆞᆫ 듯 셧씨 우미인 양구비라도 예와셔 당홀손냐 안마음의 짐작ᄒᆞ고 가만이 안ᄌᆞᄯᅥ니 다가고 신부 혼ᄌᆞ 안져거날 담ᄇᆡ ᄒᆞᆫ ᄃᆡ 얼는 먹고 화관 원삼 고이 벽계여 놉푼듸 차걸고 초ᄆᆡ 바지 져고리 벽겨 발치만치 밀쳐녹코 놀ᄂᆡ잔커 안아다가 이불속의 안고 뉘어 입 맛초며 ᄇᆡ 맛초며 이리 둥굴 져리 둥굴 ᄇᆡ만 교ᄐᆡ 노니다가 그져 둘질 젼혀 업셔 졋간의 손을 너니 ᄆᆡᆼ호의 츌임졔로 듸립ᄯᅥ ᄶᅧᆯᄶᅥᆨ 차고 안져 양각을 츄겨들고

〈20-뒤〉

쥬장군을 둘너멜 제 병영굴노 곤장며듯 빗ᄶᅵᆫ 초동목슈 낫ᄌᆞ로 메듯 읍긔가 밋밋ᄒᆞ고 팔다리 들셕겨 함박살이 ᄲᆡᆨ작ᄲᆡᆨ작 마론 오곱이 탁 풀이고 두 눈의 열리 올나 콕 궁긔 ᄲᆡᆨᄲᆡᆨ할 제 실근 몸 슯슯일 제 ᄯᅳᆺ박긔 위국ᄊᆡ ᄇᆡᆨ셩드라 젹벽강으로 싸홈 가ᄌᆞ 쳔ᄒᆞ셩ᄒᆞᄂᆞᆫ 소릐예 상토 잡아 ᄭᅳᆯ어ᄂᆡ니 피역을 못지우고 ᄲᅮᆨ ᄲᅦ여 두너메고 오다가 구버보니 셥셥임ᄯᅥ니 져도 골ᄂᆡ고 ᄯᅩᄒᆞᆫ 셜워라 고곰 미음ᄶᅵ기 갓ᄒᆞᆫ 눈물을 흘이니 이런 져미을 붓틀 셔름 보왓나냐 ᄋᆡ고ᄋᆡ고 셜이 우니 여러 군ᄉᆞ ᄂᆡ달르며 예라 이 실업의 아달놈 위부모ᄒᆞᆫ 연후의 보쳐ᄌᆞ라 ᄒᆞ연는듸 안녀ᄌᆞ만 ᄉᆡᆼ각ᄒᆞ니 너갓튼 음눈ᄒᆞᆫ 놈 남의 아들 젼장의 잇셔 씰ᄃᆡ 업다 덜미 집펴 ᄂᆡᄶᅩᆺ치니 오냐 너의ᄂᆞᆫ 졍ᄂᆞᆫ 아달일라 ᄒᆞ게 그만 두워라 ᄯᅩ ᄒᆞᆫ 군ᄉᆞ 나셔난듸 이놈 ᄉᆡᆼ긴 거동을 보소 키 젹고 머리 크고 모구눈 빈ᄃᆡ코의 쥐털쉬염 거실리고 옥니을 오도독 오도독 갈며 등잔

〈21-앞〉

심지 도드기만흔 치촉를 드고 발닥 이러셔니 더안이 더소흐되 니 놈의 말은 그 즁의 크계 흐것짜 니놈 져놈 다 드르라 너의는 다 좀놈일다 위국자자 불고가라 옛 그르 일너잇고 남아하필연쳐즈라 양간촌의 노긔인흐소 우리 몸니 군사되야 젼장의 왓다가 공명도 못 이루고 가면 그 안이 원통한가 삼쳑되는 칼노 오흔장의 머리를 뎡그렁 볘혀 들고 본국으로 가셔 부모동싱 일가친쳑 쳐즈식을 반긔 보면 그 안이 상쾌흐냐 다시 우지마라 여러 군사 너달르며 그것 쏠불견 갓잔흐다 너 흔즈도 충신이라 그만 두워라 쏘 흔 군사 너달으며 젹벽강의 빅만군스 쥭긔살긔 결단흔되 평는흔 후의 본국으로 도라가셔 부모 쳐즈 볼고 더고 익고익고 셜운지고 구십당년 늘근 부모 쳘니젼장 날 보너고 날 오긔 바리 젹의 관산말니 원졍인니 일망간사 누첨거날 흐일 평복흐고 고향의 도라가리 익고익고 셜니 우니 쏘 흔 군스 너달러셔 쳔긔즈동으로 망국조 흐나를 부르는듸 부러진 창써 썩써 화살 씨야진 통노긔 들러메고 오며 흔는 말리 황졔 헌원씨

〈21-뒤〉

는 십용간과흐야 후싱를 곤케 흔고 익고익고 셜운지고 쏘 흔 군스 너달르며 업싸 이놈드라 그만 울고 오날 쥭르 일이나 싱각흐여라 어듸겨 무어시 드러오나부다 너 머리쓰시 쑵씻쑵씻흐며 마음이 장이 엇싼흐다 이 말이 지듯마듯 터빅남촌 바라보니 일더장강 칠빅이예 발윤명월 도다올 졔 아미산 갈기마귀 명월을 등지고 강운 발노 차며 양파 허공의 놉피 써셔 이리가며 가옥가옥 졀리가며 가옥가옥 울고 가니 죠죠 듯고 더소흐니 졍옥이 엿즈오되 승상은 일빈일소라 흐여시니 우숨을 엇지 소셥피 우는잇가 죠죠가 이른 말리 월명셩히예 오작이 남비흔 법이 요쥬삼잡의 무지가외라 져 가마귀 남으로 써셔 우리 진즁으로 울고 오니 승젼할 가마구오믹 질겨워셔 우셧노라 유복이 엿즈오더 승상이 당초의 더군을 출스지일흐야거흐와 알니로소이다

조조 듯고 홰을 닉여 칼를 드러 유복의 목을 치니 긔들 아니 원통흔가 잇쳐로 진즁이 살는홀 졔 뜻박긔 동남풍이 이러난니 졍옥이 엿즈오되 승상은 져 바람를 보옵소셔 비시예 동남풍

〈22-앞〉

이 상셔롭지 안이 하여이다 죠죠 가로딕 즁○○○ 말이로다 쳔지음양이 왕닉 슌흔ᄒ여 동지예 일양이 시싱ᄒ니 동지달 동남풍을 엇지 상셔롭지 안이ᄒ리요 일할지시예 죠죠 눈를 드러 바라보니 월식은 고요ᄒ여 부광이 약금ᄒ고 강파 요망ᄒ야 일경쳘이로다 강남으로 오는 빅은 슌풍의 돗슬 달고 나는득긔 드러오니 동작축신군깅원의 쳥산말리 오는 빈가 봉불당한 쑤도여양 듀셔다 되것 공부즈 노푼 도덕 부볼히 오난 빈가 한나라 장건션성 셔역을 치랴 ᄒ고 팔월승사 오는 빈가 역슈흔풍 소소흔듸 실푸다 형가 비슈 빅니탄관 오는 빈가 미지라 산ᄒ지고여 위국지보로다 위문후 겁흔 마음 범범즁유 오는 빈가 져 엇던 비관딕 슈칙을 향ᄒ야 져리 등등 써 오는고 월식이 명여쥬라 발고발근 달비 아릭 쳥용 살펴보니 션두의 꼿지 긔발 션봉딕장 황긔라 두려시 꼿즈거날 죠죠 딕히 이르 말리 공부즈이 날을 위ᄒ야 십만장졸 먹여살일 군량을 싱고오니 쳔우신조이 안이가 졍옥이 엿즈오딕 승상은 질긔시지 마오 굴량션 갓싸

〈22-뒤〉

오면 놉피 써셔 건즁으로 써드러오니 만일 계교 잇싸오면 엇지 당ᄒ오릿가 쏘흔 동남풍이 급ᄒ오니 예방ᄒ옵소셔 죠죠 그졔야 의심ᄒ야 문병 불너 일른 말리 오는 비를 무리치라 문병 쳥령ᄒ고 빅머리예 웃둑 셔셔 커게 웨여흔는 말이 져긔 져 빅 말 물러보즈 니 말리 지듯마듯 부당ᄒ고 활노 쏘니 문병 마즈 써러지고 황긔 화션 이십쳑 거화포셩 긔쳑과 쐬쐬 나발소릭 등둥 딕고 치고 일졔 응셩ᄒ며 번긔갓치 달녀드러 이바 젹벽의 불리야 흔번

을 불 번젹ᄒᆞ니 날리 씰씰 두 번을 불 번젹ᄒᆞ니 강산 뒤눕는 듯 세 번을 불 번젹 ᄒᆞ니 우쥬가 박구는듯 화광이 충쳔ᄒᆞ여 풍셜은 우루룩우루룩 물결은 출넝 젼션 뒤동 돗ᄃᆡ 직근 용청 활ᄃᆡ 노ᄌᆞ 옥ᄃᆡ 위비 삼판다리 조판 힝장막 밉쁫ᄃᆡ며 긔치 펄펄 장막 화젼 퉁노긔며 쇠도리직 반픽 궁젼 거마창 마람 쇠 나발 징 북 쨍긔랑 웡긔렁 졍긔렁 산산이 씌여져서 ○○○ 화렴즁의 파리 흣더질 졔 슈만ᄒᆞᆫ 젼션 간 고시 업고 젹벽강만 뒤 쓰르니 불빗치 닛 갓타니 불상ᄒᆞ다 빅만군ᄉᆞ 날도 쒸도 못ᄒᆞ여셔

〈23-앞〉

창의 질려 활도 맛고 총도 맛고 물리 빠져 불리도 쥭 슘막켜 쥭고 긔마켜 쥭고 낭쩌여 쥭고 눈빠져 쥭고 안져 쥭고 셔셔 쥭고 셔셔 쥭고 자다 쥭고 졸다 쥭고 웃다 쥭고 울다 쥭고 승닉여 쥭고 홰닉여 쥭고 분닉여 쥭고 닷다가 쥭고 용씨다 쥭고 불상이 쥭고 졀통이 쥭고 졀노 쥭고 익고 염마 풀 쒸다 쥭고 날 살리요 웨다 쥭고 ᄃᆡ굴ᄃᆡ굴 궁굴러 쥭고 발 동동 구르다 쥭고 가삼 탕탕 치다 쥭고 머리 쌀쌀 흔들다 쥭고 직담ᄒᆞ다 쥭고 쥭어보너라고 쥭고 아쥬 쥭고 참의로 쥭고 쒸다 쥭고 슌ᄒᆞ계 쥭고 곳계 쥭고 불상케 쥭고 무셥게 쥭고 슝악케 쥭고 너문 손의 쥭을 네 아달놈 업다 ᄒᆞ고 쥬먼이셔 비상 닉여 아드득 씨무러 먹고 쥭고 쥭러도 살갑이나 ᄒᆞ리라 ᄒᆞ고 칼을 쑥 쎄여 드러오는 놈 빈퉁이 쑥 씨르고 졔 목 쑤찌너 쥭고 엇쩌ᄒᆞᆫ 군ᄉᆞ은 빈 션두의 웃둑 셔셔 닷쥴 검쳐잡고 익고 눈임닉 삼ᄃᆡ독ᄌᆞ로소이다 졔발 덕분 날 살리요 복통ᄒᆞ다 쥭고 급살 쳔살 화살 마ᄌᆞ 쥭고 풍파강산 화렴즁의 쌀쌀 흣터질 졔 죠죠 신세 슛빗시요 졍옥이 면상 쑹빗시

〈23-뒤〉

라 허졔은 충를 들고 장요는 화을 들고 일엽소션 어더다가 죠죠을 칩더 티이고 쳔동ᄒᆞᆫ동 달라날져 황긔은 달이여 화렴을 무르씨고 쏫차오며 웨는 말

리 불근 용포 입은 거시 죠죠라 닷지 말고 쉬 죽르라 죠죠가 긔가 막히여 입은 용포 활신 벗고 군ᄉ 졀입 버셔 씨이여라 조홍를 불르며 장말리 비상ᄒ다 부질업시 총 놋타가 화약 쒸여 눈의 드러 몹시도 알림다 날달려 죠죠라 ᄒ난 놈은 졔가 질긔여 조조엿다 나는 죠죠 안인 거셜 참으로 죠죠ᄂ 져긔 간다 잔꾀 빅 긔여 달라날 졔 죠죠 빅계무칙이라 앙쳔탄식ᄒᄂ 말리 쳔망아요 비젼지죄로다 옛날 초픠왕 ᄒᆼ장ᄉ도 날과 갓치 오직 답답ᄒ여실리요 강의셔 ᄌ문ᄉ ᄒ여씰가 이졔ᄂ 할릴 업다 물의 쒸여들나 ᄒ니 장요 급피 달녀들러 철궁의 왜젼을 메게 황긔의 팔를 쏘니 황긔 마자 써러지며 감용아 날 살여라 감용이가 겁를 닉여 나는 듸긔 달녀드러 황긔를 구젼ᄒ여 본진으로 보닐 젹의 죠죠은 황망ᄒ야 쳔방지방 다라나며 좌우을 살펴보니 한당 쥬듸 셔션 졍봉 여러 장슈 합

〈24-앞〉

병ᄒ야 일시예 쏘차오니 니능으로 달라날 졔 여몽 감영 닉달르며 고셩이 여쳔ᄒ니 다르 질노 달라날 졔 틱사ᄌ 육손이 쏘차오니 죠죠 간장이 다 녹는듯 픠군 장ᄒᆸ 모긔 졔우 후병만 방어ᄒ고 창황분쥬 도망ᄒ여 오림산으로 드러가 졔 산쳔은 험쥰ᄒ고 슈목은 창집ᄒ듸 막학의 눈 싸이고 쳔봉의 바람 칠 졔 산과 목실 바이 업고 잉무원학 끈쳐시니 ᄉ가 어이 울야만은 젹벽강의 죽은 군사 원혼조 되야 남무남무 가지마닥 안져 우는 져 ᄉ소릭 죠죠 비양ᄒ다 타향의 죽은 군사 고향니별 멋 ᄒ넌고 귀촉도 불여귀라 안져우는 져 ᄉ소릭 여산군량 쇠진ᄒ니 촌비로략 ᄒ 씩로다 솟텅솟텅 져 흉년ᄉ 빅만군ᄉ ᄌ랑더니 금일 픠군 웬 일인고 입 밧쪽 져 빗쪽ᄉ ᄌ층영웅 간 곳 업고 빅계도싱 씔듸 업다 쐬쏘리 슈루루 져 쐬쏘리 초령듸를 마다 ᄒ고 심산초로 어인 일고 고긔약가 져 가마귀 가련ᄒ다 쥬린장졸 닝병인들 안이 들야 쑥쑥으로 병 풀러라 쑥쑥쑥쑥 져 쑥쑥ᄉ 장요야 말 드러라 네 지혜 어이ᄒ야 화론 어

〈24-뒤〉

이 영경난야 문빙라 살 바다라 푸루룩 쑥짝 져 호반식 황기 호통의 겁을 닉여 벗신 용포 닉가 입엇다 짜옥짜옥 져 짜옥이 불상ᄒᆞ다 나문 장졸 무엇 먹어 살라나랴 쏘 열업신 져 바람미 긔철망의 버셔난다 화병아 우지마라 노구질피 져 종달식 화룡도 바람 부러 복병풍화 미러오다 어셔 가자 져 글리 외식 우는 곳의 겁닌 장졸 갈 소록 쏘ᄒᆞᆫ 지오다 이리 가며 핑동구로 핑동구로 져리 가며 힝쏭거리식 셜만할 졔 할미식 젹벽강 픽ᄒᆞᆫ 장졸 슌금갑옷 엇다두고 살도 맛고 충도 맛고 긔ᄒᆞᆫ 골몰ᄒᆞ니 상ᄒᆞᆫ 곳 독혈로 ᄉᆞ쥬랴 솟텡 빈 고목남긔 올으며 너리며 쏘드락 쏘드락 핑동글륵 각 식소리 불려귀라 죠죠 듯고 탄식ᄒᆞ야 ᄒᆞ는 말리 가이 업다 이닉 신셰 빅만딕병 엇짜 두고 픽군지졸 되얏는고 익고익고 셜운지고 운일다가 쯧박긔 호련이 앙쳔딕소ᄒᆞ니 좌우 졔장 엿ᄌᆞ오되 픽군지장 오는 길의 실푼 신셰 싱각 잔코 무신 일노 우는잇가 죠죠 이르말리 닉 달이 웃는 계 안이라 당시 영웅 공명 주유 지계○○션노라 이 고지 험쥰ᄒᆞ니 일지병마 두워시

〈25-앞〉

면 죠죠 안이라 신조라도 살 슈가 잇건는냐 허허 웃더니 니 말리 지듯마듯 오림산 뒤로 북소릭 텅ᄒᆞ더니 ᄒᆞᆫ 장슈 나온다 져 장슈 거동 보와라 얼골언 형산빅옥 갓고 눈미는 소상강 물결리 이라 금의 등의 쌍용긔린 슌금투고 육화졔모 빅운갑의 청총마의 놉피 안져 좌슈의 청강금 우슈의 모란 진 창 눈 우의 번듯 들고 이놈 죠죠야 날짜길싸 팔난갑이라 비상쳔ᄒᆞ며 뒤직이라 짱의 들짜 네 어딕로 도망할는냐 나는 상산 조운이로다 오날은 너를 잡부야고 이 고딕 복병ᄒᆞ고 오긔를 긔달여씨니 목을 느려 칼을 바들라 호통을 뒤지르며 말을 노와 달리드러 싱문으로 드러와셔 사문의 가 번뜻ᄒᆞ니 장졸의 모가지 츄풍낙엽이라 동장을 얼너 셔장을 치고 남장을 얼너셔 북장을 치고 동의 번듯 ᄒᆞ며 셔의가 번듯 쩽긔렁 베히고 남의 어는ᄒᆞ며 북의가 쩽

그렁 베히고 얼는 파싱문으로 듸히 모와 밥송고리 쎙 차득긔 둑겁이 팔리 집듯 은장도 칼쎄듯 셥푼 슐갑 ᄂᆡ듯 날ᄂᆡᆫ 괴 쥐 잡듯 삼복시 여름날 ᄀᆡ

〈25-뒤〉

치듯 탕탕 쳐드러갈 졔 피 흘너 죽엄의 사라 ᄑᆡ군 장합 모ᄀᆡ 졔우졔우 방어 ᄒᆞ고 ᄯᅩ ᄒᆞᆫ 곳슬 얼는 간다 ᄒᆞᆫ슈의 너룬 물은 이응으로 도라들고 젹쳑산곡 쳥계상의 쌍쌍 ᄇᆡᆨ구 흐리 쎳다 우후졍강 홍을 문노라 져 ᄇᆡᆨ구야 홍요월ᄉᆡ 기 언ᄂᆡ 써요 일강츈슈 ᄂᆡᆸ 평싱을 너는 어이 ᄒᆞᆫ가ᄒᆞ야 범피쳥강 흘리 써셔 오락 승유ᄒᆞ되 나ᄂᆞᆫ 어이 분쥬ᄒᆞ야 일젼봉ᄑᆡ 곤ᄒᆞᆫ 신셰 위국고향 어이 가랴 ᄋᆡ고ᄋᆡ고 셜룬지고 이젼 독촉 ○든 군ᄉᆞ 보병ᄒᆞ야 졔우 살라 근근부지 오난지라 탄식ᄒᆞ야 울은면셔 호로곡을 드러가셔 져진 의복 버셔ᄂᆡ여 놉푼 ᄃᆡ 걸러노코 말질마 ᄡᅧ여ᄂᆡ여 풀으 ᄂᆡ여미고 촌가의 양식 비러 밥을 지웃 지랴할 졔 죠죠 ᄯᅩ 앙쳔ᄃᆡ소ᄒᆞ니 졍옥이 긔가 마켜 네 이 군죨드라 승상 ᄯᅩ 우셧다 무신 복병 잇나부다 여보 승상님 젹벽강의 ᄑᆡ을 보고쳔지두지 도망 ᄒᆞ야 졔우 사라 오심ᄂᆞᆫ듸 무어시 길거워셔 우슘은 원 일이요 죠죠가 홰을 ᄂᆡ여 어 그 놈의 ᄌᆞ식드리 소위 승상인지 만상인지 ᄒᆞ면셔 인사가 ᄀᆡ 아들 놈덜리

〈26-앞〉

로고 우식가 안이 우식가 보와라 용병 모ᄀᆡ ᄒᆞ나식 갈너 쥐고 이 곳ᄃᆡ 복병 ᄒᆞ여씨면 차소위쳘나지망이요 진퇴유곡이라 벗셔날 슈 업건만은 십싱구사 우리 장졸 무사이 살라오니 그 안이 우슈오냐 말이 맛지 못ᄒᆞ여 호로곡 뒤 산의셔 방포 일셩이 쑹 ᄒᆞ던니 복병이 이러난다 한 장슈 나오ᄂᆞᆫ듸 져 장슈 거동보와라 낫신 먹장 지른 듯ᄒᆞ고 제비턱 답박슈염 고리눈 우의 번뜻 들고 우ᄅᆡ 갓탄 소ᄅᆡ을 쳔둥갓치 뒤지르며 이놈 죠죠 닷지 말고 창 바다라 나 ᄂᆞᆫ 탁군 짱의 장비로다 오날 너을 자부야고 이 고듸 복병ᄒᆞ고 셩화직초 지

달려씨니 죽노라 셔워 말고 목을 너리라 ᄒᆞᆫ는 소릐 틱산이 문어진듯 창히가 뒤쓸난듯 죠죠가 넉실 일코 군졸덜언 귀가 먹어 경신이 아득ᄒᆞ야 갈발을 모로고셔 업써진 놈 잡뿌진 놈 죠죠ᄂᆞᆫ 갑옷 벗고 허졔은 창을 녹코 안장 업ᄂᆞᆫ 말 우의셔 장비을 ᄃᆡ젹ᄒᆞ야 쳔방지방 도망타가 미방 미축 유복을 만나 군긔을 탈취ᄒᆞ다 안갑쓴 말안장과 굴네쏫비 쇠도이치 우월 황식증

〈26-뒤〉

ᄌᆞ 졀입 걸낭 녹지가 푸ᄃᆡ며 조총 쳘ᄒᆞᆫ 동긔 화살 화약 화승 도릐송곳 각지 팔지 퉁노긔며 우비 우산 일산이며 장창 ᄒᆞᆫ두 휘젼 편젼 좌마 가미 독써 젼월 부월 호마독과 쳘편 등치 어널두며 나발 징 북 바릐 셰약 고동 쥬릐 젓ᄃᆡ 희젹이며 청홍문 남긔며 사방각의 홀긔 인긔 ᄃᆡ쪄 셔슌 영긔 방픠 등물 ᄃᆡ한고며 군양 군마 슉졍픠 가진 각식 군긔 다 아시고 남문 군ᄉᆞ 거날이고 양유변 다다르니 군ᄉᆞ 등이 엿ᄌᆞ오ᄃᆡ 허창ᄃᆡ로 가시야 하오면 오십이을 도옵고 소로로 화룡도을 질러가자 군ᄉᆞ장졸 엿ᄌᆞ오되 화룡 상상의 연긔가 이러나오니 분명 복병 인나부다 ᄃᆡ노로 가사이다 죠죠가 이르 말이 졍옥 ᄉᆞᆺ이ᄂᆞᆫ 션비로셔 엇지 병셔 모로ᄂᆞᆫ가 병셔의ᄒᆞ여씨되 허직실ᄒᆞ고 실직허라 ᄒᆞ여씨니 공명이 ᄭᅬ를 쑴여 크 질은 복병ᄒᆞ고 화룡 상상의 거짓 연긔을 피여씐니 ᄂᆡ 영웅되고 졔 ᄭᅬ에 돌일손냐 화룡도로 힝군할라 졍옥이 엿ᄌᆞ오되 삼약의 ᄒᆞ여씨되 유능졔강이요 약등졔강이라 약직소자요 강ᄌᆞ은 인자소자라 ᄒᆞ

〈27-앞〉

여씨니 ᄃᆡ노로 가사이다 죠죠 왈 함지사지 이후의 십ᄒᆞ고 치지망지 이후의 존이라 ᄒᆞ여씨니 셩픠를 싱각ᄒᆞ리요 잔말 말고 힝군ᄒᆞ라 졍옥이 엿ᄌᆞ오되 영투지연졍 불투연이라 ᄒᆞ여싸오니 젼후만사가 지혀가 웃쯤이오니 넘어 쌕쌕이, 마옵소셔 죠죠 ᄃᆡ로ᄒᆞ야 어 이놈 망ᄒᆞ엿고 무신 잔말을 ᄒᆞᄂᆞᆫ고 졍옥

이 하릴 업셔셔 화룡도로 ᄒᆡᆼ군ᄒᆞᆯ 졔 좌우산쳔 살펴보니 층암절벽 폭포상의 헐리 구분 져 노송은 풍셜 못 이긔여 허올허올 굼니난듸 쳔슈만슈 눈의 벼려 이화가 핀 듯ᄒᆞ다 ᄒᆡᆼᄌᆞ 젼나무 동ᄇᆡᆨ 울울창창 칩써치고 갈압 능슈버들 가는 길의 덥펴있고 발질의 차닌 돌은 어옴의 빠진ᄂᆞᆫ 소릐 풍노지쳑의 뇌셩이 진동ᄒᆞᄂᆞᆫ 듯 인마도 긔더진 노양 막ᄃᆡ 거더집고 눈비 셕거온난 즁의 산고곡심 험ᄒᆞᆫ 지리 휘여진 잡목두 얼켜 총임 험첨험첨 검쳐잡고 ᄋᆡ고 후유 어이 가리 촉도지난 험ᄒᆞ다 ᄒᆞᆫ들 이에셔 더할손냐 장요 셔황 허졔 등은 뒤을 보와 방어ᄒᆞ고 눈물 흘녀 ᄒᆞᄂᆞᆫ 말리 평ᄉᆡᆼ 소

〈27-뒤〉

약지심ᄒᆞ야 운쥬절능 ᄒᆞᄌᆞ써니 졔불죵심니라 초ᄒᆡᆼ노슉 어린 일고 망칙ᄒᆞᆫ 우리 승상 일빈일소 타시로다 쳔별장이 울고ᄂᆞᆫ다 방낭소둔의 졔우 살라 젹벽오젼 무삼 일고 승상이 망상ᄒᆞ야 쥬식보면 ᄒᆞᆫ사ᄒᆞ고 임사ᄒᆞ면 괴병터니 모사도 허ᄉᆞ되고 장슈도 공슈되여 도시 공슈로다 젼복병의 살라씨나 후복병이 잇거더면 이 일를 어이 ᄒᆞ잔 말고 ᄋᆡ고ᄋᆡ고 셜운지고 파총이 울고난다 변덕실언 우리 승상이 우션 장ᄒᆞᆫ걸 곳치 호령ᄒᆞᆫ들 지친 군ᄉᆞ 원망 업실가 ᄋᆡ고ᄋᆡ고 울며 이 군졸 각ᄉᆞ원귀되야 썩쑤나 초간이 우던이라 젼ᄃᆡ후보하자더니 츙양이ᄌᆞ 부질업고 영슙삼긔 쓸ᄃᆡ 업ᄂᆡ 가련ᄒᆞᆯ쇼 우리 승상 노즁각사 ᄒᆞ것쑤나 긔ᄃᆡ총이 울고 난다 헌원씨 십용간과 후ᄉᆡᆼ 곤커 ᄂᆡ시도다 우리 작ᄃᆡ살 열닐 졔 인긔도 장컨이와 도덕인들 범면할가 가소로온 우리 승상 방통 황ᄀᆡ 쐬슐 듯고 일렵풍진 ᄑᆡ멸ᄒᆞ니 삼긔군ᄃᆡ 졍병군ᄉᆞ 일시 육팔 쥭단말가 남문 군ᄉᆞ 허터

〈28-앞〉

지면 고향의 도라가셔 울리 부모 쳐ᄌᆞ 권속 극진이 ᄃᆡ졉ᄒᆞ련만은 ᄋᆡ고ᄋᆡ고 셜운지고 ᄯᅩ 화병이 우던이라 슈인씨 교인화식 나 ᄒᆞᆫᄌᆞ 먹어씨랴 십병군ᄉᆞ

밥 지야니 퉁노긔 ᄭᅵ야지고 양식 ᄒᆞᆫ줌 반니 업셔 힝즁의 나문 거시 조루박 젹 ᄲᅮᆫ이로다 ᄂᆡ 일신이 긔진ᄒᆞ니 연병구급 어이 ᄒᆞ리 쳘니 젼장의 나올 젹의 공명을 슈이 여겨 금의환향 ᄒᆞ지더니 도외례 일신이 곤케 되니 ᄇᆡᆨ만게교 다 틀이고 고향 가긔 어렵쏘다 ᄋᆡ고ᄋᆡ고 셜운지고 복마군이 우던이라 ᄃᆡ환총 조흔 말게 군긔 연장 다 실은 ᄎᆡ 호로곡의 모도 닐코 말치 쏘만손의 들고 황망이 다라날 졔 다리쏘차 창의 질여 졀쑥졀쑥 다리 졀고 우리 고향 멀고멀러 어이 가리 ᄋᆡ고ᄋᆡ고 셜운지고 범군이 우던이라 환도ᄂᆞᆫ 집만 남고 조총은 알만 빠지고 화약쏘ᄎᆞ 업셔씨니 오쵸연방 어이 하리 우구렁 졀입마ᄌᆞ 일코 졀쑥 건곤 이ᄂᆡ 신셰 어이 가리 우리 고향 ᄋᆡ고ᄋᆡ고 울고나니 죠죠 듯고 긔가 마켜 여바라 ᄂᆡ가 시장ᄒᆞ니 쥬물 좀 올여라 졍옥 엿자오ᄃᆡ 젹벽

〈28-뒤〉

강의 픠를 보고 졔우 목숨 살란난듸 무신 쥬물이 남것소 죠죠 홰을 ᄂᆡ여 아모리 픠군이 되야신들 막걸니 한잔 업단 말니냐 졍옥이 긔가 막켜 이 병 져병 쌀라보니 진합 ᄐᆡ산으로 한 존 슈리 남아거날 엿소 듸이니 빈 ᄇᆡ소긔 슐 ᄒᆞᆫ 잔을 먹ᄶᅥ니 쥬졍을 ᄒᆞ는듸 여보와라 졍옥아 예 ᄂᆡ가 이번 젹벽의셔 픠본 일을 ᄉᆡᆼ각ᄒᆞ니 ᄇᆡ 가소로 놈들께 욕을 잔상이 보와쑤나 져의 근본을 ᄌᆞ셰 드러보와라 유황슉이가 졍산졍용지후예라 ᄒᆞ고 걸ᄂᆡ은 ᄶᅦ드라만은 양산치마젼의셔 밥 먹고 집신 삼아 ᄉᆡᆼᄋᆡᄒᆞ든 궁반이라 너고 나ᄒᆞ고 말이지 져 관공이 그리 ᄃᆡ단ᄒᆞ냐 긔운 잇ᄂᆞᆫ 쳬ᄒᆞ고 사람이야 잘 지르덜라만은 ᄒᆞ동한촌의셔 글릇만 구와 먹든 사람이로구나 걸ᄂᆡ 인심 괴이ᄒᆞ야 불가셩진이라 짓체ᄂᆞᆫ 고사ᄒᆞ고 ᄂᆡ 나이 져의보단 실존장이나 되건만은 엿ᄎᆞᄒᆞ면 죠죠야 ᄐᆡ조야 ᄒᆞ니 슌 ᄀᆡ아들놈드리잇다 말셰가 무도ᄒᆞ더라 ᄂᆡ 일ᄉᆡᆼ 미운 놈은 장비엿다 긔놈 졔 아모리 독ᄒᆞᆫ 쳬 ᄒᆞ여도 탁군

〈29-앞〉

쌍의 졔육장ᄉᆞ구나 근 녀셕의 눈쏠리 살인 여러번 할 놈이라 ᄯᅩ 흉악ᄒᆞᆫ 놈이엿다 상산 조운이 그 놈 벼욱 삼시랑으로 싱긘 놈인지 그 놈 곳 진즁의 들면 왼쎌 군ᄉᆞ 업던구나 우리가 지 말리졔 조운이 션ᄃᆡ를 너가 아넌냐 근 여셕의 가을 누가 알이 상산 돌군역의셔 보듸업시 무도ᄒᆞ계 쑥 불거진 무어시로구나 그러ᄒᆞ여도 놈 싸은 괴로온 놈이엿싸 ᄯᅩ 제갈양이가 실긔이ᄂᆞᆫ 쳬ᄒᆞ고 마리야 바로 ᄒᆞ지 진졍 마은 잘ᄒᆞᄂᆞᆫ이라만은 남양 규즁의셔 밧갈라 먹든 농토산이 무겸두직이로구나 져 져의놈더리 ᄂᆡ 한말 ᄒᆞ면 갓실 엇지 씨건넌냐 졍옥이 엿ᄌᆞ오되 왕후장상이 영유종호와 왕후장상이 씨가 잇씨며 병교ᄌᆞ은 졀련하◯을 ᄒᆞ옵긔예 픠군이 잣씹옵난이다 덕분의 글언 말삼 마르소셔 ᄂᆡ 잘못ᄒᆞ여싸만은 그만두고 남문 군ᄉᆞ 졈고ᄒᆞ여보ᄌᆞ 한 군ᄉᆞ 엿ᄌᆞ오되 졈고할 것 무엇 잇소 손으로 셰올이다 승상 ᄒᆞ나 소졸 ᄒᆞ나 마병 일곱 일이ᄃᆡ장 금군별장 ᄒᆞ나 긔총 두명 집ᄉᆞ ᄒᆞ나 화병 ᄒᆞ나 소군 오 명 초관 ᄒᆞ나 말 ᄒᆞᆫ필 합이면 이십명짐 되오

〈29-뒤〉

니 니것 보고 졈고ᄒᆞ랴시요 죠죠 홰를 ᄂᆡ여 져 놈 ᄂᆡ여 쇼시ᄒᆞ라 여보 승상 드르시요 죠죠 긔가 막커 졍옥아 예 군범리라 ᄒᆞ넌 거시 그럿찬 ᄒᆞ니 두신 곡을 울이여라 졍옥이 분부 듯고 장ᄃᆡ예 놉피 안져 좌슈의 홀긔 들고 우슈의 창를 잡고 군즁의 호령ᄒᆞ되 입바 군졸드라 졈고 불참직 군범으로 참ᄒᆞ리라 명금 이ᄒᆞ의 취티ᄒᆞ오 퉁쾡 찰르읏 나이나노지나노 나발 쐬쐬하니 흣튼 군ᄉᆞ 모와든다 창의 질여 져ᄂᆞᆫ 놈과 불의 데여 눈면 놈과 화살 맛고 우ᄂᆞᆫ 놈과 문노라 한군 살람 ᄒᆞᆫ신 핑월 쥭단 말가 창싱 당무 삼노 보군츙신 다 쥭를가 두워라 젹군이 망ᄒᆞ니 모신이망이라 불여진 창ᄃᆡ 둘너며고 달리 졀고 오난 군ᄉᆞ 알ᄃᆡ 업ᄂᆞᆫ 총집만 드러며고 복통ᄒᆞ며 오난 허졔 장요 갑옷 벗고 칼만 들고 오는 장슈 마병은 마을 일코 화병은 통노긔 일코 슈십졔를

온는 군ᄉᆞ 시물ᄒᆞ나가 되ᄂᆞᆫ고나 죠죠 ᄃᆡ히ᄒᆞ야 남문 군ᄉᆞ 무던ᄒᆞ다 어셔 밧비 호명ᄒᆞ라 군안을 ᄂᆡ여녹코 치여로 졈고할 졔 ᄃᆡ장의 안윤명 물고요 물

〈30-앞〉

고란이 압피 가단 말리냐 두여 온단 마린야 쥭고 업소 죠죠 듯고 앗채 이놈 썩 가거라 어듸을 가오 한나라 급피 가셔 안유명이 살인 물여온으라 승상임 가시오 나 안이 갈ᄂᆞᆫ다 쥭게야 달른 놈은 엇지 쥭르라고 그런 망녕 실은 말삼을 ᄒᆞ시ᄂᆞᆫ잇가 하도 불상ᄒᆞ야 ᄒᆞᄂᆞᆫ 말리라 ᄯᅩ 불너라 청총의 허무젹이 예 허무젹이가 드러가오 투고 버셔 팔의 걸고 갑옷 버셔 둘너메고 다리조차 졀슉졀슉 빈연의 불히병ᄒᆞ니 도라가지 못ᄒᆞ는 군ᄉᆞ 가ᄌᆞ고는 안이ᄒᆞ고 졈고ᄒᆞ긔ᄂᆞᆫ 웬 일리요 마오마오 죠죠 보고 홰을 ᄂᆡ여 이놈 이ᄂᆞᆫ 쳔총의 돌여셔 군례ᄂᆞᆫ 안이 ᄒᆞ고 어연이 드러오니 져놈 ᄂᆡ여 목을 버히여라 허무젹이 엿ᄌᆞ오되 여보 승상임 드러보오 젹벽풍화 요랑ᄒᆞᆫ 졔 살 ᄒᆞᆫ긔 드러오거날 방픽로 살을 막다 방픽 ᄶᅩ이 ᄭᅵ야지며 팔리 마ᄌᆞ 부러지고 다리좃차 창의 질여 살라 씨쎡 업ᄂᆞᆫ이라 어셔 밧비 쥭여쥬면 혼비고향 둥둥 ᄯᅥ셔 긔류든 부모동싱 이졍ᄒᆞ던 쳐ᄌᆞ권속 얼골이나 보랴 ᄒᆞ니 어셔 밧비 쥭여쥬오 죠죠 듯고 망발

〈30-뒤〉

ᄒᆞ되 온냐 우지말라 네 부모가 ᄂᆡ 부모요 ᄂᆡ 가속이 네 가속이라 셜위 말고 거긔 잇ᄊᆞ가 근근도싱 함긔 가자 ᄯᅩ 부르라 파총 금히역이 물고요 잘 쥭엇다 금히역기ᄒᆞ고 무신 웬슈 젓소 원슈진 일리ᄉᆞ 업다만은 그 놈의 일홈이 씰ᄃᆡ 업ᄂᆞᆫ 히역이라 산ᄂᆞᆫ니 어듸을 가도 장취 히역ᄒᆞ면 안이 쥭고 무엇하리 ᄯᅩ 불너라 좌부사 젼초 일긔총의 허풍손니 예 허풍손이가 드러간ᄃᆡ 두 손으로 눈 비비며 ᄋᆡ고 눈이야 쳘이고향 먼먼 길리 눈 압파 어리 가리 사람

일신 정긔 눈의가 드러난듸 갑갑ᄒᆞ야 나 쥭것다 죠죠 듯고 문ᄂᆞᆫ 말리 이놈 눈은 웨 알ᄂᆞᆫ야 업다 그리 ᄒᆞ엿소 도망ᄒᆞ야 다라날 졔 쥬유군ᄉᆞ 닉달라 군즁 낙슈가 무엇신지 낙슈로 눈알을 쏙 쏍너 갓소 두 눈의로 잘 보다가 ᄒᆞᆫ 눈 남어씨니 잘 보니든야 웨이요 쳐음으ᄂᆞᆫ 젹막ᄒᆞ든니 월여이 되오니 그 눈 정긔가 한 판으로 쐬야 졔우 불만ᄒᆞ오 죠죠 허허 웃고 이야 너의들이 눈이 ᄒᆞ도 박다 ᄒᆞᄆᆡ 그 눈 쎄여 날다고 무엇ᄒᆞ계요 오냐 ᄂᆡ 위편 병든 눈과 환ᄆᆡᄒᆞᄌᆞ

〈31-앞〉

여보 졔발 실소 ᄂᆡ 낫슨 코만 남계요 영투지연젹 불투역이라 ᄒᆞ니 ᄆᆡ사를 결리케 하긔예 픽군이 잣삽지요 승상도 당초 낙씨에 치여 눈이 그리 되야스나 놈 군즁의 무삼 낙씨가 있단 말리냐 그계 긔짓슬리라 일후의 전장의 단여도 군기 일홈이나 알어두워라 어보 실소 언의 졔ᄂᆡ할 놈니 전장의 ᄯᅩ 단이단 말리요 니놈 우악ᄒᆞ니 모라ᄂᆡ라 ᄯᅩ 불너라 우부사 우총의 변ᄂᆞᆫ쇠네 변ᄂᆞᆫ쇠가 드러갈 졔 부러진 창ᄶᅥᆨ 두너메고 썩썩진 화살얼 메이고 다리 좃차 절며 운ᄂᆞᆫ 말리 ᄋᆡ고ᄋᆡ고 다리야 쳘니전장 면면 질리 다리 압파 어리갈리 죠죠 듯고 문ᄂᆞᆫ 말리 니놈 다리는 웨 알ᄂᆞᆫ고 업다 그리ᄒᆞ여소 도망ᄒᆞ야 다라날 졔 장판교 지경의셔 장비군ᄉᆞ 쇠도리치 마ᄌᆞ 다리가 다리가 직근 부러질 졔 쳘니고국 가 슈 업셔 ᄋᆡ고 다리야 승상임 말 타시니 승상의 셩ᄒᆞᆫ 다리 하나 ᄲᅧ여쥬오 소장의 병든 다리와 환ᄆᆡᄒᆞᆸ시다 졍 셥셥ᄒᆞ면 슐병이나 쥬리다 죠죠 긔가 ᄆᆡ켜 네 이 밋친놈 모라ᄂᆡ라 뉘가 밋쳐소 광부지언도 셩인이 텩언이라 ᄒᆞ여씨니 이런

〈31-뒤〉

밋친놈의 마리아도 드러씨면 픽군ᄒᆞ오릿가 ᄯᅩ 불너라 ᄯᅩ 초관의 골닝종이예 골닝종이 드러간다 안팟 쉽싸동이 곰빗팔 휘져시며 눈는 상하로 잡아다

리고 입 알나 빗틀러지고 두 귀 먹먹ᄒᆞᆫ 여셕이 몬양 업시 드러간다 죠죠 보고 ᄃᆡ소ᄒᆞ되 허허 그놈 왼 만신이 모도 병신이로고나 업다 이 쥭길 여셕아 엇지 ᄒᆞ다 져리 슝악ᄒᆞ게 되야는냐 병신 골ᄂᆡ동이 엿ᄌᆞ오되 여보 승상 듯쏘시요 젹벽강 급ᄒᆞᆫ 불의 반싱반사 피할 졔 우편 팔은 화살 맛고 좌편 팔 철안 맛고 다리예 창을 맛고 남은 다리 부르 더여 슈족 놀일 가망 업고 일신 운동할 슈 업셔 만일 노변ᄀᆡ사 ᄒᆞ거되면 뉘을 원망하랴시요 죠죠 듯고 군즁의 영을 ᄂᆡ되 여바라 거러찬타 져놈니 왼 만신이 병신이로구나 져놈을 무리 활신 시쳐 가마솟틔 넉코 푹신 고와 양염 갓초와 ᄀᆡ정ᄒᆞ 그릇식 ᄒᆞ야 먹고가ᄌᆞ 골닝종이 귀가 막커 눈를 훌계보며 승상임의 눈쓘역이 글ᄂᆡ 인장식ᄒᆞ게 되야소니 ᄋᆡ 거긔 어듸 맛다 두워라 쏘 불너라 긔ᄃᆡ총의 젼동다리 드러온다 부러진 창ᄯᅴ 쓸면셔 졀

〈32-앞〉

입 버셔 손의 들고 셰발거름 즁ᄯᅴ염의 망신픠 뒤발 밉시 장관 보고 틱견ᄒᆞ며 실영궁 드러가셔 예ᄒᆞ니 죠죠 깜짝 놀ᄂᆡ여 ᄋᆡ고 이놈 장비군ᄉᆞ 안이야 승상임 웨요 뉘가 장비군사란 말리요 허허 그놈 장이 셩ᄒᆞ다 업불사 승상임 말도 윙턱계 나온다 셩하거든 회쳐 잡슈시요 니놈 그겨 웬 말린야 골닝종이 국 쓸여 먹자ᄒᆞ여요 업다 니 미련ᄒᆞᆫ 놈아 약간 남운 군ᄉᆞ더리 팔 부러진 놈 다리 부러진 놈 병신이 무슈ᄒᆞ되 너 혼자 장셩ᄒᆞ긔로 긔특ᄒᆞ야 기련노라 허허 군ᄉᆞ놈더리 도모지 꾀가 업지요 그러셔 병신되지요 너은 엇지 ᄒᆞ는다 조금 알ᄌᆞ 부질업소 ᄉᆞ불여ᄒᆞ면 승상도 그러키 아쥬 쉽지요 ᄂᆡ야 셜마 그러킨난냐 두고보오 별루지 말고 말ᄒᆞ여라 쌈할 ᄯᅢ은 집푼 산틔 속으로 드러슘고 안이 할 ᄯᅢ은 ᄒᆞᆫ 것 갓치 햠긔 가만가만 ᄲᆞᆯ라 단이면 다리 덜 압푸고 쳐치 ᄂᆡ몸 장신이 되고 조치요 네 ᄆᆡ우 씰 군ᄉᆞ로다 여보 힝신ᄒᆞ긔가 어렵찌요 엇지 창의 어복 질여나니 업다 기리ᄒᆞ엿소 도망할 졔 쥬유 군ᄉᆞ 달녀드러 직근 부질너 ᄂᆡ발리긔예

〈32-뒤〉

졔우 쥬워 가지고 오다 팔라셔 술찬 사먹고 돈푼이나 남아거날 푼침 반늘 혼 쌈 사셔 주먼니 너허소 니놈 반늘은 엇지 샷는냐 여보 니놈은 평싱의 젼장의만 단인단 말리요 어셔 우리집 도라가면 기루든 우리 안니 펄젹 쒸여 달여드러 니니 목 덥셕 안고 반갑쏘다 반갑쏘다 쳘이젼장 갓든 낭군 살라오니 반갑쏘다 좌슈로 목을 안고 우슈로 반늘 닐 졔 반늘노 졍픠ᄒᆞ고 만단셜화 다 ᄒᆞ지요 니놈 네 젼장의셔 이른 거나 업는냐 예 이른 거슨 별노 업소만은 디환총 조흔 말계 군연장 실코 오다 말을 도라보니 군마 군긔 업지 그 외예는 별노 이른 것 업소 업다 이 쥭일놈아 젼장의 왼 썰 군연 일코 일은 것 업는 말인냐 말리나 그럭키 ᄒᆞ여야 속이나 덜 상ᄒᆞ지요 어 그놈 싱젼 안이 늘것쑤나 그 말은 엇지 다 ᄒᆞ여는냐 말 다 팔아 먹어소 그놈 도젹놈니로다 날더러 판단 말도 안이 ᄒᆞ고 네것 팔 듯 판단 말인냐 갑신 엇지 밧다는냐 뭇더고 셔푼 밧고 팔라소 이 쥭일놈아 나 타고 갈 것 업시 다 팔라단 말인냐 걱졍 마오 셜마 승상임이야 거러 가올릿가 남무 잇

〈33-앞〉

싸오니 지게 ᄒᆞ나 맛초와셔 지게예 지고 여러 놈이 번갈나 지고 가면 다리도 덜 압푸고 질○ 붓지요 업다 그 놈들 송장으로 아는구나 쏘 불너라 울동쇠 울고 드러온디 이고 문이야 이고 문이야 무슨 문이야 쳔도문 엄동셜혼의 육화문 셔울한가 셩화문 양양 원낭의 여슈문 만혹쳔봉의 독폐문이야 고긔이 최션문인냐 거긔는 당찬한문이요 황문이 압파 못살것소 이놈 웨 황문은 알는냐 업다 그리하여소 한나라의 눈큰 장ᄉᆞ가 네 그놈 살썰리 조흔이 심심한 짐의 ᄒᆞᆫ 판 ᄒᆞᄌᆞᄒᆞ고 달녀드러 바로 살쏭군역으로 듸려 모셔노니 쏙 쥭글듯 ᄒᆞ되 힝여 목숨이나 살가 ᄒᆞ고 쥭ᄌᆞ ᄒᆞ고 ᄒᆞᆫ 판을 차마써니 니소문이 엇지 낫던지 뭇군ᄉᆞ 놈들이 달녀드러 굴디 쑤시듯 ᄒᆞ야노니 물만 먹어도 것칠 것업시 쥬루룩쥬루룩 나오고 슘를 쉬여도 즁간의 상하로 통ᄒᆞ

니 엇지 사오릿가 그놈 쎽니 안이고 동쥴노 씨앗 시귀실텃 아조 실러수나 거긔 조흔 약이 잇다 마자병 두워통 어더다가 밋궁긔을 데려넉코 철장ᄯᅢ로 쑥쑥 쑤시여넉코 잇시면 쉬 ᄆᆡᆨ키이라 약은

〈33-뒤〉

심사업시 측실리 가릇치요 아마도 승상임이 만이 그라여 보앗소 또 불너라 장노야 활 드러라 장노 울며 엿ᄌᆞ오되 활즁의 활 싱각 흑각 십여장이 남아더니 좀통도 다 터지고 우금쌜도 이러나고 쏠 슈가 업삽긔예 고향으로 도라가셔 임굽 푸션심이나 ᄒᆞ야 먹고 쓴은 쌈지쓴이나 ᄒᆞ랴 ᄒᆞ고 가져 왓소야 날다고 무엇하계요 ᄂᆡ 쥼치쓴이나 ᄒᆞᄌᆞ 장이 약른 말리요 문병아 살 ᄃᆡ러라 문병 울며 엿ᄌᆞ오되 편젼 졍영간은 ᄃᆡ며긔츄 약간 남문 살리 옷도 씨여지고 상사목도 탁 터지고 축 빠지고 짓 쩌러지니 그것 갓다 무엇ᄒᆞ랴시요 ᄋᆡ고ᄋᆡ고 셜운지고 조연명아 총 드려라 조연명이 울고 온다 금ᄌᆞᄇᆡᆨ이 왜물 좃총 ᄃᆡ환고며 화젼 화심 구약통 남날긔며 ᄃᆡ철 즁철 씰ᄃᆡ업고 ᄀᆡ머리도 간ᄃᆡ 업고 방ᄋᆡ쇠도 불러지고 다만 남문거시 철란 한 ᄀᆡ 남어거든 ᄐᆡ눈의 붓칠나고 가져왓소 모라ᄂᆡ고 또 불너라 군양지기 헝방이 드러온다 괴불만ᄒᆞᆫ ᄌᆞ루여다 양식 ᄒᆞᆫ 쥼식 너셔 담비 쏙지예 홰홰 ᄂᆡ두르며 긔운업시 드러오며 예ᄒᆞ니 구량이 얼ᄆᆡ나 남어ᄂᆞᆫ냐 셕이요 셕니란

〈34-앞〉

니 쳔셕인냐 ᄇᆡᆨ셕인냐 일빈공셕이요 죠죠 듯고 긔가 막커 업다 이놈아 ᄇᆡᆨ만ᄃᆡ병 먹를 군량비단니 홰을 ᄂᆡ여 여보 뉘 여셕이 다 팔라 먹어소 ᄇᆡᆨ만ᄃᆡ병 먹일 졔 뉘 것 가지고 먹려씨며 젹벽강의 ᄃᆡ젼할 졔 억만셕 만한 구량다 소화ᄒᆞ고 황ᄀᆡ 불를 만나 화렴이 창쳔할 졔 억만셕 만ᄒᆞᆫ 군량 일시예 소화ᄒᆞ니 ᄂᆡᆫ들 엇지 홀리잇가 ᄉᆞ싱간의 통촉ᄒᆞ오 쥬먼이셔 쌀 셔 홉을 ᄂᆡ여노코 철이젼장 나올 젹의 목젼 ᄉᆡ친 셜육 힝여 싱남ᄒᆞ여씨면 맘죽 쌀이나

하랴 ᄒᆞ고 십십봉지 지여쩌니 ᄃᆡ소간의 건지지여 승상이나 잡슈시요 죠죠 듯고 ᄃᆡ로ᄒᆞ야 일포식도 지슈란니 어셔 급피 밥 지여라 화병 퉁노긔 드러라 예 ᄒᆞ더니 쥼치 쓰르더니 손바닥만ᄒᆞᆫ 쇳쏫 ᄒᆞ나를 ᄂᆡ여쥬며 옛소 퉁노긔 이놈 그게 퉁노긔란 말인냐 여보 승상임 망영 실은 말삼 마오 오림셔 도망홀 졔 ᄒᆞᆫ병을 맛나 쥭이랴고 ᄒᆞ옵긔예 ᄂᆡ가 죠죠군ᄉᆞ 안이요 ᄒᆞᆫ직 달여들어 쑤잡아 던지셔 통노긔는 뉘 퉁노긔냐 셔촌장ᄉᆞ 퉁노긔요 ᄒᆞ니 죠죠 퉁노긔 안인냐 뉘 난장의 아달리 이 시졀의 죠죠 퉁

〈34-뒤〉

노기 지고 단이요 ᄒᆞ니 어듸 보ᄌᆞ 보인직 엇뜬 졔미를 붓털 놈이 퉁노기 복판의다 위날라 위ᄌᆞ 쎠썬지요 잉고 이놈아 죠죠군ᄉᆞ로구나 ᄒᆞ더니 와락 달여드러 철퇴로 퉁노긔을 싹 쳐노니 쏘각쏘각 ᄭᅵ여지긔예 잉면 ᄶᅵ나 버실랴고 ᄒᆞᆫ 쪽을 졔우 쥬셔왓소 죠죠 밧튼 말ᄒᆞ야 야 그것 날 다고 무엇하계요 나 갓다 숙갈락 입피나 갈ᄌᆞ구나 살입의는 잉젼온 말삼이요 그놈야 어셔 밥 지여라 예 ᄒᆞ고 ᄭᅵ진 퉁노긔을 밥쌀을 다 ᄲᅡᆯ라ᄂᆡ코 밥을 지를 젹의 부슈치랴 ᄒᆞ니 젹벽강물의 짓시 져져셔 무리 쳐도 안이 ᄇᆡᆨ니넌구나 화병 예 진지 엇지 되야는야 불 살낫소 화병 예 진지 엇지 되야난냐 그 졔미을 붓틀 놈이 ᄃᆡ상의셔 아무 분부 업는듸 공연이 즁간의셔 그리들 ᄂᆡ는듸 밥 넘소 화병 예 진지 엇지 되야는냐 상 놋소 화병 예 진지 엇지 되야는냐 예 상 듸리요 잉고 다시 멋말 안남아구나 화병예 진지 올여라 듸려가오 잉고 답답 멋말 안남아구나 화병예 진지 오리여라 예 듸려가오 말 ᄒᆞᆫ나 박긔 안이 남아구나 화병예 진지 올여라

〈35-앞〉

화병이 알외되 말할 놈 업시 ᄒᆞ긔예 여보 밥물을 넘려 부셔쩌니 밥무리 넘어 불리다 ᄴᅧ졋소 화병 잡아듸려라 예이 ᄒᆞ고 화병의 ᄉᆞᆺ초상토 홰홰 친친

감아쥬고 썰러올 제 니놈 잡피여 오면셔 부슈을 탁탁 치니 엇지 하다가 한방이 박여고나 엿소 부리 인ᄌᆞ 박엿소 글ᄒᆞ면 어셔 진지 지여라 퉁노긔 걸고 ᄒᆞᆫ창 바글바글 썰를 젹의 뜻박긔 방포일셩이 퉁ᄒᆞ니 죠죠 깜작 놀너여 ᄋᆡ고 졍옥아 예 이계 웬 총소린냐 졍옥이 엿ᄌᆞ오되 승긔포ᄒᆞ고 즉 뇌고ᄒᆞ고 함셩이 놉파씨니 아마 복병인가부 죠죠 일로 말리 긔은 네가 몰은다 이 집푼 산즁의 노루 사심 잡는 불소리로다 또 ᄒᆞᆫ 방이 퉁ᄒᆞ니 분명 복병인가 십푸오니 어셔 밧비 도망ᄒᆞ옵소셔 이 집푼 산즁의 포슈 ᄒᆞᄌᆞ 단일 슈 잇는냐 응포ᄒᆞ는 솔리로다 이윽ᄒᆞ더니 나발소리 뙤뙤ᄒᆞ니 졍옥이 질식ᄒᆞ야 이계 웬 나발 소리요 그게 나발 소리 안이라 어미 썬 송아치 소리로다 북소리 둥둥 난니 북소리 슈상ᄒᆞ오 죠죠 이른 말리 너는 너

〈35-뒤〉

며 ᄒᆞ는구나 약간 남문 군ᄉᆞ 일촌간장 다 녹인다 이산 명산이라 졀의셔 고양마지 북소리로다 말리 맛지 못ᄒᆞ야 좌편의셔도 퉁 위편의셔도 탕 후면의셔 탕 안산의셔도 화당탕 화룡산봉 머리예셔 곳초긔가 쥐젹쥐젹하면셔 화룡산상이 뒤글는듯 ᄒᆞ니 급ᄒᆞᆫ 복병이 ᄀᆡ발ᄒᆞ야 쳥낭갓치 이러날 제 물결갓치 드러온다 죠죠 보고 ᄃᆡ겁ᄒᆞ야 ᄃᆡ장긔치 바라보니 진홍장단 비덤의다 황금ᄃᆡᄌᆞ로 ᄒᆞᆫ슈졍후 관공이라 두려시 씨여거날 죠죠 보고 긔가 막키혀 여바라 졍옥아 ᄂᆡ가 똥이 마락쏘나 ᄂᆡ 말타고 ᄂᆡ 투고 씨고 ᄂᆡ 갑옷 입고 여긔 조금 셧씨면 ᄂᆡ 이 너머 가 똥 잠간 누고 오마 알나차 누긔을 ᄃᆡ신으로 죽일나고 글언 말삼 ᄒᆞ신는잇가 ᄋᆡ고 그러ᄒᆞ면 엇지 ᄒᆞᆯ거나 올타 꾀가 잇다 나 쥭어다 ᄒᆞ고 반뜻시 뉘히고 혼이불노 덥퍼놋코 군ᄉᆞ장조리 머리 풀고 안져 우되 불상ᄒᆞ다 우리 승상 쳘이젼장 나와ᄶᅡ가 공명도 못 이루고 ᄀᆡᆨ사 진즁 불상ᄒᆞ다 ᄋᆡ고ᄋᆡ고 울거더면 인후ᄒᆞ신 관공

〈36-앞〉

임 불상타 퇴진커던 혼이불 써들고 쥐긔듯 쌜쌜 긔여 가자 정옥이 엿ᄌᆞ오되 관공은 만고명장이라 나는 장슈의 목 비긔도 츄풍낙엽갓치 허넌듸 죽은 장슈 목 비긔을 기탄을 ᄒᆞ오릿가 젼일 후디ᄒᆞ엿씨오니 급피 극진 비러 보옵소셔 죠죠 ᄒᆞ는 말리 빌 마음도 잇다만은 윈 쳔ᄒᆞ이 날더러 영웅이라 ᄒᆞ는듸 빌긔가 안이 여ᄎᆞ혼야 네가 ᄂᆡ 디로 비러보와라 승상과 소장을 모로것소 그져 꾀 씨지 말고 지셩으로 비러보 관공은 의긔 장ᄒᆞᆫ미 힝여 살라도 잇씩 죠죠 탄식ᄒᆞ되 지자쳔여의 필유일실이라 큰질노 갓던면 조흘 거실 ᄂᆡ 꾀예 ᄂᆡ 속이엿다 공논이 다다할 졔 관공 호령ᄒᆞ되 좌위 복병 긔츌오의긔 영합이라 즁군 노병의 금응ᄒᆞ고 옛일노 병 금이라 일지취티ᄒᆞ라 틍쌍꾀꾀 나니나노 도부슈 오빅병이 일시예 ᄂᆡ달나셔 좌우로 둘너씨니 비조라도 죠죠 ᄒᆞ릴 업셔 관공 압피 빌랴ᄒᆞ고 투고 버셔 쌍의 녹코 갑옷 버셔 두너메고 한셔 써셔 손의 두 손 합장 예읍ᄒᆞ며 복통셩으로 비는 마리 장군 이별 슈년 간의 긔졔

〈36-뒤〉

알영ᄒᆞ신잇가 사람의 즁ᄒᆞᆫ 목슘 ᄒᆞ날님게 잇거이와 금일은 소장의 진ᄒᆞᆫ 목슘이 군젼의 잇싸오니 옛날 졍을 싱각ᄒᆞ야 특별 용셔ᄒᆞ옵소셔 관공이 ᄃᆡ로ᄒᆞ야 입바 조승상아 그ᄃᆡ가턴 쥐몸이 사히의 분분ᄒᆞ야 빅셩들 요란ᄒᆞ니 구쳔 원망ᄒᆞ는지라 영쳔이 소소커던 산즁의 집피든 봄마음이 오직ᄒᆞ야 ᄂᆡ가 그ᄃᆡ 잡부랴고 이 곳듸 복병ᄒᆞ고 오긔 지달녀씨니 즌말 말고 목를 느리여 ᄂᆡ 칼을 바드라 죠죠 질식ᄒᆞ야 졍신업시 엿ᄌᆞ오되 어보 장군 듯조시요 장군을 이별후의 난신젹ᄌᆞ멀리 물 미덧 이러난니 쳔ᄌᆞ의 명을 밧다 장졸을 거눌리고 젼장의 나왓싸가 젹벽강의 픠을 보고 목슘도싱 오난 길의 장군을 만나오니 반가온 중 무셥쏘다 져만치 물너셔오 관공이 일른 말리 나의 운슈 불길ᄒᆞ면 그ᄃᆡ 나라의 갓씰 써예 빅마진 만군즁의 원소의 알양문초 그

롱쌍범ᄒᆞ니 그ᄃᆡ 나라 슈하 장졸 업시 다 긔막커 놀ᄂᆡ거날 일검 부여잡고 전장의 나갈 졔 그ᄃᆡ 손으로

〈37-앞〉

잔을 부어 날을 먹리라 권ᄒᆞ거날 일공이 업씨니 젼의 슐 먹긔든 ᄉᆡᆼ각이 먹젼 한 칼 삿텨 문초을 베히여 들고 그ᄃᆡ 진즁으로 드러가니 더운 슐리 식짠ᄒᆞ미 장졸리 ᄃᆡ경ᄒᆞ야 일씨예 도망할 졔 벽산도 오쳔니을 일젼의 아셔쥬고 쵸션은 요물이라 만일 그져 두엇써면 그ᄃᆡ 나라 망할 쥴을 모로시고 금은 옥빅 별궁의 다 발리고 낭피필젼ᄒᆞ야 고향의로 와싸오니 잔말 말고 칼 바드라 죠죠 질식ᄒᆞ야 한 말삼만 알로이다 장군의 타신 말도 소장의 말이옵고 장군의 씨는 청용도도 소장의 칼 되오니 졔 칼노 져 죽긔는 원통ᄒᆞ오 장군은 고셔을 안이 보와 계신잇가 옛졔 셩덕 쥬문왕도 빅이 슉졔 살여잇고 관ᄃᆡ한 ᄐᆡ조도 진왕 ᄌᆞ영 살여ᄂᆡ고 만고병션 한신이도 이좌걸을 살여잇고 오픠예 졔ᄒᆞᆫ고로 도관니을 살여씨오니 장군 쏘ᄒᆞᆫ 어진 셩덕으로 소장을 살리시면 후일 상봉 질고질어 만졔형복 ᄒᆞ오리다 관공은 만고명장이라 죠죠 노와 보닐 마음 심즁의 간졀ᄒᆞ야 그ᄃᆡ 잡부로 오든 장슈 오졔 ᄂᆡ덕 보ᄂᆡ긔예 ᄂᆡ가 군

〈37-뒤〉

법 다짐 두고 자청ᄒᆞ야 왓싸오니 ᄂᆡ 안이 답답ᄒᆞᆫ가 죠죠 울며 엿ᄌᆞ오되 현덕군 공명씨가 소장갓던 인싱이야 안이 잡아간들 무신 참치할오릿가 졔발 덕분 살여쥬오 공관 어진 마음 ᄋᆡ연ᄒᆞ야 차물이라 관공이 소ᄆᆡ로 채면ᄒᆞ고 원산만 바라보니 쥬창이 달여드러 어보 장군 듯쏘시오 옛일을 모로잇가 강동의 모진 범이 홍문년 ᄃᆡ연시예 픠공을 안 죽이고 쥬야 십칠여젼의 승부를 미결ᄒᆞᆯ 졔 오강풍낭의 황야만풍 소실ᄒᆞ니 경긔무간 일식빅니라 그도 장군 모로시요 ᄂᆡ가 죠죠 죽이리라 와락 쑤여 달녀드러 죠죠의 멱쌀리을 잡

고 벌셰 쥭일 조승상을 잇써가지 살여두니 잔말리 비상ᄒᆞ다 여보 장군 청용도 일리 쥬오 쥐갓튼 죠죠 목을 ᄂᆡ 솜씨로 베오리다 죠죠가 넉실 일코 졔발 덕분 비ᄂᆞᆫ 마리 여보 쥬싱원임 그게 무신 말삼이오 말삼도 그리 박ᄒᆞ계 ᄒᆞᆫ는잇가 쥬싱원 ᄂᆡ 나라 와씰 졔 엇지 후ᄃᆡᄒᆞ더닛가 썩쌀씬셩 방인니 죠죠 쥭고 살기ᄂᆞᆫ 쥬싱원게 달녀신니

〈38-앞〉

졔발 덕분 살여쥬오 인후ᄒᆞᆫ신 마음으로 사람의 즁ᄒᆞᆫ 목숨을 슈박쏙지 도리듯 짐작골노 베라시요 여보 관공임 소장 잔명 살여쥬오 잇ᄯᅢ 죠죠 졔장덜리 일시예 복지ᄒᆞ야 관공젼의 비난 말리 살여쥬오 우리 승상 살여쥬오 쳘니젼장 나왓다 공명도 못 이루고 빅만군졸 몰사ᄒᆞ고 졔우 사라오는 승상 덕분의 살여쥬오 승상 목슘 살여쥬오 소졸 목슘 모도 쥭여쥬오 쳬량이 비ᄂᆞᆫ 소릭 관공이 비감ᄒᆞ야 홀기을 놉피 들고 장졸을 불너 분부ᄒᆞ되 긔 뉘고 말 셕돌여 가는ᄃᆡ로 발여두라 죠죠가 영 듯고 쳔동ᄒᆞᆫ동 다라날 졔 관공 졔장 엿ᄌᆞ오되 장군임 여긔 오실 ᄯᅢ예 굴령 다짐ᄒᆞ여씨니 신야로 도라가셔 션싱 무르시면 무삼 말삼 할라시요 관공 분부ᄒᆞ되 군즁은 문장군영이요 불문쳔ᄌᆞ지죄라 ᄂᆡ 영 막ᄂᆞᆫ ᄌᆞ는 불문직 참하리라 퇴 징을 징징 치니 잇ᄯᅢ예 죠죠난 상임노상 조분 질노 졍쳐업시 다라날 졔 뜻박긔 장셩 ᄒᆞ나이 셧거날

〈38-뒤〉

죠죠 장셩 보고 깜짝 놀ᄂᆡ여 ᄋᆡ고 졍옥아 져것 보와라 관공임 ᄯᅩ 와 션나부다 졍옥이 엿ᄌᆞ오되 그게 관공이 안이라 장셩이요 조조 더욱 ᄃᆡ경ᄒᆞ야 장셩이란니 장비와 ᄒᆞᆫ 항열이냐 졍옥이 다시 엿ᄌᆞ오되 화룡도 지경 장셩이로소이다 글러면 장셩 잡아드리라 좌우 나졸 달녀드러 장셩을 쎄여들고 잡아드엿소 조조 분부ᄒᆞ되 삼등 너의 놈니 화룡도 장셩으로 송목장거용ᄒᆞ야 쥬

안봉목 삼갓슈로 이바 산벽소로 하의 존공디군 힝차시예 언영불빅ᄒᆞ니 극결죄상은 만ᄉᆞ무셕이라 군문소시하라 죠죠가 영을 닉여녹코 슈잔이나 먹은 짐의 눈을 잠관 감아써니 장셩 혼령이 비몽간의 셜룬 원졍을 알외것다 텬고초의 쳔황씨은 목덕으로 인군ᄒᆞᄉᆞ 지황씨 초목 무셩ᄒᆞ야 유소씨 긔이시고 실농씨 후의 짝짝 비계닉여 짜부 만드시니 유조흔가 남긔안이 진나라 강담남무 남무 절무별고이 커셔 셔박니 슈미ᄒᆞ니

〈39-앞〉

그 안이 거룩ᄒᆞ며 율목은 어이ᄒᆞ야 종묘사당 모셔씨며 셕상의 져 오동은 어이 그리 팔ᄌᆞ 조와 남훈젼 순임군의 티평금 되아씨며 빗 조흔 져 송목은 분벽사창 고은 방의 긔겨슈리 삼층장농과 쐐상문갑 되야씨며 궐이예 단항목과 일츌부상 월즁계슈 팔ᄌᆞ만 다 조컨만은 닉 평싱 원ᄒᆞ올가 가진 치식 청황용의 디들보와 하동소비 남포운의 동왕각 상지동 니슈즁분 빅노쥬의 봉황디 지여잇고 건곤일월 악양누 풍월션판 동졍 청풍명월 ᄯᅩ 씩 그 몸 되긔 원일넌니 그도져도 못되고 이몸이 공산청목으로 잘라 그져 늘거 벅공을 의지ᄒᆞ야 한시사졀 함춘식의 음슈도화 십일홍이요 닉 안이흔가 익달을소 닉 몸이 남무즁의 젼무되며 무경흔 셔상인 문방장 부졀젼의 모로고 든는 낫 져 돗치 볘여 쌍쌍 가지 치고 웃동 갈디 방쳔말과 작두밧탕 지게작디 송장지계 마파이며 다 만들고 남문 원체 디광판이나 원일넌니 그도 다 못

〈39-뒤〉

되고겨 병든 팔이 붓듯 지우 목슈 톱 자구의 병연ᄒᆞ여 먹쥴 맛치여 각각 식여 만들기을 홍즁디도 쥬토나시 팔ᄌᆞ업는 사모쌜과 긔틀슈염 슘각슈을 아리턱의 썩붓쳐 홍즁 그를 씨되 쳔ᄒᆞ디장군이라 두려시 식여 잇고 뇌셩벽역 풍우셩의 풍마우십 다 셕의며 오고 가는 거릐 힝인 심니 오리 분간ᄒᆞ여 잇슈나 알게ᄒᆞ고 외로이 홀로 셔셔 밤나지로 운일더니 금일 승상 힝차시예

언연 불비거죄는 착슈는면이요 닉 입이 잇셔 말ᄒᆞ며 발리 잇셔 도망할가 역불급으로 오도가도 못ᄒᆞ고 져 이지경이 되야씨니 승상은 싱각ᄒᆞ와 십분 통촉 ᄒᆞ옵소여 원졍을 알외거날 죠죠 그졔야 잠을 씌여 장셩 불너 분부ᄒᆞ되 풍황지목의로 무지공산지쥬라 ᄒᆞ니 특위방송ᄒᆞ노라 장셩을 무리치고 군ᄉᆞ더리 일희일비ᄒᆞ는 말리 쳘니전장의 픽을 보고 거의 쥭계 되야더니 고향으로 도라가니 질겁긔 칭양업다 어셔 부모동싱 쳐ᄌᆞ권속 반긔 상딕ᄒᆞ여

〈40-앞〉

볼고 노릭ᄒᆞ며 도라가졔 잇ᄯᆡ 관공임은 본진으로 도라와셔 현쥬젼의 북진ᄒᆞ니 공명션싱 거동 보소 팔각윤건 비우션의 장딕예 놉피 안져 승젼곡을 울이면셔 군ᄉᆞ을 호궤할 졔 관공의 픽문 보고 죠죠을 잡어온다 관공이 엿ᄌᆞ오되 소장 지조 부족ᄒᆞ야 목을 못 비여 왓는이다 거두워 쥰 위국 죠죠 인졍으로 노왓씨니 쳐음 다짐딕로 관공을 닉여비라 쇠사실로 목을 걸러 원문 박긔 나갈 져의 현덕군이 이른 말리 삼형졔 동원결사 사졍불피 ᄒᆞ야씨니 짐도 ᄯᅩᄒᆞᆫ 미칠이리다 션싱은 분을 참르시고 문장긔 과ᄒᆞ야ᄊᆞ가 일후 무신공을 일우거든 이 죄을 삭ᄒᆞ옵소셔 공명이 마지 못ᄒᆞ난 쳬 ᄒᆞ고 용셔ᄒᆞ더라

이 칙을 머더 둔필노 속속키 등셔ᄒᆞ긔로 오셔낙ᄌᆞ을 만니 ᄒᆞ여시니 무론 상하노소ᄒᆞ고 웃지 말고 눌너보압

歲在 壬寅 元月 湖南 高山 西面 長洞 書 冊主 李

김종철 소장 44장본 〈赤壁歌 華容道〉

표지에 '赤壁歌 華容道'라 되어 있으며, 뒷면에 '大韓 光武 九年 乙巳 二月'이라는 간기(刊記)로 보아 1905년 필사된 것으로 보인다. 크기는 가로 17cm×세로 19cm이고 한 면은 10행이며, 곳곳이 한문으로 쓰여진 국한 혼용 필사본이다. 2장의 뒤에 '三國時節 南陽先生 奇妙神術은 古今의 無雙일너라'와, 마지막 장에 '右 此 일편은 都是 臥龍先生의 接神使鬼 呼風喚雨 夻大夻也 周易八卦 六도三약지 正術을 ᄃᆡ강 기록ᄒᆞᆫ 일리라' 라는 필사기(筆寫記)는 공명 중심의 사건 전개가 이루어지고 있음을 밝히고 있다. 앞부분에서 필사하다가 다시 시작하여 한 장이 중복되고 있다. 첫 장면이 '용강산하의 와룡선생 놉흔 일홈 상비관즁 악의 하단 말을 포문ᄒᆞ고 至誠으로 차져갈 제'로 시작된다. 이 본은 연세대 소장 낙장 27장본 〈젹벽가〉와 유사하게 전개된다. 그러나 연세대본은 한시(漢詩)나 한문장(漢文章)을 풀어서 설명하고 있으나 이 본은 한자식 표현을 그대로 쓰고 있다. 또한 창으로 불릴 수 있는 대목에서 내용이 다르게 전개된다. 군사설움사설 앞의 '앗ᄎᆞ 말리 쎠져 이가 훗낫다' 등의 부분이나, 군사설움사설의 순서가 연대본과 다르다. 연대본에 비해 장승사설 부분이 확장되어 있다. 일반적인 창본이 화용도 장면에서 끝을 맺는 데 비해 이 본에서는 장수를 보내 형주와 서천 등 요지(要地)를 지키게 하고, 노숙이 찾아와 조조를 잡지 못해 미안해하는 장면으로 마무리를 하고 있다.

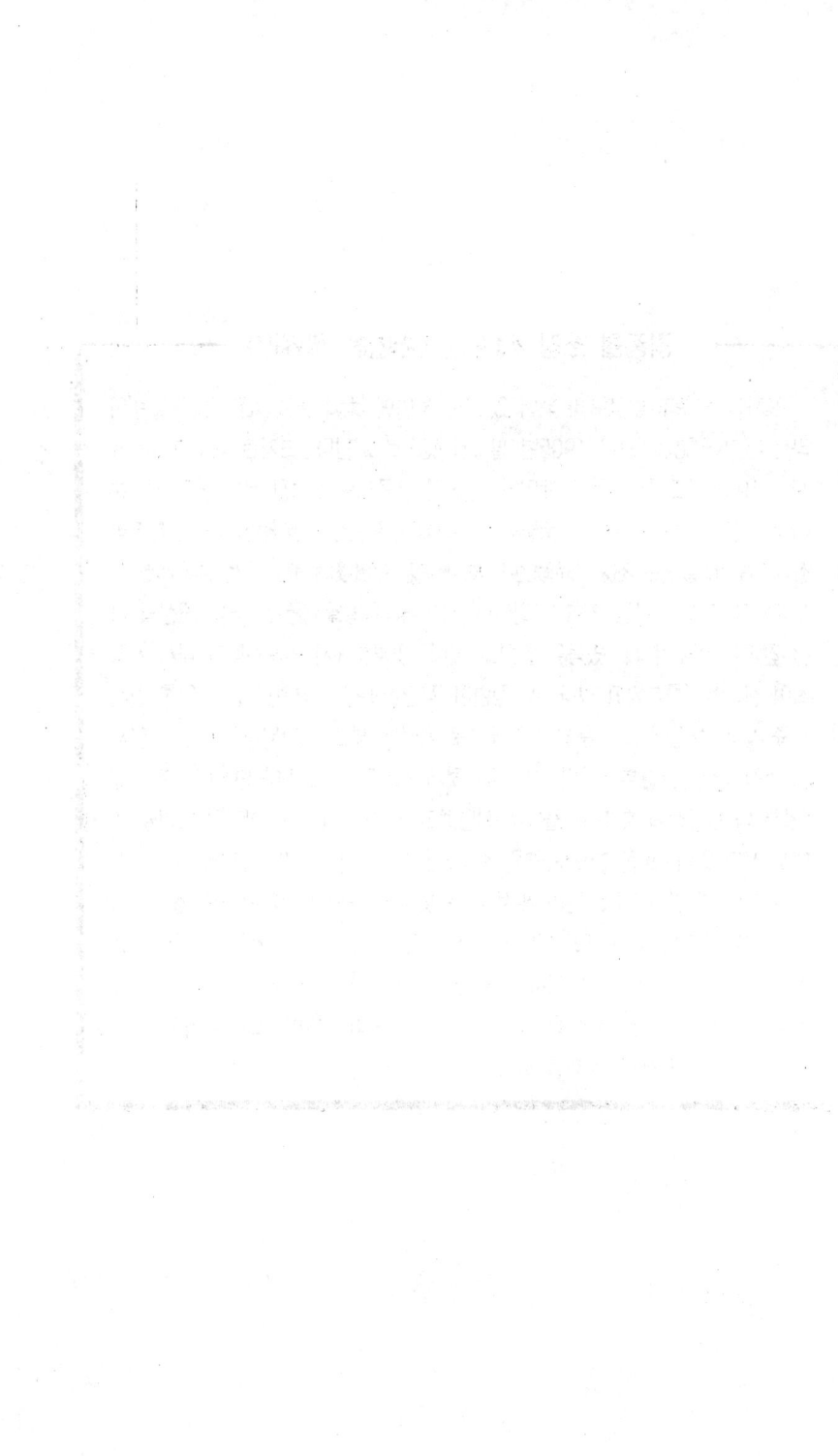

김종철 소장 44장본 〈赤壁歌 華容道〉

〈표지〉

赤壁歌 華容道

〈1-앞〉

화롱도 단이라

룡강 산하의 화룡선생 놉푼 일홈 샹비 관즁 악의 하단 말을 포문ᄒᆞ고 지셩으로 차져갈 졔 거름 조흔 젹여마을 은안슈 보화금 유의 산호치을 놉피 들러 뚜덕뚜덕 밧비 갈 졔 유관장 삼장의 거동 볼작시면 긔샹이 늠늠ᄒᆞ야 단산 밍호 바람 압히 날름듯 만승쳔ᄌᆞ 게 뉘련가 졈졈 ○ 드려가며 사방 산쳔을 살펴보니 산명 슈려 조흔 고ᄃᆡ 산은 쳡쳡 ○지지 물은 츌넝 ○○○ ○○ ○○ ○○○○

〈1-뒤〉

○○○○ ○○○○ ○○○○ ○너난듸 경긔도 졀승ᄒᆞ니 어이 안이 장할소야 시유 十月이요 셔속 三冬이라 황국 寒梅 영롱하고 창松綠竹은 울울한듸 빅셜은 드날이고 谷風은 습습ᄒᆞ다 쳔산죠비졀ᄒᆞ고 만경의 인젹멸ᄒᆞ니 흐르ᄂᆞᆫ 물의 독됴ᄒᆞᄂᆞᆫ 빅밧용은 연사월입 슉여쓰고 낙시ᄃᆡ 숀의 들고 빅구 심밍ᄒᆞᄂᆞᆫ 양은 한지ᄒᆞ기 그지 읍다 위슈강이 녀긔넌가 문왕의

〈2-앞〉

화룡도 단니라

용강산하의 와룡선싱 놉푼 일홈 상비 관즁 악의 하단 말을 포문ᄒᆞ고 至誠

으로 차져갈 졔 거름 조흔 젹너마을 은안슈 보화금 유의 산호치을 놉피 드러 쑤덕쑤덕 밧비 갈 졔 유관장 三將 居動 볼작시면 긔상이 늠늠하야 단산 밍호 바람 압피 나르난 듯 만승천즈 게 뉘시런가 졈졈이 드러가며 사방 산쳔을 살표보니 산명 수려 죠흔 고딕 山은 쳡쳡 승지요 물은 츌넝 시닉 되야 은하 구천격으로 중천의 걸여잇다 연ᄒ만경은 ○谷을 가려잇고 ○○千峰은 빅운이 둘너난듸 경긔도 졀승ᄒ니 어이 안이 장할소야 ○○十月이요 서속 삼동이라 黃菊 寒梅

〈2-뒤〉

영농ᄒ고 蒼松綠竹은 鬱鬱한듸 白雪은 드날이고 谷風은 濕濕ᄒ다 千山의 鳥飛絶ᄒ고 万頃의 人跡滅ᄒ니 허러난 물의 獨釣ᄒ는 白髮翁은 烟簑 月笠 슈겨 쓰고 낙시씩 손의 들고 白鷗深盟 ᄒ난 양은 閒暇ᄒ기 居地읍다○○○ 渭水江而 여긔넌가 文王의 ○○○○○○○○○○○○○○○○○○○○○○○○ 三國時節의 南陽先生 奇妙神術은 古今의 無雙일너라

〈3-앞〉

산양 가는 길 안이고 텨사졀ᄒ리 업건만은 강텨공이 어이 온가 산악은 첩첩ᄒ고 게슈는 잔잔ᄒ듸 빅셜봉강 산바람 길은 어이 찬가 게변암상 웃쪽 션 져 고숑은 빅셜을 물름쓰고 풍세을 못 이기여 웃쥴웃쥴 츔을 츄니 빅남 쓴 졀문 즁늠 갈포장삼 뜰쳐입고 한산ᄉ 찬바람의 경쇠를 뎅뎅 치며 ᄉ벅 ᄉ벅 염불ᄒ는 그동 역역히도 갓틀시고 ᄋ순슈지졀싱ᄒ야 보보이 쥬져로다 일보 이보 각씨 가니 용강상 일존이 구름속의 소사 잇

〈3-뒤〉

다 반갑도다 져 용강은 영웅쥰걸 갈여두고 날 오기를 기다린다 마져온다

보하여 공 보도리라 밧비 밧비 ᄎᆞ져보랴 용강 산쳔 ᄃᆞᄃᆞ르니 긔암괴셕은 좌우의 삼열ᄒᆞ고 상운거은 젼후의 출몰ᄒᆞᆫᄃᆡ 긔화요초며 비금쥬슈ᄂᆞᆫ 분명코 별유쳔지비인간이ᄅᆞ 원상한산셕경ᄉᆞᄒᆞ야 졍거좌ᄋᆡ층암만ᄒᆞ니 창숑은 낙낙 녹쥭은 의의 운슈ᄂᆞᆫ 울울 ᄆᆡ화ᄂᆞᆫ 닝낙 산죠ᄂᆞᆫ 젹젹 긔암은 층층ᄒᆞᆫᄃᆡ 白雲深處有人가라 졍쇄ᄒᆞᆫ 초당삼

〈4-앞〉

간 구름 쇽의 은은ᄒᆞ다 양쟝을 지쵹ᄒᆞ야 시문의 다다르니 삼산화월 영농ᄒᆞ고 십쥬연하 난만ᄒᆞᆫᄃᆡ 숑중 무현금은 바람 셕겨 덩덩홀 졔 빅학 춤을 츄고 쥭관의 동소로다 졍상 노던 청방은 숀을 보고 반겨라고 큉큉 짓고 챵쳔의 노던 봉황의 쇼리에 홍을 겨워 웃쥴웃쥴 춤을 춘다 쥭임의 안기ᄂᆞᆫ 자옥ᄒᆞ고 쇼졍의 구름은 영농ᄒᆞ니 인걸은 지령이라 산슈졀승 이러커던 영웅쥰걸 안이 날가 말의 날려 완완 거러 들러가셔 쥭비

〈4-뒤〉

을 의지ᄒᆞ여 동ᄌᆞ 불너 일른 말이 션싱임 계시야 동ᄌᆞ가 ᄃᆡ답하되 계시니다 그러ᄒᆞ면 드러가셔 한퉁실 유황슉이 삼일치 문의ᄒᆞ와 찬는이 잇다 자상이 엿자워라 동ᄌᆞ 엿자오ᄃᆡ 그러ᄒᆞ오나 취침이 집퍼쓰오니 긔침키 어려이다 이리 슈작할 지음의 밍열ᄒᆞᆫ 져 장비의 우즉ᄒᆞᆫ 승졍 보쇼 고리눈을 부름쓰고 쳘퇴갓튼 두 쥬먹을 불근 쥐고 고함ᄒᆞ여 이른 말리 아모리 영웅인들 교인ᄌᆞᄂᆞᆫ 실기가라 ᄌᆡ삼차 지셩으로 굴신ᄒᆞ되 젼헤 동졍이 읍시

〈5-앞〉

이 졔갈양이 읍난 우리 고화졔ᄂᆞᆫ 샹쳑금을 ᄒᆞᆫ번 들러 쳔ᄒᆞ을 어더시니 우리 잠간 못보기로 쳔ᄒᆞ을 못 으들가 와락 달녀들러 쵸당을 일권으로 平土

ᄒᆞ랴 ᄒᆞ니 지혜잇난 관공은 장비의 목을 덤벅 안고 마소마소 지발 마소 자너 어이 그리 ᄒᆞ나 우리 현쥬 지극 졍셩 여이 허사되게 ᄒᆞ나 동자 달러 이른 말리 네 드러가 아모리 긔침키 어러오나 자상이 여자워라 잇ᄯᅢ 공명이 현덕의 찻난 쥴를 알고 오언절귀를 지여 을푸되 草堂春睡足ᄒᆞ니 窓外

〈5-뒤〉

日遲遲라 大夢誰覺고 平生我自知라 衣冠을 졍졔ᄒᆞ고 草堂으로 들나 ᄒᆞ니 劉玄德니 드러가며 氣像을 살펴보니 머리에 八角윤건의 鶴氅衣을 ᄯᅳᆯ쳐입고 白羽扇을 숀의 들고 閑暇이 안져 잇난 거동 身長 八尺이요 얼골은 冠玉갓고 眉間의 江山 精氣을 씌워잇고 胸中의 天地造化를 푸어시이 塵世間 奇男子로다 降謫之仙 일년가 겸ᄒᆞ여 大海經 六道三略 周易 八卦 六十四卦며 奇셔 太乙 三典四課을 無不通知ᄒᆞ고 道甲歲身이

〈6-앞〉

며 縮天縮地며 呼風喚雨 接神使君 五行之理 妙妙神術을 如手用之ᄒᆞ니 萬古英雄이로다 ᄯᅩ 壁上의 荊益圖를 거러시니 漢國도을 ᄯᅳᆺ시 완연ᄒᆞ다 완완니 드러가니 孔明이 마됴 나와 읍양ᄒᆞ여 빈주의 예을 ᄒᆞᆫ 년후의 玄德이 복지 쥬왈 션싱을 발서 차져 ᄉᆞ졔지의을 믹져 사지동거을 원ᄒᆞ고져 ᄒᆞ야 션싱의 셩화을 티산갓치 노피 듯고 슈삼ᄎᆞ 문박긔 와 차짐을 알르시난잇가 공명이 사양 왈 공명은 포의쳐ᄉᆞ라 달 아러 밧갈기와 강호의 고기 잡기

〈6-뒤〉

를 일 삼은이 무삼 일로 차자시잇가 玄德이 지셩으로 디답ᄒᆞ신 말숨 우리 한국사는 임의 알르시려이와 고황졔 습혈ᄒᆞ고 밍셔ᄒᆞᆯ 졔 황ᄒᆞ로 위디ᄒᆞ고 티산으로 약녀토록 비 劉氏이 王하면 쳔ᄒᆞ 공격ᄒᆞ라 ᄒᆞᄉᆞ여씨 난을 평졍하

아 죽이 완젼터니 외적의 환을 입어 왕망이라 ᄒᆞᄂᆞᆫ 놈이 쳘옥쇄ᄒᆞ고 국호을 신이라 ᄒᆞ여씨이 안니 ᄒᆞᆫ심ᄒᆞᆫ가 광무화졔 실령ᄒᆞᄉᆞ 왕망을 족멸ᄒᆞ고 사직을 안보ᄒᆞ야ᄊᆞᆸ더니 지우금ᄒᆞ야 이 몹실 됴됴란 놈이 협天子 호령졔후ᄒᆞ야 쟈이 한됴

〈7-앞〉

ᄒᆞ야ᄊᆞ오니 쳘쳔지 한이라 션ᄉᆡᆼ의 너부신 덕을 입어 한나라를 회복ᄒᆞ고 도탄즁의 잇난 ᄇᆡᆨ셩을 건져이다 원컨ᄃᆡᆫ 션ᄉᆡᆼ은 집피 통촉ᄒᆞ옵쇼셔 ᄋᆡ지휼지ᄒᆞ며 연지인지ᄒᆞ야 挽斗水而敬고輟之語ᄒᆞ며 십분 ᄉᆡᆼ각ᄒᆞ옵소셔 天佑神助 안니오면 이런 누츄ᄒᆞ온 몸이 졍결ᄒᆞ온 션경을 지삼 ᄎᆞ 발버ᄊᆞ오릿가 지극졍셩 복골ᄒᆞ오니 孔明이 그 정셩을 늑기샤 샤양ᄒᆞ여 ᄃᆡ답ᄒᆞ되 지둔ᄒᆞ고 비츄ᄒᆞ온 몸을 보옵시랴 ᄒᆞ시고 귀됴을 잇고 하림ᄒᆞ옵시니

〈7-뒤〉

지됴 읍사오나 ᄒᆞ고 ᄒᆡᆼᄒᆞ오리다 동ᄌᆞ 블너 일른 말리 ᄒᆞᆫ동실 유현덕이 심고쵸려ᄒᆞ옵시니 국은이 망극이라 불승감격ᄒᆞ야 몸을 허락ᄒᆞ여시니 부ᄃᆡ부ᄃᆡ 잘 잇거라 단계쵸당과 ᄇᆡᆨ운심산을 언의 ᄊᆡ예 다시 볼가 ᄇᆡᆨ셜한풍의 ᄆᆡ화와 학을 아오 균을 불너 부쳐 왈 됴히됴히 길너ᄂᆡ라 사륜거의 놉피 안져 쳔연이 나올 젹의 쵸당의 ᄌᆞᄎᆞ무안ᄉᆡᆨ이라 시문을 구지 닷고 쥬인이 원거ᄒᆞ니 화원 청산 젹젹이ᄅᆞ 구름쇽의 됴던 져 ᄉᆞᆸ쌀리 ᄉᆞᆷ을 쎠여 시문 박긔 젼숑

〈8-앞〉

ᄒᆞ고 月下의 노든 원ᄉᆡᆼ이ᄂᆞᆫ ᄂᆡ쟝의 슈심ᄒᆞᆫ다 청나 烟月 다 바리고 인간 길노 나려가이 부안의 슘은 쳐ᄉᆞ 삼빙ᄉᆞ ᄯᆞ르난 듯 위슈의 팔십옹이 문왕 싸러 入固ᄒᆞᆫ 듯 평연이 펵연이홀작 풍운지ᄒᆞ야 젹유심셩이 여슈침이로다 신

야로 도라오니 兵不滿千이요 將不滿十이라 잇ᄯᅢ 오王 숀권이 노슉을 불너 고명을 쳥ᄒᆞᆫᄃᆡ 공명이 집푼 계교을 ᄉᆡᆼ각ᄒᆞ고 혀락ᄒᆞᆫ 연후의 현쥬을 ᄒᆞᄌᆞᆨᄒᆞ니 현쥬ᄒᆞ신 말슴 션ᄉᆡᆼ이 ᄯᅥ나시면 국지ᄃᆡ소ᄉᆞ을 뉘로 더부러 의논ᄒᆞ리요 三

〈8-뒤〉

分天下의 들려가 周瑜와 숀권을 달ᄂᆡ여 됴됴와 ᄃᆡ진ᄒᆞ게 ᄒᆞ옵쇼셔 孔明이 두 번 졀ᄒᆞ고 가로ᄃᆡ 현쥬는 너머 염예마옵쇼셔 쳔ᄒᆞ 득실은 在天ᄒᆞ고 不在人力이라 그러나 공을 이르고 도라와 현쥬 국운과 양국 형셰을 아ᄉᆞ 어드리다 ᄌᆞ룡을 군ᄉᆞ 일쳔을 쥬어 팔ᄶᅥᆨ션 됴흔 ᄇᆡ예 가득 실코 모월 모일의 남병산ᄒᆞ 오강 어구의로 보ᄂᆡ쇼셔 사배 ᄒᆞ직ᄒᆞ고 물너나와 사륜거의 놉피 안져 졔쟝군ᄃᆞᆯ을 좌우의 나열ᄒᆞ고 은연이 ᄒᆡᆼ군을 지쵹ᄒᆞ여 노슉 ᄯᆞ러 吳國으로 드러

〈9-앞〉

가셔 石頭城의 다다르이 山水도 슈려ᄒᆞ고 셩쳡도 완박ᄒᆞ다 션문을 놉피 노코 가기을 지쵹ᄒᆞ여 드러가니 吳王 숀권이 위의을 갓초와 연졉ᄒᆞ여 드린 후의 쇼권이 ᄒᆞ는 말리 공명 놉푼 셩화 드른 졔 오런지ᄅᆞ 今日 相逢은 可謂天爲神助로다 孔明이 拜謝 曰 비국지 쳔ᄉᆡᆼ의계 무신 셩화가 잇자오릿가 만연 숀장군는 우리 현쥬로 형졔지의와 갓튼지라 져 간사ᄒᆞᆫ 됴됴는 쳔ᄒᆞ의 ᄃᆡ젹이라 挾天子以令諸侯ᄒᆞ야 ᄒᆞᆫ나라 사즉을 멸코져 ᄒᆞ니 우리 현쥬 원통ᄒᆞ온 마음이 蒼天

〈9-뒤〉

의 사뭇쳐 신이 원컨ᄃᆡᆫ ᄃᆡ왕은 지피 ᄉᆡᆼ각ᄒᆞ옵소셔 吳王이 ᄒᆞ난 말리 曾若

先生之言인던 근봉ᄉᆞ직이 됴호련이와 강승ᄒᆞᆫ 됴됴을 엇지 쇼멸ᄒᆞ오잇가 孔明이 曰 됴됴 불노 치미 맛당ᄒᆞ오나 동남풍을 어드야 쾌히 승젼ᄒᆞ리다 듀도독이 笑曰 풍운은 쳔지됴화라 人力으로 어이 혀리요 孔明 曰 장군은 너머 염여치 마옵쇼셔 신은 잠간 듯사오니 슌망즉치라 ᄒᆞ니 져 됴됴 강승ᄒᆞ연 大漢을 쇼멸ᄒᆞ면 오읔위지 차의 되리라 ᄃᆡ기 此事는 爲吳非爲

〈10-앞〉

漢이라 장군은 집피 싱각ᄒᆞ옵쇼셔 周瑜 曰 그러ᄒᆞ나 風雲造化을 엇지 ᄒᆞ올릿가 孔明 曰 天下得失은 在天ᄒᆞ나 졍셩온 너계 잇시니 졍셩을 다ᄒᆞ면 天意면 무심ᄒᆞ리가 이ᄢᅴ는 언의 ᄯᅢ요 졍히 십일월이라 周瑜 노슉이 공명의 계교을 톳차 졔장군돌을 거나려 남병산의 올나가 동남풍을 빌야홀 졔 동남 혈이슬 파셔 칠셩단을 못닷고나 圓方 二十四丈이요 놉기는 三丈이라 五色旗을 各方의 表ᄒᆞ고 各方의 쟝슈 하나식 셰워시되 동칠면은 角亢氐心尾箕을 응ᄒᆞ야 푸른

〈10-뒤〉

투고의 푸른 갑옷 시쳐 긔을 놉피 들고 靑龍之勢ᄒᆞ야 은연이 셰워시며 남方 칠면은 斗牛女虛危室壁을 응ᄒᆞ야 불근 투고 불근 갑옷시 불근 기로 놉피 든 장슈 朱雀之勢ᄒᆞ야 세시며 西方七各은 金婁胃昴畢觜參을 응ᄒᆞ야 힌투고 힌 갑옷 힌 긔을 놉든 쟈슈 빅호지셰 ᄒᆞ야 셰워시며 北方 七各은 井鬼物星張翼軫을 응ᄒᆞ야 거문 투고 거문 갑옷시 흑긔을 놉피 든 쟝슈 현무지셰ᄒᆞ야 셰워시며 中央 七各은 辰戌丑未戊己土을 응ᄒᆞ야 누른 투고 누른 갑옷 사

〈11-앞〉

화긔을 놉피 든 장슈 구진 등ᄉ지셰ᄒᆞ야 셰워시며 그 박기ᄂᆞᆫ 사면으로 팔문금ᄉ진을 쳐시며 동방의 슈셩문은 쳔인셩 졉ᄒᆞ야 삼팔목을 응ᄒᆞ야 九宮의 셰을 응ᄒᆞ야 쳥용 글린 긔을 진ᄒᆞ연의 버려 노코 숀방의 ᄉᆡᆼ문은 텨을 쳔폭셩을 응ᄒᆞ고 남방의 쳔봉셩은 손ᄒᆞ양방의 이칠화을 응ᄒᆞ야 쥬작 그린 긔을 숀ᄒᆞ절리 허즁의 버려노코 곤방의ᄂᆞᆫ 쳔영을 졉ᄒᆞ야시며 셔방의 경문은 쳔예셩 쳔금셩을 졉ᄒᆞ야 공ᄃᆡ야 방ᄉᆞ구금을 유ᄒᆞ야 ᄇᆡᆨ호 그린 긔을 곤샴절티 샹졀의

〈11-뒤〉

버려노코 乾方의 사즁문은 쳔슈셩 구진을 졉ᄒᆞ야시며 北方의 구쳔셩을 응ᄒᆞ야 건감 양방 일육슈을 졉ᄒᆞ고 현무 그린 긔을 진 삼연갓 즁연 버려노코 간방의 기문은 쳔보셩을 응하야 기부셩이 되야시니 동방의 삼팔목을 응ᄒᆞ야 단 우의 일탐낭이 거문ᄒᆞ고 손사방문의 림졍육무 곤칠 ᄯᆡ라 七星을 응ᄒᆞ야 버려노코 그 아ᄅᆡ 사람을 셰워시되 보의 각ᄃᆡ 졔쟝을 졍졔ᄒᆞ고 츌입쟝문 하의 가득ᄒᆞ야 사히용신을 응ᄒᆞ야시니 동방 쳥용시며 셔 ᄇᆡᆨ용이며 南方

〈12-앞〉

赤龍이며 北方 黑龍이며 츌셩쵸을 좌우의 버려노코 향노 향합 노쵸ᄃᆡ며 보금을 들런 젼후의 갈너 셰우고 팔쳡 산슈병을 좌우 펼쳐 치고 진ᄲᅥᆸ을 갓츌젹의 당상 압히 그피란 두상 집ᄉᆞ혼상 좌우의 나열ᄒᆞ고 굴노 두상 영ᄭᅴ 두상 순긔 두쌍을 긔 압피 셰우고 금고 두상 바라 두 상 나발 ᄒᆞᆫ상 징 ᄒᆞᆫ상을 긔 미티 버려 셰우고 흑신기ᄂᆞᆫ 흑문 압히 셰우고 쳥용긔ᄂᆞᆫ 동문 압히 셰우고 쥬작긔ᄂᆞᆫ 쥬문 압히 셰우고 ᄇᆡᆨ신긔ᄂᆞᆫ ᄇᆡᆨ문 압히 셰고 군법을 졍졔ᄒᆞᆫ 연

후의 十一月 甲子日

〈12-뒤〉

의 孔明이 단상의 올나갈 졔 목욕지게 졍이 ᄒᆞ고 布衣을 뜰쳐입고 머리를 풀고 발벗고 칼을 집고 단 압히 나가 노슉을 불너 왈 자경은 급피 도라가 도독을 도와 만일 동남풍이 니러나거던 평힝 군ᄉᆞᄒᆞ라 노슉은 박의을 ᄯᅥ나지 말며 빈을 두여 귀을 졉ᄒᆞ여 어지러이 말을 ᄂᆡ지 말나 일군즁을 쇼요케 ᄒᆞᄂᆞᆫ ᄌᆞ면 ᄒᆞᆫ 칼노 버히리라 군中이 고요커ᄂᆞᆯ 孔明이 ᄃᆞᆫ上의 올나가 명풍을 의지ᄒᆞ고 등촉을 갓촌 후의 분향축ᄉᆞᄒᆞ고 하ᄂᆞᆯ을 울럴너 츅을 일글 졔 維

〈13-앞〉

歲次 建安 丁亥 十一日 庚子 朔 二十五日 甲子 大匡輔國 崇祿大夫 左將軍 육젹 劉備 臣下 諸葛亮은 敢昭故于 皇天后土 日月星辰 양명ᄃᆡ장 北斗七星 火德眞君 四海龍王 五岳神靈之位前의 至誠 百拜 츅슈ᄒᆞ오니 유현덕을 일케 되야 불승감ᄒᆞ오며 됴됴ᄂᆞᆫ ᄌᆞ층쳔ᄌᆞᄒᆞ고 호령졔후 ᄒᆞᆯ 시 기싱빅연이라 심을로 능히 잡지 못ᄒᆞ오니 ᄡᅥ 읍신 동南風을 삼일만 빌이면 도도의 빅만군병을 강水의 뭇지르고 틱평쳔ᄒᆞᄒᆞ고 일령졔후ᄒᆞ야 ᄒᆞᆫ나라을 회봉ᄒᆞ기을 千萬伏望 ᄒᆞ나니이다 복걸 쳔지신지 일월셩신 ᄉᆞ힉용신

〈13-뒤〉

오악신령 쪈의 근이쳥작쥭혜지쳔우신 상향 빌기를 다ᄒᆞᆫ 연후의 공명의 그동 보소 팔각윤건 슉이쓰고 빅우션을 숀의 들고 학창의을 거더 안고 칼을 집고 읍ᄒᆞ야 남병산 빅긴 길노 가만가만 나려갈 졔 여몽 쇼진의 난은 새 되야 둔갑장신으로 거러간다 子方 靑龍을 타 丑方 봉션을 지너여 인방 명당

을 드러가 진봉 쳔문으로 나가 亽방 진효로 드러가 묘방 틱음으로 도라셔 하우씨 거름으로 육방하 가로 나가니 人忽不見 간딕 읍다 그 뉘라셔 알을 소냐 오강 다다르니 쳔명 군亽

〈14-앞〉

실른 빅의 주용 다리고 빅예 올나 손을 잡고 일른 말삼 우리 현쥬 평안ᄒᆞ며 졔장군돌 무亽한가 은근이 도망ᄒᆞ야 예의셔 맛나시니 니졔 너는 삼가 됴심ᄒᆞ라 잇ᄯᅢ 쥬도독이 공명 일을 허망이 알라난지라 그러ᄂᆞ 자상이 보리라 ᄒᆞ고 원문 의지하야 남병샨을 바라보니 칠셩단 놉파는듸 청용 그린 긔발리 슐힉방으로 펄펄 풍기이 이 안니 동남풍인가 쥬도독이 딕경ᄒᆞ여 일펼 간담이 셔늘ᄒᆞ야 녹슉 불너 이른 말리 공명의 직됴는 天地造化을 임으로 用지ᄒᆞᆫ 즉 말일 공명으로 그져 두면 우리 등이

〈14-뒤〉

世上의 용납지 못ᄒᆞ린니 셔셩 정봉을 불너 일르는 말 칠셩단의 급피 올나 공명을 보거든 뭇지 말고 버혀오라 셔셩 정봉 二將이 급쥬ᄒᆞ야 칠셩단을 올나가셔 공명을 급피 차지니 공명 간딕 엽고 풍셰만 쇼쇼ᄒᆞ야 양亽두셕ᄒᆞ고 졀목발옥홀 졔 빅포장만 풀렁풀렁 잔약ᄒᆞᆫ 져 군亽들 공명 간 쥴 져헤 몰나 령 나리기만 지다리고 중막 밋터 별별 ᄯᅥᆯ며 풀입으로 뒤쎱ᄒᆞ고 막지소향 ᄒᆞ난고나 남풍 표표이 휘의흔듸 뎍뎍이 무인이ᄅᆞ 좌우을 살펴보 오강상쳔 경파의 둥실둥실 ᄯᅥ가는 빅 고기잡는 어

〈15-앞〉

션인가 심양강 秋夜月의 도쳐亽로 든 빅가 십이중강 벽파상의 왕닉ᄒᆞ는 장亽비가 동강쳔리 청풍일亽 염주릉의 낙시빈가 만경창파 옥모쳔의 호강ᄯᅴ고

노든 빈가 만단의심 두워쩌이 잇더 흔 포의한ᄉ 팔각윤건 빅기 쓰고 빅우션을 숀의 들고 흔가이 안져거날 증봉이 빈을 타고 쪽차가며 웨ᄂᆞᆫ 말리 져기 가ᄂᆞᆫ 공며션싱 거기 잠싼 머물느쇼 져 우리 션싱 두도독이 부탁말숨 잇다 ᄒᆞ고 급피 오랴 ᄒᆞ더이다 ᄌᆞ룡이 이말 듯고 션두 썩 나스며 크게 ᄉᆞ지져 ᄒᆞᄂᆞᆫ 말리 증봉은 너 드러라

〈15-뒤〉

우리 션싱 공명게읍셔 너의 나라 공훈일 젹지 안니 ᄒᆞ여거늘 히코자 ᄒᆞᄂᆞᆫ 일은 너의 심사 불측ᄒᆞ다 너의 쇼위 싱각ᄒᆞ면 쥭이야 맛당ᄒᆞ되 십문 안셔ᄒᆞ거니와 네 ᄂᆡ 지됴나 보아라 산양슈 ᄊᆞ홈의 됴됴의 빅만군을 닷금으로 소멸ᄒᆞ던 상상 됴ᄌᆞ룡일다 오날날 ᄂᆡ 영금이ᄂᆞ 보아라 ᄒᆞ고 철궁의 왜전을 먹겨 눈 우의 번듯 들고 ᄶᅡᆨ지숀을 쑥 잡아 ᄶᅥᆯ쩌리니 번ᄀᆡ갓치 ᄲᆞᆯ은 살리 슈루록 근너가며 증봉의 탄 빅 돗ᄃᆡ 와직근 부러져 충파의 풍덩 ᄲᅡ져 둥실둥실 ᄯᅥ단이고 빈 박휘만

〈16-앞〉

남어 풍파강상 뒤쑹거려 목지소힝 ᄒᆞᄂᆞᆫ고나 셔셩 졍봉이 기가 막겨 손질마조 잡고 탄식ᄒᆞ며 우난 말리 인젼ᄂᆞᆫ 못실거네 셰상귀경 못ᄒᆞ거네 기 父母이 親척ᄒᆞ고 만리젼쟝 나오가ᄂᆞᆫ 공명을 셰운 후의 환귀고향 ᄒᆞ짓더니 니졔ᄂᆞᆫ 허ᄉᆞ로셰 틔산갓튼 져 물결은 고안의 가득ᄒᆞ고 빈쑴은 졈졈 잠겨 사라날 ᄭᅵᆯ 전혜 업네 답답코 셜운지고 상산의 됴ᄌᆞ룡이 그 빈예 올른 쥴 알러시면 언의 바싀이가 이 짓슬 ᄒᆞ여씰가 우리 ᄃᆡ왕 못보건네 天依之孽은 猶可違 어이 와 自依

〈16-뒤〉

又孼은 不可活이리 ᄒᆞ니 이계 다 뉘 되런가 쳔서라 그러ᄒᆞᆫ가 원명이라 그러ᄒᆞᆫ다 당상의 ᄇᆡᆨ발부모 쳘이젼쟝 ᄂᆞ 보ᄂᆡ시고 쇼식을 지달여 猗門而望 ᄒᆞ련만은 날 구ᄒᆞᆯ 쥴 모로ᄂᆞᆫ가 쳘통코 분ᄒᆞ도다 남줍부이 나 줍ᄂᆞᆫ다 ᄒᆞ더니 분명코 올은 말리로다 황쳔이 명감ᄒᆞ사 두 목심 살어소셔 비난이다 비난이다 졔발 덕분 비난이다 이ᄶᅴ 공명이 본진으로 도라오니 한나라 일등명쟝 청쳔의 구름 못듯 만슈산의 안ᄀᆡ 못듯 쳔병만마 긔치챵금 일월을 희롱할 졔 공명이 령을

〈17-앞〉

ᄒᆞ되 張飛 馬超 趙雲을 불너 각각 三千軍을 쥬며 그ᄃᆡ 등은 各各 軍士을 거나려 쟝판교의 우림산 집푼 골의 구지 보병ᄒᆞ엿ᄶᅡ가 됴됴 水젼의 敗ᄒᆞ야 그리로 가거든 사로잡아오라 삼 소임 증ᄒᆞ야 준 휴의 화룡도 소임을 뉘로 ᄒᆞᆯ고 공논이 분분ᄒᆞᆯ 졔 진즁이 요란커ᄂᆞᆯ 모다 보이 낫 불고 코 큰 장슈 봉의 눈을 불름 ᄯᅳ고 三角髯을 거사리고 靑龍刀을 빗기 들고 나는다시 드러와셔 계ᄒᆞ의 복지ᄒᆞ나 말리 소장니 離親戚棄墳墓ᄒᆞ고 쥬기로ᄡᅥ 大王과 先生을 셤기난 ᄯᅳ슨 오히려 ᄒᆞᆫ번 큰 공을

〈17-뒤〉

이르고 일홈을 만셰유젼코져 ᄒᆞ옵ᄂᆞᆫ이 쳥츈의 못ᄒᆞ오면 ᄇᆡᆨ슈의 엇지 맛라릿가 이번 소임을 증ᄒᆞ오면 위왕 曹操 머리을 버혀 ᄃᆡ왕 쟝ᄃᆡ의 놉히 달고 승젼고를 울이며 현쥬와 先生젼의 뵈오리다 孔明 曰 운쟝은 天下英雄이나 曹操의 나라의 은혜을 ᄭᅵ쳐시니 도도을 보와도 노코올 ᄯᅳᆺ ᄒᆞ야 증치 못ᄒᆞ노라 운장이 ᄃᆡ왈 군즁의 무ᄉᆞ졍이오 시량지약셕이오니 엇지 ᄉᆞ졍을 두올릿가 부ᄃᆡ 의심치 말르시고 죠죠 쟙기을 판단ᄒᆞ와 군율노 다짐두고 가오리

다 다짐의

〈18-앞〉

ᄒᆞ여시되 우고음ᄉᆞ 짠는 先生이 今得風利ᄒᆞ니 天地之幸이요 漢室之喜也라 當時之世ᄒᆞ야 將軍은 戰必勝 功必取ᄒᆞ니 雖或有臭於前日 曹操나 軍中의 豈敢用私리요 若有私情於大賊 曹操어든 軍法處斬 宜當事리 굴영을 나리거늘 힝군을 지촉ᄒᆞᆯ 졔 일등 명병ᄉᆞ 만이요 일등쥰마 숨쳔필이요 긔치금극 고각 함셩은 쳔지을 흔드난 듯 디ᄉᆞ마 도원슈 젹되마을 츄켜타고 숨만군병 호령ᄒᆞᆯ 졔 황금투 보신갑의 청용도을 쎄여들고 봉의 눈을 부름 쓰고 언연 안져시니

〈18-뒤〉

쳔ᄒᆞ의 영웅니요 만고의 명장이로다 공명이 이른 말숨이 화용도 동의 다날 너셔 그 고디 복병ᄒᆞ고 산상의 불을 노흐면 죠죠 응당 그리로 갈 거시니 장군은 명심불망 ᄒᆞ옵쇼셔 이ᄯᅢ 셩승 졍봉니 졔우 졔우 근너와셔 두독게 엿ᄌᆞ오되 공명은 ᄌᆞ롱과 빈을 타고 본진으로 도라가더이다 듀도독이 디로ᄒᆞ야 이른 말리 죠죠을 치지 말고 한을 먼져 치ᄌᆞᄒᆞ니 부장 노슉이 엿ᄌᆞ오대 잇ᄯᅢ을 타 간젹 죠죠을 치지 안니ᄒᆞ면 후회막급 ᄒᆞ오리다 쳔시을 일치 말고 쇽명 힝ᄒᆞ옵소셔 두도독

〈19-앞〉

이 올히 여겨 죠죠을 치랴ᄒᆞᆯ 졔 누만군병 실은 젼션 쳔여척이 江上의 列陳ᄒᆞ되 黃蓋는 前鋒 되야 火戰器게 具備ᄒᆞᆯ 졔 화야 념쵸 石油 황 갈ᄯᅢ 나무기름 ᄶᅧ러 젼션의 가득 실코 ᄯᅩ 류둔 청포장 들너치고 쳥룡 린 긔치을 션두의 둘너시 ᄭᅩᆺ고 ᄉᆞ명을 셰워시되 吳國 大司馬 大將軍 兼 先鋒將 黃蓋라

쎠 잇난듸 黃蓋 軍中의 호령 曰 父子 俱存軍中者어든 父歸ᄒᆞ고 兄弟俱存軍者여던 兄歸ᄒᆞ고 獨子요 無兄弟者어던 歸향ᄒᆞ라 ᄒᆞ고 항오을 차릴 젹의 죠죠 군즁 바라보니 십만디션

〈19-뒤〉

의 百萬大兵을 연환계로 둘너노코 거들거려 호군ᄒᆞᆯ 졔 술 비지고 썩 치고 돗 잡고 쇼 잡고 복실복실 잔쓱 먹고 근일 젹의 군장 죠죠 ᄒᆞ는 말리 졔장긔 심을 입어 득쳔ᄒᆞ 한 연후의 화금보비 만죵녹쏘 봉ᄒᆞ리라 증욱이 졋티 잇다 공슌이 엿ᄌᆞ오디 디왕의 위염이 만인샹의 쳐ᄒᆞᄉᆞ 이갓치 농언을 ᄒᆞ옵시니 군즁의 위엄니 덜닐가 ᄒᆞ는니다 죠죠 웃고 ᄒᆞ는 말리 앗ᄎᆞ 말리 쌘져이가 훗낫다 쳔금상의 만호후는 써여둔 당상이지야 문무졔신 모다

〈20-앞〉

여일 치ᄉᆞ 왈 신등도 원득지이다 한창 이리 는일 젹의 못든 군ᄉᆞ 거독보소 술 고기 취케 먹고 츔츄며 노릐ᄒᆞ며 거들거려 넘늘 젹의 을푼 진졍ᄒᆞ는 말리 너의 등은 그 말 마라 닉의 슬품 들러보쇼 셰살 먹어 부모 일코 남의 밧의 사라나셔 쳔싱 인연 셩혼ᄒᆞ야 쟝기 기던날 밤의 동방화촉 무월ᄒᆞ듸 신부 덤쑉 안고 만난 졍화 슈쟉ᄒᆞᆯ 졔 육관디ᄉᆞ 승진이든 팔션년 만나본 듯 티산 봄바람의 마고션녀 희롱ᄒᆞᆫ 듯 교티 만단ᄒᆞᆯ 졔 뜻 박긔 일기 춍이 쿵덕 벽광의 화젼

〈20-뒤〉

가자 두셰번 웨난 쇼릭 뚝불이지셰라 ○올 졔 미인 옥슈 부잡고 익연 류누 이별ᄒᆞ니 나는 오히려 들하건이와 닉의 안닉 二八青春 더욱 슬워ᄒᆞ는 거동 챠마 셜워 못보닉이 이런 졀통ᄒᆞ고 기막킨 일 셰상쳔ᄒᆞ의 쏘 잇실가 나는

그여 울거이와 너는 엇지 우는야 한놈이 썩 느셔며 하는 말리 나는 ᄉᆞ더독 신으로셔 자식 형졔 두여시니 그 안이 신그ᄒᆞ야 귀히귀히 길너닐 졔 불면 날가 쥐면 ᄭᅥ질가 금옥갓치 길너니이 일시덜 ᄯᅥ날소냐 이별ᄒᆞ고 ᄯᅥ나올 졔 ᄶᅡ러

〈21-앞〉

오며 우넌 거실 엿 두푼의치 샤쥬고 와시니 그 안이 ᄒᆞᆫ심ᄒᆞ야 ᄒᆞᆫ 놈이 썩 나셔며 ᄒᆞ는 말리 야야 ᄉᆞ더독ᄌᆞ면 무던ᄒᆞ다 여긔 십팔더독ᄌᆞ 날 보아라 하 기막켜 말 못ᄒᆞ것ᄶᅡ 한춤 니리 ᄒᆞᆯ 졔 어더셔 ᄋᆡ고ᄋᆡ고 ᄒᆞ는 소릭 나거놀 아모리 자셰이 보아도 어더셔 나는 즐을 몰나 셔편을 바라보니 졀입 하나 만 쏨작쏨작 ᄒᆞ거날 이거시 무어시야 ᄒᆞ고 졀입 쏙지 자바 쳐들르니 졀입 ᄭᅳᆺ의 ᄲᅡᆯ이여 두 발질이 가동가동 ᄒᆞ여 ᄋᆡ고ᄋᆡ고 여보 사람 상ᄒᆞ거소 게 네가 우러난야 그리 ᄒᆞ엿소 엇지 우러는야 그더가 하 슬우 말ᄒᆞ기

〈21-뒤〉

로 나도 슬워셔 울러쇼 너는 무신 슬품인야 아무 슬름도 업쇼만는 우리집 식식기 질들림것 괴 구젼 두푼 목기 부쳐 든 치다가 급피 오너라고 션반의 언ᄭᅩ 와셔 지금ᄭᅡ지 못이져셔 잇ᄶᅡ가 잇ᄶᅡ가 쑴의 뵈오니 니 안니 기막키오 나는 그리ᄒᆞ여 울러쇼 에 니 실업의 작식ᄒᆞ고 너던진이르 ᄶᅧᆺ다 보아르져 가마귀 남쳔을 향ᄒᆞ여 진으로 ᄯᅥ가면셔 갈곡질곡 울고가며 진을 희롱ᄒᆞ니 죠죠 증옥을 불너 왈 月明星稀에 烏鵲이 南飛ᄒᆞ야 우리 진즁을 희롱ᄒᆞ니 승젼할

〈22-앞〉

가마귀라 숼 부어라 다시 먹고 취흥을 도도ᄒᆞ쟈 실읍시 ᄒᆞ는 말리 셕일 됴

공니 두 쌀노쎠 나를 셤기고자 ᄒᆞ거ᄂᆞᆫ 본이 다 졀식이라 가취ᄒᆞ야 동낙티평ᄒᆞ리라 허허 ᄃᆡ소ᄒᆞ니 증옥이 엿자오ᄃᆡ 승상은 이런 ᄃᆡ군즁의 그런 사소한 말슴 마옵소셔 슈상한 바람니 니러나니 살펴 보옵소셔 동지쌀 동남풍이 이 안이니 고니ᄒᆞᆫ가 우리 망ᄒᆞᆯ 바람니오 죠죠 웃셔 왈 네 모른다 동지양풍 이상ᄒᆞ니 우리 됴을 바람일다 걱졍말나 ᄂᆡ 안니 당ᄒᆞᆯ랴 잇ᄯᅢ 吳王 孫權의 先鋒將 黃蓋 將臺에 놉피

〈22-뒤〉

올나 風勢을 지다린이 東南風이 大作ᄒᆞ야 치동치동 ᄒᆞᄂᆞᆫ지라 군즁의 령을 노와 구름 돗ᄯᅢ 거문 돗칠 달고 지총비를 타고 동남슌푼의 ᄇᆡ을 노와 죠죠 진즁의 살 쏜다시 드러갈 ᄶᅦ 죠죠 슈진장ᄃᆡ예 놉피 안ᄶᅥ오난 ᄇᆡ을 보고 반겨ᄒᆞᄂᆞᆫ 말 뎌바라 졔졀덜라 강상의 ᄶᅥ오ᄂᆞᆫ ᄇᆡ ᄌᆞ상이 보와라 의슈곡강 안니여던 상고션이 어니오며 모입한강 안니여던 쵸긱션 어니오며 치셕강니 안니던 ᄐᆡᄇᆡᆨ션이 어니오며 강상의 노ᄂᆞᆫ ᄇᆡ가 양쵸을 실러시면 ᄂᆡ의 십만ᄃᆡ병 살이

〈23-앞〉

랴고 물 우희 놉히 ᄶᅥ셔 드려오니 승젼ᄒᆞ기 엽의옵다 증옥이 엿ᄌᆞ오ᄃᆡ 그게 굴량션이면 집피 ᄶᅥ셔 올뜻ᄒᆞ되 놉피 동풍 강상비라 물결 위의 둥실둥실 놉피 ᄶᅥ오니 필유곡졀 ᄒᆞ여이다 말리 맛지 못ᄒᆞ야 황긔 젼션의 긔를 밧들너 씰며 방포일셩 북 ᄒᆞᆫ번 쿵 ᄒᆞ며 ᄃᆡ취타 ᄒᆞ며 나는 ᄇᆡ 쳔여쳑이 물 미득기 드러오이 죠죠 십만ᄃᆡ병 연환계로 졀진ᄒᆞᄃᆡ 불 ᄒᆞᆫ번 버셕 질느고 ᄒᆞᆫ번 고 한번 고함ᄒᆞ여 호쑝ᄒᆞ니 ᄐᆡ산니 문어지고 우쥬가 뒤닙ᄂᆞᆫ 듯 화

〈23-뒤〉

광이 츙쳐ᄒᆞ며 바람은 치동치동 물결은 츌넝출넝 어후리쳐 비젼을 탕탕 치니 젼션은 뒤뚱 돗씨는은 화직근 용풍도 써져 물결의 풍덩 빠져 장망딕와 씀폭이 둥실 써나갈 졔 씨야진 툭노긔 난날긔 딕환고며 줏총 화약 등도리 숑곳 별낭침 돗반늘 긔야통은 다 강상의 쇼실ᄒᆞ고 십만누션 다 타ᄶᆞ나 이 밤 젹벽의 불빗치 낫시로ᄃᆞ 강상의 누만군ᄉᆞ 다 쥭을 제 죠흐던 군ᄉᆞ 슘 막켜 쥭고 살 마져 쥬고 기막켜 쥭고 춍 마져 쥭고 충의도 쥭고 물의도 쥭고

〈24-앞〉

불의도 쥭고 다리도 직근 팔도 직근 등 터지고 비 터지고 안져 쥭고 셔셔 쥭고 닷다 쥭고 기다 쥭고 ᄋᆡ셔 쥭고 ᄯᅳᆼ 타 쥭고 가이 읍셔 쥭고 박터뎌 쥭고 엇지 할 쥴 몰나 쥭고 쥭어보너라고 쥭고 언격의 쥭고 하 우셔워도 쥭고 하 쓰거워도 쥭고 졀입의 불리 나셔 샤발승이 졀노 되고 직ᄉᆞ 급ᄉᆞ 횡ᄉᆞ 몰ᄉᆞ 오ᄉᆞ 긔사 ᄒᆞ야 ᄉᆞᄌᆞ 샹인 존ᄉᆞ 무하 팔리 쥭듯시 혈신 쥭어스니 단죠ᄒᆞ고 조용ᄒᆞ다 허져는 창만 들고 쟝노는 활만 들고 죠죠는 혼을 일코 셧는 차의 黃蓋는 슈진 영웅이라

〈24-뒤〉

청포장 쇽의로 바라보며 져게 죠죠로다 ᄒᆞ고 비을 노와 쑛치니 죠죠 혼겁ᄒᆞ야 군ᄉᆞ 졀입 덩경 쎄셔 쓰고 죠죠 안인 체 홀 졔 졔 일홈 졔가 불너며 별노 덤벙일 졔 이늠 죠죠야 ᄒᆞ니 황긔 ᄯᅩ 가리치며 흔눈 말 젹인 게 죠죠라 ᄒᆞ니 눈을 비비며 왈 악기 총놋타가 화야이 눈의 드러는가 씀젹씀젹 ᄒᆞ는 ᄎᆞ의 ᄯᅩ 슈염 죠흔 게 죠죠라 ᄒᆞ니 이 말 듯고 슈염을 칼노 버혀 발리고 가든니 슈염 버힌 게 죠죠라 ᄒᆞ니 죠죠 긔발을 써여 침 발너 턱의 붓치고 일은 말리 일런 씨는 슈염 됴흔 게 원

⟨25-앞⟩

슈로다 ᄒᆞ던 ᄎᆞ의 충요 분을 ᄂᆡ여 철궁의 왜전을 먹여 황ᄀᆡ을 닙ᄶᅥ 쏘니 황ᄀᆡ 살마져 물의 ᄶᅥ러지며 증봉은 어ᄃᆡ 가고 날 구할 쥴 모로ᄂᆞᆫ가 증봉니 ᄃᆡ겁ᄒᆞ야 급피 건져 본진으로 도라가ᄂᆞᆫ지라 장요 증봉 허져 죠죠을 졔우 건져 육로로 도망ᄒᆞ더니 ᄒᆞᆫ 그ᄃᆡ 다다르니 항강슈라 월녕출녕 청강슈의 ᄶᅥ가ᄂᆞᆫ 뎌 ᄇᆡᆨ구야 홍용월식 어ᄃᆡ미요 여젹슈셩 젹막한ᄃᆡ 너ᄂᆞᆫ 어지ᄒᆞ야 범범창파 흘이 ᄶᅥ셔 오락가락 즁유ᄒᆞ며 나ᄂᆞᆫ 엇지 분분ᄒᆞ여 슈진풍파 ᄒᆞ야ᄂᆞᆫ냐 일노 일탄 한슘 숫티 허허 ᄃᆡ쇼하니 증옥니

⟨25-뒤⟩

엿ᄌᆞ오ᄃᆡ 어졔 박 젹병 싸홈도 승상 ᄒᆞᆫ번 우슴의 ᄇᆡᆨ만군병을 쥭이고 무삼졍으로 웃나잇가 말리 맛지 못ᄒᆞ여 고각함셩이 쳔지 진동ᄒᆞ거ᄂᆞᆯ 죵판교 바라보니 복병장이 ᄂᆡ닷거ᄂᆞᆯ 져 장슈 거동 보쇼 낫 비슨 먹장 갓고 씽고리눈의 다박슈염 솜모장충 번듯 들고 오쵸마을 급피 모라 불갓치 급ᄒᆞᆫ 승졍 비호갓치 드러오며 우레갓치 호령ᄒᆞᆯ 졔 이늠 죠죠야 닷지 말고 목을 드려 ᄂᆡ창을 바드라 從天降ᄒᆞ여 從地入ᄒᆞᆯ가 파란갑비이라 飛上天ᄒᆞ며 두지기라 셩으로 드러갈가 닷지 말고 썩 쥭

⟨26-앞⟩

어라 네 쥭으면 어ᄃᆡ ᄇᆡᆨ셩이 츔 아니 츌야 ᄒᆞ니 죠죠 ᄒᆞᆫ겁ᄒᆞ야 군ᄉᆞ도 ᄂᆡᆨ슬 일러 젼쟝긔게 모도 일코 업퍼지며 잡바지며 말의도 ᄶᅥ러지며 반싱반ᄉᆞ 도망ᄒᆞ야 우림산의 다다르니 난ᄃᆡ 엇난 복병이 이러나거ᄂᆞᆯ 조조 더옥 질겁ᄒᆞ여 바라보니 좌편의 됴우이요 우편의 마쵸라 죠죠 더옥 넉 일코 벌벌 ᄶᅥ며 ᄒᆞᄂᆞᆫ 말리 엇지 ᄒᆞ잔 말가 작야 젹벽 화젼 즁의 졔우 목심 건져 오난 즁의 젼후좌우 복병덜리 벌ᄶᅦ 갓치 이러ᄂᆞ니 쥭을 박기 헐일 읍다 쳔방지방 도

망홀 졔 션군이 엿ᄌᆞ오듸 박기 두 질 잇

〈26-뒤〉

사오니 좌편는 허충니요 우편 화룡도니 어듸로 가옷리가 죠죠 왈 짐작ᄒᆞ건듼 공명의 용병하기는 귀신갓튼지라 진셰을 싱각ᄒᆞ고 우리 병마 피곤ᄒᆞ여 협노로는 갈씌 업고 군량 핍졀ᄒᆞ니 허충으로 올 쥴 알고 듸병으로 복병 단단코 지달일 써시이 화룡도로 드러가쟈 또ᄒᆞᆫ 화룡도는 방다조익ᄒᆞ고 가니 피난지쳐ᄅᆞ 그리 가면 아모 놈의 아덜놈이라도 알고 오리 업는니라 증옥이 엿ᄌᆞ오듸 그리 가다가 혹 복병을 만나도 도망홀 씌 읍사오니 조분 골의 듯모리

〈27-앞〉

ᄒᆞ듯 변통업시 몰사홀 거시요 또 화룡도 산 갓싀 연긔가 창쳔ᄒᆞ고 슈상ᄒᆞᆫ 불빗치 잇사오니 복병 유진ᄒᆞ는 불빗도 갓고 군ᄉᆞ 밥짓는 늬도 갓싸오니 허챵을 가사니 죠죠 ᄉᆞ지져 왈 증욱는 모ᄉᆞ로셔 병셔의 익지 못하도다 실즉허ᄒᆞ고 허즉실리라 씌 만한 공명니 나를 화룡도로 못가게 ᄂᆞᆫ 일이노다 늬 엇지 졔 씌예 빠질쇼야 잔말 말고 드러가자 나문 군ᄉᆞ 모도 모와 화룡심산 들러가니 쇼실 북푼 찬바람은 살쏘듯가 드러오고 만학쳔봉은 구름 쇽의 놉파는

〈27-뒤〉

듸 활장갓치 구분 길는 가드락 집퍼잇고 휘여진 양유는 울울챵챵하고 동빅낙엽 쇼시 윗썩벅셕 갈 길은 멀러는듸 무면 고힝 픽군장툴 힝식도 가년ᄒᆞᄃᆞ 쳐량ᄒᆞᆫ 뭇 시소릐 픽군 쟝툴 희롱홀 졔 져 두견시 우름운다 풍진의 헛튼 군ᄉᆞ 쳘이젼장 나와싸가 고향싱각 몃히런가 어셔 밧비 도라가자 네의 본국

불여귀 촉국촉국 ᄒᆞᄂᆞᆫ구나 쥬려 우난 져 군ᄉᆞ야 젼쟝군긔 다 일르니 밥 질긔게 바니 읍다 ᄉᆞ젹ᄉᆞ젹 지쳐업ᄂᆞᆫ 죠승상은 볏번 우슴의 픽놀 보고 빅가지로 슈을 볼 졔 이리 쎗쭉 뎌리 쎗쑥 쎗쑥

〈28-앞〉

싀며 불상ᄒᆞ다 증옥은 츙셩만 허비ᄒᆞ고 젼쟝 공명도 못세우니 ᄋᆡ달다 증옥아 져 호충식 우름 운다 쟝노야 네 슈단의 활를 엇지 썩써난야 살 가다 보와라 슐루룩 쑥싹 호반식 공즁의 놉피 둥실 쪄셔 두 날기를 훨훨 펼쳐 동남풍의 픽한 군ᄉᆞ 북풍을 염예말라 ᄂᆡ 아니 막어쥬랴 나올나올 파랑갑니 싀살 만코 살망실런 져 할미식 우름 운다 슬푸다 빅슈풍진 일도 만코 픽도 만타 일리 가며 핑당글리 져리 가며 핑당 글리 빅만군병 다 신ᄒᆞ엿싸 前後伏兵 이러나면 어니 ᄒᆞ여

〈28-뒤〉

막어닐고 벅국 벅국시라 창황살노 가ᄂᆞᆫ 군ᄉᆞ 웃쑥 셔며 엿ᄌᆞ오ᄃᆡ 말쑝도 곳 누어셔 짐니 물신물신 나고 ᄉᆞ 거릿썬 노구ᄌᆞ리 온긔가 쓧쓧 ᄒᆞ나 아마도 이 고ᄃᆡ 복병니 ᄂᆡ 곳ᄃᆡ 지ᄂᆡ나 보이다 죠죠 우셔 왈 챠산이 명산이랴 산졔 지ᄂᆡ난 노구쟈리요 말쑝은 화룡도 나무장사 말쑝니라 악기 나무 실코 뎌기 가더라 말리 맛지 못하여 건너 숑임 바라보니 운장 웃쑥 셔셔 봉의 봉의 눈 삼각슈의 쥬토나 쏜 번젹 들고 호령을 질르난 듯 죠죠 한번 바라보니

〈29-앞〉

기가 막켜 증옥 보와라 뎌게 운쟝이지야 ᄂᆡ 엇지 사단 말가 증옥니 엿자오되 승상은 실혼하엿쑈 화룡도 장승니요 촘 운장니거드면 그 자리에셔 쎠도 안니 남거쇼 죠죠 ᄃᆡ로ᄒᆞ야 삼국영웅 죠밍덕 날 쇼기리 업거ᄂᆞᆯ 금일 픽귀

화룡도의 축귀장승 날 쇼긴다 네 장을 잡어들리라 좌우 국이 쇼리치고 장승을 둘너 쎄여 더리거눌 증옥이 분부ᄒᆞ되 장승 네 들으라 네 몸이 명위쟝승ᄒᆞ고 신화운장ᄒᆞ야 불근 낫 봉의 눈의 삼각슈 거ᄉᆞ리고 위왕 힝차

〈29-뒤〉

의 불위굴신ᄒᆞ고 언연불비ᄒᆞ니 뇌 당실지무셕이라 즉시 타살ᄒᆞ라 장승 답쥬ᄒᆞ되 신등이 본이 목신으로 젼무일언불출이나 ᄃᆡ왕 위염의 말니 구날퇴나니다 본이 골윤산 쵸목으로 ᄉᆞ람으로 형용을 식이여 노산의 썩더니 오날날 ᄃᆡ왕 힝ᄎᆞ의 불위굴신ᄒᆞ고 장읍불비 ᄒᆞ오니 뇌ᄉᆞ무셕이요 나의 신의 원통지셜을 기기 나뢰나니다 萬物之中의 天皇氏ᄂᆞᆫ 木德으로 왕ᄒᆞ여씨니 엇던 나무 팔자 죠와 ᄃᆡ명젼 ᄃᆡ들보 되여 오식단청 청황과 명필 글시언 일월갓홀와 입쥬상양 두렷

〈30-앞〉

ᄒᆞ고 진황졔 시졀의 봉틔산 부숑도 귀컨이와 지톤홀ᄉᆞ 져 률목은 ᄃᆡ가 ᄉᆞ당 가뫼되야 졍됴한식 단호 츄셕 만반진슈 갓갓치로 차려녹코 술부어셔 진셜홀 졔 관축 관혼 관집ᄉᆞ 팔용포 ᄃᆡ착 도포ᄒᆞ고 분향지비 ᄒᆞᄂᆞᆫ 거동 빅골호령 위로ᄒᆞ니 그 나무 어더ᄒᆞ며 셕상의 셧는 오동 거문고 복판 되야 窈窕淑女 君子好逑 玉枕을 도도 베고 금실우지 질거헐 졔 덩지둥덩지당 금풍셕겨 탈 졔 봉황도 춤을 츄니 동낙틔평 그 안닌가 쏘 엇쩌ᄒᆞᆫ 나무 팔ᄌᆞ 됴와 쇄금

〈30-뒤〉

뜰 침향되야 향니가 진동ᄒᆞ니 月中母桂 불러ᄒᆞ며 文王쪅의 甘棠나무 勿剪勿伐 召伯詩요 秋山의 丹楓나무 치우의 넉시로다 팔ᄌᆞ마다 됴컨만은 난는

어이ᄒᆞ야 산즁 금슈 버셔나고 물즁의 쳔목 되여 용심만한 잡놈덜리 방장부결 모느고 탕탕 버여 가지 치고 밋ᄯᅩᆼ 잘너 가력ᄒᆞᆫ되 방말과 ᄃᆡ문 쥽방작 두밧탕 통슈 가러 긔박구 숑장지게 덕나무 다 쥬어 버어 쓰고 나문 가지 싱장ᄒᆞ야 ᄃᆡ광판니 되ᄌᆞ쩌니 벙든 기 파리 븟쓰시 목슈의 ᄃᆡ톱 들러 야ᄉᆞᆺ 잘너 너던지고 직단ᄒᆞ

〈31-앞〉

여 먹쥴 맛쳐 뉘 ᄒᆞ러비 형용인지 코 그리고 눈 그리고 쥬토칠을 웃식ᄒᆞ야 팔ᄌᆞ업ᄂᆞᆫ ᄉᆞ모관ᄃᆡ 숨각슈는 무삼 일고 복판의 글을 썻시되 自官 北門 逐鬼 五十里라 地名은 華容道라 써셔 셰워시니 ᄉᆞᆫ이 잇겨 마다ᄒᆞ며 벌리 잇셔 도망홀 가 쥭도 ᄉᆞ도 못ᄒᆞ야 불피풍우ᄒᆞ고 쥬야로 힝인임네 지로 젼숑ᄒᆞ읍쩌니 금일 ᄃᆡ왕 行次時예 으연 불배ᄒᆞ야 신덜 목신의게 무삼 되 잇다ᄒᆞ야 군병을 당홀이잇가 다시 통촉ᄒᆞ와 특위방숑 ᄒᆞ옵심을 쳔만축슈 ᄒᆞ나이다 비답의 ᄒᆞ얏시되 여의 신의 본니 공산

〈31-뒤〉

낙목으로 네 이졔 능히 말ᄒᆞ니 언뚝이 식비라 되가 만ᄒᆞ나 방숑ᄒᆞ니 ᄎᆞ후ᄂᆞᆫ 유구무언ᄒᆞ라 ᄒᆞ옵신다 그 후로ᄂᆞᆫ 장승이 말을 못ᄒᆞ더라 죠죠 너 져 단상의 좌긔ᄒᆞ고 증옥을 급피 불너 슐 드려라 너도 먹고 나도 먹고 與我同消萬古愁ᄒᆞ쟈 죠죠 ᄒᆞᆫ번 슐 다 마시고 ᄃᆡ취ᄒᆞ야 일른 말리 왕ᄉᆞ를 싱각ᄒᆞ니 좀늠덜 압 피을 보와건이와 유현덕이가 한동실인지 무어신지 ᄒᆞ야 도양상 후원의셔 치마 ᄒᆞ다가 지쳬 읍시 장ᄉᆞ라고 너로라 ᄒᆞ고 운쟝니 졔가 낫 불고 사람 놀너기 잘ᄒᆞ건이와 화동써 그릇 구어 먹던 졈한이놈이요

〈32-앞〉

장비가 엿ᄌᆞ면 눈늘 블름 ᄯᅳᆺ고 교틔ᄒᆞ여 퇴독ᄒᆞᆫ 쳬ᄒᆞ되 탁군 ᄯᅡ의셔 졔육 잔사ᄒᆞ던 놈 도ᄒᆞᆫ 니요 ᄌᆞ용니가 용밍 됴흔 쳬ᄒᆞ고 ᄲᅱ놀면셔 닷방이되 ᄉᆞᆼ산 돌군영의셔 근본 읍시 쑥비여진 놈니요 졔갈양니 졔가 의ᄉᆞ 죠흔 쳬ᄒᆞ고 공명인지 무엇신지 ᄒᆞ여도 남양의셔 밧갈려 먹던 도ᄒᆞᆫ이라 졔의덜리 아모리 ᄒᆞ여도 ᄂᆡ ᄒᆞᆫ 말의 갓슬 못쓰렷다 증옥니 탄식ᄒᆞ며 엿ᄌᆞ오ᄃᆡ 병교ᄌᆞᄂᆞᆫ 픠ᄒᆞ는이 ᄃᆡ왕은 졀런 골노 픠을 보와찌요 슈화을 무릅쓰고 간신이 사러와셔 져ᄃᆡ지 큰 말을 ᄒᆞᄂᆞᆫ잇가 도시 ᄂᆡ 탓시연이와 눈치 업ᄂᆞᆫ 우리 ᄃᆡ왕

〈32-뒤〉

일빈일소 ᄒᆞᆫ 탓시로다 젼별쟝이 ᄂᆡ다르며 탄식ᄒᆞᄂᆞᆫ 말리 우리 승상 덕이 업셔 ᄇᆡᆨ젼ᄒᆞ면 ᄇᆡᆨ픠ᄒᆞ니 엇지ᄒᆞ야 올탄 말가 젹벽 화젼 ᄃᆡ픠ᄒᆞ고 남ᄂᆞᆫ 군ᄉᆞ 바니 업셔 젼도 복병 이러나면 인마 피곤ᄒᆞ엿시니 살을리 바니 업다 우쵸관이 ᄂᆡ다르며 탄식 말리 긔병ᄒᆞ라 ᄒᆞ니 편ᄒᆞᆯ 날 밧이 읍다 ᄎᆞᆨ 읍ᄂᆞᆫ 살만 맛ᄭᅩ 시워 읍난 활리로다 고향 바ᄅᆡ보니 구름 박긔 머러잇고 가권을 ᄉᆡᆼ각ᄒᆞ니 슬푸다 부모쳐ᄌᆞ 이별ᄒᆞ고 나올 젹의 공명 셰우고 금의환ᄒᆡᆼ 바라써니 단단 일신이 되야신이 百万奇計 다 덜엇다 ᄋᆡ고ᄋᆡ고 슬룬

〈33-앞〉

지고 ᄂᆡ 신셰야 화벽쟝니 탄식ᄒᆞ되 억긔 심도 만ᄒᆞ도다 두발나무 장막ᄃᆡ며 죠로 함박솟 식칼 모도 질머지고 달름질만 일삼던이 어제날 젹벽젼의 셰간 등물 모도 일코 퉁노구ᄂᆞᆫ ᄭᅢ야지고 장막ᄯᅢᄂᆞᆫ ᄭᅥᆨ거지고 남문 거시 죠로 ᄒᆞ나 ᄲᅮᆫ이도라 ᄇᆡᆨ만군이 탄식ᄒᆞ되 일등 됴흔 쥰즁말게 구긔연장 실어써이 화렴 즁의 말을 일코 말치만을 숀의 쥐엿시며 발병ᄯᅩᆺᄎᆞ 이러나셔 우리 고향 언졔 갈고 ᄋᆡ고ᄋᆡ고 슬룬지고 ᄎᆞ쇠직이 통쇠란 놈 불알만ᄒᆞᆫ 망턱이에 쌀

두홉 닷ᄉᆞ 질머지고 휘휘 두르며 졍신업시 건너가아 죠죠 왈 십만군병 먹일 양식 엇다두고 져것만 나마ᄂᆞᆫ야

〈33-뒤〉

져늠 ᄃᆡ답ᄒᆞ되 잣드러건가 쥭엇싸가 ᄲᅦ야는가 번이 보고도 모르난 쳬 ᄒᆞ것다 赤壁江 風塵中의 각각 목슘 살야ᄒᆞ고 쳔방지방 도망ᄒᆞᆯ 졔 만셕 굴양 도라볼가 후샤을 ᄉᆡᆼ각ᄒᆞ고 간석ᄒᆞᆯ만콤 가져왓쇼 죠죠 왈 ᄂᆡ가 허긔ᄒᆞ야 못살 것다 원미쥭를 다 쉬워 올이라 화벽원미을 ᄉᆞᆯ일 ᄎᆞ로 퉁노긔 안쳐노코 부시을 치랴ᄒᆞ니 젹벽강의 슈침ᄒᆞ야 아모리 친덜 슈화 상극이라 불이 나야 짓시 붓지 죠죠ᄂᆞᆫ 직촉ᄒᆞ되 원미 얼마나 되얀나야 져늠 후ᄉᆞ을 ᄉᆡᆼ각지 못ᄒᆞ고 우션 되당ᄒᆞᆯ가 ᄒᆞ야 예 불 ᄶᅧ요 ᄒᆞ고 아모리 친들 불 부틀쇼야 화벽아예 원미 엇덕게 되야넌야 예

〈34-앞〉

넛엇쑈 ᄒᆞ고 아모리 쳐도 안니 붓난고나 ᄯᅩ 직촉ᄒᆞ되 어셔 드리라 예 펴셔 상 차리요 ᄯᅮᄯᅮ덕 친덜 몰나는 자시볼 붓들쇼야 ᄯᅩ 직촉ᄒᆞ되 다 ᄎᆡ린 듁이 엇지 그리 더딘단가 급히 나가보니 이놈니 두 숀의 부쇼만 들고 엉엉 울며 시방가지 불도 안이 붓터쑈 죠죠 허허 웃고 기 믝킬 노릇시로다 말른 군ᄉᆞ 부쇼을 쳐셔 쳔동지동 쓔여 올니니 긔ᄌᆞ감식이라 휘ᄶᅡᆨ 다 먹으니 고졔늠니 쥭 남기만 기달히더이 승상이 사장ᄒᆞᆫ 차의 밥틱기ᄒᆞ나 업시 빈 시긔만 ᄂᆡ여노니 고졔늠 증을 ᄂᆡ여 ᄒᆞ는 말리 쇼탐ᄃᆡ신이여든 음식 탐을 덜리 ᄒᆞ거던 이런 픠을 안니 볼가 죠죠

〈34-뒤〉

ᄃᆡ로ᄒᆞ여 이늠 ᄂᆡ여 버히라 호령ᄒᆞ니 져늠 거동보쇼 올치 가지예 즉은 군

ᄉᆞ 얼픗ᄒᆞ면 다 쥭이고 싸홈 ᄒᆞᆯ나요 나도 십팔ᄃᆡ 독신이요 젹벽강 ᄃᆡ패즁의 슈만 군ᄉᆞ 다 쥭어씨되 명쳔이 ᄒᆞ감ᄒᆞ사 ᄂᆡ의 목심 살어거든 뉘라셔 날을 쥭계ᄒᆞᆯ가 ᄇᆡ 곱푼 짐의 날 마자 살마 지시요 일리 ᄒᆞᆯ 지음의 방포 일셩이 쿵ᄒᆞ니 증옥니 ᄃᆡ경 왈 迫處처의 伏兵인가 보 죠죠 우셔 왈 그계 산넘어노로 쐥 산양ᄒᆞᄂᆞᆫ 쇼리로다 ᄯᅩ ᄒᆞᆫ번 궝ᄒᆞ니 증옥니 왈 이것도 기요 죠죠 왈 이런 심산의 포슈 ᄒᆞᆫᄌᆞ 왓건는야 동무 포슈ᄒᆞᄂᆞᆫ 쇼리로다 복쇼리 퉁ᄒᆞ니 증옥

〈35-앞〉

이 왈 이번은 복병니 완구니 드러오나 보 죠죠 종시 쳔연이 안져 허허 大笑ᄒᆞ며 겁 만타 증옥아 ᄎᆞ산의 운심ᄒᆞ니 ᄃᆡ졀인들 읍실쇼야 그게 졀 북소리로다 야야 너머 놀ᄂᆡ지 말라 북쇼리가 연속 불졀 쿵쿵 ᄒᆞ며 고각 함셩이 화롱산쳔 죠분 길의 벼락갓치 뒤 ᄲᅳᆯ면셔 시셕이 비 오듯 ᄒᆞ며 무슈한 쳔병만마 긔치 챵금니 츄산의 구름 뫼듯 ᄃᆡ히슈 물결 미듯 우루룽 우루룽 벅젹 드리미니 증옥이 기가 막켜 져거시 다 쐥 산양ᄒᆞᄂᆞᆫ 춍중니요 의사 됴 ᄂᆡ시요 ᄂᆡ 말을 드럿시면 관계찬치요 죠죠 기막켜 웃는 말리 허허 너ᄂᆞᆫ 답답ᄒᆞ도다 호슈

〈35-뒤〉

의 갈 쥴 알면 산즁의 어이 가며 물의 ᄲᅡ질 쥴 알면 ᄇᆡ을 어이 타며 뉘가 너쳐럼 의ᄉᆞ 만타던야 일러ᄒᆞᆯ 쥴 아러시면 허창으로 갓시면 무신 연여 잇시며 씨호지 말고 우리집 안ᄲᅡᆼ의 안져시면 더 관계찬치야 그러나 不入虎穴이며 不得虎子 ᄒᆞᄂᆞᆫ이라 ᄒᆞ면셔도 벌넝벌넝 ᄯᅥᄂᆞᆫ고나 증옥이 지 엇지 안이 가시옵고 ᄯᅥᆯ기만 ᄒᆞᄂᆞᆫ잇가 죠죠 왈 음풍□한 찬바람의 엇지 안이 ᄯᅥ단 말가 前後 劍戟이며 左右伏兵이 벌ᄯᅦ갓치 드러오니 죠죠 낙심쳔만ᄒᆞ야 왈 듁을지언졍 싸와나 보자 엇던 장슈 오난가 보와라 증옥니 죠죠을 미워라고

ᄒᆞᆫ번 놀너랴고 장슈을 보니 낫치

〈36-앞〉

금ᄉᆞᆯ 눈이 동글고 슈염니 것칠ᄒᆞ니 분명 장비가 보 죠죠 더욱 ᄃᆡ경ᄒᆞ여 어풀ᄉᆞ 장비 형임갓트면 나는 쥭는다 장판교의셔 한번 호통의 두번 자물써 안져 똥을 싸고 졔우졔우 살러더이 인졔ᄂᆞᆫ 할릴 읍시 쥭을 박긔 슈가 읍다 졍신을 가다듬어 오난 장슈 몸긔을 살펴보니 츙신긔 밧탕의 황금ᄃᆡ로 두려시 漢宗室 大匡輔國 崇祿大夫 玄德 臣下 關公 司命이라 덩그렁케 놉피 박고 늠늠ᄒᆞᆫ 긔샹은 紅顔鳳目의 三角鬚을 거살리고 黃金甲胄 젹퇴말의 청용도을 놉히 들고 비룡갓치 드러오니 증옥이 급히 엿ᄌᆞ오되 이 군ᄉᆞ 가지고 운장과 싸호다가는

〈36-뒤〉

눈졀의 다 쥭을 거시니 비러나 보시요 죠죠 왈 너 일명이 삼국의 웃뜸이라 이졔 운장의게 비난 거시 후셰에 우슴이라 너ᄉᆞ 참아 못빌것다 비지 말고 ᄒᆞᆫ 쐬 잇다 증옥이 왈 무삼 쐬오니잇가 죠죠 왈 나를 오목ᄒᆞᆫ ᄃᆡ 뉘이고 빅포장 더퍼노코 네의덜은 머리을 두다리며 울되 可憐ᄒᆞ다 曹丞相ᄂᆞᆫ 出天忠誠으로 天子의 명을 바더 삼군 거눌리고 말이젼장의 나와싸가 화룡도의셔 긔ᄉᆞᄒᆞ니 불상ᄒᆞ다 우리 승상 골몰 풍진ᄒᆞ야 공명을 못 셰우고 영결동쳔되단 말가 ᄒᆞ고 울면 나을 쥭은 쥴노 알고 거져 지너가거던 다러나자 증옥이 왈 승상은 그러 얏틈ᄒᆞᆫ 쐬 쓰

〈37-앞〉

지 마오 시방 싱죠죠 목도 베히랴고 눈이 불근 판의 쥭은 죠죠 목 베기야 무엇 심들것쏘 드ᄂᆞᆫ 칼노 목만 깅강 베혀가면 베힌 목니 움니 날가 비러도

못보고 목만 허비할 쩌시니 극진니 비려나 보시요 승샹이 뎐일 운쟝께 잇ᄉᆞ오니 운쟝는 관후한 사람니라 빌면 노흘 쓰 ᄒᆞ니다 죠죠 왈 諸葛亮이 운쟝이 ᄂᆡ게 은혜 찌친 듈 모로고 보ᄂᆡ엿실랴 이리 ᄒᆞ야도 듁고 더리 ᄒᆞ여도 쥭을 테오니 大丈夫 不能流芳百世어던 亦當遺臭 万年이지 옛글의도 일너시니 ᄒᆞᆫ번 더 싸와보고 쥭쟈고나 증옥 왈 곳 듁어도 쌈벽 ᄃᆡ단ᄒᆞ오 잔말 말고 극진이 비려나 보시요 죠죠 왈 아모리 ᄉᆡᆼ각ᄒᆞ야도

〈37-뒤〉

참아 말리 안나온다 증옥 왈 승상 일셩 그러할데면 우리는 다 갈테니 승상 혼ᄌᆞ 쓰오시오 죠죠 할릴 ○ 업셔 빌야홀 제 갑쥬 버셔 말게 언고 투고 버셔 ᄯᅡᆼ의 노코 살기만 바라고 진퇴ᄒᆞ야 돈슈ᄇᆡᆨ비ᄒᆞ니 關雲將 居動 보쇼 작망ᄃᆡ예 놉히 안져 북을 쿵쿵 울니면셔 홀긔을 들러찌르니 左右便 뭇친 군ᄉᆞ 벌쎄갓치 달여드러 죠죠을 졉졉으로 에워쓰고 운장이 군즁의 횡힝ᄒᆞ며 이늠 죠죠야 네 드르라 ᄂᆡ 고ᄃᆡ 복병ᄒᆞ고 너 오가만 바라쩌니 ᄂᆡ의 셩공할 써런가 네의 원면이 그 쁜인지 今日 漢室 大賊을 잡어시니 심산의 쥬린 ᄆᆡᆼ호 기을 본 듯 반갑도다 파랑갑이라

〈38-앞〉

飛上天ᄒᆞ며 두지기라 ᄯᅡᆼ으로 들러갈가 네 어ᄃᆡ로 갈고 죠죠 ᄃᆡ경ᄒᆞ야 증옥을 불너 왈 ᄂᆡ 사촌 증옥아 증옥이 눈을 흘겨 ᄃᆡ답ᄒᆞ되 뉘더러 ᄉᆞ촌이라 ᄒᆞ오 죠죠 왈 ᄂᆡ ᄊᆞᆼ이 급ᄒᆞ니 ᄂᆡ 옷 입고 난 쳬ᄒᆞ고 여긔 안져거라 증옥 왈 언의 바식이가 남의 ᄃᆡ신 죽으리요 나는 ᄂᆡ 명의 쥭지요 그런 쐬는 ᄂᆡ계도 잇쇼 물탄 쐬 씨지 말고 빌가나 졍신차려 잘 비시오 죠죠 두 무릅 졍이 쑬고 안니 나난 우슘을 엇지로 ᄂᆡ여 숀 들러 할 장ᄒᆞ며 발명ᄒᆞ여 비는 말리 장군 본졔 젹연의 긔쳬후 일향ᄒᆞ옵시잇가 쳔ᄒᆞ 분분ᄒᆞ고 ᄉᆞ히 요란ᄒᆞ야 ᄒᆞᆫ실 위티ᄒᆞ와 쳔ᄒᆞ을 보젼코져ᄒᆞ야 ᄃᆡ병을

〈38-뒤〉

거날리고 젼장의 나와쩌니 오젹의 뒤픽ᄒᆞ야 이 곳의 이르쩌니 쳔만 의외에 쟝군 만나오니 반가기 거지 읍사오나 장군의 안식을 보니 노긔가 등등ᄒᆞ고 三角鬚 沖天ᄒᆞ야 故人을 만나도 반가은 빗치 읍고 웬슈갓치 보온시니 쇼장의 슬운 마음 익달기 칭양 읍샤오니다 운장이 디로 왈 망칙ᄒᆞ고 요망ᄒᆞ고 방ᄌᆞᄒᆞᆫ 놈 죠죠야 네 듯거라 네 됴샹이 셰디로 식녹지신이라 무슴 부족ᄒᆞᆫ 일리 잇셔 역젹지심을 품고 天子을 엽히 찌고 졔후을 호령ᄒᆞ며 빅셩을 살히ᄒᆞ니 너갓튼 반젹놈을 셰상의 살여둘가 三分天下 ᄒᆞ기도 너로 ᄒᆞ여 그리되고 우리나라 삼쳑동ᄌᆞ도 네의 고기을 원ᄒᆞ니

〈39-앞〉

지금의 잡은 죠죠 엇지 다시 노을쇼야 잔말 말고 쉬이 죽어라 죠죠 다시 익걸ᄒᆞ되 비나니 쟝군임은 석ᄉᆞ을 싱각ᄒᆞ오 작연의 픽을 보고 거쥬을 모로실 졔 너 나라 오셧다가 별궁을 놉피 지코 모실 씩의 죠셕으로 문안ᄒᆞ고 가진 의복 별찬 진지 갓갓지로 공디ᄒᆞᆯ 졔 쳔ᄒᆞ절식 쵸션이을 무되이 살지ᄒᆞ되 일불긔구 ᄒᆞ여시며 상마 ᄒᆞ실 졔 금금 쳔양 은금보화을 익기잔코 말노 되야더니 도원결의 즁ᄒᆞᆫ 밍셰 쟝군 심즁 믹져넉코 공문 읍시 나가실 졔 우리나라 듀 장슈을 한 칼노 버혀시되 너의 원심 바이 읍쇼 사사로 픽군ᄒᆞ여 고향산쳔 험ᄒᆞᆫ 곳슬 분

〈39-뒤〉

별읍시 넝겨시니 그 공을 싱각ᄒᆞ와 쇼쟝을 살니쇼셔 윤쟝이 디로ᄒᆞ야 간샤놈 너 더르라 너 그 씩 불힝ᄒᆞ여 네 나라 가실 졔 위셰의 알양 문츄 네 나라의 침범ᄒᆞ야 슈만군ᄉᆞ 살히할 졔 네 ᄂᆞ라의 잇셔 참아 보기 민망ᄒᆞ야 쟝금을 빗기 들고 젼쟝의 나갈 씩에 네 숀으로 슐 부어 슈챠 권ᄒᆞ거늘 셩공읍

시 그 술 먹기 민망ᄒᆞ야 一鼓聲의 칼을 드러 顔良 文醜 두 장슈을 일각의 버혀 마하의 ᄂᆡ리치고 네 진으로 도라왓시되 데인 술이 식지 안니 ᄒᆞ엿시니 적장이 혼겁ᄒᆞ여 일시에 도망ᄒᆞ미 변산도로 쳘이을 다 아셔 쥬웟시며

〈40-앞〉

네의 졀식 쵸션이는 괴이ᄒᆞᆫ 요물리라 만일 살여 두거듸면 네 나라 망ᄒᆞᆯ 쥴 네들 어지 모르리요 네 나라 금은보화는 별궁의 던저두고 쳘이힝장 일낭쥭 쇠쳔 ᄒᆞᆫ푼 아니 가져왓시니 무신 공효 잇단 말가 말 갓잔ᄒᆞᆫ 말 다시 말고 쉬 죽어라 쟝금을 놉피 들고 호통을 드날이이 죠죠 더욱 잘겁ᄒᆞ여 목을 움치며 옷짓스로 덥푸며 빌거날 우장이 ᄒᆞ는 말리 이게 죠빡을 쓰고 벼락 바ᄒᆞ는 심이로다 목을 엇지 움친다 죠죠 왈 말의 쥬막의셔 자다가 목을 잘뭇 비엿ᄶᅥ이 목이 움치엿쇼만은 쟝군은 너머 각가 셔지 마시요

〈40-뒤〉

운장 왈 네 ᄂᆡ게 고정 잇다ᄒᆞ면셔 각가이 슴을 실러ᄒᆞ나야 죠죠 왈 쟝군은 유졍ᄒᆞ나 칼은 무졍ᄒᆞ니 뜻 읍난 져 칼리 고졍을 베힐가 ᄒᆞ나이다 운쟝 왈 네 머리을 션뜻 버혀 젹혈이 펄펄 나면 ᄂᆡ 마음니 쾌ᄒᆞ다 죠죠 겁ᄒᆞᆫ 즁의 농담ᄒᆞ여 긔롱ᄒᆞ되 죠죠을 쥬엿ᄶᅡ가 만일 죠죠가 쑥쑥 ᄲᅡ지면 ᄃᆡ환을 당ᄒᆞ렷다 웨 그리ᄒᆞ오 죠죠 목을 버혀 국 ᄭᅳ리여 잡술 심니요 雲長 曰 국 ᄭᅳ려 먹쟈 ᄒᆞ되 군즁의 장이 읍셔 국을 못 ᄭᅳ리되 네 머리을 가지고 가셔 현쥬와 션싱 젼의 밧치면 금샹의 만오후을 봉할 테니

〈41-앞〉

엇지 안이 상쾌ᄒᆞᆯ랴 죠죠 ᄒᆞᆫ ᄭᅬ을 ᄉᆡᆼ각ᄒᆞ야 왈 군즁 장이 업ᄶᅡ ᄒᆞ시이 장을 어더다 들리리다 관후ᄒᆞᆫ 운장임은 젼ᄉᆡᆨ 의을 ᄉᆡᆼ각ᄒᆞ오 쳔ᄒᆞ득실은 지쳔ᄒᆞ

고 죠죠 生死는 在雲長之手ᄒᆞ니 쟝군 덕의 살러지다 쓰신 투고요 쇼쟝 투고요 입은신 갑옷도 쇼쟝의 갑옷시오 타신 말도 쇼쟝의 말이요 드르신 칼도 쇼쟝의 칼이오니 ᄂᆡ 칼이 나 쥭기 그 안이 원통ᄒᆞ오 운쟝 왈 ᄂᆡ가 네의 나라 갓슬 ᄯᅢ 고의젹삼ᄭᅡ지 벗고 알몸으로ᄂᆞᆫ 안니 갓지야 무삼 존말ᄒᆞ난다 목을 느려ᄂᆡ 칼 바드라 쳥용도

〈41-뒤〉

번듯 드러넝겨 쌍을 넙더치니 칼리 죠죠 목의 실쳐 션듯 ᄒᆞ니 죠죠 뎨 목 버힌 쥴 알고 ᄋᆡ고 인졔ᄂᆞᆫ 쥭는다 쳥용도 든다 ᄒᆞ더니 들기ᄂᆞᆫ 장니 든다 션듯 ᄒᆞ더니 압푸잔케 버혀고나 ᄂᆡ 목은 가져갈지라도 신쳬나 두고가오 본국 반장ᄒᆞ여 션산의 묫치면 불힝둥 다힝니요 운쟝 쇼왈 목업난 놈니 말을 엇지 ᄒᆞ나야 죠죠 왈 신슈 됴키예 혼빅이 말ᄒᆞᄂᆞᆫ가 보 운쟝 ᄃᆡ쇼 왈 이놈 죠죠야 너 드르라 너을 자부랴고 쟝비을 보ᄂᆡ거ᄂᆞᆯ 마음이 미안ᄒᆞ여 현쥬와 션싱뎐의 쟈쳥ᄒᆞ야 군령 다짐두고 와셔

〈42-앞〉

너을 노코 나 쥭으면 그 안니 원통ᄒᆞ야 죠죠 ᄯᅩ 비러 왈 유황숙과 공명씨난 장군 알기을 오른팔노 아읍시니 쵸로갓튼 죠죠 안이 잡어가도 쟝군은 안이 쥭샤오리다 젹션지가의 필유여경이요 활쳔인이면 슈부귀다남ᄌᆞ라 ᄒᆞ니 졔발 덕부 살라진이다 쟝군임 오시기도 죠죠 목심 살리고 쳔위신죠 안이시요 연지민지ᄒᆞ시며 ᄋᆡ지흘지ᄒᆞ쇼셔 지셩으로 비를 졔 두챵 엽히 셧다 운쟝의 눈치가 만이 본즉 죠죠을 노코 갈 ᄯᅳᆺᄒᆞ거ᄂᆯ 쥬챵이 ᄃᆡ분ᄒᆞ야 ᄯᅱ어 달여드르며 쟝군 마음 인후ᄒᆞ여 쳣 칼의 버힐 죠죠을

〈42-뒤〉

지금까지 살 두고 엇지 ᄒᆞ랴고 이러시나잇가 예말을 싱각ᄒᆞ시요 진국 픽ᄒᆞᆫ 후의 홍무연 큰 잔치예 의심 읍시 잡은 픽공 그져 살여보닌 후의 항장의 날닌 칼리 쓸 곳시 젼혜 읍고 鷄鳴山秋夜月의 슬푼 동쇼 ᄒᆞᆫ 쇼릐의 팔쳔제ᄌᆞ 모도 일코 玉帳月夜의 슐 마시고 미인 이별ᄒᆞᆯ 졔 쇽졀읍시 우러거든 허물며 曹孟德은 治世之能臣이요 亂世之奸雄이라 잡은 죠죠 살여노코 몸만 ᄒᆞᆯ노 도라가셔 군령 다짐 여지ᄒᆞ며 또 養虎遺患 엇지 ᄒᆞᆯ릿가 어셔 밧비 버히쇼셔 만일 안니 잡어가실 테면 쇼장이 잡어가오리다 철퇴갓

〈43-앞〉

튼 두먹의 의아귀 심을 불는 쥬어 죠죠 멕살 잔득 잡고 왕지명이 현어슈슈라 ᄒᆞ니 죠죠 명니 현쥬챵지슈라 니 숀의 쥭으렷다 죠죠 ᄋᆡ고 여보 쥬별감 죠금 노시오 나도 운장의게 비러 살게 되얏더니 공연이 나셔셔 그리 ᄒᆞ것다 운장이 보다가 마라마라 슐 ᄉᆞᆫ칠나 산 죠죠로 자바가자 쥬창니 니을 갈며 그것 살여 쓸 씌 업쇼 목만 버혀 가삽시다 칼이나 쥬시요 ᄒᆞᆯ 지음의 죠죠 눈살리 ᄯᅩᆨᄯᅩᆨᄒᆞ고 슐찬 말노 ᄒᆞ난 말리 쥬별감니 ᄆᆡ우 셕셕ᄒᆞ다더니 오날 보니 장니 쌕쌕ᄒᆞ고 남의 목을 슈박ᄯᅩ치 도리듯 함부로 도려가오 이렷틋 실난ᄒᆞᆯ 졔

〈43-뒤〉

죠죠 다시 운장 뎐의 ᄋᆡ걸 왈 비나이다 비나이다 장군임젼의 비나이다 션우갓틋 홍노도 빅등칠일 답은 한고됴을 살여두고 그져 가며 襄子宮의 豫讓이도 비슈을 엽히 씨고 양ᄌᆞ을 쥭기랴다가 도로 살여노와신니 장군 덕의 살진이다 운쟝은 본ᄃᆡ 인후ᄒᆞ신 ᄃᆡ장니라 잔잉니 싱각ᄒᆞ고 살히할 뜻시 바이 읍셔 고이 살여보닐 뜻시 자연날 졔 또ᄒᆞᆫ 싱ᄒᆞᆫ득 죠죠는 쳔싱 ᄃᆡ인이라

경명 칠십이세라 죽이지 못홀 쥴 알고 적징 퇴진ᄒᆞ니 죠죠 니러나셔 빅비 치ᄉᆞ 겹짐의 증옥달려 ᄒᆞᆫ는 말리

〈44-앞〉

네 형임 운장 왓기에 사럿지 네 사촌 장비 갓트면 영낙읍시 쥭을번 ᄒᆞ엿다 ᄒᆞ더라 각셜 현덕이 ᄒᆞᆫ국의 잇셔 군사를 모으고 삼군을 상사ᄒᆞ고 형쥬의 가니 형쥬 비엿거놀 남은 장졸 은금보화랄 지키고 운장과 자룡과 장비와 마초를 지다리더니 오리지 안니ᄒᆞ여 각쳐의 갓던 졔장 도라와 공을 사레ᄒᆞ되 운장은 죄를 청ᄒᆞ여 왈 군법 당ᄒᆞᆷ믈 알외나이다 공명 왈 조조 그리고 가지 안니ᄒᆞ기로 잡지 못ᄒᆞ여ᄂᆞᆫ잇가 운장 왈 그리 오기ᄂᆞᆫ 왓시나 차마 쥭이지 못ᄒᆞ여난이다 孔明이 大怒 왈 무사야 운장을 닉려 베히라 ᄒᆞᆫ대 무사 운장을 미러닉니 운장 왈 션싱은 현쥬를 보아 사죄ᄒᆞ소셔 ᄒᆞ고 무ᄒᆞᆫ

〈44-뒤〉

탄식ᄒᆞ니 공명이 무ᄉᆞ를 물이치고 운장을 죄의 안치고 소왈 닉 져졍긔 쳔문을 보니 조조 아직 쥭이지 못ᄒᆞᆫ 고로 장군으로써 공을 갑게 ᄒᆞ미로다 즉시 운장은 형쥬를 직키고 익덕은 셔쳔을 지키고 자룡으로 상장군 병호를 셰워 ᄃᆡ군을 조발ᄒᆞ며 형쥬 병마을 만변은 관홍 장포로 좌우익을 삼어 사쳔의 가 싸호지 말고 문병ᄒᆞ엿짜가 닉 긔별하난 ᄃᆡ로 ᄒᆞ라 ᄒᆞ고 ᄯᅩ 익덕으로 졉응ᄒᆞ되 공명이 현덕으로 ᄒᆡ야금 군사을 그나려 ᄒᆞ구을 쩌날 시 千里 전장의 무사ᄒᆞ멀 당부하더라 軍師 보ᄒᆞ되 江東 노슉이 왓나이다 공명이 노슉을 보아 왈 軍中 달난하기로 올 씩 ᄒᆞ직도 못ᄒᆞ고 왓시나 승부 어더ᄒᆞ던 잇가 노슉 왈 曹操을 破ᄒᆞ여시나 잡지 못ᄒᆞ여쓰오니 미안ᄒᆞ나이다 ᄒᆞ더라

大韓 光武 九年 乙巳 二月

(뒷면)

誤字落字가 만으니 보ᄂᆞᆫ 쳠존은 눌너보압

右 此 一편은 都是 臥龍先生의 接神使鬼 呼風환雨 축大축也 周易八卦 六도 三약지 正術을 ᄃᆡ강 기록ᄒᆞᆫ 일리라

김종철 소장 75장본 〈화룡도〉

전주 梁冊房에서 간행된 무신년 완판본 〈화룡도〉를 필사한 이본이다. 서두에 '당양 장판교 젹벽디젼니라'이라는 표제가 있으며, 장판교 장면이 상세히 서술되어 있는 점이 이 본의 특징이다. 동작대부 사설이 있으나 청도기 사설은 없다. 주유가 상처(喪妻)한 유비와 손권의 동생 손부인과 혼인을 빙자하여 죽이려 계략을 세우는 장면에서 끝나고 있다. 박순호 소장 89장본 〈화룡도〉와 동일하나 다른 점은 이 본은 마지막에 하권에 대한 안내문이 없다는 점이다. 필사 연도는 경술(庚戌)년인 1910년으로 보인다.

김종철 소장 75장본 〈화룡도〉

〈내표지1-앞〉

화룡도목록 華容道目錄
유현덕봉공명 劉玄德逢孔明
삼강구공명차젼 三江口孔明借箭
감ᄐᆡᆨ사항됴 闞澤詐降曹操
공명풍남병산 孔明風南屛山
노슉인공명지오 魯肅引孔明至吳
황공복용골뉵게 黃公覆用骨肉計
방통연환계 龐統連環計

〈내표지1-뒤〉

졔갈양지산화룡 諸葛亮智筭華容
관공의석됴됴 關公義釋曹操
됴인ᄃᆡ젼동오병 曹仁大戰東吳兵
공명일긔공근 孔明一氣公瑾
졔갈양지사노슉 諸葛亮智辭魯肅
됴자룡단긔구쥬 趙子龍單騎求主
익덕ᄃᆡ요장판교 翼德大鬧長板橋
ᄆᆡᆼ덕창황탈금포 孟德愴惶脫錦袍
마초셩가ᄀᆡ쳔고 馬超聲價蓋天高

〈1-앞〉

당양 장판교 젹벽ᄃᆡ젼이라

화룡도 권지상이라

한ᄐᆡ조 고황졔 창업한지 사ᄇᆡᆨ연의 현졔 ᄯᅢ 이르러 동ᄐᆡᆨ이 작난ᄒᆞ이 사도 왕윤이 사직 츙신으로 동ᄐᆡᆨ을 치고 한실을 홍복고져 ᄒᆞ더니 블힝ᄒᆞ야 이최의 난을 만ᄂᆡ 쳔ᄌᆞ 피란ᄒᆞ시ᄆᆡ 쳔ᄒᆞᄃᆡ란한지라 됴됴 ᄃᆡ군를 거나려 난적을 소멸ᄒᆞ고 찬역의 ᄯᅳ즐 두워 쳔ᄌᆞ를 유인ᄒᆞ야 허창의 도읍ᄒᆞ고 졔휴를 호령ᄒᆞ니 조졍이 됴됴의 장악의 잇쓰니 국가홍망이 비조즉셕일네라 각셜 잇ᄯᆡ 한실 유현덕이 관공 장비로 더부려 도원결의할 졔 사싱을 한가지로 ᄒᆞ야 한실를 홍복고져ᄒᆞᄂᆞ 병불만쳑이오 장블과십이라 셔쥬로 가 여포의게 ᄑᆡᄒᆞ고 여남의 가 ᄯᅩ 됴죠의계 회를 당ᄒᆞ야 막지소힝이러니 싱각하되 형쥬포ᄂᆞᆫ 죵실지의 잇난

〈1-뒤〉

고로 형쥬로 가 신야의 머무던니 마침 수경션싱을 맛ᄂᆡ 와룡션싱을 쳔거ᄒᆞ거늘 현덕이 ᄃᆡ히ᄒᆞ야 ᄑᆡᄇᆡᆨ을 갓초와 ᄐᆡᆨ일ᄒᆞ야 칠일 ᄎᆡ비ᄒᆞ고 관장을 가ᄂᆞ려 남양 와룡강 졔갈공명 ᄎᆞ자갈 졔 졍셩도 지극ᄒᆞ고 녜모도 공순ᄒᆞ니 공명이 엇지 감동치 아니ᄒᆞ리오 유관장 삼인이 융즁의 다다르니 농부ᄂᆞᆫ 호무을 들고 노ᄅᆡᄒᆞ며 논일 졔 농부다려 문왈 와룡션싱이 어ᄃᆡ 계신뇨 답왈 져산 일홈은 와룡산이오 압ᄑᆡᄂᆞᆫ 숫풀잇고 그 가온ᄃᆡ 일간초당이 잇시되 ᄐᆡ극은 ᄐᆡ양이오 일월은 창외되고 삼ᄇᆡᆨ팔십사수로 연ᄌᆞ 걸고 인의예지로 벽을 맛추고 도당씨 삼등토계예 하도낙셔로 단쳥ᄒᆞ고 후원의 낙낙장송은 군ᄌᆞ절이오 장장녹죽은 충녈사의 졍령ᄒᆞ고 벽상은 금실이오 졍젼의 ᄇᆡᆨ합이 츔을 츄니 완연한 션셩이라 산불고이슈례ᄒᆞ고 슈불십니징쳥

〈2-앞〉

이라 초목이 졀승ᄒᆞ고 풍물이 이상ᄒᆞ다 그리로 차자가소셔 현덕이 말을 모라 급피 가보니 시문을 반ᄀᆡᄒᆞ여거늘 동ᄌᆞ를 불너 말삼ᄒᆞ되 션싱을 뵈압자

고 문젼의 왓단 말삼 엿쥬워라 동ᄌ 답왈 션싱게셔 식벽의 출입ᄒ시고 아니 게신다 ᄒ니 현덕이 답왈 어ᄃ을 가 게신야 동ᄌ 왈 기약이 업ᄂ이다 현덕이 긔탄불이ᄒ니 관장의 마리 션싱이 아니 게신니 신야로 도라갓삽다가 휴일의 다시와 찻ᄉ이다 현덕이 동ᄌ을 불러 당부ᄒ되 션싱이 오시거던 유예쥬 왓단 말삼 부ᄃ 엿쥬라 ᄒ고 신야로 도라와 슈일 휴의 예단을 다시 갓초와 가지고 와룡강을 가랴할 졔 익덕이 ᄒᄂ 마리 일긔 션싱을 보랴하고 ᄯᅩ 엇지 가오릿가 사환이ᄂ 보ᄂᆡ소셔 현덕이 ᄃ칙 왈 공명은 ᄃ현이라 엇지 사환를 보ᄂᆡ리오 ᄒ고 관장을 다리고 와룡강을 다시 갈시 북풍은 졀역ᄒ고 빅셜은 분분ᄒᆫᄃ 익덕이 왈 여ᄎ 셜풍○○

〈2-뒤〉

기여이 졔갈양을 보랴ᄒ고 이다지 신고ᄒ리오 신야로 가사이다 현덕 왈 우리 이러ᄒ문 공명이 감동켸ᄒ미라 풍셜이 겁ᄂ거던 너는 도라가 잇르라 익덕왈 풍셜을 엇지 두려ᄒ리잇가 ᄒ고 삼인이 초당문젼 당도ᄒ니 글 익는 소릐 들이거날 자셔이 보니 표표ᄒᆫ 소년이 안ᄌ 노릐ᄒ며 논일 졔 현덕이 초당의 올나가 ᄒᄂᆫ마리 션싱을 뵈압자고 슈차 왓삽다가 뵈옵지 못ᄒ고 이졔 와 존안을 뵈오니 쳔만다힝ᄒ여이다 그 소년이 급피 이려나 답녜 왈 장군이 분명 ᄂᆡ의 사형을 차자 오신잇가 나는 와룡의 아우 균이로소이다 현덕왈 션싱은 어ᄃ를 가 계신잇가 균이 왈 형장의 ᄂᆡ거종젹이 졍쳐업ᄊ오니 아지 못ᄒᄂ이다 현덕왈 ᄂᆡ의 복이 져거 슈차 와도 션싱를 보지 못ᄒ년도다 후일의 다시 오리라 ᄒ고 관장을 다리고 신야로 도라와 다시 턱일ᄒ여 삼일지계ᄒ고 예단를 다시 갓초와 가지고 와룡강을

〈3-앞〉

힝할시 관장 왈 형장이 두번 가셔 못보고 ᄯᅩ 가시기 불안ᄒ여이다 공명이 실상은 직조업셔 피ᄒ고 안보ᄂᆫ가 ᄒ나이다 현덕 왈 옛날 졔환공이 동곽

양인을 보라ᄒᆞ고 사오ᄎᆞ를 슈고ᄒᆞ엿거던 하물며 공명은 ᄃᆡ현인이라 ᄂᆡ 엇지 이만 졍셩을 읫기리오 익덕 왈 초야ᄇᆡᆨ셩 ᄒᆞᄂᆞ를 보라하고 이다지 슈고 말고 졔 혼ᄌᆞ가셔 노ᄭᅳᆫ으로 동여오리다 ᄒᆞ니 현덕이 ᄃᆡ칙 왈 쥬문왕이 강틔공을 보려ᄒᆞ고 위수의 왕ᄂᆡᄒᆞ엿단 말를 듯도 못ᄒᆞ야ᄂᆞᆫ냐 문왕갓탄 셩군도 졍셩드려 ᄎᆞᄌᆞ거던 ᄂᆡ 엇지 무례ᄒᆞᆫ뇨 오지말고 도라가라 ᄒᆞ니 익덕 왈 이왕 두 형장을 모시고 왓ᄉᆞ오니 엇지 도라가오릿가 삼인이 말을 타고 융즁의 득달ᄒᆞ야 초당을 바러보니 오리지격 ᄒᆞ여ᄂᆞᆫ지라 현덕이 말게 ᄂᆞ려 지셩으로 거러가니 맛참ᄂᆡ 졔갈균이 나오거늘 현덕이 녜 ᄒᆞ고 문왈 션ᄉᆡᆼ이 계신잇가 균이 왈 어졔야 오셔ᄂᆞ이다 문젼의 동ᄌᆞ를 불너 왈 션ᄉᆡᆼ이 계신냐 동ᄌᆞ

〈3-뒤〉

엿ᄌᆞ오ᄃᆡ 션ᄉᆡᆼ이 계시오ᄂᆞ 초당의 취침ᄒᆞ여 계시니 기침키 황송ᄒᆞ여이다 현덕이 관장의계 분부ᄒᆞ되 그ᄃᆡ더런 번거히 말고 동졍을 보라ᄒᆞ고 완보로 즁계예 올나 초당을 살펴보니 션ᄉᆡᆼ이 평상의 놉피 누워 잠을 드러거늘 잠ᄭᆡ기를 기다려 지셩으로 셧더니 익덕이 ᄃᆡ로 왈 형장이 져러탓 슈고ᄒᆞ신ᄃᆡ 짐짓 잠자는 쳬ᄒᆞ고 져ᄃᆡ지 거만ᄒᆞ니 고이코 교만ᄒᆞ고이다 당장 풍파을 ᄂᆡ리라 광공이 무한의 말유ᄒᆞ고 현덕은 동졍을 짐작ᄒᆞ고 관공은 눈을 쥬워 헌화를 금ᄒᆞ고 죵시 지다리더니 션ᄉᆡᆼ이 잠을 ᄭᆡ여 ᄃᆡ몽시을 지여 읍푸되 ᄃᆡ몽을 슈션각고 평ᄉᆡᆼ을 아자지라 초당의 츈슈뎍ᄒᆞ니 창외예일지지라 동ᄌᆞ를 불너 문왈 문 밧계 손임 와 계시냐 동ᄌᆞ 엿ᄌᆞ오ᄃᆡ 뉴황슉이 오신지 오련이다 공명이 ᄃᆡ칙 왈 엇지 일직 고치 아니ᄒᆞ여ᄂᆞ냐ᄒᆞ고 의복을 갈라입고 현덕을 쳥ᄒᆞ거놀 드러가 녜 ᄒᆞ고 공명을

〈4-앞〉

보니 신장이 팔쳑이오 얼골이 ᄇᆡᆨ옥이라 머리예 윤건을 쓰고 학창의을 입고

손의 빅우션을 드러거늘 뫼연훈 션관이라 현덕이 다시 이러나 지비ᄒᆞ고 가로디 션싱의 디현ᄒᆞ신 셩화을 포문ᄒᆞ고 슈차 와셔 못뵈와난이다 공명 왈 날갓튼 초야셔싱을 보시라고 뉴지의 여러번 힁ᄎᆞ을 ᄒᆞ게시니 광치비승ᄒᆞ여이다 현덕 왈 방금 간웅이 창셩ᄒᆞ와 사직이 장위ᄒᆞ오니 션싱의 너부신 지됴로 지도ᄒᆞ와 기여이 회복ᄒᆞ고 도탄의 든 빅셩을 건져 쥬옵소셔 공명 왈 남양의 밧 갈기와 월ᄒᆞ의 고기 낙기를 일삼아 비운거시 업난디 엇지 쳔ᄒᆞ 득실을 의논ᄒᆞ리잇가 현덕 왈 션싱이 져다지 겸사ᄒᆞ시니 도로혀 망극ᄒᆞ여이다 그려ᄒᆞ오ᄂᆞ 디장부 세상의 쳐ᄒᆞ여다가 여ᄎᆞ 풍진의 엇지 혓도이 세월을 보ᄂᆡ릿가 션싱은 션왕지업을 회복ᄒᆞ고 억조창싱을 건져쥬옵소셔 ᄒᆞ고 언미질의 눈물이 옷깃슬 젹시거늘 공명

〈4-뒤〉

이 현덕의 졍셩를 감동ᄒᆞ여 가로디 장군이 표한한 사람를 져럿탓 ᄒᆞ시니 용녈ᄒᆞ오나 뒤를 ᄯᅡ라 시셕을 한가지ᄒᆞ리다 현덕이 그졔야 디히ᄒᆞ야 관장을 불너 뵈이라 ᄒᆞ고 녜단을 올이거늘 공명 왈 이게 과도ᄒᆞ노이다 일폭 지도셔을 ᄂᆡ여 벽상의 거러놋코 가르쳐 왈 이게 셔촉 사십주의 지도라 젼일 고황졔 셔촉의 웅거ᄒᆞ와 사빅년 디업을 창셩ᄒᆞ여쓰니 장군도 한실을 회복고져 ᄒᆞ거든 션취형주ᄒᆞ고 지취셔촉ᄒᆞ야 근본을 삼은 후의 즁원를 쳐 디업을 이루옵소셔 ᄒᆞ거늘 현덕 왈 션싱의 말삼을 듯ᄉᆞ오니 운무을 혓치고 일월을 디ᄒᆞ온 듯 반갑사오이다 형주 뉴표와 셔촉 뉴장은 다 동종이라 엇지 ᄲᅡᆼ을 취ᄒᆞ릿가 공명 왈 형주 셔촉이 자연 장군의 기업이 되오리다 이윽히 슈작ᄒᆞ고 즉일의 아우 균을 불너 왈 유황숙의 삼고조려ᄒᆞᆫ 은혜을 바다 출셰ᄒᆞᄂᆞ니 너ᄂᆞᆫ 가업을 일치말고 학업을 허치

〈5-앞〉

말고 잇쓰면 셩공 후의 도라오리라 ᄒᆞ며 송학을 잘 직키라 당부ᄒᆞ고 현덕

을 싸라 신야의 다다르니 장졸이 ᄃᆡ위ᄒᆞ야 차례로 졈고ᄒᆞ고 군제를 졍제ᄒᆞ더니 잇ᄯᆡ 됴됴 허창의 잇다가 현덕이 공명 어더ᄊᆞᆫ 말을 듯고 ᄃᆡ경ᄒᆞ야 ᄒᆞ후돈을 불너 ᄃᆡ병 십만을 급피 조발ᄒᆞ야 방망셩의 진을 치고 신야를 엿보더니 예산 조분 질의 공명이 일파화로 십만 졍병을 경각의 함몰ᄒᆞ니 하후돈이 도망ᄒᆞ야 허창으로 도라와 그 연고를 됴됴의게 고ᄒᆞᆫᄃᆡ 됴됴 ᄃᆡ경ᄒᆞ야 왈 유비는 인즁지룡이라 공명과 상의ᄒᆞ야 묘계를 지을진ᄃᆡᆫ 심복지환이 될진니 ᄂᆡ 친이 유비를 쳐 파ᄒᆞ리라 ᄒᆞ고 즉시 십만병을 거ᄂᆞ리고 현덕을 칠ᄉᆡ 그 형셰를 당치못ᄒᆞ여 신야 ᄇᆡᆨ셩 수십만을 거ᄂᆞ리고 강능으로 ᄒᆡᆼᄒᆞ다가 당양의 이르러 공명 왈 됴됴 군이 불의예 올거시니 급피 운장을 강화로 보ᄂᆡ야 공ᄌᆞ 유기를 구안ᄒᆞ고 속히 가라처 긔병ᄒᆞ야 ᄇᆡ

〈5-뒤〉

를 타고 강능으로 만ᄂᆡ게 ᄒᆞ소셔 현덕이 즉시 운장 손견 두 장수를 명ᄒᆞ야 하구의 가 유기를 구ᄒᆞ라 ᄒᆞ고 공명의 마를 젼ᄋᆞ니라 ○각셜 잇ᄯᆡ 됴됴 번셩의 잇다 사람으로 하여금 강을 건ᄂᆡ 양양의 이르러 유종을 보ᄌᆞᄒᆞ니 종이 두려워 감히 가보지 못ᄒᆞ는지라 최모 장윤이 와 쳥ᄒᆞ거늘 잇ᄯᆡ 왕위 종다려 가마니 고왈 장군이 니무 현덕의게 항복ᄒᆞ고 ᄯᅩ 됴됴의계 다라나리오 원컨ᄃᆡᆫ 장군은 요진쳐의 ᄆᆡ복ᄒᆞ엿다가 치거ᄃᆡ면 됴됴을 반다시 잡을 지니 위진쳔하ᄒᆞ고 즁원이 비록 너르나 뎡ᄒᆞ기 어렵지 아니할거시니 ᄯᆡ를 일치 마소셔 유둉이 이 말를 최모의게 고ᄒᆞᆫᄃᆡ 모가 왕위를 ᄭᅮ지져 왈 네 쳔명을 모르고 감히 망언을 ᄒᆞ느뇨 왕위 ᄃᆡ로 왈 너는 나라를 파라먹은 놈이라 ᄂᆡ 싱젼의 네 고기를 맛보리라 ᄒᆞ니 모가 쥐기고자할 ᄉᆡ 괴월리 권ᄒᆞ야 근치고 모가 장윤으로 더부려 번셩의 이르려 됴됴의게 뵈온ᄃᆡ 됴됴 문왈 형주군마

〈6-앞〉

쳔양 다소가 얼마나 되던뇨 치모 왈 마군이 오만이오 보군이 십오만이오 수군이 팔만이오 합군이 십팔만이오 돈과 양식이 반든 강능에 잇고 그나문 지양은 각쳐의 잇는바 톡키 한 수리슥은 되더이다 됴됴 우문 왈 젼션은 얼마나 되더뇨 모 왈 딕소 젼션를 합ᄒᆞ면 십여쳑이나 되더이다 됴됴가 모등양인를 벼살을 더ᄒᆞ야 모로 질남후겸 슈군 딕도독을 삼고 장윤으로 조순후겸 수군 부도독을 삼고 하령 왈 이밤 시벽의 졍병 오쳔 쳘기을 모라치되 한은 일릴일야을 졍ᄒᆞ더라 ◯각셜 현덕이 슈만빅셩과 삼쳔군마를 거ᄂᆞ리고 강능으로 진발할시 ◯조운은 보호노소ᄒᆞ고 ◯장비는 뒤를 쓴고 ◯공명은 운장을 강하의 보닉여 오지 안니ᄒᆞ니 소식을 아지못할네라 당일의 간웅 미축 미방으로 ᄒᆞᆫ가지 힝할시 문득 일진광풍이 이러나며 진퇴츙쳔ᄒᆞ며 일광이 불근지라 현덕이 딕경ᄒᆞ야 급피 압진을 무른딕 좌우 왈 당양 경산이로소

〈6-뒤〉

다 넝풍이 소실한듸 황혼이 되믹 곡셩이 진동ᄒᆞ며 함셩이 쳔지 진동ᄒᆞ더니 됴됴 추군이 쳐드러오거늘 현덕이 딕경실식ᄒᆞ야 급피 말게 오르며 본부 졍병 삼쳔으로 방츌ᄒᆞ러 ᄒᆞ되 그 형셰를 당ᄒᆞ리오 현덕이 죽기로써 싸올시 다황토다 장비군을 모라 일시의 엄살ᄒᆞ니 피 흘너 길의 가득ᄒᆞᆫ지라 잇씌 현덕은 동을 바릭고 닷드니 문빙이 닉닷거늘 현덕 왈 너는 쥬인 빅반ᄒᆞᆫ 도덕이라 ᄒᆞ면 목야 문빙이 수괴ᄒᆞ야 군ᄉᆞ을 돌여 동으로 가더라 장비 현덕을 보호ᄒᆞ고 함셩이 삼삼할시 잇씌 빅셩 노소와 졔장의 싱사를 몰ᄂᆞ 크긔울식 미방 등이 번창닉도 왈 자룡이 됴됴의게 투힝ᄒᆞ여ᄂᆞ이다 ᄒᆞ거늘 현덕이 ᄭᅮ지져 왈 자룡은 날과 고괴라 나를 엇지 빅반ᄒᆞ리오 장비 왈 우리는 셰궁녁진ᄒᆞ고 됴됴는 승승ᄒᆞ믹 부귀를 탐ᄒᆞᆫ가 십픈이다 그러치 안토다 닉 안은바 활난지심이 철셕갓탄지라 자룡이 반다시 나를 빗기믄

〈7-앞〉

일리 잇는 연고라ᄒᆞ니 장비 탐지ᄒᆞ리다 ᄒᆞ고 장비 이십여기를 거ᄂᆞ리고 장판교의 이르러 장판사모창을 빗겨들고 말게 비겨 셔셔 셔편을 바릭더라 ○ 각셜 잇ᄶᅢ 됴운이 필마단창으로 사경시분의 됴군으로 더부려 나리 발도록 ᄊᆞ와 왕닉충돌ᄒᆞ야 물이치고 현덕을 ᄎᆞ지니 업ᄂᆞᆫ지라 ᄯᅩ 감부인 미부인 소쥬인 아두를 닉계 다 부탁ᄒᆞ엿거ᄂᆞᆯ 금일 군즁의 실산ᄒᆞ여ᄊᆞ니 무삼 면목으로 도라가 쥬인을 보리오 닉 엇지 ᄒᆞᆫ번 죽엄을 익길쇼냐 기어이 주모와 소쥬인을 차지리라 ᄒᆞ고 좌우를 도라보니 군ᄉᆞ 삼십기가 ᄂᆞ문지라 거라리고 창을 드러 됴군을 헛치고 다를시 이 현 빅셩의 곡셩이 쳔지진동ᄒᆞ며 달라나는지 부지기슈네라 홀연 살펴보니 ᄒᆞᆫ 사람이 풀 가온딕 누어거ᄂᆞᆯ 자셔이 보니 이ᄂᆞᆫ 간옹야라 급피 문왈 주모양위 모운 딕를 보와ᄂᆞ뇨 옹이 왈 두 주모 아두를 품고 날을 바리고 다라난지라 나는 말을 달여 피ᄒᆞ더니 일창을

〈7-뒤〉

맛나 한 창으로 질너 마ᄒᆞ의 닉리치고 버셔나 예와 누워ᄊᆞ되 얼골을 아지 못ᄒᆞ나이다 운이 말을 타고 달이며 왈 혈마 승쳔입지ᄒᆞ여ᄊᆞ리오 닉 이예가 주모와 소주인을 차자보리라 ᄒᆞ고 장판교를 바릭고 가더니 문듯 한사람이 됴장군이요 크긔 부르거ᄂᆞᆯ 운이 말를 급피 모라가 문왈 엇더ᄒᆞᆫ 사람인다 답왈 뉴사군의 호송 슈릭군이옵더니 피ᄒᆞ와 예 왓ᄂᆞ이다 됴운이 두 부인 소식을 물은딕 군ᄉᆞ 답왈 게오 버셔나셔 보오니 감부인이 머리 풀고 발버신치 빅셩 부녀을 ᄯᅡ라 남무로 닷더이다 죠운이 이말 듯고 일분인들 지쳐ᄒᆞ랴 군ᄉᆞ을 불고ᄒᆞ고 말을 급피노와 남을 바릭고 가더니 문듯 한ᄯᅦ 빅셩 남녀 슈빅인이 셔로 분쥬이 닷는지라 운이 딕호 왈 그 가온딕 감부인이 계시ᄂᆞ뇨 ᄒᆞ며 편운갓치 오ᄂᆞᆫ지라 부인이 후면의 잇더니 죠운이 바릭보고 방셩딕곡ᄒᆞ며 ᄒᆞ마 삽창의이 읍왈 쥬모 실산이 운지죄야인다 감부인 왈 미부인 소

〈8-앞〉

쥬인은 편이 잇ᄂᆞᆫ뇨 ᄂᆡ 미부인으로 더부려 ᄇᆡᆨ셩총즁의 보ᄒᆡᆼᄒᆞ더니 일진군마를 맛나 츙돌ᄒᆞ니 각기 허친지라 미부인과 아두는 어ᄃᆡ로 간 줄 모르고 홀노 도망ᄒᆞ야시니 슬푸다 ᄯᅩ 미부인과 아두를 다시 보리오 이럿텃 실려할식 ᄇᆡᆨ셩이 말ᄒᆞ되 함셩이 나며 일진군이 오ᄂᆞ이다 ᄒᆞ거늘 죠운이 창을 ᄢᅦ여들고 비신상마ᄒᆞ야 젼면을 살펴보니 이ᄂᆞᆫ 미축이라 그뒤로 ᄒᆞᆫ장슈 장창ᄃᆡ검을 들고 ᄯᅡ라ᄂᆞᆫᄃᆡ 슈쳔병마을 모라오니 함셩이 쳔지 진동ᄒᆞ거늘 이ᄂᆞᆫ 곳 조인의 부장 순이라 죠ᄌᆞ룡이 ᄃᆡ질 일셩의 정창 종마ᄒᆞ야 직취순우ᄒᆞ니 졔 엇지 당적ᄒᆞ리오 ᄌᆞ룡의 창이 번듯ᄒᆞ며 순의 머리 마ᄒᆞ의 ᄯᅥ려지ᄂᆞᆫ지라 횡ᄒᆡᆼ츙돌ᄒᆞ야 미축을 구완ᄒᆞ고 말 두필을 어더ᄂᆞᆫ지라 감부인을 말게 모시고 ᄃᆡ로을 어더 장판교의 이르러 보니 장비 사모창을 들고 다리 우의 비겨셔셔 ᄃᆡ호 왈 ᄌᆞ룡아 네가 엇지 ᄂᆡ게 도라오

〈8-뒤〉

ᄂᆞ뇨 ᄒᆞ거늘 죠운 왈 엇던 마린뇨 ᄂᆡ 쥬모와 소주인을 뒤의 ᄯᅥ르치고 ᄎᆞᄌᆞ보도 안코 도라오랴 ᄒᆞ니 장비 왈 간옹이 몬져와 보ᄒᆞ물 듯고 소식을 탐지코ᄌᆞᄒᆞ야 와 쉬엿노라 ᄒᆞ거늘 운왈 쥬공 어ᄃᆡ 계시ᄂᆞ뇨 비 왈 이 압픠 머지아니 계신이다 죠운이 미축다려 왈 녀는 감부인을 모셔 몬져 ᄒᆡᆼᄒᆞ라 나는 이에 가 미부인 소쥬인을 ᄎᆞᄌᆞ 도라가리라 언미필의 ᄒᆡᆼᄒᆞ더니 슈쳔 철기구로 도라오거늘 살펴보니 ᄒᆞᆫ장수 졔철검을 들고 철기를 모라오니 의긔양양ᄒᆞ야 쳔지ᄌᆞ옥ᄒᆞ거날 죠운이 정창출마ᄒᆞ야 아장을 취ᄒᆞ야 교마할식 일합의 ᄌᆞ룡의 창이 번듯ᄒᆞ며 아장을 질으고 쏫치니 다라ᄂᆞ는지라 문듯 어덕 우의 됴됴가 오ᄂᆞᆫᄃᆡ 뒤히로 ᄯᅡ로ᄂᆞᆫ 아장은 신비검을 드러쓰니 이ᄂᆞᆫ ᄒᆞ후은이라 됴됴의계 보검 두리 잇시되 한ᄂᆞ는 기쳔검이오 ᄯᅩ ᄒᆞᄂᆞ는 청강검이라 ᄒᆞ후은이 청강 기쳔검을 찻쓰니 이 칼은 철셕도 물은

〈9-앞〉

진흘갓치 드는지라 다른 칼은 젼우위 이름이 업더라 됴됴 후은을 돌라보니 후은의 용밍이 당시 졀인훈지라 죠운을 말여 왈 네 어듸로 갈짜ㅎ며 달여들거늘 양장의 고함소릐 쳔지가 문어지는 듯ㅎ고 강산이 쓟는 듯한지라 조운이 피ㅎ는 듯ㅎ며 창을 날여 후은을 질너 쥭기고 창검을 아셔쓰니 진지보검이로다 운이 보검지창ㅎ여 다시 엄살ㅎ고 도라와 도운의 마음에는 반졈 물너갈 마음이 업스나 어진 빅셩을 맛나 미부인 소식을 무러 ᄎᄌ오리라 ㅎ고 가더니 문듯 훈사람이 가로듸 부인이 아기를 품어난듸 좌고상의 창을 맛고 힝ㅎ야 다라낫스나 다못 젼면너의의 안ᄌ스리다 조운이 듯기을 맛치고 연망츄심할식 문듯 훈 고슬 바릐보니 인가 불탄 단장 흑덕이 우예 안ᄌ시니 장ㅎ에는 고댱이라 미부인이 아기를 안고 앙쳔통곡ㅎ니 쳔시 엇지 무심듯 찌르고지 급피 말게 나

〈9-뒤〉

려 빅사복지ㅎ니 부인 왈 ○○○○○○○○○○○○○○○○○○○○○건던 장군은 가련 져 거슬 거두어 ○○○○○○○○○○○○○○○○○○을 다려다가 ᄋᆡ비 얼골를 보○○○○○○○○○○○훈이 업ᄂᆞ이다 훈듸 운 왈 부인이 곤난○○○○○○○○○○○○○○○○○○○○이다 불필다인ㅎ시고 쳥컨뒨 부인은 말게 오르소셔 운은 보힝이라도 죽도록 쓰와 투○○즁위 ㅎ오릿이다 미부인이 왈 불가토다 장군이 엇지 마리 업쓰리오 장군은 이 아히ᄂᆞ 온젼이 보호ㅎ소셔 쳡은 이무 여려 관듸를 상ㅎ여쓰니 엇지 죽기를 ᄋᆡ기리오 원컨뒨 장군은 이 아히를 품고 속키 가옵시고 이에 쳡을 더럽다 마르소셔 운이 왈 함셩이 장ᄎ 갓가오니 추병이 이무 이르는가 시푸오니 쳥컨뒨 부인은 속속 상마ㅎ옵소셔 미부인 왈 쳡의 몸은 이위 바릴지라 ㅎ며 장군은 아두를 바드소셔 ㅎ며 이 아히 셩명 온젼ㅎ문

〈10-앞〉

장군 신상의 잇ᄂᆞᆫ이다 죠운이 삼회ᄋᆞᄎᆞ의 간쳥 왈 부인은 말게 오르소셔 ᄒᆞ되 부인은 종시 말을 타지 아니ᄒᆞ시고 사면으로 함셩이 이러ᄂᆞ니 죠운이 여셩 ᄃᆡ왈 부인이 ᄂᆡ 말을 듯지 아니ᄒᆞ시니 추군이 만일 이르면 엇지 ᄒᆞ리요 미부인이 아두를 ᄯᅡᆼ에 ᄲᅥᆫ지고 신입고졍즁ᄒᆞ야 이사ᄒᆞ시다 차시의 죠운이 부인 죽엄을 보고 혹 조군이 시쳬의 ᄒᆡ를 짓칠가ᄒᆞ야 담장을 밀쳐 ᄉᆡ암을 덥고 갑주을 갓초와 아두을 품고 번창 상마러니 ᄒᆞᆫ 장수 일ᄃᆡ군을 모라 오거ᄂᆞᆯ 이ᄂᆞᆫ 조기부장 안연이라 삼화양도의 죠운과 싸와 삼합에 죠운의 창이 번듯ᄒᆞ며 안연을 질너 죽기고 군중을 헛쳐 지를 열고 바로 다라날ᄉᆡ ᄯᅩ 젼면으로 일진 군마 ᄂᆡ다르며 일원ᄃᆡ장이 기호 분명커ᄂᆞᆯ 이ᄂᆞᆫ 장합이라 죠운을 크기 불너거ᄂᆞᆯ 운이 부답ᄒᆞ고 졍창괴장 십여합의 운이 싸울 ᄉᆡᆼ각이 업셔 군사을 듯씨르고 질을 아사 닷더

〈10-뒤〉

니 ᄇᆡ후로 좃ᄎᆞ오며 운아 네 어ᄃᆡ로 갈다 닷지 말고 게 잇쓰라 호통일셩의 연마인화ᄒᆞ야 죠운의 말리 토항즁의 ᄲᅡ진지라 장합이 졍창ᄂᆡᄌᆞᄒᆞ야 치라할 졔 문듯 ᄒᆞᆫ줄 홍광이 토황즁으로 이려ᄂᆞ며 필마펴공의 일략도출항외ᄒᆞ다 ○홍광은 단기곤용비요 ○사십이연진주명을 ○졍마는 츙기장판위요 ○장군은 인득현신위라 잇ᄯᅴ 장합이 맛참ᄂᆡ 보고 물너ᄂᆞᆫ지라 죠운이 말를 노와 바로 닷더니 문듯 뒤흐로셔 두 장수 죠운을 크게 불너 왈 닷지말나 ᄯᅩ 젼면으로 두장수 ᄂᆡ다라 압 질을 막고 뒤흐로ᄂᆞᆫ 쏫난이 마졍 장헌 두 장수라 이ᄂᆞᆫ 원소의 아장일네라 죠운이 힘을 다ᄒᆞ야 사장을 마자 싸울ᄉᆡ 됴군이 일졔이 에워ᄊᆞᆫ지라 운이 쳔강검을 들고 호통을 쳔동갓치 지르며 의갑을 가다듬어 지ᄂᆡᄂᆞᆫ 곳마당 사람의 피가 ᄉᆡ암의 물 솟듯 ᄒᆞᆫᄂᆞᆫ지라 수합의 사장을 베히고 바로 즁

〈11-앞〉

군을 헛쳐 졉졉이 에운 군스을 쳐 물니치니라 ○각셜 잇씨 됴됴 경산의 올ᄂ 망견터니 일장소도지쳐의는 위불가당이라 급문 좌우ᄒ니 됴홍이 마를 타고 나는다시 산ᄒ의 ᄂ려와 ᄃ호 왈 져 군즁의 쓰호는 장수는 셩명이 뉘기뇨 이르라 ᄒ거늘 죠운이 응셩 왈 나는 상산의 죠즈룡이로다 ᄒ거늘 됴홍이 됴됴의게 회보ᄒ니 됴됴 왈 진지 범갓탄 장수로다 ᄂ 맛당이 사라 이르게 ᄒ리라 ᄒ고 비마젼보 각쳐ᄒ야 죠운을 가는 ᄃ로 노와두라 잇씨 죠운이 여러 에우믈 벼셔ᄂ니 이는 또ᄒ 아두의 복이로쇼이다 죠운이 후주을 품의 품고 다셧번 쓰홈의 됴영의 명장 오십여원을 죽여시니 의갑의 홍물듸림 갓더라 ○혈염젼포의 추갑혹이오 ○고릐쥬신부위수라 ○당양의수감여징봉고 ○지유상산죠즈룡이라 잇씨 죠운이 ᄃ진을 헛치고 써나ᄂ려 올시 혈만졍포 ᄒ엿는지라 산ᄒ의 나려오니

〈11-뒤〉

실푸다 또 양지군이 ᄂ닷거늘 이는 ᄒ후돈의 부장 종진 종신 형졔라 큰 도치 ᄒᄀ 쓱기림창 ᄒᄂ씩을 들고 크게 죠운을 불너 왈 쌀리 말게 ᄂ려 창을 바드라 ᄒ거날 진소위 피호봉낭이로다 그려나 ○필경이 즈룡이 급지 탈신ᄒ야 차쳥하회구ᄒ고 ○장비는 ᄃ요장판교ᄒ고 ○유예주는 피주한진구ᄒ다 각셜 잇씨 둉진 둉신 두 장수 죠운을 마가 시살ᄒ거날 죠운이 창을 둘너 교젼삼합의 둉진을 질너 말게 써리치고 질을 아사 닷더니 등뒤로 둉신이 창을 들고 쌀리 오거늘 죠운이 급피 말머리를 둘너 반합의 둉신의 머리 마ᄒ의 써러지니 나문 군ᄉ 다 헛터지는지라 죠운이 버셔나 장판교를 바릐고 닷더니 문빙이 군ᄉ를 모라 싸로거날 죠운이 다리가에 이르니 인마 다 곤핍ᄒ지라 문듯 보니 장비 장팔사모창을 들고 마상의 안즈거날 운이 ᄃ호 왈 익덕은 날을 구완ᄒ소셔 쌀리 오소셔 싸로는 군ᄉ는 ᄂ 당ᄒ

〈12-앞〉

리다 죠운이 마를 노와 이십여 리를 힝ᄒᆞ니 문듯 현덕이 쥬인으로 ᄒᆞ여곰 나무 아릭 쉬엿거날 죠운이 말게 ᄂᆞ러 쳬읍복지ᄒᆞᆫ딕 현덕이 ᄯᅩᄒᆞᆫ 낙누ᄒᆞ는지라 죠운이 탄식 쥬왈 소장의 죄 만사유경이로소이다 미부인이 몸의 즁상을 입으시고 길거이 말게 오르지 아니ᄒᆞ시고 식암의 ᄲᅡ지시믹 부득이ᄒᆞ와 담을 밀쳐 덥고 다못 공ᄌᆞ만 품의 안고 여러 에우물 품고 공ᄌᆞ의 다힝ᄒᆞᆫ 복을 힌 입어 버셔나물 어더온바 품 가온딕 항상 우름을 근치지 아니ᄒᆞ시더니 이ᄒᆞᆫ ᄶᅩ음에 아무 동졍이 업스니 이예 공ᄌᆞ 혹 보존치 못ᄒᆞᆫ가 염예로소이다 ᄒᆞ고 품을 ᄰᅦ너보니 공ᄌᆞ 잠을 드러 아직 ᄱᆡ지 아니ᄒᆞ엿거날 죠운이 딕희 왈 공ᄌᆞ 아직 무량ᄒᆞ도소이다 두손으로 현덕게 드리니 현덕이 공ᄌᆞ를 ᄯᅡᆼ의 던져 왈 너갓탄 어린아히로 ᄒᆞ여곰 닉 일원딕장을 상할낫다 죠운이 기피 ᄯᅡᆼ에 나려 공ᄌᆞ를 바다 보듬고 울며 졀ᄒᆞ여 왈 죠운이

〈12-뒤〉

비록 간뇌도지 할지라도 셩은을 엇지 갑프리오 ◯각셜 문빙이 군ᄉᆞ를 모라 죠운을 ᄯᅡ라 장판교의 이르러보니 장비 호두용익의 호쥬을 거ᄉᆞ리고 고리눈을 부릇ᄯᅳ고 장팔사모창을 비게 마상의 놉피 안져쓰며 ᄯᅩ 마리 동편 슈림간의 ᄯᅴ길 여기 이러ᄂᆞ니 복병이 잇는 듯 의심이 잇는지라 문듯 말를 머무르고 감히 압픠 갓가이 못ᄒᆞ더니 이윽고 조인이 젼 ᄒᆞ후돈 하후련 장요 장합 허유 등 팔장이 이르러보니 장비 장팔사모창을 눈우에 비기들고 다리 우에 셧는지라 혹이 공명의 비겐가 의심ᄒᆞ야 감히 범치 못ᄒᆞ고 사람으로 ᄒᆞ여곰 됴됴의게 알온딕 됴됴 급피 말게 올ᄂᆞ 진뒤로 ᄶᅩᆺᄎᆞ오니 장비 눈을 부릇ᄯᅳ고 은은이 후군 청나일산에 졍모 황월을 보는 듯ᄒᆞᆫ지라 장비 여셩딕호 왈 나는 여인 장익덕이라 뉘 감히 날로 더부러 승부을 결단ᄒᆞ랴 난 소릭가 큰 우뢰 갓탄지라 됴군이 다 ᄯᅥᆯ며 됴됴는 급피 일산을 바

〈13-앞〉

리고 좌우를 도라보와 왈 닉 일직 운장으게 드르니 장익덕은 쳔빅만군즁이 라도 상장의 머리 취ᄒᆞ기를 낭즁취물갓치 ᄒᆞᆫ다더니 금일노 볼진ᄃᆡ 가이 경 젹지 못할지라 언미필에 장비 고리눈을 부릅쓰고 고셩ᄃᆡ호 왈 장익덕이 이 에 잇쓰니 뉘 능히 와 승부를 결단ᄒᆞ랴 됴됴 장비 기ᄀᆡ 이 갓틈을 보고 다 못 물너갈 마음이 잇는지라 장비 바라보니 됴됴의 후군이 요동ᄒᆞ거날 장비 사모장창을 비게들고 ᄃᆡ호 왈 싸호ᄌᆞᄒᆞ되 호지 아니ᄒᆞ고 물너가라 ᄒᆞᄃᆡ 물 너가지 아니ᄒᆞ니 이 엇쩐 연고요 호통 일셩의 강산이 뒤누우며 장판교 ᄃᆡ 교즁의 뇌셩벽역이 진동ᄒᆞᆫ는 듯 ᄒᆞ니 졔장군졸이 혼경낙담 ᄒᆞ는지라 됴됴 뒤에 ᄒᆞ후거리 놀닉여 간담이 부셔진 듯ᄒᆞ여 마ᄒᆞ의 써ᄭᅮ려지니 됴됴 급피 말을 돌여 닷거날 졔군즁장이 일시에 망셔도쥬ᄒᆞ니 참이 다황구유알네라 ○각셜 됴됴 장비 위풍의 겁을 닉여 말을 모라 셔쳔를 바리고

〈13-뒤〉

닷더니 관ᄭᅳᆫ이 ᄶᅥ러져 피발분도ᄒᆞ니 장요 허졔 됴됴를 옹위ᄒᆞ고 창황이 닷 는지라 장요 왈 승상은 놀닉지 마르소셔 엇지 장비 일인를 두려ᄒᆞ리오 아 졔 급피 회군ᄒᆞ면 유비를 가이 사로 자불진이다 됴됴 게오 졍신를 진졍ᄒᆞ 고 장요 허제로 ᄒᆞ여곰 직ᄎᆞ 장판피에 이르러 소식를 탐지ᄒᆞ니라 각셜 장 비 호통 일셩의 죠군이 물이치고 장팔사모창을 드려 장판괴를 ᄭᅳᆫ코 도라와 현덕을 보고 다리 ᄭᅳᆫ코 온 사연을 알외니 현덕 왈 닉 아우 용밍인즉 참 용 밍이나 진실로 ᄭᅬ를 일러쏘다 장비 그 연고을 무로니 현덕 왈 됴됴 ᄭᅬ 만ᄒᆞ 니 다리 ᄭᅳᆫ음을 보고 반다시 ᄶᅡ를지라 엇지 ᄋᆡ답지 아니ᄒᆞ리오 ᄒᆞ니 장비 왈 됴군이 닉 ᄒᆞᆫ 호통의 슈리를 퇴진ᄒᆞ엿거늘 엇지 감히 두변 ᄶᅡ르리오 현 덕 왈 다리을 ᄭᅳᆫ치 아니ᄒᆞ면 됴됴 복병이 잇는가 의심ᄒᆞ야 감히 ᄶᅡ로지 못 ᄒᆞ련이와 이졔 다리를 ᄭᅳᆫ어시니 반다시 닉 군ᄉᆞ 업셔 겁ᄒᆞ믈 알

〈14-앞〉

지라 됴됴 빅반의즁이 잇쓰니 엇지 한 다리 끈음를 두려ᄒᆞ랴 ᄒᆞ고 곳 발힝ᄒᆞ야 한진으로 힝ᄒᆞ더라 ◯각셜 됴됴 장요 허졔로 ᄒᆞ여곰 장판교 소식을 탐지ᄒᆞ더니 장요 허졔 보ᄒᆞ되 장비가 다리를 끈코 간ᄂᆞ이다 ᄒᆞ엿거늘 됴됴 왈 단교이거가 심겁이 되미라 ᄒᆞ고 군즁의 졀령ᄒᆞ야 다리 삼좌을 이 밤으로 놋코 건네라 이젼이 고왈 이ᄂᆞᆫ 졔갈양의 꾀가 십푸오니 두려워이다 됴됴 왈 장비는 한갓 용밍쓴이라 엇지 꾀가 잇슬리오 영을 듸듸여 빨이 군ᄉᆞ를 모라치라 ◯각셜 현덕이 한진으로 힝ᄒᆞ다가 문듯 뒤을 도라보니 진두의 ᄃᆡ기고셩이 연쳔ᄒᆞ고 함셩이 진지라 현덕 왈 젼우ᄃᆡ강이오 후유츄병이라 여지니ᄒᆞ오 죠운을 명ᄒᆞ야 급피 방셕ᄒᆞ라 잇ᄯᅴ 됴됴 하령 군즁 왈 이졔 유비는 부즁지어요 함즁지호라 만일 잇ᄯᅴ 취치 안니ᄒᆞ면 자분 톡기를 놋침 갓탄지라 고기라 바ᄃᆡ로 들며 범이라 산을 쏫ᄎᆞ 도라가랴 ᄒᆞ며 즁장이 기치를 쏫치며

〈14-뒤〉

문듯 일ᄃᆡ군마 나는다시 ᄂᆡ다라 ᄃᆡ호 왈 우리등이 마참ᄂᆡ ᄯᅢ가 잇도다 잇ᄯᅴ예 일원ᄃᆡ장이 오ᄂᆞᆫᄃᆡ 의갑을 갓초오고 손의 청룡도을 들고 젹토마를 타스니 원ᄂᆡ 관운장일네라 강ᄒᆞ의 가 일만군를 어더 장판괴 ᄃᆡ젼을 탐지ᄒᆞ고 쏫차오ᄂᆞᆫ지라 됴됴 운장을 보고 말를 돌여 졔장을 도라보와 왈 이ᄂᆞᆫ 졔갈양의 꾀라 ᄒᆞ고 젼령ᄒᆞ되 ᄃᆡ군을 속퇴ᄒᆞ라 운장이 수리에 쏫ᄎᆞ오니 즉시 회군ᄒᆞ야 보젼케ᄒᆞ라 잇ᄯᅴ 현덕이 한진의 이르니 이유션젹이여늘 공명 운장 유기라 회우일쳐로다 왕강ᄒᆞ구ᄒᆞ야 파됴됴지칙할 졔 공명 왈 ᄂᆡ 강동 손권을 보고 달ᄂᆡ여 됴됴와 ᄃᆡ젼케ᄒᆞ고 됴됴 승ᄒᆞ거든 강동을 취ᄒᆞ고 손권이 승ᄒᆞ거든 즁원을 취ᄒᆞ사이다 그려ᄒᆞ나 강동사람을 보와야도 못할 터이온ᄃᆡ 강동사람 볼슈 업스니 엇지ᄒᆞ리오 됴됴의 빅만ᄃᆡ병이 젹벽의 결진ᄒᆞ여쓰니 손권이 아모리 영웅인들 엇지 연승ᄒᆞ리오 됴됴 허실

〈15-앞〉

을 알고 젼ᄒᆞ야 필경의 사람이 올거시니 그 사람을 유인ᄒᆞ야 ᄒᆞᆫ가지로 강동의 가셔 손권을 달ᄂᆡ여 ᄃᆡ사을 도모ᄒᆞ리라 ᄒᆞ더니 잇ᄯᆡ 손권이 노슉으로 ᄒᆞ여금 ᄒᆞ구의 가 유현덕의게 됴됴의 허실을 탐지ᄒᆞ라ᄒᆞ니 노슉이 ᄒᆞ구의 이르러 현덕을 보고 예필후의 문왈 드르니 황슉이 공명을 어든 후로 박망의 효둔과 신야의 불을 노와 됴됴의 혼을 놀ᄂᆡ게 하고 도망ᄒᆞ엿단 말삼이 올사오며 됴됴의 군ᄉᆞ가 얼마나 되더잇가 현덕 왈 그 일은 공명의게 무러보면 자셔이 알이라 노슉이 왈 공명을 쳥ᄒᆞ소셔 현덕이 공명을 쳥ᄒᆞ야 드러오니 노슉이 녜필후의 공슌이 문왈 션싱을 보오니 다ᄒᆡᆼᄒᆞ온지라 방금 쳔ᄒᆞᄃᆡ란 ᄒᆞ오니 션싱은 냥칙을 가라쳐 동오의 일옵게 ᄒᆞ옵소셔 공명 왈 ᄂᆡ 무삼 냥칙이 잇쓰리오 노슉 왈 강동 손장군이 팔십일주를 차지ᄒᆞ고 군량이 풍족ᄒᆞ니 잇ᄯᆡ의 함기 동심하와 ᄃᆡ업을 이루소셔 공명 왈 손 유 냥장이

〈15-뒤〉

젼일의 알름이 업고 가히 보ᄂᆡᆯ 사람이 업쓰니 엇지 ᄒᆞ릿가 노슉 왈 션싱의 형장이 강동의 잇셔 션싱 보기을 원ᄒᆞ오니 나와 ᄒᆞᆫ가지 가 ᄃᆡ사를 의논ᄒᆞ소셔 현덕 왈 공명은 ᄂᆡ의 션싱이라 엇지 시각을 ᄯᅥᄂᆞ리오 노슉 왈 ᄃᆡᄉᆞ을 경영ᄒᆞᄂᆞᆫ바 셔우이 싱각 마옵쇼셔 ᄒᆞ고 ᄒᆞᆫ가지 가기을 쳥ᄒᆞᆫᄃᆡ 공명 왈 방금 이리 급밤ᄒᆞ오니 자경을 ᄯᅡ라가 허실을 알고 좌우간 결단ᄒᆞ고 수이 올테오니 염녀 마옵소셔 현덕이 양구의 허락ᄒᆞ니 공명이 노슉을 더부러 발ᄒᆡᆼ할 ᄉᆡ 노슉이 공명의게 당부ᄒᆞ되 손장군이 션싱을 볼ᄃᆡ 이예 됴됴의 군병 다소을 무를 거시니 실상을 마옵소셔 공명 왈 자경은 염녀 마옵쇼셔 긋 ᄯᆡ을 당ᄒᆞ면 자연 마리 잇ᄂᆞ이다 노슉이 드러가 손장군을 뵈온ᄃᆡ 잇ᄯᆡ의 문무제장을 다리고 군계을 의논ᄒᆞ다가 노슉 오물 보고 문왈 원방험노의 무사이 단여왓쓰며 수탐ᄒᆞᆫ 일은 엇더ᄒᆞ더뇨 노슉 왈 종ᄎᆞ 알외리다 손권 왈 자경이 간

〈16-앞〉

후의 됴됴 격셔을 보닉여시나 보라 ᄒᆞ고 닉여주거날 노슉이 바다보니 ᄒᆞ여시되 나는 쳔ᄌᆞ의 명을 바다 쳔ᄒᆞ의 난젹을 칠식 귀을 드러 남으로 형주을 가라치니 유종이 속슈항복ᄒᆞ고 형양의 빅셩이 바람을 쏫ᄎᆞ 귀순ᄒᆞ여는지라 이졔 빅만군병과 용장 쳔여원을 거ᄂᆞ리고 장군으로 더부러 강ᄒᆞ의 가 뉴비을 쳐 파ᄒᆞᆫ후의 지리 밍셔코져ᄌᆞ ᄒᆞ노니 장군의 쓰지 엇더ᄒᆞᆫ지 속속 회음ᄒᆞ라 ᄒᆞ여거날 노슉이 보기을 다ᄒᆞ고 가로ᄃᆡ 쥬공의 쓰지 엇지ᄒᆞ랴 ᄒᆞ신잇가 손권 왈 아직 정ᄒᆞᆫ 쓰지 업노라 모사 장소 왈 됴됴 쳔ᄌᆞ의 명을 바다 빅만군병을 거ᄂᆞ리고 사방의 힝힝ᄒᆞ니 신ᄌᆞ지도의 막기 어렵삽고 쏘ᄒᆞᆫ 됴됴 이졔 형쥬을 치고 장강 상유의 유진ᄒᆞ고 격셔을 보닉여쓰니 만일 항거ᄒᆞ면 군ᄉᆞ을 호령ᄒᆞ여 강동을 치면 그 형셰을 엇지 당ᄒᆞ리오 신의 보는 빅는 화친ᄒᆞ는게 양칙일가 ᄒᆞᄂᆞ이다 문무모ᄉᆞ 여츌일구어날 손권이 침음부답ᄒᆞ

〈16-뒤〉

고 닉당으로 드러가거날 노슉이 ᄯᅡ라갈식 손권이 그 쓰즐 알고 노슉의 손을 잡고 문왈 자경의 소견은 엇더ᄒᆞ뇨 노슉 왈 안ᄌᆞ 열어 모ᄉᆞ의 말을 드르니 쥬공의 ᄃᆡ사을 져히ᄒᆞ민이다 만약 항복ᄒᆞ면 위불과봉후오 거불과일싱이오 기불과일필이오 장불과슈인이라 쥬공은 일직 ᄃᆡ사을 경염ᄒᆞ소셔 손권이 이 말을 듯고 가로ᄃᆡ 자경의 마리 당연ᄒᆞᄂᆞ 됴됴의 형셰 가장 큰 지라 엇지 당ᄒᆞ리오 노슉 왈 강ᄒᆞ의 졔갈공명을 다려와쓰오니 청ᄒᆞ야 계칙을 무려보면 그 허실을 소상이 알이다 손권 왈 와룡션싱이 오셔너냐 명일의 문무를 뫼와 강동영웅을 보인 후의 다시 이를 의논ᄒᆞ리다 노슉이 공명 사쳐의 나와 지삼 당부ᄒᆞ되 우리 쥬공을 볼 ᄯᅢ에 됴됴 군ᄉᆞ 만타 말를 부ᄃᆡ 마르소셔 공명이 소왈 자경은 염녀마옵소셔 닉 알아 ᄃᆡ답ᄒᆞ리다 ᄒᆞ더니 잇튼날 노슉이 공명을 다리고 장젼의 다다르니 문무졔관이 의관을 정졔

〈17-앞〉

ᄒᆞ고 차릐로 안자거날 공명이 차릐로 셩명을 통ᄒᆞ여 네ᄒᆞᆫ후의 좌즁의 단좌ᄒᆞ니 장소 고옹 등이 셔로 의논ᄒᆞ되 이 사람의 의기를 먼져 썩거 마를 못ᄒᆞ게 하리라 ᄒᆞ고 공명다려 문왈 나는 강동 미말사인이라 일직 드르니 션싱이 늉즁의 계실졔 션싱이 이르기를 관즁 악의예 비ᄒᆞᆫ다 ᄒᆞ더니 그 마리 오른잇가 공명 왈 ᄂᆡ의 평싱을 져으게 비ᄒᆞᆫ ᄇᆡ 아니라 장소 왈 유현덕은 션싱을 보랴ᄒᆞ고 삼고초려ᄒᆞ여 션싱을 어드ᄆᆡ 고기가 물를 어듬갓타야 형쥬 엇기ᄂᆞᆫ 여반장으로 알아더니 도로혀 일조의 됴됴를 주니 엇지된 이리 온잇가 공명이 싱각ᄒᆞ되 장소ᄂᆞᆫ 손권의 일등모사라 이 사람을 먼져 썩지 못ᄒᆞ면 손권을 엇지 달ᄂᆡ리오 ᄒᆞ고 답왈 ᄂᆡ 형쥬 취커는 여반장이로ᄃᆡ 유예쥬의 ᄃᆡ의로 동종의 기업을 참아 취치 못ᄒᆞ엿더니 유종은 어린 아히라 간사ᄒᆞᆫ 마를 듯고 됴됴의게 항복ᄒᆞ엿쓰니 ᄂᆡ 이졔 강ᄒᆞ의 웅거ᄒᆞ여 뫼ᄒᆞᆫ

〈17-뒤〉

경뉸이 잇쓰되 엇지 타인이 아리오 장소 왈 그려ᄒᆞ면 션싱의 마리 가치 안토다 유예쥬ᄂᆞᆫ 션싱을 어드ᄆᆡ 룡이 여의주를 어듬갓다 ᄒᆞ더니 됴됴와 ᄃᆡ젼ᄒᆞ야 일합이 못ᄒᆞ여 ᄃᆡᄑᆡᄒᆞ고 신야을 바리고 먼셩으로 도망ᄒᆞ다가 당양의 ᄑᆡ을 보고 ᄒᆞ구로 쐭게 가 용신할 고지 업시니 오히리 션싱을 엇지 아니함만 갓지못ᄒᆞᆫ지라 광즁은 환공을 도와 일광쳔하ᄒᆞ고 악의ᄂᆞᆫ 연소왕을 셤계 졧나라 칠십여셩을 항복바다시니 이ᄂᆞᆫ 큰 ᄌᆡ조라 션싱과 갓ᄒᆞᆫ잇가 츙언이 역이나 이어ᄒᆡᆼ이라 ᄒᆞ여시니 직언을 마르소셔 공명이 ᄃᆡ소 왈 졔비와 ᄉᆡ가 엇지 홍곡의 쓰즐 알이오 신야는 산벽의 져근 골이오 군ᄉᆞ는 쳔명의 지ᄂᆡ지 못ᄒᆞ고 장수는 열의 넘지 못ᄒᆞ여도 방망의 불을 노코 ᄇᆡᄒᆞ의 물를 막어 ᄒᆞ후돈을 낙담케ᄒᆞ여쓰니 관즁 악의들 에셔 더할손가 당양의 ᄑᆡ할 졔는 억조창싱을 차마 바리지 못ᄒᆞ야 ᄇᆡ셩

〈18-앞〉

과 ᄒᆞᆫ가지로 사싱을 ᄒᆞ여쓰니 이ᄂᆞᆫ 유황슉의 ᄃᆡ의라 그ᄃᆡ는 승픽만 알고 나라흥망과 사직의 큰 ᄶᅬ는 모르ᄂᆞᆫ도다 장소 공명의 말을 듯고 무안ᄒᆞ야 ᄃᆡ답지 못ᄒᆞ니 좌즁의 우변이 크게 소ᄅᆡᄒᆞ여 왈 됴승상이 용장 쳔여원과 빅바군병을 거ᄂᆞ리고 유예쥬을 치면 션싱이 당적ᄒᆞᆯ릿가 공명 왈 됴됴의 군병이 비록 억만이라도 ᄂᆡ 족키 두렵지 아니ᄒᆞ다 ᄒᆞ니 우변이 ᄃᆡ소 왈 당양의 픽하고 ᄒᆞ구로 도망ᄒᆞ야 강동의 힘을 빌고ᄌᆞ ᄒᆞᄂᆞᆫ 사람이 도로여 ᄃᆡ담으로 남을 쇠기고져 ᄒᆞᄂᆞ뇨 공명 왈 유예쥬 군ᄉᆞᄂᆞᆫ 불과 수쳔이라 엇지 빅만ᄃᆡ병을 당ᄒᆞ리오 ᄒᆞ구의 용신ᄒᆞ야 쳔시만 기다리건과 강동은 군ᄉᆞ와 양식이 넝넉ᄒᆞ고 형셰 적지 아니ᄒᆞ여도 쳔ᄒᆞ사람의 치소을 싱각지 아니ᄒᆞ고 인군을 달ᄂᆡ여 됴됴의게 항복고져ᄒᆞᄂᆞ뇨 우변이 다시 말을 못ᄒᆞ고 믈너가는지라 모지리 문왈 공명이 소진 장의으 본을 바

〈18-뒤〉

다 강동을 달ᄂᆡ고져 ᄒᆞᄂᆞ뇨 공명 왈 소진은 뉵국의 졍승을 지ᄂᆡ고 장의는 두 번 진나라의 졍승이 되야 인군을 위ᄒᆞ고 사직을 안보하야쓰니 이ᄂᆞᆫ 진실노 호걸이라 그ᄃᆡ 등은 됴됴의 형셰을 ᄃᆡ겁ᄒᆞ여 항복ᄒᆞ기을 주장ᄒᆞ니 엇지 소신 장의을 비웃는요 모지리 머리를 슈기고 도라 아넌지라 ᄯᅩ 벅종이 문왈 됴됴는 엇더ᄒᆞᆫ 사람으로 아ᄂᆞᆫ뇨 ᄃᆡ왈 한나라 넉적이라 벅종왈 공명의 마리 글으도다 한나라 운수가 다 번ᄒᆞᆫ고로 쳔의가 됴승의게 도라가고 ᄯᅩ 쳔ᄒᆞ 삼분의 이를 차지ᄒᆞ고 통소린의ᄒᆞ난 즁에 쳔시을 바리고 넉쳔으로 닷토고져ᄒᆞ미 ᄎᆞ소위야로다 엇지 픽치 아니ᄒᆞ리오 공명 왈 사람이 셰상의 나미 츙회로 근본을 삼을지라 그ᄃᆡ도 셰ᄃᆡ로 한나라 녹을 먹고 됴됴을 위ᄒᆞ야 인군을 몰르고 엇지 입을 여려 말을 ᄒᆞᄂᆞᆫ뇨 벅종이 무안ᄒᆞ여 묵묵ᄒᆞ고 안져더라 육적이 문왈 됴됴 비록 셥쳔ᄌᆞᄒᆞ고 호령졔후ᄒᆞᄂᆞ

〈19-앞〉

상국 조참의 자손이라 유예쥬는 황숙이라 ᄒᆞ여도 ᄂᆡ력이 업ᄂᆞᆫ 사람이오 자리짜고 신삼던 ᄉᆞ람이라 엇지 됴승을 당ᄒᆞ리오 공명이 ᄃᆡ소 왈 자ᄂᆡ는 원수리 잔치할 ᄯᅢ 유자품썬 육한 안이냐 편이 안ᄌᆞ ᄂᆡ 말을 드르라 됴됴가 됴참의 ᄌᆞ손이나 ᄃᆡᄃᆡ로 한나라 신ᄒᆞ오 당금 권세을 잡고 쳔ᄌᆞ을 겁칙ᄒᆞ니 한나라 역젹이오 유예쥬는 당시 쳔ᄌᆞ의 족보을 상고ᄒᆞ야 항열을 치려 황숙이라 일칼으니 엇지 ᄂᆡ력이 업다ᄒᆞ며 ᄐᆡ조 고황졔ᄂᆞᆫ 사상졍장으로 만승쳔ᄌᆞ 되야쓰니 우리 쥬공 신삼고 자리짠 거시 무어시 욕되리요 그ᄃᆡ 어린 소견으로 엇지 어룬의 마를 아리오 육젹이 기가 막켜 안ᄌᆞ더니 호련 일원ᄃᆡ장이 드러오며 고셩ᄃᆡ칙ᄒᆞ되 공명은 당시 일린이 그ᄃᆡ등은 공연이 말로 괴롭게ᄒᆞ니 손의 ᄃᆡ졉도 아니오 ᄯᅩᄒᆞᆫ 됴됴 ᄃᆡ병이 지경의 범ᄒᆞ여ᄂᆞᆫᄃᆡ 도젹마글 이른 의논치 아니ᄒᆞ고 ᄒᆞᆫ갓 입져름만 ᄒᆞ

〈19-뒤〉

니 심히 고히ᄒᆞ도다 모다 보니 이ᄂᆞᆫ 황ᄀᆡ라 노숙으로 더부러 공명을 인도ᄒᆞ여 손권을 볼ᄉᆡ 공명이 당상의 다달ᄂᆞ 보니 문무저장이 좌우의 시위ᄒᆞ여난ᄃᆡ 손권이 당ᄒᆞ의 나려 공명을 연접ᄒᆞ여 예필후의 좌졍ᄒᆞ거날 공명이 눈을 드러 손권을 바ᄅᆡ보니 인물이 비상ᄒᆞᆫ지라 ᄂᆡ렴의 ᄉᆡᆼ각ᄒᆞ되 손권은 비범ᄒᆞᆫ 사람이라 ᄂᆡ 격동ᄒᆞ여 ᄃᆡ사을 도모ᄒᆞ리라 ᄒᆞ더니 손권 왈 션ᄉᆡᆼ의 지조를 포문ᄒᆞ옵고 ᄒᆞᆫ번 보압기을 바ᄅᆡ압더니 이졔 뵈오미 쳔만 다ᄒᆡᆼᄒᆞ여이다 공명 왈 본시 소견업ᄂᆞᆫ 고로 지조 업ᄉᆞ오니 바련 거시 도로여 욕될가ᄒᆞᄂᆞ이다 손권 왈 신야의셔 됴됴와 ᄃᆡ젼ᄒᆞ얏다 ᄒᆞ오니 됴됴의 군ᄉᆞ 얼마나 ᄒᆞ더잇가 공명 왈 수륙마보군이 ᄇᆡᆨ만이나 되더이다 손권 왈 그ᄃᆡ지 만터잇가 공명 왈 그ᄲᅮᆫ 아니라 형주군이 이십만이오 원소군이 오뉵만이오 즁원군ᄉᆞ 삼십만이오 청주군ᄉᆞ 이십만이라 합ᄒᆞ면 수ᄇᆡᆨ만이로ᄃᆡ ᄇᆡᆨ만으

〈20-앞〉

로 말삼ᄒᆞ기는 강동 졔군이 놀닐가 ᄒᆞ야 수를 주려 말삼ᄒᆞ여ᄂᆞ이다 노숙이 그 말을 듯고 질식ᄒᆞ야 공명을 눈쥬되 본치도 아니ᄒᆞ고 수장만ᄒᆞ거날 노숙이 기가 막혀 아모 말도 못ᄒᆞ고 셧는지라 손권 왈 장ᄒᆞ의 명장이 얼마ᄂᆞ 되더잇가 공명 왈 지혜잇고 용밍잇는 장수 쳔여원이오 그 외예 졔장은 부지기수이다 손권 왈 됴됴 형주을 어든 후의 가지 아니ᄒᆞ고 젹벽의 뉴진ᄒᆞ기ᄂᆞᆫ 무삼 연고닛가 장강의 결진ᄒᆞ고 젼션을 단속ᄒᆞ기ᄂᆞᆫ 강동을 치고져 ᄒᆞ민가 ᄒᆞᄂᆞ이다 만일 강동을 치기 되면 엇지 ᄒᆞ리잇가 션싱은 깁피 싱각ᄒᆞ와 이히을 가라치소셔 공명 왈 기어이 됴됴을 ᄃᆡ젹ᄒᆞ련과 만약 힘이 부족ᄒᆞ거던 모ᄉᆞ의 말ᄃᆡ로 항복ᄒᆞ소셔 손권왈 션싱의 말삼 갓ᄉᆞ오면 엇지 유예쥬는 항복지 아니ᄒᆞ여ᄂᆞ잇가 공명왈 옛날 젼힝은 일기 장ᄉᆞ로 ᄃᆡ남의게 굴ᄒᆞᆫ 이리 업거던 유예주ᄂᆞᆫ 당당ᄒᆞᆫ 황숙이오 쳔ᄒᆞ영웅이어날 엇지 역

〈20-뒤〉

젹 됴됴으게 항복ᄒᆞ리오 손권이 변식 왈 초면인ᄉᆞ의 이다지 멸시ᄒᆞᄂᆞ뇨 ᄒᆞ고 소ᄆᆡ를 떨치고 ᄂᆡ당으로 드러가니 좌우 모ᄉᆞ 등이 공명을 비웃고 물너가는지라 노숙이 공명을 칙망ᄒᆞ되 션싱은 엇지 그다지 거만되게 말슴ᄒᆞ여ᄂᆞ뇨 공명이 ᄃᆡ소 왈 욕볼상은 바이 업고 됴됴 파할 묘칙도 바이 업시니 ᄂᆡ 엇지 질거 말ᄒᆞ리오 노숙이 그 말을 듯고 후당의 드러가니 손권이 왈 공명이 나를 그다지 수히 보니 분ᄒᆞ도다 노숙 왈 ᄂᆡ 역시 칙망ᄒᆞ온즉 공명이 ᄃᆡ답ᄒᆞ되 욕을 못면ᄒᆞᆫ다 ᄒᆞ니이다 주공이 다시 청ᄒᆞ여 무러보소셔 손권이 ᄃᆡ히왈 공명이 어진 묘칙이 잇기로 짐짓 날을 격동ᄒᆞ얏쏘다 ᄒᆞ고 외당으로 나와 공명젼의 사례왈 일시 쳔견으로 총노ᄒᆞ엿싸오니 쳔만황송 ᄒᆞ여이다 공명도 사례ᄒᆞ니 손권이 공명을 후당으로 인도ᄒᆞ야 수을 권ᄒᆞ고 왈 양칙을 가르치쇼셔 됴됴을 파ᄒᆞᆫ 후의 공을 갑사오리다 공명 왈 됴됴 군ᄉᆞ 비록 빅만이나

〈21-앞〉

수젼의 익지 못ᄒᆞ고 형쥬의 어든 군ᄉᆞ ᄯᅩᄒᆞᆫ 심복이 아니오 그 형셰의 핍박ᄒᆞ미라 임시변통이오니 장군이 실상 됴됴을 치고져 ᄒᆞ거던 유예쥬와 동심합역ᄒᆞ오면 자연 됴됴 파할 묘칙이 날 거시니 장군은 일언이 결단ᄒᆞ소셔 손권이 ᄃᆡ히ᄒᆞ여 가로ᄃᆡ 션싱의 말삼이 당연ᄒᆞ오니 다시 무삼 의심 잇스리오 즉일의 화친졍사을 신야로 보ᄂᆡ고 군즁의 영을 ᄂᆡ여 기병을 직촉ᄒᆞ니 군ᄉᆞ 등이 비수 왈 젼일의 됴됴 형셰 크지 못ᄒᆞ야도 ᄒᆞᆫ번 북쳐 원소을 잡아ᄂᆞᆫᄃᆡ 지금은 ᄇᆡᆨ병빅만이오 뇽장 쳔여원이라 강동을 치ᄀᆡ되면 뉘 능히 당ᄒᆞ리오 만일 공명의 마를 듯고 기병ᄒᆞ다가ᄂᆞᆫ ᄎᆞ소위 셥흘 지고 불의 들미라 장군은 김히 싱각ᄒᆞ와 결단ᄒᆞ소셔 손권이 고ᄀᆡ를 수기고 묵묵부답ᄒᆞ거날 공명 왈 유예주 됴됴의 픽를 보고 우리 힘을 비러 져의 원수을 갑고져 ᄒᆞ미니 장군은 엇지 이 ᄭᅬ를 모르시고 위틱ᄒᆞᆫ 이를 힝코져 ᄒᆞ시ᄂᆞ잇

〈21-뒤〉

가 손권이 고ᄀᆡ을 수기고 ᄃᆡ답지 아니ᄒᆞ니 모ᄉᆞ 등이 물너가거날 노숙이 급피 드러가 엿ᄌᆞ오ᄃᆡ 모ᄉᆞ의 마리 항복ᄒᆞᄌᆞ ᄒᆞ오니 이ᄂᆞᆫ 져의 몸만 위ᄒᆞ미오 국가홍망 ᄉᆞ직안위을 모로오니 장군은 듯지 마르소셔 손권 왈 ᄂᆡ 싱각할 거시니 물너가 ᄂᆡ의 지위을 지다리라 잇ᄯᅢ 황ᄀᆡ 졍보 강영 여몽 한당 주틱 셔셩 졍봉 등 삼십여인이 이 말을 듯고 일시예 드러가 엿ᄌᆞ오ᄃᆡ 소장 등이 장군을 모셔 빅합을 ᄊᆞ와 강동을 직키여 명젼쳔하ᄒᆞ고 난젹을 소멸ᄒᆞ고 사직을 밧드려 공을 쥭빅의 올이기을 원ᄒᆞ옵더니 이졔 모ᄉᆞ의 말을 듯고 빅연공업을 일조의 바리려ᄒᆞ시니 졀졀원통ᄒᆞ오며 소장 등 천변 쥭ᄉᆞ와도 항복 못ᄒᆞ거난이다 청컨ᄃᆡ 됴됴와 ᄃᆡ젼ᄒᆞ오면 소장 등도 평싱 힘을 다ᄒᆞ여 뒤을 ᄯᅡ르리다 ᄒᆞ며 각각 노기 등등ᄒᆞ니 손권 왈 아직 물너가 이시면 ᄂᆡ 종ᄎᆞ 견단ᄒᆞ리다 ᄒᆞ더니 잇ᄯᅢ 주유 변양호의 오다가 됴됴 젹병유진

〈22-앞〉

한 소문을 듯고 시상으로 도라오니 노숙이 주유을 보고 젼후사연을 셜화ᄒᆞ니 쥬유 왈 자경은 염녀말고 공명을 다려오라 노숙이 공명 ᄉᆞ쳐의 간 후의 장소 고응 등이 주유을 보고 가로ᄃᆡ 도독은 강동 일을 알르시ᄂᆞ잇가 쥬유 왈 아지 못ᄒᆞ노라 됴됴 빅만ᄃᆡ병으로 한수의 진을 치고 격셔을 보ᄂᆡ여 화친ᄒᆞ야 청ᄒᆞ거날 우리 모ᄉᆞ 등이 장군의게 엿ᄌᆞ와 화친ᄒᆞ야 강동을 안보코져 ᄒᆞ더니 뜻박기 노숙이 졔갈공명을 다려다가 쥬공을 달ᄂᆡ여 져의 원수을 갑고ᄌᆞᄒᆞ오니 도독은 이히를 싱각ᄒᆞ와 수히 결단ᄒᆞ소셔 주유 왈 공등 소견이 다 갓탄잇가 여러 모ᄉᆞ 여출일구어날 쥬유 왈 나도 항복고져 ᄒᆞ미 임이 오런지라 명일의 주공을 보고 결단ᄒᆞ리라 ᄒᆞ니 모ᄉᆞ 등이 물너가는지라 잇ᄯᅵ 졍보 황기 등 일반 무장 삼십여원이 드러와 각기 녜필 후의 가로ᄃᆡ 도독은 강동이 조모의 나무게 부친비 되린니 도독은 엇

〈22-뒤〉

지ᄒᆞ려 ᄒᆞ신잇가 주유 왈 공등 소견의는 엇더ᄒᆞ뇨 졍보 왈 소장 등이 손장군을 모셔 고락을 한가지ᄒᆞ옵더니 쥬공이 문관 등의 말을 듯고 됴됴의계 항복고져ᄒᆞ니 소장 등은 ᄎᆞ라리 죽을지언졍 남의 치소를 아니 듯거싸이다 도독은 일직 견단ᄒᆞ와 됴됴을 막기ᄒᆞ소셔 소장 등이 죽도록 힘을 다ᄒᆞ야 뒤를 싸을이다 쥬유 왈 장군 등은 소견이 갓탄잇가 황기 왈 당졍의 버힌 ᄃᆡ도 항복은 못ᄒᆞ것ᄊᆞ이다 제반무장이 여출일구어날 쥬유 왈 엇지 남무게 굴신ᄒᆞ리오 공 등은 힘을 다ᄒᆞ야 도으라 잇ᄯᅵ 노숙이 공명을 다리고 문젼의 이르거날 쥬유 당ᄒᆞ의 나려 공명을 연졉ᄒᆞ야 녜필 좌정 후의 노숙 왈 당금의 됴됴 강동을 침범ᄒᆞ니 도독은 이히를 가리며 좌우간 결단ᄒᆞ압소셔 쥬유 왈 됴됴 쳔ᄌᆞ의 명을 바다 사빙의 힝헝ᄒᆞ니 막그면 신신ᄒᆞ 도례 아니라 됴됴의 형셰 티산갓탄니 그 일을 엇지 ᄒᆞ리오 ᄊᆞ흠을 파ᄒᆞ고 명일 쥬공을 본

〈23-앞〉

후의 사자을 보닉여 항복고져 ᄒᆞ노라 노숙이 그말을 듯고 ᄃᆡ로 왈 말삼이 그르사이다 강동을 창업ᄒᆞ야 삼ᄃᆡ을 젼ᄒᆞ엿거날 일조의 됴됴의게 항복ᄒᆞ리오 손장군 임종시예 장군의게 부탁ᄒᆞ야거던 엇지 션왕의 유언을 이다지 져바리ᄂᆞᆫ잇가 쥬유 왈 강동 ᄇᆡᆨ셩이 나를 원망ᄒᆞ기로 ᄊᆞ홈을 파ᄒᆞ노라 노숙 왈 장군의 영웅과 강동 형셰로셔 엇지 됴됴을 겁ᄒᆞ야 ᄊᆞ우지 못ᄒᆞ고 항복ᄒᆞ거 ᄃᆡ면 쳔ᄒᆞ의 치소을 엇지 ᄒᆞ오릿가 공명이 겻ᄐᆡ 안ᄌᆞ다가 노숙의 마를 듯고 웃거날 쥬유 왈 션싱이 엇지 웃ᄂᆞᆫ잇가 공명 왈 자경의 말을 듯고 웃ᄂᆞᆫ이다 노숙 왈 엇지 ᄂᆡ 말을 웃ᄂᆞᆫ잇가 공명 왈 됴됴 용병을 잘ᄒᆞ기로 쳔ᄒᆞ의 무젹ᄒᆞ니 쳔ᄒᆞ득실 흥망셩쇠을 엇지 미드리오 우히 항복ᄒᆞ야 부귀를 ᄒᆞ는것만 갓지 못ᄒᆞ는이다 노숙 왈 공명이 엇지 주공을 수히 아는뇨 엇지 됴됴의게 항복ᄒᆞ랴 공명이 ᄃᆡ소왈 ᄌᆞ경은 ᄂᆡ 마를 그르다고 마쇼 항복도 아니ᄒᆞ고 ᄊᆞ홈

〈23-뒤〉

도 아니ᄒᆞ고 뉴예미결ᄒᆞ야 셔로 힐난ᄒᆞᆫ즉 도로혀 남의 승긔만 도도미요 나ᄂᆞᆫ 어리셕을 ᄯᆞ름이니 필야의 그리말고 강동의 두 사람을 ᄋᆡᆨ기지 말면 됴됴 시사로 퇴병ᄒᆞ야 갈 거스니 그리ᄒᆞ면 엇더ᄒᆞ뇨 쥬유 왈 엇쩐 사람이뇨 공명 왈 ᄂᆡ 융중의셔 드른즉 한수의 동작ᄃᆡ를 지어 놋코 쳔ᄒᆞ미식을 그 가온ᄃᆡ 두고 동낙ᄐᆡ평을 원ᄒᆞ더니 강동의 교공이 두 ᄯᆞᆯ을 두어쓰니 장 왈 ᄃᆡ교오 차 왈 소교라 침어낙안지상이오 수화지ᄐᆡ란 마를 듯고 됴됴 ᄆᆡᆼ셔ᄒᆞ야 사히을 평졍ᄒᆞ고 왕업을 일운 후의 강동의 이교녀을 어더 동작ᄃᆡ 놉푼 집의 만년 낙을 삼무리라 ᄒᆞ고 강동을 치고져 ᄒᆞ니 장군은 교공을 ᄎᆞᄌᆞ 쳔금을 주더라도 이교녀을 사셔 보ᄂᆡ오면 범너 셧씨를 오왕 부ᄌᆞ의게 보님 갓타여 욕을 면ᄒᆞ리니 장군는 민간여자을 ᄋᆡᆨ기지 말고 급피 보ᄂᆡ소셔 쥬유 왈 됴됴 이교를 엇고져 ᄒᆞᆫ 징거가 무어신잇가 공명 왈 됴됴의 아달 됴식

이 쳔ᄒᆞ의 문장이라 됴식

〈24-앞〉

으로 ᄒᆞ여금 동작ᄃᆡ 글을 지어쓰되 쳐음은 쳔ᄌᆞ되고 두ᄎᆞ는 이교을 취할 뜻지라 그 글을 보와 아난이다 쥬유 왈 션싱이 동작 시을 외온ᄂᆞᆫ잇가 공명 왈 이키 보와ᄂᆞᆫ이다 ᄒᆞ고 글을 외올시 그 셔의 ᄒᆞ여시되 △종명후이히유혀여 △등창ᄃᆡ이오졍이라 △경ᄐᆡ부지광ᄀᆡ혀여 △광셩덕ᄌᆞ소영이라 △건고문지ᄎᆞ아혀여 △부쌍궐호ᄐᆡ쳥이라 △입즁쳔지화관혀여 △연비각호셔셩이라 △임장수지장유혀여 △망원과지ᄌᆞ영이라 △임쌍ᄃᆡ어좌우혀여 △유옥용여금봉이라 △남이교어공남혀여 △낙조셕지여공이라 △기여이 강동 이 교녀을 탈취할 쓰즈로 지여거날 쥬유 듯고 발연 변식ᄒᆞ야 셔안을 치며 북을 갈르쳐 왈 역뎍 됴됴놈을 이졔ᄭᅡ지 살여더니 도로여 나를 이다지 멸시ᄒᆞ니 밍셔코져 파ᄒᆞ리라 ᄒᆞ니 공명이 구지말여 가로ᄃᆡ 옛날 북흉노 변방을 ᄌᆞ조 침범ᄒᆞ미 쳔ᄌᆞ 공쥬을 주어 화친ᄒᆞ야거든 함물며 이교녀는 민간여ᄌᆞ라 엇지

〈24-뒤〉

읶기리오 쥬유 왈 션싱은 모르ᄂᆞ이다 ᄃᆡ교ᄂᆞᆫ 손장군의 형수오 소교ᄂᆞᆫ ᄂᆡ의 안히라 ᄒᆞᄂᆞ이다 공명이 모르는 쳬ᄒᆞ고 거짓 놀ᄂᆡ여 ᄌᆞ리 박계 물너 안지며 왈 ᄂᆡ 과연 모로압고 ᄒᆞ온말삼이 도로여 황공ᄒᆞ여이다 주유 왈 됴됴로 더부려 ᄌᆞ웅을 결단할 거시니 셩싱은 어진 모칙을 ᄂᆡ여 됴됴을 파ᄒᆞ게ᄒᆞ소셔 공명왈 바리지 아니ᄒᆞ시면 진심ᄒᆞ와 도으리다 잇튼날 주유 손권을 보고 기병을 의논할시 좌편의ᄂᆞᆫ 문관 장소 등 삼십여인이오 우편의ᄂᆞᆫ 무장 졍보 황ᄀᆡ 등 삼십여인이라 의관을 졍졔ᄒᆞ고 위염이 엄숙한ᄃᆡ 손권이 좌우을 보와 왈 됴됴의 ᄇᆡᆨ만ᄃᆡ병이 젹벽의 진을 치고 격셔을 보ᄂᆡ엿쓰니 공근은 보라 ᄒᆞ고 ᄂᆡ여주거날 주유 격셔을 보고 ᄃᆡ소 왈 도젹이 우리 동오의 사람 업

ᄂᆞᆫ 주를 알고 이러타시 ᄒᆞ여ᄂᆞ뇨 손권 왈 공근의 ᄯᅳ지 엇더ᄒᆞ뇨 주유 왈 주공근 문무와 의논ᄒᆞ와 게시니 엇지 결쳐ᄒᆞ야ᄂᆞᆫ잇가 ᄃᆡ왈 연일 의논이 혹은 항복

〈25-앞〉

ᄒᆞᄌᆞᄒᆞ고 혹은 싸오ᄌᆞᄒᆞ여 유예미결 ᄒᆞ엿노라 주유 왈 뉘가 항복고져 ᄒᆞ더잇가 손권 왈 장소 등이 항복고져 ᄒᆞ노라 주유 왈 장소의 소견을 드러지이다 장소왈 됴됴 쳔ᄌᆞ의 명을 바다 조졍을 빙ᄌᆞᄒᆞ고 형주을 엇고 수륙병진ᄒᆞ야 강동을 침범ᄒᆞ니 그 형셰을 엇지 당ᄒᆞ리오 주유왈 이ᄂᆞᆫ 부유의 마리라 강동 긔업이 임이 삼ᄃᆡ을 직키거날 엇지 일조의 남의계 항복ᄒᆞ리오 손권 왈 그려ᄒᆞ면 엇지 할고 주유 왈 됴됴은 한나라 역젹이오 주공은 부형의 여업을 이여셔 강동 형셰을 가지고 역젹 됴됴의계 굴신ᄒᆞ리오 원컨ᄃᆡᆫ 군병을 주시면 됴됴을 쳐 파ᄒᆞ리다 손권이 주유의 등을 어로만지며 가로ᄃᆡ 장ᄒᆞ다 이여 그ᄃᆡ로 ᄃᆡ도독을 봉ᄒᆞᄂᆞ니 졔장 즁의 만일 위령지 잇거던 이 칼노 버히라 ᄒᆞ고 인검을 주시니 주유 칼을 바다 ᄎᆞ고 군즁의 절영ᄒᆞ되 장ᄎᆞ 이후로 만일 위령지면 이 칼노 버히리라 ᄒᆞ고 손권을 ᄒᆞ직ᄒᆞ고 공명을 싸라 장즁의 도라와 ᄃᆡ장단의 좌

〈25-뒤〉

긔ᄒᆞ고 황기 한당으로 션봉을 삼고 ᄐᆡᄉᆞᄌᆞ 여몽 등으로 졔 이ᄃᆡ을 삼고 육손 동습으로 졔 오ᄃᆡ을 삼고 여범 주티로 사방 순무사을 삼아 삼강구의 진을 치고 주유 졔갈근을 불너 왈 그ᄃᆡ 아우 공명은 당시 ᄃᆡ지라 다힝이 강동의 왓사오니 졔씨을 달ᄂᆡ여 강동의 잇긔ᄒᆞ면 주공은 어진 션싱을 엇고 그ᄃᆡ넌 형졔 동거할 거시니 그 아니 조흐릿가 사양말고 가셔 달ᄂᆡ쇼셔 졔갈근 왈 져도 강동의 잇써 쳑촌지공이 업사오나 ᄂᆡ 엇지 무심ᄒᆞ리오 ᄒᆞ고 공명사쳐에 가 공명의 손을 잡고 낙누왈 아우야 옛날 빅이 슉졔을 아나냐 공

명이 싱각ᄒᆞ되 주유의 말를 듯고 달닉고져 ᄒᆞ미라 ᄒᆞ고 듯기을 청ᄒᆞᆫᄃᆡ 근이 왈 빅이 슉졔ᄂᆞᆫ 슈양산의 주려 주글 ᄯᅢ에도 형졔 셔로 ᄯᅥᄂᆞ지 아니ᄒᆞ여거날 우리 형졔ᄂᆞᆫ 엇지ᄒᆞ야 각분동셔ᄒᆞ야 이사이군ᄒᆞ니 빅이 슉졔을 비할진ᄃᆡ 붓글업지 아니ᄒᆞ냐 공명이 ᄃᆡ왈 형장의 말숨은 샤졍이오 졔의 말은 ᄃᆡ의라 우리 셰ᄃᆡ로 한나라 녹을

〈26-앞〉

먹어ᄊᆞ오니 형장이 강동을 바리고 유황슉을 셤기시면 신ᄌᆞ지도 ᄯᅥᆺᄯᅥᆺᄒᆞ고 형졔지졍도 온젼할 거시니 형장의 마음이 엇더하신잇가 근이 싱각ᄒᆞ니 닉져을 달닉려ᄒᆞ다가 졔으게 달닌비 되야ᄯᅩ다 ᄒᆞ고 공명을 작별ᄒᆞ고 도라와 주유다려 그 수작을 셜화ᄒᆞ니 주유 ᄃᆡ로ᄒᆞ야 공명을 죽기려ᄒᆞ더라 잇틋날 졔장을 거ᄂᆞ리고 힝군할ᄉᆡ 공명과 갓치 가기을 청ᄒᆞ니 공명이 흔연이 ᄯᅡ라 가더라 주유 삼강어귀의 진을 치고 장ᄃᆡ의 놉피 안ᄌᆞ 공명을 청ᄒᆞ야 좌졍 후의 주유 문왈 됴됴의 군ᄉᆞᄂᆞᆫ 팔십삼만이오 우리넌 불과 오육만이라 됴됴의 양도을 ᄭᅳᆫ은 후의 됴됴을 ᄌᆞ불 거시니 엇지 ᄒᆞ야 됴됴을 잇가 닉 들른니 굴양을 추철산의 두어ᄯᅡᄒᆞ니 션싱을 군ᄉᆞ을 거ᄂᆞ리고 됴됴의 굴양을 취ᄒᆞ여 쥬쇼셔 공명이 싱각ᄒᆞ되 날을 달닉고져ᄒᆞ다가 듯지 아니ᄒᆞ니 됴됴의 손을 비러 날을 죽기고져 ᄒᆞ미라 닉 만일 아니가면 졔의 위령을 바들리라ᄒᆞ고 흔연이 허락ᄒᆞ니 노슉이 주유다려 문왈 도독

〈26-뒤〉

이 공명으로 됴됴 굴양을 취코져함은 무삼 의사잇가 주유 왈 공명을 죽기고져 ᄒᆞ나 남의 시비을 져어ᄒᆞ야 됴됴의 손을 비러 후환을 ᄭᅳᆫ코져 함이라 노슉이 그 말을 듯고 공명을 ᄎᆞᄌᆞ가니 공명이 군ᄉᆞ을 정졔ᄒᆞ야 힝군코져ᄒᆞ거날 노슉이 참지 못ᄒᆞ여 문왈 션싱이 이번 길의 공할 ᄯᅳᆺᄒᆞ온잇가 공명이 소왈 닉 수육젼의 다 익달은니 셜마 셩공치 못ᄒᆞ리오 주유와 노슉의 지조

ᄂᆞᆫ 비할바 아니인다 노슉이 그 말을 주유의게 고ᄒᆞᆫᄃᆡ 주유 ᄃᆡ로ᄒᆞ여 엇지 져을 보ᄂᆡ리오 ᄒᆞ고 즉시 이만병을 조발ᄒᆞ야 추철산의 향할ᄉᆡ 노슉이 그 말을 공명으게 고ᄒᆞᆫᄃᆡ 공명이 소왈 도독이 날노 ᄒᆞ여금 됴됴의 양식을 탈취코져 함은 날을 쥭이교져 함이라 ᄂᆡ 히롱ᄒᆞᄂᆞᆫ 마를 듯고 위지을 가고자 ᄒᆞ니 반다시 갓다가ᄂᆞᆫ 됴됴의 ᄒᆡ을 보리라 됴됴ᄂᆞᆫ 본시 남의 양식을 도젹ᄒᆞᄂᆞᆫ 고로 졔 양식을 범연이 간수ᄒᆞ리오 먼져 수젼으로 여기를 ᄭᅥᆨ군 후의 ᄭᅬ을 ᄡᅳᆯ지라 자경은 밧비가 공근

〈27-앞〉

을 말유ᄒᆞ야 못가계 ᄒᆞ소셔 노슉이 급피 도라와 공명 마를 젼ᄒᆞ니 주유 머리을 흔들고 발을 ᄭᅮᆯ이며 ᄃᆡ경실ᄉᆡᆨ 왈 이 사람의 ᄌᆡ조ᄂᆞᆫ ᄂᆡ게셔 십ᄇᆡ나 더ᄒᆞ니 잇ᄯᆡ의 쥭이지 못ᄒᆞ면 장ᄎᆞ ᄃᆡ환이 되리라 ᄒᆞ니 노슉 왈 방금 삼분쳔하의 동분셔주ᄒᆞ야 피차 여가을 엇고자 ᄒᆞ여 영웅을 어드려 ᄒᆞᄂᆞᆫᄃᆡ 이련 ᄌᆡ조잇ᄂᆞᆫ 사람을 쥭이고 남의 치소을 드르리오 됴됴을 파ᄒᆞᆫ 후의 도모ᄒᆞ쇼셔 주유 그리ᄒᆞ라 ᄒᆞ더라 ◯각셜 현덕이 ᄒᆞ구의 잇셔 젹벽 남한을 바ᄅᆡ보니 젼션과 기치 은은이 뵈이니 동오 기병한 쥴 알고 졔장으로 더부려 의논 왈 공명이 한번 간 후의 소식이 젹죠ᄒᆞ니 뉘가 강동의 가 소식을 알려올고 미축이 엿ᄌᆞ오ᄃᆡ 소장이 가셔 아라 오리다 현덕이 ᄃᆡ히ᄒᆞ고 미축을 동오의 보ᄂᆡ니라 미축이 예단을 갓초와 주유 진중의 일르러 통기ᄒᆞ니 주유 들나ᄒᆞ거날 미축이 드러가 녜ᄒᆞᆫ 후의 폐빅을 드리거날 주유 바다 호군ᄒᆞ고 미축을 졉ᄃᆡᄒᆞ니 미

〈27-뒤〉

축 왈 공명이 어ᄃᆡ 계신잇가 이 질의 한가지 가고져 ᄒᆞ노이다 주유 왈 공명으로 더부려 됴됴 파할 묘ᄎᆡᆨ을 의논ᄒᆞᄂᆞ니 엇지 금번의 함기 가리오 ᄂᆡ 유예쥬을 보면 긴니 의논할 일리 잇ᄊᆞᆸ난ᄃᆡ 나ᄂᆞᆫ ᄃᆡ군을 거나려 방금 련십ᄒᆞ

기로 일시 써날 수 업셔 못가오나 유예주넌 한가훈지라 잠간 보기를 쳔만 바릐오니 급피 도라가 그 말을 훅여주옵소셔 미축이 주유의게 훅직훅고 돌라와 차의를 현덕의게 고훅니 현덕이 즉시 비션을 수십훅야 힝장을 지촉훅거날 관공이 간왈 주유는 꾀가 만훈 사람이오 쏘한 공명의 사통이 업스오니 가시기 불가훅여이다 현덕 왈 닉 이졔 강동과 화친훅야 딕사을 도모훅니 닉 엇지 져의 청훅는 빅을 져어훅야 아니 가리오 쏘훈 닉 슈명우쳔훅야 딕의를 쳔하의 패고져훅거날 엇지 의심훅리오 운장 왈 그려훅오면 소장이 형장을 모시고 가오리다 현덕이 허락훅고 익덕과 자룡을 불닉 가로딕 운장과 훈가지로

〈28-앞〉

강동을 단여올 거시니 그딕 등은 셩지를 잘 직키라 훅고 즉시 비션을 타고 강동의 리르려 군즁의 통지훅니 주유 듯고 딕히훅야 군스다려 문왈 유예쥬 군스 얼마나 거느려더뇨 딕왈 불과 수십인이로소이다 주유 왈 이졔는 강동의 큰 근심을 덜이라 훅고 도부수 오십명과 아장 수인을 장막 뒤의 믹복훅고 약쇽을 졍훅되 닉 현덕으로 더부려 수을 먹다가 잔을 던지거던 일시의 달여드러 현덕을 타살훅라 약쇽을 졍훅고 원문박게 나와 현덕을 영졉훅야 당상의 올느 빈주지예을 차린 후의 수을 권할시 잇씩 공명이 현덕 왓단 마를 듯고 딕경훅야 군즁의 와 동졍을 살피니 주유 면상의 살긔 가득훅고 장막 뒤의 도부수 흔젹이 인난듸 현덕은 히식이 만연훅고 안져거날 공명이 딕경훅야 엇지할 쥴 모로던 추의 나셔보니 운장이 칼을 들고 현덕 뒤의 셧거날 공명이 마음을 놋코 강변의 나와 기다리더라 잇씩 주유 슐 잔을 들

〈28-뒤〉

고 현덕을 보니 일원딕장이 현덕 뒤의 셧쓰되 신장이 구쳑이오 얼골은 물은 딕초빗갓고 봉의 눈의 삼각슈을 거사리고 팔십근 쳥룡도을 눈 우의 번

듯 들고 위염이 추상갓치 셧쓰니 사람의 정신을 놀니는지라 주유 간담이 어질ᄒᆞ야 눈이 캄캄ᄒᆞ여 잔든 파리 쳔근이나 되고 한츌쳡비라 아모리 할 쥴 몰나 지셩으로 문왈 져 장군은 뉘신잇가 현덕 왈 니의 아우 관운장이로 쇼이다 주유 디경실식 왈 원소의 장수 안량 문취 버히든 운장이신잇가 즉시 슐을 부어 권ᄒᆞ더니 이윽ᄒᆞ야 노슉이 드러오거날 현덕 왈 공명션싱이 어디 계신야 자경은 나를 위ᄒᆞ야 보게ᄒᆞ라 주유 왈 방금 됴됴 자불 꾀을 의논ᄒᆞ오니 됴됴을 파한 후의 만나보소셔 운장이 현덕을 눈 주니 현덕이 그 쓰즐 알고 주유을 작별ᄒᆞ고 강변으로 나오니 발셔 비를 미고 기다리거날 현덕이 비의 오르니 공명이 나셔며 왈 주공이 오날 운장

〈29-앞〉

곳 아니던들 디환을 당할번 보와스니 그 이를 아르시는잇가 현덕 왈 몰나 는이다 공명 왈 주유의 간게로 주공을 히코자 ᄒᆞ다가 운장을 보고 감히 히치 못ᄒᆞ여난이다 현덕이 일경일히ᄒᆞ야 공명을 다리고 ᄒᆞᆫ가지로 가기을 청ᄒᆞᆫ디 공명 왈 나는 비록 사지의 이시나 완여반셕이오 니 념녀 마르시고 먼져 도라가시면 진심ᄒᆞ와 셩공 후의 도라갈터이오니 그리 아르시고 십일월 이십일의 자룡으로 비션일쳑의 군ᄉᆞ 빅명을 준비ᄒᆞ야 남병산ᄒᆞ 오강으로 보니주소셔 지삼 당부ᄒᆞ고 발션ᄒᆞ기을 지촉ᄒᆞ거날 현덕과 운장이 공명을 작별ᄒᆞ고 하구로 도라오니라 잇써 노슉이 주유다려 문왈 도독이 현덕을 청ᄒᆞ여 완난디 엇지 그져 보니신잇가 주유 왈 운장은 범갓턴 장수라 만일 현덕을 히ᄒᆞ며 장니 엇지 살기를 바리리오 글노ᄒᆞ여금 디사을 맛치지 못할가 ᄒᆞ야 보니노라 ○각셜이라 됴됴 치모 장눈으로 수군도독을 삼어 수군을

〈29-뒤〉

조련할 시 소션은 중왕의 두고 디션은 외면으로 둘너 셩곽을 삼고 이십사좌 수문을 니니 밤이면 수륙진 삼십여리의 거화등농을 녕농케ᄒᆞ야 하날의

사못차넌지라 일일은 주유 룡장 수인을 다리고 일쳑션을 젹벽 즁뉴의 씌여 됴됴 수진 형셰을 귀경ᄒᆞ고 ᄃᆡ경 왈 거그 오난 수군은 ᄆᆡ우 의은 사람이로다 수군도독은 뉘라ᄒᆞ더뇨 장소 엿자오ᄃᆡ ᄎᆡ모 장늰이라 ᄒᆞ더이다 쥬유 싱각ᄒᆞ되 두 사람을 업신 후의 됴됴을 자부리라 ᄒᆞ더라 잇ᄯᆡ의 됴됴 진즁의셔 쥬유을 보고 쫏ᄎᆞ 자부려ᄒᆞ더니 쥬유 진즁의셔 칼빗 이러나물 보고 ᄇᆡ를 급피 져어 도라오니 ᄶᅡ라오지 못ᄒᆞ더라 됴됴 졔장을 불너 왈 강동은 쥬유 졔갈양은 ᄭᅬ을 쓰니 우리는 무삼 ᄭᅬ을 ᄡᅧ 동오을 파ᄒᆞ리오 장간이 주왈 닉 주유와 동문싱이오 졀친ᄒᆞ오니 이졔 강동을 가셔 주유을 달ᄂᆡ여 항복ᄒᆞ게 ᄒᆞ오리다 됴됴 ᄃᆡ히ᄒᆞ야 가로ᄃᆡ 장간이 주유와 졀친한가 장

〈30-앞〉

간이 왈 승상은 념녀 마옵쇼셔 장간이 쳥의 동ᄌᆞ 한쌍을 다리고 일렵소션을 타고 강동의 이르러 군ᄉᆞ로 통긔ᄒᆞ되 고인 장간이 왓다ᄒᆞ니 주유 ᄃᆡ히 왈 셰긱이 잇스니 ᄎᆡ모 장늰 두 사람 쥭길 ᄭᅬ을 힝ᄒᆞ리라 ᄒᆞ고 쥬유 의관을 경졔ᄒᆞ고 금의화복의 동ᄌᆞ 수인을 다리고 원무 밧긔 나와 마지니 장간이 드러와 쥬유의 손을 잡고 공근은 평안ᄒᆞ신가 쥬유 왈 자익이 강동의 왓ᄊᆞ오니 됴됴의 셰긱인가 의심ᄒᆞ여더니 임무 그러치 아니할진ᄃᆡ 엇지 도라가리오 좌졍ᄒᆞᆫ 후의 군즁의 분부ᄒᆞ되 강동 영웅이 다 와셔 자익을 ᄃᆡ졉ᄒᆞ라 문무졔장이 일시의 드러와 인사ᄒᆞ고 동셔반을 차려셔니 위염이 엄숙ᄒᆞ더라 주유 불시의 군즁의 ᄃᆡ연을 비셜ᄒᆞ고 장간을 ᄃᆡ졉할ᄉᆡ 주유 좌우을 도라보와 가로ᄃᆡ 자익은 동문수업ᄒᆞᆫ 친구라 됴됴 진의 잇스니 셰긱이 아니라 의심치 말고 졉ᄃᆡᄒᆞ라 ᄐᆡ사자을 불너 칼을 ᄭᅳᆯ너주면셔 그ᄃᆡ

〈30-뒤〉

는 이 칼을 차고 좌우을 순찰ᄒᆞ되 오날 잔ᄎᆡ는 친구 ᄃᆡ졉ᄒᆞ는 이리니 만일 군즁사로 의논ᄒᆞ는 지 잇거던 뭇지 말고 버히라 ᄒᆞ니 ᄐᆡ사자 칼을 차고 좌

우로 순찰ᄒᆞ거날 장간이 두려워ᄒᆞ야 감히 발구치 못ᄒᆞ더라 주유 왈 닉 젼일의 군즁의셔 술 먹은 이리 업더니 오날은 고인을 만나쓰니 취토록 먹어 보리라 ᄒᆞ고 좌상의 비반이 낭자ᄒᆞ더니 쥬유 슐이 딕취ᄒᆞ야 장간의 손을 잡고 장막 박그로 나오니 좌우군ᄉᆞ드리 촉금젼포의 창검을 들고 좌우의 나렬ᄒᆞ야스니 쥬유 왈 닉 군ᄉᆞ 엇더ᄒᆞ뇨 장간이 왈 장ᄒᆞ도다 ᄒᆞ고 ᄯᅩ ᄒᆞᆫ 고딕 이르러보니 군양마초 젹여구산이더날 쥬유 왈 닉 양초 엇써ᄒᆞ뇨 장간이 왈 그도 장ᄒᆞ도다 장간을 다리고 군즁으로 도라와 졔장을 다리고 슐을 먹더니 쥬유 졔장을 가라쳐 왈 이난 다 강동 영웅이라 오날 잔치 일홈은 길연회라 ᄒᆞ고 밤이 깁도록 슐을 권ᄒᆞ기 강간이 슐을 이

〈31-앞〉

기지 못ᄒᆞ야 잔을 사양ᄒᆞ니 슐을 치우고 가로딕 자닉와 동침한지 오릭더니 오날은 한가지로 자리로다 그졋틱 취ᄒᆞ야 써ᄉᆞ려져 군코질ᄒᆞ니 장간이 엇지 잠을 일우리오 군즁의 이경을 고ᄒᆞ되 쥬유 요지부동ᄒᆞ거날 장간이 셔안의 문셔을 상고ᄒᆞ더니 각쳐의 왕닉ᄒᆞ던 셔간을 차릭로 볼딕 한 장 비봉의 치모 장늪이 근봉이라 ᄒᆞ엿거날 ᄠᅦ여보니 ᄒᆞ엿시되 소장 등이 됴됴으게 항복ᄒᆞ문 공후장녹을 탐ᄒᆞᆫ 빅 아니라 아모리ᄒᆞ야도 틈을 어드면 됴됴의 머리을 버혀 장군휘ᄒᆞ의 밧치리다 ᄒᆞ여거날 장간이 그 편지을 소믹의 간수ᄒᆞ고 다시 다른 셔간을 보려할 졔 쥬유 몸을 요동ᄒᆞ니 장간이 불을 치우고 누위자는 쳬ᄒᆞ거날 쥬유 군말ᄒᆞ여 왈 자익아 자닉 수일간의 됴됴 머리을 귀경ᄒᆞ랴는야 장간이 이 말을 딕답고져할 치의 쥬유 다시 잠을 들거늘 장간이 심속ᄒᆞ야 젼젼반측ᄒᆞ더니 잇ᄶᅴ의 ᄒᆞᆫ사람

〈31-뒤〉

이 가만이 드러와 지셩으로 문왈 도독은 자신잇가 주유 잠을 ᄭᅵ여 이러한지며 모르는 쳬ᄒᆞ고 문왈 자는딕 웬 사람인뇨 답왈 장자익 안잇가 쥬유 기

탄 왈 닉 젼일의 슐취한 이리 업더니 오날 취즁의 무삼 말을 ᄒᆞ여ᄂᆞᆫ지 모르것다 그 사람이 왈 강북의셔 사람이 왓ᄂᆞ이다 쥬유 ᄃᆡ경ᄃᆡ칙 왈 소ᄅᆡ을 나직이 ᄒᆞ여라 ᄒᆞ며 자익아 부르거늘 장간이 짐짓 자는 쳬ᄒᆞ고 ᄃᆡ답지 아니ᄒᆞ니 쥬유 그 사람을 다리고 밧그로 나가 가만이 말을 ᄒᆞ되 치모 치윤 두 사람이 아직 틈을 엇지 못ᄒᆞ야쓰니 아모 ᄯᅢ라도 틈을 어드면 도모ᄒᆞ리라 ᄒᆞ거날 장간이 그 말을 자셔이 듯지 못ᄒᆞ고 ᄃᆡ강 짐작만 ᄒᆞ더니 쥬유 드러와 자익아 부르되 장간이 ᄃᆡ답지 아니 ᄒᆞ니 쥬유 오슬 버셔 걸고 자거늘 장간이 ᄉᆡᆼ각ᄒᆞ되 쥬유는 자상한 사람이라 명일의 편지가 업시면 피련 나을 ᄒᆡ할 거시니 잇ᄯᅢ을 타 도망ᄒᆞ리라 ᄒᆞ고 쥬유을 부르니 쥬유 잠든 쳬ᄒᆞ고 ᄃᆡ답치 아니 ᄒᆞ거날 장간이 의관을 졍졔

〈32-앞〉

ᄒᆞ고 장젼의 나와 동자을 다리고 진문 박기 나셔니 순경ᄒᆞ는 군ᄉᆞ 문왈 션ᄉᆡᆼ은 어ᄃᆡ을 가시ᄂᆞᆫ잇가 답왈 닉 남무 진즁의 오ᄅᆡ 잇쓰미 미안ᄒᆞ야 ᄯᅥ나는 지리라 ᄒᆞ니 군ᄉᆞ 본 쳬 안이ᄒᆞ거늘 장간이 ᄇᆡ을 타고 강북으로 도라와 치장 양인의 편지을 승상 젼의 올이니 됴됴 보고 ᄃᆡ로ᄒᆞ야 치모 치윤을 불너 문왈 지금으로 강동을 쳐 파ᄒᆞ라 ᄒᆞᆫᄃᆡ 치모 치윤 왈 아직 군ᄉᆞ 조련이 익들 못ᄒᆞ여쓰니 졸지의 치오릿가 됴됴 발련 변ᄉᆡᆨ 왈 군ᄉᆞ 죠련이 익으면 닉 머리을 쥬유으게 보닉것는야 양장이 미쳐 ᄃᆡ답지 못ᄒᆞ야 군ᄉᆞ을 호령ᄒᆞ야 치장 양인을 버히라 ᄒᆞ고 모ᄀᆡ 우금으로 수군도독을 삼어는지라 잇ᄯᅢ 쥬유 그 두 사람 죽인 소식을 듯고 ᄃᆡ히ᄒᆞ야 노숙을 불너 왈 닉 장간을 유인ᄒᆞ야 됴됴을 쏙여 치모 장윤을 쥭여쓰니 장군은 몰의ᄂᆞᆫ지라 공명이 아난가 자경은 가셔 동졍을 보면 치사할 이리 잇노라 노숙 왈 무삼 이리온잇가 공근이 자경을 보닉여 동졍을 보랴 ᄒᆞ고

〈32-뒤〉

왓건이와 ᄂᆡ 엇지 모르리오 장간으로 됴됴을 쏙여 치장 냥인을 죽여쓰냐 됴됴 필경 후회ᄒᆞ리라 자경은 그 일을 알드란 말를 공근게 마옵쇼셔 공근이 알면 날를 ᄒᆡ코자ᄒᆞ리다 노숙이 도라와 실상을 고ᄒᆞ니 쥬유 듯고 ᄃᆡ경 왈 이 사람을 결단코 죽이리라 노숙 왈 공명을 죽기면 됴됴의 치쇼을 면치 못ᄒᆞ리다 쥬유 왈 ᄂᆡ 공도로 죽이면 남의 치소되리오 ᄒᆞ니 ᄃᆡ왈 무삼 공도로 죽이리오 쥬유 가로ᄃᆡ ᄂᆡ ᄭᅬ을 보라 ᄒᆞ고 잇튼날 졔장을 뫼으고 공명을 청ᄒᆞ야 젼장사을 의논ᄒᆞ여 왈 수젼의 무삼 기계 뇨진ᄒᆞ뇨 공명 왈 수젼의난 궁시가 뇨진ᄒᆞᄂᆞ이다 쥬유 왈 션싱의 말삼 당연ᄒᆞ오나 지금 군즁의 살한ᄀᆡ 업ᄉᆞ오니 엇지하릿가 션싱은 수고을 ᄉᆡᆼ기지 말고 십만ᄣᅦ 살을 지여 됴됴을 파ᄒᆞ게 ᄒᆞ면 쳔만다ᄒᆡᆼ이로소이다 공명 왈 장영을 엇지 어길잇가 그러ᄒᆞ면 언으 ᄯᆡ나 쓰려ᄒᆞᄂᆞ잇가 쥬유 왈 십일 ᄂᆡ로 당ᄒᆞ소셔 공명 왈 냥군 졉젼이 픠차 여가

〈33-앞〉

을 엇고져 ᄒᆞᄂᆞᆫᄃᆡ 어는 날 무삼 환이 날 줄 알고 엇지 십일 지쳬ᄒᆞ리오 삼일 ᄂᆡ로 ᄒᆞ리다 쥬유 왈 군즁의 헛 마리 업ᄂᆞ이다 공명 왈 엇지 헛말을 ᄒᆞ릿가 군령 다짐을 ᄒᆞ리다 쥬유 ᄃᆡ히ᄒᆞ야 군즁 셔기을 불너 공명의 다짐을 밧고 사례 왈 ᄃᆡ사을 리룬 후의 공을 갑ᄉᆞ오리다 공명 왈 오날은 이무 져무러쓰니 명일부틈 삼일 후의 오ᄇᆡᆨ군을 보ᄂᆡ여 살을 시러가게 ᄒᆞ소셔 ᄒᆞ고 쥬유의게 ᄒᆞ직ᄒᆞ고 관역으로 도라가거날 잇ᄯᆡ 노숙이 쥬유다려 문왈 이 사람이 헛마리나 아니 ᄒᆞ릿가 쥬유 ᄃᆡ왈 졔가 분명 당ᄒᆞ것다 ᄒᆞ고 다짐두워쓰니 헛말ᄒᆞ고 졔가 나려가지 못ᄒᆞ리라 ᄂᆡ 군즁 징인으게 분부ᄒᆞ야 일을 힘쓰지 말나ᄒᆞ면 자연 과한될 거시니 긋ᄯᆡ예 졔 죄을 졍ᄒᆞ리라 ᄒᆞ고 자경은 가셔 동졍을 보고오라 노숙이 가셔보니 공명 왈 자경은 엇지 당부ᄒᆞᆫ 말을 ᄒᆞ야 날을 사지로 보ᄂᆡ여 엇지 삼일 ᄂᆡ로 십만 ᄣᅦ 살을 당ᄒᆞ리오 자경

〈33-뒤〉

은 날을 군안ᄒᆞ라 ᄒᆞ니 노숙 왈 이는 션싱의 자취지화라 니 엇지 구안ᄒᆞ리오 공명 왈 자경은 젼션 이십 쳑을 빌이되 미 쳑의 군ᄉᆞ 삼십명식 등ᄃᆡᄒᆞ야 가지고 와셔 살을 시러가소셔 ᄒᆞ더니 청초로 사람을 만드러 셔우고 청포장을 치고 ᄯᅩ 멸일은 살을 쥬션할 도리로 ᄒᆞ리다 이 말을 공근게 ᄒᆞ지마오 만일 현노ᄒᆞ면 ᄃᆡ사 낭픽할 거시오 만ᄉᆞ불셩할 거시니 삼가 조심ᄒᆞ라 직삼 당부ᄒᆞ니 노숙이 허락ᄒᆞ고 도라와 고ᄒᆞ되 공명이 살 만들 계교는 아니ᄒᆞ고 ᄐᆡ연이 잇스면 달이할 도리 잇다 ᄒᆞ더이다 쥬유 역시 의심ᄒᆞ야 가로ᄃᆡ 삼일 후의 졔 말을 들르이라 노숙이 젼션 이십쳑의 우인을 실코 각각 등ᄃᆡᄒᆞ야 공명을 기다리더니 공명이 졔 이일의 풍뉴만 ᄒᆞ고 아무 동졍이 업더니 졔 삼일 이경의 비로소 노숙을 청ᄒᆞ야 왈 자경은 나와 한가지로 가 살을 가져오게 ᄒᆞ라 자경 왈 어ᄃᆡ로 가라 ᄒᆞ시ᄂᆞ잇가 가셔 보면 자

〈34-앞〉

연 알 거시니 웃지 말고 가사이다 이날 밤 이경의 젼션 이십 쳑의 일자로 ᄢᅦ을 지어 압셔우고 됴됴의 수진을 바릐보며 나려 가더니 차야의 안기 자옥ᄒᆞ며 지척을 분멸치 못ᄒᆞ더라 공명이 군ᄉᆞ로 ᄒᆞ여곰 됴됴 진 근쳐의 닷슬 노코 젼션 수미를 동셔로 분별ᄒᆞ야 일자로 버러 셔우고 뇌고함셩ᄒᆞ니 노숙이 ᄃᆡ경 왈 만일 됴됴의 ᄃᆡ병이 엄살ᄒᆞ면 엇지 당젹ᄒᆞ릿가 공명이 되소 왈 됴됴 아무리 영웅인들 여ᄎᆞ 칠야 삼경의 운무 자옥ᄒᆞᆫᄃᆡ 엇지 나오리오 념녀 말고 우리는 술이나 먹고 살이나 어더 가시 ᄒᆞ며 쥬비낭ᄌᆞᄒᆞ더니 잇ᄯᅢ 됴됴의 수군도독 모기 우금이 불의예 뇌고소릐을 듯고 급피 됴됴의계 고ᄒᆞ니 됴됴 ᄃᆡ경ᄒᆞ야 군즁의 젼령ᄒᆞ되 불의예 젹병이 왓스니 필연 사면의 복병이 잇슬지라 경동치 말고 궁시 수만을 즉발ᄒᆞ되 뇌고셩 나는 고즐 일졔로 쏘라 ᄒᆞ니 장졸이 녕을 듯고 활을 연방 쏘와 시셕이 비오듯ᄒᆞ여 잠시간의 공명의 젼션의

〈34-뒤〉

살을 바다 한편으로 지울너지니 공명이 디히ᄒᆞ야 빅 수미을 박구워 셔우고 군ᄉᆞ을 직촉ᄒᆞ야 일번 뇌고셩을 연쇽부졀ᄒᆞ니 공즁의 쓴 살이 연쇽ᄒᆞ여 이십쳑 젼션의 가득ᄒᆞ고 일츌동명ᄒᆞ며 안기 것치거늘 공명이 빅을 거두어 도라오며 군ᄉᆞ로 하여금 크게 워여 왈 승상게셔 다힝이 살을 만이 주기로 어더 가오니 감격ᄒᆞ오며 일후 졉젼할 ᄶᅢ 승상의 살로 승상의 군ᄉᆞ을 쏠터이니 엇지 싱각말나 공명이 노숙을 도라보와 가로디 강동의 힘을 조금도 허비치 아니ᄒᆞ고 져의 살을 어더 져의를 쏘면 그 아니 조흐릿가 노숙이 디찰 왈 션싱은 진실로 신인이로소이다 오날 안기 잇슬 주를 엇지 아라ᄂᆞ잇가 공명 왈 쳔문지리아 음양죠화을 모르면 장수 아니라 니 오날 일기을 알고 삼일 한을 경ᄒᆞ여쓰며 공근이 십일 경한 ᄒᆞ기는 군즁 징인의게 분부ᄒᆞ야 일을 지쳬ᄒᆞ게 ᄒᆞ여 과연 ᄒᆞ면 날을 살히코ᄌᆞ 할지이와 니

〈35-앞〉

명이 하날의 잇거날 공근이 엇지 날을 히ᄒᆞ리오 이날 쥬유 오빅군을 강변으로 보니고 소식을 기다리더니 노숙이 십만 ᄶᅦ 살은 고사ᄒᆞ고 수빅만 ᄶᅦ 살을 수운ᄒᆞ야 올이고 살 어든 사연을 고ᄒᆞ니 쥬유 디경 왈 공명의 지죠는 귀신도 난측이라 ᄒᆞ더니 이윽ᄒᆞ야 공명이 드러오거날 쥬유 장ᄒᆞ의 나려 영졉하야 사례 왈 션싱의 신긔ᄒᆞᆫ 지조는 사람의 심곡을 놀니는지라 공명 왈 엇지 조고마는 지조로 치하을 바드리오 쥬유 왈 쥬공이 ᄊᆞ홈을 직촉ᄒᆞ오니 지조 업셔 념녀오니 션싱은 신긔ᄒᆞ신 지조을 가르쳐 주옵소셔 공명 왈 양은 본디 용지라 엇지 긔이ᄒᆞᆫ 지조을 알이오 쥬유 왈 니 ᄭᅬ 어더쓰니 사양치 말으시고 가부을 결단ᄒᆞ소셔 공명 왈 무삼 ᄭᅬ을 어더ᄂᆞᆫ잇가 쥬유 왈 우리 각각 장즁의 글ᄌᆞ을 써셔 빈교ᄒᆞ야 보사이다 공명 왈 그러 ᄒᆞᄉᆞ이다 ᄒᆞ고 쥬유 몬져 부즐 취ᄒᆞ야 글ᄌᆞ을 장즁의 써 쥐고 공명이 ᄯᅩᄒᆞᆫ

〈35-뒤〉

부슬 취ᄒᆞ야 글ᄌᆞ을 장즁의 써 가지고 두리 손을 한ᄃᆡ ᄃᆡ이고 픠여보니 공명의 장즁의도 불 화ᄌᆞ요 쥬유의 장즁의도 불 화ᄌᆞ라 두리 벽장ᄃᆡ쇼 왈 우리 소견이 갓ᄉᆞ오니 이는 연분이로다 무어슬 의심ᄒᆞ리오 ᄒᆞ고 화공ᄒᆞ기을 의논할 시 만균즁이 다 아는 지 업더라
화룡도 권지상 둉이라

〈36-앞〉

화룡도 권지하라
각셜 됴됴 빅만 씌 살을 일코 심화자발ᄒᆞ야 두셔를 졍치 못할시 모ᄉᆞ 슌욱이 왈 쥬유 졔갈양이 씌를 쓰니 모ᄉᆞ를 강동의 보ᄂᆡ여 사항ᄒᆞ고 ᄂᆡ응으로 소식을 알게 ᄒᆞ옵소셔 됴됴 왈 보ᄂᆡᆯ만한 사람이 업도다 슌욱이 왈 치즁 치화를 은혜로 ᄃᆡ졉ᄒᆞ야 보ᄂᆡ시면 ᄃᆡᄉᆞ를 도모ᄒᆞ오리다 됴됴 듯고 ᄃᆡ희ᄒᆞ야 치즁 치화를 청ᄒᆞ야 왈 그ᄃᆡ 등은 나를 위ᄒᆞ야 강동의 가셔 사항ᄒᆞ여 동졍과 소식을 통ᄒᆞ되 ᄃᆡ사를 이룬 후의 공을 쓰리라 치즁 치화 왈 소장 등도 국녹을 먹으되 쳑촌지공이 업시ᄆᆡ 민망ᄒᆞ옵더니 승상 명녕이 이러ᄒᆞ시니 강동의 건너가 진심ᄒᆞ야 틈을 어더 쥬유 공명의 머리를 버혀 장ᄒᆞ의 밧치리다 즉시 군ᄉᆞ 수십명식 거ᄂᆞ리고 강상의 ᄇᆡ를 타고 강동의 다달나 납명ᄒᆞ고 장ᄒᆞ의 드러가 쥬유 압픠 복지쳬읍왈 소장의 형 치모 됴됴의게

〈36-뒤〉

픠를 본 후의 불공ᄃᆡ쳔지수 갑기를 쥬야 사모ᄒᆞ다가 장군휘ᄒᆞ의 와ᄊᆞ오니 바리옵건ᄃᆡ 장군은 두호ᄒᆞ야 쥬옵쇼셔 쥬유 그 사항인 쥴을 알고 흔연이 허락ᄒᆞ야 후ᄃᆡᄒᆞ고 감영을 불너 왈 치즁 치화가 졔 쳐자를 다리고 와는뇨 감영 왈 쳐자는 아니 다리고 왓ᄂᆞ이다 쥬유 왈 그러ᄒᆞ면 두 사람이 사항ᄒᆞ

고 우리 강동 소식을 아라 됴됴의게 닉응이 되고자 ᄒᆞ미라 너 엇지 모로리오 이 두 사람을 다려다가 그ᄃᆡ 진즁의 후ᄃᆡᄒᆞ야 두면 됴됴와 ᄃᆡ젼할 ᄠᆡ의 쓸 곳지 잇노라 감영이 쳥영ᄒᆞ고 두 사람을 다리고 나간 후의 노숙이 문왈 치즁 치화 항복ᄒᆞ는 거슬 엇지 밋고 바다ᄂᆞᆫ잇가 쥬유 ᄃᆡ칙 왈 졔 형의 원수를 갑고져ᄒᆞ야 닉게 와 항복ᄒᆞ거날 엇지 의심이 잇쓰리오 노숙이 묵묵부답ᄒᆞ고 공명 사쳐의 도라와 그 사연을 셜화ᄒᆞ니 공명이 소왈 양 진즁의 ᄃᆡ강이 막커쓰니 우리 동졍을 몰나 치즁 치화을 보닉셔 사항ᄒᆞ여

〈37-앞〉

닉응이 되고자 ᄒᆞ미라 공근이 그 ᄭᅬ를 몬져 알고 짐짓 군즁의 두는 일을 자경은 엇지 모로ᄂᆞᆫ야 노숙이 그졔야 ᄀᆡ탄ᄒᆞ고 공명의 지감을 탄복ᄒᆞ더라 쥬유 야과삼경의 등촉을 도도키고 됴됴 파할 묘칙을 쳥치 못ᄒᆞ야 젼젼반측ᄒᆞ더니 션봉장 황ᄀᆡ 드러와 문안ᄒᆞ거날 쥬유 왈 심야삼경의 공복이 무삼 소회 잇는뇨 황ᄀᆡ 왈 다름 아니라 방지양국이 ᄃᆡ젼할 터인듸 형셰를 싱각ᄒᆞ온즉 됴됴의 군ᄉᆞ 빅만이오 우리 군ᄉᆞᄂᆞᆫ 불과 오륙만이라 도독은 주의을 엇지 ᄒᆞ시ᄂᆞ잇가 쥬유 왈 나도 아직 졍ᄒᆞᆫ ᄯᅳ지 업시니 그ᄃᆡ의 ᄯᅳ즌 엇더ᄒᆞ며 졔장의 소견은 엇더ᄒᆞ던뇨 황ᄀᆡ 왈 졔장의 소견은 알 수 업ᄉᆞ오니 소장의 소견은 됴됴의 군ᄉᆞ은 만ᄒᆞ고 우리 군ᄉᆞᄂᆞᆫ 져그미 불로 치면 죠흘 ᄯᅳᆺᄒᆞᄂᆞ이다 쥬유 ᄃᆡ경왈 너 이 말을 어ᄃᆡ셔 들난야 황ᄀᆡ 왈 어ᄃᆡ셔 드르릿가 소장의 소견이로소이다 쥬유 왈 말을 아무도 모로게 ᄒᆞ라 나도 화공할 싱각이 잇기로 치모 양

〈37-뒤〉

인의 사항을 밧고 군즁의 두어 소식을 통케ᄒᆞ여스니 우리ᄂᆞᆫ 됴됴의게 사항할 사람이 업ᄉᆞ오니 글로 금심ᄒᆞ노라 황ᄀᆡ 왈 소장이 가 됴됴의게 사항ᄒᆞ리다 쥬유 왈 장군의 ᄯᅳ지 과도ᄒᆞ야 사항ᄒᆞ면 됴됴 밋지 아니 할 ᄯᅳᆺ ᄒᆞ노라

황긔 왈 닉 쥬공의 삼딕 은혜를 바닷ᄉᆞ오니 국은을 갑ᄌᆞᄒᆞ오면 몸이 쥭어도 앗갑지 아니 ᄒᆞᆫ지라 도독의 명녕딕로 ᄒᆞ오리다 쥬유 왈 그 일을 힝ᄒᆞ면 강동의 만힝이니 됴됴를 파ᄒᆞᆫ 후의 딕공을 갑푸리라 ᄒᆞ고 잇튼날 쥬유 졔장을 취립ᄒᆞ여 하령 왈 됴됴의 빅만딕병이 빅니허의 뉴진ᄒᆞ고 수륙병진 ᄒᆞ여시니 졔장 등은 삼삭 양식을 가지고 됴됴를 파ᄒᆞ라 황긔 출반 주왈 삼삭 양식은 고ᄉᆞ하고 삼년 양식 가져도 됴됴 파ᄒᆞ기ᄂᆞᆫ 감불싱의라 모ᄉᆞ 말딕로 됴됴의게 항복ᄒᆞ소셔 쥬유 발연딕로 왈 쥬공 말삼을 바다 됴됴를 치려ᄒᆞ거날 너ᄂᆞᆫ 감히 항복고져 ᄒᆞ니 너를 버혀 군즁의 녕을 펴히리

〈38-앞〉

라 ᄒᆞ고 무ᄉᆞ를 호령ᄒᆞ야 황긔을 자바닉여 버히라 ᄒᆞ니 황긔 딕로 왈 파오장군을 모시고 강동을 어더 군신이 되야거든 네 엇지 날을 죽기려 ᄒᆞᄂᆞ뇨 쥬유 딕로ᄒᆞ야 급피 버히라 ᄒᆞ니 감영이 엿ᄌᆞ오딕 황긔ᄂᆞᆫ 동오의 공신이오니 죄를 용셔ᄒᆞ소셔 쥬유 감영을 ᄭᅮ지져 왈 너ᄂᆞᆫ 감히 닉 녕을 거역ᄒᆞᄂᆞ뇨 좌우를 호령ᄒᆞ야 감영을 자바닉여 엄곤방츌ᄒᆞ고 황긔를 ᄲᆞᆯ이 버혀라 셩화갓치 직촉ᄒᆞ니 졔장 등이 일시예 합쥬 왈 황긔의 죄ᄂᆞᆫ 쥭어 맛당ᄒᆞ오ᄂᆞ 양국이 딕젼ᄒᆞ와 합젼ᄒᆞ기 젼의 딕장을 버히ᄂᆞᆫ 거시 군즁의 상사 아니오니 두웟다 됴됴를 파ᄒᆞᆫ 후의 버히소셔 쥬유 왈 결단코 버힐 거시로딕 졔장의 낫츨 보와 아직 용셔ᄒᆞ거니와 우션 엄곤 빅도ᄒᆞ라 졔장이 다시 고ᄒᆞ되 이무 용셔ᄒᆞ실진뒨 다시 짐작ᄒᆞ소셔 쥬유 딕로ᄒᆞ야 셔안을 치면 졔장을 호령ᄒᆞ야 물이치고 황긔를 나입ᄒᆞ여 오십도를 엄곤ᄒᆞ니 졔

〈38-뒤〉

장이 엿ᄌᆞ오딕 황긔 쳣단 마를 됴됴가 알거듸면 치소될가 ᄒᆞᄂᆞ이다 쥬유 ᄭᅮ지져 왈 졔가 감이 닉 영을 거역커날 닉 엇지 남의 날라 치소되ᄂᆞᆫ걸 념녀ᄒᆞ야 군령을 히티키 ᄒᆞ리오 졔장의 낫쳘 보와 위션 오십도의 부과ᄒᆞ여 두

라 일후의 범죄ᄒᆞ면 결단코 버히리라 황ᄀᆡ 즁장을 당ᄒᆞ고 두 볼기예 혈뉴이 낭ᄌᆞᄒᆞ니 졔장 등이 다려다가 치료ᄒᆞ며 위로ᄒᆞ니 황ᄀᆡ 졍신을 진졍ᄒᆞ여 좌우 군졸을 보와 낙누ᄒᆞ더라 노숙이 공명을 보고 왈 오날 공근이 황ᄀᆡ를 칠 ᄯᅢ예 우리ᄂᆞᆫ 공근의 수ᄒᆞ라 말뉴치 못ᄒᆞ야거니와 션싱은 ᄀᆡᆨ이라 허무리 업는ᄃᆡ 엇지 말뉴치 아니ᄒᆞ여ᄂᆞ잇가 공명이 소왈 자경은 엇지 ᄂᆞ를 노류장화갓치 ᄃᆡ졉ᄒᆞᄂᆞ뇨 노슉 왈 션싱을 모셔 강동의 오신 후로 죠금도 홀ᄃᆡᄒᆞᆫ 일이 업거날 엇지 이러한 비졍한 말삼을 ᄒᆞ시ᄂᆞ잇가 공명 왈 쥬유 황ᄀᆡ 친거슬 ᄭᅴᆫ 쥴 모로고 날다려 말을 ᄒᆞᄂᆞ뇨 골륙게 아니

〈39-앞〉

면 엇지 됴됴를 쇠기리오 필야의 황ᄀᆡ로 ᄒᆞ여곰 됴됴의게 사항ᄒᆞ고 ᄃᆡ사를 일울 경윤이라 응당 치즁 치화도 기별ᄒᆞ야슬 거시니 이 일을 졔영이 맛칠지라 자경은 공근을 보거든 오날 일을 ᄂᆡ가 원망ᄒᆞ더라 ᄒᆞ소셔 그 일을 아더라 ᄒᆞ면 날을 히할 거시니 부ᄃᆡ 알게 마옵소셔 노숙이 쥬유다려 문왈 오날 황ᄀᆡ을 엇지ᄒᆞᆫ 일노 엄곤ᄒᆞ여ᄂᆞᆫ잇가 쥬유 왈 졔장이 무어시라 ᄒᆞ더뇨 노슉 왈 원망ᄒᆞ더이다 쥬유 왈 공명의 말은 엇더ᄒᆞ든잇가 노슉 왈 공명도 원망ᄒᆞ더이다 쥬유 왈 이번은 쏙여ᄯᅩ다 오날 황ᄀᆡ친 거ᄉᆞᆫ 골륙게를 써 됴됴를 ᄯᅩᆨ기게 ᄒᆞ미라 노숙이 뉴뉴이 퇴ᄒᆞ야 공명의 지감을 탄복ᄒᆞ더라 황ᄀᆡ 장쳐가 ᄃᆡ단ᄒᆞ여 군즁의 누어 ᄃᆡ통ᄒᆞ더니 모ᄉᆞ 감턱이 오거날 좌우를 물치고 감턱을 영졉ᄒᆞ야 좌졍 후의 감턱 왈 장군 장쳐가 엇더ᄒᆞ시며 그 일은 골륙게 아니 잇가 황ᄀᆡ 왈 엇지 아ᄂᆞ뇨 감턱 왈 공근의 동졍을

〈39-뒤〉

보고 짐작ᄒᆞ여ᄂᆞ이다 황ᄀᆡ왈 ᄂᆡ 손장군의 삼ᄃᆡ 은혜를 갑고ᄌᆞ ᄒᆞ오니 몸은 비록 압파도 한은 업ᄂᆞ이다 바ᄅᆡᄂᆞ니 션싱은 본시 츙효 거록하옵기로 ᄂᆡ 심즁사를 셜화ᄒᆞᄂᆞ이다 감턱이 왈 날노ᄒᆞ야 사항셔를 됴됴의게 보ᄂᆡ고져

하ᄂᆞᆫ뇨 황기 왈 실노 그 쓰시오니 션싱의 마음이 엇써하신잇가 감턱이 왈 ᄃᆡ장부 쳬셰ᄒᆞ야 공업을 셰우지 못ᄒᆞ면 여초목으로 동귀라 그ᄃᆡ의 몸을 바려 인군의 은혜을 갑고져ᄒᆞ거날 ᄂᆡ 엇지 수고를 익기리오 황기 장하의 나려 졀ᄒᆞ고 사례 왈 션싱의 은혜ᄂᆞᆫ 하히갓ᄉᆞ오니다 감턱 왈 일리 이무 죠용ᄒᆞ오니 지금 곳 가오리이다 황기 사항셔를 써 주니 감턱이 어션을 잡아타고 됴됴의 수진을 바ᄅᆡ고 슌쇽의 ᄶᅥᄂᆞ가니 빅만ᄃᆡ병 죽기려 가는 쥴을 엇지 알이오 감턱이 됴됴의 진의 다달나 ᄇᆡ의 나려 드러가니 순경하던 군ᄉᆞ드리 감턱을 잡아 장하의 밧치니 잇ᄯᅥ 됴됴 진즁의 등촉을 발

〈40-앞〉

키고 셔안의 의지ᄒᆞ야 문왈 네 강동사람으로 엇지 남의 진즁의 이무로 왓ᄂᆞᆫ뇨 감턱 왈 됴승상이 어진 사람을 구한다 ᄒᆞ더니 뭇ᄂᆞᆫ 마를 드른즉 불가ᄒᆞ도다 황기 그릇 아라ᄯᅩ다 됴됴 왈 ᄂᆡ 강동과 ᄃᆡ젼을 하얏거날 네 남의 진즁의 밤을 의지하야 왓쓰니 엇지 뭇지 아니ᄒᆞ리오 감턱 왈 황기는 동오의 옛 신하라 무고이 쥬유의게 즁장을 당ᄒᆞ고 이머 항셔를 가져왓쓰니 승상의 ᄯᅳ지 엇더ᄒᆞᆫ뇨 ᄒᆞ고 항셔를 올이니 됴됴 항셔를 보고 크게 ᄭᅮ지져 왈 황기 고륙게를 써 네로 사항셔을 드려 날를 쏘기고져 ᄒᆞ는야 좌우를 호령ᄒᆞ야 감턱을 ᄂᆡ여 버히라ᄒᆞ니 감턱이 안식을 불변ᄒᆞ고 앙쳔ᄃᆡ쇼ᄒᆞ니 됴됴 다시 감턱을 불너 왈 ᄂᆡ 네의 간계를 아는고로 굴노ᄒᆞ야 우셧ᄂᆞᆫ야 감턱 왈 죽기거던 밧비 죽이졔 무삼 잡말을 ᄒᆞ는뇨 됴됴 왈 ᄂᆡ 병셔를 능통ᄒᆞ야 간계를 모를 거시 업거늘 편지를 보니 간싸ᄒᆞᆫ지라 미거ᄒᆞ도다 져런

〈40-뒤〉

거시 엇지 병셔의 익다 하리오 됴됴 왈 황기 실상으로 항복ᄒᆞ량이면 엇지 일ᄌᆞ을 졍치 아니ᄒᆞ리오 감턱 왈 네가 병셔의 익다 ᄒᆞ거니와 만일 강동과 ᄊᆞ호거듸면 쥬유의게 잡필 거시니 ᄂᆡ 네 손의 죽기는 원톡ᄒᆞ도다 ᄂᆡ 나라

를 바리고 남의 나라의 올 ᄯᆡ에 다 마음을 어드려 할 식 만일 기약을 정ᄒᆞ얏다가 일리 현로ᄒᆞ면 셩ᄌᆞ도 못되고 몸의 화를 볼 거시어늘 어진 사람을 쥭이고져 ᄒᆞ니 무어시 병셔의 익다 ᄒᆞ리오 됴됴 듯고 ᄃᆡ히ᄒᆞ야 장하의 나려 감틱을 영졉ᄒᆞ야 당상의 올여 안치고 사례 왈 ᄂᆡ 과연 무식ᄒᆞ야 어진 사람을 몰나보고 촉노ᄒᆞ야쓰니 허물치 마옵쇼셔 감틱왈 황ᄀᆡ 승상게 항복함은 어린아히 부모 바림갓탄지라 엇지 다른 마음을 두리오 됴됴 왈 션싱이 황ᄀᆡ로 동심ᄒᆞ야 ᄃᆡ공을 이루면 일등공신이 되리라 감틱 왈 우리도 부귀를 탐ᄒᆞᆫ ᄇᆡ 아니라 쳔시를 ᄶᅩᆺ고자 ᄒᆞ미니이다 됴됴 ᄃᆡ

〈41-앞〉

히 ᄒᆞ야 감틱을 후ᄃᆡᄒᆞ더니 이윽ᄒᆞ야 ᄒᆞᆫ사람이 셔간을 드리거늘 됴됴 ᄀᆡ탁ᄒᆞ니 ᄎᆡ즁 ᄎᆡ화의 편지라 황ᄀᆡ 쥬유의게 엄곤 오십도의 방지 즁통ᄒᆞ는 사연을 ᄀᆡ별ᄒᆞ엿거날 됴됴 그 편지을 보고 감틱을 더옥 미더 가로ᄃᆡ 션싱이 강동의 가셔 황ᄀᆡ로 언약을 졍ᄒᆞ고 쇼식을 통ᄒᆞ쇼셔 감틱 왈 ᄂᆡ 이무 강동을 ᄇᆡ반ᄒᆞ고 왓쓰니 엇지 다시 가리잇가 승상은 다른 사람을 보ᄂᆡ쇼셔 됴됴 왈 다른 사람을 보ᄂᆡ면 일이 혈노할가 ᄒᆞ니 션싱은 슈고를 익기지 말고 가쇼셔 감틱이 ᄌᆡ삼 사양ᄒᆞ다가 왈 임의 갈 터이면 슈이 가야 강동 사람을 힘밋고 ᄯᅩᄒᆞᆫ 의심을 아니할 터이오니 지금 곳 가리다 ᄒᆞ고 발ᄒᆡᆼᄒᆞ야 강동의 도라와 황ᄀᆡ를 보고 사항셔 보ᄂᆡ던 사연을 셜화ᄒᆞ니 황ᄀᆡ 사례 왈 감영의 진즁의 가셔 ᄎᆡ즁 ᄎᆡ화의 동졍을 보리라 ᄒᆞ고 감영 진즁의 가니 감영이 영졉ᄒᆞ야 좌졍 후의 션싱이 엇지 오신잇가 ᄒᆞ며

〈41-뒤〉

됴됴의게 사항ᄒᆞ던 말을 ᄒᆞ던ᄎᆞ의 ᄎᆡ즁 ᄎᆡ화 드러오거날 감틱이 감영을 보고 눈을 쥬니 감영이 그 ᄯᅳ즐 알고 거짓 ᄃᆡ로 왈 공근이 ᄌᆡ죠만 밋고 졔장을 ᄉᆡᆼ각지 아니ᄒᆞ도다 ᄒᆞ며 이를 갈며셔 ᄃᆡ답ᄒᆞ니 ᄎᆡ즁 ᄎᆡ화 감영의 거동

을 보고 문왈 션싱과 장군이 무삼 불평한 이리 잇는잇가 감턱 왈 남의 소회를 엇지 알이오 치화 왈 강동을 비반ᄒᆞ고 됴승상을 셤기고자 ᄒᆞ신잇가 감턱이 그 말을 듯고 거짓 질식ᄒᆞ니 감영이 ᄯᅩᄒᆞᆫ ᄃᆡ로ᄒᆞ야 칼을 드러 치즁 치화를 칠려ᄒᆞ며 왈 우리 이리 이무 혈노ᄒᆞ여쓰니 너를 쥭여 말을 막으리라 치즁 치화 급피 고왈 장군은 근심치 마옵시고 쇼장의 심곡을 드러보쇼셔 감영 왈 밧비 마를 ᄒᆞ라 치화 왈 우리 항복함도 참 항복이 아니라 됴승상의 녕을 바다 사항ᄒᆞ야 쇼식을 통하랴고 왓ᄊᆞ오니 장군이 만일 됴승상을 셤기고자 ᄒᆞ시면 우리가 인도ᄒᆞ릿가 감영 왈 진졍그려ᄒᆞ냐 ᄃᆡ왈 엇지

〈42-앞〉

호발인들 기망하릿가 감영이 그졔야 ᄃᆡ히 왈 그ᄃᆡ히 날어 도으심이라 치화 왈 젼일의 황기 즁장함과 장군 칙망 드른 일도 다 승상의게 기별하엿ᄂᆞ이다 감턱 왈 나도 임의 황기의 항셔를 승상의게 드려쓰니 장군도 한가지로 항복ᄒᆞᄉᆞ이다 감영 왈 ᄃᆡ장부 쳐셰ᄒᆞ야 됴승상 갓탄 영웅을 셤기면 무어시 원이되릿가 셔로 질거ᄒᆞ야 비반이 낭자ᄒᆞ더니 이날 치즁 치화 황기 감영 감턱이 ᄂᆡ응ᄒᆞ는 모양으로 기별ᄒᆞ고 감턱도 션통ᄒᆞ되 황기 아직 여가를 엇지 못ᄒᆞ니 아모 나리라도 빗머리예 쳥룡이기 셰우고 가는 ᄇᆡ는 황기의 항복 션이라 ᄒᆞ엿거날 됴됴 보고 ᄃᆡ히 ᄒᆞ야 졔장을 모우고 가로ᄃᆡ 강동의 황기 감영이 ᄂᆡ응ᄒᆞ여 항복고져 ᄒᆞ나 그 실상을 아지 못ᄒᆞ니 뉘 능히 강동의가 허실을 소상이 아라 오리오 장간이 츌반 쥬왈 소장이 가셔 아라오리다 됴됴 ᄃᆡ히ᄒᆞ야 허락ᄒᆞ니 장간이 비션을 자바 타고 강동의 이르러

〈42-뒤〉

공근의게 통지ᄒᆞ니 쥬유 장간이 왓단 마를 듯고 ᄃᆡ히 왈 ᄂᆡ 셩공함은 이 사람의게 잇다 ᄒᆞ고 즉시 노슉을 불너 왈 그ᄃᆡ는 급피 방사원을 쳥ᄒᆞ야 셔산 암ᄌᆞ의 두웟ᄯᅡ가 장간을 유인ᄒᆞ야 됴됴을 소기라 ᄒᆞ고 장간을 쳥ᄒᆞ니 장간

이 쥬유 문밧게 나와 맛지 아니함을 보고 의혹ᄒᆞ야 죠용한 고ᄃᆡ ᄇᆡ를 ᄆᆡ고 쥬유 진즁의 드러가니 쥬유 ᄃᆡ칙 왈 자익이 몬져와 남의 사셔를 젼희ᄒᆞ고 ᄯᅩ 오기난 무어시 부죡ᄒᆞ야 왓ᄂᆞ뇨 고의를 ᄉᆡᆼ각지 아니ᄒᆞ면 버힐 거시로ᄃᆡ ᄎᆞ마 그려치 못ᄒᆞ니 우션 셔산 암ᄌᆞ의 가두웟다가 됴됴를 파ᄒᆞᆫ 후의 보ᄂᆡ라 장간이 발명코져 할 지음의 쥬유 좌우를 호령ᄒᆞ야 ᄌᆡ촉ᄒᆞ야 셔산 암자의 다달나 가두고 군ᄉᆞ로 수직ᄒᆞ거늘 장간이 심신이 살난ᄒᆞ야 침식이 불평ᄒᆞ고 잠을 일우지 못ᄒᆞ야 월ᄉᆡᆨ을 ᄯᅡ라 ᄇᆡ회ᄒᆞ더니 후원의 다달르니 글 읍ᄂᆞᆫ 쇼ᄅᆡ 들이거날 그 곳를 ᄎᆞᄌᆞ가니 셕경 놉푼 집의 ᄇᆡᆨ

〈43-앞〉

운이 어러잇고 초당은 젹요ᄒᆞ고 쳥풍은 쇼실ᄒᆞᆫᄃᆡ 인간지미 업ᄂᆞᆫ지라 문틈으로 살펴보니 등촉이 휘황ᄒᆞᆫᄃᆡ ᄒᆞᆫ 션관이 벽상의 칼을 걸고 셔안의 비겨 안져 병셔를 외오거늘 장간이 ᄉᆡᆼ각ᄒᆞ되 이는 반다시 도인이라 문을 열고 들어가 노인의게 예필 후의 션ᄉᆡᆼ은 뉘신잇가 ᄃᆡ왈 나ᄂᆞᆫ 남양 방통이오 자는 사원이로쇼이다 장간이 왈 그려ᄒᆞ면 봉취션ᄉᆡᆼ이 아니시니잇가 ᄃᆡ왈 그려ᄒᆞ오이다 장간이 왈 션ᄉᆡᆼ의 어진 일홈을 드른지 오ᄅᆡ옵더니 이졔야 뵈오니 다ᄒᆡᆼᄒᆞ여이다 션ᄉᆡᆼ의 놉푼 ᄌᆡ죠로 엇지 이려타시 고젹ᄒᆞ오니잇가 ᄃᆡ왈 쥬유 ᄌᆡ조만 밋고 남을 경이 ᄃᆡ졉ᄒᆞ기로 ᄂᆡ 이곳ᄃᆡ 은신ᄒᆞ야 잇ᄂᆞ이다 장간이 왈 션ᄉᆡᆼ갓탄 ᄌᆡ죠로 여ᄎᆞ풍진 시졀의 허숑을 ᄒᆞ리오 됴승상을 ᄒᆞᆫ번 보옵시면 엇더ᄒᆞ오릿가 만일 ᄉᆡᆼ각이 게시거던 션ᄉᆡᆼ은 나를 ᄯᅡ라 가사이다 ᄃᆡ왈 ᄂᆡ 강동을 바리고져 ᄒᆞᆫ지 오ᄅᆡᆫ지라 그ᄃᆡ 나를 위ᄒᆞ야 됴승상의게 쳔거할

〈43-뒤〉

진ᄃᆡᆫ 지금 ᄯᅡ라가오리라 만일 지쳬ᄒᆞ면 쥬유의게 ᄒᆡ를 보리라 ᄒᆞ니 장간이 ᄃᆡ히ᄒᆞ야 방통을 다리고 강변의 나와 ᄇᆡ를 잡아 타고 강을 건너여 됴됴의

진의 이르러 장간이 몬져 들어가 봉취션싱 다려온 사연을 고ᄒᆞ니 됴됴 듯고 ᄃᆡ히ᄒᆞ야 즉시 원문밧게 나와 영졉ᄒᆞ야 녜필 후의 좌를 졍ᄒᆞ고 가로ᄃᆡ 션싱의 놉픈 일홈이 들엔지 오ᄅᆡ옵더니 다힝이 뵈오니 쳔컨던 어진 쐬를 가려쳐 강동을 파ᄒᆞ게 ᄒᆞ쇼셔 방통 왈 승상의 용병지술을 익키 들어ᄊᆞ오니 군즁을 한번 귀경코져 ᄒᆞᄂᆞ이다 됴됴 즉시 방통을 다리고 놉픈ᄃᆡ 올나 진셰를 귀경ᄒᆞ더니 방통 왈 산을 의지ᄒᆞ고 몸을 등져 츌입진퇴ᄒᆞ는 법은 손빈 외긔와 사마양져라도 엇지 당ᄒᆞ리오 육군을 다 본 후의 수진을 바ᄅᆡ보니 이십사면의 슈문을 ᄂᆡ고 몽동젼션으로 셩곽을 삼고 그 가온ᄃᆡ 져근 ᄇᆡ 왕ᄂᆡ하는 법은 ᄎᆞᄅᆡ가 분명ᄒᆞ거날

〈44-앞〉

방통이 심독희 자부ᄒᆞ고 외면으로 크게 칭찬 왈 승상의 용병이 ᄂᆡ 갓ᄊᆞ오니 진쇼위 명불허젼이로쇼이다 ᄒᆞ고 강동을 가라쳐 왈 쥬유 손권이 결단코 ᄑᆡᄒᆞ리라 됴됴 ᄃᆡ히하야 군즁으로 도라와 잔치를 ᄇᆡ셜ᄒᆞ고 방통을 ᄃᆡ졉할시 방통이 거짓 취ᄒᆞᆫ 쳬ᄒᆞ고 가로ᄃᆡ 수군이 병든 지 만ᄒᆞ니 군즁의 의원이 잇ᄂᆞ잇가 잇ᄉᆡ 됴됴 수군의 병이 만탄 말을 듯고 엇지 무심ᄒᆞ리오 지셩으로 무러 왈 병든 군졸을 무삼 략으로 치로ᄒᆞ릿가 방통 왈 수군 죠련하는 법은 과연 분명ᄒᆞ오나 군ᄉᆞᄂᆞᆫ 온젼치 못ᄒᆞᆫ 거시 젹벽ᄃᆡ강의 죠슈츌립ᄒᆞ고 풍셰ᄃᆡ작ᄒᆞ야 물결이 ᄉᆡᆨ밧치여 몽동젼션이 사방으로 요동ᄒᆞ며 북방군사 ᄇᆡ예 익지 못ᄒᆞ여 자연 구토지리 ᄂᆞ고 어질병도 나며 졍신을 진졍치 못할 거시니 지금 ᄃᆡ쇼션 십여쳑식 ᄢᅦ를 무어 일ᄌᆞ로 셔우고 션두의 거말못슬 장식ᄒᆞ여 요동치 못ᄒᆞ게 ᄒᆞ고 우에 목판을 ᄊᆞᆯ고 ᄇᆡᆨ토를 펴여 평안케

〈44-뒤〉

ᄒᆞ고 말도 달이고 군ᄉᆞ 무병할 거시니 풍낭을 엇지 두려워 ᄒᆞ리오 됴됴 ᄃᆡ왈 션싱 곳 아니시면 엇지 리련 양칙을 어드리오 즉시 군즁의 젼령ᄒᆞ야 장

인을 불너 고리와 거말못슬 들어 고리을 달고 못슬 박아 혹이 십쳑도ᄒᆞ며 혹 삼십쳑도 ᄒᆞ야 한틔 ᄲᅦ를 모으니 수진쳔강이 평지 갓타여 병든 군사 셔로 질거ᄒᆞ더라 방통 왈 강동 영웅이 쥬유를 원망ᄒᆞᄂᆞᆫ 지 만ᄊᆞ오니 ᄂᆡ 승상을 위ᄒᆞ야 강동 영웅을 달ᄂᆡ여 항복게 ᄒᆞ오리다 됴됴 ᄃᆡ히ᄒᆞ여 허락ᄒᆞ거날 방통이 즉시 강변의 다달나 ᄇᆡ를 타고져 할 ᄉᆡ 엇더ᄒᆞᆫ 사람이 포관을 쓰고 도포를 입고 픠연이 ᄂᆞ와 방통의 소ᄆᆡ를 잡고 ᄭᅮ지져 왈 황ᄀᆡᄂᆞᆫ 골륙게를 쓰고 감턱은 사항셔를 드리고 너ᄂᆞᆫ 연환게를 ᄡᅧ ᄇᆡᆨ만ᄃᆡ병을 일시의 살히코져 ᄒᆞ니 네의 독ᄒᆞᆫ ᄭᅬ를 ᄡᅧ 됴됴 쏘기거니와 날을 엇지 쏘기리오 방통이 ᄃᆡ경ᄒᆞ야 졍신이 아득ᄒᆞ고 가삼이 ᄶᅵ여지ᄂᆞᆫ 듯 ᄒᆞᆫ지라 이윽키

〈45-앞〉

진졍ᄒᆞ야 도라보니 이ᄂᆞᆫ 고인 셔원직이라 방통 왈 그ᄃᆡ가 ᄂᆡ ᄭᅬ를 파ᄒᆞ고자 ᄒᆞᄂᆞ뇨 사불여의ᄒᆞ면 강동 팔십 일쥬 ᄇᆡᆨ셩의 목슘이 그 아니 불상ᄒᆞ냐 원직이 소왈 우리 군ᄉᆞ의 목슘은 엇지 할고 방통 왈 원직아 진졍 ᄂᆡ ᄭᅬ를 파하고져 하는냐 원직 왈 ᄂᆡ 유황슉의 은혜를 잇지 못ᄒᆞ고 ᄯᅩ 됴됴 ᄂᆡ의 모친을 살히ᄒᆞ여ᄊᆞ니 ᄂᆡ ᄆᆡᆼ셔코 ᄭᅬ도 쓰지 아니할지라 엇지 형의 ᄭᅬ를 파ᄒᆞ리오 형은 나를 위ᄒᆞ야 피화할 모칙을 가라치쇼셔 방통 왈 형의 고견으로 엇지 날다려 뭇ᄂᆞᆫ잇가 ᄒᆞ고 원직의 귀에 ᄃᆡ이고 두어 말 ᄒᆞ드니 즉시 이별ᄒᆞ고 강동으로 도라오니라 잇ᄯᅢ 원직이 됴됴 진의 도라와 방통의 말ᄃᆡ로 셔량ᄐᆡ수 마등 ᄒᆞᆫ수 반ᄒᆞ여 온다ᄒᆞ며 젼셜ᄒᆞ야 여러 군ᄉᆞ 셔로 듯고 삼삼오오이 셔로 귀예 ᄃᆡ이고 슈ᄯᅮ워리며 군즁이 일시의 요란ᄒᆞ더니 됴됴 그 풍셜을 듯고 ᄃᆡ경ᄒᆞ야 마등 한슈 막을 ᄭᅬ를 의논ᄒᆞ니 원직이 고왈 날노 하여곰 삼쳔군을 주시면 막으

〈45-뒤〉

리다 ᄒᆞ니 됴됴 ᄃᆡ히하야 원직으로 모사를 삼고 장히로 션봉을 삼아 마등

한슈를 막으라 ᄒᆞ니 원직과 장히 냥인이 츌젼ᄒᆞ니라 ○각셜 잇ᄯᅢ는 건안 십여년 십일월 십오일리라 쳔긔 쳥명ᄒᆞ고 월식은 영농한ᄃᆡ 쳥풍은 셔릐ᄒᆞ고 슈파는 불흥이라 사구는 상집ᄒᆞ고 금인은 유영이라 ᄃᆡ졉갓탄 금부어는 어변셩용ᄒᆞ느랴고 툼벙춤넝 굼실굼실 노는구나 한산고사는 만리 박긔 잇고 일ᄃᆡ장강 말근 물은 눈 압픠 경긔로다 산영은 도강ᄒᆞ고 어약은 츌몰이라 남병산식은 장강 젹벽의 풍등실 잠겨 잇고 동은 자산이오 셔의난 하구로다 남은 이릉이오 북은 오림이라 강산 만리을 바릐보니 두 눈이 압압ᄒᆞ여 호호 장강 너른 무른 쳔지금이 어ᄃᆡ미냐 이려ᄒᆞᆫ 풍경지졔예 됴됴 션두의 ᄃᆡ장기를 셔우고 ᄃᆡ장단의 놉피 안ᄌᆞ 좌우를 도라보니 장ᄒᆞ 허졔 하후돈 하후련 됴홍 됴인 이젼 장진 강합 셔황 모긔 우금 여통 여견 등

〈46-앞〉

일등 명장이오 ᄯᅩ 한편 졍욱 순유 강회 유한 등 어진 모사들이 좌우의 싀위ᄒᆞ고 쳔병만마는 항호를 졍졔ᄒᆞ고 긔치 창검은 일월을 히롱ᄒᆞ고 뇌고함셩은 쳔지진동ᄒᆞ니 됴됴 ᄃᆡ히ᄒᆞ야 졍욱을 도라보와 왈 닉 이졔 공을 이루어 쳔하를 평졍ᄒᆞ고 국가의 쥬셕지신이 되야 강동을 어드러니와 빅만군병과 용장 쳔여원이라 졔장도 힘을 다 ᄒᆞ야 닉 강동을 어든 후의 쳔ᄒᆞ를 평졍ᄒᆞ고 그ᄃᆡ 등으로 더부러 부귀를 ᄒᆞᆫ가지로 할지라 그 아니 길거을가 문무졔장이 다 하릐 왈 소장 등도 강동을 어든 후의 승상 실하의 죵신부귀함이 원이로쇼이다 됴됴 ᄃᆡ히ᄒᆞ야 ᄃᆡ연을 빅셜ᄒᆞ고 여군동낙 질길젹의 강동을 가라쳐 왈 쥬유 노슉이 쳔시을 모로고 날을 항거ᄒᆞ다가 황공복이 항복ᄒᆞ니 엇지 길겁지 아니ᄒᆞ며 ᄯᅩᄒᆞᆫ 강동 엇기를 엇지 근심ᄒᆞ리오 하구를 가라쳐 왈 유비 졔갈양이 날을 당할쇼냐 졔장을 도라

〈46-뒤〉

보와 왈 닉 강동을 어드면 조흔 일이 잇노라 교공이 두 ᄯᆞᆯ을 두워쓰되 쳔하

의 쳘식이라 식로 동작딕을 지어쓰되 이교을 다려다가 동작딕 놉픈 집의 만년낙을 삼으리라 쳔만의외 오작이 쪄을 지어 됴됴 진즁으로 나려가며 남편을 바릭보고 갈곡질곡 울고가니 됴됴 취즁의 가마구 소릭을 듯고 문왈 이 깁픈 밤의 어이한 가마구뇨 좌우 딕왈 월식이 발가 낫갓타믹 가마구 날신가 의심ᄒᆞ야 울고 가ᄂᆞ이다 됴됴 딕쇼 왈 가마구 울고나는 쇼릭 갈곡질곡 ᄒᆞ야쓰니 승젼할 징조로딕 갈곡ᄒᆞ난 거슨 길일양신 조흔 ᄣᅢ예 승젼곡으로 힝군ᄒᆞ야 부귀공명할 징조로다 가마구는 영물이라 압 일을 몬져 알고 우리를 ᄀᆡ유ᄒᆞ니 지음을 못할쇼냐 여바라 졔장들아 이 슐을 마니 먹고 틱평연 노라보ᄌᆞ 만군즁의 쥬효 난만ᄒᆞ니 딕상의 장수들은 칼츔 츄며 노릭ᄒᆞ니 함양궁즁봉도시예 형가의 검슐린

〈47-앞〉

가 칼 빗츤 셜이 갓고 홍문연 놉픈 잔치 항장의 칼춤인가 살기도 엄숙ᄒᆞ다 됴됴 취흥이 도도ᄒᆞ야 필연을 닉여노코 오작가를 지어시되 월명셩희의 오작이 남비ᄒᆞ니 요수삼집의 무지가의라 션두의 비겨안ᄌᆞ 의긔양양할 졔 유복이 쥬왈 양국딕젼의 승부를 결단치 못ᄒᆞ야는딕 승상 노릭를 드르니 조흔 징조 아니로쇼이다 됴됴 딕로 왈 요망한 쇼견으로 닉의 흥을 파하ᄂᆞ뇨 창을 들어 뉴복을 버히고 각영각사의 쥬효를 마니 주워 군즁의 호귀ᄒᆞ니 군ᄉᆞ 포식ᄒᆞ고 흥이 ᄂᆞ셔 혹 노릭ᄒᆞ며 혹 츔도 츄고 길기ᄂᆞᆫ 소릭 강상의 낭ᄌᆞᄒᆞ니 필승지조라 ᄒᆞ더라 잇ᄣᅢ 한편 장막 밋틱 우름 소릭 ᄂᆞ거날 쥬번 군ᄉᆞ 하ᄂᆞᆫ 마리 상하동낙 길기는딕 너ᄂᆞᆫ 엇지 우ᄂᆞ뇨 그 군ᄉᆞ 딕답하되 너히는 무식ᄒᆞ여 지금 편한 것만 알고 닉두사를 모로나냐 삼경 심야의 만뢰구젹한딕 산됴ᄂᆞᆫ 집의 들고 주수는 굴의 들어 쳔지 고요ᄒᆞ고

〈47-뒤〉

산수 잔잔한딕 어이한 가마구 진우로 울고 울고 가며 갈곡질곡ᄒᆞ니 빅만딕

병 일시예 쥭일 기별릴다 슬푸다 군ᄉᆞ들아 만리젼장 나왓다가 타국고혼될 거시니 그 아니 셔를손가 한 군ᄉᆞ ᄒᆞ는 마리 앗가 승상이 갈곡 쇼릐을 듯고 힉ᄌᆞ하야 승젼할 징조라 ᄒᆞ거날 너는 일긔 소졸이라 우ᄆᆡᄒᆞᆫ 소견으로 못된 말을 지어ᄂᆡ여 만군ᄉᆞ를 슬푸긔ᄒᆞ니 맛당이 버힐지라 ᄒᆞ고 칼을 들고 달여 드니 그 군ᄉᆞ ᄃᆡ답ᄒᆞ되 ᄂᆡ 아무 소졸인들 그만ᄒᆞᆫ 지각이 업슬쇼냐 갈곡 쇼릐을 힉을 함아 네가 자셔이 들어보라 하걸이 망할 ᄶᅴ예 졔후 질원ᄒᆞ야 질원곡을 노릐ᄒᆞ니 갈은 하거리 갈곡이오 질곡은 유왕의 질원곡이라 오작은 영물이라 우리 진즁 픽할 쥴 미리 알고 됴롱ᄒᆞ되 난셰간웅 우리 승상 지음을 잘못ᄒᆞ고 교만이 자심ᄒᆞ니 병교ᄌᆞ는 픽라 너히는 모로는냐 한 군ᄉᆞ 하는 마리 네 마리 당연ᄒᆞ다 악가 나도 쑴을 ᄭᅮ니 남편ᄃᆡ로로 야답 사람이 누

〈48-앞〉

린 일산을 들고 승상 압푸로 들어오더니 승상 장하의 노루 한 마리 ᄂᆡ달나 누린 일산을 썩거바리고 승상을 업고 가마구 안진 숩풀로 가더라 이 쑴을 힉몽ᄒᆞ라 그 군ᄉᆞ ᄃᆡ답ᄒᆞ되 이ᄋᆡ야 누린 일산은 황긔요 야달 사람은 불화 ᄶᅡ라 황긔 우리 진의 항복ᄒᆞ엿다 ᄒᆞ더니 불로 우리을 칠 거시오 승상 장하의 누린 노루는 장젼 장효라 가마구 안진 숩풀은 오림이라 필연 호위 장군 장효가 황긔를 쥭이고 승상을 모시고 오림으로 도망할 징조로다 ᄒᆞ고 군ᄉᆞ 셔로 당부ᄒᆞ되 부ᄃᆡ 이 말을 ᄂᆡ지마라 만일 승상이 알면 쑴쑨 나도 죽고 힉몽ᄒᆞᆫ 너도 죽을 거시니 삼가 조심ᄒᆞ라 ᄒᆞ더라 잇튼날 됴됴 장ᄃᆡ의 놉피 안ᄌᆞ 졔장을 분발할 ᄉᆡ 오ᄉᆡᆨ긔치로 항오을 졍졔ᄒᆞ여 슈진 즁앙 긔는 모긔 우금이오 젼군 홍긔는 장합이오 후군 흑긔는 여근이오 좌군 쳥긔는 장진이오 우군 ᄇᆡᆨ긔는 하후련이오 수륙군졉 응사는 하우돈 조홍이라 왕ᄂᆡ 감쳔사는

〈48-뒤〉

허졔 장효라 발영한 후의 수진군이 삼통 고ᄃᆡ 취타ᄒᆞ고 ᄶᅴ 무은 젼션의 풍

범을 놉피 달고 군ᄉᆞ 왕ᄂᆡ하기 평지갓치 ᄒᆞ니 됴됴 ᄃᆡ상의 보고 ᄃᆡ희ᄒᆞ야 왈 봉취션싱의 어진 지죠로 군ᄉᆞ 임무로 왕ᄂᆡ함은 하날이 도으심이로다 졍옥이 왈 젼션을 ᄣᅦ 무어ᄊᆞ가 만일 강동의셔 불노 치면 엇지 ᄒᆞ오릿가 미리 단쇽ᄒᆞ쇼셔 됴됴 ᄃᆡ로 왈 불노 치는 법이 바람을 어더야 셩공ᄒᆞ는지라 바람은 동남풍이라야 칠 거시어날 엄동셜한의 엇지 동남풍이 불이오 지금은 셔북풍이라 우리는 셔북의 잇고 져의ᄂᆞᆫ 동남의 잇스니 만일 불노 치다가는 셔북풍이 ᄃᆡ취ᄒᆞ면 져의 군ᄉᆞ 불탈 거시니 무어슬 념녀ᄒᆞ리오 ᄒᆞ더라 ○각셜 잇ᄯᆡ 쥬유 젼션의 올나 됴됴의 수진을 바ᄅᆡ보니 ᄃᆡ풍이 ᄅᆡ러ᄂᆞ며 됴됴의 진즁 큰 기가 부러지니 긔ᄲᆞᆯ이 창파상의 ᄯᅥᄂᆞ거날 쥬유 ᄃᆡ쇼 왈 상사 아니로다 ᄒᆞ더니 언미필의 북풍이 ᄃᆡ작ᄒᆞ야 파수 이러나며 양

⟨49-앞⟩

사쥬셕ᄒᆞ고 진즁의 셔운 긔ᄲᆞᆯ이 동남의 븟치며 쥬유의ᄀᆡ 낫츨 쎠셔가니 쥬유 ᄃᆡ경ᄒᆞ야 하는 말이 숨이 맛키고 입의로 피를 흘이며 인ᄉᆞ을 수십지 못ᄒᆞ니 졔장이 황망ᄒᆞ여 진즁으로 모셔놋코 쳔방만약으로 구완ᄒᆞ되 반졈 차효 업ᄂᆞᆫ지라 노숙이 근심ᄒᆞ야 공명을 보고 공근의 병셰을 의논ᄒᆞ니 공명 왈 공근의 병은 ᄂᆡ라야 곤치리다 노숙이 ᄃᆡ히ᄒᆞ야 공명을 다리고 진즁의 이르러 문왈 도독의 긔운이 반시 엇더ᄒᆞ온잇가 쥬유 왈 복통이 심ᄒᆞ고 구토지리 ᄃᆡ작ᄒᆞ며 약 먹을 길이 업ᄂᆞ이다 노숙 왈 악가 공명을 보고 도독의 병녹을 말삼ᄒᆞ온즉 공명이 ᄃᆡ왈 ᄂᆡ라야 곤치리라 ᄒᆞ기로 다려왓ᄂᆞ이다 쥬유 ᄃᆡ히ᄒᆞ야 공명을 쳥ᄒᆞ니 들어오거날 쥬유 계우 일어 안거날 슈일 뵈압지 못ᄒᆞ여 긔후 엇더ᄒᆞ신잇가 쥬유 왈 울화로 병이 되야 부지할 슈 업는이다 공명 왈 하날의 칭양업ᄂᆞᆫ 바람이 잇쓰되 사람이 엇지 알이오 쥬유 싱각ᄒᆞ

〈49-뒤〉

되 공명은 신인이라 쳔심을 아는도다 공명의 말을 듯고 심속ᄒᆞ니 병셰 엇지 알이오 공명 왈 기운을 슌기ᄒᆞ쇼셔 쥬유 왈 무삼을 먹어야 기운이 순하릿가 공명 왈 ᄂᆡ게 용한 방문이 잇스니 도독의 긔운을 슌케 ᄒᆞ오리이다 그 병이 화로 낫사오니 ᄂᆡ 곳칠 거시니 념여 마옵쇼셔 쥬유 ᄃᆡ히하야 왈 국가 흥망이 조셕의 잇ᄉᆞ오니 션싱은 잔명을 급피 구ᄒᆞ소셔 공명이 글 두 귀을 써셔 쥬며 왈 이ᄃᆡ로 ᄒᆞ라 ᄒᆞ니 그 셔의 ᄒᆞ여시되 ○욕파됴공인ᄃᆡ ○응용화공ᄒᆞ고 ○만사구비면 ○진취동풍이라 ᄒᆞ야거날 쥬유 보고 ᄃᆡ히 왈 션싱이 이무 병 근본을 아옵시니 슈이 살여쥬쇼셔 공명 왈 ᄂᆡ 일직 의인 만나 팔문둔갑천셔를 뵈와 호풍환우지술을 아라스니 도독은 근심치 마르시고 남병산의 군ᄉᆞ을 보ᄂᆡ여 칠셩단을 모으시면 ᄂᆡ 경셩을 들여 삼일 삼야의 동남풍을 비러드리이다 주유 왈 삼일 삼야는 말고 일일 ᄃᆡ풍이면 셩공할 터이라 사셰 급박

〈50-앞〉

ᄒᆞ오니 수이 쥬션ᄒᆞ옵쇼셔 공명 왈 이십일 갑자의 동남풍을 비러 이십 이일 병인일ᄭᆞ지 불기ᄒᆞ리다 쥬유 ᄃᆡ히ᄒᆞ야 병이 졀노 낫는지라 즉일의 남병산의 올나 칠셩단을 모으니 방원이 이십사쳑이오 층단은 십오쳑이오 고는 구쳑이오 하일층의 이십팔 수긔을 셰우고 동방 쳥긔 칠면은 각항져방심미긔로 여청룡지상ᄒᆞ고 북방 흑긔 칠면은 두우녀허위실벽이라 작현무지상ᄒᆞ고 셔방 ᄇᆡᆨ긔 칠면은 규루위묘필쵀삼이라 거ᄇᆡᆨ호지상ᄒᆞ고 남방 홍긔 칠면은 졍귀루셩장익진이라 셩주작지상ᄒᆞ고 졔 일칭은 늒십사면의 늒십사괴로 응ᄒᆞ야 손진티감으로 방위을 졍ᄒᆞ야 셰우고 지 삼층의 사인을 셰워쓰되 머리에 쇽발관을 씨고 좀화포을 입고 봉의 학ᄃᆡ을 씌여스니 방군이라 젼ᄒᆞ의 진 간짓ᄃᆡ을 셰워쓰되 그 끗티 달기지슬 다라 바람 쇼식을 알게ᄒᆞ고 ᄯᅩ 일인은 보검을 들고 ᄯᅩ 일인은 향노을 들고 단ᄒᆞ의 이

〈50-뒤〉

십팔인은 정긔 보ᄀᆡ ᄇᆡᆨ모 황월도노 들고 사면으로 둘너 셧ᄂᆞᆫᄃᆡ 이십일 갑ᄌᆞ 양신의 공명이 목욕지계 젼됴단발 발을 벗고 도포 입고 단하의 나려와 노숙을 불너 왈 자경은 군즁의 도라가 공근을 도으라 혹 바람이 부지 아니ᄒᆞ야도 고이케 아지 마옵쇼셔 노숙을 보닌 후의 군ᄉᆞ의게 분부ᄒᆞ되 방위을 ᄯᅥ나지 말고 머리를 한ᄐᆡ 모와 요란이 말고 겁도 ᄂᆡ지 말나 만일 위령자면 버히리라 군ᄉᆞ 청녕ᄒᆞ고 방위을 직커더니 공명이 단의 올나 동ᄌᆞ의게 향노를 들이고 졔문을 갓초와 올이시 어동육셔 좌포우혜로 셜위ᄒᆞ고 졔셕의 단좌ᄒᆞ야 축문지어 고할시 ○유셰ᄎᆞ 건안 십이년 정ᄒᆡ 십일월을 사속 이십일 갑ᄌᆞ의 좌장군 유비 모ᄉᆞ 졔갈양은 건고우쳔지 일월셩신 오악신령 사ᄒᆡ용왕 화덕진군 후토신령 강산풍ᄇᆡᆨ이 일시의 함역ᄒᆞ옵쇼셔 국운이 불ᄒᆡᆼᄒᆞ야 역젹 됴됴도 졀신기ᄒᆞ고 유수쳔ᄌᆞᄒᆞ고 방시국모ᄒᆞ니 ᄀᆡ쳔지좌을 인인이

〈51-앞〉

공분이 온ᄃᆡ 이졔 됴됴 용병ᄇᆡᆨ만과 용장 쳔여원이라 장여 강동으로 일를 자웅할식 금ᄌᆞ 손권으로 동심합역ᄒᆞ야 욕파됴됴ᄒᆞ고 안보사직이온ᄃᆡ 됴됴 ᄃᆡ병을 불감당이라 복망 쳔지신령은 감동ᄒᆞ와 동남풍을 삼일 삼야만 허급ᄒᆞ시면 공파됴됴ᄒᆞ옵고 홍복한실ᄒᆞ게 ᄒᆞ옵쇼셔 근이청작셔수공신젼헌 상향 축문을 일근 후의 상단 삼차 ᄒᆞ단 삼차의 지셩으로 축수하오니 공명의 관일지츙과 효쳔지셩을 쳔지신령인들 엇지 무심ᄒᆞ라 공명이 팔각윤건을 쓰고 ᄇᆡᆨ우션을 들고 학창의 거더 잡고 남병산 빗진 질노 나려가니 오강여울 물의 자룡이 표연이 십긔를 다리고 ᄇᆡ를 ᄃᆡ여 기다리거날 공명이 반기ᄒᆞ고 ᄇᆡ의 올나 자룡의 손을 잡고 문왈 우리 현주 알영ᄒᆞ시며 졔장군졸도 다 무사한가 ᄇᆡ를 져어 나려날졔 칠셩단 놉흔 고ᄃᆡ 주작 청룡 깃발리 ᄇᆡᆨ호 현무를 응ᄒᆞ야 술ᄒᆡ방으로 나려가니 동남풍

〈51-뒤〉

이 완연ᄒᆞ더라 잇ᄯᅢ 주유 졔장을 거나려 화공을 도모할식 야식은 삼경이라 ᄃᆡ장 깃발리 술히방으로 펄펄 날여가니 주유 ᄃᆡ경ᄒᆞ야 노숙을 불너ᄒᆞ는 마리 공명의 탈천지조화는 귀신도 난칙이라 풍운을 이무용지ᄒᆞ니 이 사람을 살여두면 동오의 화근이라 잇ᄯᅢ의 쥭여 후환을 덜이라 ᄒᆞ고 셔셩 졍봉을 불너 남병산 급피 가셔 공명을 뭇도 말고 버혀 오라 두 장수 영을 듯고 셔셩은 즉시 도부수 오십명을 거ᄂᆞ리고 수로로 ᄶᅩᆺ고 졍봉은 말을 타고 졍병 오십명을 거ᄂᆞ리고 뉵노로 ᄶᅩᆺ츠 갈시 셔셩 몬져 오강의 다달나 남병산 칠셩단 차자가니 공명은 간ᄃᆡ업고 기 자분 군ᄉᆞ더리 바람 셰을 보는지라 군ᄉᆞ다려 문왈 공명이 어ᄃᆡ로 가든뇨 군ᄉᆞ ᄃᆡ답ᄒᆞ되 동남풍 ᄇᆡᆨ연 후의 피발도션ᄒᆞ고 남병산하 오강어구로 가더이다 셔셩이 급피 산하로 나려올식 졍봉이 군ᄉᆞ을 거ᄂᆞ리고 강ᄭᅡ의 당도ᄒᆞ여는지라 두

〈52-앞〉

장수 합셰ᄒᆞ야 사면을 바ᄅᆡ보니 다뭇 수조리 잇는지라 수졸다려 무르니 군ᄉᆞ 엿ᄌᆞ오ᄃᆡ 어졔 삼경야의 오강변의 ᄆᆡ인 ᄇᆡ 십니장강 벽파상의 왕ᄂᆡ하는 거루ᄇᆡᆫ가 시졀이 요란ᄒᆞ여 염초 실고 가는 ᄇᆡᆫ가 추동강 칠이탄의 엄ᄌᆞ릉 낙수ᄇᆡᆫ가 심양강추야월의 ᄇᆡᆨ낙쳔 노든ᄇᆡᆫ가 양양강수 말근 물의 고기 낙는 어션인가 이ᄇᆡᆨ이 기경비상쳔 후의 초강어부 풍월 실노 가는 ᄇᆡᆫ가 오호상영 명월야의 금여의 노든 ᄇᆡᆫ가 만경창파 욕모쳔의 쳔어환주ᄒᆞ든 ᄇᆡᆫ가 만단의 혹 ᄒᆞ야더니 공명이 머리 풀고 발 버신치 그 ᄇᆡ를 잡아탈 졔 엇더한 장수 나와 이만ᄒᆞ게 읍을 ᄒᆞ미 공명이 그 장수 귀의 ᄃᆡ이고 무삼 말을 소곤소곤 ᄒᆞ더니 그 ᄇᆡ를 잡아타고 상류로 가더이다 두 장수 분을 ᄂᆡ여 맛참 북편을 바ᄅᆡ보니 상류의 ᄯᅥ가는 ᄇᆡ 공명 일시 분명ᄒᆞ다 사공아 노를 밧비 져어 져 그 가는 공명의 ᄇᆡ 못자부면 네 머리를 버혀 강즁의 던지면 너의 신쳬

〈52-뒤〉

뉘가 차지랴 사공이 두러ᄒᆞ야 돗달고 닷감무며 어기야 어기야 어기야 쏫ᄎᆞ 갈졔 잇ᄯᅢ 셔셩이 멀이 바릐보니 공명의 탄비 오리안의 드럿ᄂᆡ 크긔 불너 왈 져게 가는 공명선싱은 거기 잠간 머무쇼셔 우리 도독이 청ᄒᆞ더이다 공명이 빅우션을 놉피 들어 허허 ᄃᆡ소ᄒᆞ고 ᄒᆞ는 마리 도독이 날을 ᄒᆡ할 쥴 임의 알아기로 자룡과 졉응ᄒᆞ야쓰니 장군은 허비각녁 말고 도라가 도독다려 후일 상봉ᄒᆞᄌᆞ 당부ᄒᆞ라 셔셩이 드른 쳬 아니ᄒᆞ고 살갓치 쏫ᄎᆞ 오는지라 자룡이 션두의 나셔며 이놈 셔셩아 우리 션싱 놉푼 지죠로 네의 나라 들어가 동남풍 비러 주워거든 무삼 혐의로 ᄒᆡ코져 ᄒᆞ는뇨 너히를 당장의 죽일 거시로ᄃᆡ 양국화친지의가 잇ᄂᆞᆫ 고로 살여보ᄂᆡ니 ᄂᆡ의 수단이나 보고 가라 철궁의 왜젼 메계 비졍비팔 웃둑 셔셔 흉복실 압뒤 골나 좀통이 ᄶᅵ여지게 ᄶᅡᆨ지손을 쑥 ᄯᅦ니 번ᄀᆡ갓치 가는 살이 빅운간 놉피 소사 드러가셔 셩의 탄비 돗ᄃᆡ 마

〈53-앞〉

자 와짓근 부러지는지라 ᄌᆡ차 황ᄀᆡ를 먹여 쏘니 비람갓치 ᄲᅡ른 살이 공즁의 나라가 양돗ᄃᆡ 마자 와짓근 부러지고 용총도 ᄶᅥ러지고 노도 ᄲᅢ지고 강상의 풍덩실 바람 부는 ᄃᆡ로 물결치는 ᄃᆡ로 ᄯᅥ나놀졔 셔셩 졍봉이 할 일 업셔 ᄭᅳᆫ어진 닷쥴 다시 감아 달고 강상의 도망ᄒᆞ야 근근이 살아와 쥬유계 이 말을 고ᄒᆞ니 쥬유 ᄃᆡ경 왈 공명이 이다지 ᄭᅬ가 만한가 ᄒᆞ고 됴됴을 파ᄒᆞᆫ 후의 결단코 도모ᄒᆞ리라 즉시 감영을 불너 왈 너는 치즁 ᄎᆞ화 다리고 군량 쳑의 불을 지르고 그 후의는 군즁의 두면 ᄂᆡ 쓸고지 잇노라 ᄐᆡ사자을 불너 왈 너는 삼쳔병을 거나리고 황쥬지경의 ᄆᆡ복ᄒᆞ여ᄯᅡ가 됴됴의 구원병을 엄살ᄒᆞ라 여몽을 불너 분부ᄒᆞ되 너는 삼쳔병을 거나리고 오림의 잇다가 장효 장합을 졉응ᄒᆞ라 졔장이 각각 청녕ᄒᆞ고 물너가니라 ᄯᅩ 여견을 불너 왈 그ᄃᆡ는 삼쳔병을 가ᄂᆞ리고 이능 남편의 가 ᄆᆡ복ᄒᆞ엿다가 ᄂᆡ일 황혼시의 셔신의

불이 일어나물 보와 됴

〈53-뒤〉

됴 군마을 엄살ᄒᆞ고 군양기계을 탈취ᄒᆞ라 능통을 불너 왈 그ᄃᆡ는 삼쳔병을 거나리고 이능 셔편의 가 복병ᄒᆞ엿다가 불을 노와 됴됴 가는 질을 막으라 분발을 하미 각기 군마을 총독ᄒᆞ여 수륙병진 나려갈졔 황ᄀᆡ 일번 화션을 쥰비ᄒᆞ며 항셔을 써 됴됴의게 보ᄂᆡ며 오날밤의 항복션이 가노라 ᄒᆞ야거날 됴됴 바ᄅᆡ보고 기다리던ᄎᆞ의 황ᄀᆡ 뒤의 젼션 사쳑이 ᄯᅡ라쓰되 졔 일ᄃᆡ는 황ᄀᆡ오 졔 이ᄃᆡ는 쥬ᄐᆡ오 졔 삼ᄃᆡ는 장홍이오 졔 사ᄃᆡ는 한당이라 각각 젼션 삼빅쳑식 거나리고 압픠 화션 이십쳑식 셔우고 셔산의 방포ᄒᆞ고 남산의 기을 셔워 각각 등ᄃᆡᄒᆞ얏다가 황혼의 힝군ᄒᆞ라 젼령ᄒᆞ니라 ○각셜 공명이 하구로 도라오니 현덕이 졔장을 거나리고 진젼의 나와 연졉ᄒᆞ야 녜필 후의 공명이 졔장을 도라보와 왈 그ᄃᆡ 등도 다 평안ᄒᆞ신잇가 ᄒᆞ고 자룡의게 분부ᄒᆞ되 너는 삼쳔병을 거나려 오림의 ᄆᆡ복ᄒᆞ엿다가 오날밤 삼경의 됴됴 픽ᄒᆞ야 그리 올 거

〈54-앞〉

시니 즁노의 불을 노와 됴됴을 엄살ᄒᆞ라 ᄯᅩ 익덕을 불너 분부ᄒᆞ되 그ᄃᆡ는 삼쳔병을 거나리고 이릉으로 가 하구의 ᄆᆡ복ᄒᆞ엿다가 됴됴 밥을 지을 거시니 사방으로 불을 노와 엄살ᄒᆞ라 미방 미축을 불너 분부ᄒᆞ되 너히는 강하을 직키다가 됴됴 픽ᄒᆞ야 도망ᄒᆞ는 군ᄉᆞ을 잡고 군기을 탈취ᄒᆞ라 ᄯᅩ 유기을 불너왈 그ᄃᆡ는 강하셩지을 직키라 공명이 현덕을 쳥ᄒᆞ야 왈 주공은 오날밤의 양과 한가지로 놉푼ᄃᆡ 올나 쥬유 젹벽강 화젼 셩공함을 귀경ᄒᆞᄉᆞ이다 잇ᄯᅢ 운장이 겻ᄐᆡ 셧쓰되 종시 본체도 아니ᄒᆞ거날 운장이 참지 못ᄒᆞ야 칼노 ᄯᅡᆼ을 치며 왈 소장이 션싱과 형장을 모시고 허다 싸홈을 ᄒᆞ되 남의 뒤진 일이 업거던 오늘날 픽전을 당ᄒᆞ야 셩공할 차의 소장을 쓰지 아니ᄒᆞ시

니 무삼 연고잇가 공명 왈 운장은 고이케 아지 마옵쇼셔 운장을 그 즁의 요긴쳐의 보닐 터이로딕 써리는 이리 잇셔 못닉난이다 운장 왈 무삼 일을 써리는잇가 공명 왈 젼일 됴됴

〈54-뒤〉

의게 잇슬 찍 삼일 소연 오일 딕연 상마의 은 일쳔양 ᄒᆞ마의 은 일쳔양 후딕가 일어 ᄒᆞ야스니 은혜을 싱각ᄒᆞ면 됴됴을 보와도 잡지 아니할 쯧ᄒᆞ오니다 됴됴 금야에 젹벽의 픽ᄒᆞ야 화룡도로 올 테이라 ᄒᆞ거날 운장 왈 됴됴 과연 소장 후딕함이 잇쓰나 원소의 안량 문츄 두 장수의 머리을 버혀 그 은혜을 갑파쏘오니 다시 져을 보면 엇지 노와보닉릿가 공명 왈 만일 됴됴을 잡지 못ᄒᆞ면 군법으로 사힝하리라 운장이 허락ᄒᆞ니 공명이 딕히ᄒᆞ야 군즁 셔기을 불너 군령 다짐을 바드니 ᄒᆞ야스되 살등됴됴는 한실지딕역이라 이졔 쳔하신민이 숙불살지리오 화룡도상의 젼일 수은을 싱각ᄒᆞ고 감셕됴됴어던 군법시힝ᄒᆞ야 명법졍죄ᄒᆞ쇼셔 다짐을 올인 후의 운장 왈 만일 됴됴 화룡도로 아니오면 엇지ᄒᆞ릿가 공명 왈 나도 다짐ᄒᆞ리다 ᄒᆞ고 공명이 당부ᄒᆞ되 화룡산상의 불을 노와 됴됴을 유인ᄒᆞ쇼셔 운장 왈 연기 나면 복병잇는 쥴 알고 엇지 그리 오릿가 공명 왈 병법

〈55-앞〉

의 허허실실이라 ᄒᆞ야스니 됴됴 연기 나을 보고 반다시 다른 고딕 복병ᄒᆞ고 이 고딕 헛불을 노와 못가기 ᄒᆞ미라 ᄒᆞ고 그 길노 갈 거시니 옛날 은혜을 싱각지 말고 노와 보닉지 말나 운장이 쳥녕ᄒᆞ고 관평 쥬창으로 ᄒᆞ여금 도보수 오빅군을 거나리고 화룡도을 힝ᄒᆞ야 가니라 현덕이 공명다려 문왈 운장이 반다시 됴됴을 보면 차마 잡지 아니할가 져어ᄒᆞᄂᆞ이다 공명이 딕왈 간밤의 쳔문을 보온즉 됴됴을 쥭이지 못할 듯 ᄒᆞ기로 운장을 보닉여 한갓 인경을 쓰게 함이로쇼이다 현덕 왈 션싱의 신계묘산은 셰상의 업ᄂᆞ이다 ᄒᆞ

고 즉시 공명으로 더부려 번구산의 올나 적벽강 화공함을 귀경ᄒᆞ더라 ○각셜 잇ᄯᆡ 됴됴 졔장을 거ᄂᆞ리고 황ᄀᆡ 쇼식을 지다더니 쳔만의외예 동남풍이 ᄃᆡ작ᄒᆞ거날 졍옥이 엿ᄌᆞ오ᄃᆡ ᄯᅳᆺ밧긔 동남풍이 일어ᄒᆞ니 승상은 살피쇼셔 ᄯᆡ안인 바람이 고이ᄒᆞ여이다 됴됴 ᄃᆡ쇼 왈 동지에 일양이 시ᄉᆡᆼᄒᆞ난이 무삼 의심ᄒᆞ리오 공 등은 그런 념너

〈55-뒤〉

말나 ᄒᆞ더니 잇ᄯᆡ 황ᄀᆡ 화션 이십쳑의 유황 염초 인화지물을 실고 청호장으로 둘너치고 그 우의 청용아기를 ᄭᅩᆸ아 압셔우고 황ᄀᆡ는 젼션의 놉피 안ᄌᆞ 졔장을 호령ᄒᆞ야 지곡총 ᄇᆡ를 노와 동남풍 부는ᄃᆡ로 됴됴 진을 바ᄅᆡ보고 살 쏜다시 들어가니 됴됴 장강의 놉피 안ᄌᆞ 오는 ᄇᆡ를 바ᄅᆡ보고 ᄃᆡ히ᄒᆞ야 ᄒᆞ는 말이 위수강동 아니어던 어부션이 어이 오며 쳔공귀로 아니 어던 힝ᄀᆡ션이 어이 오며 이젹션 취건곤의 월낙션이 어이 오랴 아마도 황공복의 군양션 졍영ᄒᆞ다 ᄒᆞ고 질거할 차의 졍옥이 엿ᄌᆞ오ᄃᆡ 군양을 시려쓰면 쳔쳔이 오련마는 져리 가부야이 오는 양을 본즉 아마도 간계 잇난가 의심이로다 ᄒᆞ고 셔로 의심ᄒᆞ야 자셔이 보니 청룡아기 셔운 ᄇᆡ 뒤로 ᄲᅡ른 ᄇᆡ머리예 동오션봉 ᄃᆡ장 황ᄀᆡ라 두려시 기를 셔워거날 그 기호을 보고 분분ᄒᆞ야 엇지할 쥴 모로던ᄎᆞ의 황ᄀᆡ 션두의 나셔며 위여 왈 동오 션봉ᄃᆡ장 황ᄀᆡ을 네 아는다 ᄒᆞ며 청용기를 두르며 호령ᄒᆞ니 좌우 화션

〈56-앞〉

이 일시예 모라 됴됴 젼션의 불을 질으고 일셩호통의 ᄐᆡ산이 문어지고 위수가 뒤눕난 듯 화광이 충쳔ᄒᆞ고 연기는 만강한ᄃᆡ 풍셰 ᄃᆡ작ᄒᆞ야 돗ᄃᆡ도 부러지고 용총쥴 ᄯᅥ러지며 장막과 휘장이 다 불이 붓고 ᄡᅴ여진 퉁노기 유엽젼 편젼 화약 염쵸통이 모도 다 불의 타셔 벽파상의 ᄯᅥ나가니 적벽화광이 충쳔ᄒᆞ니 됴됴의 ᄇᆡᆨ만ᄃᆡ병이 일시예 살 맛고 칼 맛고 물의 ᄲᅡ지고 불타

고 팔도 부러지고 등도 터지고 다리 부러지고 목도 부러져 쥭는 지 부지기 슈라 됴됴 황겁ᄒᆞ야 이러져리 도망할 졔 황ᄀᆡ 빈을 밧비 모라 쫏ᄎᆞ들어가니 됴됴 넉시업셔 쳔방지축 도망할졔 장요ᄃᆡ분ᄒᆞ야 쳘궁의 왜젼 미계 황ᄀᆡ을 쏘니 살이 공즁의 놉픠 쇼사 황ᄀᆡ의 흉즁을 맛치니 셔셩 졍봉이 ᄃᆡ경ᄒᆞ야 급픠 황ᄀᆡ을 구완ᄒᆞ야 본진으로 도라보ᄂᆡ니라 잇ᄯᅢ 졍옥이 됴됴을 구ᄒᆞ야 오림으로 도망ᄒᆞ니 동남풍이 더ᄒᆞ며 금고함셩은 쳔지 진동ᄒᆞ고 긔치 검극은 일월을 희롱ᄒᆞᄆᆡ 졍신이 산란한

〈56-뒤〉

지라 장흠 한당은 셔으로 쫏ᄎᆞ가고 쥬틔 진무는 동으로 쫏ᄎᆞ가고 쥬유 셔경 졍봉은 즁계로 쫏ᄎᆞ와 여간 나문 군사을 엄살ᄒᆞ며 군즁기계을 다 수운ᄒᆞ고 감영은 후진으로 가 치즁을 버히고 여몽은 불을 노와 졉응ᄒᆞ니 뇌고 함셩은 하히가 뒤눕난지라 됴됴 황망이 도망할 졔 한편은 능통이라 이놈 됴됴야 더ᄃᆡ로 갈다 하는 쇼ᄅᆡ 어간이 먹먹 젼신이 아득ᄒᆞ야 엇지할 쥴 몰나 숫풀의 은신ᄒᆞ야 한 고ᄃᆡ 다달으니 일원ᄃᆡ장이 나셔며 ᄃᆡ호 왈 동오 후군장 감홍픽을 네 모로는다 닷지 말고 ᄲᆞᆯ이 ᄂᆡ 칼을 바드라 ᄒᆞ는 쇼ᄅᆡ 됴됴 ᄃᆡ경ᄒᆞ야 장합으로 감영을 막으라 ᄒᆞ고 말을 지촉ᄒᆞ야 도망할 졔 밤은 깁픠 삼경이 되고 달은 흑운의 덥펴 젹막ᄒᆞᆫᄃᆡ 계우 화변을 피ᄒᆞ야 오림의 다달으니 산쳔은 허막ᄒᆞ고 슈목은 참쳔이라 됴됴 마상의셔 앙쳔ᄃᆡ쇼ᄒᆞ니 졔장이 엿ᄌᆞ오ᄃᆡ 쥬유 공명이 지모로 남병산 졔풍ᄒᆞ고 젹벽의 화공ᄒᆞ야 팔십 삼만군이 초두난의 다 쥭고 나문 장

〈57-앞〉

졸이 갈 바을 모로난ᄃᆡ 무삼 졍신으로 웃ᄂᆞ잇가 됴됴 왈 쥬유 ᄭᅬ 업고 공명은 지혜 부죡함으로 이러한 요긴쳐의 복병을 아니ᄒᆞ여기로 웃노라 언미필의 일셩방포ᄒᆞ고 좌우복병이 일어나며 일원ᄃᆡ장이 쳔룡춍말을 타고 장창을

비겨들고 얼골은 관옥갓고 눈은 식별갓고 쇼릭을 우레갓치 질으며 딕질 왈 나는 상산 죠즈룡이라 우리 션싱의 명을 바다 너을 기달린지 오린지라 이 놈 됴됴야 죵쳔강ᄒᆞ며 죵지츌ᄒᆞ랴는야 닷지 말고 닉 창을 바드라 ᄒᆞ니 됴 됴 간담이 찌러지고 졍신이 어질ᄒᆞ며 두 눈이 캄캄ᄒᆞ여 셔황 장합으로 뒤을 막으라 ᄒᆞ고 계우 도망ᄒᆞ야 호로곡의 다달으니 동방은 발가오나 흑운이 만쳔ᄒᆞ고 구진비는 쇼쇼ᄒᆞᆫ딕 여간 나문 군ᄉᆞ 가는 양은 그 아니 쳬량ᄒᆞᆫ가 젹벽화광의 겁닌 군ᄉᆞ 수화돌을 맛는즁은 눈비 셕계 맛고 츕기는 고사ᄒᆞ고 빅곱파 못살것다 군ᄉᆞ을 촌여로 보닉여 양식을 노략ᄒᆞ야 밥을 지어먹고 물 져진 의갑을

〈57-뒤〉

바람결의 밀이고 노약은 압을 셔우고 셔로 위로ᄒᆞ며 젼지도지 도망ᄒᆞ여가더니 일셩방포의 사방을 불이 일어나며 일원딕장이 나오는딕 호두용액의 골리눈을 부릅쓰고 장팔사창을 눈우의 비겨들고 쳔동갓치 호령ᄒᆞ되 나는 연인 장익덕이라 이놈 됴됴야 너 어딕로 도망ᄒᆞ리오 쳔시을 모로고 하감으로 항거ᄒᆞ리오 밧비 나와 닉의 창을 바드라 ᄒᆞ는 쇼릭 졔장이 귀가 먹고 군ᄉᆞ 낙담ᄒᆞ야 졍신이 아득한지라 됴됴 장요 셔황 등으로 막으라 ᄒᆞ고 도망할 졔 허졔는 안장 업는 말을 타고 셔황은 날 빠진 칼자루만 쥐고 가니 팔십여만 군졸이 불과 이빅명일네라 됴됴 그 즁의 긔갈이 자심ᄒᆞ야 거의 쥭게되고 군기와 마필도 다 업는지라 빅여명쓱 맛든 군ᄉᆞ 하나히 나마쓰니 어이ᄒᆞ리 동남풍은 어인 일고 수원수우ᄒᆞ리오 기픠관이 탄식ᄒᆞ되 금고 취타 다 불의 타고 영긔 좃ᄎᆞ 일어스니 뉘라셔 딕답ᄒᆞ리 딕장이 탄식 왈 일삼칠구 간곳 업고 이사뉵

〈58-앞〉

팔 업셔젓다 쳔망이오 비젼지죄로다 ᄒᆞᆫ 군ᄉᆞ 고ᄒᆞ되 압픠 두 갓길이 잇ᄉᆞ

오니 어디로 가올잇가 됴됴 왈 네 싱각ᄒᆞ니 우리 곤핍ᄒᆞ여 험노로 갈 수 업셔 디노로 가자ᄒᆞ니 복병이 잇슬지라 화룡도로 가자ᄒᆞ니 졍옥이 엿ᄌᆞ오디 화룡도로 가다가 복병이 잇ᄉᆞ오면 엇지하랴 허창으로 가ᄉᆞ이다 됴됴 ᄭᅮ지져 왈 병셔의 ᄒᆞ여시되 실즉허ᄒᆞ고 허즉실이라 ᄒᆞ여시니 공명이 아모리 ᄭᅬ만타한들 우리 셰번 쇠길쇼냐 ᄒᆞ고 군ᄉᆞ을 직촉ᄒᆞ야 화룡도로 들어가니 쳔봉만학은 반공의 쇼사잇고 수목은 참쳔한디 만학의 눈 씨이고 쳔봉의 바람칠 ᄯᅢ 화초목실 바이 업고 잉무원앙 ᄭᅳᆫ쳐난디 어인 ᄉᆡ가 울야마는 젹벽화렴의 죽은 장졸 소타무쳐 원죠되야 됴됴 픽군 미워라고 가지가지 우는 쇼릐 도탄의 싸인 군ᄉᆞ 고힝이별 몃힐넌고 귀촉도 불여귀라 슬피운다 져 두견ᄉᆡ 울고나니 져 ᄲᅵᄶᅮᆨᄉᆡ 우름운다 여바라 두견죠야 네는 고향을 싱각ᄒᆞ야 불여귀라 ᄒᆞ건마는 도덕 잇는 우리 승상 빅만군병

〈58-뒤〉

자량터니 금일 픽군 왠일인고 자칭영웅 간디업고 빅계도 무칙이라 이리가며 입을 ᄲᅵᄶᅮᆨ 져리 가며 ᄲᅵᄶᅮᆨᄲᅵᄶᅮᆨ 울고나니 져 흉년ᄉᆡ 우름운다 여바라 ᄲᅵᄶᅮᆨᄉᆡ야 말 듯것라 네는 픽군분심 싱각ᄒᆞ야 운다마는 여산군량 쇠잔ᄒᆞ고 촌여노략 한ᄯᅢ로다 솟텅솟텅 울고나니 져 ᄭᅬᄶᅩ리 우름운다 여바라 흉년죠야 네는 빅만군졸 주린다고 한틀 마라 난셰간웅 우리 승상 어이 그리 ᄭᅬ가 업셔 황긔의게 돌여난고 한창 일이 울고나니 져 가마구 울름운다 여바라 황금죠야 너는 승상님 ᄭᅬ을 너되 픽ᄒᆞ는 ᄭᅬ을 넌다 하고 운다마는 편편디로 마다ᄒᆞ고 심삼촉임 무삼일고 가마구 ᄶᅡ옥ᄶᅡ옥 울고가니 져 ᄶᅮᆨ국ᄉᆡ 우름운다 여바라 오비죠야 너는 양군을 인도한다마는 가련타 장졸들아 젹벽화렴 즁의 넝병인들 아니들야마는 그 군ᄉᆞ 악갑다ᄒᆞ고 ᄶᅮᆨᄶᅮᆨᄶᅮᆨᄶᅮᆨ 슬피 울고가니 져 호반ᄉᆡ 우름운다 너는 빅반군졸 병이 날가 의심한다마는 장요는 무단이 살 업다고 셜어마라 살 나간다 살 바다라 호반ᄉᆡ 슬피 울고가니 져 종지

〈59-앞〉

리 우름운다 여바라 호반식야 너는 츙셩이 지극ᄒᆞ야 일등 명무기을 싱각한 다마는 공즁의 놉피 ᄯᅥ셔 동남풍을 막아주랴고 너울너울 울고나니 져 ᄯᅳ옥이 우름운다 황기 호통 겁을 ᄂᆡ여 버슨 홍포 ᄂᆡ 입엇다 ᄯᅳ옥ᄯᅳ옥 슬피 우니 져 할미ᄉᆡ 우름운다 우숨 끗틔 겁ᄂᆡᆫ 장졸 갈수락 얄망굿다 복병보고 도망마라 이리가며 핑당그리리릭 져리가며 핑당그리리릭 울고가니 쳬양ᄒᆞ다 각 ᄉᆡ 쇼릐 됴됴 듯고 회심ᄒᆞ여 이른 말이 불상ᄒᆞ다 ᄂᆡ의 장졸 부모쳐ᄌᆞ의 졍 ᄭᅳᆫ어 이별ᄒᆞ고 쳔리젼장 나왓다가 젹벽의 몰사ᄒᆞ고 계우 살아 군ᄉᆞ 창 맛고 살도 마ᄌᆞ 십싱구사 되야쓰니 어이ᄒᆞ여 가잔 말가 도로 장을 지촉ᄒᆞ야 급피 도망할 졔 문듯 바릐보니 키 크고 위풍잇난 져 장수 퉁방울 눈 불릇 ᄯᅳ고 삼각수 더펄더펄 웃둑 셔셔 됴됴을 바릐보니 됴됴 혼경낙담ᄒᆞ야 졍신이 어질한지라 졍옥아 져기 셧는게 젼의 보든 운장이 아니냐 ᄂᆡ 엇지 살고 졍옥 왈 승상이 혼을 일엇쇼 그거

〈59-뒤〉

시 화룡도 장승이오 됴됴 탄식 왈 만고영웅 됴밍덕을 쇽일 사람 업건마는 일기 장승으로 날을 쇼겨스니 그져둘 수 업다 ᄒᆞ고 군ᄉᆞ을 호령ᄒᆞ야 장승을 나입ᄒᆞ라 좌우군ᄉᆞ 쇼릐ᄒᆞ고 장승을 나입ᄒᆞ니 졍옥이 수기을 들고 ᄃᆡ상의 셔 분부하되 장승은 들으라 네 일기 장승으로 신ᄎᆞ관운장지형용ᄒᆞ고 주안홍목의 삼각수을 거사리고 승상 힝ᄎᆞ의 부릉굴신ᄒᆞ고 언연독립ᄒᆞ야 만군즁을 놀ᄂᆡ게 ᄒᆞ니 참지 의당사라 청지군령ᄒᆞ고 사속고지ᄒᆞ라 장승이 주왈 살등차신이 골륜산지목으로 인위ᄃᆡ목ᄒᆞ야 각거인형ᄒᆞ고 입어노상이러니 금일 승상 힝ᄎᆞ의 부릉굴신ᄒᆞ고 장읍불비ᄒᆞ니 논지죄상ᄒᆞ면 살지무셕이오나 원통한 원졍을 알외리다 만물지즁의 쳔황씨도 목덕으로 왕ᄒᆞᄉᆞ 우리 ᄂᆞ엿쓰니 엇던 ᄂᆞ무는 팔ᄌᆞ 조화 ᄃᆡ명젼 ᄃᆡ들보되야 오식단청ᄒᆞ여잇고 셕상의 오동목은 거문고 복판되야 남풍시화 답ᄒᆞ야 잇고 날갓튼 팔ᄌᆞ 긔박한

〈60-앞〉

놈은 몹쓸 더목놈이 싹써다가 팔ᄌᆞ업ᄂᆞᆫ 사모풍더 삼각수는 왠릴고 글ᄌᆞ로 붓쳐십니라 ᄒᆞ엿시니 손이 잇셔 뭇질르며 발이 잇셔 도망할가 쥭도사도 못 ᄒᆞ고 지금ᄭᆞ지 잇더니 승상 힝ᄎᆞ의 부릉굴신ᄒᆞ고 장읍불빅한게 목신인들 무삼 죄온잇가 통촉 후의 특위방숑 ᄒᆞ옵시물 쳔망기망 ᄒᆞ압ᄂᆞ이다 답제 왈 여본공산지낙목으로 유구릉언ᄒᆞ니 언쪽이 식비로다 특위방숑ᄒᆞ며 왈 일후 ᄂᆞᆫ 아무라도 무언ᄒᆞ라 됴됴 암상의 안ᄌᆞ 졍옥을 불너 왈 슐 부어라 너와 동 빅동낙 노라보ᄌᆞ 일호쥬을 먹은 후의 더취ᄒᆞ야 ᄒᆞ는 마리 이번 ᄊᆞ홈의 픽 한 일을 싱각ᄒᆞ면 상놈의게 픽을 보왓고 유현덕이 한죵실이라 ᄒᆞ나 양산 되원의 치쇼 장ᄉᆞᄒᆞ고 자리 ᄶᆞ든 놈이오 소위 관운장이 의긔 남ᄌᆞ라 ᄒᆞ되 동셔 그릇장ᄉᆞ ᄒᆞ엿고 장비 졔가 고리눈의 호통은 잘ᄒᆞ나 탁군 ᄯᆞᆼ의셔 졔 눅장ᄉᆞ ᄒᆞ엿고 자룡이 날넌치 하되 상산 돌소의셔 ᄲᆞ진 놈이오 졔갈양이 꾀잇ᄂᆞᆫ 쳬하되 남양ᄯᆞᆼ의셔 밧 가라

〈60-뒤〉

먹든 놈이라 ᄒᆞ니 졍옥이 엿ᄌᆞ오더 병교ᄌᆞᄂᆞᆫ 픽라ᄒᆞ니 승상이 져리 교만하다가 이러한 픽을 보와ᄂᆞ이다 소장도 위국츙신으로 위가호ᄌᆞ라 수화을 피ᄒᆞ야 계우 이 고더 와셔 어젹졔신ᄒᆞᄌᆞ ᄒᆞᆫ즉 고이ᄒᆞᆫ 일이 일럿키 곤궁한더 쳬모 업ᄂᆞᆫ 우리 승상 일빈일소 타시로다 승상이 복이 업셔 빅젼빅픽 ᄒᆞ여 삽거니와 남의 히담ᄒᆞ면 젼장의 승부잇ᄂᆞ잇가 졔발 마오 됴됴 왈 군ᄉᆞ졈고 나 ᄒᆞ여보ᄌᆞ 픽군장졸 모야들 졔 병들고 창맛고 활맛고 화독들고 팔다리 부러지고 다 이 모양이라 싱각ᄒᆞ니 쳬량ᄒᆞ다 졍옥이 좌수의 칼을 들고 우수의 홀기을 들어 호령ᄒᆞ되 졈고 불참ᄌᆞᄂᆞᆫ 참ᄒᆞ리라 우부좌사 파총 일더장의 왈낭쇠 물고요 좌사파부 쳔총더장의 울능쇠 울능가 들어온다 젼둥젼둥 들어오니 너는 엇지 이슬터리가 되엿ᄂᆞ냐 엿ᄌᆞ오더 장판교 건너올 졔 도망 군ᄉᆞ 쇠도리치를 마자 한다리 부러져 병신이 되야쏘 쳔리본국 어이갈고 승

상은 말을 타스니 다

〈61-앞〉

리는 셩ᄒᆞ졔요 다리 ᄒᆞ나 박굽시다 그 놈 미친놈이로고 좌부좌사 파총소 삼ᄃᆡ장의 용통쇠 물고요 미병ᄃᆡ장의 철골쇠 그 놈이 ᄂᆡ종 부른다 ᄒᆞ고 노와ᄒᆞ야 ᄒᆞ는 마리 죽은 부를나 말고 산 놈 몬져 부르시오 됴됴 왈 그만한 일노 날을 논칙하는다 이놈 써여 물이치라 좌기병 총관의 덜넝쇠 물고요 봉수별장의 강돌남이가 들어오더니 ᄂᆡ가 자셔이 알외리다 그 놈도 잔쇼리 비상ᄒᆞ다 됴됴 왈 만이 나셧다 화병의 노구쇠 물고요 졍옥이 군안을 더지고 방셩ᄃᆡ곡ᄒᆞ는 마리 팔년풍진 초ᄑᆡ왕이 강동ᄌᆞ졔 팔쳔인으로 도강이셔 ᄒᆞ야다가 ᄑᆡ운이 당ᄒᆞ야 계명산 추야월의 장ᄌᆞ방의 옥젹 쇼리 팔쳔병 흣터지고 초ᄑᆡ왕는 무면도강ᄒᆞ야 오강의 ᄌᆞ문ᄒᆞ엿단 말을 듯고 웃셔더니 하나리 미워ᄒᆞᄉᆞ 팔십만 군ᄉᆞ 젼필승 공필취ᄒᆞ야 쇼향의 무젹일너니 쳔만의외 동남풍의 불상코 가련ᄒᆞᆫ후 우리 군ᄉᆞ 젹벽강 고혼되야구나 죽은 군ᄉᆞ 고혼이 본국 갈가 져어 부모쳐ᄌᆞ 츌문망

〈61-뒤〉

바ᄅᆡ다가 오는 사람 반가리고 뭇는 말슴 무어시라 ᄃᆡ답ᄒᆞ리오 탄식할 졔 됴됴도 함누ᄒᆞ고 위로 왈 입아졔장들아 일시 승ᄑᆡ는 병가상ᄉᆞ라 한치 말고 어셔가ᄌᆞ 곤곤이 도라간들 젹벽 원수 못갑풀손가 한창 이리 탄식ᄒᆞ며 힝ᄒᆞ더니 젼군이 말을 머물너 가지 아니ᄒᆞ거날 됴됴 문왈 어이 가지아니ᄒᆞᄂᆞ뇨 군사 답왈 산곡 져근 길의 비가 만이 와셔 가지 못ᄒᆞᄂᆞ이다 됴됴 ᄃᆡ로왈 군ᄉᆞ라 ᄒᆞ는게 산을 맛나면 길을 ᄂᆡ고 물을 만ᄂᆞ면 다리을 논는 거시 군ᄉᆞ라 엇지 못가리오 노약은 뒤예 달코 강작 군사는 흘글 파고 나무을 벼여 길을 만들어 급피 발힝ᄒᆞ라 호령ᄒᆞ니 군ᄉᆞ마지 못ᄒᆞ야 흘글 파며 나무을 버여 길을 널식 쥬린 군사 질역ᄒᆞ거날 됴됴 명ᄒᆞ야 쉬라 ᄒᆞ니 한 군ᄉᆞ 울며 왈

신셰을 ᄉᆡᆼ각ᄒᆞ니 엇지 셜지 아니ᄒᆞ리오 십팔셰예 승상을 ᄶᅡ라 부모을 이별한지 오련지라 당상의 우리 부모을 ᄂᆡ라셔 봉양하며 삼십이 넘도록 쳐ᄌᆞ가 업셔스니 화룡도의 죽ᄀᆡ되면 ᄂᆡ라셔 후사을

〈62-앞〉

이을고 쇽졀 업난 ᄂᆡ의 ᄇᆡᆨ골 무쥬고혼이 아니 될가 ᄯᅩ 한 군ᄉᆞ 우러 왈 ᄂᆡ의 셔름 들어바라 삼ᄃᆡ독ᄌᆞ로셔 십셰젼의 양친을 이별ᄒᆞ고 혈혈단신 이ᄂᆡ 몸이 일가친척 바이 업다 이십셰에 의혼터니 혼일이 못당ᄒᆞ야 군즁의 ᄡᅧᆸ펴스니 부모 분묘의 풀인들 ᄂᆡ라셔 비여쥴고 이졔와 화룡도 고혼이 된들 ᄂᆡ의 신쳬 ᄂᆡ차지며 후사가 ᄭᅳᆫ쳐지니 어이 아니 셔를 ᄉᆞᆫ가 ᄯᅩ 한 군ᄉᆞ 울며 왈 ᄂᆡ의 셔름 들어보쇼 십구셰에 셩혼ᄒᆞ야 셩네ᄒᆞ던 그날 밤 삼경의 젹벽강 ᄊᆞ홈 가자 잡아ᄂᆡ니 ᄂᆡ의 안히 거동보쇼 나삼을 부여잡고 낙누ᄒᆞ며 우ᄂᆞᆫ 마리 칠야삼경 깁픈 밤의 날을 두고 어ᄃᆡ가오 한번 이별 이려할 졔 혼장이 ᄭᅳᆫ어진 듯 졀ᄃᆡ가인 이별 후의 쇼식이 돈졀ᄒᆞ니 어이 아니 셜을 손가 쇽졀업시 화룡도 고혼이 도리로다 ᄯᅩ 한 군ᄉᆞ 울며 왈 ᄂᆡ의 셔름 들어보쇼 우리 부모 다른 혈륙 바이 업고 오십 후의 날을 나셔 ᄋᆡ지즁지 길너ᄂᆡ여 십뉵셰 셩혼ᄒᆞ니 어엿분 ᄂᆡ의 안히 얼골도

〈62-뒤〉

곱거니와 녀공지질 민쳡이라 십팔셰예 ᄉᆡᆼ남ᄒᆞ니 이 아니 경사넌가 부부금실 즁한 마음 쳔ᄒᆞ의 무쌍이라 ᄇᆡᆨ년히로 ᄒᆞ자더니 십구셰예 죵군ᄒᆞ야 삼십이 오늘이라 당상ᄇᆡᆨ발 우리 냥친 쳔리젼장 날 보ᄂᆡ고 사라올가 바ᄅᆡ시며 이팔쳥츈 졀문안히 장탄 낙누하ᄂᆞᆫ 말이 보고지고 우리낭군 언졔나 오랴신가 츌문망 바ᄅᆡᄂᆞᆫ 눈 ᄯᅮ러지게 되것고나 공산의 돗ᄂᆞᆫ 달을 다시 보니 수심이오 쳥쳔의 ᄯᅳᆫ 기력이 ᄶᅡᆨ을 불너 울고가니 그도 ᄯᅩ한 수심이라 젼젼반측 잠못일워 이러타시 깁픈 ᄉᆡᆼ각 다시 보지 못ᄒᆞ고셔 화룡도 험한 길의 무주

고혼 가련ᄒᆞ다 ᄋᆡ고ᄋᆡ고 울고나니 ᄯᅩ 한 군ᄉᆞ 나셔며 우난 말이 셜은 말을 그만ᄒᆞ쇼 ᄂᆡ 셜음이 자ᄂᆡ 셜옴만 못한비 아니ᄂᆡ마ᄂᆞᆫ 우션 비곱파 ᄂᆡ 쥭것다 우리 에부고 고은 임 어셔 만나 한 상의 먹던 밥 한 그릇 다시 먹어볼가 가삼을 ᄶᅮ다리며 슬피 통곡ᄒᆞ니 모든 군ᄉᆞ 일시에 곡셩이라 됴됴 듯고 ᄃᆡ로ᄒᆞ야 ᄭᅮ지져 왈 사싱이 다 쳔명이라 다시 우는ᄌᆡ 잇스면 셔워두

〈63-앞〉

고 버히리라 군ᄉᆞ을 호령ᄒᆞ야 길을 ᄂᆡ고 발힝할ᄉᆡ 험한 ᄃᆡ을 계우 넘어 평지을 당도ᄒᆞ야 됴됴 마상의셔 치을 들어 ᄃᆡ쇼ᄒᆞ니 졔장이 왈 승상이 우스면 오날노 보건ᄃᆡ 도쳐의 군마을 쥭여ᄉᆞ오니 엇지 ᄯᅩ 웃ᄂᆞ잇가 됴됴 왈 졔갈양이 ᄭᅬ 업ᄂᆞᆫ ᄌᆞ로다 날로 ᄒᆞ여금 터을 밧구워쓰면 여기다가 복병할지라 만일 이곳ᄃᆡ 복병을 ᄒᆞ여쓰면 너의 등이 사라가랴 마리 맛지 못ᄒᆞ야 일셩방포 들이거날 경옥이 엿ᄌᆞ오ᄃᆡ 복병인가 보오 됴됴 왈 화룡산즁 노루 ᄱᅵᆼ 잡는 포수 총소릐로다 ᄯᅩ 한번 응포ᄒᆞ니 됴됴 왈 일어탓 큰 산즁의 포수 하나ᄲᅮᆫ이쇼냐 ᄯᅩ 북쇼릐 요란ᄒᆞ니 이거슨 완연한 복병이오 됴됴 왈 일련 명산의 ᄃᆡ쳘리 업슬쇼냐 ᄌᆡ 지ᄂᆡᄂᆞᆫ 쇼릐로다 북쇼릐 연쇽나며 고각함셩 취티 호통지셩이 벽역갓고 좌우로 쳐들어오니 금극이 젼후나렬ᄒᆞ야 하날의 다엿스니 경신이 캄캄ᄒᆞ고 어간이 먹먹ᄒᆞ야 ᄋᆡ고 이긔 왠일인고 욕도무쳐오 욕주무쳐로다 이 일을 어이ᄒᆞ리 승픠는 지덕이오

〈63-뒤〉

부지강역이라 영ᄉᆞ연졍 쓰와보ᄌᆞ 어더한 장수 왓ᄂᆞ 졍옥 왈 낫빗치 검고 눈이 누리고 수염이 다박ᄒᆞ니 장반가 ᄒᆞ노이다 됴됴왈 이졔는 할 수 업다 장판교 일셩호통의 계우 사러더니 이졔 할 수 업다 염십기게나 ᄎᆞ리라 ᄒᆞ고 다시 살펴보니 황신기 밧탕의 황금ᄃᆡᄌᆞ로 써시되 한수졍후 관운장이라 늠늠한 긔상이 주안홍목의 삼각수 거ᄉᆞ리고 황금갑주의 젹토마을 타고 쳥

룡도을 비겨들고 밍호갓치 오는 긔상 비룡갓치 색른지라 졍옥이 엿자오딕 이 군ᄉ 가지고 운장과 쓰호다가는 쥬린 범의게 고기를 쥼이라 경각의 몰사할 거시니 간졀이 비러보사이다 됴됴 왈 닉 일홈이 삼국의 유명ᄒ니 비러 산딕도 뭇사람의게 치소을 엇지ᄒ랴 차마 못빌것다 그리 말고 한 쐬 잇다 나을 구령의 눕피고 흰 장막을 치고 너의난 발상ᄒ고 셜이우되 가련타 됴승상은 하나리 주신 츙셩으로 쳔ᄌ의 명을 바다 통일쳔하ᄒ랴고 만리젼장 나왓다가 즁노긔사ᄒ여쓰니

〈64-앞〉

명쳔이 무심ᄒ야 공명도 못일우고 노즁고혼 영결죵쳔 ᄒ엿구나 ᄒ고 울면 승장이나 집고갈 터니 그 쐬 엇쩌ᄒ냐 졍옥 왈 엿튼 쐬을 쓰지마오 산 됴됴의 목도 버히랴고 몃몃치 눈이 불기는딕 죽은 됴됴 목 버허가기 걱졍되리오 청룡도 드는 칼노 목만 버혀가면 목의 움이 날가 비려도 못보고 목만 일을 거시니 두말말고 비려보쇼셔 운장이 본딕 의긔가 즁ᄒ고 쏘 아릭사람을 두호ᄒ는이요 글ᄒ는 사람은 참아 죽이지 못ᄒ는지라 어셔 밧비 비르시오 됴됴 식살ᄒ고 죵시 비지 아니ᄒ니 졍옥이 간쳥 왈 월왕 구쳔이도 회계산의 젼픿ᄒ야 범여의 말을 듯고 쳥우신의 쳡이 되야 당한 욕을 면ᄒᆫ 후의 본국의 도라와 원수을 갑파잇고 틱조 고황졔는 흉노의 픽을 입어 빅등칠일 쓰엿다가 진평의 쐬을 써셔 화친ᄒ고 도라와 사빅년 사직을 직혀쓰니 승상도 오날 운장의게 비려 환을 면한 후의 젹벽강 원수 갑푸시면 못할비 아니로쇼이다 됴됴 왈 살면 다힝이

〈64-뒤〉

나 만일 죽으면 엇지ᄒ야 올탄 말가 그딕 말이 그려ᄒ니 사싱간의 비러보ᄌ 마상의 나려 운장을 바릭보고 몸을 굽펴ᄒ는 말이 긔주지사는 불비라ᄒ니 운장은 이별이 오런지라 기간 무량ᄒ오니잇가 운장도 마상의셔 몸을 굽

펴 답네 왈 승상도 평안ᄒᆞ오니잇가 션싱의 명을 바다 이 고ᄃᆡ 복병ᄒᆞ고 기달지 오린지라 승상은 명이 진ᄒᆞ야ᄂᆞᆫ지라 잔말 말고 ᄂᆡ의 칼을 바드라 됴됴 ᄋᆡ연이 비러왈 불상한 픽군장졸 갈 길이 업ᄉᆞ오니 장군의 활달한 마음으로 고졍을 싱각ᄒᆞ와 길을 비러주옵쇼셔 잔명을 보존ᄒᆞ것사오니 깁피 싱각ᄒᆞ쇼셔 운장 왈 ᄂᆡ 젼일 승상의 은혜을 바다ᄊᆞ오나 원쇼의 명장얼 잡아 쥭겨 승상의 은혜을 갑파ᄂᆞᆫ지라 됴됴 왈 장군 말삼이 당연ᄒᆞ오나 오관의 참뉵장할ᄶᅵ ᄂᆡ 마음 ᄃᆡ강 짐작ᄒᆞ오리다 ᄃᆡ장부 신의가 주장이라 장군은 춘추ᄃᆡ의을 알르시거니와 깁피 싱각ᄒᆞ쇼셔 유관장이 도원결의ᄒᆞ고 황건적의 픽을 보고 거쳐을 모

〈65-앞〉

를 ᄶᅵ예 장군을 모셔다가 별궁의 두고 조셕으로 문안할 젹의 쳔하절식 초션이을 쥭여시되 무어시라 ᄒᆞ야쓰며 상마의 은 일쳔양 하마의 은일쳔양 별보화을 잉기잔코 듸려더니 나가실 ᄶᅵ예 ᄂᆡ 나라의 오관장수 진명과 초션이을 한 칼의 쥭여시되 ᄂᆡ 반졈 원심 업사오니 깁피 싱각ᄒᆞ옵쇼셔 운장 왈 ᄂᆡ 긋ᄶᅵ 불힝ᄒᆞ야 네 나라의 갓슬 ᄶᅵ 원쇼의 장수 안량 문취 쥭이러 갈 졔 슐을 권ᄒᆞ거날 ᄂᆡ 엇지 공업ᄂᆞᆫ 슐을 먹으라 ᄒᆞ고 일고셩 한 칼노 안량 문취을 버혀들고 도라올 졔 부은 슐이 식지 아니ᄒᆞ엿시며 초션이는 요물이라 만일 살여두며 위국 망할 쥴을 어이 알이 금은보화는 별궁의 던져두고 쳔리힝장 일냥즁의 일푼젼 아니여코 나와쓰니 잔말 말고 칼 바드라 일셩방포의 됴됴 졍신이 아득ᄒᆞ야 쥭는다시 업ᄶᅧ져거날 운장이 그 졍상을 보고 가련ᄒᆞ야 ᄂᆡ렴의 싱각ᄒᆞ되 됴됴의게 잇슬 ᄶᅵ 삼일 쇼연 오일 ᄃᆡ연ᄒᆞ여 금은을 잉기지 아니ᄒᆞ고

〈65-뒤〉

우리 형수 감부인 미부인을 평안이 모셔쓰며 쳔리 젹토마을 주어시니 허다

한 은혜을 ᄉᆡᆼ각하미 차마 인졍간의 죽일 슈 업셔 주져하던 ᄎᆞ의 됴됴 다시 ᄋᆡ걸ᄒᆞ되 장군 투고도 소장의 투고요 입으신 갑옷과 쥐신 칼과 타신 말도 다 소장의 듸린 ᄇᆡ라 ᄂᆡ 칼의 ᄂᆡ가 죽기 원통ᄒᆞ오니 장군은 깁피 ᄉᆡᆼ각ᄒᆞ와 잔명을 살여주쇼셔 ᄒᆞ고 ᄯᅩ 됴됴의 졔장군졸이 쳐분만 기다리더니 주창이 보다가 참지 못ᄒᆞ야 말 ᄊᆞᆸ피을 ᄂᆡ던지고 ᄃᆡ질 왈 장군 안ᄉᆡᆨ을 보오니 인후ᄒᆞ신 마음으로 ᄉᆡᆼ각이 간졀ᄒᆞ와 쳣 칼의 버힐 놈을 이졔ᄭᅡ지 살여두니 엇지한 마음인지 옛날 초ᄑᆡ왕의 일을 ᄉᆡᆼ각지 못ᄒᆞ시니잇가 됴됴는 치셰지능신이오 나셰지간웅이라 이졔 노와 보ᄂᆡ고 현주와 션ᄉᆡᆼ 젼의 무삼 말로 ᄒᆞ오릿가 소장이 잡어 가오리이다 ᄒᆞ고 쳘퇴갓탄 쥬먹을 쥐고 달여들어 멱살리을 잡고 가로ᄃᆡ 됴됴야 네의 명이 ᄂᆡ 장즁의 달엿다 ᄒᆞ면셔 쥬멱이 졈졈 각가오며 쥬이려 ᄒᆞ니 명지

〈66-앞〉

경각이라 운장이 보다가 불상이 너겨 마하의 ᄯᅱ여나려 쥬창의 손을 잡고 말유ᄒᆞ야 노와라 ᄒᆞ니 쥬창이 됴됴을 노코 물너나니 됴됴 기ᄉᆡᆨ이 반ᄉᆡᆼ반사ᄒᆞ거날 잇ᄯᆡ 졍옥이 ᄃᆡ셩통곡ᄒᆞ더라 운장이 참아 죽이지 못ᄒᆞ고 말머리을 둘너 도라셔니 졍옥이 됴됴을 업고 쥬졈의 가셔 치약구병ᄒᆞ더라 ○각셜 운장이 본진의 도라와 염녀자졔ᄒᆞ더니 자룡 익덕은 큰 공을 밧치고 운장은 공이 업셔 긔운업시 셧거날 공명 왈 장군이 됴됴을 잡아오시니잇가 운장 왈 됴됴을 잡지 못ᄒᆞ여삽기로 ᄃᆡ죄ᄒᆞ오니 션ᄉᆡᆼ의 쳐분ᄃᆡ로 ᄒᆞ옵쇼셔 공명 왈 됴됴가 화룡도로 아니 가더잇가 운장 왈 됴됴을 보와도 ᄌᆡ조 업셔 잡지 못ᄒᆞ엿ᄂᆞ이다 공명 왈 이 ᄃᆡ로 왈 장군이 다짐두고 가셔 됴됴을 노와스니 군법으로 시ᄒᆡᆼᄒᆞ여도 원망말나 ᄒᆞ고 무사을 호령ᄒᆞ야 운장을 버히라 ᄒᆞ니 무사 명을 바다 운장을 압셔우고 원문밧게 나가니 잇ᄯᆡ 현덕이 이 말을 듯고 나려와 운장의 손을 잡고 션ᄉᆡᆼ젼의 비러 왈

〈66-뒤〉

우리 삼인이 결의할 ᄶᅢ 사싱을 함ᄭᅴ기로 언약ᄒᆞ엿사오니 션싱은 룡셔ᄒᆞ여 일후의 공으로 쇽죄ᄒᆞ쇼셔 ᄒᆞ니 공명이 마지 못ᄒᆞ야 논죄ᄒᆞ고 물이치니 운장은 이러함으로 의셕됴됴ᄒᆞ야 명젼쳔추 ᄒᆞ시니라 ○각셜 쥬유 젹벽군ᄉᆞ을 거두어 도라와셔 각각 졔장의 공노을 손권의게 보ᄒᆞ고 어든 보화을 졔장의게 분급ᄒᆞ고 군ᄉᆞ을 진발ᄒᆞ여 남군을 취코져할ᄉᆡ 장하 졔장의게 문왈 뉘 능히 션보이 되어 남군을 취ᄒᆞ리오 좌즁 일인이 응셩ᄒᆞ거날 모다 보니 이난 장흠이라 쥬유 ᄃᆡ히ᄒᆞ야 장흠으로 션봉을 삼고 셔셩으로 부장을 삼고 군ᄉᆞ 오쳔을 거나리고 남군을 쳐 큰 공을 일우리 ᄂᆡ ᄃᆡ군을 거나리고 졉응ᄒᆞ리라 차셜 됴인이 남군의 잇셔 됴홍으로 이릉을 직켜 의각지셰을 삼아 잇더니 문득 군ᄉᆞ 보ᄒᆞ되 오병이 장강의 덥퍼온다 ᄒᆞ거날 됴인이 왈 셩을 구지 직키고 ᄊᆞ호지 아니함이 상췩이라 ᄒᆞ니 우금이 분연 왈 젹병이 일르러난ᄃᆡ ᄊᆞ

〈67-앞〉

오지 아니함은 겁함이라 우리 등이 서로 픠ᄒᆞ야스나 오병을 엄살ᄒᆞ야 져의 기을 썩글지라 원컨ᄃᆡ 오쳔 졍병을 빌이시면 ᄂᆡ 쥭기로 결단ᄒᆞ고 한번 ᄊᆞ오리다 됴인이 그 말을 듯고 우금으로 졍병 오쳔을 주어 나가 ᄊᆞ오라ᄒᆞ니 우금이 응셩 츌마ᄒᆞ야 졍봉을 마ᄌᆞᄊᆞ와 오합의 졍봉이 거짓 픠ᄒᆞ여 닷거날 우금이 군사을 모라 급피 오진의 달여드니 좌우 복병이 일어나 우금을 에워ᄊᆞ고 시셕이 비오듯 ᄒᆞ거날 우금이 좌우츙돌ᄒᆞ되 버셔나지 못ᄒᆞ는지라 잇ᄯᆡ 됴인이 셩상의 바ᄅᆡ보니 우금이 픠ᄒᆞ야 젹진의 ᄊᆞ여거날 급피 말을 달여 좌우츙돌ᄒᆞ야 우금과 장졸을 구ᄒᆞ야 오더니 장흠을 맛나 ᄃᆡ젼할ᄉᆡ 됴인 우금이 병역ᄒᆞ고 ᄯᅩ 됴순이 엄살ᄒᆞ니 오병이 ᄃᆡ픠ᄒᆞ여 도라와 됴인의게 픠한 사연을 쥬유의게 고한ᄃᆡ 쥬유 ᄃᆡ로ᄒᆞ여 장흠을 버히라ᄒᆞ니 즁장이 고간ᄒᆞ여 면ᄒᆞ는지라 쥬유 군ᄉᆞ을 츙독ᄒᆞ여 됴인을 치고져 ᄒᆞ거날 감영 왈

됴인이 됴홍으

〈67-뒤〉

로 의각지셰을 ᄒᆞ야 이릉을 직키오니 소장이 삼쳔군을 거나려 됴홍을 치면 됴인이 반다시 구할 거시니 도독은 남군을 취ᄒᆞ쇼셔 쥬유 그 말을 쫏ᄎᆞ 감영으로 이릉을 친히 보ᄒᆞ니 됴인이 진교을 쳥ᄒᆞ야 상의 ᄒᆞ니 진교 왈 이릉을 이르면 남군이 위픽할지니 빨이 구완ᄒᆞ쇼셔 됴인이 됴순을 명ᄒᆞ야 됴홍을 구ᄒᆞ라 됴순이 사람을 보닉여 약쇽ᄒᆞ되 됴홍이 몬져 셔의 나 도젹을 유인ᄒᆞ면 우리 등이 좌우로 엄살ᄒᆞ리라 ᄒᆞ여거날 군사을 거ᄂᆞ려 셩의 나 감영을 마져 쓰와 이십여합의 됴홍이 거짓 픽ᄒᆞ야 닷거날 감영이 이릉 셩의 들어가 빅셩을 진무ᄒᆞ더니 황혼의 당ᄒᆞ야 됴순 우금이 이릉 좌우을 에워치거날 감영이 쥬유의게 급보ᄒᆞ니 쥬유 ᄃᆡ경하는지라 졍봉 왈 급피 구완병을 보쇼셔 이 짱은 요진쳐라 군ᄉᆞ을 나슈워쓴가 됴인 틈을 타 엄살ᄒᆞ면 엇지 ᄒᆞ리오 졍봉 왈 감영은 강동 명장이라 엇지 구치 아니ᄒᆞ리오 닉 친이 구완ᄒᆞ리니 뉘 능이 닉

〈68-앞〉

쇼임을 맛타 직키리오 여몽 왈 능통이 가ᄒᆞ니이다 능통 왈 십일닉는 당할 터 아니어니와 만일 십일이 지닉면 당치 못ᄒᆞ리이다 쥬유 허락ᄒᆞ고 즉일 발힝ᄒᆞ니 졍보 왈 남역 소로의 믹복ᄒᆞ여쓴가 됴젹의 마필을 취ᄒᆞ쇼 쥬유 그 말을 올히 너겨 군ᄉᆞ를 보닉여 길을 막으라ᄒᆞ고 군ᄉᆞ를 직촉ᄒᆞ야 이릉 셩하의 이르러 유진ᄒᆞ고 졔장을 보와 왈 뉘 능히 젹진의 들어가 감영을 구ᄒᆞ리오 쥬틱 응셩ᄒᆞ거날 쥬유 ᄃᆡ히ᄒᆞ야 즉시 오빅군을 쥬니 쥬틱 칼을 들고 젹진을 힝할시 잇씩 감영이 쥬틱 오물 보고 군즁의 지위ᄒᆞ여 일졔이 츙살ᄒᆞ니 됴홍 됴순 등이 일변 됴인의게 보ᄒᆞ고 인민으로 영젹ᄒᆞ더니 감영 쥬틱 좌우로 엄살ᄒᆞ니 됴병이 견ᄃᆡ지 못ᄒᆞ야 이릉을 바리고 닷더니 길이

막혀 말이 능히 가지 못ᄒᆞ니 말을 바리고 닷는지라 오군이 허다 마필 긔계을 어더 도라오는지라 이날 밤의 쥬유 ᄃᆡ병을 모라 남군성ᄒᆞ의 당ᄒᆞ니 됴인이 크게 근심ᄒᆞ야 즁장을 모

〈68-뒤〉

와 방젹을 의논할시 됴홍 왈 목하의 이릉을 일코 ᄯᅩ 남군이 위티ᄒᆞ니 승상은 비계을 쓰쇼셔 됴인이 ᄶᅵ치고 군ᄉᆞ을 오경의 밤 먹이고 셩상의 거짓 졍기을 ᄭᅩ자 허장셩셰ᄒᆞ고 평명의 삼군을 난워 삼노로 닷는지라 쥬유 진즁의셔 탐지ᄒᆞ니 됴병이 다 도망ᄒᆞ엿는지라 쥬유 ᄃᆡ상의 놉피 올나 보니 셩상의 젹긔 나렬ᄒᆞ고 셩즁의 군ᄉᆞ 업는지라 쥬유 ᄉᆡᆼ각ᄒᆞ되 됴인이 당치 못할 쥴 알고 도망ᄒᆞ엿ᄯᅡ ᄒᆞ고 장ᄃᆡ예 나려 분부 왈 셔셩 졍봉이 좌우익이 되야 셩즁을 엄살ᄒᆞ되 셩즁 군ᄉᆞ 잇거던 후군을 도라보지 말고 일졀이 엄살ᄒᆞ다가 만일 명금소릐 나거던 틔군ᄒᆞ라 ᄒᆞ고 졍봉으로 션봉을 삼고 쥬유 친이 ᄃᆡ군을 모라 들어가더니 셩즁의셔 일셩방포의 도홍이 나셔 ᄃᆡ젹ᄒᆞ야 이합의 픽ᄒᆞ야 다라나고 됴인이 ᄯᅩ 나셔 영젹할시 십여합의 픽ᄒᆞ여 닷거날 쥬유 좌우을 호령ᄒᆞ여 엄살ᄒᆞ니 됴군이 당치 못ᄒᆞ야 도망

〈69-앞〉

ᄒᆞ거날 한당 쥬틔는 됴군을 ᄶᅩᆺ차가고 쥬유는 군ᄉᆞ을 모라 셩즁의 들어가더니 문득 일셩방포의 시셕이 비오듯 ᄒᆞ는지라 닷노와 들어가던 군ᄉᆞ 구령의 ᄲᅡ지며 셔로 발펴 쥭는 지 틔반이라 쥬유 ᄃᆡ경ᄒᆞ야 급피 말을 두러더니 졍이 한 살을 마자 번신낙마ᄒᆞ니 우금이 급피 달여들어 쥬유을 버히고져 ᄒᆞ더니 셔셩 졍봉이 쥬유을 구ᄒᆞ야 도라가니 됴병이 엄살ᄒᆞ미 오병이 ᄃᆡ픽ᄒᆞ야 셔로 발펴 쥭난 지 틔반이라 셔셩 졍봉이 쥬유을 구ᄒᆞ고 픽진군졸을 거두어 본진의 도라와 군즁의 원을 불너 쥬유 병을 치료ᄒᆞ라 살을 ᄲᅢ고 보니

살촉의 독약이 발예 금창이 즁상ᄒᆞ엿는지라 쥬유 음식을 젼폐ᄒᆞ니 의원 왈 독약이 살의 밋쳐스니 졸연이 낫지 못할지라 만일 노기격동ᄒᆞ면 금창이 복발할 거시니 ᄇᆡᆨ일을 조리ᄒᆞ여야 합창ᄒᆞ리다 졍봉 군즁의 젼령ᄒᆞ되 진문을 구지 직키고 ᄊᆞ오지 만나 ᄒᆞ더라 ○차셜 우금이 ᄆᆡ일 진젼의 힝힝ᄒᆞ야 군욕ᄒᆞ며 ᄊᆞ홈을 지

〈69-뒤〉

촉ᄒᆞ니 졍봉이 승상으로 더부려 의논 왈 우리 잠간 ᄐᆡ병ᄒᆞ엿다가 도독의 병셰 평복 후의 다시 도모함이 가ᄒᆞ다 ᄒᆞ더니 잇ᄯᅢ 쥬유 병셕의 잇스나 마음의 쥬장이 잇고 ᄯᅩ 됴병이 날노 진욕함을 아되 졔장이 품치 아니 함을 고이 아더니 됴인이 ᄃᆡ병을 거ᄂᆞ리고 젼진의 와 뇌고함셩ᄒᆞ며 ᄊᆞ홈을 도도거날 졍봉 군즁의 젼령ᄒᆞ야 구지 직키더니 쥬유 졔장을 불너 셔우고 문왈 어ᄃᆡ셔 고조납함셩이 나느뇨 즁장아 답왈 군즁 조련ᄒᆞᄂᆞ이다 쥬유 노왈 엇지 날을 쇽기느뇨 ᄂᆡ 임이 됴병이 날노 와 군욕함을 아느니 졍덕모는 나와 한 가지 병권을 맛타스니 엇지 안ᄌᆞ 보ᄂᆞ뇨 ᄒᆞ고 졍봉을 쳥ᄒᆞ여 왈 장군은 엇지 츌젼치 아니ᄒᆞᄂᆞ뇨 졍봉 왈 도독의 금창이 낫지 못ᄒᆞ여난ᄃᆡ 의원이 가라치기을 ᄇᆡᆨ일을 조셥ᄒᆞ되 노긔 즁격ᄒᆞ면 금창이 복발ᄒᆞ리라 ᄒᆞ기로 품치 못ᄒᆞ엿노라 쥬유 왈 글여ᄒᆞ면 엇지 ᄒᆞ려ᄒᆞᄂᆞ뇨 ᄃᆡ왈 소장 등이 ᄉᆡᆼ각ᄒᆞ되 잠간 퇴병ᄒᆞ야 도독의 명을 바다 병

〈70-앞〉

이 평복ᄒᆞ거던 다시 도모함이 가ᄒᆞ리다 쥬유 ᄃᆡ로 왈 ᄃᆡ장부 인군의 명을 바다 츌ᄉᆞᄒᆞ다가 전장의셔 죽어 미피의 ᄊᆡ이미 당연ᄒᆞ거날 엇지 날노 ᄒᆞ여금 국가ᄃᆡ사을 폐ᄒᆞ리오 갑옷슬 입고 말게 올르니 졔장이 다 놀너는지라 쥬유 슈ᄇᆡᆨ기을 거ᄂᆞ리고 진문 밧기 나셔니 됴인이 ᄃᆡ병을 거ᄂᆞ리고 치을 들어 ᄶᆞ지져 왈 쥬유야 너는 어룬을 당젹ᄒᆞ리오 ᄒᆞ거날 쥬유 ᄃᆡ로ᄒᆞ야 됴

인을 불너 왈 너 쥬랑을 아는다 됴인이 진욕ᄒᆞ거날 쥬유 반장을 불너 쓰오라 ᄒᆞ고 크게 한 쇼릐을 지르고 입으로 피을 토ᄒᆞ고 말게 나려지니 즁장이 급피 구ᄒᆞ여 도라오니 졍봉이 문왈 도독의 긔쳬 엇더한잇가 쥬유 말ᄒᆞ여 왈 이는 ᄂᆡ의 꾀라 됴인이 ᄂᆡ 병셰 위틱이 알게 함이니 심복한 군ᄉᆞ을 젹진의 보ᄂᆡ 거짓 항복ᄒᆞ고 ᄂᆡ 임이 쥭엇다 ᄒᆞ면 됴인이 반다시 오날밤의 올지라 사면의 ᄆᆡ복ᄒᆞ엿다가 됴인이 오거던 일시에 엄살ᄒᆞ면 됴인을 싱금ᄒᆞ리라 ᄒᆞ니 졍봉 왈 됴독이 쥭엇다 ᄒᆞ고 발상함이 장죨이 다 괘효

〈70-뒤〉

ᄒᆞ더라 ○각셜 됴인이 즁장을 뫼와 의논 왈 쥬유 노기층발ᄒᆞ야 금창이 쓰여지고 토혈낙마 ᄒᆞ여스니 반다시 쥭을이라 ᄒᆞ더니 군ᄉᆞ 보ᄒᆞ되 젹병 슈십명이 와 항복ᄒᆞ는 즁의 근본 우리 군ᄉᆞ 이명이 왓ᄂᆞ이다 됴인이 불너 무르니 군ᄉᆞ 답왈 쥬유 금창이 쓰여셔 쥭ᄉᆞ오ᄆᆡ 군즁의 발상ᄒᆞ고 졍봉 무죄한 군ᄉᆞ을 치죄ᄒᆞ기로 우리 등이 와셔 항복ᄒᆞᄂᆞ이다 됴인이 듯고 ᄃᆡ히ᄒᆞ야 즁장을 뫼와 상의 왈 금야의 젹진을 엄살ᄒᆞ고 쥬유 쥭엄을 아사 그 머리을 버혀 허도의 보ᄂᆡ리라 ᄒᆞ니 진교왈 차사를 급피 힝ᄒᆞ쇼셔 됴인이 우금으로 션봉을 삼코 됴인이 즁군이 되어 됴홍 됴슌으로 후군이 되고 진교로 본셩을 짓키고 초경의 출졍ᄒᆞ여 쥬유 ᄃᆡ진의 당ᄒᆞ니 진문의 한 사람도 업거날 꾀예 든 쥴 알고 급피 퇴병ᄒᆞ더니 사방으로 방포 쇼릐 나며 동의는 한당 장흠이 엄살ᄒᆞ고 북의는 진무 여몽이 엄살ᄒᆞ니 됴병이 ᄃᆡ픠ᄒᆞ여 쥭난 지 틱방이오 수미을 구

〈71-앞〉

치 못ᄒᆞ여 다 도망ᄒᆞ는지라 됴인 됴홍이 픠한 군ᄉᆞ을 거나리고 남문으로 닷더니 능통이 길을 막고 엄살ᄒᆞ니 됴인이 계우 버셔나 닷더니 쏘 감영을 만나 됴인이 남군으로 닷지 못ᄒᆞ고 양양ᄃᆡ노로 다라나는지라 ○각셜 쥬유

군ᄉᆞ을 수십ᄒᆞ야 남군셩의 일르니 셩상의 ᄀᆡ을 ᄡᅩ자거날 쥬유 ᄃᆡ경ᄒᆞ야 바ᄅᆡ보니 한 장수 크게 위여 왈 도독은 허물치 말나 나ᄂᆞᆫ 군ᄉᆞ의 장영을 바다 남군을 어더노라 ᄒᆞ거날 이ᄂᆞᆫ 상산 죠자룡이라 쥬유 ᄃᆡ노ᄒᆞ야 남군을 치랴 ᄒᆞ니 셩상의셔 시셕이 비오듯 ᄒᆞ거날 쥬유 회군ᄒᆞ고 감영으로 형쥬을 치라 ᄒᆞ고 능통으로 양양을 치라 형쥬 양양을 어든 후의 남군을 도모ᄒᆞ리라 문듯 보ᄒᆞ되 졔갈양이 남군을 어던 후 거짓 형쥬 구완병이라 이르고 장비로 ᄒᆞ여금 형쥬을 취ᄒᆞ여ᄂᆞ이다 ᄯᅩ 보ᄒᆞ되 운장으로 ᄒᆞ여금 양양을 취ᄒᆞ여 두 곳 셩지을 유현덕의계 아셧다 ᄒᆞ거날 쥬유 ᄃᆡ경ᄒᆞ여 크게 한 쇼ᄅᆡ을 지르니 금창이 쓰여지고 입으로 피를 토ᄒᆞ는지라

〈71-뒤〉

즁장이 구ᄒᆞ여 안치니 쥬유 왈 ᄂᆡ 만일 졔갈양을 쥭이지 못ᄒᆞ면 심즁 쇼원을 푸지 못할지니 졍덕모ᄂᆞᆫ 나를 도으라 남군을 취ᄒᆞ리라 ᄒᆞ더니 노슉이 오거날 쥬유 노슉을 보고 자경은 나를 도으라 졔갈양으로 더부러 자웅을 결단ᄒᆞ리라 노슉 왈 불가토다 방금 됴됴로 더부러 승부을 미결ᄒᆞ고 ᄯᅩ 쥬공이 합비을 쳐 승부을 결단치 못ᄒᆞ엿스니 만일 유비를 치다가는 됴됴 그 틈을 타 동오을 됴됴의게 들여 동심ᄒᆞ여 강동을 치면 엇지 보젼ᄒᆞ리오 쥬유왈 젼곡 마필만 허비ᄒᆞ고 삼쳐 승지을 타인을 쥬니 엇지 분치 아니ᄒᆞ리오 노슉왈 도독은 관심ᄒᆞ쇼셔 ᄂᆡ 현덕을 니히로 달ᄂᆡ여 불청ᄒᆞ면 ᄀᆡ병함이 늣지 아난이다 졔장이 가로ᄃᆡ 자경의 말이 올ᄉᆞ오니 도독은 노을 참무쇼셔 잇ᄯᆡ 노슉이 동자 수인을 다리고 남군 셩하의 이르러 문을 열나 ᄒᆞ니 자룡이 나와 뭇거날 ᄂᆡ 현덕공을 보고 의논할 말이 잇노라 자룡 왈 우리 쥬공이 졔갈 군ᄉᆞ로 더부러 형쥬의 계신다

〈72-앞〉

ᄒᆞ거날 노슉이 형쥬의 이르러 보니 셩상의 ᄀᆡ치 션명ᄒᆞ고 군즁이 엄슉ᄒᆞ거

날 노슉이 탄식왈 공명은 진실노 신인이로다 군ᄉ 보ᄒ되 노자경이 왓ᄂ이다 ᄒ거날 공명이 셩문을 열고 ᄂ와 영졉ᄒ여 빈쥬지녜을 맛친 후의 노슉 왈 형쥬 군ᄉ을 동오의 도라보ᄂ미 올커날 이졔 황슉이 계슐로 형쥬 양양 남군을 아셔쓰니 동오의셔ᄂ 셜양 군마만 허비ᄒ고 황슉은 안ᄌ 리을 바드니 사리예 합당치 못ᄒ도다 공명왈 자경은 고면ᄒ 션비라 엇지 이런 말을 ᄂᄂ뇨 쇽셜의 길의 흘인 것도 임ᄌ 잇셔 도라간다 ᄒ여거던 구군은 동오 ᄶᅡᆼ이 아니오 유경승의 기업이라 우리 쥬공은 곳 유경승의 아우오 경승이 죽어쓰나 그 아달이 잇스니 아자비되야 그 족하 도으미 엇지 가치 아니ᄒ 리오 노슉 왈 만일 공ᄌ 유기 잇시면 ᄂ 할 말이 젹도다 이졔 공ᄌ 강하의 잇ᄂ니 엇지 이곳의 잇슬이오 공명 왈 자경은 공자을 보고자 ᄒᄂ뇨 좌우을 명ᄒ야 공자을 나오라 ᄒ니 공자 유기 나와 안지며 왈 병든 몸이 일직 나오지 못ᄒ엿쓰

〈72-뒤〉

니 자경은 허물치 말나 노슉이 왈 공ᄌ 만일 업스면 엇지 ᄒ리오 공명 왈 공자 잇지 아니ᄒ면 별노 상의 ᄒ리라 노슉 왈 공자 업스면 형양 셩지을 동오의 보ᄂ릿가 공명 왈 자경의 말이 올토다 ᄒ고 후ᄃᄒ여 보ᄂ니 노슉이 도라가 쥬유계 사연을 고ᄒ니 쥬유 왈 유기은 청츈이라 죽기을 기달여 형쥬을 차져 오리오 노슉 왈 도독은 염녀ᄆ오 형쥬 ᄎᄌ오가ᄂ ᄂ계 잇ᄂ이다 쥬유 왈 엇지 그러ᄒ뇨 유기을 보니 쥬식이 과ᄒ야 통십골수ᄒ여 기식이 엄엄ᄒ니 불과 반연이면 죽으리다 유기 죽은 후의 형주을 ᄎ기면 유비 무삼 말을 ᄯᅩ 하리오 쥬유 노기을 이기지 못ᄒ더니 보ᄒ되 오후 사자 왓다 ᄒ거날 불너 무르니 사ᄌ 답왈 오후 합비를 쳐 이기지 못ᄒ미 도독을 청ᄒ야 도으라 ᄒ더이다 쥬유 사상의 도라가 병을 치효ᄒ고 졍봉과 졔장으로 ᄒ여금 전션을 거ᄂ리고 오후 청영ᄒ라 ᄒ더라 각셜 현덕이 장사 등 사군을 어더 군

〈73-앞〉

사을 거나려 형쥬로 도라와 유강구을 곳쳐 공안을 사무니 군량마초 젹여구산ᄒᆞ고 어진 션비 만이 도라오는지라 군ᄉᆞ을 분발ᄒᆞ여 사면을 직키다 ○각셜 쥬유 시상의 잇셔 신병을 치효ᄒᆞ고 감영으로 파릉군을 직키고 능통으로 한양군을 직켜두고 ᄃᆡ전션을 분파ᄒᆞ야 되ᄒᆞ다 원ᄂᆡ 손권이 젹벽ᄃᆡ전 후로 하비의 잇셔 됴병 팔십여ᄎᆞ을 ᄊᆞ와 쓰되 승부을 미결ᄒᆞ더라 ○각셜 현덕이 형쥬의 잇셔 군마을 졍돈ᄒᆞ더니 공명 왈 간밤의 쳔기을 보오니 셔북으로 별이 ᄯᅥ러지니 반다시 황실 종친이 ᄶᅥ질 증조로소이다 졍히 말ᄒᆞ더니 문득 공ᄌᆞ 유기 별셰하물 고ᄒᆞ거날 현덕이 듯고 ᄋᆡ통ᄒᆞ니 공명이 위로 왈 싱사가 졍ᄒᆞᆫ 잇ᄉᆞ오니 스러마르쇼셔 ᄒᆞ며 ᄃᆡ사을 살피사 급피 사람을 보ᄂᆡ여 셩지을 짓키고 곳 장사ᄒᆞ계 ᄒᆞ옵쇼셔 현덕 왈 뉘을 보니리요 운장을 보ᄂᆡ사이다 즉시 운장으로 ᄒᆞ여금 형양을 직키라ᄒᆞ고 현덕 왈 유기 죽어쓰니 동오의셔 반다시 ᄯᅩ 형쥬을 토식

〈73-뒤〉

ᄒᆞ리니 엇지 ᄃᆡ답ᄒᆞ리오 공명 왈 만일 사람이 오면 ᄂᆡ 맛당이 말ᄒᆞ오리다 졔 십오일이 지ᄂᆡᄆᆡ 동오 노슉이 조상왓다 ᄒᆞ고 오는지라 ○오국ᄃᆡ감 노사의 져신 냥을 보고 ○유황슉의 ᄇᆡ필을 이르니라 ○각셜 공명이 현덕과 셩의 나 노슉을 마자 녜필 후 노슉 왈 우리 쥬공이 영질 기셰ᄒᆞ믈 드르시고 소소한 녜물을 갓초와 모로 ᄒᆞ여금 조문ᄒᆞ라 ᄒᆞ시면 ᄯᅩ 쥬도독이 위문ᄒᆞ더이다 현덕 공명이 몸을 굽펴 녜물을 밧고 셔로 관ᄃᆡᄒᆞ여 허장문셔을 주어 보ᄂᆡ더라 ○각셜 잇ᄯᆡ 쥬유 셜계ᄒᆞ더니 문듯 셰작이 보ᄒᆞ되 유황슉의 감부인이 쟉고ᄒᆞ야 즉일 안장한다 ᄒᆞ여거날 쥬유 ᄃᆡ히하야 ᄂᆡ 꾀을 ᄡᅥ 형쥬을 취ᄒᆞ리라 ᄒᆞ고 유비 상쳐하ᄆᆡ 반다시 지취ᄒᆞ리라 쥬공이 한 ᄆᆡ졔 잇셔 극히 강명ᄒᆞ며 시비 슈ᄇᆡᆨ을 항상 칼을 ᄶᅵ여 방즁의 시위ᄒᆞ며 군기을 조와ᄒᆞ니 남ᄌᆞ라도 밋지 못할지라 ᄂᆡ 이졔 쥬공게 상셔ᄒᆞ야 사람으로 ᄒᆞ여금 형

쥬 가 즁믹되야 장가들나 ᄒᆞ야 유비

〈74-앞〉

을 달니여 자부리라 ᄒᆞ니 노슉이 칭사ᄒᆞ더라 쥬유 즉시 편지을 닥가 노슉을 쥬어 남셔의 보니여 손권을 보기ᄒᆞ니라 손권이 보기을 다ᄒᆞ믹 크게 씨쳐 여범을 불너 말ᄒᆞ되 근일의 드르니 현덕이 상비ᄒᆞ엿다 ᄒᆞ니 닉 믹ᄌᆞ로써 현덕과 남믹되야 도적을 잡고 한실을 붓잡고자 ᄒᆞ니 형이 아니면 즁믹ᄒᆞ리 업ᄂᆞᆫ지라 바릭건ᄃᆡ 날을 위ᄒᆞ야 형쥬의 통신ᄒᆞ라 여범이 명을 바다 션척을 수십ᄒᆞ야 종ᄉᆞ을 지니더니 일일은 공명과 정담할 지음의 고ᄒᆞ되 동오 여범이 온다 ᄒᆞ거날 공명이 소왈 이ᄂᆞᆫ 쥬유의 쇼위니 반다시 형쥬을 위함이라 여범을 쳥ᄒᆞ야 네필 좌정 후의 현덕이 문왈 형이 멀이 오니 무슨 의논할비 잇ᄂᆞᆫ뇨 여범 왈 듯ᄉᆞ오니 황슉이 상비ᄒᆞ셧다 ᄒᆞ믹 특별이 와 즁믹ᄒᆞ오니 존의 엇더ᄒᆞ신가 현덕 왈 즁영 상쳐 불힝이라 골뉵이 ᄎᆞ지 못ᄒᆞ엿난ᄃᆡ ᄎᆞ마 엇지 시귀을 의논ᄒᆞ리오 여범이 왈 사람이 안히 업ᄂᆞᆫ기 집이 들보 업난 갓타니 숙연의 인륜을 픠ᄒᆞ리잇가

〈74-뒤〉

우리 오후 믹졔 극키 현슉ᄒᆞ야 가히 황슉의 비위될지라 냥가친의을 믹지면 됴적이 감이 동남을 발로 보지 못할지니 청컨ᄃᆡ 황슉은 의심치 마르쇼셔 우리 국오부인이 여식을 심이 사랑ᄒᆞ시믹 멀니 시집 보니지 아니 할지니 반다시 황슉을 쳥ᄒᆞ야 동오의 들어가 혼취ᄒᆞ게 ᄒᆞ오리다 현덕 왈 ᄎᆞᄉᆞ을 오후 아난뇨 여범 왈 오후 모로면 감히 말삼ᄒᆞ오릿가 현덕 왈 닉 이 무 연기 반이 되얏고 빈발이 히엿ᄂᆞᆫ지라 오후 믹졔ᄂᆞᆫ 졍히 방년이라 닉의 비필되미 셜워할가 하노라 범이 왈 오후 믹졔 비록 여ᄌᆞ나 쯧지 남ᄌᆞ의 지닌지라 항상 말ᄒᆞ되 쳔하영웅이 아니면 닉 셤기지 아니ᄒᆞ리라 ᄒᆞ니 이졔 황슉의 일홈이 사히예 진동ᄒᆞ니 이른바 숙녀 군ᄌᆞ 비필이라 엇지 년치 고ᄒᆞᆷ을

혐의ᄒᆞ리오 현덕이 잔치을 빅셜ᄒᆞ야 여범을 디접 후 관ᄉᆞ의 평이 쉬게ᄒᆞ고 공명과 상의ᄒᆞ니 공명 왈 이ᄂᆞᆫ 디길할 징조라 맛당이 허락ᄒᆞ시고 손견을 여범과 한

〈75-앞〉

가지 보ᄂᆡ여 오후을 보고 혼ᄉᆞ을 뇌정후 턱일ᄒᆞ야 셩친ᄒᆞ쇼셔 현덕 왈 쥬유 꾀로 나을 히코자 ᄒᆞ거날 엇지 경션이 위터한 쌍의 들어가리오 공명이 ᄃᆡ왈 쥬유 비록 꾀을 쓰나 엇지 졔갈양 쇼료의 버셔나리오 쥬유 반꾀을 일우지 못ᄒᆞ게 ᄒᆞ고 오후 미졔도 쥬공의계 쇽할 거시오 형쥬도 만무 일실케 ᄒᆞ오리다 현덕이 유예미결 ᄒᆞ거날 공명이 손권을 명ᄒᆞ여 강남의 가 셩친을 의논ᄒᆞ라 ᄒᆞ니 손건이 그 말을 바다 여범과 한가지 강도의 가 손권을 보니 손권이 왈 ᄂᆡ 미졔로써 현덕과 셩친할 ᄯᆞ름이오 다른 마음이 아니로소이다 손건이 비사ᄒᆞ고 형쥬의 도라와 현덕을 보고 사연을 고ᄒᆞ니 현덕이 감이 의려ᄒᆞ야 가지 못ᄒᆞ니 공명 왈 ᄂᆡ 임무 셰가지 금낭게을 정ᄒᆞ여스니 장룡이 아니면 힝치 못ᄒᆞ리라 ᄒᆞ고 즉시 죠운을 불너 귀예 ᄃᆡ이고 비밀이 일너 왈 네 이 금낭 셰슬 가지고 쥬공을 모시고 동오의 들어가되 셰가지 묘계가 잇시니이 ᄎᆞ례로

〈75-뒤〉

힝ᄒᆞ리 즉시 삼긔 금낭을 죠운을 쥬고 공명이 몬저 사람으로 ᄒᆞ여금 동오의 보ᄂᆡ여 납치네물을 쥰비ᄒᆞ더라

庚戌殷春
鶴隱新膽

국립도서관 소장 40장본 〈화용도〉

표제는 "華容道"이며 크기는 가로 27.8cm×세로 17.7cm이다. 40장이며 한 면은 10행으로 되어있다. 국한문 혼용으로 뒷장에 "己亥 正月 二十日終"이라는 간기로 보아 1899년 필사된 것으로 보인다. 필체가 유려하다. 첫장면이 "漢나라 시졀의 탁군 유상촌의 ᄒᆞᆫ 사ᄅᆞᆷ이 잇시되"로 시작되며 유비의 인물 소개와 도원결의, 서원직의 공명 천거, 삼고(三顧)의 순서로 전개된다. 전체적인 흐름은 박순호 소장 낙장 42장본 〈화룡도〉와 유사하다. 원본 〈삼국지〉를 해체하여 새로 창작 수준으로 개작한 이본으로 판소리 사설에 꽤 견인되고 있는 이본이다. 한자에 오자(誤字)가 많은 것으로 보아 필사자가 유식자는 아닌 것으로 보인다. 조조 설연(設宴) 대목의 군사설움사설 첫 장면에서 군사의 '사향곡(思鄉曲)'이 확장되어 있으며, 공명이 자룡과 함께 달아날 때의 백구사설과 어부가도 다른 이본에 비해 상세히 묘사되어 있다. 조조가 달아나는 장면에서는 원조사설이나 군사설움사설이 축약된 반면 군사점고사설은 확장되어 있다. 조조 애걸사설에 이름을 희화화하는 정체확인사설의 일종인 메조(메주)사설이 들어있다. 장승사설이 조조가 관우에게 목숨을 구걸하여 달아나는 끝 장면에 놓여있으며 조조의 꿈에 목신(木神)이 등장한다. 애걸사설에서 정옥에게 목숨을 살려주면 조상 또는 조부로 대접하겠다는 조조의 말이 '광ᄃᆡ놈 망셜리라 그런 도리 잇슬손야' 하는 표현으로 보아 판소리 사설의 영향을 미루어 알 수 있다. 골계적 표현과 삽입사설이 풍부하여 판소리 사설이 만들어지는 과정을 살필 수 있는 중요한 이본이다. (정문연 필름번호 1501:R35N-002976-5)

국립도서관 소장 40장본 〈화용도〉

〈1-앞〉

華容道

漢나라 시졀의 탁군 유상촌의 ᄒᆞᆫ사ᄅᆞᆷ이 잇시되 셩은 유요 명은 비요 ᄌᆞ은 玄德이라 中山定王의 후예요 소졍皇帝의 玄孫이라 身長 八尺이요 面如冠玉이라 垂手下膝ᄒᆞ야 사ᄅᆞᆷ마다 귀이 여긔더라 잇ᄯᅢ 玄德이 나희 이십팔셰라 본ᄃᆡ 컨 ᄯᅳᆺ치 잇셔 天下호걸을 사귀던이 잇ᄯᅢ 漢室이 쇠멸ᄒᆞ야 동탁과 ᄒᆞᆫ 기人名은 조졍을 탁난ᄒᆞ고 黃巾 張角은 人命을 살히ᄒᆞ니 天下가 모도 반ᄒᆞ여 무리무리 도젹이오 곳곳마다 兵馬로다 玄德이 탄식ᄒᆞ야 曰 大壯夫 世上의 쳐ᄒᆞ여 草木으로 동부ᄒᆞ면 ᄉᆡᆼ生不如死로다 長劍을 집고 이러나셔 허허 탄식ᄒᆞ던니 탁군ᄯᅡ

〈1-뒤〉

張翼德과 하동ᄯᅡ 關雲長으로 會遊相逢ᄒᆞ려ᄒᆞ고 路傍酒店의 드려가셔 三人同樂 질기던니 翼德이 이는 마리 늬집 後園의 春色이 셩ᄒᆞ고 桃李花 만발ᄒᆞ여신니 우리 셰 ᄉᆞᄅᆞᆷ이 園中에 더러가 동원결의ᄒᆞ여 어지어운 강산을 셤역 평정ᄒᆞᆫ면 그 아니 영웅인가 현덕이 반기 덧고 園中의 드러가셔 烏牛白馬을 ᄌᆞ아 쳔졔ᄒᆞ고 글 지어 祭祝 讀ᄒᆞ고 그 졔문의 ᄒᆞ여시되 불언동월 동일ᄉᆡᆼ이라 읍기을 다ᄒᆞᆫ 후의 長劍을 집고 도라들며 분분ᄒᆞᆫ 天下의 英雄도 긔장읍고 勇將도 無數ᄒᆞ다 석양 저문 날의 牛背上 목동드라 馬上英雄 웃지 마라 吹笛聲 ᄒᆞᆫ곡조의 水鏡先生 차지랴고 신야로 도라들 졔 갈건

〈2-앞〉

野服과 난복 단복 만나 天下事을 의논턴니 정옥의 위조ᄒᆞ미 낙누 탄식 본닐 젹의 서원즉의 미친 마음 닐너 쥬마ᄒᆞ며 ᄒᆞᆫ 마리 英雄을 구홀진ᄃᆡ 경셩으로 ᄒᆞ옵소셔 玄德이 탄식ᄒᆞ여 曰 원즉니 ᄒᆞᆫ번 가면 눌노 더부어 의논ᄒᆞ리요 차라리 피발입슨 ᄒᆞ노이라 원즉이 엿ᄌᆞ오ᄃᆡ 남양 융즁의 ᄒᆞᆫ 션비 잇시되 셩은 제갈이요 名은 양이요 ᄌᆞ은 공명이요 道號은 왈룡先生이라 經天緯地之才와 호풍환우지술을 아나니 이졔 이 사롬을 어더시면 濟世安民ᄒᆞ오리다 玄德이 반기 듯고 關公 翼德으로 더부어 숨고초려ᄒᆞ여 남양草堂의 드러갈 졔 검아 春正月이라 玄德의 거동 보소 젹젹뉴마 비겨

〈2-뒤〉

타고 黃金투고 써고 白雲甲을 입고 영편금 빗기 들고 또 關公의 거동 보소 젹토馬 빗기 타고 龍鳳 길인 투고와 白花甲을 썰쳐 입고 또 翼德의 거동 보소 삼모창과 八尺劒을 좌우의 드려신니 압피난 玄德이요 좌편의는 雲長이요 우편의는 翼德이라 숨장의 가는 거동은 형산의 밍호로다 威風이 늠늠ᄒᆞ고 俠氣 식식ᄒᆞ다 잇ᄯᅢ 霜風은 陰陰ᄒᆞ고 白雪은 비비ᄒᆞ되 千山의 鳥飛絶니요 万程의 人跡滅이라 험악ᄒᆞᆫ 조분 질의 힝보ᄒᆞ기 어러도다 근근니 남양 차저 드러가 좌우을 두너본이 山水 絶勝ᄒᆞ고 風景도 거록ᄒᆞ다 또ᄒᆞᆫ 前편 바라본니 山不古이 水今이요 地不광이 광탄이라 淸流 碧溪上의 數間草屋이 두러시 보이

〈3-앞〉

거날 문박긔 쥬져ᄒᆞᆫ고 童子 불너 曰 先生이 게옵신야 童子 엿ᄌᆞ요되 先生 쎄옵셔 草堂의 春睡 집피 들어 게시는이다 玄德이 위ᄒᆞ여 關公 翼德을 불너 문외의 셰워두고 왕왕이 드러가본이 과연 先生이 초堂의 누어거날 兩手

공읍ᄒᆞ고 게ᄒᆞ의 셧든이 잇써 關公 익덕은 문 외의 기다일 졔 오릐로되 動靜이 업거날 드어가본이 先生은 草堂의 누엇고 유황슉은 堂下의 셧거날 張飛 ᄃᆡ노ᄒᆞ여 曰 졔 일긔 농부로셔 우리 兄長 박ᄃᆡᄒᆞᆫ이 집 뒤의 불을 노코 노허로 챤챤 동히러 ᄒᆞᆫ이 關公 翼德이 손을 덥셕 좁고 曰 마오마오 若成大事면 분ᄉᆞ조난졀 ᄒᆞᄂᆞ니라 이읍고 先生 잠을 ᄭᅢ여 포실야읍 曰 ᄃᆡ몽을 슈션각고 平生을 我自知라 草堂의 春睡

〈3-뒤〉

足ᄒᆞ니 窓外의 日遲遲라 읍긔을 파ᄒᆞᆫ 후의 童子 불너 曰 俗客이 와 게신야 동ᄌᆞ 엿ᄌᆞ오되 前日 두변 와 게신든 漢종실 유황슉이 문박긔 와 게신 졔 장차 半日리 되엿ᄂᆞ니다 公明이 卽時 衣冠을 졍졔ᄒᆞ고 堂下의 나러 玄德을 마ᄌᆞ 예필 좌졍 후의 玄德이 눈을 더러 公明을 잠간 본니 身長이 八尺이요 面如冠玉ᄒᆞ고 머리의난 오관 윤건이요 몸의ᄂᆞᆫ ᄒᆞᆨ창의라 은은ᄒᆞᆫ 風道와 포포ᄒᆞᆫ 氣骨은 萬古興亡지才을 胸中의 품엇ᄂᆞᆫ덧 玄德이 大喜ᄒᆞ야 엿ᄌᆞ오되 소장이 先生을 뵈옵쏘고 數三次 온 ᄯᅳᆺ션 과연 다름 안이오라 漢室이 경히ᄒᆞ고 姦臣 滿朝ᄒᆞ야 종모사직이 近在朝夕이라 이 몸이 되여 謁忠保國ᄒᆞ라 병미 마

〈4-앞〉

쳔ᄒᆞ고 지수소이 단쳔ᄒᆞ여 興復 못ᄒᆞᆫ은이 빌건ᄃᆡ 션싱은 유비을 생각ᄒᆞ여 出山上朝 ᄒᆞ사이다 公明이 ᄃᆡ둡ᄒᆞ되 亮은 본ᄃᆡ 포의ᄒᆞᆫ 사름으로 남양의 바갈기와 강호의 고기 낙기을 平生을 일숨은니 世上功名이 쑴 밧긔라 天下大事을 엇지 아라잇가 玄德이 다시 엿ᄌᆞ오되 先生 곳 안이오면 억조창싱과 江山草木을 엇지ᄒᆞ여 사직을 구ᄒᆞ올리가 ᄒᆞ며 눈물을 혈려 衣衿을 젹시거날 孔明이 그 경셩 지극ᄒᆞ물로 누을 들어 다시 살펴본니 虎頭龍顔 ᄌᆞ근 기리 ᄒᆞ고 手垂下膝ᄒᆞ여 음슉ᄒᆞᆫ 져 풍도난 진실노 영웅이요 寬厚ᄒᆞᆫ 거동이며

단단 성군이라 心內의 탄복ᄒᆞ고 孔明이 ᄂᆞ아가기을 ᄒᆡ락ᄒᆞ며 玄德 前

〈4-뒤〉

의 엿ᄌᆞ오되 잇ᄯᅢ 挾天子 ᄒᆞ동 曹操 百萬兵 희롱ᄒᆞ고 江東의 손즁모난 진험ᄒᆞ여 다토기 어러와라 益州 山勢 험싱ᄒᆞ여 옥야쳘이요 쳔부지토라 형쥬는 북거ᄒᆞᆫ민ᄒᆞ고 셔통파촉ᄒᆞᆫ이 用武地지라 童子을 명ᄒᆞ여 형억도을 ᄂᆡ여오라 壁上의 거러노코 원컨ᄃᆡ 장군은 이곳실 어더시면 沃을 可북이요 帝業을 可成取 ᄒᆞ미이다 아오 균을 불러 草堂을 붓탁ᄒᆞ고 탄식ᄒᆞ여 曰 도園의 져믹花난 어난 ᄯᅢ 다시 보며 강남 무은 일후의 뉘라셔 ᄆᆡ여쥬리오 머리의 오간눈건이며 몸의는 학창의며 白羽扇 노피 들어 일광을 가려두고 사윤건의 노피 안져 신야로 도라온니 兵不滿千이오 장

〈5-앞〉

不滿十이라 大將단의 노피 안ᄌᆞ 天下事을 의논ᄒᆞᆯ 졔 현덕 젼의 엿ᄌᆞ오되 卯時末 辰時初의 江東 노숙니 반다시 올 거신이 亮은 노숙을 ᄯᅡ라 江東의 드어가 쥬유 숀권을 격동ᄒᆞ여 조조로 ᄒᆞᆫ 변 ᄊᆞ홈 붓치옵고 亮은 도쥬ᄒᆞ여 唑이 得功ᄒᆞ오리이 玄主는 건심치 마옵소셔 玄德이 如驚嘆曰 天下得失은 先生만 밋삽난이 出他國이 엇젼 말삼이요 심양쳐분 ᄒᆞ옵소셔 걸어ᄒᆞᆫ온나 江東 노숙 오기을 엇지 바라리요 孔明이 曰 이졔 조ᄆᆡᆼ덕이 荊州을 파ᄒᆞ고 八十萬 水軍을 水中의 진을 별러 赤壁江上의 틈업시 가덕ᄒᆞ고 젼션 병션이며 광션 장도리션이며 일ᄃᆡ 이ᄃᆡ 숨ᄃᆡ ᄉᆞᄃᆡ 오ᄃᆡ 육ᄃᆡ 팔ᄃᆡ션을 三百里 長江의 막어 육지갓치 벼려신이 長창 大劍 구든 칼

〈5-뒤〉

이며 龍鳳 旋旗을 별갓치 숨열ᄒᆞ고 굴양 염초는 편지 ᄐᆡ산이라 손권의 마

암이 엇지 일시나 편ᄒᆞ리잇가 말리 맛지 못ᄒᆞ여 군ᄉᆞ 보ᄒᆞ되 江東 노숙이 문밧긔 완나이다 현덕과 孔明이 노숙을 마ᄌᆞ 예필 㘴定 후의 노숙이 孔明 젼의 조헌 말노 엿ᄌᆞ오되 江東雖小나 兵精糧足ᄒᆞ니 원컨던 先生은 함긔 江東의 드려가 노푼 직조을 合力ᄒᆞ여 파조조 ᄒᆞ사이다 孔明이 거짓 속난 쳐ᄒᆞ고 허락ᄒᆞ여 현덕 젼의 ᄒᆞ직ᄒᆞ고 吳國의 드러갈 졔 학창의 썰쳐입고 빅우션을 빗기 들고 一葉船 헐리 저어 吳國의 다다른이 잇ᄯᅢ은 어난 ᄯᅢ요 十月九月이요 序속三秋로다 吳楚은 어이 ᄒᆞ여 東南을 별려숫며 乾坤은 일야의 둥실 놉피 ᄯᅥ셔 폭포긔장쳔

〈6-앞〉

을 예 안져 보리로다 금낭외 풍경 호ᄒᆞᆫ이라 英雄호결 만좌ᄒᆞᆫ디 포연이 드러가셔 좌우으로 물이치고 吳王게 예필후의 군졸 불너 문난 마리 공건先生 어디 게신옵요 잇ᄯᅴ 쥬도독이 沃國 졔갈양 온 줄을 알고 일등명장 거나리고 공명을 인도ᄒᆞ여 예필 좌졍 후의 쥬유 이은 말리 조조을 치ᄌᆞᄒᆞ되 심이 부족ᄒᆞ온이 비밀ᄒᆞ온 계교 아이면 능히 파조 ᄒᆞ올잇가 先生은 가라치소셔 孔明이 筆硯을 ᄂᆡ여 글자로 비교ᄒᆞᆯ 졔 孔明의 장즁의도 불화 ᄡᅳ요 쥬유의 장즁의도 불화 ᄡᅳ라 쥬유 曰 天下 知謀之士ᄂᆞᆫ 의사동인이다 孔명을 ᄉᆞ관의 보닌 후의 쥬유 노숙 불너 曰 孔明을 장간 본니 天下의 긔남ᄌᆡ라 이 ᄉᆞ름을 거저 두면 江東의 ᄃᆡ환을 만날 거신니

〈6-뒤〉

두지 못ᄒᆞ리라 노숙이 曰 조조의 빅万大兵이 江東의 가득ᄒᆞ디 天下謀士을 죄업시 쥭이신면 젹국의 치소되고 ᄯᅩᄒᆞᆫ 셩ᄉᆞ도 못ᄒᆞ온니 도독은 ᄎᆞ무소셔 쥬유 不聽ᄒᆞ고 만단모게로 孔明을 히코져 ᄒᆞᆯ 졔 五林의 出戰ᄒᆞ여 三日內의 굴영을 다짐ᄒᆞᆫ들 신출귀물ᄒᆞᆫ 져 孔明이 쥬유을 양두ᄒᆞ야 강산 운무즁의 승젼ᄒᆞ니 자경은 탄복ᄒᆞ고 밍덕은 낙담ᄒᆞ다 잇ᄯᅴ 쥬유 공명을 못 쥭인니 현

덕을 히흘려 홀 졔 도복수을 미복ᄒᆞ고 현덕을 청좌ᄒᆞ니라 잇ᄯᅵ 현덕은 沃國의 잇셔 쥬유의 긔별을 듯고 諸將과 의논ᄒᆞᆫ듸 先生이 ᄒᆞᆫ변 가미 消息이 돈졀ᄒᆞ고 ᄯᅩᄒᆞᆫ 쥬유 나을 청ᄒᆞ니 가기도 여렵고 아니 가기도 여렵도다 이 일을 엇

〈7-앞〉

지 ᄒᆞ존 말고 雲長이 曰 先生이 쥬유의 진즁의 계옵셔 실노 응당 편지 잇슬 ᄶᅥᆺ ᄒᆞ온듸 一張書簡 업ᄉᆞ온니 분명ᄒᆞᆫ 간계로다 이졔 아이 가옵신면 兩國 화의을 비반ᄒᆞ올 거신니 소장이 兄丈을 모시고 가올리다 현덕이 올타ᄒᆞ고 일변 풍셕을 놉피 달고 泛泛中流 나리가셔 쥬유 진즁의 드어간니 군즁도 엄숙ᄒᆞ고 긔치도 션명ᄒᆞ다 현덕이 心中 탄복ᄒᆞ고 군ᄉᆞ 불너 연통ᄒᆞ니 잇ᄯᅵ 쥬유 장듸예 나와 현덕 關公을 마ᄌᆞ 예필 坐定 후의 酒肴로 듸졉홀 졔 左右 諸將이 창금을 어리만져 군호을 살피던이 雲長은 담듸威風으로 靑龍刀을 노피 들고 현덕 뒤의 언연이 셧던이 쥬유 大驚ᄒᆞ여 현덕 젼의 進曰 뒤예 션 넌 장수은 뉘신잇가 현덕이 曰 아오 雲

〈7-뒤〉

長이로소이다 쥬유 덧고 듸경ᄒᆞ여 魂不付身ᄒᆞ고 감이 잔을 드지 못ᄒᆞ고 현덕 관공을 無事이 回送ᄒᆞ다 잇ᄯᅵ 孔明은 강변의 듸후ᄒᆞ엿다가 마져 예필 후의 엿ᄌᆞ 曰 今日의 장상 위티ᄒᆞ물 아라신잇가 若非雲長이면 듸환을 만나 진이다 원컨듸 관공은 還國ᄒᆞ여 軍馬을 수직ᄒᆞ옵고 十一月 二十日 갑ᄌᆞ의 子龍을 본늬여 一葉片舟로 南屛山下 어구로 지다리게 ᄒᆞ옵소셔 약속을 졍ᄒᆞᆫ 후의 현덕과 관공은 沃國으로 보늬다 各說 잇ᄯᅵ 조조ᄂᆞᆫ 江北의 잇셔 일쳑듸젼션을 中江의 ᄯᅴ여두고 千餘칙 젼션을 칠졍으로 연ᄒᆞ여 江上을 육지 삼암두고 勇兵 三萬을 江邊의 내열ᄒᆞ고 文武諸臣은 左右로 내열ᄒᆞ여신이 츙노난 쳘이요 졍긔은

〈8-앞〉

폐공이라 잇쩌는 十一月 望間이라 日落西山ᄒᆞ고 月出東영ᄒᆞ니 東셔의 풍랑도 조허로다 동졍호 七百里는 上下청강 ᄒᆞᆫ 빗치요 巫山 十二峰은 雲外예 별여잇고 빅이사장은 유리져게로다 각각 진의 덩화 쎗슨 낙화범범만간유요 江上의 파도소릐 千兵萬馬 분쥬할 졔 말 달여 창 씨기와 활 쏘기와 총 노키와 二十八旗 사십ᄒᆞᆯ 졔 조조 大喜ᄒᆞ여 상션의 노피 안ᄌᆞ 大宴을 비셜ᄒᆞᆫ다 소와 돗슬 만니 잡아 酒肴을 만니 장만ᄒᆞ여 將卒을 호귀ᄒᆞᆯ 졔 시쥬입강ᄒᆞ고 횡삭부시ᄒᆞᆯ 졔 조조 醉興이 도도ᄒᆞ여 창을 집고 일러셔 東望ᄒᆞ구ᄒᆞ고 西望武昌ᄒᆞ니 山川이 상요ᄒᆞ야 울호창창ᄒᆞ듸 諸將軍卒들라 늬 족히 ᄒᆞᆫ 창으로 연소여포을 ᄉᆞ로잡바 四海을 平定

〈8-뒤〉

ᄒᆞ엿시되 다만 못으든게 江東이라 이졔 百萬大兵으로 수육병진 ᄒᆞ엿신면 成功을 못ᄒᆞᆯ손야 창을 들러 江東을 가러치며 이놈 쥬유 손권아 天時을 모로고 듸병 ᄒᆞᆼ거ᄒᆞᆯ싸 또 沃국을 가러치며 여바라 유비 졔갈양아 기아미 갓탄 너의 심으로 틔산을 당ᄒᆞᆯ소야 어리고 불상토다 江南의 이교여난 天下一色이라 쥬유 소권의 어든 비라 강남을 늬 어더면 이교여을 다리다가 동작츈듸 너허두고 모년지낙 ᄒᆞ오리라 이려타시 질길 젹의 月明星稀ᄒᆞᆫ듸 烏鵲南飛ᄒᆞ고 무지가이로다 寒風은 소실ᄒᆞ고 江聲은 오열ᄒᆞᆫ듸 션창의 안진 군사 쥬육 포식ᄒᆞ고 왕왕 수심ᄒᆞ여 思鄕歌을 불러 졔 父母 기려 우난 군ᄉᆡ 동싱 기려 우

〈9-앞〉

는 놈과 ᄌᆞ식 기려 우는 놈과 노릐 불너 츔 츄난 놈 셔럼 기려 노릐ᄒᆞ는 놈이 사향가로 웃난 놈 엇던ᄒᆞᆫ 놈은 투젼ᄒᆞ다 닷토난 놈 ᄎᆞᆼ 삿치로 턱 괴는

놈 잠의 집펴 조우ᄂᆞᆫ 놈 엇더ᄒᆞᆫ 놈은 슐 츄케 먹고 ᄎᆔ담으로 ᄒᆞᄂᆞᆫ 말리 문드러온다 바ᄅᆞᆷ 다드나 赤壁江이 익거신야 ᄒᆞᆫ번 쒸면 건너가지 남ᄃᆡ문이 ᄌᆔ궁영이라 이놈 치고 져놈 친다 ᄯᅩ 엇던ᄒᆞᆫ 놈 병치 버셔 소의 들고 창ᄊᆡ을 ᄊᆡ치면셔 思향곡을 슬피 운다 烏鵲아 네 어듸로 향ᄒᆞ나요 七月七夕 며러신이 은ᄒᆞ수 집푼 물의 우여셩 가련ᄒᆞ다 셔북강남 말니외의 ᄶᅡᆨ을 이은 져 기어기난 ᄯᅮ루루 길눅 울고가고 겨명山 秋夜月의 張子方의 옥통소 소릐 古鄕消息 뉘 알소야 堂上학발 부친 ᄒᆞ직

〈9-뒤〉

ᄒᆞᆫ 졔 몃날인고 父혜여ᄉᆡᆼ아ᄒᆞ고 母혜여육아ᄒᆞ니 욕보지덕인ᄃᆡ 호천망극이라 화락ᄒᆞ던 어진 안히 千里젼장 날 보ᄂᆡ고 오날리나 消息올가 ᄂᆡ일이나 긔별올가 日落西山 ᄒᆡ ᄯᅥ러지고 어둑침침ᄒᆞᆫ ᄃᆡ 依門이望 몃번니며 바ᄅᆞᆷ 불고 비 쥭쥭 오난 밤의 의여망이 몃변인고 셔쥬의 홍안 업고 西王母 요지연의 소식 젼턴 청조 업셔 편지을 뉘 젼ᄒᆞ리 조총 ᄒᆞᆫᄃᆡ 두려메고 육젼 수젼 셕거ᄒᆞᆯ 졔 生死가 조셕이라 군즁의 ᄀᆡᆨ死ᄒᆞᆫ면 사후 白骨 어이 ᄒᆞ리 골쥭이 드려나면 ᄶᅡᆨᄶᅡᆨ 우난 져 가마귀 진ᄶᅡᆷ만 다 파먹고 연비如天 져 소ᄅᆡᄀᆡ 두 날ᄀᆡ을 쎡 버리고 반공의 날러올 졔 뉘나셔 살여쥴고 이 일을 낫낫치 ᄉᆡᆼ각ᄒᆞ니 ᄀᆡ가 ᄆᆡᆨ켜 ᄂᆡ 쥭

〈10-앞〉

것다 相思곡 단장사로 ᄋᆡ고ᄋᆡ고 셜운지고 ᄯᅩ ᄒᆞ놈 쎡 나셔며 ᄒᆞᆫ슘지고 우ᄂᆞᆫ 마리 너난 셜어다 ᄒᆞ려이와 ᄂᆡ 셜름 들어보아라 팔십當年 ᄂᆡ의 부친 노병이 공극ᄒᆞ여 조셕으로 구ᄒᆞᆫ던니 병난이야 웨난 소릐 병든 父母 낙누ᄒᆞ고 ᄂᆡ 사졍 졀박ᄒᆞ다 군북 입고 창 ᄌᆞ부며 父母前의 ᄒᆞ직ᄒᆞ니 우리 부모 나을 잡고 울며불며 ᄒᆞᄂᆞᆫ 마리 ᄂᆡ 병 집고집고 집펴 朝夕 난보로다 千里젼장 너 보ᄂᆡ고 뉘라셔 다시 구안ᄒᆞ며 만약 不幸ᄒᆞ거드면 무더 쥬리 뉘 이실이요

황쳔의 가는 날을 부디부디 잇지 말고 슈이슈이 도라와셔 白骨안장 ᄒᆞ여다고 千呼萬呼 당부홀 졔 통곡으로 이별ᄒᆞ이 ᄒᆞ로도 열 두시며 ᄒᆞᆫ달 셔룬 날리며 一年 三百六十日의 ᄂᆡ의 마암 엇더ᄒᆞ리

〈10-뒤〉

무셔산지낙일ᄒᆞ고 망더히지고운이라 몽즁의나 도라가셔 병든 父母 다시 보면 여ᄒᆞᆫ이나 업실가 愁心이 쳡쳡ᄒᆞ여 잠 못드려 쑴 못쑨다 야속홈도 야속ᄒᆞ다 엇지 그리 야속ᄒᆞᆫ고 思家步月淸霄立ᄒᆞ니 져 다라 보난야 우리 임 게신ᄃᆡ 발가 울며 런졔나 도나갈가 ᄋᆡ고ᄋᆡ고 셔운지고 또 ᄒᆞᆫ 군ᄉᆞ 썩 나셔며 울며 ᄒᆞ난 말리 너난 父母을 ᄉᆡᆼ각ᄒᆞ여 운이 졍예도 可憐ᄒᆞ고 孝行도 긔록ᄒᆞ다 ᄂᆡ의 셔음을 드러보소 나는 남의 오ᄃᆡ독ᄌᆞ로다 열일곱의 장ᄀᆡ 드려 근오십이 당ᄒᆞ도록 일졈 혈육 업셔 부부 ᄆᆡ일 탄식ᄒᆞ다가 ᄌᆞ식을 빌나홀 졔 名山大川 영신당과 고묘총손 셩화산며 셕불밀럭 보살젼과 노구마지 집짓기며 창호시쥬 인등시쥬 관음불공 칠셩

〈11-앞〉

불공 가사시쥬 마한불공 쳥용지신 산졔ᄒᆞ여 안니 빈 곳 업써던니 속담의 공든 탑이 문너지며 심던 나무 썩써질가 우리 안ᄋᆡ가 ᄋᆡ긔 잇썬구나 두셕 달리 지ᄂᆡ던니 음셕을 쳥ᄒᆞ던구나 감ᄌᆞ을 쥬랴 유ᄌᆞ을 쥬야 시금털털 ᄀᆡ살구난 ᄋᆡ기 셔는 ᄃᆡ 죳타 ᄒᆞᆫᄃᆡ 그령져령 십삭이 지ᄂᆡ여셔 ᄒᆞ로는 ᄇᆡ을 알턴구나 ᄋᆡ고 ᄇᆡ야 ᄋᆡ고 ᄇᆡ야 ᄒᆞ던니 관연 ᄋᆡ기소릭 들이거날 반겨 듯고 급피 드러가셔 본니 활달ᄒᆞᆫ ᄀᆡ 男子라 엇지 안 조흘손야 아기 가진 후로 셕부졍불좌ᄒᆞ고 활부졍불식ᄒᆞ고 目不見死色ᄒᆞ고 耳不聽음셩ᄒᆞ여 부모 졍셩 이러ᄒᆞᆫᄃᆡ ᄀᆡ男子가 안일소야 열손의 썩 바다 짱의 뉘일 날이 업고 금옥갓치 ᄉᆞ랑ᄒᆞ야 졍 숨칠일리 다 지ᄂᆡ고 오육삭이 다 지ᄂᆡ니

〈11-뒤〉

투덕투덕 노난 양과 쎙긋쎙긋 웃난 양 엄아압바 도리도리 옷고롬의 큰돈 치여 감을 ᄉᆞ셔 쌀이오면 쥬야ᄉᆞ랑 의즁턴니 업다 오날 이 일을 당ᄒᆞ여구나 사당문 여려놋코 통곡직비 ᄒᆞ직ᄒᆞ고 千里젼장 나와셔도 일부일 싱각ᄒᆞ니 어난 ᄂᆞᆯ 도라가셔 긔리던 우리 아달 무럽 우의 안쳐놋코 어허둥둥 안어볼고 ᄋᆡ고 답답 셜운지고 또 ᄒᆞᆫ 군ᄉᆞ 썩 나셔며 너의 셔름 가소릅다 ᄌᆞ식을 기여운이 후ᄉᆞ을을 싱각ᄒᆞ난 말리로다만은 ᄂᆡ의 셔름 드러보소 三十後의 쥐쳐ᄒᆞ여 동방화촉 집픈 밤의 두 몸이 ᄒᆞᆫ 몸 되여 셔로 사랑ᄒᆞᆫ던 건경을 엇지다 참아 형언ᄒᆞ리요 ᄃᆡ강니나 ᄒᆞ노라 쥬홍갓틋 셔을 물고 연젹갓틋 졋통이 쥐고

〈12-앞〉

마단 경화 벼풀든니 의외예 소ᄅᆡ나며 위국싸 빙경드리 赤壁江 ᄊᆞ홈가자 天動갓치 웨ᄂᆞᆫ 소ᄅᆡ 깜작 놀ᄂᆡ 이려셔 쳔몸을 ᄒᆞ직ᄒᆞ고 千里젼장 나올 져긔 말은 가자고 굽을 치고 임은 잡고 낙누ᄒᆞᆫ다 다시 보ᄌᆞ ᄂᆡ의 ᄉᆞ량 우지 말고 줄 잇거라 옥수나삼을 후여줍고 은건니 문난 말리 이졔 가면 언졔나 올고 어는 달 어는 날 어는 ᄯᅢ예 오랴시오 이러틋시 이별ᄒᆞᆯ 졔 ᄂᆡ 마음 엇더ᄒᆞᆯ가 屈指ᄒᆞ여 셰아려도 몃 ᄒᆡᆫ지 모로겟다 玉窓의 도花난 몃 번니나 푸여시며 綺窓前의 梅花ᄂᆞᆫ 눌다려 무려볼고 지나간 밤의 ᄭᅮᆷ을 ᄭᅱ니

〈12-뒤〉

그리던 우리 안ᄋᆡ 날보려고 와던구나 반갑고 집푼 마음 셤셤玉手 덥벽 잡고 창금으로 베ᄀᆡᄒᆞ고 장막으로 이불 숨고 두 몸이 ᄒᆞᆫ 몸 되여 만단경화 다 못ᄒᆞ여 쳔ᄒᆞᆫ셩 소ᄅᆡ의 깜짝 놀ᄂᆡ ᄭᆡ다르니 우리 임은 간ᄃᆡ 업고 겟터 셧ᄂᆞᆫ 챵막ᄃᆡ을 질근 안고 누어신니 허허 ᄂᆡ 일이야 허망ᄒᆞᆷ도 허망ᄒᆞ다 잇쳐름

허망훈 일 셰상의 또 잇는가 가삼 타난 불과 오장 썩는 눈물 뉘라셔 시쳐쥬리 이고이고 셔른지고 이려홀 제 또 훈 군ᄉ 썩 나셔며 이놈 져놈 다 듯거라 승상은 ᄃ군을 거나리고 千里젼장 나아가 大事을 바라는 ᄃ 우름은 무삼 일고 함포고복 먹거노니 업던 홍이 졀노 난다 조흘씨고 조흘씨고 또 훈 군ᄉ 썩 나셔며 훈심 지

〈13-앞〉

고 셔로 안ᄌ 우는 마리 너히드리 수리나 만니 먹고 직담명담 훈다만는 明日 ᄃ젼홀 제 승부을 뉘 아리요 유령졔강이요 약령졔망이란 마런 兵家의 셩픠라 成功興亡은 직덕이요 부직혐이란 말삼은 셩현의 이름이라 來日 勝負는 알 뉘 업시ᄂ 항ᄉ 몰ᄉ홀 졔 젼ᄃ 보아라 군중이 이 말 듯고 회심 격정홀 졔 또 훈 군ᄉ 썩 나셔며 曰 위兵군卒덜라 근심걱졍 다 바리고 ᄂ의 말 드려보라 父母妻子 이별ᄒ고 千里젼장 우리나라 ᄉ경온 일반니라 ᄃ장부 되어 셰상의 나셔 위국갈츙 ᄒ량이면 숨쳑금의 든난 칼노 ᄒ장의 머리 둥그럭커 긔ᄃ의 놉피 달고 회군쥐티 승젼ᄒ면 공노도 익건니와

〈13-뒤〉

古鄕을 수히 가셔 그리든 父母동싱과 ᄋ즁훈든 쳐ᄌ권속 일가친쳑 친구 벗임 손씰을 마조 잡고 반긔 만나 노일 젹의 긔 아이 조혈손야 너의들은 다 졸장부라 이럿틋 군중이 요란할 졔 잇쩌 쥬도독은 조조 진즁 귀경ᄎ로 南屛山의 올나갈 졔 좌편의는 훈당 쥬틱요 우편의는 셔셩 졍봉 일등명장 군졸이며 긔치 창금은 일광을 더펏난 ᄃ 의긔양양ᄒ야 江北을 바라본니 홀연 西北風이 大作ᄒ야 양사쥬셕ᄒ고 파도난 흉흉훈ᄃ 조조 진즁의 즁왕 긔썩 질근 부려져 기발 쑥 써려져 江上의 泛泛 날니거날 쥬유 보고 大笑ᄒ며 이난 불상지조라 ᄒ던니 이억ᄒ여 ᄃ기치 기발리 셔풍을 못이긔여 펄펄 날

〈14-앞〉

여 쥬유의 쎔 치고가니 쥬유 馬上의셔 흔 일을 시치고 어간니 벙벙 胸中 답답ᄒᆞ고 인ᄉᆞ 호미ᄒᆞ야 마두의 쑥 써러져 연지 갓튼 피을 좔좔 토ᄒᆞ고 업펴진니 左右諸將이 급피 구ᄒᆞ야 장ᄃᆡ로 도라와 눕고 이지 못ᄒᆞ거날 손장군이 ᄃᆡ경ᄒᆞ여 명의을 보야 침약으로 치효ᄒᆞ되 心肝의 미친 병을 뉘나셔 구ᄒᆞ리 江東 諸將이며 一陣軍卒리 셔로 보며 근심ᄒᆞ되 도독의 병셰 일분도 ᄎᆞ효 업삽고 江北 百萬 운兵을 望之驚嘆 ᄒᆞ야신니 江南 육군이 亡在朝夕이라 君臣이 흉흉ᄒᆞ고 百姓은 소동흔다 잇ᄯᅢ 孔明이 사쳐의 잇셔 쥬유의 병셰을 듯고 노숙을 다리고 장ᄃᆡ의 더러가 쥬유 보고 ᄒᆞ는 말리 一夜之間의 ○○○病 ᄒᆞ니 이ᄃᆡ지 위즁ᄒᆞ

〈14-뒤〉

신잇가 쥬유 曰 胸中이 번열ᄒᆞ고 구역이 大발ᄒᆞ여 朝夕確保이다 孔明이 曰 닉게 묘흔 방문이 잇ᄉᆡ이 도독의 병환을 나힐지라 左右을 물이치고 글 십여ᄌᆞ을 써셔 쥬유을 보니 그 글의 ᄒᆞ여시되 欲罷조공인ᄃᆡ 宜用火攻이라 萬事 구비흔ᄃᆡ 지금 東南風이라 쥬유 그 글을 보고 ᄃᆡ경질식ᄒᆞ여 이러나 孔明의 손을 덥셕 잡고 ᄋᆡ결ᄒᆞ여 曰 先生의 놉푼 지조로 비게을 일어소셔 孔明 曰 닉 일즉 신인을 만나 둔갑쳔셔을 비와 呼風환우지술을 아옵나니 이졔 도독을 위ᄒᆞ야 南屛山의 올나 七星단 놉피 뭇고 二十日 甲子의 바람을 빌여 二十三日 丙寅가지 東南風으로 도독의 군ᄉᆞ을 돕게 ᄒᆞ올리다 쥬유 大喜ᄒᆞ여 즉時 五百軍을 南屛山으로 보닉여

〈15-앞〉

孔明의 呼令을 지다리라 잇ᄯᅢ 孔明은 노숙을 다리고 南屛山의 올나가 지셰을 살핀 후의 七星단 무을 ᄶᅧ의 大將 황게을 불러 南北방 적토을 파와 즁화

의 축단 뭇고 아릭 장랑은 七百步와 우의는 一百二十尺이요 三칭 단을 등 거령커 모와노코 채일장막 들러치고 병풍을 둘너노코 南方산문의 혼 장수 써시되 불건옷 불건긔 들고 北을 향호야 넌짓 셧고 또 北方 山門의 혼 장수 셧시되 그문옷 그문긔을 들고 南을 향호야 넌짓 셧고 東方 五行門의 혼 장수 셧시되 푸룬옷 푸룬긔로 西을 向호여 넌짓 셧고 西方 山門의 혼 장수 셧시되 白衣 입고 白긔 들고 東을 向호야 넌짓 셧고 中央 단上의 혼 장수 셧시되 黃衣 입고 黃旗들고 二十

〈15-뒤〉

八卦와 六十四爻을 응호고 젼면의 장수 셧시되 五色운갑 썰쳐 입고 쥬홍갓 튼 청긔 가로잡고 바람을 표하여 넌짓 셧고 東의 청용긔난 일곱인디 바람을 마그랴 호고 긔디 씃티 시운을 다라시되 각홍져방심미긔을 응호고 또 北의 현묵긔 일곱인디 두우여허위실벽을 응호고 南의 쥬족긔 일곱인디 규뤼위묘필즈솜을 응호고 西方은 白虎긔 일곱인디 졍구유셩중익진을 응호고 일육水 二七火 三八木 四九金은 방으로 예단호고 孔明의 그동 보소 젼조단발호고 上탕의 수족 싯고 한 손의 쥬문 덜고 또 혼 손의 향노 덜고 단호의 독입호야 노숙 불너 曰 장군은 軍中의 도라가 도독을 도어라 노숙을 보닌 후의 단호

〈16-앞〉

의 셧난 군亽을 차예로 呼令홀 졔 불환방위호고 불위졈어호고 불위소게호고 만일 위令者면 軍法으로 斬호리라 이어타시 呼令홀 졔 단의 올나 방위을 살피던이 香爐의 분향호고 두 무렵을 졍이 굴코 至誠으로 제亽홀 졔 祝文의 호여시되 唯歲次 建安 十一月 二十一日의 沃國 유황숙 신호 諸葛亮은 敢昭告于 天地日月 星辰之下의 호감호옵소셔 沃國 유황숙 유비 十四代 王業을 회복케 호즈 호고 위國 조조을 赤壁의 디젼코져 호되 심이 부족호겨

로 至今 東南風이라야 조조 역天지罪을 皇天 살피소셔 씩 업는 東南風을 三日만 빌이신면 조조을 픽멸ᄒᆞ옵고 沃國 회복 후의 沃國忠臣이 될가 千萬 尙饗 졔을 파ᄒᆞᆫ 후의 줌닉

〈16-뒤〉

吉凶을 싱각ᄒᆞ니 만일 大風이 이러나면 쥬유 시긔ᄒᆞ야 나을 모히ᄒᆞᆯ 거신이 미리 도망ᄒᆞ리라 ᄒᆞ고 江邊의 나려간이 子龍이 빅에 나여 읍ᄒᆞ고 엿ᄌᆞ오딕 先生은 위國진즁의 알엉이 단여오신이가 孔明이 子龍의 손을 덤셕 줌고 玄主 알영ᄒᆞ시며 쏘 諸將軍卒도 無事ᄒᆞᆫ오 그 빅 우의 셥젹 올나 너훌너훌 져어 도롱도롱 써나간이 萬頃蒼波의 삼셩돈 비기 달고 창낭水의 흘리 져허 너울너울 암암이 가난지라 左右을 둘너본니 滿江烟火은 數百이 長江水요 一葉片舟은 은연ᄒᆞᆫ 션경이라 出沒波上 白鷗는 날나들고 遠近 沙上의 蘆花는 편편이 날아 江天 져문 날의 구비구비 흔날이고 瀟湘의 앗츰 안기는 쥴쥴이 싸여이고 烏봉의 달이 져고

〈17-앞〉

漁火水面 ᄌᆞ는 도라들고 寒山寺 쇠북소릭 은은이 들이난구나 無心ᄒᆞᆫ 져 ᄉᆞ공 왕왕이 노을 져어 漁夫詞을 화답ᄒᆞᆯ 졔 빅 씌어라 빅 씌어라 一片텩의 만강유요 동ᄌᆞ 지곡총 지곡총 엇ᄉᆞ화라 관이一聲 山水녹ᄒᆞ니 소상반竹을 낙시딕 작만ᄒᆞ여 江上의 흘리노코 도롱이 둘너메고 삭갓실 졍이 씨고 一片舟의 노픽 안졔 ᄒᆞᆫ가이 왕닉ᄒᆞᆫ니 取젹이요 非取魚라 古今船人들도 고기 낙기 일숨아 歲月 지달인이 富春山 嚴子陵은 羊裘을 썰쳐 입고 嚴陵灘의 도라덜고 위수 一片石은 姜太公의 셩강이요 春風江山 가난 빅은 장ᄉᆞ공 취젹이라 빅 씌여라 쎄 씌여라 蘆花 편편 白雪歌赤素 지곡총지곡총 어ᄉᆞ花 一葉船 질겁도다 리어탓시 노릭ᄒᆞᆫ덜 大事로 가난 英雄 게

〈17-뒤〉

뉘라셔 알손야 잇씌 쥬유난 셔셩 졍보로 장딕에 東南風 곳 이러나면 긔별을 약속ᄒᆞ고 황긔의게 분부ᄒᆞ여 조조의게 밀통ᄒᆞ라 ᄒᆞ고 불 지러기를 쥰비ᄒᆞᆯ 졔 전션 百餘 작의 화약과 염쵸을 가득 실코 갈딕을 그 우의 가득 언져 청포 유단을 덕고 장졸을 불발ᄒᆞᆯ 졔 션봉장은 황긔요 左익장은 셔셩이요 右익장은 졍보라 긔치劍戟 숨열ᄒᆞ고 금고ᄒᆞᆷ셩은 쳔지 진동ᄒᆞᆫ딕 갑엉을 밧비 불너 座中 談話 단속ᄒᆞ고 여몽을 급피 불너 各陣諸將을 약속ᄒᆞ고 만일 군法 집유 상극케 ᄒᆞ라 잇씌 日落西山ᄒᆞ고 初更之末 二更之初 당ᄒᆞ여도 天無一點雲ᄒᆞ고 月色은 살난ᄒᆞᆫ 딕 無心ᄒᆞᆫ 東南

〈18-앞〉

風을 뉘나셔 알소야 쥬유 大笑 曰 孔明 허망ᄒᆞ다 엄동雪寒의 東南風이 잇슬손야 노숙이 曰 先生은 셩신군ᄌᆞ라 허망치 아이 ᄒᆞ리다 이윽고 三更十分의 문득 바람소릭 들이거날 쥬유 大喜ᄒᆞ여 급피 나가 四方을 살피본이 午方 긔발이 술히方으로 펄펄 날인이 그날 쥬유 大경ᄒᆞ여 風聲을 살피 본니 東南風이 분명ᄒᆞ다 쥬유 거동 보소 노슉 불너 ᄒᆞᆫ넌 말리 孔明 達天조화之法은 귀신도 불칙之術이 잇스이 이 ᄉᆞ롬을 살여쥬면 닉 직조 슬딕 업다 ᄒᆞ나리 쥬유를 닉시고 쏘 孔明을 닉신는고 언미리 쥭이리라 ᄒᆞ고 셔셩 졍보 두 장수을 급피 불너 분부ᄒᆞ되 南屛山의 올나가셔 諸葛亮의 머리을 뭇지 말고 벼여오라 두 장수 그동

〈18-뒤〉

보소 갑쥬을 갓초고 三尺劍 손의 들고 가는 말 치쳐 모라간니 孔明은 간딕 업고 긔 잡분 군ᄉᆞ들은 풍셰을 의지ᄒᆞ야 장ᄒᆞ의 안ᄌᆞ거날 군ᄉᆞ 불너 무난 말리 졔갈先生 어딕 간다 군ᄉᆞ 엿ᄌᆞ오되 七星단 졔ᄉᆞᄒᆞᆫ 후의 머리 펄고 발

버션 치 혹창의 거드안고 江邊으로 가더이다 셔셩 졍보의 거동 보소 분긔을 못이긔여 청강수을 바라보고 난는 다시 나려간니 무흔 창파즁의 白鷗飛去 쑌이라 말 무을 곳 젼허 업셔 四方을 살피든이 고기 잠난 一老翁이 江邊의 안ᄌ거늘 졍보의 무난 말리 지나간 밤 三更夜의 엇더흔 빈 지닉더요 그 노옹이 딕답ᄒ되 어졔밤 초경야의 난딕업난 一葉片舟 江邊의 믹여거날 老人이 의심흔딕 江口의 믹인 빈는 고히ᄒ다 심이

〈19-앞〉

長江海路邊의 간난 걸리빈가 萬頃蒼波 波도 中의 고기 낙는 어션인가 吳상楚긔 往來로의 긔물 실코 가난 빈가 洞庭江 七百里의 어쥬ᄌ의 귀경빈가 渭水강 조딕상의 姜太公의 낙시빈가 采石江 明月夜의 李졍션 취흔 빈가 五湖烟月夜의 范여의 간난 빈가 東海龍王 南海 갈 졔 龍子 타든 포쥬젼인가 江口의 믹인 빈난 노人이 의심턴이 쑷바긔 흔 장슈 충화이 나려와셔 급피 칩더타고 江中의로 가더이다 셔셩 졍보 이 말 듯고 나난 빈을 ᄌ아타고 번기갓치 갈 졔 ᄉ공다려 분부ᄒ되 이 아히 가난 빈을 급피 초ᄎ ᄌ게 흔면 千金상을 쥴 거시요 말일 그 빈 못ᄌ부면 텽즁흔 이닉 분을 풀 곳지 젼허 업셔 이 칼노 너 목을 벼허

〈19-뒤〉

한강수의 듸리치면 불상흔 너의 혼빅 히상고혼 될 거시이 부딕 부딕 조심ᄒ여 孔明 타고 가는 빈을 日暮前의 잡겨ᄒ라 ᄉ공이 겁을 닉여 급피 져어 좃ᄎ갈 졔 孔明 거동 보소 子龍 불너 일온 말이 吳國의 쥬공근니 닉의 ᄌ조 시긔ᄒ여 날 잡아 쥬기랴고 일뎡 名將 셔셩 증보을 보닉여 뒤을 좃차온이 이 일 엇지 ᄒ리요 趙子龍이 엿ᄌ오되 소장이 재조 읍시되 장판교 샷홈흘 졔 조조의 百萬兵도 조기ᄀ치 보와싸거든 吳國小兒을 엇지 근신흘이요 셔셩 증보 번기갓치 쏘차와셔 션두의 번듯 셔며 웨어 왈 이 압흐 간는 빈 계

잠간 머무쇼셔 子龍이 말 덧고 팔젹 쑤여 나셔면셔 천동갓치 일은 말리 셔셩 증보야 무삼

〈20-앞〉

일노 급피 온다 상산싸 趙子龍을 모로난다 너희 등을 쥭여 분을 풀 거시로되 兩國和의 싱각ᄒᆞ여 술여 보니난니 니의 지조을 보고가라 철궁의 왜젼을 며여들고 싹지손 덥벅 쎄니 비거공즁 가난 살리 쥬류蒼天 流星갓치 수루륙 드러가셔 셔셩 졍보 탄 빅 돗 복판을 썩 마친니 쪽쪽이 헛틋지니 또 ᄒᆞᆫ 변 다려쏜니 치아 용총 마ᄌᆞ 산사이 훗트진니 져 비 바람분이 닷 업고 용총 업고 치와 돗디 엽셔 쪽박이 되야구나 不知所向 간난 비 萬頃蒼波 風浪中 望之笑之可憐ᄒᆞ다 셔셩 졍보 大경ᄒᆞ야 ᄒᆞᆫ심지고 ᄒᆞ난 말리 趙子龍 온즐 아어신면 본디 아이 와실 거슬 도망ᄒᆞ여 가자 ᄒᆞᆫ즉 치도 업고 돗도 업고 東南風은 大作ᄒᆞ디 갈 기리 망연ᄒᆞ다 萬古名將

〈20-뒤〉

趙子龍이 만일 좃차 오거드면 아미ᄒᆞᆫ 우리 목심 ᄒᆞ일업시 못살거다 창황이 도망ᄒᆞ 졔 쌍쌍이 덧노난 져 白鷗는 無心이 往來ᄒᆞ고 平沙의 기려기난 진을 쉽여 나라들며 쑤두륙 씰숙 울고간이 우리 身셰 飛금만 갓지 못ᄒᆞ도다 風浪이 大作ᄒᆞ야 片舟 쑥굴쑥굴이 무장ᄒᆞᆫ 구어 의숨업시 안ᄌᆞ던이 잇쎄 子龍이 삼승돗폭 노피 달고 바람을 좃차 萬頃蒼波中의 둥덩둥덩 써나간다 셔셩 졍보 ᄒᆞ일 업셔 근근이 도라와셔 도독 젼의 ᄉᆞ연을 히보ᄒᆞ니 쥬유 이 말 듯고 디경질싱ᄒᆞ여 曰 이 ᄉᆞ람이 이러ᄒᆞ니 침식이 불안ᄒᆞ다 노숙이 엿ᄌᆞ오디 조조을 파ᄒᆞᆫ 후의 다시 도모ᄒᆞ옵소셔 쥬유 올타 ᄒᆞ고 諸將을 분발ᄒᆞᆯ 졔 졔일은 ᄒᆞᆫ

〈21-앞〉

장이요 졔 이은 쥬터요 졔 솜은의 장흠이요 졔 ᄉᆞ은 ᄃᆡ진무 션봉ᄃᆡ장 황기요 각각 젼션 삼ᄇᆡᆨ쳑 십환션 이십쳑식 젼면의 ᄞᅬ여두고 감영을 불너 긔ᄃᆡ난 三千兵 거나리고 바로 五林의 더어가 조조 양식을 불 지르고 ᄯᅩ ᄐᆡ시장을 불너 긔ᄃᆡ은 三千을 거나리고 황경의 드러가 조조을 졉엉ᄒᆞ야 군ᄉᆞ을 엄살ᄒᆞ라 ᄯᅩ 여몽을 불너 그ᄃᆡ난 三千을 거나리고 이롱의 더러가 감영을 응ᄒᆞ라 ᄯᅩ 능통을 불너 그ᄃᆡ난 三千을 거난리고 이릉의 드러가 오림의 불을 노와 조조의 뒤을 막거라 동심을 불너 그ᄃᆡᄂᆞᆫ 三千을 거나리고 항양을 좃차 젹벽의 불을 노와 조조을 엄살ᄒᆞ라 ᄯᅩ 반장을 불너 그ᄃᆡᄂᆞᆫ 三千을 거나리고 ᄒᆞᆫ수을 건너 동십을 졉ᄒᆞ라

〈21-뒤〉

잇ᄯᆡ 쥬유는 상션의 놉피 안져 셔셩 졍보을 左右익을 삼안 싸홈을 직촉ᄒᆞ라 치ᄒᆞᆫ을 베혀 ᄒᆞᆫ날게 졔ᄉᆞᄒᆞ고 삼상으로 ᄯᅩ나드라 ᄃᆡ장 청영ᄒᆞ고 도라와 힝군ᄒᆞᆯ 졔 청도 ᄒᆞᆫ쌍 홍문 ᄒᆞᆫ쌍 쥬작 남동셔 동각 홍초 남문 ᄒᆞᆫ쌍 청용 동남각 셔남각 남초 홍문 ᄒᆞᆫ쌍 등ᄉᆞ순시 한쌍 白초 홍문 ᄒᆞᆫ쌍 ᄇᆡᆨ호 도북각 셔북각 홍초 홍신 ᄇᆡᆨ신 황신 ᄉᆡ약 두쌍 호젹 ᄒᆞᆫ쌍 방포일聲의 켱ᄒᆞ던이 ᄯᅩ 명고 이ᄒᆞ 되취ᄐᆡ ᄒᆞ라 ᄒᆞᆫ난 소ᄅᆡ 天地 진동ᄒᆞ며 청포 장막과 삼셩돗폭이 江을 덥퍼ᄂᆞᆫᄃᆡ 순풍으로 힝션ᄒᆞᆫ다 各說 잇ᄯᆡ 孔明은 沃國으로 도라가 玄德을 보시고 장ᄃᆡ의 놉피 안ᄌᆞ 금고을 쿵쿵 울니면셔

〈22-앞〉

諸將 분발ᄒᆞᆯ 졔 子龍을 불너 그ᄃᆡᄂᆞᆫ 三千을 거나리고 五林소로로 드러가 수목의 의지ᄒᆞ야 가마이 ᄆᆡ복ᄒᆞ엿다가 오날 三更의 조조 그리 갈 거신이 군馬을 엄살ᄒᆞ라 조운이 엿ᄌᆞ오되 五林은 기리 두리온이 조조 어난 길노

오릿가 孔明 답 曰 조조 반다시 혀창으로 갈 거신이 그리 가라 ᄒᆞ고 ᄯᅩ 익덕을 불너 그ᄃᆡᄂᆞᆫ 三千군을 거나리고 이릉 조분 길노 가셔 호노곡의 미복ᄒᆞᆫ엿다가 ᄂᆡ일 오미시의 조조 그리 가다가 밥 지여 군ᄉᆞ 호궤ᄒᆞᆯ 거신이 연긔을 보와 山谷의 불을 놋코 조조 엄살ᄒᆞ라 미방 미축을 불너 그ᄃᆡ 등은 ᄇᆡ을 타고 조조의 픠ᄒᆞᆫ 군긔을 탈취ᄒᆞ라 이러탓 분부ᄒᆞ되 오직 雲長은 찻지 아이 ᄒᆞᆫ이 운장이 박긔 잇다가

〈22-뒤〉

大怒ᄒᆞ야 장ᄃᆡ예 드러가 孔明前 고셩ᄒᆞ야 曰 小將이 형장을 ᄯᅡ라 여러 ᄒᆡ 젼장의 出戰ᄒᆞ엿시되 뒤진 일리 업ᄉᆞᆸ던이 이졔 ᄃᆡ진을 당ᄒᆞ야 소장을 씨지 안이 ᄒᆞ이 무ᄉᆞᆷ 연고이가 孔明이 曰 허물치 말으소셔 진ᄒᆞᆫ 고ᄃᆡ 보ᄂᆡ고져 ᄒᆞ되 구의ᄒᆞ온 일리 잇셔 못보ᄂᆡᄂᆞᆫ니다 관공이 曰 무ᄉᆞᆷ 구의ᄒᆞᆫ 일잇가 孔明이 曰 운장을 화용도을 보ᄂᆡ면 졍영 조조을 자불터나 장군이 젼일 허창의 가실 ᄯᅢ 독힝千里ᄒᆞ고 五關斬將ᄒᆞᆯ 졔 조조의 후언을 입엇신니 필연 잡고 노흘지라 사졍 거러키로 보ᄂᆡ지 못ᄒᆞ노라 운장이 曰 都知其一리요 未知其二라라 ᄃᆡ기 경즁은 다르야 알 거시요 長短은 지여보야 아옵난이 조조 비록 소장을 후ᄃᆡ

〈23-앞〉

ᄒᆞ엿시나 小將이 알양 문치 베혀 ᄇᆡᆨ마지의을 면ᄒᆞ엿신이 은혀 갑푼지라 져을 엇지 노헐잇가 孔明이 曰 조조 놋코오면 엇지 할고 운장이 ᄃᆡ 曰 굴령다짐 ᄒᆞ오리다 孔明이 大喜ᄒᆞ야 굴령다짐 ᄒᆞ올 젹의 ᄉᆞ연의 曰 소장 관우난 지약이 슈미나 忠의난 진졍의회ᄒᆞ야 동원결의ᄒᆞ여 ᄉᆞ싱지동심이요 젼장출임이 감고ᄒᆞ니 위기력이 갈역이라 긔영이 공토ᄒᆞᆫ이 망조이하 셕고급이어 화용도ᄒᆞ야 반적 조조 싱금ᄒᆞ미 무이탑취물리아 약위령이면 불고쳐참 의당ᄉᆞ라 이럿타시 다짐 후의 孔明젼의 엿ᄌᆞ오되 화용도로 안이 온면 그난 엇

지 ᄒᆞ올잇가 孔明이 曰 나도 쏘ᄒᆞᆫ 다짐ᄒᆞ리다 운장이 大喜ᄒᆞ여 말무령 바든 후의

〈23-뒤〉

공명이 운장다러 불부ᄒᆞ되 화용도 소로로 좃차드러가 놉픈 봉의 연긔 닉여 조조 유인ᄒᆞ라 운장이 엿ᄌᆞ오되 조조 연긔을 보고 엇지 그리로 올리가 孔明 笑曰 장군 병볍의 허젹실ᄒᆞ고 실즉허을 모로난다 조조 비록 병볍의 익으나 연긔을 보면 허장셩세라 ᄒᆞ고 연긔을 좃ᄎᆞ 올 거신이 雲長 의心치 말나 운장이 쳥영ᄒᆞ고 관펀 쥬장 五百 도수을 거날리고 황용도로 간이라 各設 잇ᄯᅢ 조조는 상션의 놉피 안ᄌᆞ 황긔 소식을 지다일 졔 문둑 東南風이 일거날 졍옥이 엿ᄌᆞ오되 동남풍 불가ᄒᆞ온이 밀리 방비ᄒᆞ소셔 조조 大笑 曰 東南風 부는 ᄯᅳᆺ지 冬至후면 一陽이 쉬싱ᄒᆞ는이 이졔 東南風이 무삼 염여 잇슬손야 잇ᄯᅢ 조조는 八十万 水軍

〈24-앞〉

精兵을 赤壁江의 ᄯᅴ여두고 醉興이 도도ᄒᆞ여 船中의 風月ᄒᆞ고 만취ᄒᆞ야 ᄶᅦ ᄭᆞ려졔 치을 비고 누어던이 야ᄉᆡᆨ은 쳥양ᄒᆞ고 月色은 만요로다 조조의 그동보소 글 지어 화답ᄒᆞ되 月明星稀ᄒᆞ고 烏鵲이 南飛로다 닉의 덕ᄉᆞ 이을지라 三百里 長江水을 육지갓치 ᄒᆞ엿신이 닉 위의 엇더ᄒᆞᆫ가 어는 놈이 디兵을 ᄒᆞᆼ거ᄒᆞ리 이러틋시이 논일 젹의 군ᄉᆞ 보ᄒᆞ되 江東 일쳑 小船이 와 황긔의 밀셔 올니는이다 조조 바다본이 그 ᄉᆞ연의 ᄒᆞ엿시되 쥬유을 구지 막아 벼셔놀 길 업습던이 번양으로 양식 슐유 ᄒᆞ려가라 ᄒᆞ옵기로 디진의로 승야ᄒᆞ여 갈인니 今夜 三更의 쳥용긔 ᄭᅩᆺ분 거시 양식 실은 빅라 ᄒᆞ여거날 조조 보고 大喜ᄒᆞ야 ᄯᅢ을 기달리던이

〈24-뒤〉

正黃昏의 東南風이 大作ᄒᆞ야 波도난 흉흉ᄒᆞ고 月色 조용ᄒᆞᆫ디 엄風디作ᄒᆞ고 의긔 양양ᄒᆞᆯ 제 定玉이 엿ᄌᆞ오되 져긔 오ᄂᆞᆫ 비 간ᄉᆞᄒᆞ온이 갓가이 오게 마거소셔 양식 시른 비면 깁피 ᄯᅳᆯ 거신여ᄂᆞᆯ 오ᄂᆞᆫ 비 부경ᄒᆞ온이 만일 간게 이올진ᄃᆡᆫ 엇지 당ᄒᆞ올잇가 말리 맛지 못ᄒᆞ야 無數 젼션이 八方으로 드러오며 겨화방포 승긔난 ᄻᅴᄻᅴᄒᆞ고 나발소ᄋᆡ 주리둥둥 뇌고 비ᄂᆞᆫ 번기갓치 드려온니 고함이 진동ᄒᆞ여 ᄒᆞᆫ변 불을 볏격ᄒᆞ니 江山이 문어지고 두변 불 볏격ᄒᆞᆫ이 우쥬박구난덧 셰번 불 볏격ᄒᆞ니 風조火식ᄒᆞ고 화셩풍위ᄒᆞ야 火炎 衝天ᄒᆞᆫ이 天地 진동ᄒᆞ여 風聲은 ᄯᅳᆼᄯᅳᆼ 물소릐난 츌넝츌넝 젼션은 ᄲᅱᄯᅩᆼ 돗ᄃᆡᄂᆞᆫ 질근 용총돗ᄃᆡ 쥴 모도다

〈25-앞〉

ᄭᅳᆫ어지고 놉픈 ᄃᆡ 집펴지고 집푼 ᄃᆡ 놉파지고 장막은 펄펄 치도 쪽쪽이 ᄯᅥᆯ어져 赤壁江의 뒤ᄭᅳᆯ을 제 불빗치 낫빗치라 조조의 百萬大兵 일시예 흡몰ᄒᆞᆯ 제 숨 막켜 쥭ᄂᆞᆫ 놈 안ᄌᆞ 쥭고 셔셔 쥭고 오다가 쥭고 가다가 쥭고 조우다 쥭고 우다가 쥭고 ᄯᅩᆼᄊᆞ 쥭고 불타 쥭고 물의 ᄲᅡ져 쥭고 불상이 쥭고 원통이 쥭고 어니 업셔 쥭고 가니 엽셔 쥭고 발펴 쥭고 잡바져 쥭고 쥭어보ᄌᆞ고 쥭고 거짓시로 쥭고 춤으로 쥭고 가심을 ᄶᅡᆼᄶᅡᆼ 치다 쥭고 지담ᄒᆞ다 쥭고 실업시 ᄒᆞ다 쥭고 쥭난 놈 셔로 발바 다리도 부려지고 모도 쥭을 제 날닌 장슈 無用이오 一等名將 쓸ᄃᆡ 업다 이졔밤 장담ᄒᆞ던 조조 거동 보소 의외예 불이 난이 당신인덜 온젼ᄒᆞᆯ리 수염이 다 타고 눈셥이 다 그슬 제

〈25-뒤〉

그 수염이 망ᄒᆞᆫ 후의 이들 엇지 온젼ᄒᆞ며 눈의 연긔든이 쳥밍각이 졀노 되고 두 귀의 ᄌᆡ가 가득 든이 귀먹장이 졀노 된다 홍포가 흑포되야 굴독쇠가

되여신이 조조가 망조로다 잇쎄 조조 겁을 ᄂᆡ여 曰 이거시 어든 ᄆᆡ야 赤壁江이 안이라 곳고ᄅᆡ 군역이로다 슘 막켜 내 죽것다 ᄒᆡ고 ᄊᆡ거 ᄂᆡ 죽것다 ᄒᆡ고 다리야 ᄒᆡ고 팔리야 등어리예 불리 난이 五장이 쌈ᄂᆞᆫ 듯 頭上의 불리난이 삭발위승 졀노 된다 定玉의 얼골리 ᄯᅩᆼ빗치라 허졔은 창을 맛고 문빙은 살을 맛ᄌᆞ 살기을 도망ᄒᆞᆯ 졔 황ᄀᆡ 그동 보소 長창 大劍을 눈 우의 변듯 들고 火光中의 ᄯᅱ여ᄂᆞ려 벽역ᄀᆞᆺ치 소ᄅᆡ을 天動ᄀᆞᆺ치 뒤지어며 이놈 조조야 닷지 말고 칼 밧드라 션봉

〈26-앞〉

장 황게을 아난다 조조 기가 막켜 션두의 ᄯᅮᆨ ᄯᅥ러져 거의 죽게 되여던이 시위ᄒᆞᆫ 장수로 황ᄀᆡ을 활노 쏘와 물니치고 一隻船을 밧비 져어 조조을 구ᄒᆞ야 江邊의 나려논이 조조의 그도 보소 홍포을 헐젹 벗고 군ᄉᆞ 즁의 ᄊᆡ여가며 존말리 비상ᄒᆞ다 부질 업시 총놋타가 화야이 ᄯᅩ여 눈의 든이 몹시도 아라다 날다려 조조라 ᄒᆞᄂᆞᆫ 놈은 져가 실노 조조이라 如狂如醉 혼미즁의 졔우 정신을 진졍ᄒᆞ야 江上을 바라본이 불빗치 뒤집피여 ᄒᆞᆷ셩 진동ᄒᆞᆯ 졔 無數ᄒᆞᆫ 군졸들리 火炎中 살살 노가 赤壁강 셔리 되이 天地亡我요 非戰之衆라 여긔 잇다가ᄂᆞᆫ 다 죽겟다 沃將 쥬ᄐᆡᄂᆞᆫ 젹벽으로 모라오고 여몽 감영은 후군을 좃ᄎᆞ온이 進退유극ᄒᆞ야 ᄑᆡ군 조조

〈26- 뒤〉

갈 곳 젼히 업다 쳔방지방 도망ᄒᆞ야 가난 기을 헛치던이 定玉이 엿ᄌᆞ오되 五林길리 두리온이 언난 질노 가올잇가 조조 曰 五林 셔편으로 형쥬을 갈양이면 허ᄎᆞᆼ이 최급ᄒᆞᆫ이 셔편으로 가ᄌᆞ ᄒᆞ고 쥬마가편ᄒᆞ야 가ᄂᆞᆫ 질을 오임산곡의 당도ᄒᆞ니 조조 세 급ᄒᆞ야 連日不食 쥬인 군ᄉᆞ 계우 그여 드려가셔 左右山谷 두너본니 만ᄒᆞᆨ千峯 구분 질의 落落ᄒᆞᆫ 노松 바람을 못이계려 이리흔덜 졀리 흔덜 層巖絶壁은 곳곳지 금屛이요 淸流폭포ᄂᆞᆫ 구비구비 石灘이

라 만탄조익ᄒᆞ니 分明ᄒᆞᆫ 要害處라 눈 싸이고 千峰의 바람 칠 졔 花鳥木實 젼현 업다 잉무 원앙 끈쳐지고 ᄉᆡ들 어이 울야만은 赤壁 火炎의 상ᄒᆞᆫ 장졸 덜 의톡無路라 조조 픽군 미여라고 가지

〈27-앞〉

가지 우는 소리 火炎中의 사은 군ᄉᆞ 古鄕 니別 몃ᄒᆡ던고 귀촉도 불려라 슬피 우는 두견이며 또 빗죽ᄉᆡ 우름 운다 百萬군병 ᄌᆞ랑턴니 今日 敗軍 원일인고 ᄌᆞ칭 英雄 간ᄃᆡ업다 百計妙策 쓸ᄃᆡ 업다 이리 가며 빗쥭 울고 져리 가며 빗쥭 운다 또 져 홍연ᄉᆡ 우름 운다 이아 위병 군졸드라 너의 군즁 양진ᄒᆞᆫ이 무어슬로 밥 지얼야 솟적솟적 울고간다 또 져 가마귀 울고 간다 또 져 쑥국ᄉᆡ 울고 간다 주인 장졸 닝병인들 업실손야 닝병의 조타 숙국숙국 져리 가며 숙국 이리 가며 쑥국쑥국 울고간다 또 져 호반ᄉᆡ 울고간다 장요난 활만 들고 살업다 셔려 말라 살 간다 술 바드라 수루욱수루욱 울고간다 또 져 종지리ᄉᆡ 울고간다 空中 놉피 써셔 東南風을 막어쥴야

〈27-뒤〉

너훌너훌 써나며 火兵아 우지마라 노구지리 ᄂᆡ 잇노라 또 짜옥이 울고 간다 황기 호통의 검을 ᄂᆡ여 버션 홍포 ᄂᆡ 입엇다 짜옥짜옥 울고 간다 할미ᄉᆡ 울름 운다 우심으로 픽ᄒᆞᆫ 군ᄉᆞ 갈소록 양망굿다 伏兵 보고 도망마라 이리 가며 핑동 져리 가면 핑동핑동 울고 간다 조조 ᄉᆡ소릐을 듯고 낙누 탄식 후의 혀혀 大笑 우신이 졍옥 엿ᄌᆞ오ᄃᆡ 근근도싱 창황 즁의 슬푼 신세 싱각지 안고 승상은 엇지 운는잇가 조조 曰 우심이 졀노 난다 쥬유 공명을 뉘라셔 모ᄉᆞ라 ᄒᆞ민요 가소롭다 이려ᄒᆞᆫ 협ᄒᆞᆫ 기의 일진兵 두어시면 ᄂᆡ 엇지 버셔나랴 말리 뭇지 못ᄒᆞ야 방포일셩의 썽ᄒᆞ며 五林山谷으로 火光이 충쳔ᄒᆞ여 긔치 창금이 쑛쩍쑛쩍 ᄒᆞ고 ᄒᆞᆫ 장수

〈28-앞〉

그동 보소 빅포운갑의 입고 八尺長劍을 눈 우의 놉피 들고 火光中의 썩 나셔며 벽역갓턴 호령소릭 쳔동갓치 지려며 이놈 조조야 常山 趙子龍 모로난다 先生이 보닉시며 너 자부려 예 왓노라 날짜길짜 從天降ᄒᆞ며 종지출ᄒᆞᆫ다네 이놈 닷지 말고 충 바드라 변긔갓치 달예들며 東을 얼넌 西을 치고 南을 얼넌 북을 치고 예와 번덧 졔와 번덧 장졸의 머리 秋風落葉갓치 써러지난지라 조조 마두의 쑥 써러져 거의 죽게 되엿던니 셔황 장요 등이 죽을 심을 다ᄒᆞ야 火光을 버셔나 간신이 동망ᄒᆞ야 如干 나문 군량 군긔을 다 일코 쏘 약간 남문 장조리 활도 맛고 칼도 맛고 총도 맛ᄌᆞ 힝보 할길 젼히 업다

〈28-뒤〉

이릉 어구의 다다른니 날리 장차 발거온며 東南風은 불식ᄒᆞ고 거문 구름 이러나며 大雨는 大作ᄒᆞᆫ 디 赤壁江上 상ᄒᆞᆫ 군조리 雨中의 불쌍타 호로곡의 다달나 져진 의복 버셔 날빗 뒤의 걸러두고 주인 말 풀 잡피며 초여의 양식 겁탈ᄒᆞ야 火兵을 급피 불너 밥 지으라 직촉ᄒᆞ고 가만이 살피본이 젹젹산곡 청계상의 쌍쌍 빅구 놉피 나라 둥등둥등 흘리 썻나 雨後淸江 조흔 흥을 문노라 져 白鷗야 紅蓼月色 엇다두고 漁笛數聲 젹막ᄒᆞᆫ디 너난 어이 ᄒᆞᆫ가ᄒᆞᆫ야 범범창파 놉피 써셔 뉘의 긔약을 지달라고 飛去飛來 논이의며 나난 어이 분쥬ᄒᆞ야 風波의 상ᄒᆞᆫ 신셰 半生半死 苦상ᄒᆞ야 千里本國 어이 갈고 이러탓 탄식 후의

〈29-앞〉

허허 大笑 우신이 諸將 等 엿ᄌᆞ오되 승상이 우시의면 伏兵 이러나니 우심 거만 ᄎᆞ무소셔 조조 듯고 大怒 曰 닉가 우신 즉 伏兵이 쏙쏙 나션단 말가 젼의 우리집의셔 아모리 우셔도 伏兵은컨이와 술병도 안이더라 그놈드리

승상인지 馬上인지 헛동요을 지어닉어 닉의 平生 조아ᄒᆞ난 우슴도 못웃게 ᄒᆞ난구나 酒肴을 데러놋고 將卒과 함긔 취토록 멱은 후의 취즁의 쥬담ᄒᆞ되 이번 싸홈의 픽ᄒᆞ문 보아건이와 沃나라 장슈의 근본을 의논ᄒᆞ면 모도 상놈 이엿다 위션 유현덕은 졔가 ᄒᆞᆫ종실리라 ᄒᆞ거이와 양산 차젼의셔 위업ᄒᆞ던 상ᄉᆞᆺ시요 雲長은 기운 잇난 쳬ᄒᆞ고 ᄉᆞ롬을 잘 쥭니건니와 河東셔 그릇 굽던 상ᄉᆞᆺ이요

〈29-뒤〉

장비 요슨은 有力은 ᄒᆞ건이와 탁군짜의셔 졔육 팔던 불상놈이요 긔손 고리 눈의 혹ᄒᆞ여 현덕이 결의兄弟 ᄒᆞ여ᄉᆞᆺ짜 글닉 그 손덜리 주먹심이 단단타고 약간 심만 밋고 버리장이가 괘심이 싱긴 놈일너라 웬일인고 ᄒᆞ니 大체넌 고사ᄒᆞ고 나의로 ᄒᆞ여도 닉가 졔계 실존장이라 엇지ᄒᆞ여 조조야 조조야 ᄒᆞ 난 소릭 안이 쉽고 녹녹ᄒᆞ여 졀노 기가 막칸 딕 아무리 상놈인들 子龍인가 ᄒᆞ난 요손은 날닌 쳬ᄒᆞ고 억지난 잇건이와 商山 돌구먹의셔 근본 업시 쑥 비여진 상놈이요 또 졔갈양인지 요손은 실긔잇난 쳬ᄒᆞ고 말을 잘ᄒᆞ근이와 남양의셔 밧 가라머던 뒤지기 농통ᄒᆞᆫ니로되 현덕니 용열ᄒᆞ여

〈30-앞〉

다려다가 先生인지 後生인지 ᄒᆞ건이와 日後의 다 만나면 닉 ᄒᆞᆫ 말의 그 숀 드릭 갓슬 씨고 문밧츌입 못ᄒᆞ렷짜 졍옥이 엿ᄌᆞ오딕 王侯將相이 영有種호 아 예로붓터 일너신이 고병ᄌᆞ는 픽탄 말슴을 모로신잇가 남의 근본 상고 마옵시고 졈졈 나가ᄉᆞ이다 조조 딕 曰 손의로 곱아도 알겟다만은 졈구나 챠실리 ᄒᆞ라 定玉니 호령ᄒᆞ되 명금 이ᄒᆞ 틔취틔ᄒᆞ라 잇쒸 흣터진 군ᄉᆞ 모 야들 졔 赤壁 火炎의 상ᄒᆞᆫ 군졸 각가 울고 드러온다 부려진 활과 썩써진 창씨와 씌여진 퉁노구을 듸리 메고 원망ᄒᆞ여 ᄒᆞ난 말리 諸葛亮 東南風 아 이면 八十萬 大兵이 엇지 다 쥭어실가 若干 남문 군ᄉᆞ들리 각기 울고 드러

온니

〈30-뒤〉

正玉니 칼을 즙고 軍中 呼令ᄒᆞ되 졈고의 불참지면 니 칼노 벼혀리라 高聲으로 呼令ᄒᆞ되 일디장 안유면니 주구물 조조 듯고 쌈 놀니 압갑고 압갑도다 엇지 ᄒᆞ야 죽언난야 五林의 子龍 만나 죽엇소 조조 曰 너히 가셔 술인물러오라 定玉이 엿ᄌᆞ오되 손슈 가셔 물여옵소셔 조조 曰 니 홀노 갓다가 마ᄌᆞ 죽건드면 엇지 ᄒᆞ리 그러ᄒᆞ면 엇지 망영 실린 말슴 ᄒᆞᆫ신잇가 야야 불상ᄒᆞ야 ᄒᆞ난 마리로다 또 불너라 우부중 쳔총이 허우젹이 허우젹이 드러온다 투고 벼셔 팔니 걸고 갑주 벼셔 둘너메고 ᄒᆞᆫ 팔 뇌리치고 한다리 졀며 大聲통곡 우난 말리 古鄕을 바라본이 쓴 구럼 박기로다 어이 갈고 어이 갈고

〈31-앞〉

魏國古鄕 어이 갈고 빈연不解兵ᄒᆞᆫ이 도라가지 못ᄒᆞᆫ 픠군 가지는 안니 ᄒᆞ고 졈고는 무슴 일고 슬피 울고 드려온이 조조 보고 大笑 曰 넌난 신위 쳔총의로 쳬면업시 군예도 안이 ᄒᆞ고 드러온니 그런 도리 또 이느야 만일 거져두면 다런 놈드리 쁜 보인이 잡이니여 회시ᄒᆞᆫ라 쳔총이 高聲ᄒᆞ야 엿ᄌᆞ오되 여보 승상 드러시요 젹벽江 火炎中의 창도 맛고 활도 맛고 만신창이 되기로 션실치 면ᄒᆞ야신이 죽어 맛당ᄒᆞ건이와 굴신도 못ᄒᆞ여 行步도 못ᄒᆞ온이 거러 고향 못갈 인싱 ᄎᆞ라리 죽여주면 ᄒᆞᆫ비고향 도라가셔 기리든 부모동싱 이즁ᄒᆞᆫ 처ᄌᆞ권속 얼고리나 보리로다 졔발 덕분 죽여쥬오 여보 승상

〈31-뒤〉

임 어셔 밧비 죽여 쥬오 조조가 어이 업셔 落淚 歎息ᄒᆞ난 말이 온야 우지

마라 드의 우난 소릐을 드언이 ᄂᆡ 목이 졀노 막칸다 네 父母 직 ᄂᆡ父母요 ᄂᆡ 父母 직 네 父母라 슬어 말고 ᄒᆞᆷ긔 가자 ᄯᅩ 부르라 火兵의 변쇠 화兵이 드러온이 졀임 벼셔 들너ᄆᆡ고 군복 벼셔 억ᄀᆡ 걸고 大聲통곡 우난 마리 고향을 바라본니 구름 만단ᄒᆞ너 楚水吳山 험ᄒᆞᆫ 기의 千里本國 어이 갈고 ᄋᆡ고ᄋᆡ고 ᄂᆡ 일이야 조조 보고 문난 말리 너 맛튼 군긔난 다 엇지 ᄒᆞᆫ다 아리되 五林셔 엇든 장슈 나셔며 장막은 이불ᄒᆞ겟다 쎗고 마람쇠난 문돌조구 ᄒᆞᆯ난다 ᄒᆞ기로 다 쥬고 왓소 퉁노군난 엇지 ᄒᆞ여난야 예 퉁노구난 가져 왓소 쥬먼이을 바실

〈32-앞〉

락바실락 ᄡᅳ르던이 속경만ᄒᆞᆫ 쇠 ᄒᆞᆫ 쪽각을 ᄂᆡ여노크날 조조 보고 기가 막켜 이놈 그거시 퉁노군야 예 아뢰리다 五林셔 子龍 만나 날닌 창 둘너메고 베혈 젹의 혼불부신 다라나던이 변ᄀᆡ갓치 ᄎᆞᆺᄎᆞ와셔 이놈 네 진거시 무엇신다 산졔불공 다이난 통노구요 올여라 ᄒᆞ기여 올여든이 통노구 복판의 위나라 위ᄌᆞ라 엇든 발금ᄌᆞᆼ의 아달놈이 썻던지 글ᄌᆞ을 보든니 니놈 조조의 화兵놈이 산졔불공 빙ᄌᆞᄒᆞ니 조조을 쏀바다 잔ᄭᅬ 만타ᄒᆞ고 空中의 던지거날 쥬셔본이 쪽쪽이 나삽기로 졈고나 ᄒᆞ자고 ᄒᆞᆫ 쪽각만 가져왓소 조조 웃고 ᄯᅩ 부으로라 굴양지기 방경마지 드러온다 양식 ᄒᆞᆫ 홉 젼ᄃᆡ의 너허

〈32-뒤〉

휘휘친친 ᄃᆡ러메고 예 왓소 조조 보고 日 ᄒᆞᆫ 달 구병 멱길 양식 다 엇다 두고 잇ᄲᅮᆫ인아 굴양지기 엿ᄌᆞ오ᄃᆡ 젹벽風波 요란ᄒᆞᆯ 졔 百萬군ᄉᆞ 경황 업셔 火中 몰사ᄒᆞ올 젹의 각기 목심 살냐 ᄒᆞ고 쳔심만심 동망ᄒᆞᆯ 졔 굴양인들 엇지 오젼ᄒᆞ올잇가 ᄂᆡ기예 이만치나 가져 왓소 이놈 거것션 뭇엇ᄒᆞ야고 가져왓난야 예 갓다가 달기 모시나 ᄒᆞᄌᆞ고 가져 왓소 ᄂᆡ여쏫고 ᄯᅩ 불너라 우부쳔총 봉미군의 홍원녹이 홍원녹이 드러온다 말치만 손의 들고 드러온다 조

조 問曰 이놈 말은 다 엇다가 두엇난야 예 中路의셔 여러 親舊드리 팔고 가라 할 쌘더러 말 메기기도 괴롭고 노비도 업기로 팔고 왓소

〈33-앞〉

엇텃켜 팔언난야 양의 셰넷식 쥬엇소 실업난 장의 아달놈이로다 물너너치고 또 불너라 착디군의 둥덩발라 둥덩발라 드러오며 공셩 우는 말리 半生半死 오난 군스 무엇ᄒᆞ랴 불어신요 거놈 몰골 본이 목이 움치려졋거늘 조조 보고 問曰 너난 목이 엇지 움치여진다 져놈 골너여 ᄒᆞᆫ난 말리 엇던 졔미을 붓털 놈의 목이 근본 지으던이 오다가 中路의셔 ᄒᆞᆫ 장수 나셔던이 이놈게 잇거라 ᄒᆞ난 소리 긔가 막켜 안즈던이 조조 어디로 가던야 ᄒᆞ거날 모로노라 ᄒᆞᆫ즉 돌덩이 갓턴 쥬먹으로 디가리을 메여치던이 머리가 쏙 더러갓소 안의로 가만이 보고 눈을 쓴직 염통만 뵈인이 이게

〈33-뒤〉

엇던 놈의 탓신고 조조 디소 曰 착실ᄒᆞ다 너 아달리야 너 간 곳슬 긔이신이 이 무삼 염여 잇슬소야 점고을 다 ᄒᆞᆫ 후의 나문 군스을 살펴본이 不過 數百 긔라 조조 낙누 탄식 후의 하하 우신이 定玉이 엿ᄌᆞ오되 百萬軍兵 몰사ᄒᆞ고 굴양 업스와 기갈리 ᄌᆞ심ᄒᆞ되 승상은 또 웃난잇가 조조 曰 쥬유 孔明이 꾀 업심물 너 웃노라 이럿탓시 조분 기리 복병ᄒᆞ엿시면 너 엇지 ᄉᆞ라가라요 말리 맛지 못ᄒᆞ야 방포일셩이 쿵ᄒᆞ던이 左右 山谷으로 벌쎄갓치 伏兵이 이러나며 定玉이 엿ᄌᆞ오디 볌갓턴 장비이다 승상임 우심으로 이졔난 다 죽겟소 우심 어셔 실토록 우시시요 조조 황겁中의 살펴본이 얼골은 숫먹 가라 깃친 덧

〈34-앞〉

ᄒᆞ고 고리눈 다박수염의 숨모장 노픠 들고 불숫갓치 급ᄒᆞᆫ 셩졍 밍호갓치 썩 나셔며 벽역갓치 소릐 지러며 이놈 조조야 탁군짜 장익덕을 아난다 先生이 본ᄂᆡ시믜 너을 잡부여 예 왓노라 날다길다 八男갑비라 뒤지기라 쌍의 든다 장판교의 도망ᄒᆞᆫ 조조야 今日 싱금여ᄃᆡ 말고 닷지 말고 ᄎᆞᆼ 바드라 ᄒᆞᆫ 난 소릐 太山이 문어지고 天地가 진동ᄒᆞᆫ다 조조 넉실 일혀 아릐턱을 쌉불쌉불 졍옥이 날 살여라 天지도지 도망ᄒᆞᆯ 졔 장ᄒᆞᆸ 등이 죽도록 ᄃᆡ젹ᄒᆞᆯ 졔 조조 그동 보소 안장 업난 말을 타고 半生半死 도망ᄒᆞ야 호로곡 졔우 드러갈 졔 느러진 잡목 열씌리진 측넝츌 헤쳥헤쳥 거머 즙고 탄식ᄒᆞ야 曰 蜀道 험타 ᄒᆞ되 여의셔 더ᄒᆞᆯ

〈34-뒤〉

소야 호로곡 졔우 넘어 졍옥이 落淚 歎息ᄒᆞ되 平生 소학지심은 운쥬 유악ᄒᆞ야 결승千里 ᄒᆞᄌᆞ던이 오날날 이 일을 뉘을 원망ᄒᆞ리요 만측ᄒᆞᆯ 사 우리 승상 일빈일소 탓시로다 ᄋᆡ고ᄋᆡ고 울고 난이 쳔별장이 울고ᄂᆞᆫ다 승상이 망상ᄒᆞ야 酒色 보면 조아ᄒᆞ고 臨陣ᄒᆞ면 교병턴이 三軍六師 간ᄃᆡ 업다 百萬군ᄉᆞ 몰ᄉᆞᄒᆞ니 謀士도 간ᄃᆡ 업고 장수 ᄯᅩᄒᆞᆫ 공수로다 前伏兵의 ᄉᆞ라온이 後伏兵이 다시나면 엇지 ᄉᆞ라간단 말가 ᄋᆡ고ᄋᆡ고 울고난이 ᄑᆞ총이 울고ᄂᆞᆫ다 복덕업난 우리 승상 픽업을 ᄒᆞᄌᆞ ᄒᆞᆫ들 일역으로 용이ᄒᆞᆯ가 픽군지장 도망ᄒᆞ고 前後초난 혀여지고 左右초난 간ᄃᆡ 업다 ᄯᅩ 伏兵 이러나면 左

〈35-앞〉

右익을 뉘 당ᄒᆞᆯ리 병든 步兵은 긔운 업시 긔어간이 ᄉᆞ라갈 길 젼혀 업다 ᄋᆡ고ᄋᆡ고 울고난이 초간이 울고ᄂᆞᆫ다 젼탐후고 ᄒᆞᄌᆞ던이 十生九死 ᄒᆞ엿구나 엇지 안이 슬풀이요 ᄋᆡ고ᄋᆡ고 울고난고 긔ᄃᆡ총이 울고ᄂᆞᆫ다 환도 업난 잡만

줍고 날 업난 창딕 쥐고 군복조ᄎ 불의 ᄐ고 우구러진 병거지 ᄶ고 져슈록 졀눅졀눅 ᄒ는 말리 ᄒ면목으로 어이 갈고 슬피 울고 드어온이 조조 보고 大怒 曰 死生이 有命커던 네 어이 슬피 우는다 이후의 우는 ᄌ면 軍法으로 쥼ᄒ리라 行軍을 직촉ᄒᆯ 졔 定玉이 엿ᄌ오딕 젼면의 기리 둘리온이 화용도 소로의는 연긔 나옵고 늠군딕로난 도졍이 업ᄉ온이 어난 길노 가올잇가 조조 曰 화

〈35-뒤〉

용도는 의심 업시리라 定玉이 엿ᄌ오되 연긔 져러ᄒ이 伏兵이 위틱ᄒ온이 大路로 가사이다 조조 曰 병셔의 ᄒ엿시되 혀즉실이요 실즉혀라 ᄒ엿신이 ᄭᅬ 만ᄒᆫ 졔갈양이 大路의 伏兵ᄒ고 소로 연긔여 날 속길 ᄭᅬ 안이야 존말 말고 화용도로 드려가ᄌ 화용도 드르갈 졔 山谷 深 혐ᄒᆫ 기의 힝보ᄒ기 어렵ᄯᅩ다 칭암졀벽은 左右로 둘넌는딕 창쳔 걸인 폭포 비류즉ᄒ슴쳔쳑은 의시은하낙구쳔이라 山鳴谷應 요란ᄒ니 조조 드고 大경 曰 이 소릭 원인 소릭요 定玉 엿ᄌ오딕 山高谷深 물소릭요 조조 혀려 타식ᄒ되 폭포셩이 날 속긴다 공상의 草木덜은 兵馬가 의심ᄒ고 만혹의 측넝츌은 긔친가 의심ᄒ며

〈36-앞〉

左右山川을 둘너본이 안긔 거더 빅운 되고 구름 모와 多奇峯이라 딕강 둘너 구경ᄒ고 힝군을 직촉ᄒ야 若干 나문 군졸들리 긔ᄒᆫ니 자심ᄒ고 초두난익 병든 장졸 冬雪寒 치운 날의 힝보ᄒᆯ 길 바이 업다 식벽바람 츤비 후의 어름빙판 조분 기의 힝군을 어이 ᄒ리 인졍 업난 조승상으 힝군을 직촉ᄒᆫ들 근근 쳐진 가난 군ᄉ 죽난 지 太半이요 졍황업시 가난 길의 조조 ᄯᅩ 마상의셔 앙쳔 딕소 하하 웃고 曰 쥬유 공명 가소롭다 일런 병목갓탄 길의 군ᄉ 열만 두어시면 긔진ᄒᆫ 우리 군ᄉ ᄉᄌᄒᆫ들 어이 ᄉᆯ며 피ᄌᄒᆫ들 피ᄒᆯ손야 식근 우심 헛장담의 힝군 직촉ᄒ여 十生九死 드러갈 졔 방포일셩 나는

소릭 山谷으로 들니거놀 조조 듯고 曰 소릭

〈36-뒤〉

웬 소릭요 졍옥 엿ᄌᆞ오딕 수목 창쳔ᄒᆞ고 山谷이 젹젹ᄒᆞᆫ딕 써 업는 총소릭가 아마도 수상ᄒᆞ오 조조 曰 포수 노로 잡는 총소릭로다 또 ᄒᆞᆫ 곳 바라본이 산승 져근 길노 쳔이이 들니거놀 定玉이 엿ᄌᆞ오되 이거시 웬 소릭잇가 조조 曰 쇠앗치 어미 부루난 소릭로다 방포일셩이 쮕ᄒᆞ며 三千兵이 左右로 갈너셔며 압픠 사명긔 두러시 써온다 草木이 슬어지고 江山이 문어진다 조조의 그동 보소 定玉 불너 曰 져 건너 오는 장수 엇던 장수요 이졔난 ᄒᆞᆯ길 업다 염닉大王이 닉 三寸이라도 ᄉᆞ라갈 길 바이 업다 定玉 엿ᄌᆞ오되 ᄉᆞ셰 여ᄎᆞᄒᆞ온이 어딕로 가올릿가 조조 曰 닉 투고 벼셔 쥬마 너 즘간 써라 어딕로 가시랴오 소피ᄒᆞ고 옴마 定玉이 엿ᄌᆞ오되 소피을 빙ᄌᆞᄒᆞ고 도망ᄒᆞ면 엇

〈37-앞〉

지ᄒᆞ리 닉 명딕로 ᄉᆞ난 목심 남의 비명의 쥭시올리가 조조 曰 千金 상사ᄒᆞ마 定玉이 엿ᄌᆞ오되 千金도 不如一身이요 그러ᄒᆞ면 바위 밋틱 숨어거든 조조 안이라 일너쥬소 닉 목심 살여쥬면 조상으로 딕졉 험닉 定玉 엿ᄌᆞ오되 조상컨니 조부로 딕졉ᄒᆞ여도 그난 무가닉ᄒᆞ요 이넌 다 광딕놈 망셜리라 그런 도리 잇슬손야 定玉이 엿ᄌᆞ오되 젼면을 잠간 본이 雲長이 분면ᄒᆞ오 승상 은혜 입어신이 고의로 비러보소셔 조조 듯고 딕희ᄒᆞ야 曰 운장은 본딕 딕인이라 아릭 ᄉᆞ룸 사량ᄒᆞ고 약ᄒᆞᆫ ᄉᆞ룸 도으시며 강ᄒᆞᆫ ᄉᆞ룸 억졔ᄒᆞ며 공식을 분간ᄒᆞ니 실노 영웅이라 간ᄉᆞᄒᆞᆫ 쐬 써 웃숨기 육셩으로 돌라셔면 박졀리 못ᄒᆞᆯ리라 마조 나가봄미 올타 이러타시

〈37-뒤〉

장담ᄒᆞ고 ᄒᆞᆷ졍의 든 범갓치 ᄭᅩ리을 샷티 ᄢᅵ고 투고 벼셔 팔ᄃᆡ 결고 갑쥬 버셔 ᄶᅡ의 녹코 지셩으로 거러가셔 再拜ᄒᆞ고 엿ᄌᆞ오되 장군 그 ᄉᆡ 귀체 알영ᄒᆞ신잇가 관공이 마상의셔 흠신ᄒᆞ여 월관괴 형장ᄒᆞ고 조조 두 무럼을 졍이 ᄭᅮᆯ고 ᄋᆡ결ᄒᆞ여 비ᄂᆞᆫ 마리 今天下 분분키로 만군 거ᄂᆞ리고 千里젼장 왓삽던니 젹벽강 픠ᄒᆞᆫ 신셰 혓창으로 가난 신셰 셰궁역진 ᄒᆞ온이 빌건ᄃᆡ 장군은 고졍을 ᄉᆡᆼ각ᄒᆞ와 살라가물 바라나니다 관공이 大怒ᄒᆞ야 三角슈을 거사리고 봉의 눈을 불름 ᄯᅳ고 쳥용도을 빗기 들고 호통ᄒᆞ여 분부ᄒᆞ되 간ᄒᆞᆫ 조조놈아 존말 말고 ᄂᆡ 칼 바들라 쳔동가치 고ᄒᆞᆷᄒᆞ니 조조 황겁ᄒᆞ야 ᄋᆡ고ᄋᆡ고 아ᄌᆞ씨요 ᄒᆞᆯ 말만 ᄒᆞ오이다 장군임 위국의 와 게실 졔 花園의 ᄃᆡ쳥 짓고 ᄃᆡ쳥 압페 단쳥 치고 상마의 금 쳔야 ᄒᆞ고 하마

〈38-앞〉

의 은 쳔양 삼일의 소연ᄒᆞ고 오리 뒤 ᄃᆡ연ᄒᆞ고 미부인 감부인을 쥬야 근심ᄒᆞ시거날 미부인은 옥교 타고 감부인은 금교 타고 一千宮女 시위ᄒᆞ여 장군 위품 도도ᄌᆞ고 天子前 품달ᄒᆞ야 ᄒᆞᆫ슈쳥후 봉ᄒᆞ옵고 즉일 발ᄒᆡᆼᄒᆞ실 젹의 소장이 十里 박긔 젼송ᄒᆞ고 관ᄃᆡ 밧침 당졍ᄑᆞ을 마상의 올니온이 장군이 칼 ᄭᅳᆺ티로 바더시되 조곰심 입시오며 후일 상봉ᄒᆞ잔 말슴 어진 덧 소장의 연연ᄒᆞᆫ 졍으로 장구을 보려ᄒᆞᆫ고 不遠千里 와삽던이 반기심은 바이 업고 원슈 본듯 ᄒᆞ옵신니 ᄋᆡ달고 슬푸난이다 운장이 ᄃᆡ로ᄒᆞ여 분부ᄒᆞ되 너의 은혀 갑푼지라 원소의 싸홈의 사셰 위급거날 쳥용도 날닌 칼노 화복명장 알양 운츄 두 장슈을 벼혀신이 무슴 존말ᄒᆞᄂᆞᆫ요 당초의 너의 조상

〈38-뒤〉

국녹을 먹어신이 긔 은혀을 비반ᄒᆞ고 통일天下 三分함도 너로 ᄒᆞ여 긔리

되고 억조충싱 곡셩소릭 쳐쳐의 낭즈홈도 너로 ᄒᆞ여 그리 되고 우리 나라 삼척동즈도 너 고기을 원혼빅라 살여두던 못ᄒᆞ인이 존말 말고 너 쥭으라 이놈 조조야 목을 늘여 칼 바더라 조조 급훈 말 말노ᄒᆞ되 조조 二字 네가 조조야 안인야 닉 일홈은 메죠요 메조면 잔 담난이라 메조도 안이요 그러면 무어신야 텽조요 텽조면 더옥 좃타 藥用의 가ᄒᆞ이라 조조 울며 엿즈오딕 장군의 관후덕턱 ᄉᆞ히이 유명컨늘 조조 존명 못 ᄉᆞ릿가 장군 타신 말도 소장의 드린 빅요 오관의 촘장ᄒᆞ고 허다 장졸 쥭이시고 일분 원심 업삽고 장요게 분부ᄒᆞ여 무ᄉᆞ 호송ᄒᆞ여신니

〈39-앞〉

오날 닉 신셰 픽군지장 되야신나 고졍을 잇져신이 원통ᄒᆞ고 셜삼나이다 졔발 덕분 술여쥬오 픽산지구 곡셩소릭 遠近이 진동ᄒᆞ니 관공 어진 만음 도로혀 비충ᄒᆞ야 말머리을 두로면셔 도부수을 분부ᄒᆞ야 ᄒᆞ편의로 치우신니 간ᄉᆞ훈 져 조조가 운장의 거동 보고 졔장을 거날리고 쥐 슘듯 도망커날 운장의 어진 마음 촘마 쥭니든 못ᄒᆞ고 반다시 속기리라 ᄒᆞ야 말머리을 두로면셔 호통을 天동갓치 뒤질르며 너 어딕로 갈다 조조 딕경ᄒᆞ야 쏭을 ᄊᆞ고 좁바진니 장요 나셔 연연이 익결컨날 울장이 고졍을 싱각ᄒᆞ고 장탄 일셩의 다 방송ᄒᆞ고 본국으로 도라온이라 갈셜 조조 화용도을 버셔난이 졍옥이 曰 만일 운장 안니들 살기을 바라

〈39-뒤〉

리요 어셔 밧비 가사이다 쳔방지방 다라날 졔 식만 펄젹 나려도 伏兵인가 의심ᄒᆞ고 바람만 부러도 함셩인가 의심훌 쥬야 도망ᄒᆞ여 산밧긔 썩 나션이 쥭을 마음 어딕 가고 살맘 긔짓 업다 졍신을 진졍ᄒᆞ여 四面을 살펴본이 젹젹훈 松林間의 커다컨 장슈 방울눈을 부럽ᄯᅳ고 치슈염 헌날니고 낫빗철을 찡기리고 은근이 셧거날 조조 보고 딕경ᄒᆞ야 定玉보고 問曰 져긔 셧는 장

슈 뉘신가 보와라 졔장이 엿즈오되 그계 장승이요 조조 깜짝 놀니여 曰 장승이라 ᄒᆞ니 장비와 ᄒᆞᆫ 장가야 定玉이 엿즈오되 승상이 아모리 風◯의 고상ᄒᆞ오나 人여부을 모로신인가 十里五里 지로ᄒᆞᄂᆞᆫ 장승이요 조조 그졔야 장셩인 쥴 짐작ᄒᆞ고 허허탄식 曰 닉 젼日 用

〈40-앞〉

兵시의 天下英雄들도 날 ᄒᆞᆫ 변 소기 ㅈ면 百人不고 ᄒᆞᆫ다던니 요망ᄒᆞᆫ 져 장승이 날 소길 쥴 어이 알이 장승 잡아 닉입ᄒᆞ라 左右軍卒이 소릐치며 장승 잡아 닉입ᄒᆞ니 조조 분부ᄒᆞ되 장승 너 드러라 복병의 놀닌 장졸 혼불부신 오ᄂᆞᆫ 기의 너 비록 木身으로 구 먹고 목不視나 松林間의 웃뚝 셔셔 승상을 놀닉싯니 軍法으로 시힝ᄒᆞ라 조조 겁닌 마음으로 슐리나 먹ᄌᆞ ᄒᆞ고 취토록 먹으 후의 쇱박쇱박 조우던니 비몽간의 ᄒᆞᆫ 木神이 드러와 告曰 소장이 관연 화용도 장승이옵던이 승상젼의 비ᄂᆞᆫ이다 天地萬物 슴게날 졔 각식초목 면져 나셔 人皇氏 이후 유소氏 구목의소ᄒᆞ고 식목실 ᄒᆞ야시며 현신ᄂᆞᆫ 작쥬겨ᄒᆞ여 이졔불통 ᄒᆞ엿신니 그 남무 쳔타ᄒᆞ며 닉의 八字 무삼ᄒᆞ야 나무 中의 쳔木 되야 ᄒᆞᆫ가온ᄃᆡ 먹쥴 맛쳐 어던 신장 형용인지 쥬먹코 쥬토칠

〈40 뒤〉

빅을 ◯◯◯◯◯◯◯시어 行人去來 ᄃᆡ도상의 가도오도 못ᄒᆞᆫ 신세 나지면 눈비 맛고 밤이면 이실 맛ᄌᆞ 쥬야불쳘 셧ᄂᆞᆫ 닉요 입이 업셔 말 못ᄒᆞ고 눈의셔도 보지 못ᄒᆞ온이 승상은 모로시오 목身본고 놀닉신이 졀려ᄒᆞ고 ᄃᆡ진ᄒᆞ야 萬古영웅 ᄌᆞ랑ᄒᆞ오 기군 찬역놀을 무졔 힝영ᄒᆞ려신니 후환을 면ᄒᆞᆯ손아 심양처분ᄒᆞ옵쇼셔 조조 이 말 듯고 이러나니 인ᄒᆞᆯ不見 간ᄃᆡ업다 졍옥의게 분부ᄒᆞ야 장승 불고 놀닌 닉가 션실치면여산이 장승물시 방송ᄒᆞ라
이 칙이 오ᄌᆞ 낙셔 만이온이 눌러보옵
己亥正月二十三日

국립도서관 소장 19장본 〈적벽가〉

크기는 가로 33.4cm×세로 21.6cm, 19장으로, 감응편(感應篇)과 합철되어 있다. 한 면은 대략 14행이며 뒷면에 "乙巳 元月 十六日 畢" 이라는 간지(干支)가 있어 을사년(乙巳年)인 1905년에 필사된 것으로 보인다. 첫장면은 "각설 ᄃᆡ한국 효현황제 건안지초의 텬ᄒᆞ가 분분ᄒᆞ고 ᄉᆞ히가 요란ᄒᆞ니"로 시작된다. 도원결의가 제시되고 바로 삼고(三顧)가 상세히 서술된다. 공명이 오국으로 들어가 손권과 화공을 의논하며 동남풍을 기원하는 장면으로 이어진다. 주유의 명에 의해 공명을 해하려던 서성과 정봉이 자룡에 의해 실패하고 탄식하는 장면이 다른 이본에 비해 확장되어 있다. 조조도망사설 뒤에 장판교에서 장비가, 남병산 밑에서 자룡과 마초가 조조를 공격한다. 이어 나오는 원조사설은 다른 이본에 비해 축약되어 있다. 이어 장승사설, 좀놈사설이 나온다. 이를 비난하는 정욱의 말 뒤에 군사점고사설이 나오는데 다른 이본은 독립사설이나 여기서는 군사들이 탄식하는 것으로 독립된 사설은 아니다. 화룡도에서 관우를 만난 조조가 목숨을 구걸하는 장면이 확장되어 있으며 "ᄒᆞᆫ번 싸와 보고 쥭즈고나" 하는 조조의 말에 "승상은 쥭사와도 싸옴벽은 ᄃᆡ단ᄒᆞᄋᆸ시오" 하며 비난하는 구절도 있다. 전체적으로 조조에 대한 비난의 태도가 두드러지고 공명이나 관우 등 촉의 인물들에 대해 긍정적으로 서술되어 있다. 국립중앙도서관 장서번호: 〔古1〕 한-48-251 (정문연 필름번호 1047:R35N-002966-3)

국립도서관 소장 19장본 〈적벽가〉

〈표지〉

青蛇 卯月念三日 謄書于 石橋客中畢

感應編

合二卷

赤壁歌

〈1-앞〉

적벽가

각셜 ᄃᆡ한국 효현황졔 건안지초의 쳔ᄒᆞ가 분분ᄒᆞ고 ᄉᆞ희가 요란ᄒᆞ니 ᄉᆞ빅연 ᄉᆞ직이 엇지 ᄋᆞ니 위티ᄒᆞ리요 치셰지능신이요 난셰지간웅이라 ᄒᆞᄂᆞᆫ 져 죠죠 몹실 마음 흉즁의 가득품고 협쳔ᄌᆞ이영제후할 졔 ᄒᆞᆫ나라 졍승이나 실쇽 마음은 진실노 역젹이로다 한국 졍승으로 무어시 부족할야만은 도시 부귀가 ᄐᆡ과지소치로다 이갓치 몹실 마음 업ᄒᆞ의 문병ᄒᆞ고 ᄎᆞᆫ역할 마음을 심씨니 ᄉᆞ방의 도젹덜니 봉긔ᄒᆞ고 셕두셩 숀즁모은 강남의 웅거ᄒᆞ야 형세가 졈졈 강셩ᄒᆞ고 묘칙니 완완ᄒᆞ며 요란ᄒᆞ니 엇지 안니 ᄒᆞᆫ심ᄒᆞ리요 쳔운이라 이러ᄒᆞ여 국운이라 이러ᄒᆞᆫ지 ᄉᆞ희만민이 도탄즁의 드려시니 뉘라셔 건져쥴야 궐ᄂᆡ의 안지신 쳔ᄌᆞ 흉즁의 품은 울화을 그 뉘라셔 더어볼가 셕일 쥬빗진평이 금세상의 업셔시니 고황졔 형마밍셰 그 뉘라셔 발킬숀가 어이ᄒᆞ리 쇽졀업다 니거시 다 뉘쥘넌가 죠죠의 소위로다 크게 무도ᄒᆞᆫ 세상이면 ᄒᆞ날리 다 붓드러쥬낫니 천도가 무심치 ᄋᆞᆫ니ᄒᆞᄉᆞ ᄒᆞᆫ죵실 유현덕을 ᄂᆡ서고나 ᄉᆞ직을 ᄋᆞᆫ보ᄒᆞ실 마음으로 ᄉᆞ희팔방 영웅쥰걸을 부을 젹의 ᄒᆞ동 관우와 탁군

장비로 더부러 도원결의ᄒᆞ고 평싱 일심으로 국지

〈1-뒤〉

ᄃᆡ소ᄉᆞ을 의논할 졔 군신유의 장홀시고 엇지ᄒᆞ면 강젹 죠죠을 자바 ᄉᆞᄒᆡ을 안보ᄒᆞ며 고황졔 죵묘을 안보할리요 잇ᄯᅢ 남양ᄯᅡᆼ 용강산ᄒᆞ의 와용션싱 놉ᄒᆞᆫ 일흠을 듯고 지셩으로 공명을 ᄎᆞᄌᆞ갈 졔 거름 죠흔 젹토말은 은안슈곡 황금굴에 산호치을 놉피 들고 ᄯᅮ덕ᄯᅮ덕 밧비 모라갈 졔 삼장의 거동보쇼 긔상니 늠늠ᄒᆞ야 단산밍호 발남 압폐 라니난 듯 만승쳔ᄌᆞ 부열인가 졈졈 드러가며 ᄉᆞ방ᄉᆞᆫ쳔 바라본니 산슈 슈려ᄒᆞ야 산은 칭칭 명승지지 되여 잇고 물은 츌넝츌넝 벽계로다 은ᄒᆞ슈은 구쳔쳑오로 장쳔의 걸녀잇고 쳔ᄒᆞ 경긔은 형산을 갈려잇고 금각쳔봉은 ᄇᆡᆨ운이 들여잇고 경긔도 졀승ᄒᆞ니 어니 안이 장관이랴 신유 시월의 셔촉 삼동이라 황국 단풍은 다 져물고 장송 녹쥭은 더욱 ᄉᆡ롭도다 ᄇᆡᆨ셜은 헌날이고 곡풍은 습습ᄒᆞᆫᄃᆡ 쳔산의 조비졀이요 만졍의 인졍멸이라 시ᄂᆡ 잔잔 흐르난 물의 독죠ᄒᆞᄋᆞᆫ ᄇᆡᆨ발노옹은 연ᄉᆞ월입 슉여씨고 낙시ᄯᅢ 손의 들고 ᄇᆡᆨ구심밍ᄒᆞᄂᆞᆫ 양은 ᄒᆞᆫ가ᄒᆞ기 거지 읍다 ᄯᅩ ᄒᆞᆫ펴 바라보니 산악은 쳡쳡 계슈은 잔잔ᄒᆞᆫᄃᆡ ᄇᆡᆨ옥봉과 명승강산의 바람결은 어이 그리 쇼실ᄒᆞᆫ고 계변암상이 우둑 셔난 져 고숑은 ᄇᆡᆨ셜 무릅시고 풍셜을 못이긔여 우쥴우쥴 츔

〈2-앞〉

을 추고 송낙 쓴 져문 즁은 갈포잔삼 ᄯᅥᆯ쳐안고 ᄒᆞᆫ산ᄉᆞ ᄎᆞᆫ바람의 경쇠쇼ᄅᆡ ᄯᅵᆼᄯᅵᆼ 치며 구벅구벅 염불ᄒᆞ니 역역히도 갓틀씨고 산슈을 사랑ᄒᆞ여 일보이보 쥬져로도 완보 셔힝ᄒᆞ여 ᄒᆞᆫ 모통니 너머가니 용산 일초니 구름 속의 소사이고 반갑도다 져 용강은 영웅쥰걸 갈맘두고 날 오기을 긔달인다 밧비 ᄎᆞᄌᆞ 용강산쳔 다다르니 긔암괴셕은 좌우의 ᄉᆞᆷ열ᄒᆞ고 상운셔무은 젼후의 츄몰ᄒᆞ다 긔화요쵸며 비금쥬슈은 분명코 별유쳔지비인간이라 원ᄉᆞᆫᄒᆞᄌᆞ셕경

ᄉᆞᄒᆞ야 경거좌ᄋᆡ풍임만이라 장송은 낙낙 눅죽은 의의 운슈은 울울 ᄆᆡ화은 닝낙 산조은 젹젹 긔암은 층층 ᄇᆡᆨ운심쳐유인가라 정쇄ᄒᆞᆫ 초당이 구름름 속의 은은이 뵈거날 양장을 지초ᄒᆞ여 산문의 다다으니 삼산화월은 영농ᄒᆞ고 십쥬연환은 난만ᄒᆞ듸 송풍의 무현금 바람의 셕겨 실르닝 둥덩실 할 졔 ᄇᆡᆨ흑은 춤을 추고 쓸의 청삽사리 손임 보고 반겨 반겨라고 컹컹 짓고 충젼의 원앙 말소릐의 홍을 계워 츔을 추고 쥭임의 온기 ᄌᆞ옥ᄒᆞ고 송졍의 구름은 영농ᄒᆞ니 인걸지영이라 산슈 이러ᄒᆞ니 영웅쥰걸 안니 날가 완완이 거러 가셔 쥭비을 의지ᄒᆞ여 동ᄌᆞ 불너 문른 말리 너의 션ᄉᆡᆼ임 계옵신야 동ᄌᆞ왈 계시와이다 그러며 너 드러가셔 한종실 유

〈2-뒤〉

황슉이 셰번치 와셔 뵈오랴고 ᄒᆞᆫ다 엿ᄌᆞ와라 동ᄌᆞ 왈 션ᄉᆡᆼ계압셔 뒤 초당의 오침 깁ᄉᆞ와 긔심키 황송니로소이다 이리ᄒᆞᆯ 졔 ᄆᆡᆼ열ᄒᆞᆫ 져 장비 고리눈 불릅 쓰고 철퇴갓튼 두 쥬먹을 불근 쥐고 고흠ᄒᆞ여 ᄒᆞᆫ난 말이 아모리 영웅인들 교인지실긔라 ᄒᆞ니 지삼ᄎᆞ 지승으로 굴복ᄒᆞ되 동져이 업시니 분심니 복발ᄒᆞᆫ다 졔갈양 업나 우리 고황졔은 삼쳔척 소금으로 쳔ᄒᆞ을 어드시니 우리 잠간 못보기로 셜마 쳔ᄒᆞ을 못어들야 ᄒᆞ고 달야들어 초당을 파쇄ᄒᆞᆯ야 ᄒᆞ니 지혀만은 져 관공 밧비 이러셔셔 장비의 목을 덥셕 안고 마소마소 제발 마소 ᄌᆞ네 워 그리ᄒᆞ노 우리 현쥬 지극지승 허ᄉᆞ로셰 이가치 말유ᄒᆞ며 동ᄌᆞ달여 왈 네 드러가 아모리 긔침키 얼려와도 ᄌᆞ셰이 엿ᄌᆞ와라 잇ᄯᅦ 공명은 삼장이 와셔 ᄎᆞᆫ는 쥴 알고 오원졀귀을 지여 을푸되 초당의 춘슈족ᄒᆞ니 충외의 일지지라 ᄃᆡ몽을 슈션각고 평싱을 아ᄌᆞ지라 의관을 졍제ᄒᆞ고 초당으로 청ᄒᆞ니 현덕이 드러가며 긔상을 살펴보니 머리의 ᄇᆡᆨ옥윤건 쓰고 학충의 입고 ᄇᆡᆨ우션 손의 쥐고 쥬역 ᄒᆞᆫ편 소의 쥐고 ᄒᆞᆫ가의 안진 거동 신장이 팔쳑이요 얼골은 관옥갓고 미간의 강산졍긔을 ᄯᅴ여잇고 흉즁의 천지조화을 품어시니 진셰간 남ᄌᆞ라 쳔ᄒᆞ 경원와 육도삼양을 통달ᄒᆞ고 쥬역팔

〈3-앞〉

괘 육십ᄉᆞ괘며 긔문이치을 무불통지ᄒᆞ야 둔갑장신이며 츅지 호풍환우며 절신ᄉᆞ귀며 오힝이치을 여슈용지ᄒᆞ니 만고영웅이요 ᄯᅩ ᄒᆞᆫ편의 형익도을 거러시니 ᄒᆞᆫ나라 도을 ᄯᅳᆺ지 완연ᄒᆞ다 완완이 드러가니 공명이 마조 나와 읍양ᄒᆞ며 빈쥬지예로 마ᄌᆞ 드리니 현덕이 복망 쥬왈 션싱의 셩화을 ᄐᆡ산갓치 놉피 듯고 슈삼ᄎᆞ 문ᄒᆞ의 와 ᄎᆞ져보랴 ᄒᆞᄂᆞᆫ ᄯᅳᆺ은 ᄉᆞ졔지의로 ᄉᆞ지동거ᄒᆞᆸ고 션싱의 ᄃᆡ의을 ᄲᅥᆫ반고ᄌᆞ 왓나의다 고명이 ᄉᆞ양 왈 공명은 포의쳐ᄉᆞ라 달 ᄋᆞᄅᆡ 밧갈기와 강호의 고긔잡기을 일삼거늘 무삼 일로 ᄎᆞ진잇가 현덕이 지셩으로 ᄃᆡ답ᄒᆞ되 우리 ᄒᆞᆫ국ᄉᆞ을 임의 알려실런이와 고황졔 형마밍세 ᄒᆞ실 졔 약여ᄐᆡ산ᄒᆞ고 약여황히ᄒᆞ야 유씨왕이 안이면 쳔히 공격지라 ᄒᆞᄉᆞ 엿씨ᄋᆞᆫ 평정ᄒᆞ고 ᄉᆞ직이 완젼터니 외쳑의 ᄒᆡ을 입여 왕망이라 ᄒᆞᄂᆞᆫ 놈이 이결옥식ᄒᆞ고 국호을 신이라 ᄒᆞ야씨니 니 ᄋᆞᆫ이 ᄒᆞᆫ심ᄒᆞᆫ가 광무졔 실영이 왕망을 속멸ᄒᆞ고 이젼ᄉᆞ직 ᄒᆞ야습더니 지우금ᄒᆞ야 몹실 죠죠란 놈니 협천자이 령졔후할랴 ᄒᆞ오니 철천지원ᄒᆞᆫ이라 션싱의 놉흐신 덕을 입ᄉᆞ와 한나라을 회복ᄒᆞ고 도탄즁의 잇난 ᄇᆡᆨ셩을 견져지이다 원컨ᄃᆡ 션싱은 깁히 통촉ᄒᆞᆸ소셔 쳔위신죠 안이오면 이런 누츄ᄒᆞᆫ 몸이 졍결ᄒᆞᆫ 선경을

〈3-뒤〉

ᄌᆡ삼차 발바ᄉᆞ올잇가 지극지싱 복걸ᄒᆞ니 공명이 정셩을 늣기면셔 겸ᄉᆞᄒᆞ여 ᄃᆡ답ᄒᆞ되 질둔ᄒᆞ고 비츄ᄒᆞᆫ 몸을 보와지랴고 귀존ᄒᆞ신 거가을 ᄒᆞ임ᄒᆞ옵신니 비록 ᄌᆡ죠 업ᄉᆞ오나 하교ᄃᆡ로 시힝ᄒᆞ올이다 ᄒᆞ며 동ᄌᆞ 불어 이른 말니 ᄒᆞᆫ죵실 유황슉은 삼고초례ᄒᆞ압시니 국은니 망극이라 불승감격ᄒᆞ여 몸을 허락ᄒᆞ여시니 부ᄃᆡ부ᄃᆡ 잘 잇거라 젼계초당과 ᄇᆡᆨ운심산 어ᄂᆡ ᄣᆡ의 다시 볼가 시문을 주엄ᄒᆞ고 예공장ᄒᆞ니 구름 속의 ᄋᆞᆫ져 죠ᄂᆞᆫ 삽살ᄀᆡ은 시문 압히 젼숑ᄒᆞ고 달 알ᄅᆡ 논일든 원낭은 나장의셔 슈시ᄒᆞᆫ다 쳥나연월 다 발리고 인간길로 나려가니 신야의 슈문 쳐ᄉᆞ 상빈ᄉᆞ ᄶᅡ료난 듯 위슈의 팔십노옹니

문왕을 짜료난 듯 신야로 도라오니 군ᄉ가 팔쳔의 ᄎ지 못ᄒ고 장ᄉ은 열을의 ᄎ지 못ᄒ더라 각셜 잇ᄯ 오왕 손권이 노슉을 보ᄂᆡ야 공명을 쳥ᄒᆞᆫᄃᆡ 공명의 깁푼 계교 ᄉᆡᆼ각ᄒ고 허락 연후의 현쥬계 ᄒ직ᄒ니 현쥬 ᄒ신 말솜 션ᄉᆡᆼ이 ᄯ나시면 국지ᄃᆡ소ᄉ을 눌노ᄒ야 의논ᄒ올익가 숨분쳔ᄒ 분분즁의 쥬유 손권을 달ᄂᆡ야 죠죠와 ᄃᆡ젼ᄒ계 ᄒ옵쇼셔 공명이 두변 절ᄒ고 갈로ᄃᆡ 현쥬 너무 염여치 ᄆ압소셔 쳔ᄒ 득실은 직쳔이압고 부ᄌ은 일역일라 ᄒ오니 그러나 공을 일위고 도라와 양국 형셰을 아셔 도모할리이다 ᄒ

〈4-앞〉

고 자용을 군ᄉ 슈쳔명을 쥬어 팔듸션 조흔 ᄇᆡ의 가득 실어 모월모일의 남병산ᄒ 용강어귀로 보ᄂᆡ소셔 ᄉ비 ᄒ직ᄒ고 물너나와 ᄉ윤거의 놉피 안져 졔장군신이 좌우의 나열ᄒ되 언권이 힝군을 직쵸ᄒ여 노슉으로 더부러 온나라 드러가셔 셕두셩ᄒ의 다다르니 손셰도 슈려ᄒ고 셩쳡도 완박ᄒ다 션군을 직촉ᄒ여 드러가니 오왕 손권이 위의을 갓초와 영졉ᄒ여 드린 후의 소권의 ᄒ난 말이 공명의 셩휴을 드른지 오릐더니 금일 상봉은 쳔위신조로다 ᄒ니 공명이 비ᄉ왈 비국지쳔ᄉᆡᆼ의계 셩화가 잇ᄉ올잇가만은 손장군과 우리 현쥬은 형졔지의 가튼지라 져 간웅ᄒᆞᆫ 죠죠은 쳔ᄒ의 듸젹이라 협쳔ᄌ이령졔후ᄒ야 ᄒᆞᆫ나라 ᄉ직을 소멸코ᄌ ᄒ니 우리 현쥬 원통ᄒ신 마음을 창쳔의 ᄉ못쳐시니 원컨ᄃᆡ ᄃᆡ왕은 깁피 ᄉᆡᆼ가ᄒ옵소셔 오왕왈 션ᄉᆡᆼ 말솜 갓틀진ᄃᆡ 건봉ᄉ직 ᄒ련이와 엇지 ᄒ면 강젹 죠죠을 쇼멸ᄒ올잇가 공명 왈 죠죠을 불노 치미 맛당ᄒ오나 동남풍을 으더야 괘이 ᄉᆡᆼ젼ᄒ올이다 쥬도독이 우어 왈 풍운은 쳔지죠화라 일역으로 엇지 ᄒ리요 장군은 너무 과염치 마옵소셔 ᄒ믹 도독왈 장간 듯ᄌ온니 슌망직치ᄒᆞᆫ이라 금ᄌ 죠죠 강셩ᄒ야 ᄃᆡᄒᆞᆫ을 소멸ᄒ면 오역우지ᄎ의리이다

〈4-뒤〉

공명왈 다ᄀᆡᄎᆞᄉᆞ은 온나라을 위ᄒᆞ미요 ᄒᆞᆫ나라을 위치 안니니다 장군은 깁피 ᄉᆡᆼ각ᄒᆞ오쇼셔 쥬유왈 그러ᄒᆞ나 풍운 죠화을 엇지 할리잇가 공명왈 쳔ᄒᆞ득실은 지쳔이나 경셩은 ᄂᆡ계 잇시니 진심갈녁ᄒᆞ오면 쳔의들 무심할올잇가 이히 십일월이라 쥬유와 노숙이 공명으로 더부러 졔장군졸을 거날이고 남병산ᄒᆞ의 올나가 동남풍 빌야홀 졔 동남의 흘걸 파셔 칠셩단 모흘 졔 원방은 이십ᄉᆞ장이요 놉ᄀᆡ난 삼장이라 오도ᄀᆡ 각방의 표을 ᄒᆞ고 각각 ᄀᆡ을 표ᄒᆞ고 각방의 장슈 ᄒᆞ나식 셰워시되 동남칠면의은 각항져방심미ᄀᆡ을 푀ᄒᆞ여 쳥의 쳥갑의 쳔ᄀᆡ을 노피 들고 쳥용지셰ᄒᆞ여 셰워씨며 남방칠면은 두우여허위실벽을 표ᄒᆞ여 젹의 젹갑의 젹ᄀᆡ을 놉피 들고 쥬작지셰ᄒᆞ야 셰워씨면 셔방치면은 규류오묘필퇴삼을 표ᄒᆞ야 ᄇᆡᆨ의 ᄇᆡᆨ갑의 ᄇᆡᆨᄀᆡ을 노피 들고 ᄇᆡᆨ호지셰ᄒᆞ야 셰워'시며 북방칠면은 경귀유셩장익진을 포ᄒᆞ야 흑의 흑갑의 흑ᄀᆡ을 놉피 들고 현무지셰ᄒᆞ야 셰워씨며 즁왕일면은 진실축미무ᄀᆡ토을 포ᄒᆞ야 황의 황갑의 황ᄀᆡ을 놉피 들고 장슈구진등ᄉᆞ지셰ᄒᆞ야 셰워씨며 그 박계ᄉᆞ면으로 팔문금ᄉᆞ진을 벼풀러씨며 동방상문은 쳔인셩을 겸ᄒᆞ야 삼팔묵을 포ᄒᆞ고 구궁셕슈을 좌

〈5-앞〉

쳥용으로 진ᄒᆞ련을 버려노코 숀방두문ᄐᆞ음 쳔축셩을 겸ᄒᆞ고 남방 쳔보셩은 손니유방 ᄉᆞ구금을 응ᄒᆞ야 쥬작ᄀᆡ로 손ᄒᆞ졀이 허즁을 버려노코 곤방 ᄉᆞ문은 쳔형을 응ᄒᆞ아씨며 셔방 경문은 쳔예영을 겸ᄒᆞ야 ᄇᆡᆨ호ᄀᆡ로 곤삼졀 치상졀을 버러노코 건방ᄀᆡ문 쳔쥬셩은 구진을 겸ᄒᆞ아씨며 북방 휴문은 구쳔셩을 응ᄒᆞ야 건갑 셔방의 일육슈을 겸ᄒᆞ야 현무ᄀᆡ로 건삼넌 감즁연을 버려노코 간방 ᄀᆡ문을 쳔봉셩을 ᄒᆞ야 일탐낭이 거문숨녹존 ᄉᆞ문곡오염 졍육무곡칠 좌우일곱 칠셩을 응ᄒᆞ야 버러노코 그 아러 네 사ᄅᆞᆷ을 셰워씨되 의복 각ᄃᆡ을 졍제ᄒᆞ고 간쳡상의 ᄉᆞ히용왕지신으 위ᄒᆞ아씨며 칠셩초을 좌우의 버려

노코 향노 향합을 가초고 보금을 들여 젼후의 갈나 셰우고 팔쳡산슈병을 좌우의 펼쳐치고 진법을 갓촐 적의 ᄃᆡ장 압펴 ᄀᆡᄑᆡ관 ᄒᆞᆫ쌍 장ᄉᆞ ᄒᆞᆫ쌍 좌우의 나열ᄒᆞ고 굴노 두쌍 영ᄀᆡ 셥쌍 나발 ᄒᆞᆫ쌍 좌우의 버려셰고 군문을 졍졔ᄒᆞᆫ 연후의 목욕ᄌᆡ계 ᄒᆞ고 표의 뜰쳐입고 머리 풀고 발벗고 칼을 집고 단상의 나아가 뇨슉을 불너 왈 ᄌᆡ경은 급피 도라가 공근 도와 만일 동남풍이 이러나거든 영ᄒᆡᆼ군ᄉᆞᄒᆞ라 ᄒᆞ고 ᄯᅩ 노슌은 방외을 ᄯᅥ나지 말고 ᄀᆡ을 둘러 귀을 졉ᄒᆞ고 어지려이 말을 ᄂᆡ지 말나 당부ᄒᆞ고 ᄯᅩ ᄒᆞ영

〈5-뒤〉

왈 군즁의 쇼요케 ᄒᆞ난 ᄌᆞ 잇시면 ᄒᆞᆫ칼로 버히리라 ᄒᆞ고 군즁이 고ᄒᆞᆫ 후의 분향ᄌᆡᄇᆡᄒᆞ고 ᄒᆞ날계 우러러 독축 왈 유셰ᄎᆞ 졍ᄒᆡ 십일월 경ᄌᆞ속 이십오일 갑ᄌᆞ의 ᄃᆡ광보국 슉녹ᄐᆡ후 좌장군 유비 신ᄒᆞ 졔갈양은 감소고우 창쳔 일월 셩신이며 후토양명 북두졔일 통명장군 북두졔이 삼ᄐᆡᄒᆞ야 화덕진군 화ᄐᆡᄉᆞ옥 션군의계 지셩 ᄇᆡᆨᄇᆡ축슈 ᄒᆞᆸ나이다 유혀덕은 ᄉᆞ직을 일커되야나이다 불승감ᄀᆡᄒᆞ오며 죠죠은 ᄌᆞ칭 쳔ᄌᆞᄒᆞ압고 이령졔후ᄒᆞᆫ지 기허연이라 심으로난 잡지 못ᄒᆞ압기로 ᄊᆡ업난 동남풍을 삼일만 빌이시면 됴됴의 ᄇᆡᆨ만군병을 강슈의 뭇질른 후의 ᄐᆡ평쳔ᄒᆞ ᄒᆞ압고 이령졔후ᄒᆞ여 ᄒᆞᆫ나라 회복ᄒᆞ옵기을 쳔만복걸 ᄒᆞ압나이다 복걸 쳔지지신과 일월셩신 ᄉᆞ회용신과 ᄉᆞ악산왕은 근이포혀 청작으로 지쳔우신 상향 빌기을 다ᄒᆞᆫ 후의 공명의 그동 보쇼 괄각유건 슉여쓰고 ᄇᆡᆨ오션 손의 들고 흑창의 거드안고 칼을 잡아 읍ᄒᆞ고 남병산 빗씐 길로 가만가만 나려갈 졔 둔갑장신으로 거려간다 ᄌᆞ방청용을 타고 축방봉셩을 지나 인방명당으로 나아가니 인홀불견 간ᄃᆡ업다 그 뉘라셔 알ᄀᆡ난야 오강의 다다라 쳔병만마 실른 ᄇᆡ의 ᄌᆞ용을 다리고 일르 말리 우리 현쥬 평안ᄒᆞ시며 졔장군졸은 무ᄉᆞᄒᆞᆫ가

〈6-앞〉

ᄒᆞ며 은근이 도망ᄒᆞ야 여긔 와시니 상가 죠심ᄒᆞ라 잇ᄣᅢ 쥬도독이 공명의 말을 허랑이 알러ᄂᆞᆫ지라 그러난 ᄌᆞ세이 보리라 ᄒᆞ고 원문의 의지ᄒᆞ여 남병산 바라보니 칠셩단 놉ᄒᆞ난듸 청용그린 긔ᄲᅡᆯ이 슌힉방으로 펄펄 날이니 ᄂᆡ안이 동남풍인가 쥬도독이 ᄃᆡ경ᄒᆞ야 일편 간담이 셔늘ᄒᆞ여 노슉을 불너 이른 말리 공명의 지죠은 쳔지죠화을 임의로 용지ᄒᆞ니 공명을 두고은 우리 등이 셰상의 용납지 못ᄒᆞ리라 ᄒᆞ고 셔셩 졍봉을 불너 왈 칠셩단 급피 가셔 공명 보거든 뭇지 말고 머리을 버혀 오라 ᄒᆞᆫᄃᆡ 두 장슈 급피 칠셩단의 올나간니 공명은 간ᄃᆡ 업고 풍셰은 ᄃᆡ작ᄒᆞ여 양ᄉᆞ쥬셕ᄒᆞ고 젹목발욕할 졔 ᄇᆡᆨ표 장막은 졀넝졀넝 ᄒᆞ난ᄃᆡ 장막 밋티 져 군ᄉᆞ은 공명 감을 젼혀 부지ᄒᆞ고 ᄒᆞ영ᄒᆞ기 기달리고 표장 밋티셔 벌벌 ᄯᅥᆯ며 졀입으로 의지ᄒᆞ고 막지소힝 ᄒᆞ난고나 좌우을 살펴보니 오강상 말근 물의 둥덩실 ᄯᅥ가는 져 ᄇᆡ야 고기잡난 어션인야 심양강 츄야월의 도쳐ᄉᆞ 놀든 ᄇᆡ야 심니장강벽파상의 왕ᄂᆡᄒᆞ는 장ᄉᆞᄇᆡᆫ가 동강 칠리탄의 엄ᄌᆞ릉의 낙시ᄇᆡᆫ가 만경청파 운문즁의 소긱들이 노든 ᄇᆡ야 만단의심 두어ᄯᅥᆫ니 포의ᄒᆞᆫᄉᆞ ᄇᆡᆨ우션을 의지ᄒᆞ여

〈6-뒤〉

둥두려시 안져거늘 졍봉이 ᄇᆡ을 타고 죠ᄎᆞ가며 웨는 말리 져기 가는 공명 션싱는 거긔 잠간 머무쇼셔 우리 션싱 쥬도독이 부탁ᄒᆞ난 말삼 잇다 ᄒᆞ고 급피 ᄯᆞᆯ오거늘 지용이 이 말 듯고 션두의 쎡 나시며 크게 웨여 왈 졍봉는 네 ᄌᆞ셰이 드르라 우리 션싱 공명계압셔 네 나라의 셩공ᄒᆞᆫ 일이 젹지 안니 ᄒᆞ거든 엇지ᄒᆞ야 히코져 ᄒᆞ난야 네의 소위을 싱각ᄒᆞ면 쥭여 맛당ᄒᆞ다만는 십분 용셔ᄒᆞ건이와 나의 지죠는 산양슈 싸음의 죠죠 ᄇᆡᆨ만ᄃᆡ병을 단금으로 소멸ᄒᆞ든 상산 죠지용일다 ᄂᆡ의 녕감이나 보아라 ᄒᆞ고 쳘궁의 웨젼을 먹여 눈 우의 번듯 들어 각지손을 잡아ᄯᅥ이 번ᄀᆡ갓치 ᄲᅡ른 살이 수루룩 건너가셔 졍봉의 탓 ᄇᆡ 돗듸 마져 와지끈 불너져 창파즁의 텀벙 ᄲᅡ져 물결의 월넝

출넝 ᄶᅥ단이고 ᄇᆡ난 박휘만 남아 풍파강상의 위둥위둥 ᄒᆞ여 막지쇼향 ᄒᆞ난 고나 셔셩 정봉이 긔가 막혀 두 손길 마죠 잡고 탄식ᄒᆞ며 우난 말리 인져난 쇽적업시 죽ᄀᆡ고나 계분묘이친쳑ᄒᆞ고 말리젼장의 나오기는 공명을 세운 후의 금의환향 ᄒᆞᄌᆡ든이 인져난 못하ᄀᆡ니 ᄐᆡ산갓튼 져 물결는 고물 압펴 가득ᄒᆞ고 ᄇᆡ삼은 졈졈 장겨가니 사러날 길 바히 업다

〈7-앞〉

ᄋᆡ고지고 엇지ᄒᆞ리 ᄒᆞ며 ᄒᆞ난 말리 상산 죠ᄌᆡ용인 졸 아라시면 엇더 놈이 예 왓실랴 우리 ᄃᆡ왕 못보ᄀᆡ니 ᄌᆞ작지얼은 불가활이라 ᄒᆞ더니 니계 다 뉘 죠넌가 쳔시라 이러ᄒᆞ며 원명이라 이러ᄒᆞᆫ가 졀통ᄒᆞ고 분ᄒᆞ도다 남ᄌᆞ비가ᄂᆡ ᄌᆞ비라더이 분명코 올토다 황쳔 명감ᄒᆞᄉᆞ 이 두 목심 살여 쥬옵소셔 졔발 덕분 살러지이다 ᄒᆞ더라 각셜이라 잇ᄯᆡ 공명은 본국으로 도라오니 한나라의 일등명장 쳔여원이 구룸 뫼덧 만슈산의 안ᄀᆡ 픠덧 쳔병만마 그치창금은 일월을 호롱할 졔 공명이 ᄒᆞ영 왈 장비 마초 조운는 각각 삼쳔병을 거날이고 장판교 오림산 집흔 골의 구지 복병ᄒᆞ야다가 죠죠가 슈젼의 픠ᄒᆞ여 그리로 오거든 ᄉᆞ로잡아오라 ᄒᆞ고 삼장 쇼임을 졍ᄒᆞᆫ 후의 화용도 소임을 졍치 못ᄒᆞ고 공논이 분분ᄒᆞᆯ 졔 진즁이 요란커늘 못다 보더이 낫치 불고 코 큰 장슈 봉의 눈을 부릅뜻고 삼각슈 거스리고 청용도 ᄲᅦ야들고 나는드시 드러와셔 복지ᄒᆞ야 ᄒᆞ난 말이 워친쳑기 분묘ᄒᆞ고 죽기로써 ᄃᆡ왕과 션ᄉᆡᆼ을 셤기는 뜻젼 츌젼입공ᄒᆞ야 난셰의 양명코ᄌᆞ ᄒᆞ옵나니 쳥춘의 못ᄒᆞ오면 ᄇᆡᆨ슈시을 발라잇가 이번 소임을 졍ᄒᆞ시면 위왕 죠죠의 머리을 버혀 장ᄃᆡ의 놉피 달고 셩젼고

〈7-뒤〉

을 울이면셔 도라와 션쥬와 션ᄉᆡᆼ젼의 뵈올이다 ᄒᆞᆫᄃᆡ 공명왈 운장은 쳔ᄒᆞ 영웅이라 죠죠 나라 은혀을 깃쳐쓰오니 죠죠을 잡고도 노흘 듯ᄒᆞ야 졍치

못ᄒᆞ노라 ᄒᆞᆫ디 운장이 디왈 군즁은 ᄉᆞ졍이 업ᄉᆞ오니 엇지 ᄉᆞ졍을 두울잇가 부디 의심치 마옵쇼셔 죠죠 잡기로 판단ᄒᆞ와 굴율로 다짐 두고 가올이다 다짐 써 올이거날 그 굴영장의 ᄒᆞ여시되 우다짐ᄉᆞ 짜온 ᄒᆞᆫ실지흉야랴 당ᄎᆞ 지시ᄒᆞ야 장군 젼필셩이요 모ᄉᆞ은 공필츄라 죠죠은 무ᄒᆞᆫ지디젹의라 ᄒᆞ니 ᄉᆞ졍을 두올잇가 약유ᄉᆞ졍인던 의군법쳐단이 의당ᄉᆞ라 굴영 니여 걸러노코 힁군을 직쵸ᄒᆞ여 나올 졔 졍병이 삼만이요 일등쥰마 삼만필이라 그치 금극은 일광을 갈올이고 고각함셩은 쳔지가 진동ᄒᆞᆫ다 디ᄉᆞ마도원슈 젹토마상 축혀안져 삼만디병 호령ᄒᆞᆯ 졔 황금투고 보시갑의 쳥용도 쌔여들고 봉의 눈 부릅뜻고 은연이 안져시니 쳔ᄒᆞ 영웅이 안이가 공명션싱이 계교ᄒᆞ되 화용도 다다려 그곳의 미복ᄒᆞ여싸가 죠죠 응당 삼장의계 곤ᄒᆞ여 그리로 갈 거시니 장군는 명심불망ᄒᆞ소셔 ᄒᆞ더라 잇써 셔셩 졍봉이 풍파의 쥭계 되여써니 겨우겨우 살어ᄂᆞ셔 쥬도독의 엿ᄌᆞ오되 공명은 비을 타고 직용과 가드이다 ᄒᆞ디 쥬유왈 죠죠을 치

〈8-앞〉

지말고 ᄒᆞᆫ을 먼져 치ᄌᆞᄒᆞ니 부장 노슉이 엿ᄌᆞ오되 공명은 비을 타고 직용과 가더이다 ᄒᆞᆫ듸 쥬유 왈 죠죠을 치지 말고 ᄒᆞᆫ을 먼져 치ᄌᆞᄒᆞ니 부장 노슉이 엣ᄌᆞ오되 이 써을 타 강적 죠죠을 엇지 치지 안이리잇가 ᄒᆞ고 누만 군ᄉᆞ 시르 비 쳔여척 젼션을 만경충파 즁유즁의 결션ᄒᆞᆫ 후의 황긔 화션의 화약 염쵸 셕유황 갈셥을 가득 싯고 쳥포장 둘너치고 쳥용 그린 기치을 션두의 둘려시 쏫ᄌᆞ노코 ᄉᆞ명긔을 셰워시되 오국디ᄉᆞ마 디장군의겸 션봉장 황긔라 등둘여시 달라노코 군즁의 영을 나리와 ᄒᆞᆼ오을 ᄎᆞ리 젹의 죠죠 군즁을 바라보니 삼만 션쳑의 빅만디병을 거날리고 거들거려 호군ᄒᆞᆫ다 슐 빗고 썻치고 쇼 잡고 홈포고복 먹근 후의 죠죠 갈로되 오날날 졔장군죨로 더불러 명일의 셩부을 결단할 거시니 졔장의 심을 입어 쳔ᄒᆞ을 어든 후의 쳔금으로 상을 쥬고 만호후을 봉ᄒᆞ리라 ᄒᆞ니 문무졔신이 다 치ᄉᆞ 왈 원컨디 쓰졀

엇고ᄌᆞ ᄒᆞ나이다 ᄒᆞ며 츔추고 노릐ᄒᆞ야 발흥을 도도ᄒᆞᆯ 졔 시각이 어쎨연지 모로ᄂᆞᆫ 져 군ᄉᆞ의 그동 보쇼 웃써ᄒᆞᆫ 놈 썩 나시며 ᄒᆞ난 말리 여발아 군ᄉᆞ덜아 금일 이러ᄒᆞ멀 죠화 말라 몃날이면 네의 목이 엇지 되 쥴 네 아냔야 ᄯᅩ ᄒᆞᆫ 놈

〈8-뒤〉

이 췌즁의 ᄒᆞᆫ난 말이 동무덜아 이ᄂᆡ 말삼 들어보쇼 ᄂᆡ 팔ᄌᆞ 긔박ᄒᆞ야 싱쳐직 이별ᄒᆞ고 말리타국의 부운갓치 단니니 이런 셔름 ᄯᅩ 잇난가 ᄒᆞ니 엇써놈 썩 나시며 엇든 ᄉᆞ남은 싱쳐ᄌᆞ 안니고 셕근 쳐ᄌᆞ 이별ᄒᆞ고 왓난야 그런 서름은 인긔유지라 ᄒᆞ니 ᄯᅩ ᄒᆞᆫ놈 ᄒᆞ난 말이 네의 셔음 ᄒᆞᆫ ᄒᆞ릐비 치는 스음 여긔 잇다 ᄇᆡᆨ슈부모 이별ᄒᆞ고 나올 젹의 금의환양 ᄒᆞ직써니 지금써지 셩씩이 돈졀ᄒᆞ니 그 안이 긔막힌가 현당ᄇᆡᆨ발 우리 부모 젼장의 난간 ᄌᆞ식 공 이루고 도라올가 ᄒᆡ 도두면 출문망견ᄒᆞ고 달 도두면 외려긔망 ᄒᆞ시며 근심걱졍 ᄒᆞ옵시니 일쳔간장 다 시로진다 ᄯᅩ ᄒᆞᆫ 놈 썩 나시며 ᄒᆞ난 말이 ᄂᆡ 셔름 더 좀 들어보소 ᄉᆞᄃᆡ독ᄌᆞ로셔 조실부모ᄒᆞ고 남의 밥의 ᄌᆞ라나셔 근 ᄉᆞ십의 셩취ᄒᆞ야 교틱 난만ᄒᆞᆯ 지음의 쯧박계 일지춍의 외온 말리 젹병강의 하젼가ᄌᆞ 직초이 셩화갓든이 쪽불이지 써날 젹의 미인옥슈을 장간 죱고 ᄋᆡ연이 작별ᄒᆞ고 올 졔 이ᄂᆡ 간장 온젼ᄒᆞᆯ가 이ᄂᆡ 몸은 둘지로셰 주장군임 셔로라고 물갓튼 방울 눈물 옷ᄌᆞ락이 다 져지이 그런 긔막킨 일 ᄯᅩ 어ᄃᆡ 인난가 ᄯᅩ ᄒᆞᆫ 놈 썩 나셔셔 네 사ᄃᆡ독ᄌᆞ 말을 말나 ᄂᆡ 팔ᄌᆞ 엇더ᄒᆞᆫ야 십팔ᄃᆡ 독ᄌᆞ로셔 참말

〈9-앞〉

긔막힌다 쳔축징이 졀로난늬 ᄒᆞᆫ츔 이리ᄒᆞ 졔 어ᄃᆡ셔 ᄋᆡ고ᄋᆡ고 ᄒᆞ거날 도나보니 어ᄃᆡ셔 나날 쥴 모라 ᄯᅩ ᄒᆞᆫ편 살펴보니 졀입만 곰작곰작 ᄒᆞ니 이거시이 무어신야 ᄒᆞ고 잡아 쳐든이 졀입 ᄉᆞᆺ의 ᄉᆞ남이 날여셔 두발이 가동가동

읻고 예보 사름 상하기소 네가 우려난야 닉가 우려소 웃지 우려난야 그딕 덜이 흔 셔름 말흐기 나도 셔려 우려쇼 위리집의 잇실 쎠의 싀싀긔 길르던 것과 구철 너푼 목지 붓쳐 돈치 고로다가 급히 오나라고 션반 우의 언고 왓던이 지금갓지 못이저 쑴의 보이고 흐니 글로 셔러 흐노라 흐니 어이 실러 빅 아덜놈 흐고 벙거지 직 훽 집어던지이 어화 장관인가 날라간난 져 가마귀 남쳔 발아보고 갈곡길곡 울고간니 죠죠 졍욱을 불어 왈 월명셩히의 오작이 남비흐여 우리 진을 히롱흐니 셩젼홀 징죠로다 술 부어라 다시 먹고 취홍이 도도흐야 히히 딕쇼흐니 졍욱이 엿즈오되 슈상흔 바남이 이러난이 그낭 살피소셔 동지달의 동남풍이 그 안이 괴이흔가 아마도 우리 망홀 발남이요 죠죠 우시며 너난 러식도 흐다 동지후면 양풍이 시싱이라 유리 죠헐 발암일다 걱정 마라 닉 안이 당홀손야 일리홀 졔 오왕 소권의 션봉장 황기

〈9-뒤〉

장딕의 올나 풍셰을 기달리더니 동남풍이 딕작흔딕 진즁의 영을 노아 구름돗딕 거문 돗철 칙혀달고 빅을 타고 동남슌퓽 빅을 노아 죠죠 진즁의 살 쏘더시 드러갈 져 죠죠 슈진 장딕의 놉피 안즈 쩌오난 빅을 보고 반계셔 여발아 졔장덜아 강상의 쩌온난 빅을 즈셔 살펴보아라 위슈장이 안이여던 쵸긱션 어이 올랴 만일 양쵸을 실어시면 우리 빅만군병 살여노코 셩젼흐기다 염여업다 졍욱이 여즛오되 그계 졍영 굴양이면 급픠히 드려올야만난 범픠동풍흐야 물 우의 둥실 쩌스오니 필유곡졀흐와이다 말리 맛지 못흐야 황기 화젼의 깃쌀을 쓸며 방포 일셩의 북 흔번 쾅 울이며 죠죠 십만누션의 불 흔번 썩 질으며 고흠흐며 호통흐니 틱산이 문어지고 위슈가 밧괴난 듯 화광 츙천흐고 바남은 지동치듯 불근 물결은 츌녕츌녕흐고 비젼을 쌍쌍 치며 젼션은 뒤쩽뒤쩽 돗딕은 와직근 용총도 쩌러져 물결의 풍덩 장막딕 씀돌 편편이 날려가고 씨여진 통로구며 션젼 장젼 편젼이며 딕흔구 죠총 화약통

남날기 도릭송곳 별낭치 돗반울 귀약통 다 강슈의 풍덩 다 빳지고 십만젼션 몰망ᄒᆞ니 수만군ᄉᆞ 다 쥭을 졔 죠던 군ᄉᆞ 슙막겨

〈10-앞〉

쥭고 긔막혀 쥭고 살 마ᄌᆞ 쥭고 칼의 쥭고 물의 ᄲᅡᄌᆞ 쥭고 불의 타 쥭고 달리 작근 팔둑 작근 등 터지고 빅 터지고 안져 쥭고 셔셔 쥭고 닷다 쥭고 긔다 쥭고 씀결의 쥭고 엇지 할 쥴 몰나 쥭고 겁의 쥭고 쥭어보ᄌᆞ 쥭고 ᄒᆞ 우셔 쥭고 골김의 쥭고 졀임의 불리 부터 머리 슈염 쓰쏠너 쥭고 급ᄉᆞ 쥬ᄉᆞ 횡ᄉᆞ 오ᄉᆞ 긱ᄉᆞ 몰ᄉᆞᄒᆞ여 팔리 쥭덧 아쥬 혈신 쥭고보니 단홀ᄒᆞ고 죠용ᄒᆞ다 허졔는 충만 들고 장요은 활만 들고 죠죠은 혼을 일코 션는 ᄎᆞ의 황긔은 슈젼영웅이라 청표장 속으로 바라보며 져거시 죠죠로다 ᄒᆞ며 빅을 노아 죠ᄎᆞ가니 죠죠 혼검ᄒᆞ야 군ᄉᆞ의 졀입을 얼는 ᄲᅦ셔 쓰고 쳔연이 셧더니 졔 일홈을 졔 불르며 이놈 죠죠야 ᄒᆞ고 일이 닷고 져리 닷고 ᄒᆞ니 황긔 가로딕 눈 ᄒᆞᆫ나 알져긴 거시 죠죠라 ᄒᆞ니 죠죠 눈을 부비며 왈 악가 총놋타가 눈의 화약이 들엇지 ᄒᆞ며 눈을 씀젹씀젹 ᄒᆞ난 ᄎᆞ의 슈염 죠흔 텀셕부리가 죠죠라 ᄒᆞ니 이 말을 듯고 밧비 칼을 ᄲᅢ여 슈염을 버혀 바리고 닷거늘 슈염 싹근 놈이 죠죠라 ᄒᆞ니 죠죠 긔발을 ᄶᅴ여 츰을 발너 턱의 부치고 ᄒᆞ는 말리 이련 ᄢᅴ은 슈염 죠흔 것도 원슈로다 ᄒᆞ고 분쥬ᄒᆞ난 ᄎᆞ의 장요가 분ᄒᆞᆫ 마음을 춤지 못ᄒᆞ여 철궁의 웨전을 먹여 넙다쏘니 황긔 살을 마ᄌᆞ 불의 ᄶᅥ러지며 ᄒᆞ온 말리 졍봉은 어

〈10-뒤〉

딕 가고 날 살일 쥴을 모로는가 ᄒᆞ니 졍봉이 딕경ᄒᆞ여 황긔을 급피 건져 본진으로 도라가니라 장요와 졍욱이 죠죠을 다리고 도망ᄒᆞ더니 ᄒᆞᆫ 곳의 다다라 죠죠 분심을 이긔지 못ᄒᆞ는 ᄎᆞ 일탄 일소 ᄒᆞᆫ심 슷터 ᄯᅩ 딕소ᄒᆞ니 졍욱이 엿ᄌᆞ오되 어졔ᄲᅡᆷ 젹벽딕젼의 승상이 딕소ᄒᆞ시더니 빅만군병을 다 쥭긔고

무삼 경의 웃난잇가 말이 맛지 못ᄒᆞ여셔 고각 흠셩은 쳔지 진동ᄒᆞ고 긔치 충금은 일월을 가리온 장판교으셔 복병장이 ᄂᆡ닷거을 져 장슈 거동 보소 낫빗쳔 먹장갓고 쌍골리눈 다박슈염의 ᄉᆞ모창을 번듯 듯려 오초마을 급히 모라 불곳갓치 호통ᄒᆞ며 이놈 죠죠야 닷지 말고 목 느려 ᄎᆞᆼ 바더라 닷지 말고 쉬 죽어라 ᄒᆞ니 죠죠은 혼을 일코 군ᄉᆞ은 넉셜 일코 각각 만명할 졔 연장긔계 다 바리고 업더지며 말긔 써러지며 반ᄉᆡᆼ반ᄉᆞ ᄒᆞ여 남병산의 다다르니 난듸읍는 복병이 쏘 ᄂᆡ더르니 죠죠 더옥 질겁ᄒᆞ야 바라보니 좌편의 됴운이요 우편의 마쵸로다 죠죠 덕옥 잘겁ᄒᆞ야 벌벌 썰며 ᄒᆞ는 말리 웃지 ᄒᆞ면 죠탄 말가 작야 화젼의셔 겨우 목슘을 도묘ᄒᆞ여 오는 길의 젼우좌우의 복병이 벌쎄가치 이러나니 죽음 박기 할리업다 쳔방지방 도망할 졔 션군이 엿ᄌᆞ오되 압희 길이 둘인니 어ᄃᆡ로 가올잇가 좌편은 허

〈11-앞〉

충으로 가고 우편은 화용도로 가오니 어ᄃᆡ로 가올잇가 죠죠 왈 짐작컨ᄃᆡ 귀신갓튼 공명이라 진셰을 ᄉᆡᆼ각ᄒᆞ고 우리 병마 피곤ᄒᆞ여 험노로 갈 슈 읍고 굴양도 피곤ᄒᆞ니 허충으로 올 쥴 알고 ᄃᆡ로변의 복병ᄒᆞ여 단단 고ᄃᆡ 할 거시니 화용도로 드러가자 쏘 방다죠익ᄒᆞ고 가이 피란쳐라 그리로 가면 알연셕 아모도 읍다 ᄒᆞ니 정욱이 엿ᄌᆞ오되 그리로 가옵다가 복병을 마나면 도망도 할 데 업고 죠분길의 도야지 몰리덧 ᄒᆞ면 변통 업시 몰ᄉᆞᄒᆞ면 그 안니 원통ᄒᆞ오 쏘 한산곡의 연긔나며 불비치 ᄎᆞᆼ쳔ᄒᆞ여시니 복병유진 분병ᄒᆞ오니 허충으로 가옵시다 죠죠 우시며 ᄭᅮ지져 왈 모ᄉᆞ라 ᄒᆞ면셔 병셔도 셜고나 실직허요 허직실이라 씌 만은 공명이 우리 화용도 못가게 헷불 노코 졔 아모리 씌을 쓰덜 ᄂᆡ가 졔 씌의 빨지야 ᄒᆞ고 두말 말고 드러가자 나문 군ᄉᆞ 모도 모아 심산 장곡으로 드러가니 소실북풍 ᄎᆞᆫ바남은 살 쏘덧 듸러 불고 절간쳔봉 노헌 길은 갈수록 깁허도다 픠군장졸의 힝식이 가련ᄒᆞ다 쳐양ᄒᆞᆫ 져 식솔릭 픠군장졸 죠롱ᄒᆞᆫ다 풍진의 홋터진 져 군ᄉᆞ야 쳘이타햐 어

셔 가자 너의 복국 초혼조 불여귀라 쥬려 오난 져 군ᄉ야 너의 굴량 다 진ᄒ니 밥 질 굴양 바이

〈11-뒤〉

읍다 솟텡솟텡 시가 울고 지혜 읍난 죠승상은 몃번이나 우숨의 픽을 보고 빅가지로 숭을 볼 졔 일리 빗쥭 져리 빗쥭 빗쥭식가 우름 운다 장요야 네 슈단의 할은 어이 썩거난야 살간단 쑤루룩 한창 이리 죠롱할 졔 션군이 우둑 시며 ᄒ난 말리 말쑹도 직금 누어 김이 물웅물웅 나고 직금 쎄인 통노구자리도 쓴쓴ᄒ이 아마도 복병이 잇나 보오이다 죠죠 우시며 왈 ᄎ산은 명산이라 산졔사 노구짜리요 말쑹은 활송산촌 나무장ᄉ 말리라 악가 나무 싯고 가던구나 말이 맛지 못ᄒ야셔 져편 송임 바라보니 ᄒᆞᆫ 장슈가 잇시되 봉의 눈이며 상각슈 거살이고 낫쳔 불고 호통을 지르난 듯ᄒ니 죠죠 바라보고 긔가 막혀 졍욱아 져겨 운장이니 엇지ᄒ면 ᄉ잔 말가 졍욱 왈 승상은 실혼ᄒ여쇼 그게 화용도 장승이요 춤운장을 보면 쌔도 안니 남기쇼 죠죠 ᄃᆡ로ᄒ야 상국 쳔지 일긔영웅 죠밍덕 날 쇽이리 업는듸 금일곤귀 화룡도의셔 축귀장이 날 쇽이다 네 장승을 착니ᄒ라 좌우 군병이 일시의 쇼릭 치고 장승을 두려 쎄야 자바 드리니 졍욱이 분부ᄒ되 장승아 너 드르라 네 몸이 영위장승이어던 신화운장지형용ᄒ야 불근 낫체 봉의 눈과 상각슈을 거술이고 위왕과 ᄎ시의 불위복굴ᄒ고 오연불

〈12-앞〉

비ᄒᆞᆫ니 죄상은 살지무젹이라 쳥지굴영ᄒ고 ᄉ지고음ᄒ라 ᄒᆞᆫᄃᆡ 장승이 답쥬왈 신등이 본이 목신으로 젼무일언이오나 엄명지하의 ᄀᆡ구ᄒ와 왈외리이다 본이 골윤산 쵸목으로 사름의 모양 싱겨 노상의 셧삽더니 금일 ᄃᆡ군 힝ᄎ시의 원통지셜을 ᄌ셰이 알외리이다 만물지부 쳔황씨은 모덕으로 황ᄒ여시니 웃던 나무 팔ᄌ 죠화 ᄃᆡ명젼 들보 되야 오식단쳥 찰란ᄒ고 명필로 연월

일시 갓쵸와셔 입쥬상낭 두렷ᄒᆞ고 진황졔 시졀의 봉티산 ᄃᆡ부숑도 귀컨이와 지존훌 숀 져 율목은 ᄃᆡ가의 가묘 되야 경죠 ᄒᆞᆫ식 추셕 동지 ᄉᆞ명일의 만반진슈 가쵸 ᄎᆞ려 진셜ᄒᆞ고 쳠작할 졔 졔관 축과 봉노 관헌 관집ᄉᆞ덜리 도포 과ᄃᆡ 축복ᄒᆞ고 지비ᄒᆞ는 거동 빅골혼신 위로ᄒᆞ니 그 나무 팔ᄌᆞ 읏더ᄒᆞ며 셕상의 오동나무 그문고 바탕 되야 요죠슉여 옥실비고 금질위지 질겨 놀 졔 당긔둥 덩실 남풍가도 녁녀ᄒᆞ며 봉황도 춤을 츄니 동낙티평 그 안니가 ᄯᅩ 읏덧 나무 팔ᄌᆞ 죠와 쇄금들미 침향되야 분벽ᄉᆞ충 침실방의 향너가 진동ᄒᆞ니 월즁단계 불러할가 나무 팔ᄌᆞ 다 조흐나 이ᄂᆡ 몸은 어이ᄒᆞ야 산즁귀목 버셔나셔 나무 즁의 쳔목되야 용심만은 잠놈덜리 방장부졀 탕탕 버혀다가 가지 치고 웃동 잘너 갈

〈12-뒤〉

역ᄒᆞᆫ데 방천말둑 ᄃᆡ문 즁문 작투밧탕 칙간 들보 통슈달리 ᄀᆡ방귀융 송장긔계 덕리나무 모도 벼혀 쓰고 나문 가지 싱장ᄒᆞ여 ᄃᆡ광판이나 되잣든니 병든 ᄀᆡ의 팔리 붓더 지위목슈덜의 ᄃᆡ톱드르 양단 잘너버리고 먹쥴 맛쳐 인거ᄒᆞ여 ᄃᆡ패 노코 ᄌᆞ작ᄒᆞ여 인형으로 눈 거리고 코 거리고 쥬토칠ᄒᆞ여 팔자 읍난 ᄉᆞ모관ᄃᆡ 삼각슈은 무슴 일이며 ᄒᆞᆫ 복판의 글시 씨되 ᄌᆞ관북거 오십이 지명ᄒᆞ고 덩의도 쳔ᄒᆞᄃᆡ장군 명식읍시 직흠 쎠셔 ᄃᆡ로변의 세워두이 손이 이셔 마다ᄒᆞ며 발리 이셔 도망ᄒᆞ며 가막가치 날어와셔 얼골의 오즘 ᄯᅩᆼ을 누고간니 언너 손으로 날여볼가 쥭도 ᄉᆞ도 못ᄒᆞ여 불펴풍우 ᄒᆞ고 활리업셔 힝인지로 젼송ᄒᆞ고 셧삽던이 금일 ᄃᆡ왕 힝ᄎᆞ시의 언연불빅 목신의 계 무삼 되축 이ᄉᆞ와셔 군법시힝 할야시요 다시 통축 바라난니 젹위방숑 ᄒᆞ옵기을 쳔만축슈 ᄒᆞ옵나이다 비답의 ᄒᆞ여씨되 너의 신니 공산낙묵으로 셔방남도 유식ᄒᆞ고 언독식비로다 너 되은 의당사ᄂᆞ 방활ᄒᆞ니 ᄎᆞ후은 유구무언ᄒᆞ라 ᄒᆞ옵신다 그후난 장승니 말을 못ᄒᆞᆫ리라 죠죠 단산의 좌긔ᄒᆞ고 정욱 불너 슐이나 불어라 나도 먹고 너도 먹어 여이동쇼만고슈ᄒᆞᄌᆞ ᄒᆞᆫ병 슐

을 다 먹근

〈13-앞〉

후의 그 즁의 디취ᄒᆞ여 왕ᄉᆞ을 곰곰 싱각ᄒᆞ니 져놈덜의겨 픽을 보니 유현덕인지 ᄒᆞᆫ죵실인지 무어신지 ᄒᆞ되 양산 후원의셔 치동시 무긔우엽ᄒᆞ다가 지쳬업시 장ᄉᆞᄒᆞ여 먹고 운장 졔가 나치 불고 ᄉᆞ남 놀너긔을 잘ᄒᆞ거이와 ᄒᆞ동셔 글읏 구어먹던 졈ᄒᆞᆫ이 놀이요 장비 졔가 여ᄎᆞ적ᄒᆞ면 눈쌀 부름뜻고 호통ᄒᆞ여 죠독ᄒᆞᆫ 쳬ᄒᆞ여도 탁군쌍의셔 졔육장ᄉᆞ ᄒᆞ여먹고 도탄이 놈이요 지용이 졔가 용밍 존체ᄒᆞ고 쒸로고 덤벙이되 상순 돌궁계셔 근번 업시 쑥쑥 비여진 여셕이요 졔갈양 졔가 의ᄉᆞ 만코 공명인지 무어신지 ᄒᆞ되 남양짜의셔 밧 갈아먹던 농부ᄒᆞᆫ이라 져놈덜이 아몰이 호긔 만발ᄒᆞ여도 ᄂᆡ ᄒᆞᆫ 깁ᄒᆞᆫ 말만 ᄒᆞ계되면 졔 디강이의 갓인지 무어신지 부치야 ᄒᆞ듸 졍욱이 탄식 왈 병교ᄌᆞ난 픽ᄒᆞ옵난니 디왕이 이러ᄒᆞ기로 이러 픽을 보아지요 슈화을 무읍씨고 간신이 살아와셔 무신 마암으로 져디지 컨말리 졀리 ᄒᆞ옵난니가 도시 ᄂᆡ 타시 안이오라 누치 읍난 우리 승상 일빈일소 ᄒᆞ신 타시로다 젼병장이 ᄂᆡ달어며 타식ᄒᆞ며 ᄒᆞ난 말리 우리 승상 덕이 읍셔 빅젼빅픽 ᄒᆞ고 나문 군ᄉᆞ 바이 읍셔 졀로의 복병이 이러나면 뉘 당ᄒᆞ며 인마가 피곤ᄒᆞ여 살어날 길 바히 읍다

〈13-뒤〉

ᄯᅩ 우초관이 ᄂᆡ달러며 탄식ᄒᆞ여 우난 말리 영군보진 ᄒᆞᆯ야ᄒᆞ니 편할 날이 바이 읍다 촉 읍나 살만 남고 시위 읍난 활이로다 고향을 발아보니 구름 박겨 멀려이고 가권을 싱각ᄒᆞ니 긔인맘암 긔지 읍다 부모쳐ᄌᆞ 손을 잡고 이별ᄒᆞᆯ 졔 공명을 이루고 금의환향 바아더니 단독일신 되야신니 빅만계교 다 털여다 ᄋᆡ고지고 ᄂᆡ 신셰야 ᄒᆞ니 ᄯᅩ 화병장이 탄식ᄒᆞ되 억기심도 만어도다 두발 나문 장막디의 됴리함박 쏙박솔이며 시칼써지 모도다 걸머지고 다름

박질만 일삼던니 어졔날 적벽ᄃᆡ즌의 여간 등물 모다 다 일코 통노구 ᄊᆡ야 지고 장막ᄃᆡ 불어지고 나문 거시 됴리 ᄒᆞ나 ᄲᅮᆫ이로다 ᄯᅩ 복마군이 탄식ᄒᆞ되 일등 죠헌 마의 ᄀᆡ겨연장 실어더니 화젼즁의 말도 일코 치만 손의 쥐여시니 위국고향 어지 갈고 ᄋᆡ고지고 스르지고 굴양직이 그동 보소 불만 한 망티의 ᄇᆡᆨ미 스되 다마 덜고 회회핑핑 두러면셔 졍신업시 그러오니 됴됴 왈 이놈 굴양직아 십만군병 ᄇᆡᆨ연 먹글 양식 어ᄃᆡ 두고 져그만 나마난냐 그놈 ᄃᆡ답이 잠이 들어던가 쇠비 모르체ᄒᆞ오 적병강 화젼 즁의 각각 목슘 살야ᄒᆞ고 쳔방지방 도망ᄒᆞᆯ 졔 만셕이면 도라보가 후ᄉᆞ ᄉᆡᆼ각ᄒᆞ고 ᄇᆡᆨ미 스되 가져와소 죠죠 왈 ᄂᆡ 허긔중 졍신이 츌몰ᄒᆞ니 원미난 쓔어다고 화병장이

〈14-앞〉

원미을 쓸리 ᄎᆞ로 통노구 안쳐노코 부시을 치야ᄒᆞ더니 적병강의 슈침ᄒᆞ야 아묘리 친덜 슈화상극 슈침 깃시 ᄇᆡᆨ일손야 죠죠은 허긔가 져셔 ᄌᆡ촉이 셩화갓히 원미가 어두록 되야난야 예 안쳐소 예 불녓소 예 쓸소 예 넘쇼 화병이 되 당할가 겁을 너셔 부시을 투덕투덕 아모리 친덜 슈침깃시 달일손야 손등만 두듸려셔 유혈이 낭ᄌᆞᄒᆞ야 엉엉 울며 ᄒᆞ난 ᄎᆞ의 죠죠 ᄂᆡ다보고 긔가 막혀 허허 웃고 다른 군ᄉᆞ로 부시 쳐셔 쳔동지동 급피 쓸여 아시만 실적데쳐 급피 퍼드린이 긔ᄌᆞ감식으로 후닥닥 훔쳐 밥틔 ᄒᆞ나 옵시 먹으이 고졔은 증을 ᄂᆡ며 ᄒᆞ난 말리 대탐소실이라 ᄒᆞ니 음식탐을 졀리 ᄒᆞ기의 죠죠 ᄑᆡᆨ을 안니 볼가 죠죠 ᄃᆡ로ᄒᆞ여 이놈 ᄂᆡ여 베히라 ᄒᆞᆫᄃᆡ 져놈 ᄃᆡ답이 올치 안타 할소록 군ᄉᆞ을 얼핏ᄒᆞ며 쥭이라 ᄒᆞ니 무어 가지고 싸와보나 나도 남의 십팔ᄃᆡ 독ᄌᆞ로셔 적벽강의 슈만군ᄉᆞ 다 쥭어도 이ᄂᆡ 목슘 ᄉᆞ라왓쇼 ᄇᆡ 고푸거던 살마 ᄌᆞ시요 ᄒᆞᆫ충 일이 ᄒᆞᆫ 졔 방포 일셩이 쾅ᄒᆞ니 졍욱이 ᄃᆡ경 왈 근쳐의 복병이 니난가 보오이다 죠죠 우셔 왈 산 너머 놀루 ᄊᆡᆼ 산양군의 총소ᄅᆡ로다 ᄯᅩ 한번 쾅 ᄒᆞ니 ᄂᆡ것도 ᄯᅩ 산양군의 총소ᄅᆡ요 죠죠 왈 이런 심산의 표슈가 단츄이 오ᄀᆡ난야 동무포슈 응포로다 ᄯᅩ 북소ᄅᆡ ᄉᆡᆼᄉᆡᆼᄒᆞ니 졍욱이

ᄃᆡ급ᄒᆞ야 인졔은 복병일시 분명ᄒᆞ

〈14-뒤〉

오 죠죠 쳔연이 안져 허허 웃고 겁도 만타 졍욱아 ᄎᆞ산은 운심ᄒᆞ니 ᄃᆡ찰인들 업실손야 그게 졀 북쇼ᄅᆡ로다 야야 너무 놀나지 말라 겁난 긋ᄐᆡ 겁나난니라 연ᄒᆞ야 쿵쿵광광 ᄒᆞ더니 고각흠셩이 활용도 죠분골의 별악치덧 쳔지가 뒤눕난듸 화당퉁탕 ᄒᆞ더니 시셕이 비오덧ᄒᆞ고 무슈한 쳔병만마 그치츰금이 추산의 구름 뫼덧 ᄃᆡᄒᆡ슈 물결 밀덧 뭉게뭉게 우둥우둥 벗셕벗셕 버럭버럭 드러오니 졍욱이 ᄀᆡ가 막혀 져거시 다 놀우 쩽 산양군이요 그게 승상 산양군인가 보오 승산은 그져 ᄂᆡ 말을 드러시며 이러 광경을 안이 보지요 ᄒᆞ니 죠죠 혼미 중 답왈 너느 답답ᄒᆞᆫ 말 말라 범 물일 쥴 알면 산의 가며 너처름 의ᄉᆞ 잇시면 허충으로 안이 가며 집의 안져시면 더옥 죠치 그러나 불심호혈이면 부득호ᄌᆞᄒᆞ나이라 ᄒᆞ면셔 벌넝벌넝 써난구나 졍욱이 놀나와 급피 달여들어 죠죠여 모을 잡고 슈족을 쥬무르며 승상임 써지 마오 엇지 써난이가 죠죠 왈 엄동셜한 ᄎᆞᆫ바람의 엇지 안니 썰기ᄂᆞᆫ야 젼후 금국이며 좌우복병들은 벌써갓치 드러오니 죠죠 낙심쳔만ᄒᆞ야 왈 죽을지은정 싸와보ᄌᆞ 엇던 장슈 오난가 ᄌᆞ세이 보아라 졍욱이 ᄌᆞ탄 왈 ᄂᆡ 말은

〈15-앞〉

듯지 안코 이러 일 당ᄒᆞ니 돌로혀 ᄉᆡᆼ각ᄒᆞ니 불상ᄒᆞᄀᆡ 그지 업다마은 잠간쇼계 놀닐이라 ᄒᆞ고 장슈을 살피보니 낫치 금고 눈이 둥굴고 슈염이 가칠ᄒᆞ니 장비가 보오 죠죠 더옥 ᄃᆡ겁ᄒᆞ야 업불사 장비갓트면 난느 죽난다 장판교의셔 한번 호통의 두 번 실혼ᄒᆞ야 ᄯᅩᆼ을 싸고 겨우겨우 도망ᄒᆞ여던니 인져은 할 일업시 죽어고나 엄슉이나 알라ᄎᆞ리나 그 장슈 몸ᄀᆡ을 살피보니 황금ᄃᆡᄌᆞ로 써시되 ᄒᆞᆫ죵실 ᄃᆡ광보국 슉노ᄐᆡ후 현득의 신ᄒᆞ 관공 ᄉᆞ명ᄀᆡ라 덩그럿혜 놉히 밧고 늠늠ᄒᆞᆫ ᄀᆡ상은 불근 낫 봉의 눈의 상각슈 거시리고 황

금갑 적토마의 청용도 놉히 들고 비용가치 드러오니 졍욱이 급쥬 왈 이 군ᄉ 가지고 운장과 싸오다가는 눈결의 다 몰ᄉ할 거시니 지셩으로 비러난 보압쇼셔 죠죠 왈 너의 일흠이 삼국의 읏듬이라 운장의계 비난 거슨 후인의계 우음 발들 거시니 츔마 못빌깃다 빌기의셔 빅승이나 ᄒ꾀가 잇다 나을 오목한디 뉘이고 빅포장 덥퍼 놋코 너의 모도 머리 풀고 안저 우되 가련ᄒ다 조승상은 츌쳔한 츙셩으로 천자으 명을 바다 삼군을 거라리고 말니젼장 나왓다가 화롱도셔 긱사ᄒᆞᆫ이 불상ᄒ다 우리 승상 츌원 공 못다 일우고 영결종쳔 ᄒ닷 말가 익고지고 셜기

〈15-뒤〉

율먼 나 죽은 줄노 알고 셜마 신체 간검ᄒ라 관공은 본니 관후ᄒᆞᆫ 사람니라 치근지심을 ᄒ야 혹시 염습치나 안이쥴야 쥬그던 굴양이나 보틔고 디진니 지나그던 우리 가만이 다날나ᄌ구나 졍욱이 왈 승상님 의ᄉ가 신통ᄒ오 그런 얏덧 꾀을 씨지 마오 직금 사람이난 승상의 목도 벼혀야고 눈이 불근 판의 쥬근 승상의 목 버혀기가 그 무어시 심이 들어든 언칼노 목만얼는 버혀가면 버현 목이 움이 나오 비러도 못보고 목만 일어버리 거시니 극진 정성으로 비러나 보오 승상이 젼일의 운장게 신셰을 끼처신니 혹시 빌면 셔긔지망이 이셔도 빌어나 보옵시다 죠죠 왈 공명이 어던ᄒᆞᆫ 사람인고 운장이 이졔 언혜끼믈 몰오고 보너씨야 이리져리 싱각ᄒ되 죽걸 박게 할 일 업다 장불능 유방빅셰연졍 역당유취빅연이라 엿글의도 닛셔시니 ᄒᆞᆫ번 싸와 보고 쥭ᄌ고나 졍욱 왈 승상은 죽사와도 싸옴벽은 디단ᄒ옵시오 두말 말고 빌어난 보옵시다 죠죠 왈 아몰이 싱각ᄒ여도 ᄎ마 말이 안니 나오다 졍욱 왈 승상은 일셩 그러ᄒᆞᆯ 터이면 우리 등은 도라갈 터인인 승상임 호ᄌ 싸오시오 ᄒᆞᆫ니 죠죠 할 일업셔 갑옷 버셔 목의 글고 투고 버셔 짱의 노코 진틔ᄒ면 돈슈빅비ᄒ여 살기만 싱각

〈16-앞〉

ᄒᆞ고 빌야ᄒᆞ난 ᄎᆞ의 운장의 그동을 살펴보이 장ᄃᆡ의 노피 안ᄌᆞ 북을 ᄯᅮᆼᄯᅮᆼ 울이면셔 황긔을 두누든이 사방의 무친 복병이 별ᄯᅥ가치 달야더러 죠죠을 겹겹니 예워 싸고 운장니 군즁의 호영ᄒᆞ야 ᄒᆞ난 말이 이놈 죠죠야 네 ᄌᆞ식이 덜어라 ᄂᆡ 이곳ᄃᆡ 복병ᄒᆞ고 너 오기만 발아든니 ᄂᆡ가 셩공할 ᄯᅢ른지 너명이 그붓인지 오날날 ᄃᆡ적을 ᄌᆞ바신이 심산의 쥴인 ᄆᆡᆼ호 ᄀᆡ야지을 마나본 듯 반갑도다 팔낭갑이라 비상쳔ᄒᆞ여 두젹이라 ᄲᅡᆼ으로 덜야ᄒᆞ이 죠죠 ᄃᆡ겁ᄒᆞ여 옷지 급ᄒᆞ던지 사촌 졍욱아 ᄒᆞ니 졍욱이 눈 헐긔며 누달여 사촌이라 ᄒᆞ시오 ᄒᆞ니 죠죠 한난 말이 ᄂᆡ ᄯᅩᆼ이 급ᄒᆞ니 ᄂᆡ 옷 입고 좀간 ᄂᆡᆫ 쳬ᄒᆞ고 안셔시라 ᄒᆞᆫᄃᆡ 졍욱이 왈 언늬 바삭니가 나무 ᄃᆡ신의 쥭을익가 나난 ᄂᆡ명의 쥭기시니 글허 ᄭᅬ은 ᄂᆡ겨도 잇소 그런 물탄 ᄭᅪ을 씨지 말고 졍승으로 잘 비어나 보시오 ᄒᆞ니 죠죠 할리업셔 두 물릅을 ᄭᅮᆯ고 안자 안니 나오난 션우슘을 억지로 ᄂᆡ어 손을 들어 합장ᄒᆞ고 발명히여 비난 말리 장군임 보온지 여러 ᄒᆡ 되야사온니 긔체휘 일항만강 ᄒᆞ옵신잇가 천하가 하 분분ᄒᆞ고 사ᄒᆡ 요란ᄒᆡ야 ᄒᆞᆫ실니 위티하미 천자을 보전코자 ᄒᆡ여 ᄃᆡ병을 거라리고 진장의 나왓삽던니 오적의 ᄃᆡ픽ᄒᆞ여 이곳ᄃᆡ 왓삽다가 의외예 장군을 만

〈16-뒤〉

나뵈오니 반갑기도 층양읍고 글리기도 그지 읍소만난 장군은 읏지ᄒᆞ야 안식의 노기 등등ᄒᆞ고 살기 등쳔ᄒᆞ와 고인을 보와도 반가온 빗치 읍고 원슈가치 보압시니 소장의 스른 마음 이달ᄭᅴ 칭양읍나이다 운장이 ᄃᆡ로ᄒᆞ여 하난 말리 발칙ᄒᆞ고 요망ᄒᆞ고 방ᄌᆞᄒᆞ고 간ᄉᆞ한 놈 죠죠야 네 ᄌᆞ세니 들르라 네 션죠로부터 ᄒᆞᆫ나라 국녹지신으로셔 무슴 부족ᄒᆞᆫ 일니 니셔 역젹지심을 품고 쳔ᄌᆞ을 엽혀 ᄶᅵ고 졔후을 호영ᄒᆞ며 ᄇᆡᆨ셩을 살ᄒᆡᄒᆞ니 너갓튼 반젹놈을 셰상의 살여두야 ᄉᆞᆷ분쳔ᄒᆞ도 널로ᄒᆞ여 그리되고 우리 나라 ᄉᆞᆷ쳑동ᄌᆞ라도 너 고기을 원ᄒᆞ거든 잡은 죠죠놈을 읏지 살일손야 잔말 말고 쉬쥭어라 ᄒᆞᆫ

듸 죠죠 다시 이걸ᄒᆞ여 비ᄂᆞᆫ이다 비ᄂᆞᆫ이다 장군 쎤의 비ᄂᆞᆫ이다 장군의 명은 지쳔ᄒᆞᄋᆞᆸ고 소장의 명은 장군의게 이사오니 비ᄂᆞᆫ이다 예일을 ᄉᆡᆼ각ᄒᆞ와 살어지이다 장군임 소장의 나라 오실 ᄯᅢ의 별궁을 놉히 짓고 평안이 뫼시고 죠셕으로 문안ᄒᆞ며 가진 의복 별츤진지 갓가지로 ᄃᆡ졉ᄒᆞ며 쳔ᄒᆞ졀식 초션이을 무죄이 살히ᄒᆞ되 일불기구 ᄒᆞ여시며 상마할 졔 쳔금이요 ᄒᆞ마할 졔 쳔금보화을 악ᄭᅵ지 안코 말로 되야 들려시며 동원결의 즁ᄒᆞᆫ ᄆᆡᆼ셰 장군임이 ᄆᆡᄌᆞ노코 공문

〈17-앞〉

업시 나갈 졔 우리 나라 두 장슈을 ᄒᆞᆫ칼로 쥭여시되 ᄂᆡ의 원심 바히 읍고 ᄉᆞᄉᆞ로 픽문ᄒᆞ여 고악산쳔 험ᄒᆞᆫ 고졀 분별읍시 넝거시니 그려 공을 ᄉᆡᆼ각하와 쇼장 목슘 살이소셔 ᄒᆞᆫᄃᆡ 운장이 ᄃᆡ로ᄒᆞ여 간ᄉᆞ한 너놈을 살려보ᄂᆡ랴 ᄂᆡ 긋ᄃᆡ의 불힝ᄒᆞ여 네 나라의 갓실 ᄯᅢ의 위셔의 알양 문츄 네 나라을 침범ᄒᆞ여 슈만 군ᄉᆞ 살히할 졔 ᄂᆡ 맛참 네 나라의 잇난고로 참아 보기 민망ᄒᆞ여 장금을 빗겨들고 전장의 나갈 ᄯᅢ의 네 손으로 슐을 부어 슈삼참 권ᄒᆞ기로 셩공 읍시 그 슐을 먹기 민망ᄒᆞ야 일고셩의 칼을 드려 알양 문츄 문츄을 일금의 뎅궁 벼혀 마ᄒᆞ의 ᄂᆡ리치고 네 진으로 도라오니 데운 슐이 식지 안코 적장이 황급ᄒᆞ야 일시의 도망ᄒᆞ고 번산으로 쳘이을 다두어시며 네의 졀식 쵸션이은 고이ᄒᆞᆫ 요물이라 살여두게 도면 네 나라 망할 쥴을 넨덜 어니 몰라시며 네 나라 금은 보한은 별궁이 가득이 두고 쳘이 쳘리힝징 일낭즁의 쇠쳔 ᄒᆞᆫ푼 가져온 ᄇᆡ 읍셔거든 공잇단 말을 ᄒᆞ난야 잡말 말고 목밧쳐라 ᄒᆞ며 장금을 노피 들고 호통을 뒤질르며 밧비 쥭어라 ᄒᆞ니 죠죠 더옥 잘겁ᄒᆞ여 목을 움치고 옷깃으로 덥푸면셔 졔가 졔 말로 일러외이 졔 쪽박을 쓰고 별악을 페ᄒᆞ미라 운장왈

〈17-뒤〉

목은 엇지 움치난야 죠죠 왈 간밤의 쥬막의셔 잘적의 목침을 잘못 비여더니 목이 움쳐지요만은 장군임은 너머 갓가니 마옵소셔 운장 왈 네씨 덩이 잇다 ᄒᆞ면셔 갓가니 섬을 실여ᄒᆞᆫ난야 죠죠 왈 장군은 유졍ᄒᆞ오나 칼은 무졍ᄒᆞ여 져 칼이 고졍을 버힐가 염여로소이다 운장왈 에 머리을 션득 버혀 젹혈이 펄펄 나면 ᄂᆡ 마음의 상쾌ᄒᆞᄀᆡ다 죠죠 급ᄒᆞᆫ 즁의 농담으로 하난 말이 죠죠을 쥭예도 웃지 죠죠 읍사올이가 죠죠을 목을 버히면 ᄌᆞ건 죠죠 쏙쏙 쎄켜지면 ᄃᆡ환을 당하올이라 쇼장의 목을 그이 버히 국이나 쓰여 잡쇼시오 운장 왈 국을 쓰여 먹ᄌᆞᄒᆞ되 군즁의 퇴장이 읍서 국은 못 쓰여 먹어도 너 머리을 가지고 가셔 현쥬와 션싱 젼의 바치시면 쳔금상의 만호을 봉ᄒᆞᆯ 인이 그 안이 상괘할야 죠죠 왈 영풍ᄒᆞ신 운장임은 ᄃᆡ의을 ᄉᆡᆼ각ᄒᆞ쇼셔 쳔ᄒᆞ 득실은 지쳔이옵고 쇼장의 ᄉᆡᆼᄉᆞ은 장군의계 달여써오니 장군 득ᄒᆞ의 사아지이다 장군이 관ᄀᆡ 칙갑과 ᄀᆡ마지도은 쇼장의 드리온 거시니 쇼장 칼로 쇼장 쥭긔은 그 안니 원통치 안히잇가 운장 왈 여거어이국지시의 ᄂᆡ 젹슈공권으로 나와써든 네 무삼 잔말 ᄒᆞ난야 목을 ᄂᆡ여 칼 바드라 ᄒᆞ며 쳥용도 쑨더들어 쌍을 쫙 찌

〈18-앞〉

그이 칼이 죠죠의 목의 시쳐 션득ᄒᆞ니 죠죠 목 버히 쥴을 알고 ᄋᆡ고 인젼은 쇽졀읍시 나 쥭어다 쳥용도 든다든이 들기은 잘 든다 션든ᄒᆞ드니 아푸지 안코 버혀구나 ᄂᆡ의 목은 가즈 갈지아도 신체은 두고 가시오 면번국으로 돌아가셔 션산의 무치오면 불힝즁 다힝이로소다 운장이 미소 왈 목업는 놈이 말은 어지 ᄒᆞ난야 죠죠 왈 말은 혼빅이 ᄒᆞ나이다 운장이 ᄃᆡ쇼 왈 이놈 죠죠야 둘어라 너을 자바 갈야하고 장비을 보ᄂᆡ거날 ᄂᆡ 마음의 미안ᄒᆞ야 현쥬와 션싱젼의 쳥ᄒᆞ야 굴영장 다시 두고와셔 너을 노코가며 너 ᄃᆡ신 나 쥭긔 그 안이 원통ᄒᆞᆫ야 죠죠 왈 유황숙 공명씨은 장군임 악ᄀᆡᄀᆡ을 올은팔

가치 ᄒᆞ오니 쵸로가튼 이ᄂᆡ 몸을 노고가셔도 장군임은 안니 쥭쇼 젹션지가의 필유여경이요 젹불션지가의 필유여악이라 ᄒᆞ옵고 활여쳔명이면 슈뷰다남ᄌᆞ라 ᄒᆞ니 졔발 득분 살어지이다 장군 오시기도 죠죠 목심 사올 써요 쳔위신죠 안이시면 장군이 예ᄭᅴ 오실가 연지이지 ᄒᆞ시고 ᄋᆡ지휼지 ᄒᆞ옵셔 지셩복걸 ᄒᆞ올 차의 쥬창이 업펴셧다가 눈치을 살펴보니 죠죠을 노코갈든 ᄒᆞ시거날 분심이 복발ᄒᆞ여 펄덕 쒸여들어 ᄒᆞ난 말이 장군

〈18-뒤〉

임은 마음이 인후ᄒᆞ사 쳣칼의 버힐 놈을 살여 두시고 굴영 다짐을 젼혀 이지시고 후일 싱ᄉᆞ을 웃지 ᄒᆞ올잇가 옛말을 싱각ᄒᆞ옵쇼셔 오강의 모진 볌이 진날아 픠ᄒᆞᆫ 후의 홍문연 잔치의 의심음시 자분 픠왕 그져노와 살인 후의 항장의 넙닌 칼이 썰 고지 젼혀 옵고 계명산 츄야월의 실푼 퉁쇼 ᄒᆞᆫ 곡죠의 팔쳔졔ᄌᆞ 간듸 읍고 옥장월야 우미인을 이별ᄒᆞᆯ 졔 쇽졀읍시 우러거든 하물며 죠밍득은 치셰지능신이요 난셰지간웅이라 ᄌᆞ분 죠죠 살여노코 몸만 홀노 도아가셔 굴영다짐 시힝ᄒᆞ면 후회막급 ᄒᆡ 막키이오 만일 장군임이 안니 줍아 가시면 쇼장니 잡아 갈오이다 ᄒᆞ고 쳘퇴가튼 두 쥬먹을 븀 아귀의 심을 올여 죠죠 멕살을 존득 훔켜 줍고 왕지명이 현어슈슈라든니 죠죠 명이 현어쥬창지슈 ᄂᆡ 숀의 쥭어보라 죠죠 두 눈이 쑤쎄여지며 비난 말이 ᄋᆡ고 여보 쥬별감 죠금 노어시오 운장임계 잇ᄃᆡ그지 빌어셔 ᄀᆡ위 살계 되야든니 쥬별감은 공연니 나셔셔 그리ᄒᆞ시요 운장이 보다가 말아라 말아라 슘긋치단 살여두고 ᄌᆞ바가ᄌᆞ 쥬창이 이을 갈며 목만 잘나 가계 칼이나 이리 쥬압쇼셔 이리할 졔 죠죠 눈살이 쏫쏫ᄒᆞ여 슘촌 말노 젼의 들는이 쥬

〈19-앞〉

별감니 ᄆᆡ우 싹싹 ᄒᆞᆫ단든니 오날 찬난 일은 느무 쌕쌕ᄒᆞ시오 남의 목을 함불우 슈박꼭지 돌리듯 ᄒᆞ오 이러틋 실난ᄒᆞᆯ 졔 죠죠의 픠군 장즄이 운장젼

의 이글ᄒᆞ되 비난이다 비난이다 장군임젼의 비난이다 션우간튼 흉노놈도 빅등지젼의 한고죠을 살여이고 양ᄌᆞ궁 예양이도 비슈을 엽헤 찌고 양ᄌᆞ을 쥭리야 ᄒᆞ다가 도로 살여 잇사오니 젼일을 ᄉᆡᆼ각ᄒᆞ와 장군 덕턱의 살라지다 운장은 본ᄃᆡ 관후ᄒᆞᆫ ᄃᆡ장이라 죠죠을 잔잉이 ᄉᆡᆼ각ᄒᆞ시고 살히ᄒᆞᆯ 뜻지 바히 음셔 살일 듯지 ᄌᆞ연 날분들어 ᄯᅩᄒᆞᆫ 죠죠은 쳔싱 ᄃᆡ인이라 쳔명이 칠십이 셰라 쥭기지 못할 쥴을 알고 퇴징을 쳐 ᄑᆞᄒᆞ니 죠죠 빅비 사여ᄒᆞ고 다라나며 급긔의 ᄒᆞᆫ날 말이 형임 운장이 오셔기의 살어나지 사쵸 장비가트면 영낙읍시 나 쥭을 번하여도다 ᄒᆞ고 본군으로 다라난니라 잇ᄯᆡ 운장이 말겨올나 신여로 도라와 현쥬와 션싱계 복지ᄒᆞ여 여ᄌᆞ오되 화용도 복병장 한슈셩후 광운장은 ᄌᆞ분 죠죠을 노싸고 굴영을 어긔온니 군법으로 시힝ᄒᆞ소셔 공명이 ᄃᆡ로ᄒᆞ여 갈오되 운장은 ᄌᆞ원츌젼의 굴영을 경니 알고 ᄌᆞ분 죠죠을 노와신이 웃지 쥭긔을 면ᄒᆞ리요 무ᄉᆞ을 호영ᄒᆞ여 긔치을 셰우고 원문 박겨 ᄂᆡ여 벼히라 ᄒᆞ난 우염이 츄상가튼이 운

〈19-뒤〉

장이 ᄒᆞ리읍셔 투고 버셔 짱의 노코 굴영 시힝ᄒᆞ난 그동 비창ᄒᆞ긔 그지읍다 공명이 장ᄃᆡ의 놉히 안져 무ᄉᆞ 호영ᄒᆞ니 무ᄉᆞ 청영ᄒᆞ고 일시의 달여들졔 진즁이 요난ᄒᆞ거날 이ᄯᆡ의 혀쥬 공명의 우염을 보ᄆᆡ 마음의 ᄃᆡ경ᄒᆞ여 급히 날여가 운장의 목을 안고 무ᄉᆞ을 마그며 이글 왈 션싱은 십분 통초ᄒᆞ옵소셔 관우의 굴영 죄상은 가니 쥭엄직 ᄒᆞ난 우리 삼인이 동원결의지시의 사싱을 함긔ᄒᆞᄌᆞ ᄒᆞ여싸오니 이졔 현졔을 쥭이오면 ᄒᆞ면 목으로 쳔ᄒᆞ의 용납ᄒᆞ올이가 션싱은 ᄂᆡ의 낫쳐 보와 용셔ᄒᆞ옵쇼셔 ᄒᆞ며 실피 통곡ᄒᆞ거날 공명이 ᄌᆞ연 마암이 비감ᄒᆞ여 미쇼왈 현쥬 져ᄃᆡ지 비창ᄒᆞ시니 굴영 시힝은 용셔ᄒᆞ나이다 ᄒᆞ고 공명이 뜰의 날여 현쥬와 관공의 손을 잡고 왈 군무사 경ᄒᆞ와 이 그졸을 ᄒᆞ와신니 과염치 마옵소셔 죠죠을 쥭이야면 익덕을 보ᄂᆡ엿지 운장을 보ᄂᆡ잇가 죠죠 역젹이나 쥭일 터이 못도긔로 머져 알고 잇사

오니 어셔 바비 당상의 오어소셔 ᄒᆞ니 아마도 관후디장은 광공이로다 젹벽가 권지단니라
乙巳元月十六日 畢

편저자 소개

◇ 김진영(金鎭英)

서울대학교 국어교육과, 동대학원 국어국문학과 졸업. 문학박사.

현재 경희대학교 국어국문학과 교수

〈주요저서〉 이규보문학연구(집문당,1984)

춘향전 어떻게 읽을 것인가(공편저;박이정,1993)

춘향가・홍보전・심청전・토끼전・화용도・홍보가(공역주; 박이정,1996-2000)

춘향전・홍보전・심청전・토끼전・적벽가 전집(공편저; 박이정,1997-2001)

◇ 김현주(金賢柱)

서강대학교 대학원 국어국문학과 졸업. 문학박사.

현재 경희대학교 국어국문학과 교수

〈주요저서〉 판소리 담화 분석(좋은날,1998)

춘향가・홍보전・심청전・토끼전・화용도・적벽가(공역주; 박이정,1996-1999)

춘향전・홍보전・심청전・토끼전・적벽가 전집(공편저; 박이정,1997-2001)

판소리와 풍속화, 그 닮은 예술 세계(효형출판,2000)

◇ 이 기 형

경희대학교 대학원 국어국문학과 졸업. 문학박사.

현재 경희대학교 국어국문학과 강사.

〈주요논문〉 탄세단가의 사설결합양상(1998)

단가의 범주와 신재효 가사의 성격(1999)

필사본 화용도 연구(박사학위논문;2001)

◇ 백 미 나

현재 경희대학교 국어국문학과 대학원 박사과정.

〈주요논문〉 삼국사기 열전의 서술방식 연구(1997)

고전명작 이본총서

적벽가전집 3

2001년 11월 5일 인쇄
2001년 11월 15일 발행

지은이 : 김진영/김현주/이기형/백미나

펴낸이 : 박찬익

펴낸곳 : 도서출판 **박이정** (pjbook.com)
130-070 서울시 동대문구 용두동 129-162
전 화 : 922-1192~3, FAX : 928-4683
온라인 : 주택 576037-01-001536 우체국 010447-02-011581
등 록 : 1991년 3월 12일 제1-1182호

ISBN 89-7878-545-X 93810 정가 20,000원